Im Tal der Mangobäume

PATRICIA

SHAW

Im Tal der Mangobäume

ROMAN

Aus dem Australischen von
Heidi Lichtblau und Margarete Längsfeld

Weltbild

Die englische Originalausgabe erschien 2007 unter dem Titel
Mango Hill bei Headline Book Publishing, London.

Besuchen Sie uns im Internet:
www.weltbild.de

Genehmigte Lizenzausgabe für Verlagsgruppe Weltbild GmbH,
Steinerne Furt, 86167 Augsburg

Ein Unternehmen der Droemerschen Verlagsanstalt
Th. Knaur Nachf. GmbH & Co. KG, München
Übersetzung: Heidi Lichtblau und Margarete Längsfeld
Umschlaggestaltung: Atelier Seidel – Verlagsgrafik, Teising
Umschlagmotiv: Eigenarchiv Atelier Seidel, Teising
(© Denise Ritchie / Thomasz Bednarz)
Gesamtherstellung: Bagel Roto-Offset GmbH & Co. KG, Schleinitz
Printed in the EU

ISBN 978-3-8289-9185-9

2011 2010 2009 2008
Die letzte Jahreszahl gibt die aktuelle Lizenzausgabe an.

Prolog

1884

Sie war etwa neunzehn Jahre alt, eine magere, sehnige Frau mit drahtigem, schwarzem Haar, das aus dem kantigen Gesicht zurückgebunden war, und sie hatte einen Säugling auf dem Rücken. Sie trug ein zerlumptes Hemd, eine staubige Latzhose und einen Fransenschal, jedoch keine Stiefel – das übliche bunte Sammelsurium einer Ureinwohnerin, die es in die Welt der Weißen verschlagen hatte.

Ungeachtet ihres eigentümlichen Aufzugs, näherte sie sich den drei Reitern mit einem Selbstvertrauen, das diese erschreckte, auch wenn ihre Stimme freundlich war.

»Du Boss hier, ja?«, wandte sie sich an Paul.

Er blickte zu ihr hinunter, erstaunt über den Gleichmut in ihren dunklen Augen. Ihm war, als wäre ihm plötzlich eine gütige Macht begegnet.

»Was willst du?«, stammelte er.

»Onkel hier finden!« Sie wies in die Richtung des Schwarzenlagers, das unweit der westlichen Grenze der Mango Hill-Station lag. »Alter Mann, Guringja sein Name.«

»He, Boss! Schauen Sie mal«, rief Sam und griff nach seinem Gewehr, »da drüben!«

»Ach du lieber Himmel!«, stieß Noah, der andere Viehhüter, hervor.

Auf einer erhöhten Felskante, kaum einen Steinwurf von ihnen entfernt, stand ein hünenhafter Aborigine-Krieger in vollem Ornat. Sein Haar war aufgetürmt und mit Kakadufedern geschmückt. Auf sein rabenschwarzes Gesicht, in dessen Nase ein Knochen steckte, waren weiße Striche gemalt und von seinen Kinnbacken standen schwarze Haarbüschel ab. Wie um seinen Knochenbau hervorzuheben, war sein athletischer Körper ebenfalls weiß bemalt, und er trug Schmuck aus weißen Federn um die Knöchel.

»Nur die Ruhe«, murmelte Paul, und blickte argwöhnisch auf den langen Speer, den der Schwarze herausfordernd in den Boden gerammt hatte. Er wandte sich an die Frau: »Wer ist das?«

»Das mein Mann«, erklärte sie mit stolz glänzenden Augen. »Hat mich gebracht. Wegen sicher.«

Paul furchte die Stirn. Keiner der Schwarzen auf seinem Besitz gebärdete sich feindselig, und in einem Aufzug wie dieser Bursche marschierten sie schon gar nicht herum. Diese Zeiten waren längst vorbei.

»Geh!«, befahl er. »Ich kann euch hier nicht brauchen. Ihr gehört nicht zu unseren Leuten. Geh zu deinem eigenen Volk zurück und nimm ihn mit.« Er nickte mit dem Kopf in Richtung des Ehemanns.

Die Frau malte mit dem Zeh einen Bogen in den Staub und musterte ihn einige Minuten, als überlege sie, was sie als nächstes tun solle.

Sam streichelte sein Gewehr. »Boss, wollen Sie, dass ich dem großen Burschen Beine mache?«

Die Frau sah zu Paul. »Mein Mann nun gehen. Mich langen Weg bringen.«

»Gut. Und du begleitest ihn. Hier kannst du nicht bleiben.«

Sie schien ihn nicht gehört zu haben. Sie hievte das Kind ein Stückchen höher und schickte sich an, den Weg zum Gut hochzulaufen.

Paul starrte unsicher zu dem Ehemann, der sie beobachtete, und dann wieder zu der Frau.

»Moment!«, rief er. »Komm zurück! Ich hab's dir doch gesagt. Du gehörst hier nicht her. Von welchem Volk stammst du?«

»Kalkadoon!«, erwiderte sie hoch erhobenen Hauptes.

»Nie gehört.«

»Doch, haben Sie«, erinnerte ihn Noah. »Das ist der Stamm, von dem Paul gesprochen hat. Sie kommen aus dem Hinterland. Und sorgen für jede Menge Ärger. Glauben Sie, die kommen jetzt hier entlang?«

»Bitte? Eine zweiköpfige Armee? Nun mal halb lang!« Paul rief der Frau hinterher: »Du kommst jetzt zurück! Du und dein Mann, ihr verschwindet! Hörst du?«

Sie wandte sich um und blickte ihn an. Über ihre schmutzigen Wangen liefen Tränen. »Er fort, Boss.«

Ihre Traurigkeit verwirrte Paul. Plötzlich bäumte sich sein Pferd auf und erschreckte die anderen Pferde, sodass diese zurückwichen und zusammenstießen. Während er sein Tier wieder unter Kontrolle zu bringen versuchte, sah er, wie der alte Guringja mithilfe eines kräftigen Stocks und seinen beiden Frauen unsicher den Pfad hinunterkam.

»Der große Kerl hat sich verzogen.« Sam zügelte sein Pferd. »Ich sehe mal lieber zu, dass ich ihn wieder einfange.«

»Er fort«, beharrte die Frau. Sie rannte zu Guringja und redete in ihrer eigenen Sprache auf ihn ein.

»Was sagt sie da, Sadie?«, fragte Paul eine von Guringjas Frauen. Sadie zuckte die Achseln. »Kenn diese Sprache nicht.«

Schließlich erklärte Guringja: »Sie Kalkadoon. Heißt Wiradji. Meine Mama Kalkadoon, deshalb sie verwandt mit mir. Große Schwierigkeiten da, von wo sie kommt, darum sie hier mit Baby.«

»Und was ist mit ihrem Mann?«, wollte Paul wissen. »Der hat hier nichts verloren.«

Guringjas Blick wurde ausdruckslos. »Kein Mann, Boss.«

»Jetzt lass den Unsinn. Er lauert irgendwo da drüben. Sie weiß, dass er hier ist.«

»Ah! Das niemand, Boss. Niemand.«

»Sie hat gesagt, er ist ihr Ehemann«, knurrte Sam ihn an. »Ich habe es selbst gehört.«

Paul wandte sich an Sadie. »Du hast ihn doch gesehen, als ihr hierher gelaufen seid, oder? Du musst ihn doch …«

Sie schüttelte den Kopf und stapfte zu der Frau hinüber. »Wo ist dein Mann?«

»Er weggegangen«, erwiderte Wiradji traurig.

»Wohin?«, wollte Paul wissen, aber Guringja packte Sadie am Arm. Er flüsterte ihr etwas zu und sie erbleichte.

»Mr. Paul«, sagte sie leise. »Besser, wir nehmen sie zum Lager, ja?«

»Erst, wenn ich weiß, wohin ihr Mann verschwunden ist! Ich will nicht, dass er hier herumlungert!«

Sadie seufzte und ging zu Paul hinüber. Sie tätschelte sanft sein Pferd und sprach so leise, dass er sich zu ihr hinunterbeugen musste, um sie zu verstehen.

»Kein Ehemann hier. Er gekämpft in großem Krieg. Wurde getötet. Für sie schwierige Zeit.«

»Bitte? Was für ein Blödsinn! Er war hier! Wir haben ihn gesehen!«

Sadie senkte den Blick und rieb sich den Nacken, offensichtlich darauf erpicht, das Thema fallen zu lassen.

Automatisch kratzte Paul sich ebenfalls am Nacken, womöglich aus demselben Grund. Die Haare dort pieksten wie Nadeln und er erschauerte. Einen Augenblick lang war er völlig ratlos.

Noah rutschte nervös auf seinem Sattel herum. »Versuchen die uns weiszumachen, der schwarze Bursche wäre gar nicht da gewesen?«

»Nein«, entgegnete Paul. »Das ist nur ihr übliches doppelzüngiges Gerede.«

»Wo ist er überhaupt hin?«

»Was weiß ich!«, erwiderte Paul gereizt. »Plötzlich war er weg. Sagt mir Bescheid, wenn er sich noch mal blicken lässt.«

Er nickte in Richtung der kleinen Gruppe von Aborigines. »Na dann! Bringt sie nach oben in euer Lager. Sie sieht aus, als bräuchte sie dringend was in den Magen.«

Die drei Männer ritten davon und Sam lachte. »Wenn Noah diesen Ehemann je wieder zu Gesicht kriegt, gibt er garantiert Fersengeld!«

»Und was ist mit dir?«, fragte Paul.

Sam zuckte mit den Schultern. »Mit mir? Ich habe niemanden gesehen.«

Kapitel 1

Brisbane, 1878

Von dem Ereignis angelockt, standen an diesem schwülheißen Vormittag Scharen Schaulustiger geduldig vor der St. Stephen's Kathedrale und atmeten die von Frangipaniwolken geschwängerte Luft ein. Für gewöhnlich hätten die butterweißen Blüten einen zarteren Duft verströmt, doch der vormals niedrige Baum neben dem Kirchenportal war zu einem großen und herrlichen Exemplar herangewachsen und wirkte in seiner Fülle von zierlichen Blüten nun fast schon vulgär. Die Bewohner des frisch zur Stadt gekürten Brisbane waren stolz auf den Baum, wie auch auf die hohen Palmen, die prächtigen purpurroten Jacarandas und die mächtigen Moreton-Bay-Feigenbäume, die ihre Straßen beschatteten. Und das, obwohl die Natur in dieser subtropischen Lage fast ein bisschen »zu viel« war, wie vornehme Neuankömmlinge hinter ihren Fächern zu sagen pflegten und sich damit von den früheren Siedlern abzusetzen versuchten, denen die Gegend als die berüchtigte Moreton-Bay-Strafkolonie bekannt gewesen war.

Nun ja. Nicht gerade die respektabelste Gründung. Doch nachdem diese Einrichtung geschlossen und der Ort in Brisbane umbenannt worden war, gewann er allmählich an Ansehen.

Die Straßen waren in einer Richtung nach englischen Königen, in der anderen nach englischen Königinnen benannt worden: Elizabeth Street – die mit der Kathedrale aufwarten konnte –, Charlotte Street und so fort. Entlang dem Ufer des breiten Flusses war ein botanischer Garten entstanden und stolze öffentliche Gebäude, wie das Parlament und das stattliche Museum, sorgten für einen würdigen Anstrich.

Schon immer hatte die Elite der australischen Kolonien aus den reichen Siedlern bestanden, die früh genug hergekommen waren, um noch riesige Gebiete für die Schafzucht an sich reißen zu können. In Brisbane trat jedoch eine weitere mächtige Gruppe in Erscheinung: die Rinderzüchter, die mit ihren Herden nordwärts in die wilde und weitgehend unerforschte Kolonie Queensland vordrangen.

Nach Schätzungen der Seefahrer, die stets auf der Hut vor den Riffen an den Ufern dieser Kolonie waren, belief sich die Länge der Küste auf mehr als dreitausend Meilen. Das Land dahinter war unbekannt, bis der deutsche Forschungsreisende Leichhardt von ausgedehnten Ebenen berichtete, die durch eine Reihe schöner Flüsse üppig bewässert wurden.

»Ein Land des Überflusses, und im Überfluss für alle«, lautete die Parole, und schon drängte man landeinwärts, wo die Entdeckung, dass die Eigentümer dieser fruchtbaren Weiden nicht zu weichen bereit waren und sich mit äußerster Brutalität gegen die Eindringlinge wehrten, ihnen unvermittelt Einhalt gebot.

Doch die ehrgeizigen weißen Siedler wähnten sich im Recht.

»Hier gibt es weder Häuser noch Städte«, erklärten sie. »Niemand wohnt hier, weshalb es uns freisteht, das Land in Besitz zu nehmen.«

Darauf hingewiesen, dass hier Menschen wohnten, Aborigines, versetzten sie: »Von wegen! Das sind nur Nomaden. Es gibt keine Grenzen und weit und breit kein Dorf.«

Besagtes Flussgebiet war der Treffpunkt dreier Völker, der Udangi, Jagaro und Jukame, sowie der jeweiligen Stämme. In ihren Augen waren die Grenzen der Völker völlig eindeutig und diesbezügliche Gesetze mussten respektiert werden. Kein vernünftiger Mensch betrat ohne Einladung oder Erlaubnis das Territorium eines anderen. So etwas war äußerst gefährlich und konnte schlimme Auswirkungen haben. Diese Gesetze galten auch, als die Weißen plötzlich auftauchten. Es kam zu Racheakten.

Dennoch drangen die Weißen mitsamt ihren erstaunlichen Waffen weiter ein. Sie machten das Land einfach nur »zugänglich«.

Die Aborigines hatten dafür einen anderen Begriff. Sie nannten es Krieg.

Vor gar nicht langer Zeit war der Widerstandsheld der Aborigines, Dundalli, unweit der Kathedrale – vor dem Hauptpostamt, um genau zu sein – gehängt worden. Aus Rache töteten die Schwarzen Captain Logan, den Kommandanten der Strafkolonie. Was in den Augen der Strafgefangenen, die unter seiner harten Knute gelitten und ihn für ein wahres Ungeheuer gehalten hatten, durchaus etwas für sich hatte.

Dann bewegte sich der Krieg mit der Welle der Siedler weiter nach Norden und Westen und geriet in Brisbane weitgehend in Vergessenheit. Milly Forrest jedoch, die sich mit ihrer Tochter Lucy Mae in der Zuschauermenge vor der Kirche befand, rückte er sehr wohl ins Bewusstsein. Sie waren hier, um am Trauergottesdienst für ihre liebe Freundin Dolour Rivadavia teilzunehmen.

Bei der Erinnerung an Dolours ersten Mann, Pace MacNamara, der hoch im Norden von Schwarzen getötet worden war, tupfte Milly, eine gefühlsselige Frau, sich die Augen. Wie lange ihre Freundschaft doch zurückreichte, dachte sie traurig. Pace war mit demselben Schiff in die Kolonie gekommen wie Milly und ihr verstorbener Ehemann Dermott. Damals waren sie alle drei jung gewesen und begierig auf ein neues Leben.

Sie schluchzte verhalten auf. Alle hatten sie Erfolg gehabt. Ausgerechnet in der Viehzucht. Zunächst als Farmverwalter, dann mit eigenem Besitz. Zu Beginn war das Leben im Outback für ein kleines englisches Mädchen wie Milly allerdings äußerst hart gewesen. Schließlich war sie nie über die Vororte Manchesters hinausgekommen, bis ihr geliebter Dermott ihr Herz im Sturm erobert und sie in diese fremde Welt entführt hatte.

Es war Dolour, eine energische Irin, die sie gelehrt hatte, die

Ellenbogen zu gebrauchen, erinnerte sich Milly. Und Dolour war es auch, die zur Stelle war, als sie und Dermott in Bedrängnis geraten waren. Gerade mal zwei Jahre zuvor, als alles so gut lief, als sie sich in ihrem entzückenden Haus mit Blick auf den Fluss zur Ruhe gesetzt hatten, war Dermott an Diphtherie erkrankt und hatte innerhalb kurzer Zeit sein Leben ausgehaucht.

Milly seufzte. Noch immer hatte sie diesen Schicksalsschlag nicht verwunden. Und dann war Lucy Maes Ehemann, dieser Halunke Bartling, bei einem Schiffsunglück vor Fraser Island ums Leben gekommen. Wahrlich kein Verlust, wohingegen sie bei der Nachricht, dass Dolour am gefürchteten Krebs erkrankt sei und im Sterben liege, am Boden zerstört gewesen war.

»Sollten wir nicht besser hineingehen?«, fragte Lucy Mae.

»Noch nicht«, zischte Milly. Sie wollte noch weitere Ankömmlinge in Augenschein nehmen. Saß man erst einmal vorn auf der Kirchenbank der Familie, mit dem Rücken zur Gemeinde, bekam man kaum noch etwas mit.

Juan Rivadavia war ein einflussreicher Bürger geworden. Der argentinische Viehzüchter war vor vielen Jahren hergekommen und hatte umgehend Grund und Boden erworben. Milly hatte immer etwas für ihn übrig gehabt – zweifelsohne war er überaus charmant –, dennoch hatte es sie überrascht, als Dolour ihn so bald nach Pace' Tod geheiratet hatte.

»Wer ist das denn?«, fragte Lucy Mae, als eine Kutsche vor der Kirche hielt und ihr eine junge Frau, die statt eines Hutes einen schwarzen Spitzenschleier trug, entstieg.

»Dolours Stieftochter Rosa«, erwiderte Milly. Ringsum drängten die Leute nach vorn, um einen besseren Blick auf den Liebling der Gesellschaftsseiten, auf denen sie ungeachtet ihrer argentinischen Herkunft oft als »die spanische Schönheit« betitelt wurde, zu haben. »Und das ist ihr Mann, Charlie Palliser. Ein berühmter Chirurg.«

Lucy Mae seufzte. »Was für ein schönes Kleid. So elegant!«

»Importiert!«, bemerkte ihre Mutter und warf einen Blick auf Lucy Maes Garderobe. »Du könntest mal wieder etwas neues Schwarzes gebrauchen. Dieses Kleid ist dir zu weit. Bringt deine Formen gar nicht zur Geltung.«

»Seit Russ' Tod habe ich abgenommen.«

»Macht nichts, das steht dir. Morgen gehen wir einkaufen.«

Milly beobachtete, wie Rosa Palliser eine Frangipaniblüte pflückte, an ihr schnupperte und sie dann wieder fortwarf, ehe sie mit ihrem Mann die Kirche betrat.

»Typisch!«, schnaubte sie.

»Was denn?«

»Ach, nichts. Du meine Güte, da kommt Juan!«

Milly verfolgte, wie Rivadavia mit gesenktem Kopf und ohne jemanden eines Blickes zu würdigen die Treppe hinaufeilte. Er sah müde und abgespannt aus, fand sie, jedoch genauso charmant und gut aussehend wie immer. Eines, dachte sie lächelnd, musste man Dolour lassen: Sie hatte sich zwei der bestaussehenden Männer ihrer Zeit geangelt. Dabei war sie doch nur ein kleines irisches Sträflingsmädchen gewesen. Das wussten die wenigsten, auch wenn es Dolour nicht gestört hätte. Sie war, weiß Gott, immer ihren eigenen Weg gegangen!

Erneut kam in der Menge Bewegung auf, als die reich verzierte Kutsche des Gouverneurs eintraf. Einer der livrierten Lakaien sprang hinab und stellte einen Schemel vor die Tür, um sodann dem Gouverneur, dem Marquis von Normanby, und seiner Gattin herauszuhelfen.

Jemand klatschte und wurde von der Marquise auf ihrem kurzen Weg zur Kirche mit einem finsteren Blick bedacht. Ihr Gatte, von dessen puterrotem Gesicht unter dem großen, mit Federn geschmückten Hut Schweiß troff, scheuchte sie vorwärts, aber das Interesse hatte sich ohnehin schon auf einen Herrn verlagert, der über die Straße gestürmt kam.

»Habe dir doch gesagt, dass heute alles von Rang und Namen da sein wird.« Milly stupste ihre Tochter an, als sich der Premierminister von Queensland näherte und den glücklichen Leuten in der ersten Reihe die Hände schüttelte. Bei Milly angekommen, blieb er stehen.

»Du meine Güte! Sie sind's, Mrs. Forrest! Was tun Sie denn hier draußen in der Hitze?«

»Äh, ich warte, Mr. Palmer«, stammelte Milly. »Es ist so schwierig. Die vielen Menschen … Wir wollten soeben … Kennen Sie meine Tochter Lucy Mae?«

»Aber gewiss doch! Mrs. Bartling! Nun kommen Sie, meine Damen. Ich begleite Sie persönlich hinein.«

Genau in diesem Augenblick trafen die MacNamaras, John Pace und Paul, mit ihren Familien und etlichen Freunden ein und waren im Nu von Leuten umringt, die sie bekümmert begrüßen wollten. Schließlich bewegten sie sich langsam in die duftgeschwängerte Düsterkeit der Kirche, einschließlich des Premierministers, Sir Arthur Palmer, mit Lucy Mae am Arm.

Damit war es mit Millys Fassung dahin. Denn nun sah sie den Sarg, bedeckt mit Kränzen und flankiert von Kerzenständern. Das war zu viel für sie. Das war Dolour! Ihre beste Freundin!

Sie brach in Tränen aus, schluchzte hemmungslos und stolperte dabei in die Arme eines in der Nähe stehenden Herrn. Und als sie nun Duke MacNamara erkannte, Dolours jüngsten Sohn, der seinem Vater wie aus dem Gesicht geschnitten war, weinte sie noch mehr.

Der Chor stimmte »Glaube unserer Väter …« an.

»Oh! Verzeih, Duke«, stieß Milly hervor. »Vielleicht gehe ich besser hinaus. Ich sorge hier nur für Unruhe.«

»Nein, Milly, schon gut. Wir stehen einander bei. Würdest du mit mir zusammen den Gang hinuntergehen? Mutter würde das bestimmt gefallen.«

Bei seinen Worten hätte Milly beinahe wieder aufgeschluchzt, doch sie holte tief Luft und fasste sich. Duke bot ihr den Arm.

Als Milly sich umwandte, sah sie, wie noch mehr Leute in die Kirche strömten und sich in den Seitenflügeln verteilten, und dann entdeckte sie im Licht der offenen Tür, ganz flüchtig, die Silhouette einer vertrauten Gestalt.

Als sie erkannte, wer das war, wäre Milly Forrest beinahe gestolpert.

»Gütiger Gott!«, stieß sie hervor und lehnte sich schwer an Duke.

»Ist dir nicht gut?«, fragte er.

»Doch, doch«, erwiderte sie verlegen. Mittlerweile besaß sie das, was man gemeinhin als stattliche Figur bezeichnete. Kein Leichtgewicht. »Danke, Duke.«

Während sie sich setzten, wagte sie es nicht, sich zur Vergewisserung noch einmal umzudrehen. Die Kirche war ohnehin brechend voll. Und im Grunde war es auch unnötig. Sie wusste auch so, wer es war. Was für eine Unverschämtheit! Heselwood! Der verflixte Lord Heselwood!

Die durch ein Buntglasfenster hereinströmende Sonne schien sich die Augen Charlie Pallisers als Ziel ausgesucht zu haben, der mit seiner Frau, seinem Vater und seinem Schwiegervater Juan Rivadavia in der ersten Reihe saß. Sicher versuchte seine Mutter selig, ihn absichtlich zu blenden, dachte er gereizt, denn wie er seinen Kopf auch hielt, er entkam den Strahlen einfach nicht. Wohl die Strafe, dass er sich mit Ausländern eingelassen hatte. Infolge ihrer völlig unbegründeten Angst vor Fremden war sie, als er seinen Eltern mitgeteilt hatte, er wolle die Tochter Juan Rivadavias heiraten, völlig außer sich geraten.

»Diese Ausländerin!«, hatte sie entsetzt geschrien.

Sein Vater Duncan hatte sie mit dem Hinweis, Rosa sei eigentlich nur eine halbe Ausländerin, da ihre Mutter eine englische Adelige sei, etwas besänftigen können. Es brauchte jedoch Zeit und viel gutes Zureden, ehe Dora Palliser Miss Rivadavia empfing, und das auch nur aus sicherer Entfernung zu ihrem Gast auf einem Stuhl am anderen Raumende. Glücklicherweise hatte Rosas Charme Charlie durch diese nervenaufreibende Begegnung geholfen. Das Einzige, was man Dora in dieser Angelegenheit zugutehalten konnte, überlegte Charlie blinzelnd, war, dass sie sich schließlich immerhin bereit erklärt hatte, die auserwählte Braut ihres jüngsten Sohnes zu dulden.

Die Diskussion mit seiner Mutter war allerdings nicht halb so traumatisch gewesen wie die Reaktion seines Vaters, als Charlie ihm eröffnet hatte, er wolle an der Universität in Sydney Medizin studieren. Damals wohnte er noch zu Hause auf ihrer Hauptfarm am Darling River, und zunächst hatte Duncan nicht begriffen. Er war ein rauer Mann vom Land, der das Viehgeschäft von der Pike auf gelernt hatte, indem er – mit einem Pferd und einem Gewehr als einziger Habe – jahrelang als Viehhüter auf einem Besitz im Outback gearbeitet hatte. Aber er liebte das Leben und die täglichen Herausforderungen der Farmarbeit.

»Ich weiß nicht, woher du die Zeit dafür nehmen willst«, hatte er entgegnet. »Du bist jetzt sechzehn. Ich warte darauf, dass du mit der Schule fertig wirst. Ich möchte, dass du dann die Blackbutt-Farm leitest. Dieser Idiot von Verwalter verliert zu viel Vieh im Busch und deinem Bruder fehlt die Zeit, ihn sich vorzuknöpfen. Du kannst ein paar Viehhüter mit hinausnehmen, ihn vor die Tür setzen und eine Musterung durchführen. Finde heraus, was da läuft. Ich wette, der Schweinehund verkauft sie selbst!«

»Du möchtest, dass ich da draußen bleibe?«

»Ja, natürlich, hörst du schlecht? Ich habe gesagt, ich möchte, dass du sie leitest, und nicht, dass du kurz dort auftauchst, einmal das Vieh durchzählst und wieder verschwindest.«

Mit Schaudern erinnerte sich Charlie an den väterlichen Ausbruch, als er erwidert hatte, dass er sich bereits in Sydney am Medizinkolleg eingeschrieben habe.

Seine Mutter war herbeigerannt gekommen. »Was schreit ihr denn hier so herum?«

»Charlie!«, brüllte sein Vater. »Es ist alles deine Schuld! Du hast ihm die Flausen in den Kopf gesetzt. Hast ihn auf diese feine Schule geschickt. Nun sieh ihn dir an! Will wieder zurück und lernen, wie man Quacksalber wird. Er hat nichts gegen das Geld, das die Farmen abwerfen, ja? Aber er will keinen Finger rühren, um etwas dazu beizutragen!«

Sie versuchte, ihn zu beschwichtigen. »Ich finde, wir sollten uns das durch den Kopf gehen lassen. Schlaf ein paarmal darüber.«

»Das ist überhaupt nicht nötig!«, wütete Duncan. »Ich weiß, was hinter der ganzen Sache steckt, erzählt mir nichts! Er hat was gegen Arbeit. Wieso kann er sich nicht anstrengen wie Langley? Und wie ich? Ich habe mein ganzes Leben hart arbeiten müssen und bin froh darüber, in der Welt weiterzukommen. Er dagegen hält immer nur die Hand auf…«

»Also, Duncan, das stimmt nicht, und das weißt du auch«, erwiderte sie. Aber während er seinen Eltern zuhörte, wurde Duncan klar, dass sein Vater nicht ganz unrecht hatte. Das Leben auf einer Rinderfarm war Knochenarbeit, tagaus, tagein. Ihre Farmen waren so riesig, dass die Männer etliche Nächte in der Woche im Freien übernachten mussten, um das Gebiet abzudecken. Sobald sein Vater ihn für kräftig genug gehalten hatte, um mit einem Hütepferd umzugehen, war Charlie oft mit ihnen unterwegs gewesen, und als Jugendlicher hatte er das sehr genossen. Doch der Reiz des Neuen war durch die Hitze, den Staub, die erstaunlich kalten Nächte im Freien und auch durch den fast ungenießbaren Lagereintopf bald verflogen.

Langley hatte immer auf seinen jüngeren Bruder achtgegeben, und auch diesmal ließ er ihn nicht im Stich. Er erklärte, Charlie habe ein Recht darauf, zu machen, was er wolle. Schließlich war es jedoch seine Mutter, die Duncan besänftigen konnte und sogar vorschlug, dass Charlie, sobald er seine Ausbildung abgeschlossen habe und Arzt sei, zurückkommen und aushelfen könne. Ihre Schlüsse verblüfften Charlie. Sie schien sich einzubilden, sein ärztliches Wissen käme auch Tieren zugute. Er ließ sie in dem Glauben und zu seiner Belustigung nannte sie ihn von seinem ersten Tag am Medizinkolleg an Dr. Palliser.

»Na, schön.« Duncan zuckte mit den Achseln. »Rosa wird nach Rivadavias Tod eine Reihe von Rinderfarmen besitzen. Und wenn ich mal ins Gras beiße, du auch. Ich schätze, ihr beide werdet alles verkaufen und unsere ganze Schinderei war für die Katz.«

»Jetzt fang nicht wieder damit an. Du solltest dich freuen. Du wirst Enkelkinder haben, die das Ruder übernehmen. Und überhaupt, Rosa mag seine einzige Tochter sein, aber er hat drei Stiefsöhne, und die sind auch im Viehgeschäft.«

»Und wer soll das sein?«

»Die MacNamaras.«

»Woher?«

»Von Kooramin und von Oberon oben im Norden. Weitere Güter haben sie auch noch, glaube ich.«

»Du meinst doch nicht etwa Pace MacNamaras Söhne?«

»Doch, glaube schon. Juan hat seine Witwe geheiratet.«

»Allmächtiger Gott! Richtig! Nun hör mir mal gut zu, Charlie. Du setzt dich da in ein Hornissennest. Pace hatte Feinde. Er ist seinerzeit ein paar einflussreichen Leuten in die Quere gekommen. Ich hab ihn gekannt. Kein schlechter Kerl, immer auf der Jagd nach Land, aber er hat sein Glück herausgefordert. Ist zu früh zu weit vorgedrungen. Rivadavia hat dir vermutlich davon erzählt.«

An den selbstgefällig hochgezogenen Augenbrauen des Vaters konnte Charlie ablesen, dass er vom Gegenteil ausging.

»Warum sollte er? War doch nicht wichtig, worum auch immer es sich gehandelt hat.«

»Vielleicht nicht«, erwiderte Duncan. »Ich rate dir dennoch, dir das Ganze noch einmal gründlich durch den Kopf gehen zu lassen. Lernt euch zuerst besser kennen. Es eilt ja nicht, oder?«

»Nein, außer dass ich sie liebe und sie mich.«

Duncan stopfte seine Pfeife. »Und du glaubst nicht, dass sie für unsereins die Nase ein bisschen zu hoch tragen könnte?«

Charlie packte die Wut. »Wie meinst du das?«

»Ich kann lesen. Ich sehe sie in den Zeitschriften. Sie sitzt gern auf dem hohen Ross, gib's zu. Ist ständig irgendwo unterwegs. Zu unseren Zeiten war dein Bild nur in der Zeitung, wenn du entweder gewöhnlich oder kriminell warst.«

»Herrgott noch mal! Und was kommt als Nächstes? Ich gehe. Und komme wieder, wenn du besser gelaunt bist.«

Der Trauergottesdienst, eine Requiemmesse, zog sich endlos hin. Die Kirche glich einem Dampfbad und Charlies steifer Kragen spannte. Rosa an seiner Seite fächelte sich Luft zu, und auf seiner anderen Seite bereute Duncan vermutlich seine liebenswürdige Entscheidung, am Gottesdienst teilzunehmen – es war das zweite Mal, dass er St. Stephen's mit seiner Gegenwart beehrte.

Die Gemeinde erhob sich, entgegen Charlies Hoffnung jedoch nicht, um zu gehen, sondern um nach weiteren Gebeten ein gemütvolles Kirchenlied anzustimmen.

»Mir ist nicht wohl«, flüsterte Rosa ihm zu. »Ich muss an die frische Luft.«

Er drückte ihr die Hand. »Ich komme mit.«

»Nein, nein, nicht nötig!«

»Bist du sicher, dass du zurechtkommst?«

»Aber ja.«

Sie küsste ihn auf die Wange und schlüpfte zur Seitentür hinaus. Charlie kam in den Sinn, dass sie schwanger sein könnte, und er summte mit frohem Herzen das Lied mit.

Draußen stützte Rosa sich an der kühlen Steinmauer ab, um sich einige Minuten zu fassen, und spürte erleichtert, wie ihr Kopf sich klärte.

Mit einem Seufzer begab sie sich auf einen beschatteten Weg zur Vorderseite der Kirche. Die Messe war nun fast vorüber, bald würden alle herausströmen und es würden weitere Tränen fließen.

Rosa hatte Dolour gemocht, mehr sogar als ihre eigene Mutter Delia, die mit dem Klima und dem Farmleben hier in Australien nicht zurechtgekommen war. Die englische Adelige hatte Juan verlassen und war mitsamt Rosa in die Heimat zurückgekehrt. Aber ihr hatte man es schon immer schwer recht machen können, sie war entschlossen, unglücklich zu sein. Ihre Briefe an Juan waren eine einzige Litanei an Klagen. Schließlich hatte sie geschrieben, man könne nicht erwarten, dass sie allein eine Zehnjährige aufziehe – obgleich Juan dafür gesorgt hatte, dass sie ein wunderschönes Haus in Kensington beziehen konnte und es ihr an nichts fehlte.

Rosa litt noch immer an Angstanfällen, die von dem Tag herrührten, als sie ihre Mutter zur Haushälterin sagen hörte, sie könne es nicht länger ertragen, dass dieses entsetzliche Kind im Haus herumstreiche.

»Dafür geht es mir einfach nicht gut genug«, hatte Delia erklärt. »Ich bin eine zartbesaitete Person, wie man einfach sehen muss. Lärm jeglicher Art ist mir ein Graus. Ich schicke Rosa zu ihrem Vater. Und Sie, Sie bringen sie hin.«

»Wohin, Madam?«, erkundigte sich die Frau ängstlich.

»Nach Argentinien natürlich!«

»Oh nein, Madam, das geht unmöglich!«, kreischte die Frau. »Ich weiß ja nicht einmal, wo das liegt!«

Sie zog sich die Schürze über den Kopf und stürzte aus dem Zimmer. Rosa wünschte, sie könne das auch, denn sie war vor Demütigung tiefrot angelaufen. Sie spähte in das Boudoir der Mutter, das sie immer geliebt hatte: ein Regenbogenzimmer aus bunten Satinkissen verschiedenster Art, die überall herumlagen, auf dem Bett, der Chaiselongue, dem großen, weichen Sessel, hoch aufgehäuft auf dem Fensterplatz und sogar einfach wahllos auf den Boden geworfen.

Delia saß an ihrer Frisierkommode, das lange, braune Haar offen über die Schultern gebürstet.

»Was willst du?«, rief sie.

Rosa machte ein finsteres Gesicht. Das Betreten des Raumes war ihr nicht gestattet, weshalb sie zurückrief: »Ich will nicht nach Argentinien!«

»Natürlich nicht. Bockig wie immer!«

»Wie lange müsste ich dort bleiben?«

Delia winkte mit einer weiß behandschuhten Hand. »Ich weiß es nicht. Das liegt an deinem Vater.«

»Und was, wenn er mich auch nicht möchte?«

»Dann schickt er dich vermutlich zurück.« Delia gähnte. »Himmel noch mal, hör auf, mich so auszufragen. Sag dieser Frau, dass ich jetzt meinen Tee möchte und dazu ein gekochtes Ei.«

»Welcher Frau?« Häufig rächte sich Rosa an ihrer Mutter, indem sie vorgab, ihre vagen Anweisungen nicht zu verstehen.

»Na, der Person, die gerade gegangen ist.«

»Welcher Person?«

»Oh, einfach irgendeiner, Dummchen!«

»Ich sehe nach, ob ich eine finden kann.«

Sie unternahm keinen Versuch, es der Haushälterin auszurichten. Ihrer Mutter fehle nichts, hatte der Arzt gesagt.

»Sie bleibt zu viel im Bett, Rosa. Du solltest sie ermutigen, aufzustehen und spazieren zu gehen. Ansonsten versteifen ihre Gelenke.«

Rosa entschied, dass sich das Problem leicht lösen ließe.

»Wir hungern sie einfach aus«, informierte sie den Koch, der ihr keine Beachtung schenkte. Die Haushälterin ebenso wenig.

Der Plan, Rosa mit dem Schiff nach Argentinien zu schicken, schien vergessen, und so besuchte sie weiterhin das St. Mary's College gleich gegenüber, bis sie, eine Woche nach ihrem zwölften Geburtstag, bei ihrer Heimkehr ihren Vater im Salon antraf.

Sie kannte diesen Mann mit der sanften Stimme, den dunklen Augen und dem blendenden Lächeln kaum, folglich setzte sie sich mit einem mulmigen Gefühl auf eine Stuhlkante, beantwortete seine höflichen Fragen und wünschte, er würde gehen. Doch da kam ihre Mutter, angetan mit einem raschelnden grauen Spitzenkleid mit einer kurzen Schleppe und einem schönen Hut, der mit grauem Georgette bedeckt war, hereingerauscht. Sie sah fantastisch aus!

»Gehst du aus?«, fragte Rosa ungläubig. Zu den seltenen Gelegenheiten, an denen Delia tatsächlich einmal das Haus verließ, hüllte sie sich ihrer Anfälligkeit wegen in Mäntel und Schals.

»Ja.«

»Noch nicht«, versetzte ihr Mann. »Nimm Platz, Delia.«

»Ich stehe lieber«, erwiderte diese hochmütig.

»Und ich möchte, dass du dich hinsetzt, also sei so gut.«

Schmollend ließ Delia sich auf dem nächsten Stuhl nieder, und zwar kerzengerade, ohne stützende Kissen. Rosa wünschte, der Arzt könnte sie so sehen.

»Du möchtest zu mir kommen und bei mir wohnen, verstehe ich das richtig?«, fragte ihr Vater.

Rosa saß stumm und mit roten Wangen da. Hatte Delia gelogen? Das war ihr durchaus zuzutrauen. Aber wollte ihr Vater sie denn bei sich haben? Allzu begeistert klang er nicht. Ihre Miene verdüsterte sich.

»Ich kann kein Spanisch.«

»In den australischen Kolonien wird Englisch gesprochen.«

»Ich dachte, du würdest in Argentinien leben?«

Er warf Delia einen gereizten Blick zu und schüttelte den Kopf. »Ich komme zwar ursprünglich aus Argentinien und wir haben in diesem Land auch Familie und Besitz. Aber zu Hause bin ich auf der Rosario-Farm, nördlich von Brisbane.«

»Rosario?«, rief Rosa entzückt. »Hast du dein Haus nach mir benannt?«

»Mehr als ein Haus«, schnaubte Delia. »Das Ganze hat die Größe einer Grafschaft. Einer großen, leeren Grafschaft!«

»Ja, das habe ich. Nun gehen deine Mutter und ich zum Tee an den Grosvenor Square, der, so habe ich mir sagen lassen, sehr schön sein soll. Wenn du Lust hättest mitzukommen, könnten wir uns dort weiter unterhalten.«

»Zum Grosvenor?«, rief Rosa. »Sehr gern sogar!«

»Unmöglich, sie hat nichts zum Anziehen«, wandte Delia ein und zog ihre Handschuhe glatt.

»Wie bitte?« Juan klang verärgert und Rosa wich auf ihrem Stuhl zurück. Aber Delia erhob sich.

»Wie schon gesagt, sie hat nichts anzuziehen und sie ist zu jung.«

Ihr Vater schien Delia keinen Glauben zu schenken. Er wandte sich an Rosa. »Hast du denn kein hübsches Sommerkleid und einen Hut?«

»Nein.«

»Dann gehen wir eben erst morgen dorthin.«

»Kommt nicht infrage!«, schrie Delia.

»Wir gehen morgen«, wiederholte er. »Ich bin gleich in der Früh da, Rosa, und dann machen wir ein paar Einkäufe, damit du uns begleiten kannst.«

»Morgen könnte ich einen schlechten Tag haben«, wandte Delia ein.

»Dann bleib zu Hause«, gab er wütend zurück. »Ich kann es nicht glauben, dass meine Tochter keine standesgemäße Garderobe besitzt. Verzeih, Rosa, dass ich es zugelassen habe, dass es dazu kam. Passt es dir morgen um zehn?«

»Ja«, hauchte sie glückselig.

Als Juan am nächsten Morgen Punkt zehn Uhr eintraf, blieb Delia im Bett, doch das kümmerte ihn nicht. Er fuhr mit seiner Tochter zu vornehmen Läden in der Bond Street und kaufte ihr schachtelweise Hüte und Kleider, die allesamt zu einer wartenden Kutsche gebracht wurden.

Rosa schwieg schüchtern, als auch noch Reisegarderobe zu den Einkäufen hinzukam. Offensichtlich stand für Juan bereits fest, dass sie mit ihm zurückkehren würde, aber sie war derart überwältigt von all den Kleidern, dass sie sich nur zu gern dazu bereit erklärte. Nicht, dass sie gefragt worden wäre.

An diesem Nachmittag trug sie ein weißes Empire-Kleid aus Schweizer Baumwolle mit rosa Besatz und eine leichte Damenhaube aus Stroh, die mit den wenigen rosa Rosen unter der Krempe in ihren Augen reichlich schlicht aussah, die die Dame in dem Laden jedoch für perfekt erklärt hatte. Juan hatte ihr zugestimmt.

Delia, die bei der Anlieferung der ganzen Einkäufe in Wut geraten war, meinte, für so etwas sei das Kind noch zu jung. Rosa war sich unsicher, wer recht hatte, doch eigentlich kümmerte sie es auch nicht. Sie war so glücklich, dass sie zum vornehmen Nachmittagstee an den Grosvenor Square ausgeführt würde!

Widersprüchlich wie immer, warf Delia Juan schließlich vor, ihr Rosa wegnehmen zu wollen, indem er sie mit billigem Putz bestäche.

»Die Sachen waren nicht billig, Mutter, glaub mir«, flüsterte Rosa.

»Sei still, du törichtes Ding.«

»Es reicht, Delia«, mahnte ihr Mann leise. »Benimm dich. Du gibst dem Kind ein schlechtes Vorbild. Man streitet sich nicht in der Öffentlichkeit.«

»Dann gehe ich zu meinem Anwalt«, entgegnete Delia. »Streite dich doch mit dem herum!«

Rosa sah, wie in seinen Augen erneut Zorn aufglomm, und bemerkte fasziniert, dass dieser nette, höfliche Mann seine Frau nicht leiden konnte. Rosa konnte es ihm nicht verdenken. Ihre Mutter war eine echte Nervensäge. Sie fragte sich, warum er sie überhaupt geheiratet hatte. Ihres guten Aussehens wegen, nahm sie an. Leute, die Delia von ihrer besten Seite kennenlernten, waren stets von ihr bezaubert.

Ohne sich um Delias Androhung bezüglich des Anwalts zu kümmern, bot er Rosa ruhig die silberne Kuchenetagere an.

»Hast du mich gehört?«, hakte Delia nach.

»Ja, meine Liebe. Mach, was du willst.«

Als wäre die Anwaltsgeschichte ein Bluff gewesen, schien Delia nach diesen Worten in sich zusammenzusinken und sie tat Rosa ein wenig leid.

Die Schrankkoffer waren gepackt. Rosas Anstandsdame und Erzieherin, eine junge Witwe namens Lark Pilgrim, die bereit war, mit ihnen zu reisen, war ins Haus gezogen. Delia, die behauptete, Lark sei die Hure ihres Mannes, der Rosa als Ausrede benutze, um mit dieser Frau zu reisen, blieb auf ihrem Zimmer.

Die Haushälterin war peinlich berührt. Sie erklärte Lark, ihre Herrin könne sie nicht empfangen, weil sie die bevorstehende Abreise der Tochter so belaste.

Rosa wusste nicht, wie sie sich in dieser Situation verhalten sollte. Zum ersten Mal hatte sie das Wort »Hure« ausgesprochen gehört und der Schock kam einer Ohrfeige gleich. Ob das wahr sein könnte? War Lark die Geliebte ihres Vaters?

Schließlich fragte sie die Haushälterin, die entgegnete: »Ganz gewiss nicht!«

Rosa musste sich für den Abreisetag wappnen. Wie erwartet, war Delia an diesem Morgen hysterisch, rannte in ihrem Morgenmantel herum, weinte und schrie an der Haustür. Obgleich sie derlei Anfälle schon kannte und ihr klar war, dass ihre Mutter zur Teezeit darüber hinweg sein würde, weinte Rosa auch: vor Schuldgefühlen über ihre große Freude, sich mit dem angebeteten Vater zu diesem großen Abenteuer aufmachen zu dürfen.

Was Lark betraf, so ging sie, sobald sie an Bord waren, glücklich und entspannt mit Rosa um. Obwohl bildhübsch, war sie ihrem Arbeitgeber gegenüber jedoch entsetzlich schüchtern, was Rosa, die die beiden nicht aus den Augen ließ, ihre Frage beantwortete.

Lark nahm ihre Mahlzeiten in der Suite ein, die sie zusammen mit Rosa bewohnte, da die einzige andere Möglichkeit die undenkbare zweite Klasse gewesen wäre. Aber sie begleitete Rosa an Deck, nahm an Spielen und anderem Zeitvertreib teil.

Sechs Wochen sind jedoch eine lange Zeit. Binnen einer Woche bemühten sich mehrere Herren um Larks Bekanntschaft und schon bald tanzten etliche Verehrer nach ihrer Pfeife. Rosa fand das amüsant, bis ihr auffiel, dass auch ihr Vater trotz zur Schau getragener Gleichgültigkeit sich zunehmend für Lark interessierte.

Bis das Schiff in Brisbane anlegte, hatten die beiden eindeutig eine Affäre, ein Ausdruck, den Rosa an Bord gelernt hatte. Und zu ihrem Erstaunen nahm ihr Vater im *Victoria Hotel* in der Queen Street zwei Zimmer, wobei eines für Lark und ihn bestimmt war!

Nun marschierte sie zur Eingangsseite der Kirche, setzte sich im lichten Schatten eines Gummibaums auf eine Bank und schüttelte in Gedanken an diese Unverfrorenheit den Kopf. Typisch ihr Vater. In so vieler Hinsicht kultiviert, aber gegenüber seiner Tochter streng und altmodisch. Und das hatte über die Jahre zu einigen fürchterlichen Auseinandersetzungen geführt.

Sie sah, wie ein Herr aus der Kirche trat und stehen blieb, um sich seinen Hut wieder aufzusetzen. Er war groß gewachsen und sah vornehm aus, makellos gekleidet – sein dunkler Anzug hatte einen Londoner Schnitt –, und doch war sein Gesicht leicht wettergegerbt. Vermutlich einer der Viehzüchterfreunde ihres Vaters.

Als er an ihr vorbeikam, lüpfte er den Hut. »Mrs. Palliser!«, grüßte er. Sie glaubte, er wolle sich mit ihr unterhalten, doch er ging weiter.

Sie beobachtete, wie er – in kerzengerader Haltung, hoch erhobenen Hauptes, fast schon arrogant – die Treppe hinunterging und die Straße überquerte. Doch dann kamen andere Trauergäste aus der Kirche und darüber vergaß sie ihn. Sie erinnerte sich wieder an Dolour und ihre eigene Mutter.

Rosa war dreizehn und lebte mit ihrem Vater auf der Rosario-Farm, als ihr Juan mitteilte, ihre Mutter sei ums Leben gekommen. Von einem Brauereiwagen überfahren, als sie versuchte, eine belebte Straße in London zu überqueren. Erst nach Monaten trafen sie in London ein und konnten die von Delia so geliebten weißen Rosen an ihr Grab legen. Nur sie beide. Und es war Rosa unwirklich vorgekommen. Ihr schien es, als wäre ihre Mutter einfach auf ihre vage Art in den Himmel entschwebt und hätte den zarten Duft der Rosen zurückgelassen. Delias kleiner Gedenkgottesdienst war um so vieles besser gewesen als diese Massenansammlung bei Dolours Begräbnis, zumal die Tortur am Grab noch bevorstand. Und danach dann der Leichenschmaus, der auf Juans Beharren hin in seinem Haus in Brisbane stattfinden sollte, wo er und Dolour bei ihren seltenen Stadtaufenthalten gewohnt hatten. Dolour hatte den Busch vorgezogen.

Charlie kam an ihre Seite geeilt. »Alles in Ordnung mit dir, Schatz?«

»Ja. Können wir jetzt gehen?«

»Oh nein. Ich bin einer der Sargträger. Es geht dir doch gut?«

Er eilte davon und Rosa saß da und harrte aus. Die hässliche schwarze Trauerkutsche mit Glasfenstern wartete ebenfalls. Geduldig. Schicksalhaft.

Ein paar Leute kamen aus der Kirche, und Rosa erhob sich, als ihr Vater an der Spitze der Sargträger die Eingangstreppen hinunterschritt.

Ein paar Lausbuben huschten um sie herum, um einen besseren Blick auf diese seltsame Prozession zu haben, und wurden von dem Leichenbestatter fortgejagt, als der Sarg in der Trauerkutsche untergebracht wurde. Sein Gehilfe streute Blumen darüber und die Sargträger zogen sich unsicher zurück.

Erneut erschien Charlie an ihrer Seite.

»Gott sei Dank ist es überstanden«, sagte sie. »Gehen wir!«

»Das geht doch nicht. Wir müssen deinem Vater beistehen.«

Sein eigener Vater, groß und kantig wie der Sohn, stand hinter ihm. Achselzuckend sah er Rosa an, als wolle er sagen: »Bedaure. Da kommst du nicht aus.«

Rosa seufzte und gestattete Charlie, sie zu Juan auf den Hauptweg zu bringen, wo Freunde – und Fremde, wie sie bemerkte – den Hinterbliebenen ihr Beileid aussprechen konnten.

Einer nach dem anderen und Paar für Paar kamen sie, einige mit von der Hitze gerötetem Gesicht, einige, die sich Tränen wegtupften und versuchten, das Richtige zu sagen, und alle erzählten sie von Dolour, dieser prächtigen Frau. Die Farmer schüttelten Juan einfach wortlos die Hand und nickten dem Paar an seiner Seite zu.

Während die Schlange der Kondolierenden langsam an ihnen vorbeizog, konnte Rosa die Seelenqualen des Vaters spüren.

»Das ist doch barbarisch«, flüsterte sie ihm zu. »Komm. Wir müssen jetzt gehen.«

»Wir können noch nicht«, erwiderte er mit gepresster Stimme. »Sir Samuel …«

Sie folgte seinem Blick und sah zu ihrem Ärger den Gouverneur und seine Gattin, die in aller Seelenruhe beim Eingang ein angeregtes Gespräch mit dem Priester führten.

»Geh und sag ihnen, dass wir gern bald aufbrechen würden«, bat sie Charlie.

»Das kann ich unmöglich tun.«

»Ich schon!«, ließ sich eine Stimme hinter ihr vernehmen, und sie beobachtete erfreut, wie ihr Stiefbruder Duke MacNamara zum Gouverneur marschierte und ein paar Worte mit ihm wechselte.

»Ah ja«, meinte dieser, schüttelte dem Priester rasch die Hand und eilte mit seiner Frau herbei.

Die Nachzügler in der Schlange machten dem bedeutenden Paar Platz, das sein Beileid bekundete und sich dann entfernte, sodass der Priester Juans Aufmerksamkeit auf sich lenken konnte.

»Danke, Duke«, meinte Rosa. »Ich freue mich, dich wiederzusehen. Noch immer draußen auf Kooramin?«

»Schon, aber bald geht es nordwärts.« Er grinste. »Verflixt, Rosa, mal wieder schön wie der junge Tag! Aber du warst schon immer eine Augenweide. Dabei bist du nun eine alte Ehefrau!«

Sie stupste ihn mit ihrem Fächer. »Ich bin gerade mal zwei Jahre älter als du, vergiss das nicht.«

Sie wurden von Mrs. Forrest unterbrochen, die sich inzwischen zu ihnen gesellt hatte.

»Du musst nun um die vierundzwanzig sein, nicht wahr, Duke?«, meinte sie. »Wann läuten denn die Hochzeitsglocken?«

»Jetzt, da Rosa nicht mehr zu haben ist, vermutlich nie«, sagte er grinsend und drehte sich zu der Frau hinter ihm um. »Kann ich deine Mutter nun deinen tüchtigen Händen überlassen, Lucy Mae? Das war eine ganz schöne Tortur für sie.«

»Natürlich«, nickte Lucy Mae.

Aus den Augenwinkeln sah Rosa, dass John Pace MacNamara zu ihr herübersah, und wandte sich rasch ab.

»Ich gehe jetzt nach Hause«, erklärte sie Charlie.

»Wir müssen zum Friedhof!«

»Ich muss ins Haus zurück und mich um die Verköstigung der Gäste kümmern«, schwindelte sie. »Ich sage Juan, dass du ihn begleitest.«

»Aber du musst doch mitkommen. Du kannst nicht einfach …«

»Das geht schon«, schaltete Mrs. Forrest sich ein. »Es wird nicht unbedingt erwartet, dass Frauen nach dem Gottesdienst noch mit zum Grab gehen.«

Rosa schenkte der lieben alten Dame ein Lächeln und eilte mit dem Wissen davon, dass Milly das vermutlich erfunden hatte. Wenn sie nicht gerade auf der Jagd nach dem neuesten Klatsch war, konnte sie zuweilen wirklich hilfreich sein.

John Pace sah, wie Palliser eine Pferdedroschke für Rosa herbeirief, ihr hineinhalf und anschließend dem Fahrer die

Adresse gab. Dann ging er zurück zu Rivadavia, der blass und verwirrt aussah.

Das Mindeste, was sie tun könnte, wäre, ihrem Vater zur Seite zu stehen, dachte er wütend, aber das war typisch Rosa, selbstsüchtig wie eh und je. War es etwa zu viel verlangt von der verwöhntesten Frau auf Gottes Erden, Dolour zu ihrer letzten Ruhestätte zu begleiten, auch wenn sie nur ihre Stiefmutter gewesen war? Nur!, dachte er. Dolour hatte Rosa geliebt wie ihr eigenes Kind. Sie hatte solche Freude an ihr gehabt.

»Welch schöne Abwechslung«, hatte sie ihre Söhne geneckt, »nach all den trampelnden Jungen ein liebes, süßes Mädchen im Haus zu haben.«

Als Dolour Rivadavia geheiratet hatte, war er mit ihr und Rosa nach Argentinien gereist, um sie seiner Familie vorzustellen. Er hatte auch den jungen Duke dazu eingeladen, doch der hatte rundweg abgelehnt und es vorgezogen, mit seinen Brüdern auf der Kooramin-Farm zu bleiben. Allen, erinnerte sich John Pace, war bei dem Gedanken noch immer unbehaglich zumute, dass ihre Mutter nur sechs Monate nach dem Tod – der Ermordung – ihres Vaters beschlossen hatte, erneut zu heiraten. Und noch dazu seinen besten Freund!

Jedermann hatte seine Meinung zu den Hintergründen ihrer Entscheidung, aber Dolour hatte sich nie dazu geäußert. Außer natürlich, nahm er an, vor Rivadavia. Manche meinten, es sei des Geldes wegen. Paul, sein Zwillingsbruder, behauptete, sie wolle es Pace heimzahlen, dass er aus purer Landgier ins Tal des Todes geritten sei. Was zu Dolours irischer Logik gepasst hätte. Sie und ihr Vater hatten viel gestritten, bis, wie Pace gern lachend erzählte, »sie mich fragte, was ich aus Liebe zu ihr zu tun bereit sei. Und ich habe ihr die richtige Antwort gegeben.«

Für John Pace selbst war es offensichtlich, dass Dolour Rivadavia liebte, obgleich sie es nie tatsächlich aussprach, und sie ihn vielleicht brauchte, um sie von all den traurigen Erinnerungen abzulenken.

Welchen Beweggrund sie auch hatte, eines stand außer Frage: Rivadavia betete Dolour an. Milly Forrest behauptete, er hätte sie schon immer geliebt, von ihrer ersten Begegnung an, als sie mit Pace verheiratet war.

Ein Jahr darauf kamen sie aus Argentinien zurück, wohnten in der im spanischen Stil erbauten Villa mit einem Ballsaal, die er in den Anhöhen mit Blick auf die Stadt hatte bauen lassen, und Dolour freute sich über Rosas Gesellschaft, da Juans Viehhandel ihn oft weit fort führte. Rosa ihrerseits war glücklich, endlich in der Stadt zu wohnen, und noch dazu in einem Haus, das für Geselligkeiten wie geschaffen war.

John Pace erinnerte sich an das Fest zu Rosas achtzehntem Geburtstag, das in dem Ballsaal veranstaltet wurde, ein glänzender Abend und für ihn unvergesslich, weil er Rosas offizieller Begleiter gewesen war. Wie hatte er über Paul triumphiert, der gehofft hatte, sie würde ihn fragen!

Er hatte sie an diesem Abend geküsst und gemerkt, dass er völlig verrückt nach ihr war. Stillschweigend war er davon ausgegangen, dass sie von nun an ein Paar waren. Wie konnte man so schiefliegen?, dachte er zornig.

»Kommst du?«, rief seine Frau ihm zu. Das holte ihn rasch in die Gegenwart zurück, und er fühlte sich nun noch elender als in der Kirche, wo er am Sarg seiner Mutter hatte sitzen müssen.

»Kannst du nicht eine Minute warten?«, fuhr er sie an. »Wir fahren in der zweiten Kutsche zusammen mit Paul und Laura zum Friedhof.«

»Laura kommt nicht mit, wir passen also noch bei Juan und Charlie mit rein.«

Er hatte weder den Wunsch, sich eine Kutsche mit Rivadavia noch sich eine mit Rosas Mann zu teilen.

»Eileen«, sagte er fest. »Wir nehmen die zweite Kutsche. Ich bin heute lieber mit der eigenen Familie unterwegs, wenn's recht ist.«

»Oh, mach doch, was du willst!«, schnaubte sie. Er hatte sie immer damit aufgezogen, dass sie ein gesellschaftlicher Emporkömmling sei, aber an diesem Tag hatte er genug.

»Wo ist Duke?«, fragte er.

»Der wollte auch nicht mit Rivadavia einsteigen! Er ist in

Mrs. Forrests schicker Kutsche mitgefahren. Ist sie denn nachher noch mit ins Haus eingeladen?«

»Keine Ahnung«, stöhnte er, der sich vor der Beerdigung seiner Mutter fürchtete und sich fragte, wie er sich ohne Aufhebens vom Leichenschmaus entfernen konnte.

Ihm fiel ein, dass er vom nächsten Tag an tun und lassen konnte, was er wollte, was Rivadavia anging. Er war nicht länger verpflichtet, Dolour zuliebe auf seine Launen einzugehen. Fortan konnte man alles wieder aus dem Blickwinkel der geliebten Eltern betrachten, Pace und Dolour. Und nicht aus dem des Mannes, der bei Pace war, als er von Wilden ermordet wurde.

Laura MacNamara entfernte sich unauffällig von den Trauernden und marschierte so schnell sie konnte die Straße entlang. Aber anstatt an der nächsten Ecke zum *Victoria Hotel* einzubiegen, in dem sich die meisten der angereisten Trauergäste einquartiert hatten, lief sie bis zur William Street weiter.

Ihr fürsorglicher Gatte hatte erklärt, es sei eigentlich nicht notwendig, dass sie mit auf den Friedhof komme, da sie Dolour ohnehin kaum gekannt habe und ihr die meisten Trauergäste fremd seien. »Und du brauchst mich auch sicher nicht an deiner Seite?«, hatte sie gefragt.

»Schatz, nein. Ich bin im Moment wie betäubt. Ich möchte dir den Rest ersparen.« Dolour selbst hatte Beerdigungen nicht ausstehen können. Sie hatte sie »öffentliches Händedrücken« genannt. Der Gedenkgottesdienst für seinen Vater war wunderschön gewesen. Es gab nur fünf Trauernde: seine drei Söhne, John Pace' Frau Eileen und Dolour. »Du ruhst dich aus und wir treffen uns dann später im Haus von Rivadavia. Oder möchtest du, dass ich vorbeikomme und dich abhole?«

Sie lächelte. »Nein. Ich komme zurecht. Keine Bange.«

Laura stammte aus Rockhampton, das mehr als hundert Meilen nördlich von Brisbane lag. Ihr Vater, ein Parlamentsmitglied, war vor einiger Zeit gestorben, nur ein paar Jahre, nachdem das offizielle Parlamentsgebäude errichtet worden war. Nun wollte sie sich dieses hochgepriesene Bauwerk ansehen, da sich die Möglichkeit dazu bislang noch nicht ergeben hatte.

Als sie die ruhige, von Bäumen gesäumte Straße entlangeilte, kam ihr ein Polizeiinspektor entgegen. Sie erkannte Marcus Beresford sofort und versuchte so zu tun, als hätte sie ihn nicht bemerkt. Zu spät.

»Ja, sieh an, ist das nicht Miss Maskey?«, begrüßte er sie. »Wie nett, Sie wiederzusehen. Was führt Sie in unsere Stadt?«

Widerstrebend nahm sie Notiz von ihm, ließ ihn ansonsten aber im Unklaren. Inspektor Beresford hatte die Befehlsgewalt über die berüchtigte Einheimischenpolizei Queenslands. Ihr Vater hatte ihn gemocht. Ihr Mann hasste ihn. Aus gutem Grund.

»Ich möchte mir das Parlament ansehen«, sagte sie. »Das kenne ich noch nicht.«

»Ein fantastisches Gebäude! Und vortrefflich eingerichtet. Ich würde mich glücklich schätzen, Sie dort herumführen zu dürfen.«

»Vielen Dank. So viel Zeit habe ich nicht.«

Die gusseisernen Tore befanden sich direkt vor ihr und dahinter erhoben sich die schönen, fast rosafarbenen Sandsteinmauern des Stolzes und der Freude der Kolonie.

»Sind Sie sicher?«

»Verzeihen Sie«, sagte sie und ging auf die Tore zu, »aber ich muss nun wirklich gehen.«

Er ließ nicht locker und passte sich ihrem Schritt an. »Vielleicht könnte ich Sie einmal nachmittags zu einem Tee ausführen.«

»Nein, danke!«

Er öffnete das hohe Tor, und Laura ging rasch hinein und schlug es dann vor seiner Nase zu, sodass er keine Chance hatte, ihr zu folgen.

Ein paar Minuten lang versteckte sie sich in der Eingangshalle, trug sich in das Gästebuch ein und blickte sich um, bis sie sicher sein konnte, dass Beresford sich entfernt hatte. Dann marschierte sie wieder hinaus. Eine Führung durch das Parlament hatte sie nicht im Sinn gehabt; sie hatte es sich samt seiner Umgebung einfach nur einmal ansehen wollen.

Ihr Weg führte sie um das Gebäude herum zur Flussseite, sodass sie sich auch von der Umgebung ein Bild machen konnte. Es lag äußerst malerisch direkt an einer Flussbiegung. Aber Beresford hatte ihr die Laune verdorben. Zu dumm, dass er ihr begegnet war und sie an die Tragödien erinnert hatte, mit denen Paul zu kämpfen hatte.

Laura war Pauls zweite Frau und in Gegenwart seiner Familie noch immer nervös. Seine erste Frau Jeannie und ihr Dienstmädchen waren auf der Oberon-Station von Mitgliedern der Berittenen Einheimischenpolizei aus Beresfords Kompanie umgebracht worden.

Die meisten – darunter Lauras Vater – gaben Beresford nicht die Schuld, und konnten es auch nicht, nahm sie an. Paul hingegen schon. Er behauptete, die Männer der Einheimischenpolizei seien von Haus aus Überläufer, dazu ausgebildet, die eigenen Leute zu töten, im Grunde nur zum Töten ausgebildet, allerdings zugunsten der weißen Siedler. Er machte ihren Vorgesetzten für eine große Anzahl ihrer ruchlosen Taten verantwortlich und stand der bloßen Existenz dieser Truppen ausgesprochen kritisch gegenüber.

Sie seufzte. Gott sei Dank war ihr Mann eben nicht dabei gewesen. Und glücklicherweise trug sie Handschuhe, die ihren Ehering verbargen und dadurch neugierige Fragen von diesem Burschen verhindert hatten.

»Jetzt kann ich genauso gut zurückgehen«, murmelte sie verärgert. »Ich komme ein andermal wieder und sehe es mir dann in aller Ruhe an.«

Sie beschloss, zum Hotel zu gehen, sich auszuruhen und dann mit einer Droschke zu Rivadavias Haus zu fahren. Sie hatte die Adresse und der Hotelportier konnte dem Droschkenfahrer gewiss den Weg beschreiben.

Das Haus lag in einem großen Garten, bei dessen Planung man darauf bedacht gewesen war, den Blick auf die Stadt und den gewundenen Fluss zu erhalten.

Da Laura Bewegung brauchte, stieg sie bereits am Tor aus der Droschke und marschierte die Zufahrt hinauf. Sie und Paul waren schon ein paar Wochen vor dem Tod seiner Mutter hergekommen, und nun, da Dolour zur letzten Ruhe gebettet worden war, würden sie nach Hause fahren, vielleicht schon tags darauf.

Das weiße Haus mit seinen abgeschiedenen Spazierwegen beiderseits des Eingangs sah so kühl und einladend aus, dass Laura schneller ging. Ein duftender Rosengarten grenzte an die Zufahrt, mit Hunderten von Blüten, die der verstorbenen Dame des Hauses zu huldigen schienen. Alle hatten sie einen rosa Farbton, offensichtlich Dolours Wahl.

Jemand rief ihr jenseits einer niedrigen Hecke etwas zu, und als sie sich umwandte, erkannte Laura Mrs. Palliser.

»Hallo!«, rief sie. »Hier drüben. Sie sind die Neue, Laura, nicht wahr?«

»Ja, so könnte man es nennen.« Laura lächelte. »Und Sie sind Mrs. Palliser?«

»Ach, kein Grund, so förmlich zu sein. Duzen wir uns doch. Ich bin Rosa. Wie geht es dir?«

»Sehr gut, danke. Die anderen sind noch nicht zurück?«

»Nein. Und ich verziehe mich gerade lieber, weil die Haushälterin, Mrs. Payne, die Aufsicht über das Büffet hat, und man so, wie sie sich aufführt, denken könnte, es würde königlicher Besuch erwartet statt der Familie und ein paar Freunden.«

Laura nickte. »Was für ein wunderschönes Haus. Wie traurig, dass euer Vater es nun ganz allein bewohnen wird.«

»Der kommt schon klar. Aber ich habe mich gefragt, wie es dir eigentlich geht? Es ist sicher nicht einfach, die Familie kennenzulernen, wo die Tragödie um Pauls erste Frau allen noch frisch im Gedächtnis ist? Ich finde es sehr mutig, dass du hergekommen bist.«

»Ich bin nicht mutig. Und habe es auch nicht von mir aus angeboten. Paul hat darauf bestanden. Er hat gesagt, es würde keine Rolle spielen, wenn ich Freunde und Verwandte von Jeannie träfe; selbst in zehn Jahren würde es nicht leichter werden. Das müssen wir einfach durchstehen.«

Rosa schlenderte zu einem Gartenstuhl im Schatten hinüber und lud Laura ein, sich zu ihr zu gesellen. »Würde es dich stören, eine Weile hier draußen zu bleiben? Sonst ist noch niemand da.«

»Du liebes bisschen, bin ich zu früh?«

»Nein, die anderen kommen sicher gleich. Hast du Dolour gekannt?«

»Leider habe ich sie erst kurz vor ihrem Tod kennengelernt, doch sie meinte, sie sei glücklich über unsere Heirat. Das hat mich sehr erleichtert und mir Zuversicht gegeben.«

Rosa nickte. »Ja, das klingt ganz nach Dolour. Als Vater sie geheiratet hat, habe ich es zunächst kaum fassen können. Aber sie war so nett und verständnisvoll, selbst bei meinen – und auch seinen – gelegentlichen Anfällen, dass ich nicht umhin konnte, sie ins Herz zu schließen. Leider hat sie meine Ehe mit Charlie nicht gebilligt, auch wenn wir nicht gestritten haben. Sie fand mich noch zu jung.« Sie lachte. »Dann habe ich gehört, wie sie sich mit Juan stritt. Er sagte, zwanzig sei das richtige Alter zum Heiraten, und sie schimpfte darauf: ›Ihr Männer! Ihr erfindet diese Mythen doch bloß, um eure Töchter loszuwerden!‹«

Laura war entsetzt. »Oh nein! Aber das hat sie bestimmt nicht so gemeint. Sie hätte sicher nicht gewollt, dass jemand das persönlich nimmt!«

»Oh doch. Soweit ich weiß, könnte sie in der Hinsicht auch durchaus richtig gelegen haben. Doch sie hatte nicht recht damit, dass ich zu jung war. Charlie und ich sind überaus glücklich.«

Laura lächelte. »Das ist ein gutes Gefühl, nicht?«

»Oh, verflixt, da kommen sie.«

Die beiden Frauen erhoben sich und beobachteten, wie vor der ersten Kutsche Reiter in die Zufahrt einbogen.

»Ich gehe mal besser hoch, sonst macht mir Sergeant Payne die Hölle heiß. Komm.«

Laura stürmte mit ihr durch ein Labyrinth an Wegen, über die Auffahrt hinweg und die Treppe zur Tür hinauf, und eilte sodann über den polierten Boden einer Eingangshalle in einen langen Salon, der mit bequemen Ledersesseln und -sofas ausgestattet war.

»Du bleibst hier«, meinte Rosa. »Ich muss Portier spielen. Dolour wollte keine Butler oder dergleichen, und die Mädchen werden nun, da die ersten Gäste eintreffen, alle im Ballsaal sein und das Büffet herrichten.«

»In Ordnung.« Laura grinste, als ihre neue Freundin Rosa davoneilte. Sie sah sich in dem Raum mit seinen interessanten Porträts und farbigen Wandbehängen um und ging dann zu einer Glasvitrine, in der ein mit Juwelen verziertes Kreuz ausgestellt war. »Oh, wie schön!«, hauchte sie, geblendet von dem Überfluss an Rubinen, Smaragden und Perlen. »Sind die echt?«

Sie blickte sich verstohlen um. Hoffentlich hatte niemand diesen törichten Ausruf gehört, denn natürlich waren sie echt. Eine schwarz gekleidete Prozession bewegte sich durch die offene Eingangstür, doch sie drehte sich wieder zurück und starrte weiter gebannt auf das Juwelenkreuz, das sie in seiner Schönheit schier überwältigte.

Der Ballsaal war zu einem mit Teppichen ausgelegten Salon umgestaltet worden, in dem Diwane und Polstersessel um niedrige Tische zu Sitzgruppen aufgestellt waren. Ein paar betagtere Herrschaften hatten sich hier schon niedergelassen und ruhten ihre müden Knochen aus.

Eileen MacNamara war überrascht über diese Verwandlung. Sie hatte die Idee, das Treffen in dem für strahlende Empfänge bekannten Ballsaal stattfinden zu lassen, nicht gutgeheißen und Rosa die Schuld für diesen Fauxpas gegeben.

»Was spielt es denn für eine Rolle?«, hatte John Pace gefragt. »Es handelt sich schließlich nicht um einen echten irischen Leichenschmaus. Es soll lediglich eine Zusammenkunft nach der Beerdigung sein, bei der es eine Kleinigkeit zu essen gibt. Ein Art frühes Abendessen, denke ich.«

»Wer hat dir das gesagt?«

»Die Haushälterin. Gestern, als ich die zusätzlichen Blumen vorbeigebracht habe. Sie sagte, Ansprachen wünsche

Herr Rivadavia auch nicht. Aber sehen die Blumen nicht hübsch aus?«

Eileen waren sie bereits aufgefallen. An den offenen Seitentüren zum beschatteten Garten hin standen riesige Vasen mit rosa Rosen. Übertrieben, befand sie.

Dienstmädchen bewegten sich mit trübsinniger Miene stumm im Raum umher und boten Tee und Kuchen an, doch ihr Mann steuerte auf eine Seitentür zu.

»Auf der Terrasse gibt es ein Büffet«, erklärte er begeistert. »Lass uns rausgehen. Ich sterbe vor Hunger.«

Eileen sah, dass sich dort die Jüngeren zusammengefunden hatten. Sie wäre lieber in diesem Raum geblieben, der sich bereits mit bedeutenden Personen füllte, dem örtlichen Parlamentsmitglied Jasper Forsyth etwa oder dem Präsidenten des Viehzüchterbunds von Queensland und seiner Frau. Unter diese Leute hätten sie sich mischen sollen! Doch John Pace war bereits fortgestürmt und sie folgte ihm notgedrungen.

Rosa hatte ihren Spitzenschleier inzwischen abgelegt und plauderte gerade mit Laura. John Pace begrüßte noch kurz seine Brüder, ehe er sich zum Büffet begab.

»Er hat immer Hunger!«, seufzte Eileen.

»Der alte Nimmersatt«, grinste Duke. »Immerzu dabei, sich den Bauch vollzuschlagen.« Er nickte in Richtung Laura. »Sieht so aus, als spieltest du nur noch die zweite Geige, Paul.«

Sein Bruder lächelte. »Ja, die zwei scheinen sich gut zu verstehen.«

»Keinen Anstand, alle beide«, bemerkte Eileen. »Vor Dolours Begräbnis am Friedhof haben sie sich gedrückt, die gesellschaftliche Seite des Tages scheinen sie dagegen nicht verpassen zu wollen!«

»Ach ja?«, versetzte Duke sarkastisch und marschierte davon.

Paul warf seiner Schwägerin einen finsteren Blick zu. »Eigentlich wollte Laura gar nicht herkommen. Ich habe sie überreden müssen.«

»Wozu bloß? Ich dachte, du hättest mehr Respekt vor Jeannies Familie.« Eileen blickte sich in dem inzwischen bevölkerten Garten um. »Du musst doch gewusst haben, dass Jeannies Eltern da sein würden. Und ihre Schwester. Gott weiß, wie sie sich fühlen müssen, wenn ihnen deine neue Frau derart vorgeführt wird.«

»Jetzt reicht es, Eileen«, herrschte John Pace sie an. »Verzeih, Paul. Sie redet dummes Zeug.«

Sein Zwillingsbruder wandte sich ab. »Ich hatte vergessen, dass sie hier sein würden. Ehrlich.«

»Egal. Lass dich von Eileen nicht ärgern.«

Paul schüttelte den Kopf. »Tut sie nicht.«

Als er sich nun durch die Gästeschar zu Laura schlängelte, dachte er über seine Situation nach.

»Meine Frau und eine weitere Dame wurden auf abscheuliche Weise ermordet«, sagte er sich.

Nach solch einem Schicksalsschlag konnte einem nichts mehr etwas anhaben. Gehässiges Gerede ähnlich dem Eileens war seit seiner Hochzeit mit Laura gang und gäbe gewesen, hatte ihn jedoch kalt gelassen. Es konnte ihm nicht gleichgültiger sein. Und was Laura anging, so war sie ein willensstarkes Mädchen und konnte auf sich selbst aufpassen.

»Wenn ich es mir recht überlege«, murmelte er, »sollte Eileen sich besser vorsehen.«

Rosa merkte, dass die Gespräche um sie herum kurz verstummten, und sah, dass ihr Vater und Duncan Palliser den Raum betreten hatten. Sie entschuldigte sich und eilte ihnen entgegen.

Sie nahm Juans Arm und drückte ihn an sich. »Alles in Ordnung mit dir, Vater?«

»Ja«, nickte er und blickte um sich. »Hier ist alles in Ordnung? Genügend zu essen da?«

»Oh ja. Und es schmeckt ausgezeichnet. Kann ich dir etwas bringen? Und dir ebenfalls, Schwiegerpapa?«

»Danke, für mich noch nicht, Liebes, aber du könntest Mr. Palliser in mein Arbeitszimmer bringen und ihm einen Portwein anbieten. Ich wollte ihm ein Bild von dem Angusbullen

Minotaur zeigen. Deshalb… überlasse ich Sie Rosas fähigen Händen, Sir. Ich brauche nicht lang.«

Rosa beobachtete, wie er seine schwarze Seidenkrawatte zurechtrückte, die Schultern straffte, wie er es oft tat, wenn er seinen berühmten Latinocharme einsetzen würde, und mit ausgestreckten Armen auf das nächste Paar zusteuerte.

»Einen Augenblick, bitte«, sagte sie zu Duncan und winkte ein Serviermädchen herbei.

»Würden Sie bitte ein schönes Tablett mit Essen für zwei Herren herrichten und es in Mr. Rivadavias Arbeitszimmer bringen?«

»Ja, Madam.« Das Mädchen knickste.

»Ich kann euch beide doch keine Reste essen lassen«, erklärte Rosa ihrem Schwiegervater. »Aber jetzt komm mit und schau dir Juans Lieblingsbullen an.« Sie senkte ihre Stimme ein wenig. »Er hält sich ganz wacker, nicht?«

»Ja, ich hab mir von Charlie zwar einen finsteren Blick dafür eingehandelt, aber auf dem Rückweg dachte ich, wir könnten uns mal eingehend über die Viehfarmen in Argentinien unterhalten. Ich hatte bislang noch keine Möglichkeit, deinen Vater darüber zu befragen.«

»Das war goldrichtig. Sprich mit ihm über Rinder und schon hast du ihn für dich eingenommen. Wo steckt Charlie überhaupt?«

Duncan lachte. »Der ist losgezogen, um die Rechnung beim Leichenbestatter zu begleichen, der verstimmt war, weil er nicht auf der Stelle sein Geld bekommen hat.«

»Oh nein! Wie schrecklich. Ich habe ihn damit betraut und einfach angenommen, er würde eine Rechnung schicken!«

»Offensichtlich nicht. Bargeld auf die Hand, lautete die Devise, sobald dein Vater sich umgewandt hatte. Wäre das im Busch passiert, hätte man ihn schon längst in einen Bach gestoßen.«

»Recht geschähe es ihm!«, erwiderte sie empört.

»Dann wäre er auf unseren Beerdigungen nicht zugegen, nicht?«

Rosa zögerte eine Minute und brach dann in Gelächter aus.

»Oh je, den hätte ich beinahe überhört. Immer zu Scherzen aufgelegt! Für alle ist es solch ein trauriger Tag. Wie lange bleiben die Trauergäste bei derartigen Anlässen?«

»Die werden bald aufbrechen.«

Sie nahm ihn durch den breiten Korridor mit in Juans von Bücherregalen gesäumtes Arbeitszimmer und Duncan blickte beeindruckt um sich. »Ich hab's ja nicht so mit Büchern, mal abgesehen von Farmjournalen und Katalogen, aber diese hier sind die bestaussehenden Bürosessel, die mir je untergekommen sind.« Mit einem wohligen Seufzer nahm er auf einem davon Platz. »Ich will verdammt sein, wenn dieser Sessel nicht weich wie ein Kissen ist. So einen muss ich für mein Arbeitszimmer zu Hause auch auftreiben. Wäre abends ein willkommener Anblick für meine alten Knochen, das kann ich dir sagen.«

»Dann sollst du einen haben, Duncan, dafür sorge ich.«

Sie schenkte ihm seinen Portwein in ein Kristallglas, gab ihm zum Dank, dass er sich um ihren Vater gekümmert hatte, einen Kuss auf die Wange und ging zu den anderen Gästen zurück.

Bisweilen fragte er sich, was Rosa in seinem Charlie sah. Er war ein schmucker Bursche, das gewiss … hochgewachsen und aufrecht, mit einem schönen braunen Haarschopf, ein Erbe der Mutter, die wunderschönes Haar gehabt hatte. Doch war er ein Bücherwurm und fürchterlich spießig.

Seine Schwägerin war da anderer Meinung. »Charlie ist nicht spießig«, sagte sie. »Er weiß sich einfach zu benehmen. Er hat gute Manieren, so was hat in diesen Tagen Seltenheitswert.«

Natürlich mochte sie Rosa nicht. Sie behauptete, das Mädchen sei verzogen und flatterhaft.

»Alice, wenn sie das wäre«, entgegnete Duncan, »warum hat sie sich dann ausgerechnet einen so ruhigen Zeitgenossen wie Charlie ausgesucht? Gegensätze ziehen sich an, vielleicht?«

»Keinesfalls. Er hat ihr ganz einfach als Erster einen Antrag gemacht, deshalb! Das ist doch sonnenklar. Ich wette, er ist ihr erster ernsthafter Kandidat. Sie ist schön. Das schreckt junge

Männer ab, solange sie noch nicht genügend männliches Selbstvertrauen gewonnen haben. Charlie war einfach als erster am Zug und sie hat bei der ganzen Aufregung den Kopf verloren.«

Er lachte. »Hast du auf die Art etwa deinen ersten Mann geheiratet, Alice?«

»Allerdings«, erwiderte sie eisig. »Und habe es zeitlebens bereut.«

Rivadavia kam mit Charlie ins Arbeitszimmer, der auf ein Glas Port bei ihnen blieb, ihre Begeisterung für den Stammbaum des Bullen allerdings nicht recht teilen konnte und sich deshalb auf die Suche nach seiner Frau machte.

Für Charlie war der lange Tag fast vorüber. Dolour war zur letzten Ruhe gebettet worden. Er fragte sich, wie Juan nun so allein in diesem großen Haus zurechtkommen würde.

Auf dem Weg durch den breiten Korridor mit dem polierten Boden und dem edlen rot gemusterten Läufer griff er nach der kühlen weißen Wand. Er hatte den Bauarbeitern beim Bau des Hauses zugesehen und gegenüber einem Zimmermann seiner Verwunderung über die außerordentlich breiten Korridore Ausdruck gegeben.

»Genauso will er sie aber«, hatte der Mann erwidert. »Und zwar im ganzen Haus.«

Und sie wurden gut genutzt, nickte Charlie, während er an einer Vitrine und an einem mit Schnitzereien versehenen thronähnlichen Stuhl aus Ebenholz vorbeiging. Sämtliche der hier ausgestellten Kunstgegenstände interessierten ihn brennend, wie auch das Haus selbst. In seinen Augen passte dieser Baustil viel eher zu dem Klima als die in Queensland so beliebten hohen Holzhäuser.

Er entdeckte Rosa in der Eingangshalle, wo sie sich gerade vom letzten Gast verabschiedete. Donner rollte über den östlichen Himmel.

»Hoffentlich regnet es«, sagte sie. »Das würde uns Abkühlung verschaffen.«

»Das tut es zwangsläufig. Die letzten Tage war es zu heiß, selbst für diese Jahreszeit. Meinst du, wir sollten uns auf den

Heimweg machen, bevor es zu stürmen beginnt? Sieht sehr schwarz aus da draußen.«

»Ich möchte Vater heute Nacht nicht allein lassen. Vielleicht könnten wir ja hier übernachten?«

»Wenn er das möchte? Dann selbstverständlich, mein Liebes.«

»Ja. Ich frage ihn.« Sie blickte sich traurig um. »Auf einmal ist es so still, findest du nicht, Charlie? Ich warte immer darauf, dass Dolour aus dem Salon herausgeeilt kommt oder an uns vorbeistürmt, um etwas zu erledigen.«

Er nickte teilnahmsvoll und legte einen Arm um sie.

Mrs. Forrest und Lucy Mae saßen in der vorletzten Kutsche, die knirschend die Zufahrt hinunterfuhr und auf die belebte Sycamore Road einbog. Milly nahm es in diesen Dingen immer sehr genau. Niemand sollte ihr nachsagen können, sie sei als Letzte aufgebrochen.

»Du warst sehr still da drin«, meinte Lucy Mae. »Vermisst du Dolour sehr?«

»Ja, ich vermisse sie schrecklich«, schniefte Milly.

»Das tut mir leid. Es muss hart sein, eine so gute Freundin zu verlieren.«

»Allerdings.«

Es war auch schwer, sinnierte Milly, den allerbesten Tratsch zu kennen und ihn niemandem erzählen zu können. An Lucy Mae wäre er verschwendet.

»Lady Rowan-Smith habe ich gar nicht gesehen. War sie in der Kirche?«

»Nein«, entgegnete Lucy Mae. »Ich glaube, sie ist über den Sommer nach Sydney gereist.«

»Ach so.« Milly zuckte die Achseln.

»Sie hat Dolour doch gar nicht gekannt, oder?«

»Das nicht, aber Pace.«

»Das ist wohl kaum ein Grund, auf diese Beerdigung zu gehen. Der ist ja schon seit Jahren tot.«

»Das weiß ich selber!«, schnauzte Milly. Sie verschränkte die Arme und setzte sich auf dem gut gepolsterten Sitz zurück.

Lucy Mae beugte sich vor und schloss die Fenster gegen den Regen. »Ich glaube, morgen nehmen wir den Vormittagstee im *Victoria Hotel* ein«, setzte Milly leise hinzu. »Oder essen dort zu Mittag.«

»Wieso das?«

»Weil die MacNamaras alle dort übernachten, und, soweit ich weiß, morgen früh um neun das Testament verlesen wird.«

»Und?«

»Und wir sehen dann, wie sich die Dinge wenden.«

»Aber Dolour hatte doch kaum eigenen Besitz, oder?«

»Kaum? Ihr hat immer noch die Kooramin-Farm gehört. Die ist riesig. Ein Heidengeld wert, zumal die Grundstückspreise inzwischen stündlich steigen.«

»Das habe ich gar nicht gewusst. Irgendwie hatte ich mir wohl vorgestellt, die Farm wäre mit in Juans Besitz übergegangen.«

»Niemals. Das war ihre Farm. Sie und Pace haben sie von Grund auf selbst gebaut. Sie hätte sie nie aus den Händen gegeben.«

»Und was …?«

»Wir werden sehen. Morgen.«

Während ihre Kutsche sich durch Straßen kämpfte, die wegen des Wolkenbruchs bereits unter Wasser standen, fragte Milly sich, aus welchem Grund Heselwood sich in der Stadt aufhalten mochte.

»Ich frage mich, wieso Rivadavia nicht hier ist«, flüsterte Eileen John Pace zu. Sie saßen in der Rechtsanwaltskanzlei und warteten auf Duke, damit Hubert Bloom Dolours letzten Willen verlesen konnte.

»Ganz offensichtlich, weil sie ihm nichts vermacht hat. Er besitzt mehr als genug, wieso sollte sie also?«

Unvermittelt schoss John Pace der Gedanke durch den Kopf, Dolour könne das vielleicht schon getan haben. Die Dokumente von Kooramin hatte er bereits seit Jahren nicht mehr zu Gesicht bekommen. Dolour hatte sie mitgenommen, als sie Rivadavia geheiratet hatte. Möglicherweise hatte ihr Mann sie dazu überredet, ihre Besitztümer zu einer Gesellschaft zu verschmelzen, zu *seiner* Gesellschaft, *Cordoba Holdings.*

Das konnte doch aber wohl nicht sein! Das hätte ihre Mutter ihnen nicht angetan. Er und Eileen hatten die Farm äußerst erfolgreich geführt und jeweils zum Jahresende mit Dolour abgerechnet. Mit klopfendem Herzen starrte er auf die purpurrote Blütenpracht des Jacarandabaumes draußen vor dem Fenster und versuchte, derlei Gedanken beiseitezudrängen. Gewiss rührten sie nur von den Seelenqualen her, die durch den Verlust seiner Mutter entstanden waren. Wenn das hier vorüber war, würden sie heimfahren. Geboren und aufgewachsen auf der Kooramin-Farm, hatte er sich in großen Städten nie wohl gefühlt: zu viele Menschen, zu viel Lärm.

»Wann wird diese Stadt Ihrer Meinung nach als City bezeichnet werden?«, fragte er Mr. Bloom, um sich die Zeit zu vertreiben.

»Das weiß der Herr allein, John Pace. Ich finde es höchst seltsam, dass Brisbane Hauptstadt der Kolonie ist und doch keine City.«

»Ich nicht«, versetzte Paul. »Es liegt am untersten Zipfel der Kolonie. Meine Heimatstadt Rockhampton, auf halbem Weg die Küste hinauf, würde sich da eher anbieten.«

»Rockhampton?«, lachte sein Bruder. »Wer hat denn davon schon je gehört? Was bitte soll eine Hauptstadt, die keiner finden kann?«

»Sei dir da bloß nicht so sicher. Oh, schaut mal da raus!«

Paul sprang auf, eilte zum offenen Fenster und stieß einen schrillen Pfiff aus.

»He, Duke!«, brüllte er. »Hierher, aber schnell! Wir warten schon auf dich!«

Entrüstet drehte er sich wieder um. »Er war auf der anderen Straßenseite und hat mit ein paar Damen geplaudert. Verzeihen Sie, Mr. Bloom, aber nun ist er unterwegs.«

Als Duke hereinkam und sich einen Stuhl heranzog, nahm der Rechtsanwalt seine Entschuldigung an. Dann zog er eine Schublade auf und holte eine kleine Ringschatulle hervor.

»Wie Sie vermutlich wissen«, sagte er, »konnte Mrs. Rivadavia mit Schmuck nie so recht etwas anfangen, wenngleich ihr Mann ihr einige teure Stücke geschenkt hat. Diese hat sie ihrer Stieftochter Rosa vermacht. Und ich glaube, Sie haben einen Ring bekommen, Eileen? Und Sie, Laura, die Kameenbrosche?«

Die beiden Frauen nickten.

»Ja. Dolour erzählte mir, das seien ihre Lieblingsschmuckstücke, und sie wollte, dass Sie sie als Andenken an sie bekommen. Sie wurde mit ihrem Ehering beerdigt, aber dieser Ehering hier stammt von Pace. Es war ihr Wunsch, dass Sie ihn erhalten, Duke, auf dass er Ihnen bei der sorgfältigen Wahl Ihrer Ehefrau helfe.«

Er reichte Duke die Schatulle, der sie öffnete und auf den kleinen Goldring blickte.

»Darüber hinaus wird in dem Testament außer Kooramin nichts mehr erwähnt«, fuhr Bloom fort. »Als ich sie nach weiteren Vermögenswerten gefragt habe, meinte sie schlicht, es gäbe keine.«

Alle blickten überrascht drein, schwiegen aber.

Der Anwalt öffnete das vor ihm liegende Dokument, las die Einleitung des letzten Willens und Testaments von Dolour Rivadavia und bemerkte dann: »Es ist ein äußerst einfacher Wille. Im Vollbesitz meiner geistigen Kräfte vermache ich, Dolour Rivadavia, meinen Besitz, die Kooramin-Farm, hiermit nach meinem Ableben meinen drei geliebten Söhnen John Pace, Paul und Duke. Mit meinem Segen.«

Als er mit einem beifälligen Lächeln aufblickte, starrten ihn die drei Männer ausdruckslos an.

»Ist das alles?«, wollte Paul wissen. »Sonst nichts?«

Bloom reichte ihm das Testament. »Ich habe ja bereits erklärt, dass Ihre Mutter keine weiteren Besitztümer hatte.«

»Aber da war doch Geld auf der Bank!«

»Ihre Mutter hat ihr Konto vor einiger Zeit aufgelöst und das Guthaben – einen beträchtlichen Betrag, soweit ich weiß – für wohltätige Zwecke gespendet.«

»Und wo passe ich da jetzt rein?«

»Verzeihung, John Pace?«

»Kooramin. Das ist meine Heimat, nicht ihre. Duke hat Besitz im Tal der Lagunen. Ein riesiges Gebiet oben im Norden.«

»Sicher gibt es das«, protestierte Duke, »leeres Land, auf dem tausend Schwarze kampieren. Völlig ohne Nutzen.«

John Pace ging auf seinen Zwillingsbruder los. »Und was ist mit dir, Paul? Du hast doch bereits eine gute Farm. Oberon ist eine der besten, wie oft hast du das nicht schon gesagt. Wozu brauchst du dann bitte einen Anteil an Kooramin?«

»Beruhige dich doch«, erwiderte Paul. »Wir finden schon eine Lösung. Mutter wollte anscheinend niemanden bevorzugen.«

»Aber verflixt noch mal, das hat sie doch!«

»Vielen Dank, Mr. Bloom.« Duke trat vor und schüttelte dem Anwalt die Hand. »Wir werden Ihre Zeit nicht länger in Anspruch nehmen.«

Bloom erhob sich, geleitete sie aus seiner Kanzlei und begab sich dann an seinen Schreibtisch zurück. Er hatte Dolour gewarnt, dass Konflikte unausweichlich würden, wenn sie jedem Sohn ein Drittel von Kooramin vermachte. Es war eine riesige Farm, die sich der junge Pace MacNamara aus jungfräulichem Land abgesteckt hatte, lange bevor Landvermesser auf der Bildfläche erschienen. Sobald das Land offiziell als das Eigentum MacNamaras anerkannt war, der den ersten Anspruch darauf hatte, wurde der verarmte Ire in die Ränge der bedeutenden Grundbesitzer katapultiert.

Paul hatte recht gehabt, sinnierte er. Sie wollte oder konnte einfach keinen Unterschied machen.

»Mein Mann«, hatte sie gesagt und dabei MacNamara gemeint, »hat diese Farm für seine Söhne aufgebaut. Ich habe meine Pflicht getan und sie an sie weitergereicht, und damit Schluss. Nun liegt alles in ihrer Hand. Es sind erwachsene Männer, das schaffen die schon.«

Bloom zuckte mit den Achseln. Er hatte Dolour viele Jahre gekannt. Hatte beobachtet, wie ihr Haar nach der Hiobsbotschaft von MacNamaras Tod schlohweiß geworden war. Die Überraschung der Familie geteilt, als sie noch vor Ablauf eines Jahres nach der Tragödie Rivadavia geheiratet hatte. Und war zu der Erkenntnis gelangt, dass sie, wenngleich in vielerlei Hinsicht eine leidenschaftliche Frau, nicht zu Sentimentalitäten neigte.

Es klopfte an der Tür, und sein Bürogehilfe verkündete, eine Mandantin warte.

»Ohne einen Termin?«, fragte Bloom missbilligend.

»Es ist Mrs. Forrest.«

Der Anwalt zögerte. Die Frau schien sich einzubilden, sie könne in die Kanzlei schneien, wann immer es ihr passte. Andererseits war sie eine geschätzte Mandantin.

»Bitten Sie sie herein.« Er erhob sich und verzog sein backenbärtiges Gesicht zu einem herzlichen Lächeln.

»Meine Liebe!«, strahlte er sie an. »Was verschafft mir die Ehre?«

»Es geht um diesen Schurken Bartling. Meine Tochter hat keinen Penny erhalten. Was ist mit all den Besitztümern, über die er angeblich verfügte? Waren irgendwelche davon der Rede wert?«

»Ich fürchte nein. Wir haben jedes einzelne dieser Dokumente sorgfältig überprüft, aber ich muss Ihnen zu meinem Bedauern sagen, dass sie allesamt Fälschungen sind, angefertigt zu dem Zweck, sich Geld zu leihen. Scheinbar war Bartling in viele zwielichtige Landgeschäfte verwickelt…«

»Wenn er nicht ertrunken wäre, wäre er folglich hinter Gittern gelandet?«

Bloom nickte. Sein Gehilfe brachte die Forrest-Akte und legte sie ihm auf den Schreibtisch.

»Das sind die Bartling-Unterlagen«, murmelte der Anwalt. »Sie nützen niemandem mehr. Möchten Sie, dass ich sie vernichte?«

»Könnte ich einen Blick darauf werfen?«

»Gewiss.«

Mrs. Forrest holte ihre Brille aus einer großen Handtasche und blätterte in den Papieren.

»Du meine Güte! Was für eine Frechheit! Dieser Schuft hat wohlbekannte Besitzungen als seine ausgegeben! Und sehen Sie sich das an! Selbst vor Carlton Park hat er nicht Halt gemacht! Na, das hätte was gegeben.« Sie lachte. »Jasin wäre fuchsteufelswild geworden!«

»Jasin wer?«

»Lord Heselwood!«

»Gehört ihm Carlton Park denn noch immer? Ich dachte, er hätte es verkauft, als sein Sohn nach England zog.«

»Nein, er hat es verpachtet. Und sein Sohn ist nicht einfach so weggezogen. Oh nein, er wurde hinausgeworfen.«

»Ah ja«, murmelte Bloom taktvoll. Er und seine Frau waren stets an Klatschgeschichten über die Elite der Kolonie interessiert, vor allem, wenn Aristokraten im Spiel waren. Nun setzte er geschickt dazu an, Mrs. Forrest das Geheimnis zu entlocken, das die plötzliche Abreise des jungen Heselwood nach England umgab. »Diese Geschichte habe ich gehört«, tastete er sich vor, »aber ich habe dem Ganzen keinen Wert beigemessen. Gewiss würde ein junger Gentleman … wie alt war er gleich wieder? Knapp siebzehn …«

»Ja.«

»Gewiss würde ein junger Gentleman sich davor hüten, eine Dame wie Mrs. MacNamara zu behelligen.«

»Man sollte meinen, er würde sich davor hüten, überhaupt einer Dame zu nahe zu treten!«, versetzte Mrs. Forrest. »Aber es hat sich ja nicht nur um Behelligung, sondern um eine versuchte Vergewaltigung gehandelt.«

»Du lieber Himmel!« Bloom war ehrlich erschrocken.

»Ja. Ihr Mann, Pace, war zu dem Zeitpunkt auf Reisen. Gott sei Dank, denn sonst wäre der Teufel los gewesen. Dolour hat nie jemandem in der Familie davon erzählt, aber Lady Heselwood hat was zu hören bekommen!«

»Ah so? Aber Anklage wurde gegen ihn keine erhoben?«

»Ha! Nein. Dolour hat von Edwards Eltern verlangt, ihn außer Landes zu schaffen, da sie ihn andernfalls verklagen würde.«

Bloom ließ sich die Sache durch den Kopf gehen. »Schwer zu beweisen, eine schreckliche Tortur für eine Dame.«

Mrs. Forrest lachte. »Sie wusste, dass sie keine Chance gehabt hätte. Darum ging es ja eben. Aber Edward wäre vor Gericht gelandet und alle Welt hätte davon erfahren. Und Sie wissen ja, wie es immer so schön heißt: ›Kein Rauch ohne Feuer.‹ Sie war bereit, gegen Lord Heselwood und seinen Einfluss zu verlieren, aber sie hat sie gewarnt, dass sie in Berufung gehen und ihren Sohn wieder vor Gericht bringen würde! Nun, da mussten sie doch nachgeben, nicht? Edward wurde von heute auf morgen außer Landes verfrachtet.«

»Ach, nun ja.« Blooms Neugierde war nun befriedigt und er zuckte mit den Achseln. »So etwas kommt vor. Ist ja nun Geschichte.«

»Allerdings! Und raten Sie mal, wen ich auf Dolours Beerdigung gesehen habe? In der Kirche?«

»Die halbe Stadt«, lächelte er. »Ich war auch da.«

»Natürlich waren Sie das. Aber haben Sie Jasin Heselwood gesehen?«

»Nein. War er etwa da?«

»In voller Lebensgröße.«

»Du lieber Himmel. Wieso in aller Welt…?«

Sie erhob sich. »Da kommt man ins Grübeln, nicht?«

»Und ob. Sie müssen das Kriegsbeil wohl doch noch begraben haben. Na, und wollen Sie nun irgendeine dieser Unterlagen?«

»Nein.« Sie schob die Akte zu ihm zurück. »Wenn mein Schwiegersohn mit ebensolchem Eifer daran gearbeitet hätte, ehrlich zu sein, hätte etwas aus ihm werden können!«

Da keiner der MacNamaras in Brisbane ansässig war, zogen sie sich in Dukes Hotelzimmer zurück, um sich dort weiter zu unterhalten, anstatt Familienangelegenheiten in der Öffentlichkeit auszubreiten.

Eileen nahm auf dem einzigen Sessel Platz; John Pace setzte sich auf eines der Einzelbetten und Paul und Laura ließen sich auf dem anderen nieder. Duke blieb lieber stehen und lehnte sich neben dem hohen Fenster an die Wand.

Er eröffnete das Gespräch. »Wir müssen Kooramin verkaufen. Richtig?«

»Kommt gar nicht infrage!«, ereiferte sich Eileen. »Wie

kannst du es wagen, so etwas vorzuschlagen! Kooramin ist unser Zuhause. Das Heim unserer Kinder!«

»Wo sind die jetzt eigentlich?«, erkundigte sich Laura.

»Ein Mädchen ist mit ihnen in den Botanischen Garten gegangen.«

»Ich weiß, dass es euer Heim ist«, erwiderte Duke, »du brauchst also gar nicht weiterzureden. Wir werden euch unsere Anteile verkaufen.«

»Wer sagt das?«, knurrte Paul, während John Pace gleichzeitig lautstark Einspruch dagegen erhob.

»Haltet den Mund, ihr zwei«, schnauzte Duke, »und hört zu. Wir haben aus Kooramin das Beste rausgeholt, John Pace. Die Farm gehört uns dreien und ich möchte meinen Anteil. Ich will jetzt auf eigenen Füßen stehen.«

»Das kannst du doch immer noch. Paul tut es ja schließlich auch«, warf John Pace ein.

»Ach ja? Vielleicht hat er das, hat auf Oberon-Station herumgescharrt und in einer Hütte gewohnt, bis er genug Geld für ein richtiges Haus zusammen hatte. Für mich wäre das allerdings nichts. Entweder du zahlst uns aus, oder wir verkaufen die Besitzung und nehmen unseren Anteil.«

»John Pace, ich denke, du solltest ins Auge fassen, eine Anleihe aufzunehmen, um uns auszubezahlen«, sagte Paul ruhig. »Ich könnte das Geld jetzt gut gebrauchen.«

Duke stimmte ihm zu. »Er hat recht. Du hörst ja nicht, wenn Paul sich beklagt, dass wir uns auf der Familienfarm ein schönes Leben machen, während er sich da oben im Norden abrackert.«

»Ach, sei doch still!«, schrie Eileen. »Seit wann machst du dir Gedanken um andere, Duke? Herrgott noch mal, dein Mitgefühl für Paul ist doch pure Heuchelei! Er ist aus freien Stücken in den Norden gegangen. Keiner hat ihn gezwungen. Und ich habe noch nie gehört, dass du ihm angeboten hättest, ihm zur Hand zu gehen!«

»Oder dass dich die Arbeit auf Kooramin umbringt«, knurrte John Pace.

»Dann seid doch froh, dass ihr mich loswerdet«, knurrte

sein jüngerer Bruder. »Ich bin draußen. Treib das Geld auf, John, oder verkauf.«

»Ruhig Blut«, mahnte Paul, aber Duke blieb eisern.

»Du bist ein Schwächling. Du willst verkaufen, aber dir fehlt der Mumm, es zu sagen. Die haben es sich doch seit Jahren gut gehen lassen. Warum sollten wir sie unterstützen?«

»Weil wir uns den Gewinn teilen.«

»Verflixt noch mal, welchen Gewinn denn? Bei der Dürre und der Art, wie er und Eileen das Ganze bewirtschaften, hat Mutter schon seit Jahren keinen Penny mehr gesehen!«

»Sie hat das Geld nicht gebraucht!«, explodierte Eileen.

»Was hat das damit zu tun?« Duke ging zur Schlafzimmertür. »Ihr hattet mich da draußen in der Zange. Ich musste mit euch beiden auskommen oder gehen. Mir war nicht danach zu gehen, nun aber sehr wohl.«

Die Tür fiel krachend hinter ihm ins Schloss.

»Es steht noch immer zwei gegen einen«, wandte John Pace sich an seinen Zwillingsbruder. »So kann er gar nichts ausrichten.«

Paul ergriff Lauras Hand und erhob sich. »Tut mir leid, aber wenn einer raus will, dann ist es nur recht und billig, ihn gehen zu lassen. Und wie schon gesagt, ich könnte das Geld gut gebrauchen.«

»Er hat recht! Du bist schwach«, weinte Eileen.

»Ich hätte nicht gedacht, dass du uns so hängen lässt«, meinte John Pace verärgert. »Ich dachte immer, auf dich sei Verlass.«

»So ist es auch. Komm mit hinunter an die Bar und ich spendiere dir einen Drink.«

»Zur Hölle mit dir!«

Eileen packte Paul am Arm. »Wenn du mit Duke gemeinsame Sache machst, dann bringen wir dich vor Gericht!«

»Das wäre töricht, Eileen. Wer will denn so etwas?« Paul seufzte. »Zum Glück sind wir nicht zu viert, dann hätten wir uns jetzt wirklich festgefahren. Zwei von dreien sind die Gewinner des Tages.«

John Pace trat einen von Dukes Reitstiefeln aus dem Weg.

»Begreifst du denn nicht, dass du Pace damit enttäuschst? Er würde nicht wollen, dass wir Kooramin verkaufen.«

»Jetzt komm mir nicht damit! Dolour hat die Entscheidung getroffen, nicht ich. Ihr überlegt euch, was ihr zu tun gedenkt. Ich halte es für das Beste, du zahlst uns aus. Du kannst ja eine Anleihe auf dein Anteilskapital aufnehmen.«

Eileen wandte sich an Laura, die darauf bedacht gewesen war, sich als Neuling in der Familie aus der Sache herauszuhalten. »Laura, rede du mit ihm. Auf dich wird er hören. Du möchtest doch sicher nicht, dass wir von unserem Besitz geworfen werden?«

»Tut mir leid«, Eileen«, erwiderte Laura. »Aber ich habe da nichts mitzureden.«

Damit führte Paul Laura hinaus. »Ich gebe dir ein paar Tage Bedenkzeit«, rief er zu John Pace zurück, »aber das ist alles. Wir müssen nach Hause.«

Kapitel 2

Georgina, Lady Heselwood, war von Brisbane wenig angetan. Das Klima fand sie drückend, die Stadt ungeachtet einiger hinzugekommener prunkvoller Bauwerke schmuddelig und verwahrlost, und die aus Bauerntölpeln bestehende Einwohnerschaft schlichtweg unerträglich.

Heselwood hatte ihr versprochen, dass sie hier nur ein paar Tage verbringen würden, ehe sie zur Montone-Station weiterreisten, die er vor etlichen Jahren wieder in Betrieb genommen hatte.

Aber nun waren sie schon über eine Woche da und sie saß immer noch in diesem Hotel fest. Wenn das *Royal Park Hotel* angeblich das beste in Brisbane war, dann wollte sie das schlechteste lieber nicht sehen.

Da sie nichts Besseres zu tun hatte, beschloss sie, einen Spaziergang durch den gleich gegenüber gelegenen Botanischen Garten zu machen, obwohl sie inzwischen so oft dort gewesen war, dass die exotischen Bäume und Blumen allmählich ihren Reiz verloren.

Zwei Frauen kamen ihr entgegen, die sie zu erkennen schienen, und Georgina merkte mit Schrecken, dass sie sich beim besten Willen nicht an ihre Namen erinnern konnte.

»Sieh da, Lady Heselwood!«, rief die erste Frau, während die andere sich schüchtern zurückhielt. »Wie schön, Sie wiederzusehen! Sind Sie länger hier?«

»Eigentlich nicht.« Georgina zerknarterte sich das Hirn, wie die Frauen hießen. »Wir sind unterwegs zur Montone-Station.«

»Nein! Nach all der Zeit! Nun, freut mich zu hören. Ich erinnere mich, wie Sie sagten, Sie wollten nie mehr dorthin zurück, und ich hoffte, Sie würden sich eines Tages umbesinnen. Sir Arthur hat immer gesagt, was für ein schönes Anwesen es doch sei.«

Sir Arthur? Georgina dämmerte, dass dies Mrs. Palmer war, die Frau des Premierministers, und sprudelte vor Erleichterung drauflos.

»Ja, ich habe es so geliebt. Dass die Schwarzen uns angreifen, hätte ich mir nie träumen lassen.«

»Das muss schrecklich gewesen sein. Es hieß, Sie hätten um Ihr Leben reiten müssen!«

»Wir haben mehrere unserer Leute verloren«, seufzte Georgina. »Das war das Schlimmste daran. Aber ich glaube, die Gegend ist jetzt sicher. Und ich hoffe, es wird keine weiteren Schwierigkeiten mehr geben.«

»Meine liebe Lady Heselwood, Sie sind dort ganz sicher, das verspreche ich Ihnen. Und die Kulisse ist einfach traumhaft.«

»Das glaube ich auch. Auf diese Reise freue ich mich wirklich schon.«

Georgina konnte die andere Frau beim besten Willen nicht einordnen, und so hielt sie es für klüger weiterzugehen, ehe das offenkundig wurde. Aber Mrs. Palmer hatte andere Pläne.

»Hätten Sie Lust, sich zu uns zu gesellen? Wir treffen Sir Arthur zum Mittagessen im Parlamentsgebäude. Ich weiß, so ohne Ankündigung ist das ein wenig ungebührlich, aber wir legen keinen Wert auf Förmlichkeiten.«

»Vielen Dank, Mrs. Palmer. Zu freundlich. Leider bin ich schon anderweitig verpflichtet und muss nun zurück.«

Georgina gelang es, sich auch von der anderen Dame zu verabschieden, ohne – so hoffte sie – unhöflich zu wirken, und spazierte dann um eine Lagune voller Lotuspflanzen und an einem Bambushain vorbei zum Orchideenhaus. Sie schlüpfte hinein und schlug weitere Zeit damit tot, die wunderschönen einheimischen Sorten zu bewundern, ehe sie sich widerstrebend auf den Rückweg zum Hotel machte.

»Wo bist du gewesen? Ich habe dir doch gesagt, wir sind um eins zum Essen verabredet. Und du läufst hier im Aufzug eines Milchmädchens herum!«

Das Essen hatte Georgina vergessen, da keiner von Jasins Geschäftsfreunden sie interessierte, aber sie ärgerte sich über seine Kritik. »Ich laufe keineswegs wie ein Milchmädchen herum!«, erwiderte sie wütend. »Mein Kleid ist neueste Sommermode und mein Hut stammt aus Italien! Versuch nicht, mir vorzuschreiben, wie ich mich zu kleiden habe, Heselwood. Wo essen wir überhaupt?«

»Nun, hier essen können wir nicht...«

»Freut mich, dass wir wenigstens da einer Meinung sind!«

»Daher habe ich im Pavillon einen Privatraum gemietet.«

»Gut, dann besteht ja überhaupt keine Notwendigkeit, dass ich mich umziehe...« Sie hielt inne und starrte ihn an. »Einen Privatraum? Du meine Güte, wozu das denn?«

»Weil das meiner Geschäftsbekanntschaft so lieber ist.«

»Werde ich denn darüber aufgeklärt, um wen es sich bei dieser Geschäftsbekanntschaft handelt?«

Aber Heselwood war schon hinausgeeilt, um eine Droschke herbeizurufen, und da es schon spät war, wurde Georgina eilends hineinbefördert.

»Wie lange bleiben wir eigentlich noch hier?«, erkundigte sie sich gereizt.

»Morgen!«, sagte er. »Morgen brechen wir nach Montone auf! Ich habe deine Kutschenfahrkarte. Und meine Viehhüter haben ein gutes Pferd für mich, sodass wir vorreiten können.«

»Na, Gott sei Dank.«

Georgina überlegte immer noch, welches ihrer Reisekostüme für die Kutschenfahrt das geeignetste wäre, als sie beim Pavillon ankamen und in einen Privatraum mit Blick in den Garten und einem großen Tisch geführt wurden, der mit funkelndem Silberbesteck und Blumengestecken wunderschön für drei Personen gedeckt war. Der Raum war fröhlich mit farbigen Papierschlangen dekoriert.

Georgina blickte sich erstaunt um. Auf einer Seite stand ein junger Gentleman, und sie drehte sich mit einer Frage auf den Lippen zu Heselwood um, kam jedoch nicht mehr dazu, sie zu stellen, da der Gentleman vortrat.

»Hallo, Mutter!«

Zunächst starrte sie ihn einfach nur an, dann umarmte Georgina – die nicht wusste, ob sie lachen oder weinen sollte – den Sohn, den sie zuletzt bei einem Londonbesuch vor zwei Jahren gesehen hatte.

»Was tust du denn hier?«, rief sie. »Ich meine, wie kommt es, dass du hier in der Kolonie bist, in Brisbane? Himmel, Edward, was für eine Überraschung!«

»Tja, das gehört alles zur Verschwörung!«, erklärte Edward. »Vor ein paar Wochen bin ich in Singapur eingetroffen und habe Vater telegrafiert, dass ich heim nach Sydney kommen würde. Er hat geantwortet, ich solle stattdessen in Brisbane an Land gehen, da ihr zwei vorhättet, Montone zu besuchen.«

»Und so fahren wir morgen alle zusammen dorthin.« Jasin machte dem Kellner ein Zeichen, den gekühlten Champagner zu servieren.

»Vater hat mich heute Morgen vom Schiff abgeholt und schnell hierher gebracht, dann ist er losgeeilt, um dich abzuholen.«

Jasin lachte. »Ich habe gestern beim Schifffahrtskontor nachgefragt, um mich zu vergewissern, dass das Schiff auch pünktlich ankommt. Allerdings vertraue ich diesen Auskünften nie so recht und war froh, als ich das Schiff den Fluss entlangkommen sah, das sage ich dir.«

Sein Sohn blickte sich mit einem anerkennenden Blick im Raum um.

»Alles hat bestens geklappt, so wie man das bei Vater gewohnt ist. Der Schiffskapitän hätte nie gewagt, seine Mittagspläne zu durchkreuzen. Und, wenn ich das sagen darf, nach diesem scheußlichen Fraß auf dem Schiff sieht das Büffet absolut fantastisch aus. Ich sterbe vor Hunger. Komm und setz dich, Mutter.«

»Lasst uns erst einmal anstoßen!«, rief Jasin. »Auf uns, auf unsere Familie. Wieder vereint!«

»Wieder vereint!«, echoten sie.

Georgina konnte sich nicht daran erinnern, sich je besser amüsiert zu haben als an diesem Tag. Jasin war so glücklich, seinen Sohn wieder zu Hause zu haben, dass er von nichts anderem sprechen konnte als seinen großen Zukunftsplänen. Edward sah gut aus und seinem Vater sehr ähnlich, wenngleich er nicht so groß war und deutlich mehr Gewicht mit sich herumtrug. Infolge der Untätigkeit auf jenen langen Reisen, nahm Georgina an. Und er hat den guten Appetit eines jungen Mannes, bemerkte sie glücklich, als er einen Gang nach dem anderen verschlang.

»Ich sage dir, Vater«, sagte er. »Solch ein fürstliches Mahl habe ich schon seit Jahren nicht mehr zu mir genommen. Essen ist hier wohl sehr günstig, nehme ich an?«

Jasin zwinkerte. »Keine Ahnung. Kann es ja schlecht vergleichen.«

»England ist zurzeit so teuer. Ich war froh, von dort wegzukommen. Als ich gehört habe, dass die Tage dieser Frau gezählt seien, habe ich sofort die Schiffspassage gebucht.«

Seine Mutter zuckte zusammen. Bei all der Aufregung über seine Heimkehr hatte sie ganz vergessen, dass Edward des Landes verwiesen worden war. Im Grunde hatte sie das jahrelang verdrängt, da er sein Leben bei ihrem Bruder und seiner Familie auf ihrem Anwesen in Devon ja all die Zeit genossen hatte. Sein Exil war mehr eine Strafe für seine Eltern denn für ihn, aber sie hatte Dolour MacNamara in dieser Hinsicht nie umstimmen können. Diese Irin konnte unerbittlich sein.

Wenn sie jetzt darüber nachdachte, fragte sie sich, wie Edward überhaupt davon erfahren hatte, dass Dolour unheilbar krank war. Kein sehr erquickender Gedanke, dass er in Singapur womöglich auf ihr Ableben gewartet hatte!

Sie hörte zu, wie Vater und Sohn sich über Montone-Station unterhielten, das in der Nähe von Gimpii lag, inzwischen als Gympie bekannt. Über den Viehbestand. Rinder, die man in Tausenden zählte. Die Größe der Farm. Über vierzig Quadratmeilen Hügelland. Goldland. Heselwood, der mit seinem glücklichen Land prahlte. Die Viehpreise, die immer noch stiegen. Als die Schwarzen sein Gehöft in Schutt und Asche gelegt hatten, war er am Boden zerstört gewesen. Er wollte den Besitz aufgeben. Hatte dann aber weitergemacht, durch dick und dünn.

Nicht ganz, sinnierte Georgina. »Dünn« hatte es nicht gegeben. Durch das Gold, das er auf seinem Grundstück gefunden und seinen Gläubigern unterschlagen hatte, hatten sie weiter in guten Verhältnissen gelebt. Und als die Goldsucher dann in riesigen Scharen durchgezogen waren und satt werden mussten, da hatten sich seine Rinder zu Gold verwandelt.

Ihre Gedanken wanderten zu Edward zurück. Es dürfte wohl Heselwood gewesen sein, der ihm den Hinweis bezüglich Dolours Krankheit gegeben hatte, um ihn endlich wieder heimzuholen. So ganz entsprach ihm das allerdings nicht. Zwar konnte Heselwood abscheulich sein, völlig rücksichtslos gar, wenn er ein Geschäft abschließen wollte, ob nun mit Feind oder Freund, aber als Edward Dolour »diese Frau« genannt hatte, war er doch sehr still geworden.

Georgina war sich immer bewusst gewesen, dass Dolour der eigentliche Grund für die offene Feindseligkeit zwischen Pace MacNamara und Jasin gewesen war. Es gab Zeiten, da hatte sie befürchtet, ihr Mann würde sie wegen des irischen Mädchens verlassen, und diese Angst war auch nicht gewichen, als Dolour Pace geheiratet hatte.

»Ich freue mich wirklich auf morgen, Mutter«, sagte Edward. »Würde es dir etwas ausmachen, allein in der Kutsche zu fahren? Ich würde so gern mit Vater reiten.«

»Das sind über hundert Meilen, mein Lieber. Bist du dem gewachsen?«

»Natürlich ist er das!«, rief Jasin. »Das wird ihm gut tun. Zudem verliert er ein bisschen Speck dabei!«

»Ich bin nicht fett!«, brauste Edward auf.

»Ach nein? Muss wohl an den Spiegeln liegen. Was meinst du, Georgina? Oder möchtest du mit uns reiten?«

»Ich ziehe die Kutsche vor, danke. Ich kann genauso gut mit Stil zurückkehren.«

Bei ihrem Aufbruch spielte Georgina mit dem Gedanken, Edward zu warnen, auf die Bemerkungen seines Vaters nicht so gereizt zu reagieren. Das lohnte sich nicht. Dann seufzte sie. Wozu eigentlich? Er war fünfundzwanzig. Er musste lernen, mit allen möglichen Arten von Menschen zurechtzukommen, wenn er in diesem Land auf einer Viehfarm leben wollte. Die Auseinandersetzung mit Heselwood war vermutlich eine gute Übung.

»Wo liegt das *Victoria Hotel?*«, wollte Edward wissen.

»Unweit von hier in der Hauptstraße, der Queen Street«, erklärte Jasin.

»Ausgezeichnet. Dann sehe ich euch beide morgen früh. Ich muss mich noch mit ein paar Bekannten vom Schiff treffen. Ihr kümmert euch um meine Schiffskoffer?«

Ehe sie noch etwas erwidern konnten, war er auch schon zur Tür hinaus und eilte die Straße entlang. Georgina rief ihm etwas nach, doch er hörte sie nicht.

»Aber er geht in die falsche Richtung!«, rief sie.

Heselwood nahm sie am Arm. »Dann wird er eben umkehren müssen, nicht?«

Jasin war enttäuscht, dass er nicht gebeten worden war, sich zu Edwards Schiffsbekanntschaften ins Victoria zu gesellen. Schließlich, grübelte er, bin ich doch noch kein Methusalem. Und genieße anregende Gesellschaft.

»Nun, es hat vorzüglich geschmeckt, findest du nicht?« Er gab sich betont fröhlich, damit Georgina nicht dachte, er würde sich wegen Edwards Gedankenlosigkeit Sorgen machen. »Ich glaube, diese knusprige Gans war die beste, die mir je untergekommen ist.«

»Ja, sieht so aus, als hätten sie jetzt einen chinesischen Koch, der die Küche eindeutig verbessert. In Sydney ist das gerade der letzte Schrei. Der Fisch war ebenfalls köstlich. Ich hatte an keinem Gang etwas auszusetzen, weshalb ich«, lachte sie, »nachdem ich ein wenig mehr gegessen habe, als mir gut tut, lieber zu Fuß zum Hotel zurückgehen möchte.«

»Gern!«

Auf dem Rückweg auf der im Schatten liegenden Straßenseite wollte Georgina von Jasin wissen, welche Pläne er für Edward habe.

»Da dir seine Heimkehr ja bekannt war, muss dir doch schon etwas vorschweben. Es wird schön für ihn sein, nach Carlton Park zurückzukehren.«

»Nein. Seine Zukunft liegt im Norden. Im Vieh. Hier in Queensland sind die Möglichkeiten endlos. Zunächst einmal kann er Montone verwalten.«

»Fahren wir deshalb hin? Ich dachte, du wolltest mir zeigen, wie es sich weiterentwickelt hat.«

»Beides«, grinste er. »Ich konnte mir nicht vorstellen, dass du etwas dagegen haben würdest, Edward dabeizuhaben. Da fällt mir ein, ich war ein bisschen voreilig, als ich darauf anspielte, mit ihm zu reiten. Ich kann dich unmöglich allein in der Kutsche reisen lassen. Edward kann mit Jack und Clem vorreiten. Die bringen ihn gesund und munter nach Hause. Ich fahre mit dir.«

Georgina schüttelte den Kopf. »Ich würde nicht im Traum daran denken, dir den Spaß zu verderben. Du wirst den Ritt genießen, das weiß ich doch. Und du hast dich schon darauf gefreut, glaube ich. Ich bin durchaus imstande, allein zu reisen, zumal ich ohnehin nicht ganz allein sein werde. Gewiss sind weitere Fahrgäste dabei.«

»Genau das bereitet mir ja solche Sorgen. Weiß der Himmel, mit wem du dich abgeben musst!«

»Also, Jasin. Es sind doch nur zwei Tage. *Cobb & Co.* genießen einen guten Ruf, ich habe mich erkundigt. Ihre Kutschen halten an ausgewählten Herbergen. Das wird bestimmt sehr interessant für mich.« Sie seufzte. »Ich kann es immer noch nicht fassen, dass Edward wieder hier ist. Eine wunderbare Überraschung, Jasin, wirklich. Aber meinst du nicht, es ist ein wenig zu früh, ihm die Verantwortung für Montone zu übergeben? Was Rinder angeht, ist er doch völlig ahnungslos.«

»Er ist lernfähig. Jack Batterson bleibt weiterhin Vorarbeiter und Clem ist erster Viehhüter. Bewährte Stützen also, die ihn einarbeiten können.«

»Aber als Verwalter?«

»Georgina, er muss lernen, eine Farm zu führen, und zwar mit allem, was dazugehört. Jack hat mit Buchführung nichts am Hut. Er wird Edward die Büroarbeit mit Freuden überlassen. Und ich werde ein Wörtchen mit Clem reden, dass er ihm so viel wie möglich vom Besitz zeigt. Außerdem sind wir ja ein paar Wochen da. Da kann ich ihn persönlich einweisen.«

»Oh, na schön. Er wird es schon schaffen.« Sie blickte auf. »Wir beeilen uns besser, es sieht ganz nach einem weiteren Regenguss aus. Regnet es in Brisbane eigentlich jeden Tag?«

»Im Sommer oft genug.«

Er brachte sie auf ihr Hotelzimmer und bestellte dann ein weiteres Zimmer in der Nähe für ihren Sohn.

»Würden Sie jemanden schicken, um Mr. Heselwoods Gepäck vom Hafen abzuholen?«, fragte er den Hoteldirektor. »Er trifft später ein.«

»Gewiss doch, Sir. Begeben Sie sich wieder nach draußen?«

»Ja.«

»Dann würde ich Ihnen einen Regenschirm empfehlen.«

»Vielen Dank, ich riskiere es ohne.« Wenngleich Jasin in Sydney oft einen Schirm benutzt hatte, wusste er, dass man seinen Gebrauch an diesem Ende der Welt für unmännlich hielt.

Er marschierte zur Geschäftsstelle von Cobb & Co., besorgte für seine Frau eine Fahrkarte für den folgenden Morgen und gab bekannt, sie werde mit einem zusätzlichen Schrankkoffer reisen.

»Wer wird denn sonst noch in der Kutsche fahren?«, fragte er den ältlichen Angestellten.

»Tja, lassen Sie mich mal sehen … Ihre werte Gattin möchte nach Gympie. Dasselbe Ziel haben Dr. und Mrs. Lombe sowie zwei Nonnen.«

»Das wären schon alle?«

»In der Kutsche selbst ja, Sir, das würde ich meinen, solange nicht noch jemand hinzustößt. Weitere Herren fahren oben auf der Kutsche.«

»Und Sie verfügen über gute Kutscher?«

»Die besten, Sir. Erfahrene Männer. Sind schon seit Jahren für die Gesellschaft tätig.«

»Vielen Dank.« Er gab dem Angestellten einen Shilling. »Sehen Sie zu, dass meine Frau einen Platz mit Blick auf die Pferde bekommt. Und stellen Sie sicher, dass es ein Fensterplatz auf der rechten Seite ist, sodass sie die Morgensonne genießen kann, jedoch nicht unter der Nachmittagshitze zu leiden hat.«

Der Angestellte strahlte. »Betrachten Sie das als erledigt, Euer Ehren.«

Jasin marschierte aus der Geschäftsstelle in den schwülwarmen Regenguss und beobachtete, wie ein halbes Dutzend erschöpft wirkender Viehhüter in die Stadt ritt, Lassos und Gewehre an den Satteln befestigt, ihr Bündel dahinter. Neben ihnen lief der unvermeidliche Hütehund.

Bei ihrem Anblick erfasste ihn eine Welle der Erregung. Er hatte einfach schon zu viel Zeit auf seinem beschaulichen, gut geführten Anwesen Carlton Park unten in Neusüdwales verbracht, von wo aus er sich im Sommer in das Haus in Sydney zurückgezogen hatte. Er musste zurück in den Sattel und wieder das Leben eines Mannes führen. Es reichte ihm, den Großgrundbesitzer zu spielen, eine Herausforderung musste her! Montone war solch eine Aufgabe gewesen, eine wirklich großartige, und er hatte sie gemeistert. Nun brannte er darauf, Anspruch auf Land irgendwo da oben in jenem fabelhaften Weidegebiet zu erheben, das Leichhardt Tal der Lagunen genannt hatte.

Seit Jahren war es unerreichbar gewesen. Was wäre das für eine grandiose Herausforderung! Einstweilen jedoch war es schon aufregend genug, mit seinem Sohn ins Hinterland zu reiten.

Er überquerte die Straße und machte sich auf die Suche nach seinen beiden Farmgehilfen.

Am nächsten Tag begann John Pace die Debatte erneut und setzte Paul so lange zu, bis dieser sich um des lieben Friedens willen dazu bereit erklärte, sich vor einer endgültigen Entscheidung alles noch einmal gründlich durch den Kopf gehen zu lassen.

»Na, schön«, sagte er. »Ich schätze, wir werden uns schon noch einig. Solange du und Eileen nicht mit Prozessen droht.«

»Es ist jedem gedient, wenn alles so bleibt, wie es ist«, sagte John Pace, »bloß, dass wir jedem von uns ein Drittel des Gewinns ausbezahlen.«

»Ich gehe zu Duke und sage ihm, dass eigentlich noch nichts entschieden ist.«

Er entdeckte Duke in einer Bar und erzählte ihm von ihrer Übereinkunft. Der war alles andere als beeindruckt.

»Ja, hört mir eigentlich keiner zu? Ich habe doch klipp und klar gesagt, dass ich nicht nach Kooramin zurückkehre. Da habe ich schon mein ganzes Leben festgesessen. Ich möchte mich ein bisschen umsehen. Mir frischen Wind um die Nase wehen lassen!«

»Warum kommst du dann nicht nach Oberon und arbeitest für mich? Zur Abwechslung? Du hast meine Farm ja noch nicht mal gesehen und du bist noch nie mit dem Schiff unterwegs gewesen. Ich besorge dir eine Fahrkarte.«

»Wohin fährt das Schiff?«

»Nach Rockhampton. Hübsche Stadt, wirklich. Wird dir gefallen. Die Schiffsreise dauert nur ein paar Tage und bis zur Farm ist es dann nur noch ein Halbtagesritt.«

Duke schwankte. »Ich hatte mich hier eigentlich noch ein Weilchen umschauen wollen.«

»Hierher zurückkommen kannst du immer noch. Wird Zeit, dass du mal ein bisschen mehr von Queensland zu sehen bekommst.«

»Ja, mag sein. Na gut, ich komme mit. Genehmigen wir uns einen?«

»Geht nicht, leider. Laura wartet auf mich.«

Paul hätte gern etwas getrunken; er hatte Geschmack am Carlton-Bier gefunden, das aus Sydney importiert wurde, hielt es aber für vernünftiger, sich davonzumachen, ehe Duke sich umentschied.

Er hätte genauso gut bleiben und sein Bier trinken können, denn Duke war immer noch im Zwiespalt, ob er Brisbane wirklich schon verlassen und in eine andere Stadt reisen sollte. Er war kein Freund der Einstellung seiner Brüder, die sich alles immer genau überlegten.

Nachdenklich betrachtete er drei junge Männer, die am anderen Barende feierten. Offensichtlich waren sie mit dem Schiff aus Singapur in Brisbane angekommen, wo ihren lauten, betrunkenen Klagen zufolge Alkohol viel billiger war als in dieser überteuerten Spelunke.

Duke grinste. Sie ärgerten den Schankwirt wie auch zwei ältere Herren, die sich schließlich mit ihren Getränken auf die Veranda verzogen, bis aufs Blut. Leider konnte Duke den Spaß nicht länger beobachten. Er musste zu Mr. Bloom.

»Muss die Eigentumsurkunde von Kooramin denn nun geändert werden?«, fragte er den Anwalt.

»Oh ja, Duke, den Antrag, dass dies gemäß den Wünschen Ihrer Mutter geschieht, habe ich bereits gestellt.«

»Und brauchen Sie da das Testament noch?«

»Ja.« Der Anwalt zwinkerte. »Es muss ja amtlich erfasst werden.«

»Nun gut, dann geben Sie mir Bescheid, wenn ich es abholen kann. Ach, übrigens … Wer verwahrt die Eigentumsurkunde von Kooramin, wenn alle es besitzen?«

»Irgendeiner von Ihnen dreien.«

»Dann kann ja genauso gut ich sie bekommen. Mr. Bloom, darf ich Sie zu meinem Anwalt ernennen? Als meinen alleinigen, meine ich. Sobald die Testamentsgeschichte geklärt ist?«

»Aber natürlich, Duke. Es wäre mir ein Vergnügen, mich um Ihre Angelegenheiten kümmern zu dürfen.«

»Gut. Sie können damit anfangen, indem Sie die Dokumente von Kooramin in meiner Schachtel ablegen.«

»Schachtel?«

»Na, wo auch immer Sie Unterlagen aufbewahren.«

»Ah, verstehe. Möchten Sie, dass ich Ihre Brüder berate?«

»Nicht notwendig. Ich werde es ihnen erzählen. Nun muss ich mich aber beeilen, um zu den anderen zu stoßen.«

Er schnappte sich seinen Hut, schüttelte Mr. Bloom die Hand und verschwand.

Zufrieden mit sich und der Welt, begab Duke sich zum Hotel zurück, um sich umzuziehen. Er würde sich beeilen müssen, um bloß nicht seinen Brüdern in die Arme zu laufen. Dann würde er irgendwo ein Bier trinken, ehe es an der Zeit war, sich im *Bijou Palace* zu vergnügen. Er hatte schon einiges vom *Palace* gehört und konnte den Besuch, da er vor seiner Ankunft hier nichts von der Existenz eines solchen Etablissements gewusst hatte, gar nicht erwarten.

Es sei ein berühmtes Bordell, hatte man ihm erzählt, doch wie es sich herausstellte, war es weitaus mehr als das.

Ein Freudenhaus für feine Herren verkündete ein Schild an der Garderobentür und wies des Weiteren darauf hin, dass Spucken, Schusswaffengebrauch, Raufereien und Betrug beim Kartenspiel verboten seien.

In der farbenprächtig ausgestatteten Haupthalle ging es hoch her, aber Duke peilte sofort die Frauen an, die, offenherzig bekleidet, ihre prächtige Oberweite zur Schau stellten.

Der Landbursche war überwältigt. Zwei der Schönheiten nahmen ihn an die Bar, bestellten sich etwas zu trinken und leisteten ihm Gesellschaft, bis er über die Gepflogenheiten im Bilde war. Vom Publikum bejubelt, sangen und tanzten Revuemädchen auf einer Bühne und kamen danach zu Dukes Freude nach unten und mischten sich unter die Gäste.

Es gäbe Billardräume, erzählten ihm die Mädchen, und Kartenspielzimmer und private Esszimmer, doch Duke war vornehmlich an den »anderen« Räumen interessiert.

»Wo befinden sich die?«, wollte er wissen, den Arm um ein dralles Mädchen in einem winzigen roten, paillettenbesetzten Kleid gelegt.

»Möchtest du, dass ich dir eines zeige?«

»Wann, wenn nicht jetzt?«

Sie führte ihn nach oben, wo ihm eine Frau, die sich auf keinen Handel einließ, drei Shilling abknöpfte.

»Eine Stunde mit Bunny«, sagte sie und machte sich in einem Buch eine Notiz.

»Machen Sie zwei daraus«, meinte er großspurig und warf ihr noch drei Shilling hin.

Verglichen mit dem restlichen Haus, war der kleine Raum ernüchternd, aber Bunny zeigte sich entgegenkommend.

»Was tust du?«, fragte sie ihn.

»Ich bin Viehzüchter«, prahlte er.

Als sie wieder herauskamen, erklärte er, es seien sechs wohl angelegte Shilling gewesen, und das freute Bunny, aber aus lauter Jux und Tollerei beschloss er, am nächsten Abend ein anderes Mädchen auszuprobieren. Oder vielleicht auch zwei.

Beim Gedanken an den *Palace* schritt er gleich schwungvoller aus. Er eilte durch die Eingangshalle, als ein Angestellter nach ihm rief.

»Mr. MacNamara! Eine Nachricht für Sie. Von Mrs. Forrest. Sie war zum Morgentee hier, sie ist Stammgast bei uns, wissen Sie. Hatte gehofft, Sie hier anzutreffen, aber sie muss Sie verpasst haben.«

Überrascht brach er das Siegel und sah, dass es sich um eine Essenseinladung zu ihr und ihrer Tochter Lucy Mae handelte. Um sieben.

Duke wollte gerade einen Boten hinschicken und mit der Begründung, die Einladung käme leider zu kurzfristig, absagen, als er sich unvermittelt an Lucy Mae erinnerte und grinsen musste.

Er hatte sich den Kopf zerbrochen, an wen Bunny ihn erinnert hatte.

An Lucy Mae natürlich. In der Kirche. Er hatte sie eine Ewigkeit nicht mehr gesehen, sie aber sofort wiedererkannt, eine hübsche Frau, die noch immer ihre blonden Locken, blauen Augen und rosigen Wangen besaß, an die er sich aus Kindheitstagen erinnerte. Obgleich Bunnys Wangen und sehr rote Lippen geschminkt gewesen waren, gab er zu. Er überlegte sich, wie Lucy Mae herausgeputzt in einem Paillettenkleid aussehen würde, und musste lachen.

»Eigentlich könnte ich gehen«, befand er. »Zumal ich dort

Ruhe vor meinen Brüdern hätte. Es sei denn, sie sind auch eingeladen. Oh nein!«

Er wandte sich wieder zur Rezeption. »Haben meine Brüder diese Nachricht auch erhalten?«, erkundigte er sich.

»Nein, Sir. Mrs. Forrest hat nur Ihnen eine hinterlassen.«

»Läuft doch bestens«, erklärte Duke dem Spiegel, als er sich für das Essen umzog. »Um halb zehn, elf sollte ich unschwer beim *Palace* sein können. Und etwas Gutes in den Bauch bekomme ich auch. Mrs. F. war schon immer für ihr gutes Essen bekannt.«

»Meinst du, er kommt?«, fragte Milly, die an einem großen Blumengebinde in der Diele herumzupfte, ihre Tochter zum vierten Mal.

»Wohl kaum. Warum sollte er auch, so kurzfristig, wie du die Einladung verschickt hast? Weiß der Himmel, was du dir dabei gedacht hast!«

»Ich habe ihn doch nur zum Essen eingeladen. Ist das ein Verbrechen? Mit ein paar zwanglosen Zeilen. Und wieso hast du dir dein Haar hochgesteckt? Offen steht es dir viel besser!«

»Weil ich nicht mehr sechzehn bin, Mutter. Und Locken derzeit aus der Mode sind!«

»Gut, dann geh und setz dich ans Klavier. Du spielst wunderschön und es wäre so nett, wenn er bei seiner Ankunft Musik hören würde.«

»Ja, Herrgott noch mal!« Lucy stürmte ins Musikzimmer, allerdings nicht etwa, um, wie gebeten, Klavier zu spielen, sondern um der Nörgelei ihrer Mutter zu entkommen.

Sie ergriff eine Zeitschrift, setzte sich an einen Tisch und blätterte darin, nahm jedoch nicht allzu viel wahr. Die Gesellschaftsseiten erinnerten sie an ihren verstorbenen Ehemann. Russ Bartling war ein sehr attraktiver Mann gewesen, äußerst amüsant, ein richtiger Salonlöwe. Als er um ihre Hand anhielt, hatte sie sich ungemein geschmeichelt gefühlt und nur zu gern ja gesagt. Doch dann hatte Mr. Kent, ein alter Freund ihres verstorbenen Vaters, ihr zugeflüstert, sie solle sich mit den Hochzeitsvorbereitungen »Zeit lassen«, da ihm zu Ohren gekommen sei, ihr Verlobter sei nicht der Ehrlichste. Und schlimmer, sie entdeckte, dass er verschiedenen Handwerkern Geld schuldete.

Törichterweise hatte sie die Warnungen in den Wind geschlagen, weil sie verheiratet sein wollte. Sich ein eigenes Heim wünschte. Zu dem es dann sowieso nicht gekommen war… Sie hatten eine schmuddelige Wohnung in Brisbane bezogen, und immer hatten nur ein paar Pfund zum eigenen Haus gefehlt. Zu dem es käme, sobald man ihm das Geld gegeben hätte, das andere ihm schuldeten. Sobald er Land verkauft hatte, das er außerhalb Brisbanes besaß. Oder sich seine Goldmine bezahlt machte.

Am Ende konnten sie die Miete nicht mehr bezahlen und waren nach nur drei Jahren gezwungen, zu Milly ins Haus zu ziehen.

Dafür hatte Lucy Mae ihn gehasst. Und wie! Als das Schiff unterging, hatte sie außer Trauer für die vier anderen verunglückten Passagiere nichts empfunden.

Nun setzte ihre Mutter alle Hebel in Bewegung, um sie wieder unter die Haube zu bringen, und Lucy Mae fand ihre Bemühungen entsetzlich peinlich. Könnte sie doch fortgehen, irgendwohin, ohne die Ehe wieder als Fahrkarte einsetzen zu müssen!

Sie hörte Milly kreischen und befürchtete kurzzeitig, es wäre etwas passiert, aber da kam ihre Mutter auch schon mit raschelnden Taftröcken hereingerannt.

»Er ist da! Duke! Er kommt gerade die Einfahrt hoch! Du meine Güte, ich wusste, er würde kommen! Was für ein lieber Junge!«

* * *

Die kleine Abendgesellschaft verlief angenehm: Mrs. Forrest scharwenzelte um Duke herum und Lucy Mae beobachtete es mit einem Anflug von Belustigung.

Zuerst hatte er gedacht, die beiden Damen würden aus Achtung vor seiner verstorbenen Mutter noch immer Trauer tragen, doch dann erinnerte er sich, dass Lucy Mae ja Witwe war.

»Es hat mir so leid getan zu hören, dass dein Mann bei dem Schiffbruch der *Eastern Star* ums Leben kam, Lucy Mae. Wirklich. Es muss ein schrecklicher Schlag für dich gewesen sein.«

Sie nickte, eigentlich mehr ein Achselzucken, und dankte ihm. Er spielte mit dem Gedanken, ihr zu sagen, wie gut sie aussehe, besann sich aber eines Besseren, dankbar, dass Mrs. Forrest Sherry servieren ließ und dann darauf bestand, ihm die Umbauten am Haus zu zeigen, die sie veranlasst hatte – eine breite Veranda mit Blick auf den terrassierten Garten, der sich bis zum Fluss hinunterzog.

»So etwas könnten wir in Kooramin auch machen«, sagte er. »Oder zumindest könnte John Pace das. Meine Tage dort sind gezählt.«

»Ach ja? Wohin geht es denn?«, erkundigte sich Mrs. Forrest.

»Hoch in den Norden, um Pauls Farm einen Besuch abzustatten und mir die Landschaft dort anzusehen.«

»Ich habe keine Ahnung, wie man dort oben leben kann. Hier ist es doch schon heiß genug.«

»Das werde ich dann herausfinden«, erwiderte er.

»Meinst du damit, dass du überhaupt nicht mehr nach Kooramin zurückkehren wirst?« Lucy Mae strich sich eine Strähne aus der Stirn.

»Genau. Es ist Zeit für eine Veränderung. Übrigens, wo sind denn deine Locken abgeblieben?«

»Oh, sie frisiert sie neuerdings immer zu einem Knoten zurück«, erklärte ihre Mutter. »Und ruiniert sich damit das Haar!«

»Das ist kein Knoten, so etwas nennt man Chignon, Mutter. Und meinem Haar schadet es kein bisschen.«

»Sieht todschick aus, finde ich«, kam Duke ihr zu Hilfe. »Steht dir, Lucy Mae!«

Und das schwarze Kleid ebenso, dachte er. Die Ehe muss dir gut getan haben. Seltsam, dich jetzt als Witwe zu betrachten. Und so ausgesprochen erwachsen.

Ohne gegen die Anstandsregeln zu verstoßen, schließlich waren sie ja alle in Trauer, gelang es Mrs. Forrest, den Abend vergnüglich zu gestalten. Wie gewöhnlich bestritt sie den Großteil der Unterhaltung, und Duke genoss die Auswahl an Desserts, die nach dem Hauptgang serviert wurden, der aus Schweinebraten mit Kräuterkruste bestanden hatte. Da er sich nicht entscheiden konnte, welches er nehmen sollte, brachte Lucy Mae ihm von jedem eine kleine Portion und dazu Unmengen von Sahne.

Nach dem Mahl – sie hatten sich inzwischen in den Salon zurückgezogen – nahm Lucy Mae den Faden der vorangegangenen Unterhaltung wieder auf.

»Duke, ich glaube, die Wälder im Norden sind sehr schön. Sie werden Regenwälder genannt.«

»Regenwälder gibt es hier auch«, entgegnete ihre Mutter.

»Ja, aber nicht im selben Ausmaß wie im Norden. Ich habe Bilder davon gesehen. Sie sind einfach zu schön, mit wundervollen Farnen, exotischen Blumen und echtem Dschungel. Es muss ein zauberhaftes Land sein.«

»Dann weiß ich ja jetzt, worauf ich mich freuen kann«, grinste Duke. »Paul hat mir zwar schon Bilder geschickt, aber da sind für gewöhnlich Preisbullen drauf.«

»Oh nein! Wie kann er nur?«

»Lucy Mae, möchtest du uns nicht etwas auf dem Klavier vorspielen?«, wechselte Mrs. Forrest unvermittelt das Thema.

Duke sah, wie Lucy Mae ihre Mutter anfunkelte. »Himmel, nein! Duke ist doch nicht hergekommen, um sich meine stümperhaften Stücke anzuhören.«

Er hatte keine Wahl. »Ich würde dich nur zu gern spielen hören, Lucy Mae.«

Sie war recht gut, das musste man ihr lassen, aber als sie das Klavier schloss, schlug die Uhr elf, eine gute Gelegenheit aufzubrechen.

»Du reist morgen ganz bestimmt ab?«, fragte Mrs. Forrest ihn beim Abschied.

»Auf dem Seeweg, ja, auf dem guten Schiff *Wyke Regis*.« Sogleich bedauerte er, vor Lucy Schiffe erwähnt zu haben, und beeilte sich nun fortzukommen, allerdings erst, nachdem er Lucy Mae versprochen hatte, ihr zu schreiben und Bilder zu schicken.

Voller Vorfreude auf den *Palace* marschierte Duke durch die Stadt und beschloss, sein Glück erst einmal an einem der Kartentische zu versuchen, ehe er sich für eine Stunde ein Mädchen nahm.

Nicht zwei. Sie waren teuer. Und er würde nach etwas Rassigerem als Bunny Ausschau halten. Zu schade, dass die Privaträume so kahl und hässlich waren, dachte er. Wenn man aus Mrs. Forrests Haus kam, in dem alles im Lichterglanz erstrahlte, stießen sie einen eher ab.

Dennoch vergaß er nach ein paar Gläsern, einem Gewinn beim Kartenspiel und hübschen Mädchen, die um ihn herumschwirrten, schon bald, dass so ein Raum ihn abstoßen konnte, und rannte die Treppe mit einer üppigen Italienerin nach oben, die ihn nach einer Stunde wieder an der Bar ablieferte.

Zu diesem Zeitpunkt war von ausgelassener Stimmung im *Palace* keine Spur mehr. Nur noch ein paar lustlose Mädchen saßen in sich zusammengesunken mit müden Kunden an den Tischen und ein paar Trunkenbolde suchten Streit. Duke trank noch ein letztes Glas Rum, beglich seine Rechnung und ging in die Nacht hinaus.

Es regnete in Strömen. Er zog sich seinen Zylinder tiefer ins Gesicht, schlug den Kragen hoch und steuerte auf die Gasse neben dem *Palace* zu, durch die er schneller zur Queen Street kam, doch gerade, als er abbiegen wollte, hörte er Schreie und sah, wie ein Mann, den man aus einer Seitentür an die frische Luft gesetzt hatte, von drei Straßenräubern überfallen wurde.

»He!«, brüllte er, während das Opfer versuchte, sie abzuwehren. »Macht, dass ihr fortkommt!«

Sie beachteten ihn gar nicht und schlugen auch noch auf den Burschen ein, als Duke auf sie zugerannt kam. Er hatte keine Waffe dabei und fand auf die Schnelle auch keinen Stock, sodass er sich notgedrungen so in den Kampf stürzen musste. Und eine Art Stürzen war es auch, so glitschig, wie die Straße durch den strömenden Regen geworden war. Er war größer als die Straßenräuber, wie er erleichtert feststellte, und vermochte den ersten mit einem kräftigen Faustschlag zu Boden zu schicken, wo er ihn mit seinen Stiefeln weiterbearbeitete.

Das allgemeine Gerangel dauerte nicht lange. Offenbar hatten die Räuber ihre Beute bereits. Einer warf sich mit einem Messer auf ihn, während ein anderer seinen Kumpel wieder auf die Beine zog. Der mit dem Messer traf daneben, rutschte nach vorn und stolperte über das Opfer.

Duke erwischte einen Halunken an seinen Rockschößen, knallte ihn gegen die Mauer und stieß ihn in Richtung seiner Kumpanen auf den Boden, die zum anderen Gassenende flüchteten.

»Diese verdammten Schweine!«, murmelte der Fremde, dem Duke aufhalf. »Wo zum Teufel sind wir?«

»Vor dem *Palace.* Alles in Ordnung mit Ihnen?«

»Ich weiß nicht recht. Der Knöchel macht Probleme.« Der Fremde versuchte zu gehen, stolperte aber. »So ein Mist! Verflucht, ich glaube, ich habe ihn mir verdreht.«

»Na, dann kommen Sie, ich helfe Ihnen.«

»Besten Dank!«

Während Duke ihm aus der Gasse half, erinnerte er sich, diesen Burschen schon einmal gesehen zu haben.

»Waren Sie nicht früher am Abend im *Victoria*?«, erkundigte er sich.

»Ist das eine Bar?«, murmelte der Fremde. »Falls ja, war ich da.«

»Sind Sie neu hier?«

»Verzeihung, mir wird schlecht«, erwiderte der Mann, woraufhin Duke ihn zurück in die Gasse bugsierte, wo dieser sich an eine Wand stützte und dann unter lautem Würgen erbrach.

Verdreckt und pitschnass stand Duke am Eingang der Gasse. Er wollte nur fort von diesem Menschen, aber sein Mitgefühl gewann die Oberhand und er wartete, bis das Würgen nachließ und rief dann: »Wo wohnen Sie denn?«

»Bin mir nicht sicher. Im *Pavillon*, glaube ich.«

»Das ist ein Restaurant. Versuchen Sie's noch mal!«

»Ah, na schön, nennen Sie ein Hotel.«

»Das *Victoria*?«

»Nein, das ist eine Bar.«

Nach dem Akzent zu urteilen, befand Duke, könnte der Bursche teurer untergebracht sein.

»Im *Royal Park Hotel*, richtig?«

»Prima! Ich glaube schon. Das tut es auf jeden Fall. Wo könnte das nun aber liegen?«

»Ein paar Straßen von hier entfernt. Kommen Sie.«

»Tut mir ja leid, alter Knabe, aber ich brauche Unterstützung. Verdammt wacklig hier.«

Widerstrebend kam Duke zurück und bemühte sich dabei, in der rinnsteinlosen Gasse nicht auf das Erbrochene zu treten. Unsanft packte er den Arm des Fremden, schwang ihn sich über die Schulter und schleppte sich dann mühsam voran.

»Benutzen Sie Ihre Füße!«, schnauzte er. »Ich bin doch nicht Ihr Kindermädchen!«

»Der Knöchel tut aber verflixt weh!«

»Na und? Noch ist er da. Versuchen Sie zu laufen oder Sie können selber sehen, wo Sie bleiben.«

An der nächsten Ecke sah er eine Droschke entgegenkommen, zerrte seinen Begleiter mit auf die Straße, damit man sein Winken im Regen nicht übersah, und handelte sich vom Fahrer dafür Beleidigungen ein, dass er seine Pferde erschreckt hatte.

»Ihr stinkt, ihr zwei Schluckspechte!«, brüllte er sie an, als Duke seinen Begleiter in die Droschke schob.

»Unverschämter Flegel!«, knurrte der Fremde. Duke jedoch kamen die Straßenräuber in den Sinn.

»Haben Sie Geld bei sich?«, rief er und hielt die Tür dabei auf.

»Das würde ich ihm schwer raten!«, brüllte der Kutscher. »Sonst kann er gleich wieder aussteigen!«

»Jetzt halten Sie mal die Luft an!«, herrschte Duke ihn an.

Während der Fremde seine durchnässten Kleidungsstücke

durchsuchte, wandte Duke sich von dem Geruch von Erbrochenem ab, der nun die warme Droschke durchdrang.

»Man hat mich ausgeraubt!«, rief der Fremde plötzlich aus den dunklen Tiefen des ledernen Innenraums. »Jemand hat mir mein Geld gestohlen!«

»Ach ja?«, entgegnete Duke trocken. Er reichte ihm ein paar Silbermünzen. »Hier, bitte. Damit kommen Sie bis zum Hotel.«

»Verdammt nett von Ihnen«, meinte der Fremde. »Das muss ich Ihnen zurückzahlen. Wie heißen Sie?«

»Keine Ursache, es sind nur ein paar Shilling.«

»Ich bestehe darauf! Sagen Sie mir bitte, wie Sie heißen.«

»Ich heiße Duke...« Doch dann musste er beiseitespringen, da die Droschke mit einem Ruck anfuhr und in die Nacht davonrumpelte.

Im Regen stehen gelassen, machte Duke Bestandsaufnahme. Er hatte seinen neuen Zylinder eingebüßt. Der erste Abendanzug, den er je besessen hatte, war ruiniert.

»Ach, was soll's!«, lachte er und machte sich auf den Weg zurück zum Hotel. Allerdings blieb er unter einem Baum stehen, um sich, für den Fall, dass noch weitere Straßenräuber ihr Unwesen trieben, einen Stock abzubrechen.

Zwei Stunden später, als die Vögel mit ihrem Gesang den Sonnenaufgang begrüßten, trat Jasin ins Zimmer seines Sohnes, um ihn zu wecken. Der Gestank, der ihm entgegenschlug, war ekelerregend. Zornig zog er die Vorhänge auseinander, riss die Fenster auf und entdeckte dann, dass Edward mehr oder minder besinnungslos und in verdreckter Kleidung quer über dem Bett lag.

»Aufwachen!«, rief er, nahm einen Krug Wasser vom Nachttisch und schüttete es seinem Sohn über den Kopf.

Aus tiefstem Schlaf gerissen, schreckte Edward hoch. »Was? Was... was zum Teufel tust du?«

»Aufgestanden, aber Marsch!«, knurrte Jasin. »Wir bringen deine Mutter zur Kutsche.«

»Wie viel Uhr ist es?« Angesichts der plötzlichen Helligkeit im Zimmer zuckte Edward zusammen.

»Es ist fünf. Beweg dich!«

»Habe ich den ganzen Tag geschlafen?«, fragte Edward benommen.

»Es ist fünf Uhr früh, du verdammter Narr!«

Edward beugte sich vor, um seine Schuhe auszuziehen, und stieß einen Schmerzensschrei aus.

»Was ist los mit dir?«, bellte sein Vater.

»Ich wurde überfallen, das ist los! Diese Stadt ist furchtbar! Überall habe ich blaue Flecke!« Er versuchte aufzustehen, stürzte jedoch hin. »Verflixt! Ich glaube, ich habe mir meinen Knöchel gebrochen.«

Sein Vater riss ihn vom Boden hoch und warf ihm ein Handtuch zu.

»Du riechst wie eine ganze Brauerei. Beweg dich ins Badezimmer und wasch dich. Wenn du diesen Gestank los bist, sehe ich mir dich mal an.« Damit stürmte er davon.

Das mangelnde Mitgefühl kam Edward irgendwie vertraut vor, jedoch hielten seine Verletzungen und das schwere Hämmern hinter seinen Augen ihn davon ab, länger darüber nachzudenken.

Auf dem Gang entdeckte er ein älteres Dienstmädchen, das er bewegen konnte, ihm ein Bad anzurichten. Während er – noch immer in seinen durchnässten Kleidungsstücken – darauf wartete, trug er ihr auf, seine Taschen auszupacken, nach einem Morgenmantel zu suchen und die passende Reitkleidung bereitzulegen.

Die Frau machte sich freudig ans Werk, aber Jasin geriet in Wut, als Edward bei seiner Rückkehr noch immer in der Badewanne saß.

»Raus da!«, brüllte er. »Deine Mutter wartet. Warum hast du noch nicht gepackt?«

»Wozu die Eile? Ich fahre doch gar nicht in der Kutsche mit.«

»Nein, aber dein Gepäck, du Dummkopf!«

Als seine Mutter ihn erblickte, schlug sie die Hände über dem Kopf zusammen. »Edward, du siehst ja furchtbar aus! Was ist denn passiert?«

»Er behauptet, er wäre überfallen worden«, höhnte Jasin. »Vermutlich von einer Whiskyflasche!«

»Aber sieh dir seinen Knöchel an. Er ist geschwollen!«

Jasin warf einen Blick darauf. »Stimmt. Zieh deine Stiefel an, Edward, und binde sie fest zu. Das hält dich zusammen.«

Ein Träger packte ihre Taschen auf einen Eselskarren. Da Edward sich schwerlich darauf mitbefördern lassen konnte, blieb ihm nichts anderes übrig, als mit seinen Eltern zur *Cobb & Co.*-Station zu humpeln und sich zu bemühen, Georginas Freude an der Schönheit dieses klaren Morgens zu teilen.

Nach all der Hektik bemerkte Edward unwillig, dass sie zu früh waren, und als sie um eine Ecke bogen und die dunkelrote Kutsche mit ihren fünf Pferden erblickten, zeigte er sich unbeeindruckt. Beiderseits der Kutsche befand sich mittig eine Tür mit einem verglasten Fenster, die anderen Öffnungen waren hingegen lediglich mit groben Lederrollos versehen. Auf dem Dach saßen bereits acht Herren, Wind und Wetter ausgesetzt, und im Inneren hatten schon einige Damen Platz genommen.

Da die Stallungen seines Onkels über etliche ansehnliche Einspänner und eine Kutsche für feierliche Anlässe wie auch eine Reihe von guten Reitpferden verfügt hatten, waren öffentliche Verkehrsmittel Edward völlig fremd.

Er wandte sich an seinen Vater. »Wir können Mutter doch unmöglich in einem solch jämmerlichem Gefährt mitfahren lassen!«

»Oh doch, das könnt ihr«, gab diese zurück. »Und ich werde durchaus meinen Spaß daran haben. Und nun hilf mir hinein, Jasin, und sieh zu, dass mein Pferd einen Seitensattel hat, wenn du es nach Gympie bringst.«

»Früher bist du im Herrensitz geritten«, neckte er sie.

»Ja, im Busch«, erwiderte sie. »Und gewiss nicht in diesen Röcken.«

Als sie in die Kutsche eingestiegen war und sich unentschlossen umsah, welchen der roten Polstersitze sie nehmen solle, meinte Jasin rasch: »Der da am Fenster mit Blick nach vorn ist deiner.«

Georgina sah die anderen Frauen an, um das zu bestätigen, wünschte ihnen fröhlich einen guten Morgen und nahm Platz.

Edward hinkte nach vorn und entdeckte zu seiner Überraschung, dass die Pferde farblich zusammenpassten: Alles Braune, aber dennoch kraftvoll wirkende Tiere.

»Fünf?«, befragte er den Pferdeknecht, der ein letztes Mal die Zügel überprüfte.

»Ja«, erwiderte der Mann begeistert. »Eines unserer besten Gespanne, die legen ein ganz schönes Tempo vor.«

»Aber wieso fünf? Kommt mir unausgewogen vor.«

»Genau da irren Sie sich, mein Freund. Drei vorn, zwei hinten, wie Sie sehen, auf die Art gibt es nur ein Leitpferd. Und zwar den Burschen vorn in der Mitte, Jerome heißt der. Für den hat der Boss siebzig Pfund hingeblättert.«

Unterdessen kam der Kutscher heraus, schwang sich auf den Kutschbock, fädelte die Zügel durch seine linke Hand und nahm mit der Rechten eine riesige Peitsche auf. Von mindestens zwölf Fuß Länge!

»Was für eine grausam aussehende Waffe, um sie an einem schönen Pferd wie Jerome einzusetzen«, meinte Edward scharf. Der Pferdeknecht nahm daran Anstoß.

»Unsere Kutscher peitschen die Pferde nicht! Die Tiere brauchen das nicht, die machen keine Schwierigkeiten! Würden sie es, dann wären sie nicht in diesen Gespannen. Nein, Sir!« Stolz blickte er zum Kutscher. »Das ist Teddy. Er ist berühmt. Eines Tages möchte ich auch so ein Kutscher sein wie er. Wissen Sie, er singt den Pferden während der Fahrt etwas vor, das lieben sie!«

Edward trat zurück und bewunderte die eleganten Tiere. Er konnte ihre Schnelligkeit förmlich spüren. »Zu gern würde ich auch einmal mit fünf zugleich kutschieren!« Allein bei dem Gedanken bekam er feuchte Handflächen. Aber der Pferdeknecht war inzwischen weitergegangen und prüfte die große Petroleumlampe über dem Kutschbock.

Seine Mutter schien zufrieden, auf diese Art zu reisen, folglich schüttelte er ihr die behandschuhte Hand, ehe der Schlag geschlossen wurde. Als er sich mit seinem Vater zu der kleinen

Schar gesellte, die sich zum Abschied versammelt hatte, kam ein Angestellter heraus, hielt seine Uhr hoch und rief: »Sechs Uhr, Teddy!«

»Na, dann mal los, meine Schönheiten!«, rief Teddy und knallte nach Edwards Dafürhalten reichlich theatralisch mit der Peitsche. Die Pferde trabten zeitgleich los und beschleunigten auf der Straße zügig, wobei sie mit den Hufen Schlamm aufspritzten.

»Auf dem Dach säße ich heute ja nicht so gern«, meinte Edward. »Der Kutschbock ist überdacht. Die anderen Sitze nicht.«

Sein Vater lachte. »Irrtum! Die werden einen Heidenspaß haben, mit he, ho, dem Wind und dem Regen! Jetzt müssen wir uns aber beeilen, auch wenn es zuvor noch ein Frühstück gibt. Wie wäre es mit gebratenen Koteletts und Eiern?«

Edward wurde grün im Gesicht. »Nein danke«, murmelte er.

»Dann wartest du solange«, schnauzte sein Vater.

Georgina freute sich über ihren Entschluss, ihr marineblaues Reisekostüm mit einer weißen Bluse zu tragen, sodass sie die Jacke ablegen konnte, wenn es zu heiß würde.

Die Polsterung der Sitze und Rückenlehnen in der Kutsche war recht dürftig, fand sie nach einigen Meilen, war jedoch angenehm überrascht über die ruhige Fahrweise des Gefährts und äußerte dies auch, als die vier Damen in der Kutsche sich miteinander bekannt machten.

Schwester Catherine, die ältere Nonne, gehörte dem römisch-katholischen Orden der Barmherzigen Schwestern an und war schon oft auf diese Weise gereist. Sie erklärte, dass der Korpus der Kutschen von *Cobb & Co.* auf Leder- und nicht etwa Stahlfedern ruhe, wodurch es sich bequemer fahren ließe. Sie und ihre Begleiterin, Schwester Jude, wollten in Gympie eine Klosterschule eröffnen.

»Wir sind so aufgeregt, dass uns diese Ehre widerfahren ist«, setzte sie hinzu. »Wir können es gar nicht erwarten hinzukommen!«

Der Platz am anderen Fenster mit Blick nach vorn wurde

von einer gewissen Mrs. Lombe eingenommen. Sie trug ein strenges schwarzes Kleid mit einem weißen Spitzenkragen und einen kleinen Strohhut, den sie abgenommen und auf der Ablage über sich verstaut hatte. Georgina machte sich die Ungezwungenheit zunutze und nahm ihren eleganten Filzhut ebenfalls ab.

»Das tut gut«, lächelte sie, als auch ihr Hut auf der Ablage ruhte. »Ich hoffe, es stört Sie nicht«, wandte sie sich an die Nonnen.

»Überhaupt nicht«, lächelte Schwester Catherine. »Sie verzeihen uns, wenn wir es Ihnen nicht gleichtun.«

Georgina lachte und betrachtete nachdenklich die gestärkten Wimpel und Schleier der Nonnen.

Dann wandte Schwester Catherine sich an Mrs. Lombe. »Ich hoffe so, dass es Ihrem Mann recht ist, oben zu sitzen. Hier drin wäre ja auch Platz für sechs. Wir möchten ihm auf keinen Fall Unannehmlichkeiten bereiten.«

Mrs. Lombe zuckte mit den Achseln. »Mein Mann hat sich davongemacht, um beim Fahrer auf dem Kutschbock zu sitzen. Angeblich, damit wir Damen es hier bequemer haben. Insgeheim glaube ich allerdings, er wollte sich auf diese Weise vor den Frauengesprächen drücken!«

»Habe ich jemanden sagen hören, er sei Arzt?«, erkundigte sich Schwester Catherine.

»Könnte gut sein, doch ist es ein Irrtum, der den Leuten andauernd unterläuft. Ich bin Ärztin, Schwester. Und möchte in Gympie eine Praxis eröffnen. Mein Mann verdient sich sein Geld damit, dass er Farmen und Vieh vermittelt.«

»Oh, ich bitte um Verzeihung, Frau Doktor«, sagte die Nonne. »Aber darf ich Ihnen gratulieren? Sie sind die erste Ärztin, die ich die Ehre habe kennenzulernen.«

»Auch ich muss mich entschuldigen«, erklärte Georgina. »Meinem Mann wurde mitgeteilt, dass ich mit einem Arzt und seiner Frau reisen würde! Aber meine Damen, darf ich Ihnen sagen, dass Sie in Gympie ganz gewiss alle sehr willkommen sein werden? Ich selbst bin nur zu Besuch dort. Ich werde auf der Viehfarm meines Mannes wohnen.«

»Dann kennen Sie sich in der Gegend also aus, Mrs. Heselwood?«, fragte die ältere Nonne.

»Nicht sonderlich, bedaure. Ich bin schon eine ganze Weile nicht mehr dort gewesen.« Bei der Erinnerung an die gefahrvolle Flucht zu Pferd erschauerte Georgina. Sie war so froh, sich in dieser Kutsche zu befinden und nicht draußen auf der Straße, egal, wie schön es da jetzt auch sein mochte. Von der Schreckensnacht, als Montone von Schwarzen überfallen wurde, die sich ihren Weg in das Gehöft gekämpft hatten, hatte sie jetzt noch Albträume.

Auf ihrer Stirn glitzerte Schweiß. Bei der Erinnerung daran begann sie zu zittern und Ängste wurden wach, die sie unbedingt hatte überwinden wollen.

Schwester Jude, die ihr gegenüber saß, beugte sich zu ihr und reichte ihr ein Fläschchen Lavendelwasser.

»Es heißt, es hätte eine kühlende Wirkung«, meinte sie schüchtern.

Georgina blickte in die freundlichen braunen Augen der jungen Nonne und seufzte. »Vielen Dank, Schwester.«

Sie nahm die Flasche, öffnete den Verschluss und atmete den wohltuenden Duft ein.

»Es hilft wirklich«, meinte sie nach einigen Minuten. »Jetzt fühle ich mich auch wieder besser.« Mehr durch die Unterbrechung als den Duft, sinnierte sie, aber Schwester Jude strahlte, erfreut über ihre gute Tat.

Das Hufgetrappel und das Tempo der Kutsche versetzten Georgina in freudige Erregung. Allerdings warf es die Kutscheninsassen doch sehr hin und her, sodass sie nur gelegentlich ein freundliches Wort miteinander wechselten und sich mehr auf den Ausblick auf die Vororte Brisbanes konzentrierten.

Zwei Stunden darauf machte der Fahrer sie durch einen Stoß ins Horn darauf aufmerksam, dass sie sich der Poststation bei Petrie näherten, wo sich Stallburschen beeilten, die Pferde zu wechseln.

»Wenn eine von den Damen hier den Wunsch verspürt auszutreten, dann sollte sie dem unbedingt nachkommen«, riet die Ärztin. »Sollten Sie sich allein nicht trauen, begleite ich Sie. Verkneifen Sie sich bloß nichts. Zu viele Damen machen das, dabei ist es so töricht.«

Alle dankten ihr, schüttelten jedoch den Kopf, und Minuten später waren sie wieder unterwegs. Der nächste Halt, so hatte ihnen Mr. Lombe erklärt – er war herunterklettert, um sich zu vergewissern, dass niemand herausgefallen war –, war Stony Creek. Er informierte sie auch darüber, dass sie aufgrund der kürzlichen Regenfälle die »nasse« Route befuhren, die achtzehn Meilen länger war als die »trockene«.

Nach Stony Creek kam Naraba, wo ein neuerlicher Pferdewechsel anstand. Hier war die Landschaft trockener, und bei ihrer Abfahrt wirbelte die Kutsche Staubwolken auf, sodass die Lederrollos heruntergelassen werden mussten. Fortan gestaltete sich die Reise schwieriger.

Wann immer sie steile Hügel hinab und in trockene Schluchten hineinfuhren, hielt Georgina die Luft an, sobald sie die Bremse knirschen hörte, und hob aus Furcht vor unmittelbar bevorstehender Überflutung mit starrem Blick die Füße vom Boden, wenn das Gefährt durch Flussfurten rumpelte.

Als sie am Bankfort House haltmachten, wo eilig ein weiteres Gespann frischer Pferde herausgeführt wurde, kletterten die Damen glücklich hinaus, um nun den Rat der Ärztin zu befolgen, und nahmen danach zügig ein aus Tee, süßen Brötchen und Kuchen bestehendes Mahl zu sich. Einigen Männern, bemerkten sie mit Befremden, wurde der Kaffee gleich halbliterweise serviert.

Sie reisten weiter durch die atemberaubenden Glasshouse Mountains, wo sie die Rollos wieder hochziehen und zur Überraschung aller in der Ferne einen Blick auf das blaue Meer erhaschen konnten. An die Unannehmlichkeiten gewöhnten sie sich rasch. Einmal mussten sie sich ihren Weg durch einen weglosen Wald suchen und wurden ein Stück weiter bei der Überquerung eines ausgetrockneten steinigen Bachs kräftig durchgeschüttelt. Schließlich erreichten sie einen Ort namens Mellin Creek, und von dort aus ging es, als die Nachmittagssonne unterzugehen begann, im Eiltempo weiter zum Cobb's Camp in der Nähe von Woombye Village.

Die Frauen klatschten vor Erleichterung, als sie das triumphierende Hornsignal vernahmen, und Schwester Catherine bemerkte, sie würden auf die Minute genau in Cobb's Camp – ihrem Nachtquartier – einfahren.

Die Herberge war ein Steingebäude mit einer breiten Vorderveranda, die von Pfefferbäumen beschattet wurde. Davor hatte sich zu ihrem Empfang eine kleine Gruppe aufgestellt. Kaum stand die Kutsche, sprangen mehrere Herren auch schon vom Dach hinunter und stürmten zum Ausschank.

Mr. Lombe erschien an der Kutschentür, um die Damen zu »dekantieren«, wie er diese angenehme Pflicht nannte. Nach der langen Fahrt waren alle etwas unsicher auf den Beinen.

»Mir kommt es vor, als wäre ich eine Woche lang auf See gewesen«, meinte Dr. Lombe und hakte sich bei ihrem Mann unter. Und dann bot ein weiterer Herr Georgina den Arm an.

Sie sah auf und erblickte zu ihrer Überraschung Jasin.

»Was machst du denn hier?«

»Wir sind schon heute Nachmittag angekommen«, erzählte er, »und da habe ich mich entschlossen, auf dich zu warten, falls du deine Meinung über öffentliche Transportmittel geändert haben solltest.«

»Aber nein«, erwiderte sie. »Mir geht es ausgezeichnet. Bis darauf, dass mir ziemlich heiß ist und ich Durst habe. Aber wo steckt denn Edward?«

»Der ist drin, mit Jack und Clem.«

Jasin geleitete sie die Treppe hinauf auf die Veranda und dann weiter in einen langen kühlen Korridor, wo sie von der Frau des Gastwirts, Mrs. Stumpf, empfangen wurde.

»Ah! Sie sind da!«, rief sie. »Ihr Mann hat sich schon Sorgen um Sie gemacht. Gehen Sie mal weiter auf Ihr Zimmer, Mrs. Heselwood. Ich bringe Ihnen eine Erfrischung.«

»Ich dachte, ich würde mir ein Zimmer mit den anderen Damen teilen?«, wunderte sich Georgina, als Jasin sie in eine kleine Schlafkammer führte.

»Tut mir sehr leid, aber du wirst stattdessen mit mir vorliebnehmen müssen. Wir übernachten auch hier. Ich habe mit Mrs. Stumpf geredet. Sie leben schon seit ein paar Jahren hier und ihre Küche genießt einen vortrefflichen Ruf. Das können wir uns doch nicht entgehen lassen!«

Die Abendmahlzeit wurde in der großen Küche an zwei langen Tischen serviert. Die fünfköpfige Heselwood-Gruppe teilte sich ihren mit bärtigen Goldgräbern, die unterwegs zu den Goldfeldern waren. Am anderen Tisch saßen Mr. und Mrs. Lombe in Gesellschaft des Kutschers, mehrerer Handelsreisender und dreier weiterer Goldgräber. Georgina hatte gehofft, man würde den Nonnen an einem der Tische Platz lassen, doch begriff sie bald, dass sie es sicher vorzögen, unter sich zu bleiben, und man ihnen vermutlich etwas auf ihrem Zimmer servierte. Dennoch erkundigte sie sich bei einem der Serviermädchen und erfuhr zu ihrer Erleichterung, dass Mrs. Stumpf die beiden Nonnen bereits untergebracht hatte.

Der reichhaltigen Suppe folgten Platten mit Schweine- und Hammelkoteletts, Salzkartoffeln und Krüge mit gehaltvoller Zwiebelsoße. Die Männer langten kräftig zu, selbst der in Essensdingen gewöhnlich so heikle Jasin, bemerkte Georgina lächelnd. Er fühlte sich wohl schon wieder wie im Outback. Sie selbst hatte das spartanische Leben auf Montone auch nicht gestört, als sie das Gut seinerzeit bewohnt hatten, und hatte sich damit beschäftigt, das Haus einzurichten und den Garten anzulegen. Aber damals war sie jünger gewesen. Und zutiefst erschüttert, als es in Schutt und Asche gelegt wurde.

Jasin hatte sie vorgewarnt, das neue Gutshaus sei nicht so geräumig wie das alte. Es war zunächst als kleines Steinhaus für Viehzüchter gedacht gewesen und dann weiter ausgebaut worden. »Nichts Großartiges«, hatte er gesagt. »Nicht einmal Vorhänge gibt es, da wir meilenweit die einzige Farm sind.« Georgina hatte sichergestellt, dass sich in ihrem Schrankkoffer Vorhangstoff befand.

Da sie am nächsten Tag frühzeitig aufbrechen würden, zogen sich die meisten Reisenden nach dem Abendessen auf ihre Zimmer zurück.

Ihrer goldenen Uhr nach weckte sie eine Familie von Würgerkrähen um Viertel vor fünf mit ihren ohrenbetäubenden, metallisch klingenden Pfiffen und Rufen. Georgina rappelte sich auf und blickte zum Sonnenaufgang hinaus, ihre müden Augen mit einer Hand gegen das grelle Licht beschattend.

Da sie noch genügend Zeit hatte, wusch sie sich, bürstete ihr blondes Haar aus, teilte es und frisierte es dann wieder zu einem lockeren Knoten, der flach genug war, dass der Hut ordentlich sitzen würde. Eine Weile konnte sie diesen nicht finden und erinnerte sich dann daran, dass er immer noch in der Kutsche lag.

»Du bist nun auf dem Land«, lachte sie. »Da darfst du deinen Hut ruhig vergessen!«

Gleich fühlte sie sich besser, weckte Jasin, erinnerte ihn an den frühen Aufbruch und marschierte zur Küche. Als sie durch die Tür spähte, sah sie, dass mehrere Männer, darunter auch Edward, bereits beim Frühstück saßen. »Guten Morgen, Mutter!«, rief er und verließ den Tisch, um sie zu begrüßen.

»Nanu, schon auf den Beinen?«, neckte sie ihn. »Und ich dachte, ich müsste jemanden zum Wecken schicken!«

»Nicht nötig«, flüsterte er. »Ich habe kein Auge zugetan. Dafür wurde in dem stinkenden Schlafsaal, in den ich verwiesen wurde, viel zu laut geschnarcht.«

Aus Angst, man könnte ihn hören, runzelte sie warnend die Stirn und wechselte das Thema. »Woraus besteht denn dein Frühstück?«

»Aus so ziemlich allem«, grinste er. »Koteletts, Eiern, Lammbraten, Schinken und Kartoffeln. Und wieder einem Eimer voll mit Zwiebelsoße. Pökelfisch gibt es allerdings keinen.«

»Kommen Sie doch herein!«, rief Mrs. Stumpf ihr in diesem Augenblick zu. »Ein wunderschöner Morgen, nicht wahr? Was hätten Sie denn gern zum Frühstück, meine Dame?«

»Vielen Dank, Mrs. Stumpf, ich frühstücke grundsätzlich kaum etwas. Bitte einfach einen Kaffee, ja?«

»Ach, aber Sie müssen doch etwas essen. Bei dem weiten Weg, den Sie vor sich haben! Wir finden schon etwas Feines und Leichtes für Sie, ja? Vielleicht möchten Sie draußen auf der Veranda mit der anderen Dame frühstücken? Dort ist es morgens angenehm kühl.«

Sie wandte sich an Edward. »Essen Sie fertig, Mr. Heselwood, sonst wird es noch kalt. Um Ihre Mutter kümmere ich mich schon.«

Heilfroh, dass ihr der deftige Geruch des herzhaften Männerfrühstücks erspart blieb, ließ Georgina sich auf die Vorderveranda führen, auf der Dr. Lombe bereits an einem kleinen Tisch Platz genommen hatte.

»Guten Morgen, Mrs. Heselwood«, grüßte die Ärztin sie. »Leisten Sie mir doch bitte Gesellschaft. Mrs. Stumpf macht vortrefflichen Kaffee, und sehen Sie sich nur dieses vorzügliche Gebäck an! Für unsere Konstitution viel besser als das viele Fleisch, das die Männer verdrücken.«

»Vielen Dank, da sage ich nicht nein.« Georgina ließ sich neben Dr. Lombe auf einer Bank nieder.

Ein Mädchen eilte mit frischem Kaffee und weiterem süßem Gebäck heraus, offenbar besorgt, die zwei Damen könnten zu kurz kommen. Die beiden beruhigten sie und sie huschte wieder ins Haus.

»Welch ein Ausblick, nicht wahr?« Dr. Lombe schenkte ihnen Kaffee ein. »Ich bin schon eine ganze Weile hier draußen. Der Sonnenaufgang war atemberaubend!«

»Es ist immer noch wunderschön.« Georgina bewunderte das tiefe Grün der Hügel vor dem schimmernden Horizont dahinter.

Genau in diesem Augenblick führten zwei Stallburschen Pferde mitsamt ihrer Kutsche auf die Lichtung vor der Herberge.

»Wie schön!«, sagte Dr. Lombe. »Diesmal haben wir wieder ein Gespann aus braunen Pferden. Sie sehen alle sehr kräftig aus.«

»Allerdings.« Georgina biss genüsslich in ein Gebäckstück mit Apfelfüllung und beobachtete gleichzeitig fasziniert, wie die Stallburschen Geschirr und Kummets überprüften. »Wie gründlich sie sind!«, staunte sie und Dr. Lombe gab ihr recht. »Ich habe gehört, Sicherheit sei bei *Cobb & Co.* oberstes Gebot«, sagte sie. »Aber dass sie es derart genau nehmen, hätte ich nicht gedacht. Diese Männer untersuchen ja jeden einzelnen Gurt und jeden einzelnen Riemen!« Sie beugte sich vor, um besser zu sehen. »Selbst die Metallteile, die Ringe der Geschirre und dergleichen«, setzte sie erstaunt hinzu.

Inzwischen waren mehrere Herren aus dem Gasthaus getreten, um bei einer Pfeife dem komplizierten Vorgang des Geschirranlegens zuzusehen. Von Jasin fehlte bislang noch jede Spur, aber Edward war da und befragte die Stallburschen.

Typisch für ihn, lächelte Georgina. Pferde waren schon immer seine große Leidenschaft – und alles, was damit zusammenhing, vor allem die Jagd. Sie erinnerte sich, dass er ihnen geschrieben hatte, sein Onkel habe ihm erlaubt, seinen vierrädrigen Brougham um das Anwesen zu fahren, ein gefährlicher Zeitvertreib. Und sein neuestes Steckenpferd, wie er ihr beim Mittagsmahl erzählt hatte, war ein Reitsport namens Polo, das in den Kolonien zu seinem Leidwesen noch nicht gespielt wurde. Jasin hatte erwähnt, dass ein Spiel dieses Namens kürzlich in der Kolonie Victoria eingeführt worden sei, es sich jedoch womöglich nicht um dasselbe handelte.

»Ist das nicht Ihr Sohn?«, riss Dr. Lombe sie aus ihren Gedanken.

Georgina blickte hinüber und sah, dass ein Stallbursche mit einem Pferd Probleme hatte, das sich den Scheuklappen widersetzte, und Edward es zu besänftigen half.

»Ja«, nickte sie, erleichtert, dass das Pferd sich beruhigte.

Nun prüften die Männer die Riemen und Edward machte sich erneut nützlich, indem er auf den Kutschbock kletterte und abwechselnd jeden Zügel hochhielt.

»Prima!«, rief der Stallbursche ihm zu. »Alles in Ordnung, Mister. Warten Sie, ich komme hoch und halte Teddy die Riemen.«

Während der Mann auf die Kutsche zuging, sah Georgina, wie ein boshaftes Grinsen über Edwards Gesicht huschte. Sie erkannte es und dachte: Nein, wehe!

Doch noch während ihr der Gedanke durch den Kopf schoss, schnippte Edward auch schon einen Zügel über den

Steiß des Leitpferdes, worauf dieses, verwirrt über das ungewohnte Signal, einen Satz nach vorn machte.

Georgina fuhr von ihrem Platz hoch und rief: »Edward! Nein!« Zu spät. Die Pferde waren bereits über die Lichtung und auf die Straße gestürmt und die Kutsche ratterte hinterdrein.

Beim Aufstehen hatte sich der breite Saum von Georginas langem Rock am Bein des Frühstückstisches verfangen. Nun gab er nach und sie fiel mit solcher Wucht nach vorn, dass sie ins Stolpern geriet und die Verandatreppe hinunterfiel, ehe jemand sie auffangen konnte.

Im Fallen hörte sie sich selbst schreien und war peinlich berührt, dass sie sich derart lächerlich machte.

Dann schlug sie auf dem harten Kies auf und schrie erneut, als sie ein rasender Schmerz durchfuhr, der auch nicht mehr abklingen wollte.

Überall um sie herum brüllten Männer. Georgina, die sich um Edward sorgte, versuchte sich aufzurappeln, aber ihre Arme versagten den Dienst. Sie rief die Männer und erkundigte sich, ob Edward die Pferde wieder unter Kontrolle zu bringen vermocht habe.

Jasin antwortete ihr. »Tja, Liebes. Die Pferde haben mehr Verstand als er. Sie haben ein Stückchen weiter vorn von allein angehalten. Und nun komm, wir helfen dir auf.«

Er hatte einen weiteren Mann bei sich. Sie wollten sie auf die Füße stellen, doch Georgina stöhnte vor Schmerzen auf und schüttelte den Kopf. »Nein«, flüsterte sie. »Tut mir leid, ich kann nicht…«

Als wäre sie ein Ausstellungsstück, starrten rings um sie herum Gesichter auf sie herab, und sie herrschte sie an, sie sollten sich davonscheren, aber es war gar nicht ihre Stimme, sondern die von Dr. Lombe. Nicht, dass es eine Rolle spielte. Hauptsache, Georgina hatte ihre Ruhe und konnte sich mit Würde erheben.

»Bitte«, bettelte sie. »Lassen Sie mich aufstehen.«

»Gleich«, erwiderte Dr. Lombe. »Sie sind schlimm gestürzt, Mrs. Heselwood. Immer mit der Ruhe.«

Mrs. Stumpf erschien mit einer Decke und kniete sich mit besorgter Miene neben sie.

»Was für ein Glück, dass wir heute eine Ärztin bei uns haben«, jammerte sie, während Dr. Lombe die Patientin untersuchte.

»Was hat sie denn?«, erkundigte Jasin sich ungeduldig. »Könnten Sie das nicht drinnen machen, Dr. Lombe? Man kann meine Frau doch nicht ewig hier draußen liegen lassen!«

»Sie hat sich ein Bein gebrochen, vielleicht noch weitere Verletzungen zugezogen«, erwiderte die Ärztin leise. »Sie muss behutsam hineingetragen werden. Man wird eine Trage zimmern müssen.«

»Meine Männer machen sich sofort daran. Wohin könnten wir meine Frau bringen, Mrs. Stumpf?«

»In mein Wohnzimmer«, entgegnete die Frau eifrig.

Georgina versuchte, alledem zu folgen, doch die Stimmen schienen hin und wieder zu schwinden. Sie befürchtete, sie könnte infolge des Sturzes taub werden. Schließlich hatte sie sich den Kopf angeschlagen und er tat entsetzlich weh. Ringsum konnte sie geschäftiges Treiben hören und hoch über ihr in den Gummibäumen Blättergeraschel. Dann merkte sie, dass die Männer sie auf einer Trage nach drinnen schafften. Es kam ihr wie ein Wunder vor, dass Mrs. Stumpf so etwas für Notfälle bereitstehen hatte, und sie machte sich im Geiste eine Notiz, sie auf ihren Weitblick anzusprechen. Auch hatte sie es bequem auf dieser Trage, sehr bequem. Eine bessere Art des Reisens als auf diesen harten Sitzen in der Kutsche mit ihren unzulänglichen Polstern. Sie würde sie Mr. Cobb baldmöglich empfehlen.

* * *

Wenngleich Jasin die Meinung einer Ärztin mit Vorsicht genoss, konnte er mit der Frau schwerlich streiten, die behauptete, seine Gemahlin habe möglicherweise weitere Verletzungen davongetragen und solle nur mit großer Behutsamkeit bewegt werden.

Gegen die Schmerzen hatte sie Georgina Laudanum gegeben und ihr eine Wolldecke übergelegt. Clem und Jack hatten unterdessen aus Ästen und Segeltuch eine behelfsmäßige Trage zusammengebaut. Glücklicherweise war Georgina ein Leichtgewicht, sodass sie sie sicher ins Wohnzimmer schaffen konnten, wo die Ärztin darauf bestand, dass Mrs. Heselwood auf eine feste Matratze auf den Boden gelegt wurde.

»Du meine Güte, legen Sie sie doch auf das Sofa!«, wandte Jasin ein. »Hier ist sie sämtlichen Spinnen und Kakerlaken ausgesetzt, die auf dem Boden herumkriechen. Schlangen sogar! Das lasse ich nicht zu, Madam!«

»Mr. Heselwood, unter den gegebenen Umständen muss die Patientin unbedingt flach liegen. Dieses schmale Sofa ist zu kurz und völlig ungeeignet. Und nun seien Sie so gütig und lassen mich mit der Untersuchung fortfahren!«

Der Gastwirt brachte Jasin einen Brandy und eröffnete ihm, Teddy, der Kutscher, habe seinen Sohn im Schuppen eingesperrt.

»Was soll ich nur machen?«, klagte Mrs. Stumpf. »Der junge Mann behauptet, sich nur einen Spaß erlaubt zu haben, und will auf der Stelle hinaus. Aber Teddy will davon nichts hören.«

»Der Kutscher hat ganz recht!«, donnerte Jasin. »Lassen Sie ihn dort, bis ich mir darüber weitere Gedanken machen kann.«

»Dann wäre da noch etwas, Mylord.«

»So?«

»Die Kutsche muss weiterfahren. Es ist höchste Zeit. Kutschen von *Cobb & Co.* verspäten sich nie!«

Jasin zuckte die Achseln. »Richten Sie ihm meinen Dank fürs Warten aus. Er kann losfahren. Für eine Weiterreise geht es meiner Frau nicht gut genug.«

»Der Fahrer wartet auf die Ärztin. Ihr Mann sagt, sie soll sich beeilen.«

»Oh Gott. Das geht unmöglich. Meine Frau braucht sie doch!«

Er stürmte hinaus zur Kutsche, um den Fahrer umzustimmen. Der aber blieb dabei, dass Dr. Lombe schleunigst in die Kutsche steigen müsse.

Schließlich griff Schwester Catherine ein. »Meine Herren, geben Sie mir ein paar Minuten, ich spreche kurz mit der Ärztin.«

Ohne eine Antwort abzuwarten, hastete sie mit am Gürtel schwingendem Rosenkranz ins Gasthaus.

Besorgt winkte sie Dr. Lombe zu. »Schaffen Sie es denn, das Bein der Dame zu schienen?«

»Ich tue mein Bestes, und zwar mit allem, was ich verwerten kann, vielleicht ein paar Schösslingen und Segeltuchstreifen, aber zunächst muss ich sie vorbereiten. Man wartet doch gewiss?«

»Das müssen sie«, erwiderte die Nonne fest. »Schwester Jude und ich werden Ihnen assistieren. Ich habe zwar keinerlei Krankenpflegeerfahrung, dafür aber Schwester Jude. Einen Moment nur.«

Jasin wartete vor der Wohnzimmertür. »Was geht da drinnen vor, Schwester?«

»Die Ärztin möchte das Bein Ihrer Frau schienen. Schwester Jude und ich werden ihr dabei helfen. Wenn Sie die anderen Passagiere um Unterstützung bitten, dann wird der Fahrer warten müssen, ganz gewiss. Ihre Frau ist noch nicht so weit, und immerhin drei Frauen weigern sich, ohne sie die Kutsche zu besteigen«, sagte sie augenzwinkernd. »Ich bin mir sicher, Sie können die anderen erweichen.«

»Und meine Frau wird reisefähig sein?«

»Dr. Lombe hält es für das Beste, wenn sie die Reise fortsetzt. Sie muss so bald wie möglich ins Krankenhaus und Gympie liegt am nächsten. Dort kann man ihr einen Streckverband anlegen. Wir machen ihr und der Ärztin Platz in der Kutsche. Schwester Jude und ich sitzen gern oben.«

»Danke, Schwester. Ich würde ebenfalls lieber drinnen mitfahren. Richten Sie Dr. Lombe aus, dass ich den Fahrer zur Räson bringe. Die Kutsche wird warten!«

Schwester Catherine nickte. »Ausgezeichnet. Würde es Ihnen etwas ausmachen, Schwester Jude nun hereinzubitten?« Sie wandte sich wieder Dr. Lombe zu. »Wie geht es der Patientin?«

»Sie ist immer noch bewusstlos. Wir müssen uns beeilen. Könnten Sie Mrs. Stumpf für mich holen?«

»Ja, natürlich. Aber keine Panik. Die Kutsche wird warten.«

»Wirklich?«

»Ja. Ich denke, wir können uns darauf verlassen, dass Lord Heselwood in dieser Sache das letzte Wort hat.«

»Er ist ein Lord? Das habe ich gar nicht gewusst.«

»Ich habe es auf der Passagierliste gesehen. Offenbar besteht aber keiner der beiden darauf, mit dem Titel angesprochen zu werden.«

Die unterschiedlichsten Menschen sind's, die die Welt gestalten, dachte Mrs. Lombe lächelnd und machte sich auf die Suche nach Mrs. Stumpf.

»Verdammt, das wurde aber auch Zeit!« Edward klopfte sich Häcksel von seinen Kleidern, nachdem Clem den Schuppen aufgesperrt und ihn freigelassen hatte.

»Ihr Vater ist nicht allzu gut auf Sie zu sprechen«, meinte Clem mit einem Schulterzucken.

»War doch nur ein Spaß, ich wollte das Gespann lediglich auf die Straße fahren. Ist ja nichts passiert.«

»Das erzählen Sie mal Ihrer Mutter«, raunzte Clem und marschierte zu den Ställen.

Kapitel 3

Paul war außer sich. »Man weiß nie, was Duke als Nächstes tun wird!«, beklagte er sich bei Laura.

»Wieso, was ist denn?«

»Er kommt doch nicht mit nach Rockhampton! Dabei habe ich dem Angestellten extra zwei Shilling zugeschoben, um noch eine Fahrkarte für ihn zu bekommen! Das ganze Schiff ist voller Goldsucher, die davon überzeugt sind, dass es in unseren Bergen Gold gibt.«

»Dann kehrt er also doch mit John Pace und Eileen nach Kooramin zurück?«

»Nein. Er hat beschlossen, eine Weile in Brisbane zu bleiben.« Sie lachte. »Wieso auch nicht? Schließlich war er noch nie hier. Vermutlich möchte er sich einfach ein wenig umsehen.«

»Er hatte versprochen, uns bei der Viehmusterung zu helfen. Ich habe auf ihn gezählt.«

»Wir können doch bei uns ein paar Viehhüter anheuern.«

»Na, hoffentlich. Derzeit tragen die ja alle lieber Pickel statt Rinderpeitschen.«

»Es nützt doch nichts, sich jetzt bereits den Kopf darüber zu zerbrechen. Ich freue mich schon auf die Seereise. Hoffentlich haben wir eine schöne Kabine.«

Paul machte einen Laut, als stünden die Chancen dafür schlecht. »Geh schon mal runter, Liebes, ich bringe gleich die Taschen. John Pace und Eileen warten in der Eingangshalle auf uns. Eileen möchte, dass wir vor der Abfahrt noch mit ihnen zur St. Stephen's gehen und einen Rosenkranz für Mutter beten. Ist dir das recht?«

»Natürlich.«

Auf dem Weg nach unten fühlte Laura sich mit dem jüngeren Bruder ihres Mannes sehr verbunden. Sie wäre auch gern noch in Brisbane geblieben, zumindest ein paar Tage. Aber Paul war hergekommen, um bei seiner Mutter zu sein. Zwei traurige Wochen lang. Nun sah er keinen Anlass mehr, ihre Heimkehr länger aufzuschieben.

Laura hingegen schon. Auf der Viehfarm fühlte sie sich bisweilen sehr einsam und Rockhampton war lediglich ein Dorf. Zu gern hätte sie noch ein wenig Zeit in Brisbane verbracht, Einkäufe getätigt oder das nahe gelegene Theater besucht. Aber sie war klug genug, dergleichen während der Trauerzeit der Brüder nicht anzusprechen.

»Dabei hätte Dolour uns während unseres Aufenthaltes hier gewiss ein kleines Vergnügen gegönnt«, dachte sie bei sich auf dem Weg zur Eingangshalle.

Noch immer in schwarzer Trauerkleidung, saß Eileen kerzengerade auf der Kante eines Ledersessels, die Handtasche auf die Knie gedrückt.

»Wo ist Paul?« Angesichts Lauras marineblauen Kostüms verdüsterte sich Eileens Miene, aber Laura fand, sie sei dieser Frau keinerlei Rechenschaft darüber schuldig, dass sie nur ein passendes schwarzes Kleid besaß und dass sie dieses zwei Tage getragen hatte. Und dass das in dieser Hitze reichte.

»Er kommt gleich.«

»Und Duke? Wo ist der?«

»Keine Ahnung.«

»Dass du mit zur Kirche kommst, ist überflüssig«, meinte Eileen unverblümt. »Ich habe Jeannies arme Eltern eingeladen. Sie waren auch Dolours Freunde, weißt du. Deine Anwesenheit könnte Paul in Verlegenheit bringen.«

Laura starrte sie mit großen Augen an. »Du tust ihm gern weh, nicht, Eileen?«

»Unfug! Ich nehme lediglich auf die Gefühle anderer Rücksicht.«

Anstatt bei ihrer Schwägerin in der Eingangshalle Platz zu nehmen, ging Laura weiter. Sie schlenderte um den Tisch in der Raummitte herum, warf im Vorbeigehen einen Blick in den goldgerahmten Spiegel an der Wand, sah zum Fenster hinaus und trat dann durch die Tür.

Im Vorraum stieß sie auf Paul. »Ich glaube, es ist besser, wir gehen nicht mit ihnen zur Kirche.«

»Wieso nicht?«

»Jeannies Eltern kommen ebenfalls.«

»Eileens Werk?«

»Genau.«

»Typisch. Beachte sie einfach nicht. Wir gehen.«

»Ich weiß ja, es ist dir wichtig, von deiner Mutter Abschied zu nehmen, also geh hin. Ich bleibe hier.«

Er nahm sie am Arm und führte sie auf die Veranda hinaus. »Laura, du kommst mit. Wenn du es nicht tust, dann hat Eileen gewonnen, verstehst du das nicht? Lass dir von ihr keine Vorschriften machen!«

Laura blickte die Veranda entlang und entdeckte John Pace Pfeife rauchend in einem Korbsessel. Offenbar wartete er darauf, dass sich alle einfanden.

»Das ist nicht der springende Punkt, Paul«, sagte sie leise. »Es geht nicht darum, wer gewinnt und wer nicht. Mir ist es egal, was sie sich denkt. Wenn es dich nicht stört, dann geh mit. Ich mache in der Zwischenzeit einen Spaziergang.«

Sie trat auf die Queen Street, mischte sich unter die anderen Fußgänger und spazierte munter drauflos, in der Gewissheit, Paul würde ihr folgen. Als er das nicht tat, musste sie notgedrungen weiterlaufen, obgleich es ihr schwer fiel, nicht zurückzublicken, um zu sehen, ob er ihr nicht doch nachlief.

Rasch bog sie um eine Ecke und verlangsamte ihren Schritt, spähte – ohne etwas zu sehen – in Schaufenster, horchte auf seine Stimme. Schließlich blieb sie stehen und gab vor, sich für eine aufwendig gestaltete Auslage zu interessieren. Mit jeder Minute geriet sie mehr in Rage. Er musste nicht mit ihnen in die Kirche gehen! Sie könnten das leicht auch noch später tun, nur sie und Paul, und dann für seine Mutter beten.

Sie beschloss, weiterzueilen und aus der anderen Richtung zum Hotel zurückzukehren. So zu tun, als hätte sie einfach nur ein bisschen frische Luft gebraucht. Ihn dann zu entdecken, wie er auf sie wartete.

Neugierde trieb sie dazu zurückzublicken. Ein großer Fehler! Denn nun sah sie sie, alle drei, John Pace, Eileen und Paul, die auf der anderen Straßenseite Richtung St. Stephen's marschierten.

Er war ohne sie gegangen! Er hatte zugelassen, dass Eileen seine Frau des Platzes verwies, als gehörte sie nicht zur Familie. Wenn es um John Pace und Eileen ging, war Paul ein ausgemachter Schwächling. Und das alles, um es den Eltern seiner verstorbenen Frau recht zu machen.

Schnell drehte sie sich um und stürmte in einen nahe gelegenen Eingang. Es zeigte sich, dass dieser in ein großes Warenhaus führte, und zwar direkt in die Damenmodenabteilung. Ihre Laune hob sich, als sie durch die Gänge schlenderte und über die angebotene Ware staunte, erlesene Sachen, die nie ihren Weg auf die hölzernen Ladentheken des Gemischtwarenladens bei ihr daheim finden würden. Ein Verkäufer brachte ihr einen Korb für ihre Einkäufe und beriet sie. Sie kaufte elegante Taschentücher und Schals, ein köstliches Parfüm aus Frankreich, Gesichtscreme, sogar Puder, etwas, das sie zuvor noch nie benutzt hatte, war aber zu schüchtern, das Rouge zu nehmen, das ihr eine Verkäuferin empfahl.

Ein Stockwerk höher entdeckte sie hinreißende Kostüme, deren Tournüren viel aufsehenerregender waren als die, die ihre schmale Taille von hinten hervorhob. Kichernd überlegte sie, ob sie es wagen sollte, eines zu kaufen. In Rockhampton stand sie schon lange im Ruf einer Rebellin: Das Mädchen, das sich ihrem Vater widersetzt, einem einflussreichen Bürger der Stadt, ihrem Verlobten, den Laufpass gegeben und schließlich alle schockiert hatte, als sie dem jungen Witwer Paul MacNamara das Jawort gab.

»Sie hat ihn sich zu früh nach Jeannies Tod geangelt«, hatten die Klatschmäuler in den Kneipen und Nähkränzchen bemängelt. »Und dabei glänzt der Marmorgrabstein da draußen auf dem Friedhof im Sonnenlicht immer noch wie neu.«

Laura widerstand der Versuchung und wandte sich ab, um sich sogleich einem blauen Damenhütchen gegenüberzusehen, das mit winzigen Rosenknospen dekoriert war. Es war so hübsch, dass sie es anprobieren musste.

Noch während sie den Hut erstand und zusah, wie man ihn sorgfältig in einer gestreiften Hutschachtel verstaute, konnte Laura sich schon nicht mehr vorstellen, wo sie ihn je tragen sollte. Aber das war ihr im Moment egal.

Als sie mit ihren Schätzen glücklich das Warenhaus verließ, lief ihr Rosa Palliser in die Arme. Hocherfreut über das Wiedersehen, steuerten die beiden nach einer aufgeregten Unterhaltung über Lauras Einkäufe das nächstgelegene Kaffeehaus an.

»Lange bleiben kann ich allerdings nicht«, sagte Laura. »Unser Schiff läuft heute Nachmittag aus.«

»Du unternimmst noch ein paar letzte Einkäufe?«

»Sozusagen. Bloß habe ich nicht viel Zeit.«

»Dann musst du eben wieder herkommen! Du kannst bei uns wohnen. Ich gehe zu gern einkaufen. Viel anderes kann man hier ja auch nicht unternehmen …«

Sie bestellten sich Kaffee und die unumgänglichen Kuchenstücke, und Laura fragte:

»Was würdest du denn stattdessen tun?«

»Ich würde lieber auf dem Land leben. Ich liebe das Reiten, lerne gern neue Gegenden kennen. Aber zu Hause bin ich hier.«

»Mir geht es genauso.«

»Seid ihr immer noch auf Oberon-Station?«

»Ja.«

»Mein Vater war schon mal dort. Er sagt, es sei ein äußerst schöner Besitz.«

»So? Das wusste ich gar nicht. Du musst uns irgendwann einmal besuchen kommen, dann erkunden wir ihn zusammen.«

»Gern!«

Schließlich wurde den beiden bewusst, wie viel Zeit vergangen war, und sie brachen rasch auf.

»Vergiss aber nicht, mir zu schreiben«, sagte Laura.

»Keine Bange!«, lachte Rosa. »Schließlich sind wir ja miteinander verwandt!«

»So?«

»Natürlich! Paul ist der Stiefsohn meines Vaters. Das macht uns dann zu Stiefschwägerinnen, nicht?«

In diesem Augenblick trat eine weitere Person zu ihnen. »Aha, hier stecken meine Lieblingsdamen also! Welche Dummheiten stellt ihr beide denn gerade an?«

Rosa kicherte. »Duke, deine beiden Lieblingsschwestern meinst du wohl?«, verbesserte sie ihn.

»Schwestern? Gott bewahre! Na kommt, ich lade euch beide zum Essen ein. Wo lässt es sich hier denn gut speisen, Rosa?«

»Danke, Duke, aber ich kann leider nicht«, erwiderte Rosa. »Ich bin mit Charlie verabredet.«

»Und ich muss ins Hotel zurück«, erklärte Laura ihm. »Kommst du mit?«

»Nein, danke.«

»Warst du heute Morgen in der Kirche?«

»Nein. Ich spreche mit meiner Mutter, wann es mir passt.«

Als sie die Queen Street entlangeilte, kam Laura der Gedanke, dass es Duke gar nicht überrascht hatte, dass sie ebenfalls nicht in der Kirche gewesen war.

Viel Zeit blieb ihnen nicht. Duke hätte zu gern noch mit Laura gesprochen, aber nun war es zu spät. Er wollte einfach allein sein, sich ein paar Tage Ruhe vor der Familie gönnen. Er hatte die Nase voll davon, immerzu nach ihrer Pfeife tanzen zu müssen.

Im Übrigen wollte er mit Bloom in Verbindung bleiben und sich lieber nicht auf den Postverkehr verlassen. Sobald mit dem Testament alles geklärt war, würde er in den Norden reisen und Paul besänftigen. Aber eines war sicher: Er würde sich nie wieder unter Eileens Fuchtel begeben. Jahrelang hatte er sich vorgestellt, er würde eines Tages heiraten, Kooramin verlassen und auf seiner eigenen Farm leben, folglich hatte er sich darüber weiter keine Gedanken gemacht. Hauptsächlich deshalb, weil er nicht das richtige Mädchen getroffen hatte. Doch als seine Mutter – schon ernstlich krank – ihm gesagt hatte, wie gern sie es sähe, ihn vor ihrem Tod verheiratet und niedergelassen zu wissen, da hatte er sich die Frage gestellt: Niederlassen ja, aber wo?

Als sie Kooramin ihren drei Söhnen hinterließ, da war sich Dolour gewiss bewusst gewesen, dass man von ihrem jüngsten Sohn als Alleinstehendem nicht erwarten konnte, ewig dort zu arbeiten und zu leben. Sie war ja nicht dumm. Ganz und gar nicht. Dolour wusste stets genau, was sie tat, doch ließ sie sich grundsätzlich nicht in die Karten schauen. Sie erklärte sich nie. Entschuldigte sich nie. Nicht einmal, als sie Rivadavia geheiratet hatte.

Je länger er darüber nachdachte, umso klarer wurde es Duke, dass sie ihm hatte ermöglichen wollen, sein eigener Herr zu sein. Mit seinem Anteil an der Farm konnte er tun und lassen, was er wollte. Da keinerlei Bedingungen damit verknüpft waren, hatte seine Mutter ihn in die Lage versetzt, etwas Eigenes auf die Beine zu stellen.

Nachdem er den anderen Lebewohl gesagt hatte, würde er in die Kirche gehen und sich bei ihr bedanken.

Auf den Kais drängten sich Menschen, die denen unbedingt Lebewohl sagen wollten, die noch eine Fahrkarte für den Küstendampfer *Wyke Regis* ergattert hatten, und solche, die einfach nur Zeuge des Exodus' derer werden wollten, die sich einbildeten, Goldgräber zu sein.

»Man könnte meinen, sie reisten zum Nordpol anstatt das Stückchen die Küste hinauf nach Rockhampton!«, ereiferte sich Milly Forrest, während sie energisch durch weinende Frauen und Kinder drängte, die sich an Männer klammerten, die bereits mit Wanderbündeln und Buschhüten ausgerüstet waren.

»Dieses Schiff fährt auch nach Cairns«, japste Lucy Mae, die Mühe hatte, mit ihrer Mutter Schritt zu halten. Milly, eine imposante Frau mit einer Vorliebe für übergroße Hüte, konnte sich wie ein Ozeandampfer durch Menschenmassen schieben, sinnierte Lucy Mae, und wich kleinen Taschen und Schachteln aus, die darauf lauerten, dass Unvorsichtige über sie stolperten. Und sie selbst hatte sich stets im Kielwasser der Mutter voranzukämpfen. Oft entschuldigte sie sich dazu sogar noch, um Unwillige zu besänftigen.

Sobald Milly nahe des Landungsstegs Paul MacNamara erspähte, rief sie Lucy Mae zu, sie solle sich beeilen, und steuerte schnurstracks auf ihn zu.

An diesem Morgen hatte Lucy Mae zu ihrer Überraschung erfahren, dass sie zu den Kais gehen würden, um von Laura und Paul Abschied zu nehmen.

»Die MacNamaras sind liebe Freunde von uns«, hatte Milly beharrt. »Nur weil ihre Mutter gestorben ist, dürfen wir sie nicht fallen lassen.«

»Nur weil man nicht Abschied von ihnen nimmt, heißt das doch lange nicht, dass man sie fallen lässt«, wandte Lucy Mae ein. »Ich nehme nicht an, diese Idee hat irgendetwas damit zu tun, dass Duke mit ihnen reist?«

»Und wenn schon? Jemand muss ja für dich Ausschau halten, sonst erwischst du wieder den Falschen. Ich bin ja nicht ewig für dich da, weißt du.«

Um weiteren derartige Unterhaltungen zu vermeiden, hatte Lucy Mae zugestimmt.

»Na schön, aber wir brauchen ja nicht auch noch an Bord dieses Schiffes zu gehen. Ich bekomme da immer Platzangst. Wir verabschieden uns einfach und gehen wieder.«

Das Achselzucken ihrer Mutter sagte Lucy Mae, dass Milly tun und lassen würde, was ihr beliebte, doch nun sah sie zu ihrer Freude ein derartiges Menschengewimmel auf dem über ihnen aufragenden Dampfer, dass unmöglich noch jemand an Bord gehen konnte.

Genau in diesem Augenblick ertönte die Schiffsirene, und eine Gruppe junger Männer, die bunte Stirnbänder trugen und ein Transparent schwenkte auf dem »GOLD ODER GOSSE« zu lesen stand, stürmte aufgeregt an ihr vorbei, offensichtlich in Panik, sie könnten das Schiff verpassen.

Geistesgegenwärtig trat Lucy Mae rasch hinter den letzten und kam in ihrem Gefolge nun mühelos bis zu den zwei Beamten, die von Bord gehende Besucher förmlich an Land stießen, damit die letzten Passagiere den schwankenden Landungssteg besteigen konnten. Sie hatte Zeit, Laura und Paul eine sichere Heimfahrt zu wünschen, und als sie sich umwandte, sah sie, dass ihre Mutter Duke innig umarmte, ehe auch er an Bord des Schiffes gehen würde.

»Aber ich fahre ja gar nicht mit, Mrs. Forrest«, protestierte er und versuchte, sich von ihr loszumachen.

Peinlich berührt über den Fehler ihrer Mutter, wandte Lucy Mae sich an Eileen MacNamara, die mit John Pace und ihren beiden Kindern in der Nähe stand.

»Eileen, wie geht es dir?«

»Es geht schon«, erwiderte diese grimmig. »Duke kommt doch nicht mit nach Rockhampton. Er lässt Paul im Stich. Und uns auch, um genau zu sein.«

»Wie das?«

»Wie du weißt, steht uns eine lange Reise nach Kooramin-Station bevor, Lucy Mae. Aber Duke kommt auch nicht mit uns zurück. Wir müssen jetzt einfach ohne ihn zurechtkommen!«

»Eileen!«, versetzte John Pace knapp, »wenn Duke mit Paul und Laura mitgefahren wäre, hätten wir auch ohne ihn klarkommen müssen. Ich habe dir doch gesagt, dass ich einen Reiter angeheuert habe, der uns begleiten wird. Schau!« Er nahm seine kleine Tochter und hielt sie hoch. »Da sind sie, an der Reling. Mach Winkewinke zu Onkel Paul und Tante Laura!«

Milly eilte mit selbstzufriedener Miene zu ihnen.

»Eileen, meine Liebe«, rief sie, »mit jedem Mal, das ich Sie sehe, werden Sie hübscher, glaube ich. Ihr rotes Haar hat nie seine Farbe verloren, nicht? Früher einmal hatte ich auch wunderschönes rotes Haar.«

»Ich bin ja wohl kaum in dem Alter, dass es schon seine Farbe verliert, Mrs. Forrest!«

»Nein, natürlich nicht. Wie läuft es auf Kooramin?«

»Ausgezeichnet«, entgegnete Eileen, nahm ihre andere Tochter auf den Arm und deutete auf das Schiff.

»Ich hebe Tess höher, damit sie besser sehen kann«, bot Duke an.

»Bemüh dich nicht«, schnauzte Eileen.

Das Schiff schien eine Ewigkeit zu brauchen, um auf den breiten Fluss zu scheren, und Lucy Mae wünschte, sie könnte gehen, um der angespannten Stimmung unter den dreien zu entfliehen. Aber ringsum verweilten die Menschen, als hinge ihr Leben davon ab, einen letzten Blick auf die *Wyke Regis* zu erhaschen, wie sie auf die Moreton Bay zutuckerte. Es kam ihr ungehörig vor, dem Schiff zu bald den Rücken zu kehren. Nicht, dass Milly die Warterei gestört hätte, bemerkte sie. Ihre Mutter, die freundlich mit den MacNamaras plauderte, schien keinerlei Spannungen wahrzunehmen.

»Natürlich war ich mir dessen bewusst«, erklärte sie Lucy Mae auf dem Heimweg. »Eileen war so unhöflich zu Duke, dass man blind und taub hätte sein müssen, um das nicht zu merken. Aber ein hochnäsiger Fratz war sie schon immer. Sobald sie Herrin von Kooramin war, kannte sie den eigenen Vater nicht mehr. Der arme, alte Harry. Dolour war es, die ihn aus dem Irrenhaus geholt und ihm in einem Nonnenkloster eine Beschäftigung als Stallarbeiter verschafft hat.«

»War er verrückt?« Wenngleich sie noch nie einem begegnet war, hatte Lucy Mae große Angst vor Verrückten.

»Nein, nur ein bisschen schwach im Kopf von zu viel Alkohol. Aber ich habe keine Ahnung, wieso Eileen Duke so abgekanzelt hat.«

»Sie wollte, dass er sie nach Hause begleitet. Sie brauchen mindestens zwei Wochen für den Rückweg und sie haben die Kinder dabei.«

»Nein, daran liegt es nicht. Ich wette, es hat etwas mit Dolours Testament zu tun. Das muss ich mir einmal ansehen.«

»Du kannst doch nicht einfach hingehen und es lesen!«

»Das ist auch gar nicht nötig. Testamente werden in der Zeitung veröffentlicht.«

»Das wusste ich gar nicht.« Lucy war heilfroh, dass ihr Mann gestorben war, ohne einen letzten Willen zu hinterlassen, und auf die Art niemand erfahren konnte, dass er völlig mittellos gewesen war.

»Sei's drum«, sagte Milly, während der Kutscher ihren Einspänner in die Brunswick Street lenkte, »Duke kommt morgen mit uns zu dem Rennen auf der Eagle Farm.«

»Wie bitte?«

»Ja. Ich habe ihn eingeladen. Er ist ja kein Mitglied des *Brisbane Turf Clubs*. Ich habe ihm erzählt, dass dein lieber Vater einer der Gründungsväter war und dass ich Mitglied auf Lebenszeit bin. Wir können ihn doch unmöglich auf den unüberdachten Zuschauerrängen stehen lassen! Müsste ein wirklich schöner Tag werden. Und es wird Zeit, dass du aufhörst, Trauer zu tragen.«

»Mutter, ich wünschte, du würdest nicht andauernd auf meiner Kleidung herumreiten!«

»Irgendwer muss das aber …«

Aus Gewohnheit war Duke im Morgengrauen auf den Beinen und stand am Fenster seines Hotelzimmers, blickte auf die verlassene Hauptstraße und fragte sich, wie er die Zeit bis zum Frühstück überbrücken konnte. Diese Stadt schien wie ausgestorben, bis die Läden öffneten. Dann erinnerte er sich plötzlich: Sie waren alle fort! Das Schiff war mit Laura und Paul nach Rockhampton ausgelaufen und auch die anderen beiden hatten sich schließlich auf den Heimweg gemacht. Endlich war er unabhängig. Konnte tun und lassen, was er wollte.

Eileen war wütend, weil er nicht mit ihnen zurückkehrte, hatte behauptet, er hätte sein Wort gebrochen, und selbst John Pace war schlechter Laune gewesen. Auf der Reise nach Brisbane waren John Pace, Eileen und die beiden Mädchen in dem großen, gut gefederten Einspänner gefahren, und Duke hatte sie auf dem Pferd begleitet, wobei er oft schon vorausgeritten war, um für sie alle ein Quartier zu beschaffen, zumeist in Gutshöfen. Unterwegs waren sie an einigen schönen Anwesen vorbeigekommen, aber alle drei waren einhellig der Meinung gewesen, dass nur wenige der eigenen Farm Kooramin in dem fruchtbaren Namoi-Tal das Wasser reichen konnten.

Außer vielleicht die größere Nachbarsfarm Carlton Park, die Jasin Heselwood gehörte. Jedermann bewunderte Carlton Park, das mit seinem imposanten Wohngebäude ausgesprochen feudal wirkte. Allerdings hatte auch dieser Besitz mit Problemen zu kämpfen.

Wie überall war den frühen Siedlern wie Pace und Heselwood ein Dorf gefolgt, und dieses Dorf nannte sich nun Narrabi, das sich unheilvoll in Richtung Carlton Park ausdehnte. Die Heselwoods lebten mittlerweile in Sydney, aber der Verwalter der Farm hatte gesagt, die Regierung würde eine weitere Unterteilung des Landes fordern, daran führe kein Weg vorbei. Selbst Lord Heselwood konnte diese Entwicklung nicht aufhalten. Duke tat er leid. Er fand nicht, dass die Regierung ein Recht hatte, die großen Schaf- und Rinderfarmen zu zerstören, die seit dem Tag Eins das Lebensblut des Landes dargestellt hatten.

Er hatte den Ritt von Narrabi nordwärts genossen. Bei ihren Aufenthalten auf den Gutshöfen hatte Eileen sich von ihrer besten Seite gezeigt und sie hatten auf ihrem langen Treck ostwärts nach Tenterfield und dann über die Grenze von Queensland nach Warwick und Brisbane einzigartige Landschaften zu Gesicht bekommen. Keine davon war je so weit entfernt von der Heimat gewesen wie diese, folglich war die Reise ein echtes Abenteuer, auch wenn sie in ständiger Sorge um Dolour gewesen waren. Sie leide inzwischen an Lungenentzündung und schwinde rasch dahin, hatte Juan geschrieben. Sie konnten nur noch darum beten, dass sie eintrafen, bevor es zu spät war.

Eine schnellere Route nach Brisbane als diese gab es nicht, da der nächste vertrauenswürdige Hafen sogar noch weiter entfernt lag. Folglich mussten sie den Einspänner als Transportmittel benutzen, und Gott sei Dank hatte Dolour so lange durchgehalten, dass sie sie ein letztes Mal sehen und ihre Enkelkinder in die Arme schließen konnte.

John Pace hatte sich darüber aufgeregt, dass die Kinder im Testament gar nicht bedacht wurden, aber Mr. Bloom hatte darauf hingewiesen, dass es vor der Geburt der Kinder verfasst worden war.

»Vermutlich«, hatte er gesagt, »hatte Ihre Mutter einfach keine Zeit mehr gehabt, es umzuschreiben.«

»Zum Glück«, grinste Duke nun, nahm seinen Hut und machte sich auf den Weg nach unten.

»Ab wann kann ich eine Zeitung bekommen?«, erkundigte er sich beim Portier.

»In ungefähr einer Stunde. Soll ich eine für Sie beiseitelegen, Sir?«

»Gern.«

Duke trat auf die Straße. Er beobachtete, wie ein mit Fässern beladener Pferdekarren in eine schmale Gasse neben dem Hotel einbog, stand eine Weile müßig herum und schlenderte dann, angelockt von den interessanten Schiffen, die auf dem Fluss vertäut lagen, die Wharf Street entlang. Er stand am Ufer, fasziniert von einem Fünfmaster, fragte sich, woher er kam und erwog sogar, auf ihm zu reisen, sofern er nordwärts fuhr. Weiter vorn standen schmutzige Lagerhäuser, die den Anblick des imposanten weißen Zollhauses mit seinem kuppelförmigen Dach beeinträchtigten, aber zumindest erwachte die Stadt nun allmählich zum Leben. Weitere mit Waren beladene Fuhrwerke rumpelten durch die Straßen. Ein paar Fußgänger hasteten vorbei und sahen zu den Wolken empor, die am Himmel aufzuziehen begannen. Auch Duke blickte nach oben und hoffte, es würde schön bleiben. Wie konnte man einen Samstag besser verbringen, als mit einer Dame wie Lucy Mae am Arm ein Rennen zu besuchen, selbst wenn Mrs. Forrest als Anstandsdame mit von der Partie war.

Augenblick mal, dachte er bei sich. Lucy Mae war Witwe! Wozu da noch eine Anstandsdame? Ihre Jungfräulichkeit brauchte nicht länger gehütet zu werden. Dieser Gedanke verlieh seinem Tag zusätzliche Farbe. Beträchtliche Farbe, sinnierte er glücklich. Vielleicht konnte er Lucy Mae mit ein bisschen mehr Aufmerksamkeit dazu bringen, nett zu ihm zu sein. Was für ein glücklicher Umstand zudem, dass nicht nur sämtliche Familienmitglieder fort waren, sondern er auch noch über ein sehr nettes Hotelzimmer verfügte. Sehr privat. Ideal für eine Verführung. Sofern er es schaffte, ihre Mutter abzuhängen.

Er sah einen Zeitungsjungen aus einem Laden kommen, rannte ihm hinterher und kaufte ihm einen *Brisbane Courier* ab.

In dem ruhigen Hotelfoyer ging Duke jede einzelne Seite der Zeitung durch, bis er auf eine Mitteilung über den Inhalt des letzten Willens eines gewissen Jeremy James Bernover stieß. Er überflog die restliche Seite, aber das Testament seiner Mutter blieb unerwähnt. Wenn es veröffentlicht würde, dann wüssten die Leser, dass er, Duke MacNamara, ein Drittel der blühenden, siebzig Quadratmeilen großen Kooramin-Station geerbt hatte. Wichtige Leser wie etwa Bankdirektoren. Bis diese Tatsache der Bankwelt nicht bestens bekannt war und er somit eine Anleihe auf seinen Besitzanteil aufnehmen konnte, würde er Brisbane nicht verlassen.

Dann konnte er sich ein eigenes Grundstück kaufen, wo immer er wollte, und bekam immer noch ein Drittel der Einkünfte von Kooramin.

In Hochstimmung setzte er sich an den Frühstückstisch und bat die Bedienung, ihm ein Steak mit allem Drum und Dran und eine gute Tasse schwarzen Tees zu bringen.

»Gern, Sir.« Sie klimperte vor diesem schmucken, jungen Mann mit den Wimpern, der alleinstehend war und, wie sie von den anderen Mädchen erfahren hatte, gut betucht. Sie hatten erkannt, dass er zur Landnehmerelite gehörte. Wenn solche Herren ihren Weg kreuzten, sahen die jungen – wie auch die älteren – Dienstmädchen darin eine Möglichkeit für einen gesellschaftlichen Aufstieg. Mr. MacNamara wurde daher erstklassig bedient.

»Wie heißen Sie?«, fragte er dieses nette Mädchen, das ihm frisches Toastbrot gebracht und ihm ungefragt Tee nachgeschenkt hatte.

»Caroline«, antwortete sie schüchtern.

»Was für ein hübscher Name!«, sagte er. »Er passt zu Ihnen.«

»Danke, Sir. Werden Sie zum Mittagessen hier sein?«

»Ja. Allerdings früh. Ich gehe zu dem Rennen.«

Caroline blieb einen Moment stehen. »Ich liebe Rennen.«

»Ja, ich auch«, erwiderte er fröhlich und erhob sich zum Gehen. »Vielleicht sehen wir uns ja dort.«

»Wohl kaum«, murmelte sie beim Tischabräumen. Andererseits war es vielleicht gar nicht so verkehrt, sich ein wenig darüber zu informieren und auch, wie man ohne einen Partner hineinkam.

Als Duke die herausgeputzte Mrs. Forrest sah, sperrte er den Mund auf. Das pompöse Kleid war in grellen Farben gehalten, der blumige Hut fast so breit, dass er auch noch ihre Schultern beschattete, und sie trug mehr Ringe, als sie Finger hatte. Wo er herkam, machten sich Damen, die Rennen besuchten, nichts aus Firlefanz. Sie trugen Sonnenhüte und hübsche Kleider, aber die eigentliche Kunst bestand darin, nicht ins Schwitzen zu geraten.

Als sie den belebten Clubraum der Mitglieder betraten, fiel ihm auf, dass es zwei oder drei Damen mit Mrs. Forrests Aufmachung aufnehmen konnten, und so tröstete er sich mit dem Gedanken, dass er von Mode nichts verstand.

Lucy Mae sah schick aus, fand er. Überaus schick. Fast schon ein bisschen Angst einflößend in dem weißen Kleid mit der blauen Schärpe und einem Hütchen mit einem modischen Netz über der Stirn. Er musste sich immer wieder daran erinnern, dass sie nicht mehr das mollige Gör von einst war.

Anfangs war er in Gegenwart dieses Paares, das alle zu kennen schien, ziemlich nervös, aber ein Glas an der Bar behob das Problem, und dann begann auch schon das Rennen und die allgemeine Aufregung trat in den Vordergrund. Zu seiner Freude verließ Mrs. Forrest sie und gesellte sich zu Freunden, um sich mit ihnen über die Gewinnchancen der Pferde auszutauschen.

»Hoffentlich belege ich dich nicht zu sehr mit Beschlag, Lucy Mae«, meinte Duke, als sie zur Haupttribüne schlenderten.

»Aber gar nicht«, erwiderte sie. »Mutter begleitet mich zwar gern, aber wenn sie erst einmal hier ist, schwirrt sie ganz aufgeregt herum und ich stehe schließlich allein da.«

»Aber du hast doch sicher viele Freunde in der Stadt?«

»Eigentlich nicht. Wie du weißt, bin ich auf unserer Farm

groß geworden. Kurz vor Vaters Tod sind wir in die Stadt gezogen und dann habe ich geheiratet. Ein Fehler!

Ihre Offenheit erschreckte ihn. »Deine Ehe war ein Fehler?«

»Ja. Duke, er war ein Mistkerl. Weiß der Himmel, wie ich so dumm sein konnte.«

»Den Ruf eines Dummkopfes hattest du eigentlich nicht«, lachte er. »Eher den, ein bisschen leichtsinnig zu sein.«

Sie unterhielten sich eine ganze Weile über ihre Jugend. Lucy Mae gab zu, sich immer davor gefürchtet zu haben, Kooramin-Station mit ihren Eltern zu besuchen, »weil ihr Jungs mich immer so auf den Arm genommen habt.«

»Das lag daran, dass du da draußen im Busch in einem Rüschenkleid und mit deinem gekräuselten Haar so fehl am Platz gewirkt hast.«

»Mir war das schon klar, nur Mutter nicht. Wenn man vom Teufel spricht…«

»Na, gewinnt ihr?« Mrs. Forrest kam mit niedergeschlagener Miene auf sie zu. »Mr. Merriman hat mir von zwei Pferden erzählt, die garantiert siegen werden, und natürlich habe ich ihm geglaubt und dank seines schlechten Ratschlags eine ganz schöne Stange Geld verloren. Wirklich, wenn sie nicht wissen, wovon sie reden, sollten die Leute lieber den Mund halten!«

»Wer ist Mr. Merriman?«, erkundigte sich Lucy Mae.

»Er ist mit Marcus Beresford hier. Kennst du Marcus?«, fragte sie Duke.

»Kann nicht sagen, dass ich das Vergnügen schon hatte. Stammt er aus Brisbane?«

»Nicht ganz. Er ist Polizeibeamter. Sein ganzer Name lautet Inspektor Marcus de la Poer Beresford«, erklärte sie augenzwinkernd.

»Oho, wie edel«, meinte Duke. »Woher hat er denn so einen Namen?«

»Du meine Güte! Er ist adeliger Herkunft, weißt du das nicht? Neffe eines Marquis. Und ein sehr netter Bursche.«

»Da bin ich mir sicher«, nickte Duke mit einem Schmunzeln

in den Augen, das verschwand, als Mrs. Forrest hinzufügte: »Lucy Mae reitet mit ihm.«

»Nicht oft, Mutter. Gar nicht oft. Marcus ist im gleichen Reitclub wie ich, deshalb sind wir manchmal in der gleichen Gruppe. Er ist ein ausgezeichneter Reiter.«

Das bin ich auch, dachte Duke im Stillen, aber um das zu beweisen, muss ich noch lange keinem idiotischen Club beitreten.

»Er hat schon einige Reitwettbewerbe gewonnen«, sagte Mrs. Forrest stolz.

»Ob er sich wohl beim Bullenreiten auch so gut halten würde?«, fragte Duke und Lucy Mae lachte.

»Nicht antworten, Mutter, er neckt dich nur!«

»Oh.« Milly blickte erstaunt drein. Dann wandte sie sich zu Duke um. »Dein Vater hat einen auch immer furchtbar auf die Schippe genommen. Aber was ich dich noch fragen wollte, Duke, hast du immer noch vor, Pauls Farm im Norden zu besuchen? Es kam mir vor, als hätte John Pace dich lieber wieder bei sich auf Kooramin?«

»Ja, sie vermissen mich«, grinste er. »Aber sie werden ohne mich auskommen müssen. Sobald hier alles geregelt ist, geht es auf nach Oberon, um dem großen Bruder zu helfen. Ich kann nicht überall sein.«

Später am Tag wurde er mit Mr. Harry Merriman, der eine schlechte Nase für Gewinner hatte, und seinem Freund Beresford bekannt gemacht, und zu seiner Überraschung entpuppten die beiden sich als äußerst interessante Männer. Ihre Erzählungen über ihre Reisen im nördlichen Queensland bewirkten, dass Duke sich wie ein grüner Junge vorkam. Alles nördlich des Wendekreis des Steinbocks faszinierte ihn.

»Merriman hier«, erklärte Beresford, »hat vor, sich im Tal des Thomson Rivers niederzulassen.«

»Wo liegt das?«, fragte Duke.

»Zu weit westlich, um auch nur daran zu denken«, lachte Beresford.

»Ah«, nickte Duke, als könne er sich den Ort vorstellen.

»Es liegt direkt am Rand der Zivilisation«, setzte Beresford hinzu. »Es ist Land der Kalkadoon.«

»Woher weißt du das?« Merriman schien überrascht.

»Weil den Polizisten in unserer Kaserne kürzlich von einem Mineralogen, der dorthin auf Safari gegangen ist, ein Vortrag über die Stämme im Hinterland gehalten wurde. Ich habe also recht?«

»Könnte schon sein. Es gibt dort feindselige Schwarze, aber ich kenne ihre Stammesnamen nicht beziehungsweise weiß nicht, welche Gebiete sie bewohnen.«

»Dann informiere dich besser. Diese Schwarzen haben einen schlechten Ruf. Schon mal Probleme gehabt?«

»Einige.« Merriman zuckte die Achseln und wandte sich ab, als wolle er nicht darüber sprechen.

»Unseren Informationen zufolge sind sie überaus angriffslustig«, beharrte Beresford. »Schlimmer als dieser Irukandji-Stamm oben am Palmer River. Und *die* sind schon ein mörderischer Haufen.«

Dukes Interesse war geweckt. Er fragte sich, auf welche Probleme Merriman wohl gestoßen sein mochte.

»Ist der Palmer River nach unserem Premierminister benannt worden?«, wollte Mrs. Forrest wissen.

Beresford nickte. »Ja, ich glaube schon.«

»Ach, wie interessant.« Als die Leute sich wieder zur Rennbahn aufmachten, blickte sie auf. »Du lieber Himmel, das muss das letzte Rennen sein. Aber sei's drum. Ich bin ein bisschen müde. Und werde wohl den Heimweg antreten. Bleibt doch noch, wenn ihr wollt, ihr zwei«, erklärte sie Lucy Mae und Duke, aber zu seiner Enttäuschung wollte Lucy Mae auch aufbrechen.

Während er sie zu ihrer Kutsche begleitete, wo der Fahrer auf sie wartete, überlegte er, Lucy Mae zum Essen einzuladen, jedoch ergab sich keine Gelegenheit dazu.

»Am Samstag finden Reiterspiele statt«, rief ihre Mutter, als der Kutscher auf dem Bock Platz nahm. »Lucy Mae nimmt daran teil. Du musst unbedingt kommen!«

»Ich werde da sein«, versprach er höflich.

Er kehrte zur Rennbahn zurück und gesellte sich zu Beresford und Merriman an die Bar.

»Ich habe mich gefragt«, wandte er sich an Merriman, »ob der Ort, zu dem Sie reisen, in der Nähe des Tals der Lagunen liegt?«

»Sie meinen das Gebiet, das Leichhardt erforscht hat?«

»Genau.«

Beide Männer lachten.

»Es liegt Hunderte Meilen südlich davon«, erklärte ihm Beresford. »Von Nähe kann also keine Rede sein, mein Freund. Wieso?«

»Ich habe Besitz in diesem Tal.«

»So?«, meinte Merriman. »Donnerwetter, eines Tages würde ich mir dieses Land gern einmal ansehen.«

»Sofern es dann von Schwarzen gesäubert ist«, schränkte Beresford ein.

»Reichlich grausam ausgedrückt, finde ich.« Merriman runzelte die Stirn.

»Nun, fragen wir ihn doch. Ihr Land, Duke. Besteht dort Farmbetrieb?«

»Noch nicht. Zu riskant. Zu viele Schwarze.«

»Na bitte, Merriman. Es ist auch ein gefährliches Land. Werden Sie froh sein, wenn das Land für Weiße sicher gemacht worden ist, Duke?«

»Das kann man wohl sagen!«

Merriman schüttelte den Kopf. »Die Schwarzen sind nicht so schlimm, wie sie immer hingestellt werden. Wichtig ist, ihnen mit Respekt zu begegnen. So erhält man den Frieden.«

»Mein Vater ist Schwarzen immer mit Respekt begegnet«, versetzte Duke. »Und hat sich stets für sie stark gemacht.«

»Das höre ich gern.«

»Tja, das kann ich mir denken. Aber die Schwarzen im Tal der Lagunen haben ihn umgebracht. Seien Sie also besser auf der Hut, mein Freund.«

Das Thema der Aborigines war vergessen, als Marcus beim letzten Rennen vier Pfund gewann und darauf beharrte, dass sie in seinem Club zu Abend speisten, in dem zu Dukes Enttäuschung Damen nicht erwünscht waren.

Es war ein feuchtfröhlicher Abend, wie Duke sich am nächsten Morgen erinnerte. Die Clubmitglieder hatten sich allerlei Unfug einfallen lassen. Noch nie zuvor hatte er erwachsene Herren Huckepacktragen und Bockspringen spielen sehen, und augenscheinlich dachte Merriman ebenso, dem der ganze Unsinn allmählich auf die Nerven ging, und der Beresfords Freunde als »kindisch« bezeichnete.

Und so beschlossen sie, sich ins *Victoria Hotel* zurückzuziehen, wo der Besitzer für späte Trinker eine »Schrankbar« unterhielt.

Schließlich war auch Merriman für diesen Vorschlag zu haben. Duke war froh, es zumindest schon einmal bis zum Hotel zurückgeschafft zu haben, denn Merriman war ein zäher Buschmann, der, wie er bemerkte, Unmengen an Alkohol vertrug, wohingegen er selbst alles andere als trinkfest war und zu diesem Zeitpunkt schon alles doppelt sah.

Am Morgen darauf beschloss er in Katerstimmung, sich einen Bart wachsen zu lassen, um sich den Rasiermessereinsatz zu sparen, und brauste sich kalt ab, um wieder klar denken zu können, da ihm eine Bemerkung Merrimans nicht aus dem Kopf ging. Etwas über Mineralien, die nur darauf warteten, gehoben zu werden. Duke fragte sich, ob er Gold meinte, denn er hatte den Gedanken, danach zu suchen, noch nicht aufgegeben, obwohl beide Brüder das als Unfug abtaten. Nach ihren Worten würden die wenigsten der Tausenden von Männern damit ihr Glück machen.

»Es heißt, die großen Syndikate würden Gold finden«, hatte Duke argumentiert.

»Ja, und die Aktionäre können von Glück reden, wenn sie davon erfahren«, hatte John Pace gewarnt.

Duke freute sich, als er im Speisesaal Merriman entdeckte und dieser ihn bat, sich doch zu ihm zu setzen. Aber als er auf das Thema Gold zu sprechen kam, schüttelte Merriman den Kopf.

»Dazu kann ich nichts sagen, aber ich habe Mineralogen gesehen, die in den Bergen herumstocherten. Ihre Pferde waren voll gepackt mit Proben, weswegen ich mich selbst umsehen möchte, wenn ich wieder hinkomme. Hab mir ein paar Bücher darüber angeschafft. Schließlich muss man sich ja zunächst einmal kundig machen. Und auf die Art habe ich abends eine Beschäftigung.«

»Da dürfte etwas dran sein«, erwiderte Duke, dem der Gedanke nicht behagte, Bücher über Steine zu lesen. »Aber du sagst, es ist Rinderland?«

»Ja. So weit das Auge reicht. Ich war dort schon auf einem Viehtrieb und kann es kaum erwarten, wieder hinzukommen.«

»Hattest du Probleme mit den Schwarzen?«

»Die Probleme bestehen beiderseits.«

Wieder einmal wich er der direkten Frage aus und so wechselte Duke das Thema.

»Woher kommst du eigentlich, Harry?«

»Aus DeLisle's Crossing. Einem Dorf, ungefähr fünfzig Meilen südwestlich von Brisbane. Aber dort wohne ich nicht. In Rockhampton habe ich eine Hütte hoch droben auf einer Anhöhe, wo ich die Füße hochlegen kann, wenn ich das Bedürfnis danach habe. Dort hab ich Marcus kennengelernt. Aber mich würde interessieren, wie du zu deinem Namen gekommen bist, Duke?«

»Den hat mir mein Vater verpasst. Und niemand hat es ihm ausgeredet.«

»Verstehe. Es tut mir leid, was ihm zugestoßen ist.«

Duke zuckte die Achseln, aber Harry sah den Schmerz in seinem Gesicht und beneidete ihn. Er hatte immer einen Vater vermisst, der ihm am Herzen lag. Selbst jetzt konnte er sich nicht überwinden, nach DeLisle's Crossing zurückzukehren, was sich letzthin zu einem Problem entwickelt hatte.

Harry hatte schon lange davon geträumt, den Klauen der gefühllosen Eltern und dem Elend der Merriman-Farm zu entfliehen, und eines Tages war ihm das Glück hold gewesen und er hatte seinen Entschluss wahr machen können. Eingedenk der Tatsache, dass sein Vater an der örtlichen Bank Anleihen aufnahm, hatte Harry mit dreizehn beschlossen, eine Anleihe von fünf Dollar aufzunehmen.

Rückblickend amüsierte er sich über die Höhe der Anleihe, die ihm damals riesig erschienen war. Zu seiner großen Freude hatte Mr. Buschell, der gutmütige Bankfilialleiter, sie ihm gewährt und ihm obendrein noch alles Gute gewünscht.

Harry hatte das Gefühl gehabt, als ahne Mr. Buschell, dass er ausreißen wollte, und seinen Plan daher schnurstracks in die Tat umgesetzt. Leider kam seine Nachbarin und gute Freundin Tottie Otway zu demselben Schluss und war so aufgebracht, dass er ihr schließlich versprach, ihr zu schreiben. Um in Verbindung zu bleiben.

Er hatte sein Wort gehalten. Sie hatten einander jahrelang geschrieben und ihre Freundschaft hatte sich immer mehr vertieft.

Mit zwanzig hatte Harry Mr. Buschell das Geld zurückerstattet. Allerdings nicht in Raten, so wie sein Vater seine Schulden beglich. Nein, er bat einen Freund, dem Herrn samt einer guten Zigarre und einem Dankeschön fünf Pfund zu übergeben, da er es nicht über sich brachte, nach DeLisle's Crossing zurückzukehren. Nicht einmal, um Tottie zu sehen.

Während er als Viehhüter in Cameo Downs gearbeitet hatte, hatte er überraschenderweise ein Schreiben von ihrem Vater George Otway erhalten. Es war ein freundlicher Brief, in dem er erwähnte, dass er sich immer freue, über Antonia – Tottie war nur ein Spitzname – Neuigkeiten von Harry zu hören.

In seinem letzten Brief hatte Harry Tottie erzählt, er würde sich in der Regenzeit eine Pause von der Arbeit gönnen und Brisbane besuchen. Er freue sich schon darauf, im *Victoria Hotel* zu wohnen, da er dort, nachdem er von zu Hause fortgelaufen war, seine erste Anstellung bekommen hatte, und zwar als Stalljunge. Von Hotelgästen hatte er von besser bezahlten Posten auf Rinderfarmen erfahren, weshalb er bald weitergezogen war. Aber immer hatte er davon geträumt, einmal in diesem vornehmen Hotel zu wohnen.

Mr. Otway wusste, dass er in den Süden nach Brisbane kommen würde, und da es »nicht so weit von DeLisle's Crossing« lag, enthielt sein Brief auch eine Einladung, sie dort zu besuchen. Er schrieb, er könne gern bei den Otways wohnen. Sie würden sich alle darauf freuen, ihn wiederzusehen.

Nun war Harry in Brisbane. Seit fast einer Woche schon. Und noch immer hatte er den Brief nicht beantwortet. Dabei hatte er ständig daran gedacht. Sich deswegen gegrämt. Sich gefragt, ob mehr dahintersteckte, als es schien.

Inzwischen war er zweiundzwanzig, Tottie folglich zwanzig. Oft erwähnte sie Tanzveranstaltungen, auf die sie ging. Sie schien ein reges gesellschaftliches Leben zu führen, schrieb jedoch nie von möglichen Verehrern. Er neckte sie deswegen. Was ihn anging, so hatte er ein paar Freundinnen gehabt, konnte sich aber nie überwinden, sie vor Tottie zu erwähnen, weil sie bedeutungslos waren.

Versuchte Mr. Otway etwa, sie zu verkuppeln?

Hoffentlich nicht. Für Tottie nahm er sich viel Zeit, das schon. Aber er hatte Pläne, ernsthafte Pläne, denn er wollte gen Westen ziehen und dort hatten Frauen nichts verloren. Das hatte ihn seine Erfahrung mit der armen Lena gelehrt.

Dann dachte er wieder: Was glaubst du eigentlich, wer du bist? Tottie Otway war eine bezaubernde Frau. Sie konnte weiß Gott etwas Besseres bekommen als ihn. Die Otways waren in der Gemeinde hoch angesehen. Und er war ein Niemand.

Was nichts an der Tatsache änderte, dass er Crossing nicht besuchen würde.

Er bemühte sich noch immer, sich zu einer freundlichen Absage durchzuringen, als er auf einmal Mr. Otway im Eingang des Hotels zu sehen glaubte. In der Meinung, seine Augen würden ihm einen Streich spielen, kniff er sie gegen das grelle Licht zusammen, um den Mann besser erkennen zu können. Dieser ging leicht gebeugt und war bedeutend grauer, aber es war Mr. Otway, ohne Zweifel.

Harry eilte durch die Eingangshalle. »Mr. Otway?«

Totties Vater blieb stehen und riss überrascht die Augen auf. »Harry?«

»Ja, Sir. Ich bin's.«

»Gütiger Gott! Dich hätte ich nie erkannt. Du bist ja größer als ich! Aber gut siehst du aus.«

»Sie auch, Mr. Otway. Gehen Sie sonntags immer noch angeln?«

Otway lächelte. »Oh ja. Sonntagabends kommt mir immer noch gern Fisch auf den Tisch!«

»Und wie geht es allen?«

»Gut, so weit.« Otway klang reichlich vage. »Meinst du, wir könnten hier irgendwo eine Tasse Tee bekommen, Junge?«

»Kommen Sie, wir gehen in den Speisesaal.«

Der Farmer zögerte. »Weiß nicht. Der ist ein bisschen zu protzig für mich.«

»Ach was«, grinste Harry. »Mit mir kommen sie ja auch klar.«

Als sie in einer ruhigen Ecke des Raumes Platz genommen hatten, schien Mr. Otway sich derart unwohl zu fühlen, dass Harry die Unterhaltung in Schwung halten musste, indem er sich nach Mrs. Otway, Tottie und ihrem Bruder erkundigte und ihn über die Farm befragte, bis glücklicherweise die Bedienung kam und ihre Bestellung aufnahm.

»Jetzt, wo wir sie los sind«, meinte Otway, »muss ich mit dir reden, Harry.«

»Ja?« Er hätte wetten können, dass es um Tottie ging.

»Es geht um deine Eltern.«

»Ah, ja?«, meinte Harry. Unbeeindruckt. Eiskalt.

»Es hat einen Unfall gegeben.«

Ein Unfall interessierte Harry einen feuchten Kehricht, aber das sagte er lieber nicht, weil Mr. Otway dann garantiert so eine finstere Miene gemacht hätte, wie er es bei unpassenden Bemerkungen immer tat.

»Dein Vater«, sagte Mr. Otway, »hatte einen Herzinfarkt. Draußen auf der Pferdekoppel. Deine Mutter hat ihn gefunden. Ich habe ihn zum Haus getragen.«

Er zog ein ordentlich gebügeltes Taschentuch hervor und tupfte sich damit die feuchte Stirn ab. »Weißt du, Harry, ich bin auf gut Glück in die Stadt gefahren. Ich habe mir gedacht, inzwischen müsstest du doch da sein. Ansonsten hätte ich dir eine Nachricht hinterlassen. Aber ich habe gehofft, dich zu finden.« Er seufzte. »Ich bedaure wirklich sehr, es dir sagen zu müssen, Harry. Aber als ich dort eintraf, war Gillie tot. Ich konnte nichts mehr für ihn tun.«

»Wann war das?«

»Vor neun Tagen. Zwei Tage darauf hat deine Mutter die Beerdigung in die Wege geleitet. Dein Vater wurde auf dem Friedhof hinter der Kirche begraben.«

Blinzelnd stammelte er: »Harry… und dann wäre da noch deine Mutter.«

»Was ist denn mit ihr?«

»Sie ist auch nicht mehr da.«

»Nicht mehr da? Wo ist sie denn hin?«

Mr. Otway holte tief Luft. »Das wird jetzt schwer für dich, Harry, aber deine Mutter… Manche trifft ein Trauerfall schwer… nach der Beerdigung… da ist sie heimgegangen und hat sich in den Fluss gestürzt. Und ist ertrunken. Einige Landarbeiter haben vom anderen Flussufer aus zugesehen, wie es passiert ist, aber sie konnten sie nicht retten. Sie wurde vor ihren Augen fortgetrieben.«

Harry nickte. Stumm.

»Wir haben sie neben Gillie begraben. Vikar Trenmell hat dafür eine Sondererlaubnis bekommen.«

Von wem?, fragte Harry sich geistesabwesend. Und wieso? Wohl, weil keine Familienmitglieder da waren.

»Alles in Ordnung mit dir?«, fragte Mr. Otway. »Wenn du einen Brandy willst, kann ich dir einen holen, Harry. Der dämpft den Schock.«

»Nein, danke, Mr. Otway. Der Tee tut es erst mal auch.« Er dachte an seine Mutter. Dass sie sich sofort nach dem Tod ihres Mannes das Leben genommen hatte, erstaunte ihn keineswegs.

»Typisch«, murmelte er. »Verdammt typisch.«

Allmählich reichte es Duke mit Mr. Bloom. Der Anwalt hatte versprochen, eine Abschrift des Testaments ins Hotel zu schicken, doch nichts dergleichen war geschehen, weshalb er auf die Zeitung angewiesen war, in der allerdings wiederum nichts erwähnt wurde.

Da er an diesem Morgen nichts Besseres zu tun hatte, ging er zu Blooms Kanzlei und erfuhr dort, der Anwalt sei bei Gericht.

»Macht nichts«, erklärte er dem Bürogehilfen. »Ich bin hergekommen, um eine Abschrift des Testaments meiner Mutter abzuholen. Könnten Sie sie mir bitte aushändigen?«

»Ah, ja, Mr. MacNamara. Ich fürchte, die ist noch nicht angefertigt. In letzter Zeit hatten wir alle Hände voll zu tun. Anscheinend stehen derzeit nur dringliche Fälle an.«

»Ich brauche dieses Testament auch dringend!«

»Wirklich?« Der Angestellte zwinkerte unter seinem grün gestreiften Augenschirm.

»Jawohl! Morgen hole ich es ab.«

»Morgen ist Samstag. Es könnte eventuell bis Montag fertig sein.«

»Es ist wichtig!«, herrschte Duke ihn an und ging.

»Natürlich«, erklärte Milly der Frau des Premierministers, »waren sie immer gute Freunde, Dolour und Jasin, trotz der Meinungsverschiedenheiten zwischen ihrem Mann und ihm.«

»Wirklich? Das wusste ich gar nicht.« Cissie Palmer horchte auf.

»Oh ja. Hat mich gar nicht überrascht, als ich Jasin Heselwood in der Kirche sah. Ich habe gewusst, dass er ihr die letzte Ehre erweisen wollen würde.«

»Ohne Lady Heselwood? Er ist ohne seine Frau zu Mrs. Rivadavias Trauergottesdienst gegangen?«

»Mal ganz unter uns«, flüsterte Milly über den Tisch im Teesalon des *Victoria* hinweg. »Ich bezweifle, dass Georgina davon gewusst hat. Sie und Dolour waren beileibe keine Freundinnen. Vor ein paar Jahren hat es dann böses Blut gegeben. Kurz nachdem Pace ermordet wurde.«

»Du meine Güte! Weshalb denn?«

»Da war ich mir nie ganz sicher«, meinte Milly vorsichtig. Ihr kam in den Sinn, dass sie das Geheimnis vor Mr. Bloom ausgeplaudert hatte. Sie wünschte, sie könnte es ungeschehen machen, denn Dolour hatte nie jemandem aus der Familie von Edwards Angriff auf ihre Person erzählt. Ihre Söhne wären außer sich gewesen.

Andererseits, tröstete sich Milly, wenn ein Anwalt nicht diskret war, wem war dann überhaupt noch zu trauen?

Cissie Palmer saß mit Blick auf die Tür zum Teesalon. »Ist das da draußen nicht einer der MacNamaras?«

»Wo?« Milly drehte sich um.

»Ja«, sagte sie, »das ist Duke.« Sie signalisierte ihm hereinzukommen, doch er bemerkte sie nicht und ging weiter ins Hotel.

»Ein gutaussehender junger Mann«, bemerkte Cissie.

»Allerdings. Zudem mit äußerst guten Beziehungen. Er hat ein Auge auf meine Lucy Mae geworfen, wissen Sie.«

Cissies Augenbrauen schnellten in die Höhe. »Ist das nicht ein bisschen zu früh? Ich will ja nichts sagen, aber Lucy Mae ist doch noch in Trauer, nicht wahr?«

»Ach, na ja. Der Tod ihres Mannes war zwar ein schwerer Schlag, aber ich sage ihr immer wieder, dass sie nicht ewig trauern kann. Dukes Nähe tut ihr wirklich gut. Sie sind alte Freunde.«

»Na, dann, welch ein Glück!«, erwiderte Cissie ohne große Überzeugung. »Aber Milly, ich muss nun wirklich aufbrechen. Arthur zieht gerade auf Wahlkampftour übers Land. Heute Abend erwarte ich ihn wieder zurück.«

»Ich kann mir gar nicht vorstellen, wieso der Premierminister denkt, er müsse herumreisen und die Wähler um ihre Stimme bitten«, meinte Milly höflich. »Ist doch völlig unnötig, wissen Sie. Die Menschen lieben ihn!«

»Das höre ich gern, Milly. Ich hoffe ja so, dass Sie recht haben. Eine Niederlage würde ihm sehr nahe gehen. Wo er für Queensland noch so viele ausgezeichnete Pläne hat.«

Milly Forrest hoffte, Premierminister Palmer würde es schaffen. Sie mochte ihn und seine Frau, und es war äußerst angenehm, in der Kutsche der First Lady herumgefahren zu werden.

Als sie sich auf dem weichen Ledersitz neben ihrer Freundin niederließ, bemerkte sie eine groß gewachsene, elegante Frau, der aus einer anderen Kutsche geholfen wurde und die ihr vage bekannt vorkam. Sie schien in den Dreißigern zu sein, blond, das lächelnde Gesicht beschattet durch einen mit Spitze besetzten Strohhut, und der fein gemusterte Musselinstoff ihres sommerlichen Kleides umschmeichelte ihren Körper, als sie zum Hoteleingang ging.

»Was für eine schöne Frau, nicht?«, meinte Cissie. »Kennen Sie sie?«

»Ja«, erwiderte Milly, »sie kommt mir bekannt vor. Ich kann sie bloß nicht einordnen.«

Stunden nach ihrer Heimkehr – Milly aß mit Lucy Mae gerade zu Abend – fiel ihr der Name wieder ein.

»Gütiger Himmel! Rate mal, wer wieder in der Stadt ist!«

»Keine Ahnung.«

»Lark Pilgrim!«

»Und wer ist das?«

»Sie war Juan Rivadavias Mätresse. Als er Dolour heiratete, hat er sie fallen lassen. Das ist jetzt über acht Jahre her, aber ich muss sagen, sie sieht gut aus für ihr Alter. Ich bin ihr ein paarmal begegnet. Bei dieser Frau hat sich Juan nie um Konventionen gekümmert. Sie hat in Red Hill gewohnt.«

»Und hat er sie ausgehalten?«

»Natürlich!«

Lucy Mae seufzte. »Ich wünschte, ich hätte auch jemanden, der mich aushält. Für einen netten Herrn wie Juan würde ich eine ausgezeichnete Mätresse abgeben. Natürlich müsste er großzügig sein.«

»Also bitte! Du wärst gesellschaftlich ruiniert.«

»Bin ich doch schon. Dank Bartling!«

»Unsinn! Wie auch immer, auf Duke scheinst du recht versessen zu sein.«

»Ach was!«

»Mir machst du nichts vor, meine Liebe. Ich habe doch gesehen, wie du ihn anschaust, wenn er nicht hersieht. Ich rate dir, so einen Blick solltest du ihm einmal zuwerfen, *wenn* er hersieht.«

»Nun, auf deinen Ratschlag kann ich verzichten«, versetzte

Lucy Mae. »Er ist ja sowieso nicht mehr lange da. Das wird vermutlich unsere letzte Begegnung sein.«

»Dann gib ihm etwas, woran er sich erinnern kann«, murmelte ihre Mutter und Lucy Mae lief puterrot an.

Duke, der den Großteil des Tages im Sattel verbrachte, konnte den Reiterspielen nicht allzu viel abgewinnen: Gehorsam, neuen Disziplinen und Kinderwettkämpfen wurde viel zu viel Raum gegeben.

Er sah, wie Lucy Mae mühelos ihr Hindernisrennen gewann und gratulierte ihr, um dann bei nächster Gelegenheit vorzuschlagen zu gehen, damit er sie an einem netten Ort zum Essen einladen könne.

»Oh, das ist leider nicht möglich«, entgegnete sie. »Ich bin noch bei zwei Wettkämpfen dabei. Ich kann die Organisatoren unmöglich im Stich lassen. Starter zu finden ist so schwer. Vielleicht könnten wir morgen zusammen etwas essen? Bei einem Picknick?«

»Ich liebe Picknicks!«

»Schön, dann bereite ich uns einen Korb vor.«

»Und du suchst den Picknickort aus.«

Beresford nahm ebenfalls an den Wettkämpfen teil. Duke amüsierte es, dass er bei seinem Hindernisrennen als Zweiter durchs Ziel kam.

»Wie kommt es, dass du nur Zweiter geworden bist?«, erkundigte er sich. »Ich dachte, du hättest gewonnen.«

»Das hätte ich auch sollen«, knurrte Marcus. »Aber bei diesem Wettkampf ziehen sie einem auch Punkte für die Kleidung ab.«

»Für deine oder die des Pferdes?«, lachte Duke.

»Beides.«

»Wirklich? Sollte eigentlich nur ein Scherz sein.«

»Ja. So allmählich reicht es mir hier. Von den anderen Wettkämpfen ziehe ich mich zurück. Ich glaube, ich gehe segeln. Du hättest wohl keine Lust, mir Gesellschaft zu leisten?«

»Beim Segeln? Auf dem Fluss?«

»Wo sonst? Die hier stationierten Polizisten haben unweit

der Brücke ein eigenes Bootshaus und eigene Segelboote. Bist du mit von der Partie?«

»Selbstverständlich. Aber ich muss dich warnen, ich habe so etwas noch nie probiert.«

Lucy Mae und Mrs. Forrest wirkten nicht übermäßig erfreut, als die beiden sich von ihnen verabschiedeten.

»Ich fürchte, wir haben uns gerade unbeliebt gemacht«, lachte Beresford.

Duke grinste. »Sie werden es überleben.«

Es machte ihnen einen Heidenspaß, mit einer vierzehn Fuß langen Jacht auf dem Fluss zu segeln, der viel breiter war, befand Duke, wenn man da draußen war und mit dem Wind dahinglitt. Und man sah die Stadt aus einem völlig neuen Blickwinkel! Brisbanes Botanischer Garten, das Parlamentsgebäude aus Sandstein und viele elegante Häuser, umgeben von Grün, säumten die Ufer, und ein Stück weiter kamen die Klippen vom Kangaroo Point in Sicht.

»Demnächst möchte ich mir dort oben ein Haus bauen«, erklärte Beresford. »Vom Kangaroo Point aus hat man den herrlichsten Blick der ganzen Stadt.«

»Da könntest du recht haben. Wo wohnst du jetzt?«

»Mal hier, mal da, je nachdem, wohin man uns abkommandiert. Ich wette, der nächste Abstecher führt uns nach Westen, wo wir die großen Farmen im Auge behalten sollen.«

Duke suchte die Küste ab. »Ich würde gern das Haus von Mrs. Forrest finden.«

»Das liegt noch ein Stück weiter.«

Sie segelten unter der Brücke zurück zum Bootsschuppen, wo etliche von Beresfords Kollegen und deren weibliche Begleitung sich um ein Bierfass scharten. Duke musste man nicht zweimal fragen, ob er sich dazugesellen wolle, und nach einer Weile stieß auch Harry Merriman hinzu.

Später an diesem Abend begaben sich alle drei, Duke, Marcus und Harry, inzwischen sturzbetrunken und allerbeste Freunde, ins *Palace*, wo der Spaß erst richtig begann.

Am nächsten Morgen hatte Duke erhebliche Schwierigkeiten, seinen dröhnenden Kopf vom Kissen zu heben, folglich blieb er einfach liegen und freute sich diebisch, dass Eileen ihn nicht länger aus dem Bett scheuchen konnte. Allerdings hatte er nicht mit den Stubenmädchen gerechnet, die ihre Arbeit zu verrichten hatten, doch mittags fragte eine strenge Stimme: »Haben Sie nichts Besseres zu tun, als den lieben, langen Tag im Bett zu liegen, Mr. MacNamara? Es ist schon fast Mittag!«

»Oh Gott!«, schrie er und sprang aus dem Bett. »Das Picknick!«

Er hastete in die nächste Pferdedroschke, die ihn eilends zum Haus der Forrests brachte, wo Lucy Mae geduldig mit gepacktem Einspänner wartete. Er half ihr auf den Platz neben sich.

»Alles bereit für die Abfahrt?« Er schwang die Zügel so fröhlich wie möglich und los ging es.

Sie saßen unter den Bäumen im Botanischen Garten, genossen ihr Mahl und beobachteten die Spaziergänger. Danach schlenderten sie am Ufer entlang, bis Duke einen abgelegeneren Platz entdeckte. Er breitete die Decke auf dem Gras aus, sie setzten sich darauf, und nach einer Weile ergriff Duke Lucy Maes Hand und hauchte einen Kuss darauf.

Bald hielt er sie umschlungen und küsste sie leidenschaftlich. Sie legten sich zusammen auf der Decke zurück, tauschten Zärtlichkeiten aus und er hätte alles dafür getan, wenn sie sich ihm hingegeben hätte. Er nannte sie seine Liebste und was ihm noch an Kosenamen in den Sinn kam, und merkte, wie überaus erregt sie war.

»Du bist so schön, Lucy Mae«, murmelte er in ihre vollen Brüste, während seine Hand unter ihre Röcke wanderte, aber sie gebot ihm Einhalt.

»Nicht hier«, flüsterte sie. »Duke, nicht hier!«

»Aber wir müssen, Lucy Mae, unbedingt. Spürst du denn nicht, was zwischen uns geschieht? Mach es nicht kaputt.«

»Nicht hier«, stöhnte sie und das machte ihm Mut.

»Dann lass uns in mein Hotelzimmer gehen«, meinte er sanft, leise, als wolle er sie nicht verschrecken. Er küsste ihre Brüste, knöpfte ihre Bluse zu, fand ihre Schuhe und zog sie ihr an, richtete ihr Haar und neckte sie damit, dass sie mit ihren geröteten Wangen zum Anbeißen aussähe. Ehe sie den paradiesischen Platz verließen, nahm er sie wieder in die Arme und küsste sie sacht.

»Du siehst heute so bezaubernd aus, und ich war so stolz, mit dir spazieren zu gehen. Bist du glücklich, Lucy Mae?«

Sie blickte mit ihren braunen Augen in seine. »Ja«, seufzte sie. »Das bin ich, Duke.«

Aber am Eingang zum Hotel schreckte sie zurück. »Es geht nicht«, erklärte sie. »Ich kann da nicht hineingehen und dir auf dein Zimmer folgen. Jemand könnte uns sehen.«

»Was macht das schon?«

»Mir macht es etwas aus, Duke.«

»Na gut. Ich gehe nach oben und du kommst nach. Ich bin in Zimmer Vierzehn, geradewegs den Korridor entlang.«

»Was, wenn mich ein Angestellter aufhält? Mich fragt, ob ich im Hotel wohne? Das würde ich nicht überleben.«

»Das tun sie nicht.«

»Sicher?«

»Ja, natürlich. Ich gehe jetzt hinein. Du musst nur hinterherkommen.« Er legte ihr beruhigend einen Arm um die Schultern, drückte sie kurz und marschierte davon.

Duke schritt durch die Eingangshalle, ging gelassen die Treppe hinauf und sprintete in sein Zimmer, wobei er die Tür einen Spalt offen ließ. Aus der Karaffe auf dem gekachelten Waschständer trank er ein Glas Wasser, bürstete sich das Haar und setzte sich dann erwartungsvoll aufs Bett. Er fragte sich, ob er die Stiefel ausziehen solle, entschied sich dagegen, spähte stattdessen auf den Gang hinaus, machte es sich dann auf dem großen, gemütlichen Sessel mit Blick auf die Tür bequem und musterte seine Stiefel. Sie waren handgefertigt, zum Tragen in der Stadt gedacht, etwas völlig anderes als seine Arbeitsstiefel, aber zum Reiten waren sie auch geeignet. Dann kam ihm in den Sinn, dass er ja gar nicht nach Hause fuhr. Es ging Richtung Norden nach Rockhampton, wo er sich ein Pferd kaufen und dann auf eigene Faust nach Oberon reiten würde, Pauls Farm …

Lucy Mae hatte zuversichtlich das Hotel betreten und war auf die Treppe zugesteuert, aber der Herr am Empfang hatte aufgeblickt und sie angelächelt, weshalb sie ins Foyer abgeschwenkt war und nun zitternd dort saß. Als sie sich schließlich wieder gefasst hatte, ließ sie sich die Situation genauer durch den Kopf gehen.

Sie erinnerte sich daran, wie ihr Mann sich immer über die Witwe nebenan lustig gemacht und gemeint hatte, Witwen seien leicht zu haben, weshalb diese Frau auch so viele Freunde hätte. Ob Duke wohl auch meinte, sie sei leicht zu haben? Glaubte er, dass sie durch ihr Witwendasein in Liebesdingen erfahrener sei als alleinstehende Mädchen? Begieriger?

Lucy Mae wurde über und über rot. An Duke lag ihr wirklich. Sie reagierte auf seine Avancen und sie war glücklich, dass er ebenso empfand. Er war so liebevoll gewesen, dass sie ihm entgegenkommen wollte. Und wusste, dass sie es konnte!

So sehr sie darüber erschrak, es stimmte. Sie war erfahren und sie wäre wirklich imstande, einen Junggesellen wie Duke zu beglücken. Allein der Gedanke erregte sie.

Aber sie konnte diese Treppe nicht hochgehen. Die Vorstellung, jemand könnte sie dabei sehen, war unerträglich.

Es war wohl das Beste, hier unten darauf zu warten, dass er auf der Suche nach ihr hinunterkam. Und sich dann auf keine Diskussion einzulassen, sondern ihm einfach zu sagen, es sei für sie an der Zeit, nach Hause zu fahren.

Sie hatte sich umsonst Gedanken gemacht. Duke kam nicht herunter. Ihr Möchtegernliebhaber war in dem weichen und gemütlichen Sessel eingedöst.

Nach einer Weile fällte Lucy Maes Zorn die Entscheidung. Bei Sonnenuntergang stürmte sie aus dem Hotel, eilte die Seitengasse zu den Ställen hinunter, bat einen Stallburschen, ihr zu helfen und fuhr nach Hause.

»Wo ist Duke?«, rief ihre Mutter.

»Ich habe ihn beim Hotel abgesetzt.«

Die Meldung stand in der Zeitung! Testament der verstorbenen Mrs. Juan Rivadavia, geborene Callinan.

Nun brauchte Duke nicht länger auf eine Abschrift von Mr. Bloom zu warten. Er kaufte drei Zeitungen, lieh sich von einem Zimmermädchen eine Schere und legte die Ausschnitte auf seinen Toilettentisch.

Um zehn Minuten vor zehn stand er zusammengedrängt mit anderen Kunden unter einem Vordach und wartete darauf, dass die *Queensland National Bank* öffnete. Unterdessen lauschte er den Gesprächen der anderen über den stürmischen Regen.

»Eigentlich sollte die Regenzeit doch jetzt vorbei sein«, bemerkte jemand.

»Das dauert seine Zeit«, seufzte eine Frau.

Duke erinnerte sich an Harry Merrimans Bemerkung, er würde erst heimkehren, wenn die Regenzeit vorüber sei. Hier oben sprachen sie nur von zwei Jahreszeiten, trocken und feucht, was ihm, verglichen mit den vier Jahreszeiten im Süden, reichlich exotisch erschien.

Aber da öffnete sich auch schon die Tür und alle hasteten hinein.

Der Bankfilialleiter, ein beleibter Bursche namens Trew, zeigte sich aufgeschlossen. Er wollte zwar lieber eine Abschrift des Testaments sehen, die Mr. Bloom, wie Duke ihm versicherte, bereitstellen würde, doch war es ihm ansonsten ein Vergnügen, seinem neuen Kunden gefällig zu sein.

»Aus welchem Grund benötigen Sie diese Anleihe?«, erkundigte er sich.

»Ich bin im Begriff, im Norden Besitz zu erwerben.«

»Und wo wäre das?«

»Das habe ich noch nicht entschieden. In Rockhampton womöglich. In der Richtung.«

Diese Antwort reichte dem Herrn nicht aus.

»Ohne die Eigentumsurkunde kann ich Ihnen leider keine Anleihe gewähren, Mr. MacNamara«, erklärte er. »Aber in Anbetracht der Tatsache, dass Ihre Familie in unserer Gemeinde hoch angesehen ist, werde ich Ihnen einen Kreditbrief über, sagen wir, hundert Pfund ausstellen. Ich kenne die Kooramin-Station noch aus meiner Zeit als Stimmenzähler, ehe ich nach

Queensland ging. Sie müssen sehr stolz darauf sein, Mitbesitzer einer solch bedeutenden Farm zu sein.«

»Gewiss«, nickte Duke gehorsam. Er freute sich, hundert Pfund in die Finger zu bekommen. In seinen Augen ein Vermögen, da er nie einen Lohn erhalten hatte, lediglich das Geld, das Eileen ihm bei Bedarf aushändigte. Und da war sie beileibe nicht großzügig. Für seine Ausgaben hier hatte sie ihm sechs Pfund gegeben, die aber rasch dahinschwanden.

»Mein herzliches Beileid zum Tod Ihrer lieben Mutter, Mr. MacNamara. Ein schrecklicher Schlag.«

»Ja«, erwiderte Duke grimmig.

»Könnten Sie so liebenswürdig sein, meine Beileidswünsche auch Ihrem Stiefvater, Mr. Rivadavia, auszurichten?«, setzte Mr. Trew ölig hinzu.

»Sicher doch, Sir. Und nun mache ich mich besser auf den Weg.«

Trew nickte. »Lassen Sie wieder von sich hören. Es würde mich interessieren zu erfahren, wenn Sie investieren. Ach, übrigens, spielen Sie mit dem Gedanken, Ihren Anteil an Kooramin zu verkaufen, Mr. MacNamara?«

»Nun, ich weiß nicht. Wieso? Sind Sie interessiert?«

»Ich kenne ein paar Herren, die es wären.«

»Ach so? Nun, ich werde es mir merken.«

Mr. Trew brachte ihn zur Tür, geleitete ihn sogar noch ein paar Schritte die Straße entlang, um ihm zu zeigen, wo das Schifffahrtskontor lag, und Duke begab sich hoch erhobenen Hauptes dorthin, überaus zufrieden darüber, dass er nicht länger nur ein Gehilfe auf der Familienfarm war, sondern ein Geschäftsmann, mit dem man zu rechnen hatte.

Für den Dampfer nach Rockhampton, der in drei Tagen auslief, waren keine Fahrkarten mehr erhältlich, doch wurde ihm geraten, zum Hafen zu gehen und dort herumzufragen, da viele Privatschiffe ebenfalls zu den Goldfeldern aufbrachen. Als er die rutschigen Kais entlangging und die Matrosen auf den kleineren Schiffen nach einer Passage nach Rockhampton fragte, regnete es noch immer. Schließlich meinte ein Kapitän auf einem bejahrten Schoner namens *Vagabond*, er könne bei ihnen an Bord kommen.

Mehrere Passagiere standen auf dem rostenden Deck und grinsten, als Duke um den Fahrpreis zu feilschen begann.

»Zehn Shilling, Mister«, beharrte der Kapitän. »Und geschlafen wird unten. Extrafeine Kabinen ham wir nich.«

»Zehn Shilling?«, ereiferte sich Duke. »So viel hat mein Bruder ja nicht einmal für eine Kabine auf einem Dampfer bezahlt!«

»Dann gehen Sie eben zu Fuß.«

»Na gut. Ich hole mein Gepäck. Wann laufen Sie aus?«

»In vier Stunden.«

Duke bezahlte die Fahrt und ging zum Hotel zurück. Er machte sich auf die Suche nach Harry Merriman, um sich von ihm zu verabschieden, erfuhr jedoch, dass Merriman bereits abgereist war. Enttäuscht hinterließ er bei den Polizeikasernen eine Nachricht für Inspektor Beresford, in der er ihn darüber informierte, dass er unterwegs nach Rockhampton sei. Als er das Hotel verließ, ohne dass ihm eine Menschenseele eine gute Reise wünschte, fühlte er sich im Stich gelassen, und bei dem Gedanken an den Zustand des Schiffes und der Erkenntnis, dass an dieser Reise nichts *bon* war, hob sich seine Laune auch nicht gerade.

An diesem Nachmittag segelte er wieder einmal den Brisbane River hinab, diesmal in Gesellschaft von einem Dutzend Goldgräber und einer Ladung Zwiebeln.

Als der Schoner am Kangaroo Point vorbeizog, kam eine starke Brise auf. Duke blieb jedoch an Deck, lehnte sich an die Reling und blickte geistesabwesend auf die Häuser am Ufer, bis er die Terrasse von Millys Haus und die gepflegten Rasenflächen, die sich zum Flussufer hinabsenkten, erkannte.

Automatisch wich er zurück. Duckte sich schon fast, aus Angst, sie würden ihn entdecken. Als ob das möglich wäre, schalt er sich, aber er wusste, dass er sich aus Schuldgefühlen heraus so verhielt. Er hatte Lucy Mae schäbig behandelt. Das gab er zu, hatte aber sogleich Ausflüchte zur Hand. Hätte sie sich an seinen Plan gehalten, wäre er nicht eingeschlafen. Sie hätte einen Hoteldiener hochschicken können, um ihn zu holen, und er hätte sie nach Hause gebracht.

»Du bist schwach«, murmelte er in die Brise. »Und gemein.«

Abgesehen davon, dass er Lucy Mae attraktiv fand, war sie eine Freundin. Eine alte Freundin. Sie hatte Besseres verdient.

Aber liebte er sie? Er wurde rot bei der Erinnerung an den Nachmittag und seine gedankenlosen Liebeserklärungen. Und schlimmer, ihre Reaktion. War Lucy Mae auf der Suche nach Liebe? Duke sicher nicht. Das war die wahre Erklärung für sein plötzliches Verschwinden, sagte er sich. »Alles in allem wolltest du ihr einfach nicht gegenübertreten.«

Was hätte er ihr denn auch sagen können? »Tut mir leid, Lucy Mae, ich habe ein wenig die Beherrschung verloren. Ich habe das alles nicht wirklich gemeint, glaube ich. Außerdem war ich von dem Abend zuvor mit den Jungs auch noch ein bisschen angetrunken.«

Und damit säße sie auf dem Trockenen. Und käme sich dumm vor, dass sie ihm geglaubt hatte. Zum Schaden auch noch die Beleidigung. Ein rascher Blick am Morgen hatte ihm gezeigt, dass sie den Einspänner genommen und selbst nach Hause gefahren war, nachdem sie von ihrer Begleitung im Stich gelassen worden war. Ein schöner Freund war er! Er fragte sich, was ihre Mutter wohl davon gehalten hätte.

Duke beugte sich über die Reling, blickte auf das reißende Wasser und suchte nach einer guten Entschuldigung für sein Verhalten. Ihm fiel jedoch nichts Passendes ein, und so beschloss er, ihr nach seiner Ankunft in Rockhampton zu schreiben. Das hatte allerdings seine Tücken. Er bezweifelte nicht, dass Milly Forrest alles daransetzen würde, einen Blick darauf zu werfen. Er würde direkt an Lucy Mae schreiben, sich dafür entschuldigen, dass er Brisbane kurzfristig verlassen musste, und ihr für das schöne Frühstück danken. Grüße an die Mutter. Etwas in dem Stil. Ein großartiger Briefeschreiber war er nicht, aber er würde es versuchen. Das war wohl das Mindeste, was er tun konnte, um die Sache in Ordnung zu bringen, nachdem die Familien doch befreundet waren.

Wetterleuchten blitzte stetig über den tiefgrauen Himmel,

Donner grollte, kündigte weiteren Regen und einen plötzlichen Hagelschauer an. Die Mannschaft steuerte ihr Schiff mühsam ans Ufer und holte fieberhaft die Segel ein, während Duke nach unten hastete, wo ihm ein Passagier begegnete, der dringend hinaus wollte, jedoch zu spät: Er übergab sich auf Dukes neue Stiefel.

Nach einer unerfreulichen Nacht brachte der Morgen glitzernden Sonnenschein und das Versprechen auf gutes Wetter. Und so setzte die *Vagabond* mit einem hochgestimmten Kapitän und besorgten Passagieren ihre Reise fort.

Rund eine Stunde darauf erreichten sie die Mündung des Brisbane Rivers und fuhren in Begleitung einiger ausgelassener Delfine auf die unruhigen Gewässer der Moreton Bay hinaus. Duke war hingerissen. Die Tiere glitten so rasch durchs Wasser, dass sie sich ganz bestimmt ein Wettrennen mit dem Schoner lieferten, und er lachte vor Vergnügen, als eines angeberisch aus dem Wasser sprang.

Ihre Fröhlichkeit steckte ihn an, und vielleicht, so dachte er, auch die Mannschaft, denn fortan lief alles bestens. Sie durchquerten die Bucht, erreichten an diesem klaren, blauen Tag das offene Meer und folgten der Küstenlinie.

Kapitel 4

Zu Dukes Überraschung lag Rockhampton ebenfalls an einem Fluss.

»Wo ist es?«, fragte er den Kapitän, als sie zwischen dunklem Grün, das nur von unzähligen kreischenden Vögeln bewohnt zu sein schien, den Fitzroy River hinaufsegelten.

Aber da täuschte er sich bereits. Einer der Goldgräber stupste ihn an.

»Schau mal da rüber, Sohn, da in dem Schlamm.«

»Oh!«, stieß Duke hervor. »Hat man so etwas schon gesehen!«

Er starrte auf ein riesiges Krokodil, das bestimmt gute zwanzig Fuß lang war und den Leibesumfang eines Pferdes hatte.

Inzwischen waren weitere Männer an die Reling getreten und deuteten auf ein anderes Untier, das in den Fluss glitt. Seine Augen waren unter seinem gepanzerten Schädel kaum zu sehen.

»Verdammt, das sind ja richtige Ungeheuer!«, rief ein Goldgräber, und der Kapitän lachte.

»Ja, und sie sind ganz verrückt nach Goldgräbern! Wenn die im Fluss Gold waschen, dann flitzen sie hin und schnappen sie sich!« Er wandte sich an jemanden aus der Mannschaft. »Wie viele haben sie dieses Jahr schon gefressen?«

»Nur drei, aber Clarrie Stern geht immer noch ab.«

Der Kapitän nickte. »Ein Tipp für euch, Kumpel, die Abenddämmerung ist Fütterungszeit. Schlagt euer Lager nachts nie in der Nähe ihrer Nester auf.«

»Woher wissen wir denn aber, wo ihre Nester sind?«

»Die kann man riechen.«

»Und wie riechen sie?«

»Das willst du gar nicht wissen«, erwiderte der Kapitän fröhlich.

Auch wenn er nicht vorhatte, Gold zu waschen, schwor Duke sich, nie einen Fuß auch nur in die Nähe eines Flusses zu setzen. Die restliche Reise entdeckte er zu seinem Entsetzen ständig weitere Krokodile, die an den schlammigen Ufern dösten.

Als sie um eine Kurve bogen und Rockhampton mit seinen hübschen weißen Häusern in Sicht kam, die alle in einer Reihe standen, schienen sie unvermittelt in die Gegenwart zurückzukehren. Es war, als gehörten diese prähistorischen Untiere und ihre Dschungelumgebung einem anderen, längst vergangenen Zeitalter an, und als hätte sich nun eine Tür hinter ihnen geschlossen.

Zutiefst erleichtert bemerkte Duke zum Kapitän, wie äußerst hübsch die Stadt doch wirke. »Mein Bruder und seine Frau wohnen hier«, setzte er stolz hinzu.

»Sprechen Sie von Rocky?«, spottete der Skipper, der auf einem Stück Trockenfleisch herumkaute. »Der war gut! Besser als das, was die Quay Street zu bieten hat, wird's nicht. Wenn du an Land gehst, Junge, dann nimm dich in Acht. Die Stadt ist voller Huren und Neppern. Hier gibt es mehr Puffs als Kneipen, und das will etwas heißen! Die einheimischen Burschen ballern nachts schon mal gerne mit ihren Gewehren rum oder brechen eine Prügelei vom Zaun, und weiter drinnen findest du dann die Opiumhöhlen und Schwarzenlager.«

Er versetzte Duke einen spielerischen Faustschlag auf die Brust. »Netter Ort, was? Wo ich herkomme, ist diese Stadt als Blut, Schweiß und Tränen bekannt!«

Daraufhin beschloss Duke, an der Ortsfront zu beginnen. Er nahm sich in einem noblen Hotel mit Blick auf den Fluss ein Zimmer, gönnte sich eine anständige Mahlzeit und machte sich dann zu einem Spaziergang durch die belebten Straßen auf, wobei er eingedenk der Worte des Kapitäns keinen Anstoß daran nahm, als schwankende Cowboys in Begleitung von ordinären Frauen ihn anrempelten.

Sein erster Eindruck war allerdings der von Hitze und Morast. Seinen Schätzungen nach musste es etwa 38 Grad Celsius haben, doch war es eine feuchte Hitze und der Schweiß rann ihm in Strömen übers Gesicht. Er versuchte, sich möglichst auf festem Grund zu bewegen, aber an manchen Stellen war der vorherrschende Morast knöcheltief, dazu oft vermischt mit dem Kot vorbeiziehender Rinder und Pferde, und unmöglich zu umgehen. Fasziniert beobachtete er Frauen, die ihre Röcke hoben und sich einen sauberen Weg zu bahnen versuchten, und fragte sich, wieso sie sich noch die Umstände machten, wo er doch bereits etliche Frauen in Latzhosen und vernünftigen wadenhohen Stiefeln gesehen hatte.

Prostituierte riefen ihm von Balkonen über der Straße etwas zu, und er winkte ihnen, beeindruckt, dass »Rocky« eine Stadt der Sünde war. Er beschloss, unter Umständen ein paar Tage zu bleiben.

Am nächsten Morgen fand er sich zu früher Stunde auf dem Viehmarkt ein, da er die Pferde in aller Ruhe in Augenschein nehmen wollte. Schließlich entschied er sich für ein Vollblut, einen Fuchs. Es war ein prächtiges Pferd namens Nelson und Duke bot begeistert mit. Allmählich bewegte sich der Preis in Regionen, die über Dukes Vorstellungen lagen, aber er wollte das Pferd und erhöhte sein Gebot, bis der Betrag bei über fünfzig Pfund lag. Widerstrebend stieg Duke aus der Auktion aus.

Kurze Zeit darauf wurde das Pferd weggeführt. Kein Verkauf.

Verwirrt sprach Duke den schwarzen Burschen an. »Was hat denn an dem Pferd nicht gestimmt?«

»Nelson? Nix falsch, guter Kerl. Aber heute nix viel Käufer. Man dir Streich spielen, Boss. Du Einziger, der ihn will.«

»Was?« Verwirrt blickte Duke sich um. Dann dämmerte ihm, dass der Auktionator den Preis mit Scheinbietern in die Höhe getrieben hatte!

Heiße Röte schoss ihm ins Gesicht. Um ein Haar hätte er sich zum Narren gemacht!

»Na, das geht ja gut los«, murmelte er und machte sich auf die Suche nach dem weißhaarigen Auktionator mit dem tabakfleckigen Bart.

»Dieses Pferd da, Nelson«, erklärte er wütend. »Ich gebe Ihnen fünfzehn Pfund dafür.«

»Für vierzig kriegen Sie ihn«, erwiderte der Auktionator gelassen.

»Dreißig«, erwiderte Duke. »Mein letztes Angebot.«

»Einverstanden. Wie heißen Sie?«

»MacNamara.« Duke zählte die Banknoten ab und knallte sie auf den Tisch.

Ungerührt nahm der Bursche das Geld und beförderte es in sein Hauptbuch. Immer noch sauer, bat Duke um eine Quittung.

»Nelson ist kein Pokalsieger, Kumpel. Das Buch hier ist Beweis genug, dass er Ihnen gehört. MacNamara?«, setzte er hinzu und blickte zu Duke empor. »Sie sind nicht zufällig mit Paul MacNamara von der Oberon-Farm verwandt?«

»Das ist mein Bruder.«

»Was Sie nicht sagen! Freut mich, Sie kennenzulernen, Mr. MacNamara! Ich bin Chester Newitt. Ist ein guter Kerl, der Paul. Hat schreckliche Zeiten hinter sich, aber er ist nicht unterzukriegen. Hat keine Ruhe gegeben, bis er die Mörder alle geschnappt hatte. Aber das werden Sie ja wohl selber wissen. Einen Sattel und Geschirr haben Sie?«

»Noch nicht, nein.«

»Dann kommen Sie mal mit. Als Pauls Bruder, da rüste ich Sie mit dem Besten aus. Gebe auch einen aus. Wir gehen ins *Victory Hotel.* Waren Sie da schon mal? Ein edler Schuppen. Kein Gesindel.«

Duke freute sich so über Nelsons Kauf und einen besseren Preis, dass er Newitt seinen Versuch verzieh, ihn aufs Kreuz zu legen, und ritt mit ihm zum *Victory Hotel.* An der Ladenfront nebenan fiel ihm ein Schild auf: *Chester Newitt, Auktionator, Vieh- und Gutshofmakler.*

Chester war ein guter Gastgeber. Er hielt ihn frei und machte Duke mit dem »besten Shepherd's Pie diesseits des

Black Stump« bekannt. Sie saßen an einem langen, wackeligen Tisch, an dem Chester es fertigbrachte, seine Pastete zu verschlingen und den zweiten Gang zu bestellen, während er mit anderen Gästen sprach, denen er Duke MacNamara als »Angehörigen einer der berühmten Pionierfamilien« vorstellte. Duke fand das ein wenig übertrieben, da man in der Familie einzig seinen Vater als Pionier hätte bezeichnen können, doch ging es dem Mann wohl ums Prestige.

Auf der Karte, die Duke sich in Brisbane gekauft hatte, waren einfach nur Städte verzeichnet. Chester holte nun eine weitaus genauere hervor, auf der auch jede Schaf- und Rinderfarm eingetragen war. Natürlich befand sich auch Oberon-Station darauf, die ein gutes Stück entfernt auf der anderen Flussseite lag.

»Das da ist gutes Weideland.« Chester deutete auf ein Gebiet südwestlich von Rockhampton. »Morgen fahre ich hin, versteigere Pferde und werde etwas Land los. Keine Ahnung, was alles angeboten wird, aber interessant wird es in jedem Fall. Möchten Sie mitkommen?«

»Warum nicht?«, erwiderte Duke. Oberon konnte warten.

Zunächst kamen sie zum Viehmarkt von Toombye und ritten zu einer Gruppe wütender Männer und Frauen, die Chester anschrien, er solle Boss Murphy aus seinem Haus zerren.

»Zum Teufel, wozu denn?«, wollte er wissen.

»Weil er uns fünfzig Pferde gestohlen hat!«

»Nun mal langsam«, rief Chester, als sich weiterer Protest erhob. »Einer nach dem anderen!«

Der Wortführer erklärte, die meisten Verkäufer seien von weither gekommen und hätten ihre Pferde daher am Tag zuvor auf Murphys eingezäunte Pferdekoppeln getrieben, damit sie am Verkaufstag ausgeruht waren. Die Koppeln befanden sich in der Nähe des Viehmarkts, während ihren Besitzern gestattet worden war, in der Nähe des Gutshofs zu kampieren.

»Am Abend hat Boss Murphy dann einen Tanz für uns veranstaltet«, fuhr der Mann fort, »und von überall her sind

Leute herbeigeströmt. War so'n richtig schönes, altes Tanzfest mit Fiedlern und so und einer Menge Rum …«

»Und als wir am Morgen aufgestanden sind, waren fünfzig unserer Pferde verschwunden!«, kreischte ein anderer Mann. »Einfach weg, verdammt! Die Koppel so leer wie Murphys Kopf!«

»Wie viele bleiben denn dann noch für die Auktion?«, fragte Chester, dem vor allem sein Geschäft am Herzen lag.

»Das interessiert doch kein Schwein!«, brüllte der erste Mann. »Da draußen fahndet ein Suchtrupp nach den Dieben, und ich sage Ihnen, wenn diese Bastarde geschnappt werden, dann wird erst geschossen und dann werden Fragen gestellt. Manche glauben, die Sache sei abgekartet und Murphy mit im Spiel gewesen, deshalb haben sie Löcher in sein Dach geschossen. Und jetzt will er nicht rauskommen.«

»Das kann ich ihm nicht verdenken«, sagte Chester. »Und vom Suchtrupp noch keine Nachricht?«

»Nichts. Diese verdammten Diebe haben ja auch sechs Stunden Vorsprung.«

»Ist schon jemand bei der Polizei gewesen?«, fragte Chester, aber das schien niemand zu wissen.

»Schon mal an einen schwarzen Fährtenleser gedacht?«, warf Duke ein. »Davon muss es hier doch etliche geben.«

»Jimmy Jim wäre so jemand«, meinte eine Frau mit flammend rotem Haar. »Er lebt hier. Bluey, geh ihn mal suchen.«

»Wie denn? Mein Pferd wurde ja auch gestohlen!«, erwiderte Bluey, ihr karottenhaariger Sohn, mürrisch.

Sie gab ihm eine Ohrfeige. »Nimm eins von Murphys.«

»Wir gehen mal besser zum Haus hoch«, meinte Chester. »Kommst du, Jessie?«

»Nein«, knurrte sie. »Ich warte auf Bluey.«

Duke bewunderte die Landschaft, die dank der Regenzeit nun üppig und grün war. Noch nie in seinem Leben hatte er derart heftige Regengüsse erlebt und lernte nun, sowohl die Hitze als auch den Regen zu ignorieren wie alle anderen auch.

Auf dem Weg zu Murphys Gutshof ritten sie an riesigen Obstbäumen vorbei, bei denen es sich, wie Chester ihm erklärte, um Mangobäume handelte. Er pflückte eine Frucht und warf sie Duke zu.

»Na, kommen Sie, probieren Sie mal!«, grinste er. »Sie werden sich schon nicht vergiften.«

Duke probierte und war hingerissen vom Geschmack der Mango und saugte bis zum Kern an dem saftigen Fleisch.

»Schmeckt's?«, fragte Chester, während sie beim Gatter zum Gutshof absaßen.

»Herrlich!«, seufzte Duke.

Zwei Männer mit Gewehren versuchten, sie aufzuhalten, aber Chester schob sie beiseite.

»Wir gehen hinein. Kommen Sie, Duke.«

Sie gingen den Weg hinauf, und als sie die Veranda betraten, wurde ein Vorhang zur Seite geschoben und eine Frau lugte heraus.

»Augenblick, Chester!«, schrie sie.

Sie hörten, wie Möbel beiseite gerückt wurden. Dann wurde die Tür von einem stämmigen Iren geöffnet, zu dessen Füßen ein Jagdhund wütend knurrte.

»Diese verdammten Idioten da draußen«, murrte er. »Wenn die nicht aufpassen, bringen sie noch jemanden um. Haben Sie das von den Pferden gehört? Verflixt, Chester, wir hatten hier seit Jahren keine Pferdediebe. Ich denke gar nicht mehr daran, auf meinem Grund noch mal Verkäufe abzuhalten.«

»Wer ist das?«, fragte Murphys Frau und deutete auf Duke.

Chester stellte ihn ihnen als neuen Kumpel vor, der sich umsehen wollte.

Nach einer kurzen Begrüßung wandte sie sich wieder an den Auktionator.

»Chester, sie geben uns die Schuld. Sie behaupten, Boss hätte das eingefädelt. Er hätte organisiert, dass diese Diebe kommen, während die Feier in vollem Gang ist, und ihre Pferde stehlen. So war es aber nicht! Wirklich nicht! Er hätte diese Feier nie für sie veranstalten sollen! Verschwendet unser gutes Essen an dieses undankbare Pack! Und unseren Rum! Die wagen sich besser nicht noch einmal in die Nähe unseres Hauses, oder sie kriegen eine Ladung Kugeln ab!«

»Bluey Morton ist losgezogen, um Jimmy Jim zu finden«, erzählte Chester ihnen. »Ihr solltet ihn auf die Fährte der Diebe setzen.«

»Jimmy Jim ist mit seinen Leuten unterwegs«, seufzte sie, »ansonsten hätten wir ihn auf der Stelle losgeschickt.«

Sie blickte aus einem Seitenfenster. »Da kommen irgendwelche Reiter zurück, glaube ich.«

»Dann mach ihnen besser mal ein Frühstück, Maisie«, meinte Murphy. »Sie sind seit dem Morgengrauen unterwegs.«

»Den Teufel werde ich tun!«

»Mach das Frühstück!«, wiederholte er und sie verschwand im hinteren Teil des Hauses.

»Ich sehe mal nach, was los ist«, meinte Chester. »Warten Sie hier, Duke.«

Duke blieb bei Murphy, und beide beobachteten, wie die Reiter über die Koppeln hergeritten kamen.

»Sind Ihre Männer dabei?«, erkundigte sich Duke.

»Ja, drei meiner Viehhüter. Macht keinen so guten Eindruck.«

Nach einer Weile fragte Murphy, immer noch abgelenkt: »Sagten Sie, Ihr Name sei MacNamara?«

»Richtig.«

»Irgendwie mit Paul verwandt?«

»Ja. Mein Bruder scheint bekannt zu sein wie ein bunter Hund.«

»Nun ja. So läuft das eben. Zuletzt haben wir uns vor einem halben Jahr gesehen, als Chester hier Land versteigert hat. Oberon will er anscheinend losschlagen. Verständlicherweise, würde ich sagen, nach dem, was da passiert ist.«

»Er hat sich für Land interessiert?«

»Ja, aber die verkäuflichen Besitzungen waren ihm alle zu klein. Von Toombye war er freilich recht angetan.«

»Von diesem Anwesen hier? Ihrer Farm?«

»Allerdings. Wir haben uns darüber unterhalten, aber ich war nicht sonderlich aufs Verkaufen aus.«

»Verständlich«, sagte Duke leise.

»Habe ihn vor einer Weile in der Stadt wiedergetroffen und

er hat mich abermals gefragt, aber es ist nichts daraus geworden. Ich war immer noch nicht dafür, aber Maisie, die hat gesagt…«

Duke sah, wie Reiter sich dem Gehöft näherten, darunter auch Chester. Murphy stürmte hinaus und Duke folgte ihm.

Ganz umsonst war der Tag für Chester nicht. Er verkaufte vier Pferde, die die Diebe übersehen hatten, jedoch nur eines der Grundstücke, die in der Rockhamptoner Zeitung inseriert worden waren.

Von den gestohlenen Pferde fehlte weiterhin jede Spur und die Stimmung unter den Betroffenen war argwöhnisch und aufgeheizt. Sie lungerten auf dem Hof herum und fanden es nur recht und billig, von Maisie und einem schüchternen schwarzen Mädchen, das ihr zur Hand ging, mit Tee und Eintopf bewirtet zu werden. Und sie warteten.

Es war nicht das erste Mal, dass Duke mit Pferdediebstahl in Berührung kam. Bei ihm zu Hause hatte man allerdings üblicherweise Rinder im Visier. Diese Diebe, das wusste er, waren gewitzt, planten ihre Fluchtroute mit Bedacht und hatten vermutlich bereits Abnehmer im Kopf. Zudem hatten so einige der Pferde bestimmt noch nicht einmal ein Zeichen eingebrannt bekommen.

Er saß mit Murphy und Chester in der Küche und sein Magen knurrte laut, als er Maisie klagen hörte, dass vom Eintopf fast nichts mehr übrig sei. Kurzerhand holte Murphy aus einem Fleischschrank eine Handvoll Koteletts und warf sie auf den Herd.

Sie fingen umgehend saftig zu brutzeln an und Duke wurde es warm ums Herz.

Maisie kam herein und streute geistesabwesend eine Handvoll Salz über die Koteletts. »Worauf warten die da draußen eigentlich noch? Zu essen haben sie gekriegt, sie können verschwinden!«

»Einige von ihnen haben ihre eigenen Pferde verloren«, antwortete Chester. »Und den meisten ist durch den Pferdediebstahl ein Haufen Geld durch die Lappen gegangen. Geld, mit dem sie sich Vorräte für zu Hause anschaffen wollten. Nun kehren sie mit leeren Händen zu ihren Familien zurück. Fass dir ein Herz, Maisie. Lass sie ihre Verluste mit deinem guten Eintopf verdauen.«

»Nur, solange sie nicht wieder Boss die Schuld in die Schuhe schieben«, ereiferte sie sich. »Ich habe einige von ihnen meckern hören, dass er gar keine Pferde verloren hätte, und ich habe ihnen gesagt, dass das daran liegt, dass unsere Pferde auf den Farmkoppeln stehen wie immer, und sie aufhören sollen, sich Lügengeschichten auszudenken!«

»Das Dumme ist«, bemerkte Murphy, »dass sie mich jetzt, wo schon einmal ein Verdacht gegen mich geäußert wurde, so lange aufs Korn nehmen, bis die Diebe gefunden sind.«

Duke war da anderer Meinung. »Ich würde mir keine Sorgen machen. Es ist einfach Pech, dass die Pferde hier waren. Und die Diebe haben das schamlos ausgenützt.«

»Das kann man wohl sagen«, erwiderte Murphy niedergeschlagen. »Aber etwas bleibt immer hängen. Ein paar von den Burschen da draußen haben jetzt so eine Wut im Bauch, dass sie mich wegen einer Kleinigkeit aufknüpfen würden.«

Chester beschloss, nicht auf die Polizei zu warten. »Vermutlich begegnen wir ihr auf dem Heimweg.«

Ehe sie aufbrachen, nahm Murphy Duke beiseite. »Wissen Sie, Duke, jetzt, wo ich diesen ganzen Ärger am Hals habe, bin ich geneigt zu verkaufen. Wann immer Sie und Ihr Bruder sich Toombye einmal gründlich ansehen wollen, kommen Sie einfach her. Wir führen Sie herum. Sollten Sie allerdings Interesse haben, dann verlieren Sie kein Wort vor Chester darüber, der will sonst sofort Provision.«

Duke lachte und dachte bei sich, dass sie ohne Chester, der ja bereits bewiesen hatte, dass er Preise gern in die Höhe trieb, ohnehin den besseren Preis bekämen.

Auf dem Rückweg nach Rockhampton stießen Chester und er auf eine Gruppe von zwanzig Viehhütern, die von Besitzungen aus dem Hinterland zurückkehrten, und nun beschlossen alle zusammen, sich ein Rennen in die Stadt zu liefern. In halsbrecherischem Tempo ging es querfeldein, bis der Anführer der Viehhüter schließlich, mit Duke als Zweitem, vor den übrigen Reitern in die Hauptstraße Rockhamptons einbog.

Vor einer Bar banden sie die Pferde fest und gingen hinein, wo viele der Männer, nunmehr auf Urlaub, ihren Lohn auf die Theke knallten.

Duke lachte. Scheinbar verhielten sich Viehhüter überall im Land gleich.

Er blieb auf ein paar Gläser bei ihnen, brach aber früh auf und sann über Toombye-Station nach.

Am Morgen entschied er, eine gründlichere Besichtigung der Toombye-Station lohne sich. Und auch ein Blick in die Farmbücher. Es schien ein schönes Fleckchen Erde zu sein. Sogar Paul hatte es gefallen.

Der unglückliche Murphy begrüßte ihn bei seiner Ankunft.

»Schön, ein fröhliches Gesicht zu sehen«, sagte er. »Moynahan hat sich erst heute früh zu erscheinen bequemt, und zwar in Begleitung eines besserwisserischen Polizisten, der hier jedes Fleckchen abgesucht hat, als hätte ich in meiner Scheune fünfzig Pferde versteckt.«

»Die dürften doch immer auf dieselbe Art vorgehen. Bestimmt haben sie auch schon in andere Gebiete telegrafiert, damit die Leute dort Ausschau halten.«

»Ich wette ja, dass die Pferde hinten in den Bergen versteckt werden, bis Gras über die Sache gewachsen ist. Hätte ich die Zeit, dann würde ich sie nicht mit Routinedingen verschwenden. Aber hier herrscht leider zurzeit Not am Mann und wir müssen anfangen, die Rinder zusammenzutreiben.«

»Ich meine, auf dem Herweg im Gebüsch Rinder gesehen zu haben. Waren das Ihre?«

»Sicher. Wenn der Fluss Hochwasser führt, wie jedes Jahr, müssen wir sie auf höheres, häufig mit Gebüsch bewachsenes Gelände bringen. Nun müssen wir sie wiederfinden. Na, sei's drum, jetzt kommen Sie mal mit rein und essen Sie einen Happen, dann können Sie mit mir zu den Jungs hinausreiten. Die können Hilfe bei der Arbeit brauchen.«

Duke erkannte, dass Murphy nicht scherzte. Er betrachtete

es als selbstverständlich, dass sein Besucher sich daran beteiligen würde, die großen, schwerfälligen Tiere aus dem Busch zu jagen.

Als Duke und Murphy die vier Viehhüter endlich erreichten, war es bereits Nachmittag und das Wetter schwül und heiß. Die Männer hatten schon etliche Rinder in eine behelfsmäßige Umzäunung getrieben, doch fehlten immer noch viele.

Murphy saß ab. »Duke, haben Sie schon mal bei einer Musterung mitgemacht?«

»Natürlich.«

»Gut.« Er warf ihm ein Lasso und eine Stockpeitsche zu. »Dann greifen Sie den Jungs doch bitte unter die Arme, ja? Ich reite hier entlang.«

Duke wendete sein Pferd und stürmte auf der Suche nach umherstreifenden Rindern auf den Busch zu.

»Da hinten links, Kumpel«, rief ein Viehhüter. »Da habe ich einen großen Burschen herumstöbern gesehen. Keine zweihundert Schritte von hier.«

Pflichtbewusst setzte Duke seiner Beute hinterher, musste jedoch schon bald erkennen, dass dieser Busch mit der spärlich bewachsenen Umgebung bei sich zu Hause wenig gemein hatte. Das Gras war hüfthoch und verbarg umgestürzte Baumstämme, das Unterholz war feucht und morastig, und obgleich dieselben hohen, dürren Gummibäume emporragten, mussten sie hier mit Palmen und dickem Efeu konkurrieren, die kein Sonnenlicht durchließen.

Glücklicherweise schien Nelson weniger besorgt als er und bahnte sich seinen Weg durch das unwegsame Gelände, bis Duke weiter vorn – im Halbschatten fast verborgen – einen Ochsen sah.

Duke bemühte sich, Nelson vorsichtig hinter das Tier zu lotsen. Fast hatte er es geschafft, als der Ochse unvermittelt herumfuhr und ihn böse anstierte. Duke befürchtete, er würde auf ihn losgehen. In diesem Augenblick herrschte Stille im Busch, die unvermittelt vom schrillen Geschnatter einer Schar Wildgänse zerrissen wurde. Diese Ablenkung nutzte Duke aus und riss an den Zügeln, sodass Nelson seitwärts in die Deckung eines Baumstumpfes setzte.

Gleichzeitig erwachte der Ochse aus seiner Erstarrung und stürmte durch die Bäume tiefer in den Busch hinein.

Duke folgte ihm, doch Nelson war kein Hütepferd und hatte Schwierigkeiten, zwischen den Bäumen hin und her zu tänzeln. Doch da kam ein Viehhüter angaloppiert und nahm die Jagd auf. Beeindruckt beobachtete Duke, wie das Pferd des Mannes mit dem fliehenden Ochsen Schritt hielt, sich wendete und drehte und das schwere Tier immer näher zur Lichtung manövrierte, bis ein weiterer Reiter den Ochsen mit dem Lasso einfangen konnte.

»Bravo!«, lobte Duke den ersten Viehhüter. »Das war Reitkunst vom Feinsten!«

Sie teilten sich Wasser aus einem am Zaun hängenden Wassersack und Duke kam zu dem Schluss, dass er bei der Musterung der eingefangenen Rinder wohl von größerem Nutzen wäre.

Bei Einbruch der Dunkelheit machten sie Schluss und brachten über fünfzig Rinder rund eine Meile vom Gehöft entfernt auf offenes Weideland.

Als Duke sich um zehn Uhr mit Boss Murphy und seiner Frau zum Abendessen setzte, fragte sie: »Bleiben Sie denn über Nacht, Duke?«

»Wenn Sie mich aufnehmen?«, stammelte er. Er hatte völlig vergessen, dass er ja im Dunkeln in die Stadt würde zurückfinden müssen.

»Kein Problem«, erwiderte sie, und als die Standuhr in der Diele des Toombye-Gehöfts elfmal schlug, lag er auf einer Liege unter einem Moskitonetz auf Murphys Veranda.

Inzwischen besaß er auf Kooramin seine eigene Bleibe, doch nun, da er an diesem warmen, samtigen Abend im Freien lag, erinnerte er sich daran, wie in Kindertagen alle drei Jungen auf der Veranda geschlafen hatten, und er so stolz darauf gewesen war, mit seinen großen Brüdern da draußen zu sein.

Er hörte das Kreischen von Flughunden, die von ihren Beutezügen zurückkehrten, und die vertrauten Rufe anderer

Nachttiere, und fühlte sich sehr heimisch auf Toombye, auch wenn ihm der Name nicht sonderlich zusagte.

Dann kam der Regen, kräftiger, steter Regen, den er sehr begrüßte. Er hatte genug von der Verzweiflung, die Viehzüchter in der Gegend von Kooramin zu Dürrezeiten überfiel. Genug von der ständigen Unsicherheit, ob es in einem Jahr zu Überflutungen kam, auf das dann zwei, drei Jahre der Dürre folgten, und den Qualen, sein Vieh zugrunde gehen zu sehen, während man auf das Ende der Trockenheit hinfieberte.

Was würden sie daheim nicht für alljährliche Regenperioden geben und das Wissen im Vorhinein, dass es vermutlich Hochwasser geben würde? Ihm war es immer ein Rätsel, dass Kooramin die schlechten Jahre zu überstehen und in guten sogar zu gedeihen vermochte, aber die Sorge blieb. Die Augen blickten immer himmelwärts. Argwöhnisch.

Ein Wallaby sprang auf der Suche nach einem Unterschlupf auf die Veranda, und Duke, der Gesellschaft brauchen konnte, ließ es gewähren.

Der Sonnenaufgang verlieh den Wolken lange goldene Streifen, ehe sie in die Ferne entschwebten und einem klaren blauen Himmel in den Händen einer zunehmend heißen Sonne Platz machten.

»Endlich ein schöner Tag!«, meinte Maisie Murphy zu Duke, als sie ihm zum Frühstück ein Beefsteak und drei Eier servierte. »Wollen Sie dazu noch etwas Speck? Ich pökle ihn selbst.«

»Da sage ich nicht nein!«

Sie ließ drei große Scheiben auf seinen Teller gleiten.

»Ich muss jetzt zurück ins Küchengebäude«, meinte sie. »Unser Koch hat sich vor ein paar Wochen aus dem Staub gemacht und jetzt muss ich all die hungrigen Mäuler selber stopfen.«

Ihn packten Gewissensbisse, sie aufgehalten zu haben, und er wollte sagen, dass er auch gern zusammen mit den Farmgehilfen gefrühstückt hätte, doch da war sie schon zur Tür hinaus und stürmte auf den Hof.

Ein paar Minuten darauf schlenderte Murphy herein. »Na, wie geht es Ihnen? Hat sie Ihnen genug zu essen gebracht?«

»Ja, vielen Dank. Reichlich.«

»Gut.« Er ging zum Herd hinüber, zündete sich mit einem Kienspan seine Pfeife an und ließ sich dann am Tisch nieder.

»Wenn Sie mehr vom Besitz sehen wollen, führe ich Sie gern herum. Wenn Sie bloß neugierig sind, dann nicht. Wir haben nämlich alle Hände voll zu tun. Sie werden merken, dass hier während der Regenzeit alles in eine Art Dämmerschlaf verfällt, aber kaum ist sie vorbei, müssen alle mit anpacken, um die Farm wieder auf Vordermann zu bringen. Sie sagen also besser, was Sache ist.«

Duke kaute seinen Speck. Und kaute. Er war so zäh wie altes Leder.

»Nun«, meinte er und kaute fest weiter. »Nun …« Schließlich musste er den Speck aus dem Mund holen, um sprechen zu können. »Ich möchte Grund erwerben, ganz klar. Mir gehört ein Teil unserer Familienfarm in Neusüdwales, wo ich mein ganzes Leben verbracht habe, Erfahrung habe ich also. Toombye gefällt mir vom ersten Eindruck, aber ich müsste noch einiges mehr darüber wissen.«

Duke fand seine Worte angemessen, aber Murphy entgegnete ihm: »Alles schön und gut, aber ich kann meine Zeit nicht mit Ihnen verplempern, wenn ich nicht weiß, ob Sie überhaupt das nötige Kleingeld haben. Sollten meine Frau und ich Toombye verlassen, müssten schon vierhundert Pfund dabei rausspringen. Wir sind immer noch ein wenig hin- und hergerissen, was den Verkauf angeht, wissen Sie.«

»Leisten kann ich mir Toombye schon, nur muss es sich auch lohnen. Und wir müssten uns auf einen Preis einigen können«, sagte Duke nachdrücklich, unbeeindruckt von Murphys Geschichte.

»Schön, dann warten Sie mal, ich hole eine Landvermessungskarte, damit Sie sich einen Überblick verschaffen können.«

Duke beendete sein Mahl und nahm seinen Teller mit hinüber zur Bank. Dann kehrte Murphy zurück, räumte den Tisch ab und breitete die Karte darauf aus.

Toombye, führte er aus, sei sechzehntausend Morgen groß. Ein Besitz von der Form eines Hundebeines, das alles umfasste: sowohl ausgedehntes, durch eine Reihe von Lagunen bewässertes Weideland als auch den bereits besichtigten Teil aus dicht mit Bäumen bestandenem Busch.

»Von diesem Fenster hier«, sagte er, »können Sie den guten alten Ironstone Mountain sehen. Er liegt jenseits unserer Grenzen, aber zu seinen Füßen liegt ein Sumpf. Wenn Sie den je urbar machen wollten, würde der Gemeinderat Ihnen den für einen Pappenstiel geben.

Wir haben hier rund zweitausend Rinder, ein guter, überschaubarer Besitz also und leicht zu führen. Wir halten mindestens fünfzig Pferde und Maisie hat draußen ihre Mastschweine. Sie zieht gern Schweine groß. Dafür gibt's nen guten Markt, sagt sie. Keine Ahnung, was das abwirft, damit will sie nie rausrücken. Hinten war früher ein Obstgarten, aber nachdem er von Insekten befallen wurde, kümmern wir uns nicht mehr darum. Wir lassen die Mangobäume und Bananenstauden einfach wachsen. Die haben die Vögel gesät …«

Murphy redete weiter über Toombye und den Onkel, der die Farm erschlossen hatte, und Duke fragte sich, ob sie je wieder aus der Küche kämen. Aber schließlich säuberte Boss Murphy seine Pfeife und führte ihn über das Gelände, das die Männerunterkunft, das Küchengebäude, eine Schmiede und die üblichen Scheunen und Lagerhäuser mit einschloss, ehe er einem alten Schwarzen befahl, ihre Pferde zu holen.

Dann trabten sie los, und Duke bemühte sich sehr, sich seine Begeisterung für dieses prächtige Anwesen nicht anmerken zu lassen.

Sie ritten über offene Prärie, wo Rinderherden ruhig grasten, hin zu tiefen Lagunen, die von Schraubenpalmen gesäumt wurden, und besuchten ein Aborigine-Lager in einem leicht bewaldeten Gebiet in der Nähe der Lagune.

»Ist das ein dauerhaft angelegtes Lager?«, wollte Duke wissen.

»Ja. Einige der Burschen arbeiten als Viehhüter und drei der Frauen gehen Maisie zur Hand.«

»Wie viele Schwarze gibt es hier insgesamt?«

»Die kommen und gehen. Manchmal sind es um die hundert.«

»Und sie machen Ihnen keine Schwierigkeiten?«

»Nein. Einige trinken manchmal einen über den Durst, aber dann kriegen sie einen Tritt in den Hintern, und schon herrscht wieder Ruhe.«

Duke nickte und ritt weiter. Ihm gefiel das gar nicht. Die Schwarzen hier wirkten wie ein wildes Pack. Die einzigen Schwarzen auf Kooramin waren Arbeiter, Männer wie Frauen, und ein paar Aborigine-Babys.

Er war erleichtert, als sie ein weiteres Musterungslager erreichten, das von Snowy Drummond, einem Vorarbeiter mittleren Alters, geleitet wurde, dem Duke schon am Vortag begegnet war. Sie zählten gerade Ochsen, und als sie damit fertig waren, ritt Duke zu ihnen hinüber.

»Schon irgendein Zeichen von den gestohlenen Pferden?«

»Rein gar nichts! Die haben sich in Luft aufgelöst. Ich kann mir einfach keinen Reim darauf machen.«

»Was sagt die Polizei dazu?«

»Was soll die schon sagen?« Drummond zuckte mit den Achseln. »Der Sergeant und sein Assistent sind herumgestreift und haben nach Spuren gesucht, aber dafür war es ein bisschen spät. Als die Pferde verschwunden sind, bei dem Tanz, da hat es von Leuten nur so gewimmelt. Und gestern Abend hat es geregnet. Welche Spuren also?«

»Was macht ihr hier gerade?«

»Wir müssen noch eine Herde mit Brandzeichen versehen, dann treiben wir sie auf trockenere Weiden.«

»Soweit ich das sehen konnte, sind die Rinder in gutem Zustand.«

»Ja, die Verkäufe in Rockhampton gehen bald los. Es entwickelt sich mehr und mehr zu einem bedeutenden Umschlagplatz für Rindfleisch und das ist gut fürs Geschäft.«

»Das glaube ich gern«, nickte Duke. Unvermittelt kam ihm

sein Bruder in den Sinn. Vermutlich handelte er dort auch mit Vieh. Aber er wollte nicht über Paul nachdenken. Dafür war er zu begeistert von dieser schönen Farm.

In einem Behelfslager nahmen er und Murphy eine Mahlzeit ein und machten sich dann auf den Heimweg. Sie kamen an einer weiteren Rinderherde vorbei, die von zwei berittenen schwarzen Jungen bewacht wurde, und Duke bemerkte einen üblen Geruch, der aus der Richtung einer ungewöhnlichen Umzäunung kam. Sie war aus Baumstämmen gemacht, die allerdings, anders als die gewöhnlichen zwei, drei Querlatten, nah aneinander angebracht waren.

»Wozu der Zaun?«

»Oh«, erwiderte Murphy geistesabwesend. »Das ist ein Krokodilszaun. Auf der anderen Seite liegt der Sumpf.«

Duke erschrak. »Es sind Krokodile im Sumpf?«

»Gewiss, aber die tun einem nichts, wenn man nicht hinter den Zaun geht. Der einzige andere Weg führt durch dichten Busch, und den eigens zu roden lohnt sich nicht.«

Duke unterdrückte das Unbehagen, das die Krokodile in ihm auslösten.

Obgleich er erst einen Teil dieses schönen und malerischen Anwesens gesehen hatte, war er ganz und gar hingerissen und wild entschlossen, es zu kaufen.

An diesem Abend kamen sie dann bei einer Flasche Rum zur Sache.

»Im Tal der Lagunen besitze ich auch noch ein gutes Stück Land«, erklärte Duke Murphy. »Wie wär's, wenn ich einen Teil damit bezahlen würde?«

»Noch nie davon gehört. Wo liegt das?«

»Im Norden. Landeinwärts von Cardwell.«

»Das liegt ja fast am Cape York. Das soll wohl ein Scherz sein, Junge! Mein Onkel hat Speeren getrotzt. Ich kann darauf verzichten. Nein, Geld auf die Hand!«

»Aber vierhundert sind viel zu viel dafür, dass der halbe Besitz aus Busch und Felsen besteht!«

»Ach was. Sehen Sie sich die Karte noch einmal an. Es ist verdammt gutes Weideland. Und tausend Rinder kriegen Sie von mir noch obendrein. Den Rest kaufen Sie ab. Ich versteigere sie.«

»Da wäre noch etwas«, meinte Duke. »Wie viele sind es? Wie viele Rinder befinden sich augenblicklich da draußen?«

»Nun, Sie haben ja eine Menge gesehen, aber die Jungs arbeiten daran. Praktisch, dass Sie genau in der Zeit gekommen sind, in der wir sie zusammentreiben. Snowy schätzt, dass wir sie in ein paar Tagen gezählt haben. Jetzt zu den Pferden. Ich könnte sie Ihnen noch obendrauf geben. Oder Sie können aussuchen, welche Sie haben wollen.«

Duke wurde nervös. Der Preis schnellte in die Höhe. Er hatte sich eingebildet, hier im wenig bekannten und abgelegenen Queensland ein Anwesen zu einem niedrigen Preis erstehen zu können, aber günstig war Toombye beileibe nicht. Andererseits, wie sähe dann wohl ein günstiges Anwesen aus?

Eigentlich sollte er lieber noch ein Weilchen warten. Mit Harry Merriman in Verbindung treten und darüber nachdenken, in der Nähe von Cloncurry von der Regierung ein Stück Land zu pachten, das dort billig zu haben war. Beresford hatte gesagt, Harry würde ein Vermögen damit machen, wenn er von Anfang an dabei war. Noch war es nicht zu spät, sich in die Ränge der reichen Landnehmer einzugliedern, wie sein Vater und Rivadavia es in frühen Zeiten gemacht hatten.

Wenn doch Pace bloß noch leben würde. Er war von einem solchen Tatendrang, solch einem Hunger auf Land beseelt gewesen. Hätte er die Möglichkeit dazu gehabt, dann hätte er weitergemacht und Millionen gescheffelt.

Duke wusste, dass er diesen Antrieb nicht geerbt hatte.

Er wollte nicht bei Null anfangen, wie Harry es tat. Wie sein Vater es getan hatte. Land roden. Rinder dorthin treiben. Dämme bauen und Unterkünfte …

Und das hier war ein nettes kleines Gehöft. Gut in Schuss. Gut eingeführt.

Am Ende schüttelten sie sich bei dreihundertundachtzig die Hände. Duke hoffte, das Geld zusammenkratzen zu können. Zudem hatte er vor, sein Land im Tal der Lagunen zu verkaufen, um einen Teil der Kosten zu decken.

Vor Freude über seinen Besitz konnte er in dieser Nacht nicht schlafen. Endlich unabhängig!

Nun konnte er nach Oberon reiten und seinen Leuten einen Besuch abstatten.

»Wo zum Teufel bist du gewesen?«, brüllte Paul. »Ich habe dir gesagt, dass ich zurück muss, um die Musterung durchzuführen. Du hast gesagt, du hilfst, aber was tust du? Kreuzt erst auf, wenn wir fast fertig sind!«

»Dann habt ihr mich ja doch nicht gebraucht.« Duke zuckte mit den Achseln.

»Verdammt, darum geht es nicht!«

Ein Ochse scherte aus einer Herde aus, die von drei Viehhütern zum Mustern eingepfercht wurde. Paul setzte ihm mit seinem Pferd hinterher, und der erschreckte Nelson bäumte sich auf und sprang seitlich in einen Bereich aus Morast und dampfendem Dung, der von tausenden von Hufen aufgewühlt worden war.

Als Duke sein Pferd endlich beruhigt hatte, sah er, dass Paul sich wieder an die Arbeit gemacht hatte und in Begleitung eines schwarzen Hütehundes auf seinem schnellen kleinen Hütepferd Nachzüglern hinterherjagte. Eine Weile sah er dem Treiben zu und ritt dann um ein hohes Tor herum, auf dem ein Viehhüter saß und mit konzentrierter Miene Vieh zählte.

Da er Murphy das Zählen auf Toombye nicht überlassen wollte, hatte Duke einen »Zähler« aus Rockhampton angeheuert, den ihm der zuvorkommende Bankdirektor der hiesigen Zweigstelle der *Queensland Commercial Bank* empfohlen hatte, und ihn zur Farm geschickt. Dieser Bankdirektor, Sam Pattison, war jünger und wesentlich unkomplizierter als Trew. Der gutaussehende Bursche hatte einen dünnen, dunklen Schnurrbart und glattes schwarzes Haar, das mit einem Schnürsenkel zusammengebunden war, und trug ein kariertes, offenes Hemd mit Jeans und hohen Reitstiefeln.

Als Duke sich vorstellte, hatte Pattison sich auf seinem Stuhl zurückgesetzt und eine Zigarre geraucht. So interessant er den

Umstand fand, dass Duke Pauls Bruder war, so wenig war er geneigt, seiner einstudierten Rede über die Sicherheit, die er anbot, und den Grund, warum er die Anleihe benötigte, zu lauschen.

»Wie viel brauchen Sie?«, fiel er ihm liebenswürdig ins Wort.

»Vierhundert Pfund?«, erwiderte Duke nervös.

»Schön. Sie haben diesen Kreditbrief. Den geben Sie mir mal. Und einen Anspruch auf Land, das wo liegt? Tal der Lagunen? Nie gehört. Aber augenblicklich taucht ja ein ganzer Ozean neuen Landes auf. Wie auch immer, überlassen Sie das mir. Und ich möchte natürlich die Übertragungsurkunden für Toombye. Sie können hier mit Murphy handelseinig werden. Aber seien Sie vor diesem Windbeutel auf der Hut, Duke. Der ist aalglatt.«

»Keine Bange, ich behalte ihn genauestens im Auge.«

»Die Rinder. Hier ist der Name eines Zählers. Schicken Sie den umgehend hinaus. Bekanntermaßen haben Herren da draußen dieselbe Rinderherde schon mehrmals durchgetrieben, um die Anzahl zu erhöhen.«

Von diesem Trick hatte Duke schon gehört, ließ sich aber nicht darüber aus. Er hatte die Anleihe bekommen. Nur das zählte.

Bei dieser Luftfeuchtigkeit glich der geschäftige Viehhof einem Brutkasten, weshalb er mit Nelson bald kehrtmachte und die lange, baumgesäumte Zufahrt zur Oberon-Station hinaufritt. Er brachte ihn zu einem Wassertrog auf der Rückseite des Hauses, wo er seinen Sattel und andere Habseligkeiten herunternahm und sie einem Aborigine-Jungen übergab, der aus den Ställen aufgetaucht war.

»Wie Sie heißen?«, wollte der Junge wissen.

»Duke.«

Der Junge grinste befriedigt. »Wie heißt Pferd?«

»Nelson.«

»Ah!« Er blickte auf. »Missus wartet auf Sie!«

Erst da bemerkte Duke, dass seine Schwägerin vor einem Gebäude, das das Waschhaus zu sein schien, bei einem Wassertank stand.

»Hallo!«, rief er. »Wie geht es dir, Laura? Du gibst ja ein schönes Bild ab!«

»Allerdings!«, erwiderte sie fröhlich und blickte an ihrem groben Hemd und ihren Jeans hinab. »Hier siehst du, was die führenden Debütantinnen in dieser Saison tragen!«

»Und sie haben nie besser ausgesehen!« Er pflückte im Vorbeigehen eine winzige weiße Blüte von einem Busch und überreichte sie ihr.

Sie klemmte sie sich hinters Ohr. »Weiß Paul, dass du hier bist?«

»Ja, ich habe ihn schon bei den Viehhöfen getroffen.« Er blickte sich um. »Nett habt ihr es hier. Habe gar nicht erwartet, dass euer Haus so groß ist. Ein richtiges Schmuckstück!«

»Schön, dass es dir gefällt. Warum gehst du nicht schon hinein, ich füttere nur noch schnell die Kälber.«

»Kann ich helfen?«

»Nein. Das Wasser ist heiß. Mach dir einen Tee.«

Fasziniert von dem ihm ungewohnten Baustil marschierte er um das große Haus herum. Die breite, umlaufende Veranda war überall mit Spalieren versehen und mit Korbsesseln und -sofas möbliert. Die Haupträume schienen ein Haus im Haus zu bilden. Die meisten besaßen Fenstertüren, die auf die Veranda führten und in deren Öffnungen kühle Spitzenvorhänge schwebten. Verglichen mit Murphys schlichtem Farmhaus und dessen grobem Gebrauchsmobiliar war Oberon ein derart heiterer Ort, dass Duke einen Stich des Neides verspürte.

Von der Seitenveranda blickte er zum Fluss, als er am Ufer Weiden erkannte und begriff, dass das die Weiden waren, von denen die Leute immer in gesenktem Ton sprachen.

Schaudernd wandte er sich ab und entdeckte, dass Laura barfuß hinter ihm stand.

»Das tut jeder«, meinte sie bitter.

»Was?«

»Erschauern, wenn er dorthin sieht. Dort, wo Jeannie und Clara ermordet wurden. Vergewaltigt und ermordet. Inzwischen werden sogar schon Sonntagsausflüge hierher unternommen. Deshalb hat Paul vorn einen Zaun errichtet. Mit dem Erfolg, dass die Leute nun ihre Kutschen verlassen und direkt über unser Grundstück marschieren, um sich dann erschaudernd die Stelle des Entsetzens anzusehen.«

Er berührte ihren Arm. »Laura, nimm es dir nicht so zu Herzen. Das Haus ist so schön und Oberon, soweit ich es beurteilen kann, ein wahres Juwel. Alles andere ist Geschichte. Du musst es vergessen.«

»Das sagt sich so leicht, aber die Leute lassen es nicht zu. Deshalb verkaufen wir auch, sobald Paul eine andere Farm gefunden hat. Hast du Tee gemacht?«

»Noch nicht.« *Sobald er eine andere Farm gefunden hat.* Duke wurde es unbehaglich zumute. Er hatte sich auf einen Wutausbruch seines Bruders gefasst gemacht, sofern dieser Toombye wirklich hatte kaufen wollen, und hatte ihm darauf mit einem brüderlichen Scherz à la »Pech gehabt! Ich war eher dran!« begegnen wollen. Aber nun wurde er nervös. So einfach war es vielleicht doch nicht.

»Dann warte mal«, meinte sie. »Ich mache mich nur schnell sauber, dann trinken wir den Tee auf der Veranda und du kannst mir erzählen, was du die ganze Zeit getrieben hast. Ich habe nämlich gewettet, dass du in Brisbane ein Mädchen kennengelernt hast.«

Als an diesem Abend das Essen aufgetragen wurde, war Pauls Ärger verraucht, und außerdem hatten sie Gäste, den Besitzer der angrenzenden Farm und seinen Verwalter. Die Gespräche kreisten hauptsächlich um Rinder und örtliche Schwierigkeiten, sodass Duke mit seinen Neuigkeiten nicht herauszurücken brauchte.

Am nächsten Morgen schienen Paul und Laura das Interesse am Grund für seine späte Ankunft verloren zu haben. Als er im Morgengrauen hörte, dass sich im Haus etwas regte, stand er auf und gesellte sich in der Küche zu einem hastigen Frühstück zu den beiden.

»Was steht heute auf dem Plan?«, erkundigte er sich.

»Bis zur Abenddämmerung sollten wir die letzten Nachzügler gemustert haben«, sagte Paul. »Du kannst auf einem Hütepferd reiten. Morgen nehme ich dann sechzig Rinder mit nach Rockhampton und prüfe den Markt. Magst du mitkommen?«

Nein, er wollte mit dem wohlbekannten Paul MacNamara nicht in die Stadt reiten.

»Wieso? Brauchst du Hilfe?«

Paul runzelte die Stirn. »Auf die Art könnte hier ein Mann weiter seine Arbeit verrichten.«

»Und was stünde hier an?«

»Eine Million Dinge!«, explodierte Paul. »Verflixt noch mal, du kannst rausgehen und Löcher für Pfosten ausheben, wenn dir das lieber ist!«

Pfostenlöcher zu graben war Schwerstarbeit, die man möglichst umging, aber Duke stürzte sich darauf.

»Mir macht das nichts aus«, meinte er lässig.

»Dann tust du genau das!«, fuhr Paul ihn an.

»Duke ist doch gerade erst hergekommen«, sagte Laura. »Da ist ihm sicher nicht danach, gleich wieder kehrtzumachen und in die Stadt zurückzureiten. Soll er sich doch erst einmal eingewöhnen.«

Paul erhob sich und ging um Duke herum. »Hast du fertig gefrühstückt oder willst du hier den ganzen Tag vertrödeln?«

»Ich komme ja schon.« Er stürzte den heißen Tee hinunter und schob seinen Stuhl zurück. »Danke, Laura. Bis später.« Er zwinkerte ihr zu. »Sofern ich überlebe.«

Duke erwog, seine Siebensachen zu packen und sich davonzumachen, ehe Paul vom Viehverkauf in Rockhampton zurückkam, aber er grub weiter und stellte mithilfe eines alten Farmgehilfen Pfosten auf, der in einem fort von den alten Zeiten erzählte, als der Boden knochenhart war und sie ihn mit der Axt bearbeiten mussten, um auch nur eine Kerbe hineinzubekommen.

»Heutzutage habt ihr Burschen es einfach«, setzte der Alte hinzu. »Bin früher Vertragseinzäuner gewesen. Da musstest du mit deinen Augen im Rücken arbeiten, sonst hätte man sofort einen Speer darin stecken gehabt. Ein Kumpel von mir hat einen in den Hintern bekommen. Konnte wochenlang nicht auf dem Pferd sitzen. Der wurde schließlich verrückt. Eines Nachts hat er gedacht, ein Schwarzer würde durch seine Tür kommen. Hat ihn erschossen. Danach hat sich rausgestellt, dass es seine Missus war…«

Duke knirschte mit den Zähnen, stellte sich taub und arbeitete weiter.

»Junge, du redest nicht viel, was?«

Duke tat so, als hätte er es nicht gehört.

Spät abends kehrte Paul mit einer Satteltasche voller Geschenke für Laura zurück.

»Eine Flasche Rotwein«, sagte er beim Auspacken. »Eine Schachtel Duftseife. Eine Dose Karamellbonbons. Zwei Schals, die mir Zigeuner verkauft haben. Ich konnte mich nicht entscheiden und habe deshalb beide genommen. Und aus dem italienischen Laden frischen Kaffee!«

Laura gab ihm einen Kuss. »Danke, Schatz. Heißt das, du feierst?«

»Ja, Liebste, die Viehpreise steigen wieder. Außerdem habe ich die Post abgeholt. Schau mal hier…« Unvermittelt blickte er zornig drein. »Zwei für Duke!«

Laura griff schelmisch danach und nahm den obersten Brief. »Da! Hab ich's doch gewusst. Die Handschrift einer Dame!«

»Der andere ist interessanter«, bemerkte Paul kühl.

»Oh? Was?«, fragte Laura. Doch dann hielt sie inne. »Was ist denn los?«

»Frag ihn!« Paul warf den anderen Brief über den Tisch. »Er stammt von der *Queensland Commercial Bank*. Und schau. Er ist nicht abgestempelt. Und weißt du auch, warum, Laura?«

Verwirrt schüttelte sie den Kopf.

»Er ist nicht abgestempelt, weil Sam Pattison mit mir zu plaudern anfing, als ich in der Bank war. Er hatte einige Neuigkeiten und er bat mich, meinem Bruder diesen Brief zu geben. Anscheinend wickelt der jetzt seine eigenen Geschäfte ab.«

Er funkelte Duke an. »Was ist los? Hat es dir die Sprache verschlagen?«

»Nein, warum auch!« Duke wünschte, er hätte Oberon am Nachmittag verlassen, als er die Chance dazu hatte. »Sicher, ich hatte geschäftlich in der Bank zu tun. Geht dich das etwas an?«

»Könnte man zumindest meinen. Sind ja eine Familie. Du hast eine Rinderfarm gekauft?«

»Was?«, schrie Laura. »Wo denn? Wieso hast du uns nichts davon erzählt?«

»Ich bin noch nicht dazu gekommen, das ist alles. Sie liegt auf der anderen Seite von Rockhampton.«

»Hier in der Gegend? Das ist ja wunderbar. Und ich dachte gerade, du könntest sie in Brisbane gekauft und dich deshalb verspätet haben.«

»Sag mir eines«, sagte Paul. »Woher hast du das Geld?«

»Von der Bank. Ich habe ein Darlehen aufgenommen.«

»Und was hast du als Sicherheit angeboten?«

»Das Tal der Lagunen.«

»Das glaubst du doch selbst nicht. Für Land so hoch im Norden würde der alte Geizhals dir keinen Penny geben.«

»Dann geh doch hin und frag ihn, ob er in seinem Tresor nicht die Papiere vom Tal der Lagunen hat.«

Paul wurde unsicher. »Du hast mich aber nicht als Bürgen genannt, oder?«

»Nein.«

»Welche Farm ist es denn?«, fragte Laura aufgeregt. »Die meisten hier in der Gegend kennen wir ja.«

Fieberhaft suchte Duke nach einem Namen. »Ich nenne sie Mango Hill«, erwiderte er atemlos. »Ja, Mango Hill!«

Duke blieb noch drei Tage. Er fragte sich, wieso er sich so lange dort aufhielt, wo er doch wusste, dass jederzeit die Hölle losbrechen konnte. Vermutlich, weil er seinen Aufenthalt dort genoss, die Gesellschaft. Selbst wenn Paul noch immer der alte Besserwisser war, machte das Zusammensein mit Laura Spaß. Und außerdem dauerte es bis zur Eigentumsübertragung noch eine Woche. Er konnte nirgendwo anders hin.

Paul befreite ihn von den Einzäunungspflichten und setzte ihn stattdessen in einem Trupp ein, der einen überfluteten Bach säubern und verbreitern sollte. Alles lief gut, bis ein neuer Farmgehilfe dazustieß. Er stellte sich als Jack vor und erklärte, er habe sich bei einem Sturz von einer Scheune ein paar Rippenbrüche zugezogen und sei deswegen eine Woche weg gewesen.

»Sie sind der Bruder vom Boss?«, erkundigte sich der Neuankömmling. »Schön, Sie kennenzulernen.«

Ein paar Minuten tauschten sie Nettigkeiten aus, bis Jack hinzusetzte: »Sie sind der, der Murphys Farm gekauft hat, nicht? Toombye.«

Ein anderer Arbeiter blickte auf. »Stimmt das, Duke? Sie haben es gekauft?«

Duke nickte und grub seinen Spaten in die weiche Erde.

»Habe mir schon gedacht, dass Sie das sind. Mein Dad hat Sie nämlich da draußen gesehen. Hat drei Pferde an diese verfluchten Diebe verloren.«

»Hat die Polizei denn schon jemanden gefasst?«, fragte Duke.

»Meines Wissens nicht. Mein Dad war mächtig böse auf Murphy. Er glaubt, der war daran beteiligt.«

»Das glaube ich nicht. Er und seine Frau waren ja selbst ganz außer sich.«

Die anderen Männer wollten unbedingt mehr vom Diebstahl so vieler Pferde hören und die Unterhaltung schwenkte in diese Richtung ab, aber Duke gab sich keinerlei Illusionen hin, dass Jack seine Information über Dukes Kauf von Toombye für sich behalten würde. Innerhalb einer Stunde wäre es auf Oberon in aller Munde.

Als Paul und eine Gruppe seiner Viehhüter an diesem Abend zurückkehrten, kam Duke zufällig auch gerade des Wegs und gesellte sich zu seinem Bruder, nachdem dieser sein Pferd weggebracht hatte und nun – den Sattel hinter sich herschleifend – den Weg hinaufging.

»Ich wollte kurz mit dir reden«, sagte er.

»Aha. Worüber denn?«

»Über das Anwesen, das ich gekauft habe. Ich habe Murphys Farm gekauft. Toombye.«

Paul schritt vor ihm her in eine Scheune und warf seinen Sattel zu Boden. Als er wieder herauskam, sagte er: »Ich weiß. Sam Pattison hat es mir erzählt. Ich habe mich gefragt, wann du es endlich ausspuckst. Nun würde ich gern wissen, wie es dazu gekommen ist.«

»Ganz einfach«, erwiderte Duke, erleichtert, dass diesmal kein Wutausbruch folgte. »Als ich Nelson kaufte, habe ich Chester Newitt kennengelernt, und der hat mich zu den Versteigerungen nach Toombye mitgenommen.«

»Wo sich ein paar Diebe gerade mit fünfzig Pferden aus dem Staub gemacht haben! Noch so eine Bagatelle, die du zu erwähnen vergessen hast. Aber erzähl weiter.«

»Na, jedenfalls war Murphy völlig aufgelöst, weil einige der Männer, die Pferde zum Verkauf mitgebracht hatten, ihm die Schuld gaben. Und so sind wir ins Gespräch gekommen und er sagte, er würde verkaufen wollen. Da wurde ich hellhörig. Schließlich ist es ist ein schönes Anwesen.«

»Und er hat dir nicht zufällig erzählt, dass ein anderer MacNamara auch am Kauf Toombyes interessiert ist, nehme ich an?«

»Wann hätte er das denn tun sollen? Als wir ankamen, hatten er und seine Frau sich im Haus verbarrikadiert. Die Besitzer der gestohlenen Pferde schossen auf sie. Da hatte er an Besseres zu denken als daran, wer wir waren und was wir vorhatten.«

»Und bei all euren Gesprächen und Besichtigungen, ehe du gekauft hast, nehme ich an …«

Duke nickte. »Ich habe mich ordentlich umgesehen, glaub mir.«

»… hat Murphy mich nie erwähnt?«

»Weiß nicht, kann schon sein«, stammelte Duke.

Sein Bruder gab ihm einen Kinnhaken, der ihn rückwärts in den Morast schickte.

»Du bist ein verdammter Lügner, Duke! Mein Herz hing so sehr an Toombye und du hast es mir vor der Nase weggeschnappt. Wenn du es so unbedingt wolltest, dann bitte. Aber nun pack dein Zeug und verschwinde wieder dorthin. Ich will dich hier nicht mehr sehen!«

Laura versuchte zu vermitteln, aber Paul blieb hart.

»Ich habe ein ungutes Gefühl wegen des Darlehens, das Duke sich aufgehalst hat«, meinte er zu ihr. »Viel eigenes Geld hat er nicht, und allein mit dem Tal der Lagunen als Sicherheit kann er Toombye nicht gekauft haben. Das ist ein Scherz.«

»Woher könnte er es sonst haben?«

»Wenn ich das nur wüsste!«

»Frag doch Pattison!«

»Das könnte ich schon, aber das ist so eine Sache. Er könnte sich weigern, sich darüber auszulassen, und in diese Lage möchte ich ihn ungern bringen. Ich frage mich, was der Kerl für Toombye gezahlt hat. Ich habe Murphy dreihundertundfünfzig Pfund angeboten, also die Farm mit allem Drum und Dran.«

»Dann muss er von Duke mehr bekommen haben.«

»Unmöglich. So viel Geld könnte Duke sich nicht leihen. Jedenfalls nicht von einer Bank.«

»Von wem dann? Eurem Stiefvater? Mr. Rivadavia?«

»Undenkbar. Duke hasst ihn.«

Laura ging zu Dukes Zimmer. »Ich mache mir jetzt wirklich Sorgen um ihn. Er ist noch so jung. Er könnte sich da in etwas hineinmanövriert haben, das ihm über den Kopf wächst. Ich spreche mal mit ihm.«

Aber sie war nach wenigen Minuten zurück. »Er ist fort. Du solltest ihm hinterherreiten, Paul. Bring ihn wieder her und finde heraus, wie es steht.«

»Nein. Lass ihn gehen. Sobald ich Zeit habe, machen wir beide uns auf die Suche nach einem neuen Heim, Liebste. Ein Gutes hat das Ganze ja: Wir vergeuden unsere Zeit nicht länger damit, auf eine Entscheidung Murphys zu warten.«

Eileen bildete sich etwas darauf ein, sich nicht darüber zu freuen, wenn der Postwagen einmal in der Woche die Zufahrt hinaufrollte. Sie konnte die Aufregung nicht verstehen, die Briefe auslösten, da neun von zehn davon aus Rechnungen oder schlechten Nachrichten bestanden. Und was Telegramme anging…

Ihr Mann behauptete, sie sei die geborene Pessimistin, aber Eileen war da anderer Meinung.

»Erwarte nicht von mir, dass ich auch nur ein Telegramm öffne, das uns zugestellt wird«, erklärte sie ihm. »Eher würde ich in Ohnmacht fallen.«

John Pace lachte. »Du, in Ohnmacht fallen? Dass ich nicht lache! Du hast doch noch nie ein Telegramm erhalten. Deine Neugierde würde in drei Sekunden die Oberhand gewinnen und du würdest es aufreißen.«

Eingedenk dieses Gesprächs hatte Eileen es sich zur Gewohnheit gemacht, den Postsack für die Kooramin-Station sorgfältig zu durchsuchen, um Telegramme auszusortieren, die immer mit der Post zugestellt wurden. Heute entdeckte sie glücklicherweise nur eines für die Köchin.

Sie rannte durchs Haus, drückte es der Frau in die Hand und erwartete den Urteilsspruch.

»Meine Tante ist gestorben«, verkündete die Köchin. »Dabei war sie so eine liebe, alte Dame. Sie hat mich großgezogen. Meine Mum und mein Dad sind gestorben, als ich sechs war. Wenn Sie ein paar Tage ohne mich auskommen könnten, Mrs. Mac, ich muss nämlich zur Beerdigung.«

Eileen runzelte die Stirn. »Da wird mir wohl nichts anderes übrig bleiben.«

»Na bitte«, meinte sie, marschierte in ihr Arbeitszimmer zurück und studierte ihre Rede für John Pace ein, wenn er hereinkam. »Dieses Telegramm hat gleich doppelt für Kummer gesorgt. Für die Köchin einen Todesfall und für uns eine Unannehmlichkeit.«

Daraufhin sortierte sie die restliche Post für die Familie und die Angestellten aus, wobei sie deren Briefe auf das Fensterbrett legte, damit der Farmverwalter sie holen und verteilen konnte.

Zwischen der aus Rechnungen und Katalogen bestehenden

Post für die Familie entdeckte sie einen Brief von Paul und öffnete ihn beklommen. Der Brief, den sie aus Oberon erhalten hatte und in dem gestanden hatte, seine Frau und ein Dienstmädchen seien ermordet worden, hatte bewirkt, dass sie sich von da an auch vor Briefen fürchtete.

Dieses Schreiben klang zunächst einmal recht munter. Paul hoffte, sie hätten einen gute Heimfahrt gehabt und alles in gutem Zustand angetroffen. Er habe auf Oberon ein gutes Jahr gehabt und sei nun bereit, zu verkaufen und weiterzuziehen.

Dann wurde es äußerst interessant. Eileen ging mit dem Brief des besseren Lichts wegen zum Fenster.

Duke ist schließlich aufgetaucht, schrieb Paul. *Er war sehr beschäftigt. Hat südlich von Rockhampton eine kleine Viehfarm gekauft. Und das aus irgendeinem Grund ganz heimlich, still und leise, bloß dass die Klatschmäuler von Rockhampton natürlich nichts für sich behalten können und die Nachricht schon die Runde machte, noch ehe die Tinte getrocknet war.*

Ich verstehe einfach nicht, woher er das Geld dazu hat, und er will es partout nicht sagen. Die Farm läuft bestens und war durchaus nicht günstig. Er sagt, er habe das Tal der Lagunen als Sicherheit eingesetzt, aber damit könnte er höchstens eine Koppel abdecken. Sehr rätselhaft also, aber lasst uns hoffen, dass er Erfolg hat.

Wie geht es den Kindern?…

Eileen trat zurück und machte große Augen. Duke hat sich eine eigene Rinderfarm gekauft! Die Farm lief bestens? Das hieße ja, dass er auch Vieh, Ausrüstung und dergleichen erworben hatte. Und ein Haus? Hatte er auch ein Haus? Ein eigenes? Und wie war es beschaffen? Die Fragen schwirrten ihr im Kopf herum wie Bogong-Falter. Kaum hatte sie welche verscheucht, kamen auch schon die nächsten angeflattert. Wo hatte Duke nur das ganze Geld her?

Sie eilte aus dem Haus und blickte zu der Baumgruppe hinunter, die die Männerunterkünfte beschattete, aber dort regte sich nichts. Offenbar waren alle ausgeflogen. Dabei konnte sie es kaum erwarten, John Pace diesen Brief zu zeigen, wollte ihm schon hinterherreiten, doch wusste sie nicht genau, wo er an diesem Vormittag arbeitete.

Frustriert eilte sie zum Postboten hinaus, der gerade sein Mittagessen beendet hatte, das er immer in Kooramin serviert bekam, »mit den besten Empfehlungen der Verwaltung«, wie Eileen stets zu sagen pflegte, um die Leute an ihre Großzügigkeit zu erinnern.

»Paddy«, rief sie, als er zu seinem Einspänner schlenderte. »Können Sie noch einen Augenblick warten? Ich muss einen dringenden Brief wegschicken.«

»Es wird aber Zeit, dass ich mich wieder aufmache, Missus.« Er sah finster drein, um ihr zu zeigen, wer das Sagen hatte. »Die Arbeit, die ich zu tun habe, würde den stärksten Ochsen umhauen.«

»Es geht ganz schnell«, entgegnete sie und verschwand im Haus.

In ihrem Brief an Paul wimmelte es von Fragen. Die wichtigste, die daher auch unterstrichen war, hieß: *Wie lautet Dukes Adresse?*

Als ihr Mann schließlich nach Hause kam, eilte Eileen, den Brief schwenkend, auf ihn zu.

»Du errätst nie im Leben, was Duke getan hat. Sieh dir das an! Der ist von Paul. Ich sage dir, du wirst es nicht für möglich halten …«

»Immer mit der Ruhe«, erwiderte er. »Kann ich mir nicht erst einmal den Staub abklopfen?«

Nach mehrmaliger Lektüre des Briefes stand John Pace ebenfalls vor einem Rätsel, neigte aber zu der Ansicht, Paul habe da etwas falsch verstanden. Am Ende sagte er: »Duke könnte es sich nicht leisten, Besitz zu erwerben. Ich schätze, er hat es gepachtet, nichts sonst. Zweifellos wird er uns schon noch davon erzählen. Was gibt es zum Abendessen?«

Aber Eileen hatte nicht die Absicht, die Sache auf sich beruhen zu lassen. Während sie ungeduldig auf eine Antwort Pauls wartete und sich darüber ereiferte, dass er so weit weg wohnte, irgendwo in der Wildnis, auf einem Anwesen, das sie noch nie gesehen hatte und nie sehen würde, gingen Wochen ins Land. Sie hoffte, sie würden diesmal vernünftig sein und zurück nach Neusüdwales ziehen. Zurück in die Zivilisation.

»Egal, was gesagt wird«, erklärte sie ihrer Schwester Fiona, als diese zu Besuch kam. »Ich behaupte noch immer, dass das Land nördlich von Brisbane das Land der Schwarzen ist. Und so wird es auch immer bleiben. Ich habe Paul ohnedies für verrückt gehalten, als er dorthin gezogen ist. Und ich hatte doch recht, oder? Bei Gott, das hatte ich, und ich wünschte, dem wäre nicht so gewesen.«

»Aber es heißt, inzwischen hätten sich viele Städte wie Rockhampton gut entwickelt, Eileen, und man würde dort ein Vermögen machen, vor allem nun, da Gold entdeckt worden sei.«

»Ach, das glaubst du doch selber nicht!«

»Es steht aber in den Zeitungen. Fahr hin und mach dir selbst ein Bild. Ich komme mit! Wir könnten mit dem Schiff fahren, das wäre doch aufregend!«

»Wie bitte? Die Küste ist übersät mit Wracks! Ich würde keinen Fuß auf ein Schiff setzen!«

Fiona war enttäuscht. Sie lebte nicht ganz zweihundert Meilen von Kooramin entfernt mit ihren Eltern auf einer Farm, und nachdem sie zweiundzwanzig und noch immer unverheiratet war, wollte sie endlich mehr von der Welt sehen. Erst kürzlich hatte ihr Vater erlaubt, die MacNamaras in Rockhampton zu besuchen, sofern Eileen sie begleiten würde.

»Vater hat gesagt, inzwischen sei es ganz sicher, bis Rockhampton zu reisen. Er würde uns nicht fahren lassen, wenn er die Schiffe nicht für sicher halten würde.«

»Hör endlich auf!«, geiferte Eileen. »Schon seit Tagen liegst du mir damit in den Ohren. Ich will dort nicht hin und damit basta! Aber wir können morgen nach Narrabi reiten, wenn du willst.«

»Nein, danke. Diese Stadt ist langweilig.«

Eileen zuckte mit den Achseln. »Wie du meinst.«

Als Pauls Antwort schließlich eintraf, hatte er nichts Neues über Dukes Finanzen zu berichten, außer dass er mit dem Vorbesitzer gesprochen und Duke die Farm eindeutig gekauft hatte. Paul war mehr an Vieh- und Futterpreisen interessiert und der Verfügbarkeit guter Viehtreiber, für die jenseits der Grenze großer Bedarf zu bestehen schien. Aber immerhin: Er hatte Dukes Adresse. Sie lautete schlicht: Mango Hill-Station via Rockhampton.

Eileen schrieb Duke auf der Stelle.

Keine lange Einleitung. Sie schrieb, sie hoffe, es gehe ihm gut, und sie habe gehört, er hätte sich ein Anwesen gekauft: *Aber wir sind besorgt und fragen uns, wie du das Geld dafür zusammenbekommen hast. Wir glauben keine Sekunde, dass das Tal der Lagunen als Sicherheit reichen würde, die Wahrheit wäre also hilfreich. Unseres Erachtens hättest du Paul um Rat fragen sollen, ehe du dich aufmachst und die erstbeste Farm kaufst, auf die du deinen Fuß setzt, wie du es getan zu haben scheinst. Bitte schreib uns umgehend zurück und setze uns über den Stand der Dinge in Kenntnis.*

Nun machte sie sich auf eine weitere lange Wartezeit gefasst, aber als die Monate ins Land zogen, wurde klar, dass sie wohl nichts von ihm hören würden.

»Sieht so aus, als hätten sie sich wirklich überworfen«, meinte Eileen. »Mehr als Paul uns hat wissen lassen. Aber er könnte zumindest versuchen, etwas herauszufinden.«

Ihr Mann zuckte mit den Achseln. »Paul will es gar nicht wissen und mir geht es allmählich ebenso.«

»Schön, mir aber nicht!«

John Pace grinste. »Na gut. Hauptsache, du sitzt nicht herum und vergehst vor Gram, weil dir Duke nicht auf deinen Brief antwortet. Der war ja an Taktlosigkeit kaum zu überbieten.«

»Bei Duke ist Takt völlig verschwendet«, schniefte Eileen.

Sie hatten schon fast vergessen, dass Hubert Bloom dabei war, Kooramin von Dolour auf die neuen Besitzer zu übertragen, als die Post die offiziellen Unterlagen brachte, und Eileens Furcht vor Briefen auf diese Weise neue Nahrung erhielt.

Und auch dieses Mal bekam sie recht. Mit Entsetzen las sie, dass Kooramin nun zu gleichen Teilen im Besitz der drei Brüder sei. Seitdem sie und John Pace die Farm geführt hatten, war sie immer davon ausgegangen, dass John Pace sie erben würde.

»Was wird nun geschehen?«, wollte sie wissen.

»Ich werde der Verwalter. Wir arbeiten ein Lohnabkommen aus, und am Jahresende gibt es ein Treffen, um die finanzielle Situation zu besprechen. Mitunter könnte es nötig sein, Profite in Neuinvestitionen zu stecken anstatt sie zu teilen.«

»Und du machst die ganze Arbeit?«

»Eileen, ich habe dir doch gerade erklärt, dass ich dafür bezahlt werde.«

»Wann findet dieses Treffen statt?«

»Keine Ahnung, ehrlich gesagt. Wir hätten etwas ausmachen sollen, als wir in Brisbane waren.«

»Und jetzt ist es zu spät!«

Er seufzte. »Sobald ich die Zeit dazu habe, mache ich den anderen einen Vorschlag bezüglich der Verwaltung. Ich schicke dann Kopien an Paul und Duke.«

»Mit herzlich wenig Aussicht, dass er antwortet, geschweige denn, dem Ganzen zustimmt.«

»Wenn es um Geld geht, wird er das schon. Wenn nicht, dann machen wir es wie besprochen.«

»Gut! Dann fangen wir umgehend damit an, uns Gehälter zu zahlen. Ich kümmere mich darum. Und zwar wöchentlich.«

John Pace setzte sich mit einem Ruck auf. »Moment mal! Ich bin der Verwalter. Ich werde bezahlt. Du nicht.«

»Ab jetzt schon, John Pace MacNamara! Ich arbeite schließlich auch hier und ich möchte Lohn dafür! Ansonsten streike ich. Das heißt dann, du machst die Buchführung, fungierst bei den Stuten als Hebamme, kochst für die Männer, wenn die Köchin ihren freien Tag hat, bestellst die Vorräte und übernimmst meinen Zehnstundentag. Und ich gebe dem Kindermädchen Minnie den Laufpass und passe selber auf die Kinder auf.«

Sie stürmte hinaus und ließ ihn mit offenem Mund zurück.

»Dolour«, sagte er und blickte an die Fotografie der Mutter an der Wand, »warum musstest du nach Vaters Tod den ganzen restlichen Besitz verkaufen? Warst du so wütend auf ihn? Warum nur müssen wir uns nun über Kooramin in die Haare kriegen?«

John Pace war stets davon überzeugt gewesen, dass Dolour

neben der Trauer auch große Wut darüber empfunden hatte, dass ihr Mann sich »hatte töten lassen«, wie sie es ausdrückte.

Paces Gedenkgottesdienst war nur wenige Tage, nachdem Rivadavia ihnen die Nachricht von seinem Tod überbracht hatte, abgehalten worden, ohne Rücksicht auf Leute, die von weither anreisen mussten, und Dolour hatte vor der Kirche gestanden, kalt und in sich gekehrt. Sie hatte kaum ein Wort des Trostes für ihre verzweifelten Söhne; das blieb Milly und Dermott Forrest überlassen.

Sie zog einen Makler zu Rate und verkaufte ihre andere Farm ohne vorherige Ankündigung an Verwalter und Personal, als gehörten sie allesamt mit zu der Verschwörung, ihr ihren Mann vorzuenthalten. Dann entledigte sie sich anderen Pachtbesitzes. John Pace erinnerte sich daran, wie Milly in ehrfurchtsvollem Ton gemeint hatte: »Du lieber Himmel, Dolour! Ich habe ja gar nicht gewusst, dass Pace so viel Land besitzt!«

»Er war ein Geizkragen, das war er«, versetzte Dolour wütend. »Ein Landgeizkragen. Und was hat ihm das bitte eingebracht?«

»Aber, Liebes, nun beruhige dich. Pace hat dabei doch an die Familie gedacht. Er wollte immer, dass es seinen Söhnen später gut geht.«

»Allerdings. Ohne Vater!«

John Pace hatte hinterher erfahren, dass es Milly gewesen war, die Dolour, als diese – noch in der Trauerzeit – ihre Absicht kundtat, Juan Rivadavia zu heiraten, gesagt hatte: »Oh ja, Dolour. Damit zahlst du es Pace aber wirklich heim. Nun wird es ihm leidtun!«

Und Dolour war in Tränen ausgebrochen. Die ersten Tränen, die sie seit seinem Tod – öffentlich – vergossen hatte.

John Pace hatte sich oft gefragt, was aus dem Erlös all dieser Verkäufe geworden war. Kein Penny davon ging durch die Bücher Kooramins oder fand sich auf ihrem einzigen bekannten Bankkonto wieder. Auf Bitte ihrer Söhne hatte Bloom Nachforschungen angestellt, jedoch ergebnislos. Rivadavia, von sich aus ein vermögender Mann, hatte keine Ahnung davon.

Niemand wusste etwas. Sie hatte sich dessen einfach entledigt. Absichtlich, dachte John Pace.

Und so standen die Dinge nun. Nur Kooramin-Station war übriggeblieben. Ein problembehaftetes Vermächtnis.

Der Streik hielt nur einen Tag an. Dann hatte Eileen einen neuen Plan. Sie würde die Verwalterin und ihren Mann als ersten Viehhüter anheuern. John Pace' Reaktion darauf war ein klares Nein. Er schlug jedoch vor, seine Frau als Buchhalterin zu engagieren und hoffte, dass er von seinen Brüdern die Zustimmung dazu erhielt.

Zunächst einmal besänftigt, lenkte Eileen ihre Neugierde wieder auf Duke. Woher hatte er das Geld?

Plötzlich, sie servierte ihren Töchtern Tess und Brigit gerade das Frühstück, kam ihr eine Idee, und sie überließ die Mädchen schnell Minnie und eilte in ihr Arbeitszimmer zurück.

Jeannies Eltern. Die Eltern von Pauls verstorbener Frau! Sie hatten eine Zeit lang in Rockhampton gewohnt. Rolf Stanmore, nunmehr im Ruhestand, war dort einige Jahre lang Richter gewesen.

Werter Rolf, werte Florence, begann sie und kaute eine Weile auf dem Federhalter herum, ehe sie die übliche Einleitung schrieb wie auch das Neueste von Tess und Brigit, die im Jahr darauf beide auf ein Internat in Sydney wechseln würden. In der Mitte dieses Briefes brachte sie ein paar Zeilen über Duke unter. Wüssten sie schon, dass er sich in Rockhampton eine Rinderfarm namens Mango Hill gekauft habe? *John Pace*, fuhr sie fort, *sorgt sich ein wenig, dass Duke sich mit einem Darlehen übernommen haben könnte. Aber Ihr kennt Duke ja. Er würde nie zugeben, womöglich einen Fehler begangen zu haben.*

Dann erging sie sich über das Wetter und wie nett es doch gewesen sei, sie nach der Beerdigung in Brisbane zu treffen – genug, um die zweite kleine Seite zu füllen. Dann schrieb sie einige Schlussworte und ließ den Brief verschwinden, bis sie ihn persönlich dem Postboten Paddy überreichen konnte.

Rolf Stanmore langweilte sich. Nach zwei Herzinfarkten gezwungenermaßen im Ruhestand, vermisste er die spannungsgeladene Atmosphäre der Gerichtssäle und fand das beschauliche Leben daheim unerträglich. Sein scharfer Verstand und sein Blick fürs Detail hatten ihn zu einem scharfsinnigen Rechtsbeamten gemacht, hochgeachtet bei Gericht.

In diesen Tagen bestand Rolfs Verbindung zur Gemeinde darin, dass er Zeitungen las und Briefe schrieb, von denen die meisten an Redakteure adressiert waren und seine freimütigen Ansichten über verschiedene Themen enthielten. Auch mit Freunden, Familienangehörigen und Bekannten korrespondierte er ausführlich, wobei er jene, die nicht zurückschrieben, mit strengen Lektionen über schlechtes Benehmen bedachte.

Eileens Schreiben landete an einem besonders mageren Tag auf seinem Tisch. Seine Frau war lediglich mit zwei Briefen für ihn aus dem Postamt heimgekehrt. Einer setzte ihn davon in Kenntnis, dass sein Mitgliedsbeitrag für den Countryclub, aus dem er zwei Jahre zuvor ausgetreten war, überfällig sei und sich die Clubsekretärin gezwungen sehe, seinen Namen von der Liste zu streichen, wenn dieser nicht innerhalb von sieben Tagen bezahlt würde.

»Bah!«, brummte er und legte den Brief beiseite, um ihn später in beißendem Ton zu beantworten.

Sein Brieföffner aus Huonkiefer, das Geschenk eines ehemaligen tasmanischen Sträflings, glitt mühelos durch den dünnen Umschlag und gab Eileens ordentlich geschriebene Bögen frei.

Obgleich Rolf es Paul nie verzeihen würde, dass er darin versagt hatte, seine Tochter Jeannie zu beschützen, hatte er eine Schwäche für die restlichen MacNamaras. Ihr Vater, ein gutaussehender und charismatischer Ire, hatte seiner Hochzeit mit Florence beigewohnt. Wie lange das her war, seufzte er. Und Pace hatte zu aller Überraschung drei Fiedler mitgebracht, die für den musikalischen Hintergrund gesorgt hatten.

Eileen, erinnerte er sich, war sehr besorgt um ihre Gefühle gewesen, als sie nach Dolours Beerdigung an dem Stehempfang teilgenommen hatten. Sie hatte sich darum gekümmert, dass sie bequem saßen und gut bedient wurden, und sich bemüht, sie von der jungen Frau, die in Pauls Herzen bereits Jeannies Platz eingenommen hatte, abzuschirmen. Florence war ihr für ihre Aufmerksamkeit sehr dankbar gewesen.

»Nun, Eileen«, sagte er und lehnte sich in dem abgewetzten Ledersessel zurück, der ihn bei so vielen behördlichen Abenteuern begleitet hatte, »was haben Sie zu Ihren Gunsten zu sagen?«

Bis auf diesen Absatz über Duke nicht viel, grübelte er, während er mit geübtem Auge die Seite überflog.

»Ich frage mich, was er im Schilde führt?«, überlegte Rolf und gestand Eileen die Stichhaltigkeit ihres Arguments zu. Woher bekam ein junger Bursche wie Duke eine derartige Deckung? Und wozu die ganze Geheimniskrämerei?

Rolf roch Lunte.

Er überdachte die ganze Sache ernsthaft, wog das verfügbare Beweismaterial ab und überlegte, was dahinterstecken könnte.

»Na, wenn das kein Fall für Tedmund Tanner ist«, murmelte er und beschwor vor seinem inneren Auge das Bild eines adretten kleinen Burschen herauf, der vor Jahren wegen eines längst vergessenen Vergehens von der Anwaltsliste gestrichen worden war, und der nach und nach vielen in seiner spätere Rolle als Privatdetektiv unentbehrlich geworden war. »Ja, Eileen«, setzte er hinzu. »Tedmund ist dein Mann.«

* * *

Und Tedmund ließ ihn nicht im Stich.

Seine erste Erwiderung beinhaltete die Information, dass ein gewisser Duke MacNamara, der kein Duke war, ein blühendes Anwesen namens Toombye-Station erstanden und den Namen in Mango Hill geändert habe.

Er habe von der *Queensland Commercial Bank* in Rockhampton ein vom Bankdirektor Sam Pattison gebilligtes Darlehen über vierhundert Pfund erhalten. Mit dem Darlehen sei alles rechtens. Als Garantie seien zwei Grundstücke eingesetzt worden: Zunächst einmal das Tal der Lagunen und als Zweites Kooramin-Station, von der der Käufer ein Drittel besitze.

Zudem habe Mr. Duke MacNamara von der Hauptfiliale der *Queensland Commercial Bank* in Brisbane einen Kreditbrief über hundert Pfund gewährt bekommen, den er verwendet habe.

»Na bitte, jetzt sehen wir klarer«, sagte Rolf zu Florence. »Duke MacNamara breitet die Flügel aus. Seltsam allerdings, dass Eileen annimmt, Duke habe sich übernommen. Tedmund erwähnt keinerlei Komplikationen. Und Paul ist dort oben. Wenn dem so wäre, wüsste Paul davon und hätte das Darlehen nicht erlaubt.«

Florence lächelte. »Vermutlich versteht sie nichts von Geschäftsabkommen unter Männern, mein Lieber. Ich meine, ich wüsste gar nicht, wo ich anfangen sollte, ginge ich in eine Bank und würde dort um ein Darlehen bitten.«

Rolf nickte. »Ah ja, verstehe. Ich erkläre es ihr dann so, wie Tedmund es mir weitergegeben hat. Das wird sie beruhigen.«

»Erwähnen wirst du ihn allerdings nicht!« Von Tedmund Tanner und seiner Beschäftigung hatte Florence noch nie viel gehalten.

»Das wäre völlig überflüssig, meine Liebe.«

Nun, da der Winter nahte, zeigte Kooramin sich von seiner besten Seite. Die südlichen Winde brachten frühen Regen, die die Wasserlöcher wieder auffüllten und die staubige Landschaft begrünten. Die Frangipanibäume, die die Küche beschatteten, verloren nun ihr Laub und gestatteten der Sonne, der Kühle entgegenzuwirken. Und der Obstgarten lieferte die letzten Sommerfrüchte.

In der Küche waren Eileen und die Köchin damit beschäftigt, Pfirsiche einzuwecken und kleine Zwiebeln einzulegen, die die Männer so liebten. Außerdem machte Eileen ihre Spezialität, Piccalilli, dessen preisgekröntes Rezept aus dem vornehmen Kolonialleben der Großmutter in Indien stammte: mit Gewürzen und fein gehackten Zwiebeln zubereitetes Senfgemüse. Mit ihrem Piccalilli hatte sie schon Preise bei örtlichen Kochwettbewerben gewonnen.

Heute war sie guter Dinge. Sie zog den Winter dem heißen, trockenen Sommer bei Weitem vor und gab sich oft Gedanken über das seltsame Wetter hin, das Paul im Norden erlebte, wo die Sommer nass und die Winter trocken waren. Wetter, das Duke nun auch erleben würde, erinnerte sie sich wütend, und schon war ihre gute Laune verflogen.

Als wäre Telepathie am Werk, blickte die Köchin, gerade als Eileen Duke in den Sinn kam, zum Fenster hinaus und sagte: »Da kommt der Postbote.«

Bemüht, nicht zu eifrig zu wirken, trocknete Eileen sich die Hände an ihrer großen schwarzen Schürze ab und eilte ins Büro, um den Beutel mit der schablonierten Aufschrift »Kooramin« zu holen, der ausgehende Post enthielt. Sie ging durchs Haus in ihr Schlafzimmer, wo sie sich ihr Haar ausbürstete und es wieder zu einem Knoten wand. Nachdem sie schon einmal da war, klopfte sie die Kissen auf dem Bett auf, das sie mit John Pace teilte, und glättete sie, schüttelte die leichte Daunendecke, legte sie wieder auf die Tagesdecke und spähte durch die Musselinvorhänge, um sich zu vergewissern, dass der Postwagen unten am Tor angehalten hatte. Dann nahm sie das Säckchen und marschierte hinaus, ganz die Herrin des Hauses, schritt forsch den sandigen Pfad entlang, um diesen Beutel mit dem auszutauschen, der die Posteingänge enthielt.

Die von ihr angewandte bewusste Verzögerungstaktik war bei Paddy verschwendet, der zu sehr damit beschäftigt war, sich über die Rinderherden auf den Straßen zu beschweren. Allerdings hatte sie dadurch Zeit, sich zu fassen, denn sie war sicher, dass diesmal eine Antwort von Rolf Stanmore dabei sein würde. Ob das etwas Gutes oder Schlechtes bedeutete, blieb dahingestellt, aber wie üblich befürchtete sie automatisch das Schlimmste.

In der Abgeschiedenheit ihres Arbeitszimmers holte Eileen tief Luft und leerte den Beutel auf dem Tisch aus. Es waren nur rund zwanzig Briefe. Sie sortierte sie rasch und stürzte sich dann auf einen, der an sie adressiert war.

Sie las sich Rolfs Antwort zweimal sorgfältig durch und überraschte ihren Mann an diesem Abend beim Abendessen damit. Er verspritzte seine Suppe, sprang vom Esstisch auf und las ihn erneut, nachdem er sich so nahe wie möglich an die Lampe auf dem Kaminsims gestellt hatte.

»Will er damit sagen, dass Duke Kooramin als Sicherheit angegeben hat?«, krächzte er.

»Sieht so aus«, erwiderte Eileen in selbstgefälliger Untertreibung.

»Vierhundert Pfund?«

Sie nickte. »Mehr.«

»Verflixt und zugenäht! Wer hat gesagt, dass er das darf? Ich schlage ihm seinen verdammten Kopf ab, diesem kleinen Drecksack! Aber warte mal. Wer hat Rolf überhaupt darüber ins Bild gesetzt?«

»Ich habe ihn gefragt.«

»Du hattest kein Recht dazu, Eileen! Nicht das geringste. Ich will nicht, dass sich Fremde in unsere Angelegenheiten mischen!«

»Oh, ja«, spottete sie. »Sitz da und dreh Däumchen, während deine Brüder uns Kooramin stehlen!«

»Brüder? Was hat Paul denn damit zu tun?«

»Ich wette, wesentlich mehr, als er sagt. Duke ist jetzt schon die ganze Zeit da oben. Paul muss gewusst haben, was er vorhat. Und wenn Rolf Stanmore es herausfinden konnte, wieso dann Paul nicht? Er ist vor Ort. Rolf dagegen in Brisbane.«

John Pace war verwirrt. »Sagte Paul denn nicht, er weiß nicht, woher Duke das Geld hat?«

»Könnte sein, aber es macht einen doch stutzig, dass beide nun mit zwei Farmen in derselben Stadt wohnen und Paul davon spricht, noch eine zu kaufen.«

»Nachdem er Oberon verkauft hat.«

»Mag sein …«

Beunruhigt ließ John Pace das Abendessen ausfallen, schrieb einen zornigen Brief an Duke und einen weiteren – etwas milder gehaltenen – an Paul.

Von beiden kam keine Antwort.

Duke warf seinen Brief ins Feuer. Das war genau die Reaktion, mit der er gerechnet hatte, sobald seine Brüder von der Sache mit dem Darlehen erfuhren. Na und?

Paul war entsetzt, als er die Wahrheit erfuhr, und verletzt, dass sein Zwillingsbruder ihm unterstellte, mit Duke unter einer Decke zu stecken.

Am nächsten Tag ritten Laura und er in die Stadt und nahmen sich im komfortablen *Criterion Hotel* ein Zimmer. Auch wenn sie nicht darüber sprachen, wusste Laura, dass er sie in seiner Abwesenheit nicht auf der Farm zurücklassen wollte. Ihr Heim war nun sicher und es lebten zwanzig Gehilfen mit auf dem Grundstück, doch Paul trug noch immer die Narben der Tragödie. Folglich packte sie wie selbstverständlich ihre Sachen, wenn er auswärts übernachten musste.

Sam Pattison überraschte es nicht, den stämmigen älteren MacNamara in die Bank stapfen zu sehen, und dass er ihn umgehend zu sprechen wünschte.

»Was kann ich für Sie tun, Paul?«, fragte er mit seinem üblichen herzlichen Lächeln.

»Sie können mit Einzelheiten über das Darlehen rausrücken, das Sie meinem Bruder gewährt haben.«

»Leiser bitte, Sie jagen meinen Schalterbeamten ja einen Schrecken ein!«, grinste Sam. »Die halten Sie noch für einen Bankräuber.«

»Bis ich mit Ihnen fertig bin, ist Ihnen dieses dreckige Grinsen vergangen!«, drohte Paul.

»Oh, beruhigen Sie sich doch. Kommen Sie mit in mein Büro. Wie wäre es mit einer Tasse Tee?«

»Nein, danke!« Paul folgte ihm in das Büro.

»Einen Whisky? Sie sehen ganz so aus, als könnten Sie einen vertragen. So, und um was geht es jetzt also?«

Er glitt hinter seinen Schreibtisch, zog eine Schublade auf, goss aus einer silbernen Taschenflasche Whisky in ein Glas und bot es Paul an. Dieser lehnte ab.

»Na schön! Dann mal Prost, vergeuden tue ich ihn nicht!« Er kippte den Whisky hinunter. »Nun, was ist das Problem?«

»Sie haben ein Darlehen an meinen Bruder Duke gebilligt?«

»Richtig.«

»Ein ungesetzmäßiges Darlehen«, schnaubte Paul.

»Na, na, na! Was war daran bitte ungesetzmäßig?«

»Er hat Kooramin-Station als Sicherheit eingesetzt!«

»Das stimmt. Nehmen Sie Platz. Ich bekomme sonst noch einen steifen Hals.«

Anstatt sich zu setzen, stützte Paul beide Hände auf Pattisons Schreibtisch und beugte sich zu ihm.

»Duke besitzt Kooramin-Station nicht!«, knurrte er.

»Ihm gehört ein Drittel davon, und ich bin mir sicher, vierhundert Pfund sind verglichen mit Kooramins Wert ein Klacks.«

»Wovon reden Sie? Vierhundert Pfund sind für jedermanns Verhältnisse eine Menge Geld. Oder werden Sie derart mit Geld und Whisky überschüttet, dass Sie jegliches Maß verloren haben?«

»Jetzt reicht es, Paul. Was erlauben Sie sich eigentlich! Setzen Sie sich, damit wir uns darüber von Mann zu Mann unterhalten können. Ansonsten ist die Unterhaltung beendet.«

Von Mann zu Mann?, dachte Paul, während er widerstrebend auf den Stuhl sank. Es war, als würde man mit einem schlüpfrigen Fisch reden.

»Duke besitzt von Kooramin lediglich ein Drittel«, wiederholte er.

»Das ist mir bekannt. Sie und Ihr Bruder John Pace besitzen den Rest. Ich stand unter dem Eindruck, es sei eine Entscheidung der Familie, ihm einen Start zu ermöglichen. Die MacNamaras besitzen einen guten Namen und ich habe keinen Grund gesehen, ihm seine Bitte abschlagen. Er hatte sogar einen Kreditbrief vom Hauptsitz dieser Bank aus Brisbane dabei, den er aufgrund Ihres guten Namens erhalten hatte. Sollte ich einen Fehler begangen haben, indem ich dieses Darlehen gewährte, dann überlassen Sie die Sorgen mir.«

»Sorgen, Sie? Sie haben doch weit mehr Sicherheit als nötig! Und Sie haben ihm das Darlehen ohne die Einwilligung der anderen Eigentümer des Besitzes gegeben.«

»Hätten Sie sich denn geweigert?« Sam schien verwirrt, doch Paul durchschaute seine Unschuldsmiene.

»Versuchen Sie nicht, mir den schwarzen Peter zuzuschieben, Sie durchtriebener Mistkerl. Ohne mich oder John Pace davon zu unterrichten, haben Sie nun ein Pfandrecht auf unserem Besitz. Das ist gesetzwidrig, verdammt und zugenäht!«

Sie debattierten weitere zehn Minuten, aber Paul schien diesem Mann nicht beikommen zu können, der immer wieder auf den Punkt zurückkam, dass Duke das Darlehen vielleicht unter Vorspiegelung falscher Tatsachen erlangt hätte, während Paul seinen Bruder nur widerstrebend beschuldigte.

Am Ende zuckte Pattison die Achseln. »Mir reicht es. Ich habe ihm das Darlehen in bester Absicht gewährt…«

»Bester Absicht?«, gab Paul zurück. »Das können Sie ja nicht mal buchstabieren!«

»Nun, also…«, fuhr Pattison fort, »und welche Schritte soll ich Ihres Erachtens nun einleiten? Anklage wegen Vortäuschung falscher Tatsachen gegen ihn erheben? Das würde Ihnen wohl kaum gefallen. Oder sähen Sie es lieber, wenn ich das Darlehen kündigen würde? Was möchten Sie, Mr. MacNamara?«

Als Paul sich zum Gehen erhob, hätte er am liebsten den Schreibtisch umgeworfen.

»Ich denke darüber nach.« Er war völlig perplex, welche Wendung das Gespräch genommen hatte.

»Aus zuverlässiger Quelle habe ich erfahren«, sagte Pattison verschmitzt, »dass Sie selbst hinter Murphys Farm her waren. Da war Ihr Bruder Ihnen wohl einen entscheidenden Schritt voraus?«

Paul überhörte das. »Seien Sie versichert, Pattison, dass Ihre Hauptgeschäftsstelle von der Angelegenheit erfährt. Sehen Sie sich also lieber schon mal nach einem anderen Posten um!«

* * *

Schließlich erfuhren sie die schlechten Neuigkeiten von Paul, der die von Rolf Stanmore weitergeleitete Information bestätigte. Sie waren mit ihrer Weisheit am Ende und wussten keine Lösung. Zumindest keine vertretbare, da John Pace die Pferdepeitsche bevorzugte und Eileen Duke liebend gern des Betrugs angeklagt hätte.

»Unsere Situation ist alles andere als zufriedenstellend«, meinte John Pace matt.

»Stimmt«, erwiderte seine Frau. »Duke hat uns reingelegt.«

»Nein, das ist es nicht. Ich glaube, das ist nur der Anfang von allen möglichen Reibereien, die uns nun erwarten, da wir für Paul und Duke arbeiten.«

»Das tun wir nicht!«, fing Eileen streitlustig an, doch als sie darüber nachdachte, berichtigte sie sich: »In gewisser Hinsicht tun wir es wohl.«

»Duke hat den Vertrag, den ich ihm geschickt und in dem ich unser Gehalt und unsere Ansprüche erläutert habe, nicht unterschrieben«, setzte John Pace hinzu.

»Und das wird er auch nicht! Also ignorieren wir ihn.«

»Das halte ich für keine gute Idee. Was, wenn er eines Tages kommt und sagt, er habe dem Gehalt nicht zugestimmt. Er ist unberechenbar, Eileen.«

»Dass er uns das angetan hat, werde ich ihm nie verzeihen«, schniefte sie in ihr Taschentuch.

»Es liegt nicht an Duke«, erwiderte er, »sondern an den Umständen. Kann ich dir eine Tasse Tee bringen?«

»Ich mache das schon.« Benommen ging sie in die Küche.

»Nein, an Duke liegt es nicht«, murmelte er, »sondern an dir, Dolour. An deinem Tun. Du wolltest Bloom nicht anweisen, Kooramin zu verkaufen. Du wusstest, wir würden Einwände erheben. Dass es das Letzte war, was Pace gewollt hätte. Also hast du es uns hingeworfen, auf dass wir darum streiten. Bist du denn immer noch nicht zufrieden? Du verstreust seinen Besitz in alle Winde. Wie musst du ihn geliebt haben, du verrückte Irin! Aber ich lasse es nicht zu, dass du das mit Kooramin auch tust. Es war Paces Heim. Ich lasse es nicht zu!«

Als Eileen zurückgekehrt war, legte ihr Mann einen Arm um sie.

»Mach dir keine Sorgen. Ich habe einen Entschluss gefasst.

Wir verkaufen nicht und wir lassen uns von ihnen auch nicht dazu drängen, Geld aufzunehmen und sie auszubezahlen. Dieser Besitz gehört uns allen dreien und so bleibt es auch.«

»Wie willst du sie aufhalten?«

»Mit einem Gewehr, falls nötig! Hier kommt mir kein Käufer in die Nähe. Ich habe nicht die Absicht, mich von Dolour schlagen zu lassen.«

»Dolour!«, sagte sie. »Wieso sollte sie dich schlagen wollen?«

»Komplizierte Geschichte. Ich erkläre es dir ein andermal. Jetzt möchte ich aber, dass du beiden schreibst, ihnen unseren Entschluss mitteilst und sie darüber informierst, dass wir es mit ihnen genauso halten, wie wir es mit Dolour taten. Ich bleibe Verwalter, und zwar mit dem festgesetzten Lohn. Jedes halbe Jahr verschicke ich Geschäftsberichte samt einem Scheck. Mit dem Unterschied, dass wir den Scheck nun unter drei aufteilen. Jeder bekommt ein Drittel des Gewinns.«

»Soll ich nicht noch hinzusetzen, dass wir den Verkauf Koramins ganz und gar ausschließen? Und jeden Verkaufsvorschlag übelnähmen. Ich sollte ihnen auch noch sagen …«

John Pace machte ein finsteres Gesicht. »Schreib ihnen, was du magst. Solange sie wissen, woran sie sich zu halten haben.«

Einige Zeit darauf schickte Milly Forrest John Pace einen Ausschnitt aus einer Sydneyer Zeitung:

Vorstandsmitglieder des St. Mary's-Waisenhauses für Mädchen, Parramatta, möchten der Person danken, die dieser Einrichtung höchst großzügig eine stattliche Summe gespendet hat und die anonym zu bleiben wünschte. Eingedenk der Tatsache, dass unser Gönner bat, dass besagte Gelder für die Erziehung der Waisen aufgewendet werden mögen, die in diesen Räumlichkeiten wohnen, setzen wir Sie nun in Kenntnis, dass auf dem Grundstück ein Schulhaus errichtet worden ist, in dem Miss Evangeline Croft täglich Unterricht abhalten wird.

Milly hatte neben diese öffentliche Bekanntgabe ein Fragezeichen gemalt und John Pace nickte.

»Durchaus möglich«, sagte er zu seiner Frau.

»Warum sollte sie das tun?«

»Ich nehme an, dass die Frauenfabrik in Parramatta zu dem Zeitpunkt bereits geschlossen war«, erwiderte er bitter.

»Die Frauenfabrik *für Strafgefangene*! Die wurde schon vor Jahren geschlossen. Aber was hat das mit Dolour zu tun?«

»Dort hat ihr Leben in Australien begonnen.«

»Sie war eine *Strafgefangene*?«

»Ja. Mit siebzehn wurde sie hierher deportiert.«

»Das hast du mir nie erzählt.«

»Du meine Güte, Eileen! Natürlich habe ich das. Das verdrängst du bloß.«

»Na ja, das kannst du mir nicht verdenken.«

Duke erhielt einen Brief von Lucy Mae, nachgesandt vom Rockhamptoner Postamt, in dem sie sich nach seinem Befinden und seiner Lage erkundigte, und es war ihm ein Vergnügen, darauf zu antworten. Ein Vergnügen, ihr zu schreiben und zu berichten: *Ich besitze inzwischen eine eigene Farm, die ich Mango Hill nenne, mit zweitausend Stück Vieh, die mich auf Trab halten, aber sie floriert, wie du gewiss gern hören wirst.*

Hier verzog er das Gesicht. Weder florierte Mango Hill bislang, noch nannte er zweitausend Stück Vieh sein eigen. Er hatte Hunderte von Rindern verkaufen müssen, um die Männer bezahlen und die Bank in Schach halten zu können, und um mehr Geld zu beschaffen, hatte er einigen seiner Männer befohlen, Wildpferde zu jagen. Zu dem Zeitpunkt hatte er das für eine gute Idee gehalten und sie hatten ein paar gute Pferde eingefangen. Aber zu ihrer Unterbringung hatte er die Viehhöfe ausbauen und sie selber zureiten müssen, um sich die Kosten für einen Zureiter zu sparen.

Einige der Wildpferde spielten völlig verrückt und es war Schwerstarbeit, sie zuzureiten, aber für seine Männer war es ein großes Vergnügen, ihrem Boss dabei zuzusehen, wie er Tag für Tag am Ende eines Seils durch den Staub rutschte. Er war geduldig mit den Wildpferden – dadurch, dass er Publikum hatte, musste er das auch –, und allmählich lehrten ihn diese Pferde, was sie hinnahmen und was nicht, und er akzeptierte das, um Verletzungen zu vermeiden. Irgendwann hatte er schließlich zu seiner Überraschung den Bogen raus und seine Männer behaupteten, er sei ein »Spitzenzureiter«. Ein Experte.

Zum ersten Mal konnte er jemandem von seiner Farm erzählen. Er genoss es, im Schein der Lampe bei einem Glas Rum im eigenen Haus zu sitzen, und so ließ er sich seitenlang darüber aus und lud Lucy Mae und ihre Mutter schließlich zu sich ein. Rockhampton würde ihnen bestimmt gefallen und es wäre ihm eine Ehre, ihnen seinen Besitz zu zeigen.

»Wie freundlich von Duke, uns einzuladen«, meinte Milly. »Da können wir nicht ablehnen. Wir fahren hin. Du gehst heute noch zum Schifffahrtskontor und buchst eine Kabine. Erster Klasse natürlich, und bitte auf einem anständigen Schiff. Wir sehen uns diese Stadt an und statten Paul und Laura ebenfalls einen Besuch ab. Ich bin schon sehr gespannt, du nicht auch?«

Nervös trifft es schon eher, dachte sich Lucy Mae. Sie war unsicher, wie sie mit Duke umgehen sollte.

Was Duke selbst anging, so hatte er den Brief nach Brisbane kaum abgeschickt, da lernte er bei einer Tauffeier auf einer benachbarten Farm eine junge Frau kennen. Sie hieß Beth Delaney und wohnte bei ihren Eltern, die das *Turf Club Hotel* in Rockhampton besaßen. Bis Lucy Mae und ihre Mutter in Rockhampton in der Quay Street an Land gingen, wo ihr Freund Duke MacNamara sie erwartete, hatte Jack Delaney ihn als ernsten Bewerber für die Hand seiner zweiten Tochter ins Auge gefasst, allerdings unter bestimmten Bedingungen.

»Sie können Beth erst heiraten, wenn ich ihre ältere Schwester Carmel unter die Haube gebracht habe«, warnte er. »Schließlich möchte sie nicht vor der Zeit als alte Jungfer bezeichnet werden.«

Duke war das recht. Hochzeit hatte er ohnehin nicht im Sinn, nur Verführung.

Und: »Wenn Sie sie in andere Umstände bringen«, setzte Delaney hinzu, »dann heißt das noch lange nicht, dass Sie sie heiraten. Eher schon fischt man Sie dann aus dem Fluss.«

Das war Duke ganz und gar nicht recht. Tatsächlich erlahmte sein Interesse an Beth fast unverzüglich und er hieß Milly und Lucy Mae mit offenen Armen willkommen und brachte sie ins *Criterion Hotel*, wo ihnen als Erstes Paul und Laura MacNamara über den Weg liefen.

Kapitel 5

In den zerklüfteten roten Bergen hoch über Bulla Bulla schritt ein Mann oberhalb einer Schlucht über bröckelnde Felsplatten und holte tief Luft. Er nahm die Farbe dieses alten Landes in sich auf, von den kupferartigen Rosa- und Grautönen der Felsen unter seinen Füßen zu den strohfarbenen Goldstreifen im Felsgestein der Schlucht. Er hob eine Hand, um das erdige Grün spärlicher Wälder besser zu sehen, die sich an die hitzegeplagten Anhöhen klammerten, und dann wanderte sein Blick zu den baumlosen Gipfeln, die ihn umgaben, und deren gelbbraune Schattierungen im Einklang mit den sanften Blau- und Rosatönen des vom Sonnenuntergang gefärbten Himmels standen.

Seit Jahren war der Mann aus den Küstenregionen hierher gekommen … über die hohe Gebirgskette hinweg und weiter in das weite Landesinnere, wo viele Stämme lebten, denn er war ein Händler. Nun reiste er mit seinen beiden Söhnen, die beide ebenso kräftig und langbeinig waren wie ihr Vater, und lehrte sie den Gang der Dinge.

Diese Reise nahm beide Jahreszeiten in Anspruch und die Wasserlöcher von Bulla Bulla waren ein wichtiges Zentrum. Hier stellten die Pitta-Pitta-Leute die besten Speere und Schilde her. Zudem kamen Händler aus den Wüsten mit den erstklassigen Pituriblättern, die von Bäumen stammten, deren Standort sie nicht preisgaben. Zumindest wusste dieser Händler, wie man die Blätter mit größtmöglicher Wirkung auf das

Bewusstsein zubereitete, aber gemäß den Gesetzen würde er seinen Söhnen dieses Wissen womöglich erst weiterreichen, wenn ihre Bärte zu ergrauen begannen.

Diese jungen Männer trugen die Waren des Händlers. Alles, von persönlichen Schmuckwaren bis zu breiten Schwertern, speziellen Netzen und sogar Schleifsteinen, leicht verkauft und ersetzt durch andere Gegenstände in diesem gut bevölkerten Gebiet. Doch dieser Händler leitete auch Informationen weiter, verlässliche Informationen, und so sah man seiner Ankunft mit großer Aufregung entgegen.

Sie sollten nicht enttäuscht werden. Diesmal hatte er auch einen Mitteilungsstock dabei, auf dem Datum und Ort eines in Kürze angesetzten großen Korrobori standen. Nicht nur die Pitta-Pitta waren eingeladen, sondern auch die Sippen der Mitakoodi und der Kalkadoon, eine in dieser Zusammenstellung seltene Versammlung und daher als sehr wichtig erachtet. Infolgedessen bereiteten sich alle eilig darauf vor.

Die Stammesältesten würden sich natürlich zu Gesprächen und Diskussionen zusammensetzen, aber bei einem Korrobori von dieser Größenordnung ging es um mehr als nur Geschäftliches. Besondere Zeremonien mussten eingehalten, Tänze eingeübt, Ornamente und Bemalungen ausgesucht und Festessen zubereitet werden.

All diese Tätigkeiten waren um ihn herum in vollem Gange, als der Händler sich an die Ältesten wandte, um sie um einen Gefallen zu bitten.

»Eure Höhlenzeichnungen sind im ganzen Land berühmt, aber nur wenige haben sie je zu Gesicht bekommen. Ich habe mich gefragt, ob mir vielleicht gestattet würde, sie anzusehen, ehe meine Söhne und ich unsere Reise zurück an die Ufer des großen Ozeans antreten.«

Einer der Ältesten, der einfach nur als Kapakupa bekannt war, antwortete ihm. »Ladjipiri, du kommst von weit her und weißt viele Dinge. Wir sind dir dankbar für die Unterstützung, die du uns all die Jahre zuteil werden ließest. Es wird uns eine Ehre sein, dich noch an diesem Tag zu der Haupthöhle zu begleiten. Damit du die Gemälde in ihrer ganzen Pracht sehen kannst, ist es nötig, heute in den Bergen zu übernachten, damit du bereits dort bist, wenn die Morgendämmerung Licht und wechselnde Farbe in ihre Tiefen flutet.«

»Ich fühle mich zutiefst geehrt.«

»Das freut uns«, erwiderte der Älteste, »und ich bin mir sicher, dass du uns eine kleine Bitte nicht ausschlagen wirst.«

»Oh, oh«, dachte der Händler bei sich. »Ich hätte mir denken können, dass man eine Gegenleistung fordert. Eine, die ich nicht verweigern kann.«

Seine Söhne waren sehr beeindruckt, dass man ihm die Erlaubnis erteilt hatte, die heiligen Höhlen zu besuchen, und freuten sich, dass alle drei eingeladen waren, am Korrobori teilzunehmen, der in acht Tagen stattfinden sollte. Von weit her Angereiste wie Ladjipiri konnten für solche Ereignisse nur wenig Zeit erübrigen und waren ansonsten, da sie in fremden Gebieten keine Verwandten hatten, selten willkommen. Diesmal jedoch konnten sich die großen Erfahrungen des weit umhergereisten Händlers und seine gelegentlichen Verbindungen mit dem gefürchteten weißen Mann als wertvoll erweisen.

»Viel kann ich euch nicht erzählen«, hatte er gesagt. »Von den Lagerfeuern halten wir uns möglichst fern. Ich beobachte sie lieber aus der Ferne.«

»Ah, aber von den Ältesten wird es Fragen geben. Manche von ihnen haben ja noch nicht einmal einen Blick auf den Schatten eines Weißen erhascht.«

»Haben die denn überhaupt einen Schatten?«, warf hier ein alter Mann nörglerisch ein. »Wenn sie weiß sind, wie fällt der Schatten dann?«

»Stimmt es, dass manche von ihnen vier Beine haben?«, fragte ein anderer.

»Nein. Manche reiten auf einem großen Tier mit vier Beinen.«

»Siehst du«, bemerkte der Älteste. »Deine Antworten werden den Leuten helfen, die Weißen besser zu verstehen. Man vertraut dir, dass du die Wahrheit sprichst.«

Noch vor dem Morgengrauen führte ein geschickter Führer namens Murrabung Ladjipiri durch ein Labyrinth riesiger Felsbrocken und hinunter zu einer Lichtung, auf der hier und da eine stachelige Akazie wuchs. Am anderen Ende der Lichtung schlüpften sie durch einen engen Felsspalt und gelangten, nachdem sie um eine Ecke gebogen waren, auf einen schmalen Sims, von dem aus sich ihnen ein Panoramablick bis hin zu einem silberdünnen Fluss im Flachland bot.

Der an Höhenangst leidende Ladjipiri hielt sich an einem Baum fest, der es geschafft hatte, aus einer Nische in der Felswand zu wachsen, während Murrabung, dem es gar nichts ausmachte, direkt an einem Abgrund zu stehen, grinste und auf den grellen Schein der aufgehenden Sonne im Osten deutete. Dann wandte er sich um.

»Schau!«

Der Händler, der noch immer den Baum umklammerte, drehte sich vorsichtig um und starrte unversehens in den Schlund einer breiten Höhle.

Gemeinsam betraten sie den riesigen, stillen Raum mit seiner niedrigen Decke. Ihre geflüsterten, ehrfurchtsvollen Worte klangen wie das Brummen eines Didgeridoos. Als Ladjipiri über Geröll behutsam tiefer in die Höhle drang, meinte er zu schrumpfen. Unvermittelt fühlte er sich wie ein winziges Lebewesen, nicht größer als eine Biene.

Und doch war sein Schatten noch immer vorhanden. Ein langer Schatten.

Verwirrt stolperte er zum Eingang zurück und sah das Gemälde eines weißen Strichmännchens an der Wand, das einen Mann an einem Wasserloch mit einer Palme dahinter darstellte. Der Mann lag am Boden. Er schien tot zu sein. Und die Szene wirkte real, als würde vor ihm wirklich ein Toter liegen. Erschrocken floh er.

Nach einer Weile konnte Murrabung ihn überreden, in die Höhle zurückzukehren.

»Du bist von weit her gekommen. Da willst du doch jetzt nicht gehen. Hier gibt es keine bösen Geister. Ich nehme dich an der Hand. Versuch es noch einmal.«

»Nein. Könnte sein, dass ich für diesen Ort die falsche Haut habe?«

»Nein. Du hast die Erlaubnis. Das reicht. Und nun komm.«

Ladjipiri kehrte in die Höhle zurück und besah sich die Wand, an der das Gemälde zu sehen gewesen war, aber es war verschwunden.

»Du hast es dir eingebildet«, lachte Murrabung. »Hast dir selbst einen schönen Schrecken eingejagt, was? Jetzt sieh her. Dieser alte Mann an der Wand hier, der jagt ein großes rotes Känguru mit einem Stock, bekommt es aber nie zu fassen. Und dieser große, hünenhafte Geistermann mit dem runden Kopf, der ist mächtig.«

Tiefer in der Höhle sahen sie immer mehr Gemälde von Menschen, Tieren und Ereignissen und manchmal sogar Traumzeitgeistern, denn Ladjipiri wusste, dass sie vor unendlicher Zeit gemalt worden waren.

»Warum halten die Gemälde so lange?«, wollte er wissen.

»Weil die Ockerfarbe so fein ist, dass sie in diese besondere Felsart eindringt und nicht nur auf der Oberfläche haftet. Sie wird Teil des Felsens und nur das Wetter kann ihr etwas anhaben. Aber das gibt es hier nicht.«

»Ach so! Das wusste ich nicht.«

Er setzte seinen Weg fort und bewunderte die alten Malereien und ihre Geschichten, bis Murrabung ihm etwas zurief.

»Bleib, wo du gerade bist.«

Besorgt, er könnte gegen eine Regel verstoßen haben, blieb Ladjipiri abrupt stehen.

»Nun leg dich hin.«

»Ich soll mich hinlegen?«

»Ja. Auf den Rücken.«

»Wieso?«

»Tu es einfach.«

Aus Angst, es käme einer Beleidigung gleich, es nicht zu tun, legte er sich hin und streckte sich aus. Es war unangenehm, mit der bloßen Haut auf Staub und Geröll zu liegen, und als er scharfe Stückchen fortschob, zog er eine Grimasse. Doch dann entdeckte er mit einem Mal das Gemälde an der Decke über ihm.

Es war ein riesiger Vogel mit Fledermausflügeln, der jedoch den Körper eines fetten Tieres und eine lange Schnauze mit Reihen scharfer Zähne besaß.

Den Händler überkam Ehrfurcht, und zwar nicht allein wegen der Größe des Gemäldes, sondern auch aufgrund des Dargestellten. Erstaunt stellte er fest, dass die großen gelben Augen des Vogels gerade nach vorn gerichtet waren, als würde er in seinem Flug nicht gestört werden wollen.

»Was ist das?«, japste er.

»Ein Traumzeitvogel. Es heißt, dieser Vogel und viele andere seltsame Tiere seien in dieser Welt umhergezogen, ehe das Wasser knapp wurde.«

Ladjipiri nickte. »Dieser Vogel könnte ein ganzes Wasserloch leeren.«

Der Rückweg zum Lager dauerte einen halben Tag, und doch war Ladjipiri noch immer erfüllt von Erstaunen. Noch nie war er der Gegenwart von Geistern so nahe gekommen und diese Erfahrung hatte sein Herz bewegt und ihn verändert. Inwiefern, konnte er nicht sagen, aber am Morgen darauf fühlte er sich anders, klarer im Kopf, und ihm war, als sähe er die Welt mit neuen Augen.

»Was siehst du denn nun Neues?«, fragte er sich. »Du wirst allmählich weibisch, überreizt. Das erzählst du besser niemandem, sonst holen sie noch einen Medizinmann, um dich zu heilen.«

Der Tag erwachte, und weil die Entfernung nicht so groß war und man ihm versichert hatte, auf solchen Zusammenkünften laufe der Verkauf gut, belud der Händler seine Söhne mit großen Schilden, auf die er Werkzeug und Beutel mit von hiesigen Frauen angefertigten Armbändern, Gürteln und Sitzbändern stapelte. Seine Lieblingsware trug er bei sich: Muschelketten, ein knallrotes Stirnband und aus gefärbtem Garn gefertigte Quasten, die an einem Seilgürtel hingen, den er sich um die Hüften geschlungen hatte.

Der Marsch über die Gebirgskette und durch das Flachland namens Warrukayi, was in der Pitta-Pitta-Sprache Emu bedeutete, dauerte sechs Tage. Als sie am Abend von den Anhöhen hinunterkamen, konnten die Reisenden in der Ferne entlang der Ufer des großen Flusses Lagerfeuer ausmachen, und zwar weit mehr, als sie in ihrem Leben je an einem Ort gesehen hatten. Ausrufe des Erstaunens und der Ehrfurcht waren zu hören. Viele Jugendliche konnten ihre Begeisterung nicht zügeln und rannten los, um sich dazuzugesellen. Und der Händler musste streng mit seinen Söhnen sein, die beide noch in ihren Zehn-mal-zwei-Jahren steckten, und befahl ihnen, bei ihm zu bleiben.

Während die Ältesten der drei Stämme sich berieten, maßen Männer und Jungen sich in Kraft- und Geschicklichkeitsspielen, planschten Kinder im Fluss und bereiteten Frauen das tägliche Festmahl. Abends stürmten verschiedene Tanzgruppen in voller Bemalung ins Licht des Feuers und unterhielten, begleitet von Sängern, Didgeridoos und Schlaghölzern, die hingerissenen Zuschauer mit ihren Geschichten.

Am dritten Tag wurde Ladjipiri eingeladen, einer Zusammenkunft von Ältesten an einem ruhigen Ort ein Stück flussabwärts beizuwohnen. Zeit, sich erkenntlich zu zeigen. Die Hitze war brütend und der Boden unter seinen Füßen sengend heiß, aber diese alten Männer schien das nicht zu kümmern. Es waren fünfzehn an der Zahl, wie er bemerkte, die da mit gekreuzten Beinen im grellen Sonnenschein im Staub saßen.

Die meisten von ihnen, so wurde ihm erzählt, hatten Weiße durch ihre Lande ziehen sehen, oftmals über zehn zugleich. Zunächst hatte man sie passieren lassen, obschon sie sich über sämtliche Regeln bezüglich der Achtung der Stammesgrenzen hinweggesetzt hatten, ganz zu schweigen vom Rest der Gesetze.

»Sie trinken aus verbotenen Wasserlöchern«, rief einer der Männer zornig. »Wasser ist Leben. Es hat seinen Grund, warum diese Wasserlöcher geschützt werden. Es ist ein Verbrechen, dieses Wasser zu trinken oder zu stehlen. Warum bestraft man sie nicht?«

»Genau deswegen sind wir hier«, erklärte ein Mitakoodi-Mann. »Die Weißen dringen nicht nur in unser Territorium ein, sie begehen auch Tag für Tag Verbrechen. Allein aus unserem Lager werden zwei Frauen vermisst und wir befürchten, dass Weiße sie geraubt haben.«

»Und ihr sitzt hier und redet darüber? Ein Kalkadoon-Mann würde solch eine Schandtat niemals zulassen!« Der Sprecher, ein kräftig gebauter Mann, dessen Haar zu einem Knoten gedreht und mit weißen Kakadufedern geschmückt war, war jünger als die anderen.

»Vielleicht wissen Kalkadoon-Männer nicht, dass die weißen Männer über Furcht einflößende Waffen verfügen. Ich selbst habe ihre Flintenstöcke schon gesehen und gehört. Ich habe mit eigenen Augen gesehen, wie einer von ihnen ein Känguru niedergestreckt hat.«

»Kalkadoon-Männer würden sich nicht davonschleichen und das Verbrechen ungesühnt lassen.«

Die Diskussion wurde von Kapakupa unterbrochen. »Es ist an der Zeit, dass der Händler das Wort ergreift. Was die geraubten Frauen angeht, so ist es an uns, über das Vorgehen zu entscheiden. Aber ich frage: Was würde der weiße Mann unter denselben Umständen machen? Wenn wir zwei ihrer Frauen nähmen?«

»Ich glaube, die weißen Männer würden alles darangeben, die Entführer zu töten.«

»Und wenn wir ihre Tiere stehlen würden?«

»Dann auch.« Der Händler hatte Angst, ihnen zu enthüllen, dass er gesehen hatte, wie Weiße Männer vom Darambal-Stamm außerhalb des Dorfes namens Rockhampton gehängt hatten, und er vor Angst geflohen war. Die meisten seiner Leute waren vor den Eindringlingen auf der Flucht.

Fast spöttisch rief jemand ihm zu: »Ich selbst bin schon neun Weißen begegnet. Sie waren freundlich zu mir. Sie haben mir Wasser und Fleisch gegeben. Wie viele hast du getroffen?«

Ladjipiri blickte um sich. Wie sollte er das sagen, ohne sie in Panik zu versetzen? Sie lebten so weit von den Dörfern der Weißen entfernt, dass ihnen vermutlich zeitlebens nur der ein oder andere versprengte Reisende über den Weg laufen würde.

»Ich habe«, begann er leise, »Dörfer mit mehr Bewohnern gesehen, als hier bei diesem Korrobori anwesend sind. Aber das liegt einen Marsch entfernt, der eine ganze trockene Jahreszeit dauern würde.«

Betäubte Stille folgte dieser Enthüllung.

»Du lügst!«, rief derselbe Mann schließlich.

Weitere Fragen folgten, über die Gewohnheiten der Weißen, ihre Tiere und, natürlich, ihre Frauen. Manche wollten wissen, woher sie überhaupt gekommen waren, aber darauf wusste er keine Antwort.

»Ich habe das Wort ›Eindringlinge‹ gehört«, sagte der Kalkadoon-Mann, als hätte er Ladjipiris Gedanken gelesen. »Kennst du das Wort?«

Der Händler nickte.

»Und wird es in anderen Nationen verwendet? In den Stämmen?«

»Ja. Sie werden von vielen Menschen in vielen Sprachen entlang der Küste des Landes ›Eindringlinge‹ genannt.«

»Dann befinden sie sich nicht nur an deiner Küste. Sie sind an vielen Stellen eingedrungen?«

»Ich glaube schon. Mein Handelsweg verläuft geradewegs landeinwärts und zurück. Folglich sehe ich nur ein paar…« Seine Stimme verlor sich.

Der Kalkadoon-Mann erhob sich. »Ein Eindringling ist ein Feind. Wir müssen uns vorbereiten. Wir dürfen sie nicht willkommen heißen oder irgendwelche Geschenke von ihnen annehmen wie der Speichellecker da drüben. Lasst sie wissen, dass das gesamte Land hier rechtmäßig uns gehört. Wir müssen ein Abkommen schließen, ein Kriegsabkommen der Pitta-Pitta, der Mitakoodi und der Kalkadoon. Diese geballte Macht wird unsere Nationen erhalten und unseren Leuten Sicherheit bringen.«

Nach einer Weile durfte Ladjipiri gehen, da sich die Debatte in die Länge zog, doch wurde ihm gesagt, dass am nächsten Abend, dem letzten des Korroboris, für alle Anwesenden noch eine Bekanntgabe erfolgen werde. Offensichtlich wollten die Ältesten bis dahin eine Entscheidung über ihre Vorgehensweise gegenüber den Weißen getroffen haben und diese dann verkünden.

Ein Sprecher jedes Stammes gab in seiner eigenen Sprache vor der riesigen Versammlung eine Erklärung ab. Man könne sich darauf einstellen, hieß es da, dass einige Weiße auf ihren Ländern herumwandern würden, möglicherweise nur zur Erkundung, da ihr Land sehr schön sei. Es sei nicht ratsam, die Weißen auf irgendeine Weise gegen sich aufzubringen, da sie neue und Furcht einflößende Waffen bei sich trügen. Besser sei es, ihnen möglichst aus dem Weg zu gehen. Neugier könne gefährlich werden. Und zu guter Letzt: Sollten je Weiße und ihre Tiere gesichtet werden, müsse unbedingt eine Meldung an die Ältesten ergehen.

Der Kalkadoon-Mann, der bei der Zusammenkunft, die der Händler besucht hatte, so eindringlich gesprochen hatte, hieß Uluyan. Offensichtlich befanden sie sich hier auf Kalkadoon-Land, und so gebührte ihm die Ehre, die Gäste zu verabschieden und ihnen eine sichere Reise zurück an die heimischen Lagerfeuer zu wünschen. Nach den empörten Rufen der Stammesführer hinter ihm zu urteilen, brach er mit der Tradition, als er ein paar eigene Worte hinzusetzte.

»Man hat euch gesagt, die Vorgehensweise sei Friede. Ein Abwarte-Friede. So sei es. Aber Kalkadoon-Männer sind Krieger …«

In einer großen Gruppe von Männern und Frauen, die einen jungen Mann nach vorn schoben, wurden Beifallsrufe laut.

»Wer ist das?«, wollte der Händler wissen.

»Der Sohn des Kalkadoon.«

Er musste um die achtzehn sein und besaß die festen, ebenmäßigen Züge des Vaters. Und dasselbe Selbstvertrauen, bemerkte Ladjipiri, als der Neuankömmling vorsprang und sich mit verschränkten Armen neben seinen Vater stellte, der fortfuhr:

»Kalkadoon-Männer schlagen zurück, wenn sie angegriffen werden!«

Hinter ihm war Protest zu vernehmen.

Er drehte sich halb um und rief: »Warten wir es ab!« Dann lachte er und streckte kriegerisch sein Kinn vor. »Dies ist mein Sohn. Was sagst du, Junge? Breche ich den Pakt?«

»Nein!«, rief der Bursche. »Nach unseren Gesetzen ist das nur recht und billig!«

Seine Anhänger jubelten und stampften mit den Füßen, doch die Menge zerstreute sich bereits und Ladjipiri machte sich auf die Suche nach den Söhnen, damit sie sich zum Aufbruch fertig machen konnten. Sie hatten sämtliche Waren verkauft, und es gab nichts mehr zu kaufen, sodass er beschloss, die Bergketten zu meiden und Richtung Südosten zu marschieren, in die Länder des Wanamara-Gebiets. Dort bekam er schöne, kräftige Bumerangs für die Jagd und interessante Varianten für den dekorativen oder zeremoniellen Gebrauch.

Sie reisten gut auf dieser Route, über Flüsse und Bäche, die um diese Jahreszeit so flach waren, dass man sie mühelos überqueren konnte. Und sie begegneten vielen Leuten, die unterwegs zu ihren Lagern für die Regenzeit waren.

Zehn Tage nach dem Korrobori stiegen sie auf eine Erhebung mit Blick auf den langen Verlauf eines Flusses und entdeckten von dort aus in der Ebene eine riesige Staubwolke. In der Meinung, es stünde ihnen ein weiterer der verhassten roten Sandstürme bevor, stellten sie ihr Gepäck ab und suchten Schutz zwischen den Bäumen.

Doch der Sandsturm näherte sich nur langsam. Zu langsam. Sie versuchten zu erkennen, was für ein seltsames Naturschauspiel sie da sahen, denn hier im Hinterland, das sie immer wieder von Neuem überraschte, gab es viele Sonderbarkeiten.

»Das sind Rinder«, rief sein älterer Sohn. »Eine große Herde. So weit das Auge reicht! Schau, Vater, sie kommen in diese Richtung, und es sind Reiter dabei. Wohin wollen die bloß?«

Ladjipiri war verwirrt. »Ich weiß es nicht«, gestand er. »Was ich allerdings weiß, ist, dass sie mit Rindern handeln, die sie zu

Nahrungszwecken halten. Allerdings gibt es hier draußen niemanden, mit dem sie handeln könnten!«

Sein anderer Sohn lachte. »Die haben sich verirrt, würde ich sagen.«

»Gut möglich. Sie sind Monate entfernt von ihren Dörfern an der Meeresküste.«

Sie beobachteten, wie die große Herde auf sie zudonnerte und die Reiter peitschenknallend auf und ab ritten, um die Tiere unter Kontrolle zu halten. Nach einer Weile wurden die Rinder jedoch nervös und muhten. »Sie wittern Wasser! Sie haben Durst!«, erklärte Ladjipiri seinen Söhnen rasch.

Wie auf ein Stichwort legte die Rinderherde an Geschwindigkeit zu, dann ging eines der Rinder in einen schwerfälligen Galopp über und der Rest der riesigen Herde stürmte ihm nach.

Ladjipiri und seine Söhne hatten schon Känguruherden auf der Flucht vor Jägern erlebt, aber etwas in dieser Größenordnung noch nie. Sie waren aufgesprungen und schrien vor Begeisterung, während die Rinder auf den Fluss zustürzten und die Männer verzweifelt versuchten, sie zu bändigen.

»Wenn sie Durst haben«, wandten die Jungen ein, »warum lassen diese Männer sie dann nicht trinken?«

»Es sind zu viele, denke ich«, erklärte ihr Vater, ohne den Blick abzuwenden. Er wollte nicht eine Sekunde dieses großartigen Schauspiels verpassen. »Sie könnten einander zertrampeln.«

Und tatsächlich, einige stolperten und gerieten unter die donnernden Hufe der anderen. Man konnte ihr Brüllen hören und das Stöhnen jener, die im Staub zurückblieben.

Als alles vorbei war, als die Rinder getrunken hatten und weitergetrieben worden waren, um anderen Platz zu machen, herrschte wieder Stille. Die Reiter blieben wachsam und ritten bedächtig um die Herde herum.

Ein Mann ritt zurück, saß ab und besah sich die verwundeten Tiere. Die meisten schienen tot zu sein, doch das Aufblitzen eines Messers sagte den Beobachtern, dass er die anderen von ihrer Qual erlöste.

Ein großer, von zwei Pferden gezogener Planwagen kam in Sicht und hielt in einiger Entfernung von der Herde an.

»Ich glaube, die schlagen hier ihr Nachtlager auf«, meinte Ladjipiri. »Und wir könnten das eigentlich auch.«

Als sie ihre Wanderung zur Küste fortsetzten, sah der Händler zu seinem Leidwesen immer mehr Weiße samt ihren Tieren und Wagen, die sich flutartig über das Land ausbreiteten. Wo er einstmals auf zwei Reiter getroffen war sowie auf die ein oder andere kleine Truppe mit jenen Lasttieren, die einen Buckel besaßen, kamen nun Familien. Diese Leute waren keine Besucher, es waren Siedler, beziehungsweise, wie der Kalkadoon-Anführer sie genannt hatte: Eindringlinge.

Im Laufe der folgenden Wochen begegneten ihnen immer mehr ihrer eigenen Leute, die aus Angst vor den Weißen flohen und glaubten, auf der anderen Bergseite Sicherheit zu finden. Ladjipiris Söhne wurden nervös.

»Keiner spricht von unserer Familie. Glaubst du, dass unsere Mutter und unsere Schwestern in Sicherheit sind?«

»Ja«, erwiderte Ladjipiri grimmig. Sie hatten das Küstengebirge erreicht und blickten auf das breite, grüne Tal und den Fluss hinab, der sich um seltsam geformte Hügel wand. Es bot sich derselbe Anblick wie immer, doch grasten in dem fruchtbaren Tal nun Rinder, und in der Nähe des Flusses, einem Paradies für Federwild, war ein Haus gebaut worden.

Er wusste, wo er seine Familie finden würde. Er hatte ihnen geraten, draußen an der Küste zu bleiben, in sicherer Entfernung von dem Ort, der ein gutes Stück flussaufwärts im Landesinneren entstanden war. Dort konnten sie immer noch unbemerkt jagen und fischen, zumindest so lange, bis er mit den Söhnen wieder zurück war.

Doch auf ihrem Weg durch das Vorgebirge klangen die Nachrichten immer beängstigender. Der weiße Mann beanspruchte das Recht, Schwarze gnadenlos zu töten, wenn es ihm beliebte, und nicht nur Männer. Ganze Familien! Selbst die respektiertesten Ältesten wurden auf die entsetzlichste Weise umgebracht. Doch nun schlugen die Darambal-Leute zurück.

»Die Zahl der Todesopfer unter den Weißen steigt täglich!«,

frohlockte ein junger Freund. »Wir rächen unsere Toten. Töten ihre Rinder! Brennen ihre Behausungen nieder! Zertrümmern ihre Zäune!«

Ladjipiris Söhne waren Feuer und Flamme und bettelten, sich den Widerstandskämpfern anschließen zu dürfen. Doch Ladjipiri verbot es ihnen mit dem Hinweis, ihr Platz sei bei ihrer Familie.

»Wenn die Dinge wirklich so schlimm stehen, wie es scheint, finden wir sie an den Ufern der Bucht bei der Flussmündung.« Es fiel ihm nicht leicht, all diese schrecklichen Geschichten zu glauben. »Nach unserer Ankunft suche ich die Woppa-bura-Leute von der großen Insel in der Bucht auf. Sie tauschen Pflanzennahrung gegen Werkzeug und Speerspitzen, und sie sind sehr geschickt. Ich war schon drüben. Sie bauen Boote und sie errichten sich feste Unterkünfte aus Holz und Stein. Höchst interessante Leute. Ich habe vor, sie zu bitten, uns bei sich aufzunehmen.«

»Du möchtest, dass wir feige weglaufen und uns verstecken!«

»Nein, wir besuchen die Insel eine Weile. Bis der Kampf vorüber ist.«

»Bis wir die ganzen Weißen losgeworden sind?«, erkundigte sich sein jüngerer Sohn zornig.

Ladjipiri brachte es nicht über sich zu lügen. »Nun, nein. Bis die Dinge sich beruhigen.«

»Du meinst, bis die Weißen gewinnen?«

»Schluss jetzt. In vier Tagen sind wir zu Hause. Eure Mutter erwartet euch. Schlaft jetzt.«

Am Morgen darauf waren sie verschwunden.

Traurig stapfte Ladjipiri weiter, die Füße nun so schwer wie das Herz, obwohl er wieder bei seinem geliebten Fluss war.

Er war entsetzt über die Größe des Ortes, bei dem Felsen weiteren Flussverkehr unmöglich machten. Er hatte sich in alle Richtungen ausgebreitet. Und auf dem Fluss befanden sich die erstaunlichsten Boote und Kanus. Er überlegte, sich für die letzte Reisestrecke ein kleines Kanu zu nehmen, entschied sich aber dagegen. Es war unnötig, mit dem Feuer zu spielen, wo er sich doch spielend ein Floß bauen konnte, das ihn in die Bucht brachte.

Es gab Tränen der Freude und der Erleichterung, als er den langen Strand entlang zu dem Lager seiner Leute marschierte. Und weitere schreckliche Geschichten.

Ladjipiri seufzte. Wie sehr hatte sich doch alles verändert. Früher einmal hatten alle nur darauf gewartet, seine Geschichten aus der großen Welt da draußen zu hören, über die erstaunlichen Dinge, die er gesehen hatte … wie etwa die alten Gemälde und die seltsamen Menschen, denen er begegnet war.

Die Woppa-bura-Ältesten waren streng. Sie erklärten sich nur bereit, ihren Freund, den Händler, und dessen unmittelbare Familie, einschließlich der Großeltern, auf ihrer Insel aufzunehmen, da sie, wie sie erklärten, aufgrund der Fleischknappheit auf der Insel keine weiteren Personen ernähren könnten.

Ladjipiris Frau war genauso nüchtern wie er. »So sei es«, sagte sie und legte die Arme um ihre Töchter.

Kapitel 6

Harry Merriman und George Otway schafften es, den Nachmittagszug nach Ipswich zu erwischen, doch blockierte ein durch die schweren Regenfälle ausgelöster Erdrutsch die Schienen ein Stück weiter des Wegs, sodass sie im *Railway Hotel* übernachten mussten.

Keiner von beiden hatte im Zug viel zu sagen, beide suchten nach geeigneten Themen, doch das Gespräch blieb oberflächlich. Harry wusste Georges Freundlichkeit, herzukommen und ihm die schlechten Nachrichten persönlich zu überbringen, wie auch seine tapferen Bemühungen, ihn zu trösten, zu schätzen, aber er wünschte, er wäre nicht nach Brisbane gekommen. Hätte ihn nicht gefunden.

Nach dem Abendessen saßen sie auf der Veranda und rauchten ihre Pfeifen. Harry wollte George gestehen, dass sein Mitleid unangebracht war. Dass er nichts für seine Eltern empfand. Gar nichts. Aber da er diesen guten Mann damit unter Umständen vor den Kopf stieß, unterließ er es und erzählte von seinen Jahren als Viehhüter und seiner anderen Tätigkeit als Treiber bei einem großen Viehtrieb.

»Es war eine riesige Rinderherde«, erzählte er, »die sich wie eine Flut über das Land bewegte und dabei eine ungeheure Staubwolke erzeugte. Dergleichen hatte ich noch nie erlebt. Und sie brüllten! Beklagten sich, müsste man eigentlich sagen, und man musste höllisch aufpassen, wenn Wasserstellen kamen. Da drehten sie durch. Stampede.«

»Habe immer gedacht, da draußen gäb's überhaupt kein Wasser. Da wäre nur Wüste.«

»Die Wüsten befinden sich in Richtung Mitte«, erklärte ihm Harry.

»Du meine Güte! Und ich habe immer gedacht, du würdest sowieso schon jenseits der Landesmitte wohnen!«

Harry schüttelte den Kopf. »Irgendwann zeige ich Ihnen mal eine Karte, George. Wenn es Ihnen nichts ausmacht, gehe ich jetzt nach oben.«

»Ja, hoch mit dir und ruh dich gut aus. Das war alles ein schwerer Schlag für dich. Ich genehmige mir an der Bar noch einen Schlummertrunk.«

Bei Harry war an Schlaf nicht zu denken. Er machte die Fenster seines Zimmers auf, zog seine Stiefel aus, legte sich aufs Bett und dachte an jenen Viehtrieb, wo er für den leitenden Treiber Slim Collinson und dessen Truppe gearbeitet hatte, mit der er zweitausend Stück Vieh von Brisbane aus in den Westen brachte.

Als er die Farm in DeLisle's Crossing verließ, da wollte er so weit weg wie möglich, und als er nach jahrelanger Arbeit als Viehhüter den Posten als Treiber angenommen hatte, konnte er diesen Wunsch in die Tat umsetzen.

Jeder einzelne der Männer vertraute Slims verblüffendem Richtungssinn, dennoch hatte es nervöse Gespräche darüber gegeben, man könne sich verirren. Dieses Land hatte etwas schrecklich Eintöniges an sich; nur wenige einprägsame Orientierungspunkte, nur eine Wildnis aus roter Erde und winzigen Bäumen, dazu einen Hintergrund aus fernen Anhöhen.

Gleichwohl trieben sie die Rinder über vierhundert Meilen über raues, unbekanntes Land, wobei die Monotonie nur von riesigen Vogelschwärmen, Herden großer roter Kängurus, die die Fremden verwundert anstarrten, und vorbeistürmenden Emus unterbrochen wurde.

Dies war das Land der Schwarzen, das wussten sie alle, doch bekamen sie nur wenige der Bewohner zu Gesicht, in erster Linie kleine Gruppen auf Wanderung oder Späher auf hohen Aussichtspunkten.

Nachdem sie bereits Monate unterwegs waren, war das Jammern über den verdammten Viehtrieb, die nervtötenden Fliegen und alles und jeden gang und gäbe, doch Harry fand es noch immer berauschend. Jeden Morgen wachte er voller Vorfreude auf den Tag auf. Er hatte sich in diese riesige Landschaft verliebt, die so farbenprächtig war, dass ihm die Augen schmerzten. Hier draußen waren sie jenseits vom Jenseits. Sie durchwateten Flüsse, die vor nicht langer Zeit nach den tragischen Forschern Burke und Wills benannt worden waren, und zogen über Land, das bislang nur wenige Weiße zu Gesicht bekommen hatten. Harry war tief beeindruckt.

Mit zweiundzwanzig war dies sein erster Posten als Treiber, und in all den Wochen im Sattel hatte er viel Zeit zum Nachdenken gehabt. Bis dahin war er kein großer Denker gewesen. Eine Art »Planer« vielleicht, aber ein richtiger Denker?, sinnierte er. Eher nicht.

Als Junge schmiedete er Pläne gegen seinen Vater, von dem er Prügel bezogen hatte, solange er denken konnte. Und dabei war Gillie Merriman nicht etwa ein Säufer. Nein, nichts dergleichen, erinnerte sich Harry. Er war einfach nur ein grausamer, gemeiner Scheißkerl. Sein Sohn war stolz darauf, keine Angst vor ihm zu haben. Oder zumindest nicht so dumm zu sein, sie zu zeigen. Nicht, bis er bereit war.

Die Merriman-Farm in DeLisle's Crossing war gepflegt, so hieß es. Zwölf Milchkühe gehörten dazu, große Korn- und Kartoffelfelder und Hühner. Ähnlich wie bei den anderen entlang der Ballinger's Road. Gillies aus Holz erbautes Farmhaus war wie alle anderen, abgesehen davon, dass es von einer hässlichen Teebaumhecke verborgen wurde.

Gillie war Schotte, ein Bär von einem Mann mit einem Groll gegen die Welt, oder so kam es den Ortsansässigen zumindest vor, die lernten, dass sie sich einen freundlichen Gruß auf der Straße sparen konnten, da er nicht einmal ein Nicken für sie übrig hatte. Ein entfernter Verwandter seiner Frau arbeitete beim Landgericht, wodurch die Merrimans in der Hackordnung des Kreises im Mittelfeld landeten, was auch recht war, da auch sie nicht gerade die Freundlichste war.

Aber die Merrimans beglichen ihre Rechnungen und arbeiteten hart. Alle drei.

Hester war eine willige Arbeiterin. Gillies Anerkennung war alles, was sie im Leben brauchte, und dafür rackerte sie unermüdlich. Sie war eine gute Köchin und sah zu, dass er – egal zu welcher Uhrzeit – immer gut zu essen bekam. Sie molk die Kühe, schöpfte den Rahm ab und stellte Käse her, den sie, um jeden Penny feilschend, dem Ladenbesitzer verkaufte. Solange ihr Mann draußen auf dem Feld arbeitete, war Hester bei ihm und rodete sogar Land für den Pflug, denn im Axtschwingen stand sie den meisten Männern in nichts nach. Um ihren Gemüsegarten beneidete sie die ganze Nachbarschaft, aber zu sehen bekamen sie nie auch nur eine Karotte, folglich rächten sie sich, indem sie Blumengärten anlegten.

Die Blumenbeete der Ballinger's Road mit ihren Rosen, Nelken, Löwenmäulchen und Bartnelken wurden zum Blickfang und die Kutschen drosselten im Vorbeifahren ihre Geschwindigkeit. Gillie ärgerte das mehr und mehr, weshalb er, um ihnen den Spaß zu verderben, die hässliche Teebaumhecke anpflanzte und kümmerlich in die Höhe schießen ließ.

Und die ganze Zeit über war da der Sohn, Harry, der von Kindesbeinen an an ihrer Seite arbeitete.

»Und zudem hart gearbeitet hat«, berichteten die Nachbarn. Als das Kind wuchs, erzählten die Nachbarn auch, sie hätten mitbekommen, wie Gillie ihn fürchterlich verprügelt hätte.

Der Schulleiter in der DeLisle's Crossing *State School Nummer 438*, der Harry Merrimans ständiges Fehlen satt hatte, zitierte ihn nach vorn und züchtigte ihn mit dem Riemen. Da platzte seiner Freundin und Nachbarin Tottie Otway der Kragen, und sie sprang auf.

»Sein furchtbarer alter Vater lässt ihn nicht gehen!«, verteidigte sie ihn mutig. »Er behält ihn daheim und lässt ihn arbeiten. Und er schlägt ihn auch!«

Diesen Tag vergaß Harry nie. Diese Schande.

»Wie konntest du nur?«, brüllte er, als sie nach Hause stapften. »Ich habe dich nicht darum gebeten.«

»Weil es stimmt. Und es ist nicht fair, dass du geschlagen wirst.«

»Mir doch egal. Lass mich einfach in Ruhe, ja? Und kümmer dich um deinen eigenen Kram.«

Sie trottete hinter ihm her. Rief ihm zu, es täte ihr leid. Tottie mit dem kupferroten Haar, der blassen Haut und dem strahlenden Lächeln. Er reagierte nicht.

Aber Harry wuchs heran. Wurde selbstbewusster. Trotz der familiären Umstände hielt er sich in der Schule gut, wie sein inzwischen verständnisvoller Lehrer ihm unter vier Augen erklärte. Und er war beliebt bei den anderen Kindern, wenn auch hauptsächlich deshalb, weil er der Rädelsführer der Dorfrabauken war.

Und so verging die Zeit in DeLisle's Crossing, fünfzig Meilen von der Stadt Brisbane entfernt, das für diese Dorfbewohner genauso gut London hätte sein können, und in das die meisten von ihnen noch nie einen Fuß gesetzt hatten.

Nichts Nennenswertes geschah in dem Distrikt, bis eines Tages, nachdem der alte DeLisle das Zeitliche gesegnet hatte, die Fähre sank. Man betrachtete das als schlimmes Zeichen, als Omen für schlechte Zeiten, die da anbrechen würden. Um das Böse abzuwehren, streuten die Leute Salz auf ihre Veranden und nagelten Hufeisen über Scheunentore. Und ein wahrsagender Zigeuner draußen bei der Kreuzung verdiente auf einmal sehr viel Geld.

Dann behauptete eine alte Jungfer namens Margery Field, sie hätte am Flussufer unter der Eiche, die er vor so langer Zeit gepflanzt hatte, den Geist des alten DeLisle gesehen. Auch andere behaupteten, ihn gesehen zu haben, und das versetzte alle in helle Aufregung.

Reverend Robert Trenmell, der die Nase voll hatte von dem Theater, warnte in seiner Sonntagspredigt davor, dass in den Gemeinden der Aberglaube Einzug hielte, und gebot, mit diesen Dummheiten aufzuhören.

Miss Field war zutiefst verletzt. Sie erhob sich in der Kirche und sagte das auch.

»Reverend! Ich lasse mich nicht als dumm bezeichnen! Ich habe Mr. DeLisle in aller Deutlichkeit gesehen!« Sie wandte sich an die Kirchengemeinde. »Viele von euch haben ihn gesehen, nicht wahr?«

Angesichts des strengen Blickes ihres Pfarrers unterstützte sie keiner, und ein paar Minuten herrschte unbehagliche Stille, bis jemand rief: »Ja, ich habe ihn gesehen!«

Harry Merriman hatte sich erhoben.

Tottie, die auf der anderen Gangseite saß, erstickte fast vor Lachen, aber Reverend Trenmell durchschaute ihn.

»Setzen Sie sich, Mr. Merriman«, meinte er müde. »Wir wenden uns nun Vers ...«

Doch da war Tottie aufgesprungen. »Ich habe es auch gesehen, nicht, Harry? Wir beide haben es gesehen ... ihn.«

»Seid gesegnet, Kinder«, rief Miss Field.

»Danke, Miss Otway«, sagte der Reverend zu Tottie. »Ich möchte nun bitte, dass Sie stehen bleiben, während Mr. Merriman nach mir diesen Vers aus dem Neuen Testament wiederholt. Wären Sie so gütig, Sir?«

Harry nickte, nicht sonderlich begeistert, und Trenmell begann: »Als ich ein Kind war, da redete ich wie ein Kind und dachte wie ein Kind und war klug wie ein Kind; als ich aber ein Mann war, tat ich ab, was kindlich war.«

Als Harry die letzte Zeile wiederholte, blickte der Reverend ihn unvermittelt an.

»Und wie alt sind Sie nun, Mr. Merriman?«

»Dreizehn, Sir.«

»Dann denken Sie darüber nach«, lautete die Antwort, und inmitten der Sonntagsanzüge und Damenhauben war Kichern zu hören.

Draußen sah Tottie, wie Gillie Merriman sich wütend vor Harry aufbaute. »Warte, bis wir nach Hause kommen, du Früchtchen!«, knurrte er und stürmte an ihm vorbei.

»Oh weh! Du wirst wieder Dresche kriegen«, sagte sie zu

Harry, ohne sich darüber Gedanken zu machen, dass auch sie von ihren Eltern eine Standpauke zu hören bekäme. »Das tut mir leid.«

»Mir doch egal!« Er schüttelte sein strohblondes Haar und trat einen Stein fort.

»Was sagt deine Mutter dazu? Dass er dich schlägt, meine ich?«

Die Frage überraschte Harry. Er drehte sich zu ihr um und sah sie an. »Sie sagt, er haut mir ja nie auf den Kopf.«

Er grinste, als wäre es ein Scherz, aber seine blauen Augen waren eisig.

Harrys Gesichtsausdruck an diesem Tag vergaß Tottie nie. Und auch Harry vergaß dieses Ereignis nicht.

Er nahm sich die Botschaft des Pfarrers zu Herzen. Er musste erwachsen werden. Er würde nicht ewig der unbezahlte Farmgehilfe und Sandsack des alten Gillie bleiben. Er musste einen Weg finden, von ihm fortzukommen, ohne dass er als Landstreicher verhaftet wurde und hinter Gittern landete. Oft hatte er mit dem Gedanken gespielt davonzulaufen, doch irgendwann hatte er den Ausdruck »Landstreicher« aufgeschnappt, ihn untersucht und ihn wie ein heißes Kohlestück weggelegt.

Es musste eine andere Möglichkeit geben. Fluchtpläne zu schmieden wurde zu seinem liebsten Zeitvertreib.

Dann stritt Gillie, der griesgrämige Schotte, sich mit Mr. Buschell, dem Bankdirektor. Schrie ihn einmal zu oft an, sodass dieser sich weigerte, weiter mit ihm Geschäfte zu machen. Sagte ihm, er solle stattdessen seine Frau schicken, damit alle in der Bank ihren Frieden hätten.

Aber da machte Hester Merriman nicht mit.

»Meine Mutter hat eine Höllenangst vor Banken«, erklärte Harry Tottie. »Hat noch nie den Fuß in eine gesetzt. Sie sagt, sie kann so schlecht zusammenzählen und lässt nicht zu, dass Mr. Buschell versucht, sie zu blamieren.« Er prustete vor Lachen. »Als ob Mr. Buschell mit den Kunden an der Tür Rechenübungen machen würde! Meine Mutter ist wie ein aufgescheuchtes Huhn herumgeflattert und hat gesagt, ihre Mutter habe nie in eine Bank gehen müssen und sie werde das auch nicht.«

»Und dann?«

»Sie mussten mich hinschicken. Die Monatsrate für die Hypothek bezahle jetzt immer ich.«

»Ich glaub's nicht!«, staunte Tottie.

Harry genoss diese Bankbesuche. Mr. Buschell hielt gern einen kleinen Plausch mit ihm, wenn er Zeit hatte, und fragte ihn oft, was er vorhabe, wenn er mit der Schule fertig sei.

»Ich will mal meine eigene Farm haben«, erwiderte Harry dann, ohne hinzuzusetzen: »So weit weg von hier, wie mich die Stiefel tragen.«

Harry wuchs heran und mit ihm sein Selbstvertrauen. Sein Körperbau ähnelte nicht dem seines kräftigen grobknochigen Vaters, sondern er kam eher nach Hesters Familie, hochgewachsen und schlank mit festen Muskeln, die man sich durch schwere Arbeit erworben hatte.

Eines Abends kehrte er spät zum Essen heim. Eben stieg er die Hintertreppe hoch, als Gillie herausmarschierte und ihn beschimpfte, er habe seine Mutter warten lassen.

»Es ging nicht anders«, murmelte Harry. »Du wolltest, dass ich das Getreide in Säcke abfülle. Das hat verdammt lang gedauert.«

»Hörst du auf, vor mir zu fluchen, du Faulpelz«, brüllte Gillie. »Ich hätte das in der halben Zeit erledigt!«

»Dann hättest es halt du gemacht!«

Harry nahm die restlichen Stufen mit einem Satz und wollte sich an seinem Vater vorbeischieben, doch der donnerte mit solcher Wucht einen Besenstiel auf Harrys Rücken, dass dieser gegen die Wand stolperte. Er schwang herum und packte die erneut erhobene Waffe, entwand sie seinem Vater und schleuderte sie über den Hof. Dann stürmte er in die Küche, zog sich einen Stuhl heran und setzte sich. Da erst merkte er, dass der Tisch bereits abgeräumt worden war.

Seine Mutter hängte gerade Geschirrhandtücher auf eine Leine über dem Herd.

»Wir haben schon gegessen«, bemerkte sie. »Dein Vater sagt, du bist zu spät.«

»Bin ich nicht. Ich arbeite so schwer wie er. Ich bekomme jetzt mein Abendessen!«

Sie wandte sich um, stand in ihrem schwarzen Kleid und einer schwarzen Schürze am Herd, das strähnige Haar streng aus ihrem kantigen Gesicht gekämmt, die dünnen Lippen geschürzt, die Hände fest vor sich gefaltet, als wolle sie demonstrieren, dass die Speisekammer geschlossen sei.

»Sei's drum«, sagte sie, »zur Schule gehst du jedenfalls nicht mehr. Dein Vater sagt, du bist dort lange genug gewesen.«

»Ich muss bleiben, bis ich vierzehn bin. Das ist Gesetz!«

»Für Farmer gilt dieses Gesetz nicht.«

»Das werden wir ja sehen. Erst einmal will ich mein Abendessen.«

»Ich habe dir doch gesagt…«, begann sie.

»Schlägt er dich eigentlich auch manchmal?«, fragte er beiläufig.

»Was für eine Frage! Warum sollte er?«

»Warum muss ich es mir dann von ihm gefallen lassen?«

»Weil er auf diese Art aufgezogen wurde. Du musst lernen, dich zu benehmen.«

Harry erhob sich und baute sich vor ihr auf. »Das muss ich. Er hat mich auch so aufgezogen, und wenn du nicht tust, was ich dir sage, dann tue ich, was man mir beigebracht hat. Ich prügel dich windelweich. Und jetzt geh mir aus dem Weg!«

Sie kreischte, wich ängstlich zurück, rannte zur Küche hinaus und schlug die Tür hinter sich zu.

Grinsend nahm Harry sich einen Teller, lud sich eine große Portion warmen Kanincheneintopf auf und setzte sich an den Tisch. Draußen war Gemurmel zu hören. Er wusste, dass seine Schultage leider gezählt waren, die Schläge aber fortgesetzt würden. Außer er schlüge zurück. Aber wie sähe dann sein Leben aus?

Nach eingehender Betrachtung seiner Situation kam er zu dem Schluss, dass es sinnlos war, länger zu warten.

Als er das nächste Mal wegen der Bankgeschäfte in der Stadt war, wandte er sich an Mr. Buschell und fragte ihn, ob er ein Darlehen aufnehmen könne.

»Ein Darlehen?«, strahlte Mr. Buschell. »Wie alt bist du, Junge?«

»Vierzehn.« Harry machte sich ein Jahr älter.

»Du meine Güte, du wirst langsam groß, nicht? Aber ich fürchte, für ein Darlehen bist du noch zu jung. Die Bank hat da so ihre Bestimmungen. Wie viel brauchst du denn?«

»Fünf Pfund.« Eigentlich hatte Harry um zwanzig bitten wollen, aber dann sank ihm der Mut. Wenn man fünf Pfund hatte, konnte man kein Landstreicher sein.

»Das ist viel Geld für einen Jungen. Wozu brauchst du es denn?«

Genau die Frage, die, so hatte er gehofft, nicht gestellt werden würde. Harry blieb stumm. Er wollte etwas sagen, besann sich um und saß auf der Stuhlkante, um jeden Moment das Weite zu suchen.

»Bestimmt hättest du damit nichts Unrechtmäßiges vor, oder?«, erkundigte sich der Bankdirektor aufmunternd.

»Nein, nichts dergleichen.« Plötzlich hatte Harry eine Idee. Er brauchte Kleidung. Zum ersten Mal sah er sich mit den Augen der adrett gekleideten Bankangestellten. Ein Bauernbub mit geflickten Hosen und einem verschossenen Hemd, der nicht einmal ein eigenes Paar Stiefel besaß. Nur wenige der Jungen, die er kannte, hatten welche, aber das tat nichts zur Sache.

»Was zum Anziehen«, sagte er schließlich. »Ich brauche etwas zum Anziehen!«

»Kauft dir deine Mutter denn nichts?« Die Frage bestätigte Harry, dass Mr. Buschell sah, dass er Kleidungsstücke brauchte, und das brachte ihn ein wenig aus dem Gleichgewicht.

Nunmehr verlegen, klammerte er sich an eine Ausrede, die zu einem Grund geworden war.

»Nein, tut sie nicht«, versetzte er. »Tun sie nicht!«

Buschell nickte freundlich und Harry gab seine Zurückhaltung auf. Er ertappte sich beim Betteln.

»Sir, ich brauche fünf Pfund. Ich muss mir etwas zum Anziehen kaufen, damit ich an eine Arbeit komme. Ich muss jetzt fort und mir Arbeit suchen. Bitte! Ich schreibe Ihnen einen

Schuldschein und ich zahle alles zurück, Ehrenwort! Ich verspreche es Ihnen, Mr. Buschell. Hand aufs Herz!«

Mr. Buschell lachte. »Na, wenn das so ist, Harry. Hier …«

Er zog einen Füllfederhalter hervor und schrieb einen Schuldschein, auf dem zu lesen stand, dass Harry Merriman H. Buschell die Summe von fünf Pfund schulde. Dann fügte er das Datum hinzu und schob ihm das Papier über den Schreibtisch zu.

»Lies dir das durch, Harry und unterschreib dann, bitte. Du wirst sehen, dass ich dir fünf Pfund leihe. Das Darlehen gebe ich dir, nicht die Bank, und natürlich erwarte ich, dass du es mir zurückzahlst.«

Harry traute seinen Augen nicht, als Mr. Buschell fünf Pfund abzählte. Er erinnerte sich an die Preisschilder in den Wühlkisten mit Arbeitshemden und Hosen im hiesigen Laden und begriff, dass er sich für fünf Pfund eine Menge davon kaufen konnte. Mr. Buschell war das wohl ebenfalls klar, aber das schien keine Rolle zu spielen.

»Sieht nicht so aus, als würden diese Hosentaschen sie lange behalten«, bemerkte er, während Harry sorgfältig unterschrieb.

Harry nickte. »Ja. Die sind schon ziemlich abgetragen.«

»Dann brauchst du noch das hier.« Mr. Buschell nahm das Geld und ließ es in einen kleinen Beutel mit einer Zugschnur fallen. »So, bitteschön.« Er reichte ihn ihm hinüber. »Deine erste Geschäftstransaktion. Hand darauf!«

Als er beobachtete, wie der hochgewachsene Junge still aus der Bank marschierte, murmelte Buschell: »Ich frage mich, wohin du gehst, Harry? Auf jeden Fall aber alles Gute.«

* * *

Er brauchte auch ein Pferd, aber da hatte Harry bereits einen Entschluss gefasst. Dodds war sein Pferd. Schließlich ritt er die ganze Zeit darauf. Und sein Vater brauchte keine zwei Tiere. Also behielt Harry es. Weshalb er auch nicht mehr heimzukehren brauchte. Weitere Habseligkeiten besaß er nicht.

Aber das Sparbuch hatte er noch bei sich. Er sollte es zurück zur Bank bringen, konnte aber nicht riskieren, dass Mr. Buschell sich eines anderen besann. Daher marschierte er in den Laden, lieh sich einen Bleistift aus und schrieb auf ein Stück Papier: *Lebt wohl!*

Mehr verdienten sie nicht. Dann nahm er eine von den braunen Papiertüten, die an einer Schnur an der Theke hingen, steckte das Sparbuch mitsamt der Nachricht hinein und reichte sie Myrtle, dem Ladenmädchen.

»Gibst du das bitte meiner Mutter, wenn sie herkommt?«

»Ja. Mache ich.«

Dann war er fort. Unterwegs. Hatte vor, sich in Brisbane, wo er nicht erkannt werden würde, neue Kleidung zu beschaffen. Als er zu Dodds rannte, hätte er vor Glück am liebsten Luftsprünge gemacht. Aber da kamen Mrs. Otway und Tottie auf ihn zumarschiert!

»Du strahlst ja wie ein Honigkuchenpferd«, rief Tottie, der nichts verborgen blieb. »Du hast doch etwas vor?«

»Ähm …« Er wollte ihr nichts sagen, konnte sie aber auch nicht belügen. »Ich gehe fort«, gestand er mit gesenkter Stimme.

»Was?«, rief Tottie. »Wohin denn? Du kannst doch nicht einfach weggehen!«

An Totties Ausbrüche war Harry gewöhnt, aber nun konnte er wirklich keinen gebrauchen. »Oh doch, kann ich. Ich muss.«

»Und wohin?«, wollte sie wissen. »Sag mir, wohin du gehst!«

Ihre Mutter seufzte. Entnervt. Sie versuchte, die Situation zu entschärfen. »Harry, wir werden dich vermissen. Aber ihr Jungs werdet so langsam groß… ich wünsche dir alles Gute, mein Lieber.«

»Redest du ihm etwa zu?«, schrie Tottie. »Er ist überhaupt noch nicht groß! Er reißt aus!«

Er vergaß Mrs. Otways Anwesenheit.

»Halt den Mund, Tottie!«, zischte er. »Und schau… ich komme doch wieder. Ich falle ja nicht über den Rand der Welt!«

»Nimm mich mit!«, rief sie plötzlich. »Im Ernst. Ich suche mir auch eine Arbeit!«

»Tottie!« Jetzt reichte es ihrer Mutter. »Himmel noch mal!«

Totties Ausbruch verblüffte Harry. Leute starrten zu ihnen hinüber. Er wich zurück und schwang sich auf sein Pferd, verwirrt darüber, dass Tottie weinte.

»Bitte, Harry, geh nicht fort!«, schluchzte sie.

»Ich schreibe dir, wenn du magst«, bot er an.

Totties Mutter legte tröstend einen Arm um sie und nickte Harry gleichzeitig zu. Der verstand den Wink, wandte sein Pferd in Richtung der Kreuzung, und schon bald galoppierte Dodds die sandige Straße entlang, die sie schließlich nach Brisbane Town führen würde.

* * *

Da ihre Reise zu Ende war, wies Slim Collinson, der oberste Viehtreiber, seine Männer an, ein Lager aufzuschlagen. Sie hatten noch einiges zu erledigen, ehe sie die lange Heimreise antreten konnten. Nicht dass er ein Heim mit vier Wänden, einem Dach und einem Abort dahinter gehabt hätte. Er und seine Frau Lena und ihr achtzehnjähriger Sohn Colly führten ein Nomadenleben. Sie gingen dahin, wohin der Viehtrieb sie führte, fuhren mit ihrem Küchenwagen, ihren Ersatzpferden und ihren Männern kreuz und quer durchs Outback. Gelegentlich nahm sich einer ihrer Viehhüter einen unbezahlten schwarzen Jungen als Partner und Slim hatte nichts dagegen. Zusätzliche Hilfe war nie verkehrt. Lena behielt den Jungen dann scharf im Auge, denn ihr war klar, dass es sich in Wirklichkeit um ein schwarzes Mädchen handelte, eine junge Aborigine-Frau in schäbiger Männerkluft, das Haar kurz geschoren, das Gesicht schüchtern unter einem Schlapphut verborgen. Was diese Männer taten, um Gesellschaft zu haben, ging sie nichts an, sagte sie immer.

»Aber sie behandeln ihr armes schwarzes Mädchen besser anständig. Sonst gibt's Ärger!«

Auf diesem Viehtrieb war nur eine Schwarze dabei, Jacky.

Nachts schlugen sie und ihr Kerl ihr Lager etwas abseits von den anderen auf und keiner machte großes Aufheben deswegen.

Während sie darauf warteten, dass der Besitzer der angehenden Viehfarm mit den eigenen Männern erschien, errichteten Slims Männer Zäune, pferchten die Pferde ein und befreiten diese dann von den Fußfesseln, die für den Treck verwendet worden waren. Es war ein Zugeständnis an den Farmbesitzer, der diese Zäune für die eigenen Pferde brauchen würde. Tagsüber war es unter dem opalblauen Himmel noch immer heiß, aber nachts wurde es so kalt, dass sich die Männer daran machten, eine Schutzhütte aus mit Lehm beworfenem Flechtwerk zu bauen, für die sie alle sehr dankbar waren, als sich die Tage hinzogen und vom Besitzer, bei dem es sich, wie Harry erfuhr, um einen gewissen Mr. Palliser handelte, immer noch nichts zu sehen war.

Slim machte sich Sorgen. »Palliser will hier eine Außenstation gründen. Seine Hauptfarm, Cameo Downs, beginnt siebzig Meilen nordöstlich von hier. Es ist ein großer Besitz, umfasst bereits tausend Quadratmeilen oder mehr. Aber er möchte gern noch die Flussebenen hinzunehmen.«

»Cameo Downs wird jetzt also bis zu diesem Fluss vergrößert?«, staunte Harry. »Wofür braucht dieser Palliser denn nur so viel Land?«

»Um noch mehr Rinder zu züchten!«, erwiderte Lena. »Allerdings sollte er inzwischen hier sein. Komm, ich zeige dir ein paar der Bäume, die sie gekennzeichnet haben. Auf die Art findet Slim diese Siedlungsgrundstücke überhaupt nur im Outback.«

Sie ritten zurück auf die Viehroute und Lenas scharfes Auge entdeckte die markierten Bäume schon lange vor Harry. Sie deutete auf die ockerfarbenen Ameisenhügel, seltsame Monolithe, die verstreut in der Landschaft standen, manche davon fast zwei Meter hoch. »Auf denen findest du auch Markierungen.«

»Wo hört diese Außenstation denn dann auf?«, wollte er wissen.

»Nun, der Fluss ist die Grenze, und gleich dort drüben, bei der purpurnen Hügelkette, hat Palliser laut Slim dann Einhalt geboten. Das ist seine andere Grenze.«

Harry sah hinüber. »Wem gehört die andere Seite?«

»Wer immer sie markiert und sich darauf ansiedelt«, erwiderte sie. »Andererseits«, setzte sie leise hinzu und deutete mit dem Kopf zu der Hügelkette, »vielleicht auch nicht. Wir drehen besser um.«

Erst da sah Harry die drei Aborigines. Sie standen erhöht, gleich über ihnen. Ihre Körper waren so bemalt, dass sie in der Gruppe struppiger Gummibäume, in der sie standen, kaum auszumachen waren.

»Wir gehen leise davon.« Lena wendete ihr Pferd in Richtung des Lagers. »Erschreck sie nicht. Zeig ihnen, dass wir ihnen nichts Böses wollen. Reite einfach den Weg zurück.«

Harry fragte sich, was sie drei bärtigen Männern Böses antun konnten, wo Lena und er doch auf der Suche nach Markierungen ohne Gewehre losgezogen waren. Slim und ein paar Buschveteranen ermahnten immer alle, nie ohne Flinte loszuziehen, hauptsächlich wegen der Schlangen und anderer Buschgefahren, darunter auch den Wilden, wobei Harry Letzteres stets ein wenig übertrieben gefunden hatte.

Seitdem er mit der Schule fertig war, hatte er ständig mit Schwarzen zu tun gehabt. Als einfacher Farmgehilfe hatte er sich Arbeiten mit Aborigine-Jungen geteilt, und auch auf den großen Farmen, auf denen er, als er älter war, als Viehtreiber gearbeitet hatte, hatte es Aborigines gegeben, von denen sich viele als erstklassige Treiber und Reiter erwiesen hatten. Er hatte ihre Familien kennengelernt, ihre Stämme, hatte sich mit ihnen das Essen geteilt und am Lagerfeuer gesessen. Ihm war klar, dass ihnen übel mitgespielt wurde, und er hatte Verständnis für ihre Probleme. Sogar zu Korroboris war er eingeladen worden und er hatte diese sehr genossen. Derart an die Gesellschaft Schwarzer gewöhnt, reagierte er nun nur langsam. Vielleicht sogar neugierig. Warum nicht mit ihnen reden? Wer waren sie? Von welchem Stamm kamen sie? Die meisten der ihm bekannten Familien waren Kamilaroi.

Aus der Nation der Kamilaroi, wie ihre Ältesten zu sagen pflegten.

Sein Pferd hatte die Dringlichkeit in Lenas Stimme herausgehört. Oder vielleicht hatte es die Witterung der drei fremden Männer aufgenommen, doch als Harry es wenden wollte, sprang es zunächst seitwärts und stürmte dann an Lenas disziplinierterem Pferd vorbei nach vorn.

Harry schaffte es, es ein paar Meter vor Lena wieder zu zügeln, aber als er sich zu ihr umwandte, um mit ihr zu sprechen, hörte er den dumpfen Aufschlag. Hörte ihn, bevor er den Speer sah, der sich in ihren Rücken gebohrt hatte und sie aus dem Sattel hob. Langsam glitt sie hinunter, mit weit offenem Mund, als ob der Schrei, den sie auszustoßen versucht hatte, sich nicht mehr in ein Geräusch hatte verwandeln dürfen.

Harry war es, der schrie. Er sprang von seinem Pferd und versuchte, sie aufzufangen, mit diesem kräftigen Speer, der über ihnen schwankte, und sie auf den Boden zu legen … aber wie? Auf die Seite? Verängstigt und zitternd versuchte er, zu einer Entscheidung zu kommen. Fragte sie, Lena, was er tun solle. Dem Tod war er schon zuvor begegnet. Tod durch Unfälle, Schlangenbisse. Einmal hatte er einen Ertrunkenen aus dem Wasser gezogen, aber dies … der Speer? Sollte er ihn herausziehen? Würde sie das retten? Würde er ihr damit weitere Qualen bereiten? Er hatte schon zuvor Speere zu Gesicht bekommen. Manche davon hatten gezackte Spitzen. Würde er sie damit nur noch mehr verletzen, wie zackige Fischhaken es taten?

Sie bewegte ihren Arm, als wolle sie an das fürchterliche Ding, das in ihr steckte, herankommen und flüsterte: »Hilf mir. Zieh es raus!«

Er legte seine Hand fest auf ihren blutigen Rücken und ergriff den glatten Speer. Er spürte, wie Lena die Zähne zusammenbiss, sah, wie sie bei seinem Versuch, den Speer behutsam herauszuziehen, die Stirn furchte und die Augen zusammenpresste. Allmählich wurde eine blutige Steinspitze sichtbar, doch dann gab ihr Körper auf. Gerade als der Speer unbeschädigt herauskam, sackte Lena zusammen. Ihr Gesicht glättete sich unvermittelt. Als sei sie erleichtert, dass es vorbei war, stieß sie einen lauten Seufzer aus und schloss die Augen.

Harry warf den Speer fort, riss ein Stück Stoff von ihrer Bluse, knüllte es zusammen und drückte es auf die Wunde. Dabei redete er auf sie ein, ununterbrochen, bis ihm auffiel, dass Lena still war. Zu still. In ihr pulsierte kein Leben mehr. Sie lag in dem Rispengras. Es strich sanft über ihr Gesicht, zärtlich …

Er wirbelte herum, erinnerte sich an die Angreifer, erinnerte sich daran, dass einer von ihnen diesen Speer geworfen hatte, und fing an, sie anzuschreien, sie wegen dieser entsetzlichen Tat zu beschimpfen, dieser unnötigen, blutigen Abscheulichkeit, die sie begangen hatten, und rief sie verrückterweise um Hilfe an.

Aber er erhielt keine Antwort. Die Aborigines waren nirgends mehr zu sehen. Er blieb hocken und beobachtete Lena. Wartete. Hatte Angst, sie aufzuschrecken. Sie sah so friedlich aus.

Helle Wolken trieben auf den Bergrücken zu. Ein Waran stolzierte über die Lichtung und die Pferde wurden unruhig. Ein Würgervogel gab versuchsweise ein paar Töne von sich und erfüllte die Luft dann mit Melodien. Sein Lied erinnerte Harry an die Flöte, die Totties Mutter immer gespielt hatte.

Er schüttelte den Kopf. Wie konnte er jetzt an Tottie denken! Er musste sich um Lena kümmern.

Es kam ihm respektlos vor, sie wie ein Bündel auf das Pferd zu hieven, folglich ergriff er einfach die Zügel, nahm Lena hoch, so gut es ging, und trug sie selbst. Sie war wesentlich schwerer als gedacht, aber er konnte es nicht über sich bringen, sie allein zurückzulassen, während er Hilfe holte.

Im Lager hörte Jacky ihn rufen. »Was war das?«, fragte sie.

Keiner sonst hatte da draußen in dem wilden offenen Land etwas gehört, nicht einmal das Plätschern des träge dahinfließenden Flusses.

»Das hast du dir eingebildet«, sagte der Boss zu dem kleinen schwarzen »Jungen«.

Aber Jacky war sich sicher. Sie hatte jemanden gehört und in ihrem Kopf hallte das Schreien immer noch nach. Sie machte sich in die Richtung des Geräusches auf, ihre bloßen Füße glitten über die seidige rote Erde, folgten seinem Ursprung so sicher wie man einer Kräuselung in einem Teich folgte. Im Laufen rief sie: »Ku-i, ku-i«, ein peitschengleicher Ruf, der noch tief im Busch zu hören war und die Würgerkrähe nachmachte. Oder vielleicht machte die Krähe ihn auch zuerst.

Womöglich hätte Harry sie hören können. Aber er nahm nichts wahr. Benommen stolperte er mit Lena dahin. Hätten sie es gewollt, so hätten die beiden Pferde das Weite suchen können, denn er hatte ihre Zügel losgelassen, sie vergessen. Aber da sie die Gefahr spürten, trotteten sie hintereinander hinter ihm her.

Doch dann hörten sie Jacky und Lenas Pferd war es, das mit einem traurigen Wehklagen antwortete und Jacky durch den Busch zu ihnen stürmen ließ.

»Harry!«, rief sie. »Was ist passiert? Was is mit Lena los? Oh Gott, sie tot, Harry? Sie tot? Was ist passiert? Von Schlange gebissen?«

Er schüttelte den Kopf und legte Lena unter einem dürren Baum ins Gras.

»Du passt auf sie auf. Ich hole Hilfe«, erklärte er Jacky, erinnerte sich dann jedoch an die Angreifer. Vielleicht waren sie noch in der Nähe und beobachteten sie. Er konnte die Kleine hier unmöglich allein zurücklassen.

»Nimm Lenas Pferd«, sagte er. »Beeil dich. Hol den Boss!«

Als er von Lenas Tod erfuhr, war Slim am Boden zerstört. Und als man ihren Leichnam hergebracht hatte, machte er sich mit einer Schar Reiter in ohnmächtigem Zorn auf die Jagd nach den Wilden.

Verzweifelt suchten sie die Gegend ab, in der der Angriff stattgefunden hatte, stürmten in das Vorgebirge, das zu dem hohen Bergkamm mit seinen zerklüfteten Flanken führte, die für behende Kletterer den perfekten Fluchtweg abgegeben haben mochten.

Bei Einbruch der Nacht kehrten alle Reiter ins Lager zurück

und lungerten nervös am Küchenwagen herum, während Jacky Bohnen- und Rindfleischeintopf mit altbackenem Brot ausgab. Wie üblich machten sich zwei Männer auf, um über Nacht die Rinderherde zu bewachen und sie ruhig zu halten. Jedoch wurden nun für den Fall, dass sich in der Nähe weitere feindselige Aborigines aufhielten, auch noch zwei zusätzliche Männer zur Bewachung des Lagers gesucht. Harry meldete sich freiwillig, doch Tom Dunne, einer der Viehtreiber, lehnte sein Angebot ab.

»Du als Wache! Du konntest ja nicht mal auf Lena aufpassen!«

»Ah, hör auf damit, Tom«, ertönte eine Stimme aus der Dunkelheit.

Harry war dankbar, dass jemand für ihn Partei ergriff, aber ein großer Trost war es nicht. Gewiss gaben viele ihm die Schuld an dem Unglück, und warum auch nicht?

Slim blieb in dem Schuppen, in dem der in Decken eingehüllte Leichnam seiner Frau lag, und seine Söhne und zwei seiner alten Kumpel leisteten ihm Gesellschaft. Sie packten eine Flasche Rum aus und redeten die ganze Nacht. Bei Sonnenaufgang machten sie sich an die Vorbereitungen für die Beerdigung.

Von Schuldgefühlen geplagt, versuchte Harry Slim zu sagen, wie leid ihm alles tue, doch der Viehtreiber legte ihm eine Hand auf die Schulter. »Was geschehen ist, ist geschehen, Freund. Dank einfach deinen Sternen, Harry, dass dich nicht dasselbe Schicksal ereilt hat.«

Während des traurigen kleinen Gottesdienstes an Lenas Grab im Schatten eines hübschen Coolibahbaumes schwirrte wie zum Salut ein riesiger Schwarm rosa und grauer Kakadus über sie hinweg. Als Slims Sohn Colly von der besten Mama sprach, die man haben könne, weinte Slim und dankte Harry zu dessen Überraschung, dass er bei ihr geblieben war.

»Wäre sie schutzlos dagelegen, hätten sich Dingos an sie ranmachen können«, erklärte er. »Oder diese schwarzen Bastarde selbst.«

Harry wollte sagen, dass ihm dergleichen gar nicht in den

Sinn gekommen war. Was Lena zugestoßen war, hatte ihn so mitgenommen, dass er geblieben war, um ihr Gesellschaft zu leisten; er hatte sie an dieser einsamen Stelle nicht zurücklassen wollen. Doch er behielt diese Gedanken für sich, weil sie ihm nun töricht schienen.

Danach versuchte Slim herauszufinden, was zu dem Angriff geführt hatte. Er hörte sich Harrys Beschreibung der drei Männer an und sagte: »Bei Gott, das klingt nach Kriegsbemalung! Aber wieso? Den ganzen weiten Weg über hatten wir keinerlei Probleme. Ein ganzer Haufen von ihnen hat uns gesehen, darauf wette ich, aber sie haben uns vorbeiziehen lassen. Wieso jetzt? Und warum nur drei von diesen Scheißkerlen? Und wo steckt Palliser mit seinen Leuten? Das würde mich doch wirklich mal interessieren. Er ist seit zwei Wochen überfällig. Ich gebe ihm noch zwei Tage, weil ich Lena noch nicht verlassen möchte, aber dann packen wir zusammen. Ich brauche drei Freiwillige, die hierbleiben und sich um die Herde kümmern. Ihr werdet gut bewaffnet. Wer möchte?«

»Ich bleibe«, meldete sich Harry in dem Bewusstsein, dass es für alle Beteiligten besser war, wenn er und Slims Leute getrennte Wege gingen.

»Ich auch«, nickte Matt, der ebenfalls das erste Mal bei einem Viehtrieb dabei war.

Ginger Magee, ein alter Hase, klopfte Asche aus seiner Pfeife. »Auf die beiden Frischlinge muss ja wohl jemand ein Auge haben. Was geschieht eigentlich mit der Herde, wenn Palliser nicht auftaucht?«

»Das muss ich mir noch durch den Kopf gehen lassen«, erwiderte Slim.

An diesem Abend aber ritten Palliser und drei Viehtreiber in das Lager ein. Sie waren durstig, erschöpft und völlig verdreckt, beschlossen jedoch klugerweise, sich den Luxus eines Flussbades erst zu gönnen, wenn es wieder hell war, um einer unliebsamen Begegnung mit den Krokodilen aus dem Weg zu gehen.

Doch als der Morgen dämmerte, erhob sich unvermittelt ein Wirbelwind, der so gewaltig war, dass ihre Unterkünfte zertrümmert wurden, der Wagen umkippte und die Ausrüstung in alle Richtungen davontrieb. Der Wind, dicht mit Sand durchsetzt, peitschte gegen die Männer, die sich zum Schutz vor fliegenden Trümmern flach auf den Boden legten. Sie hofften bei Gott, dass die Rinder nicht in wilder Flucht davonstoben. Glücklicherweise hatten diese Tiere bereits Sandstürme erlebt und drängten sich mit gesenkten Köpfen zusammen. Lediglich ein Pferd nahm Reißaus und galoppierte in Richtung Fluss davon.

Als der Wirbelsturm schließlich nachließ, stolperten alle zum Fluss, um sich den Sand aus den Augen zu waschen, doch am Wasser fiel ihr erster Blick auf ein riesiges Krokodil, das an dem ertrunkenen Pferd zerrte.

Danach hatten alle endgültig genug.

Palliser war ihnen noch immer eine Erklärung schuldig, warum er so spät am vereinbarten Ort erschienen war, aber das konnte warten. Er war noch immer erschüttert darüber, dass Lena von Schwarzen ermordet worden war, denn er kannte sie und Slim seit Jahren. Kannte sie als die zuverlässigsten Viehtreiber im Outback.

Doch das Leben ging weiter. Er bezahlte Slim für seine Arbeit und gab ihm obendrein noch ein zusätzliches Pfund als Glücksbringer.

Da Palliser nun da war, musste keiner mehr freiwillig die Rinder hüten. Doch Harry sprach ihn an und wurde in seine Mannschaft aufgenommen.

Wieder einmal arbeitete er als Viehhüter, diesmal für die bekannte Cameo Downs-Farm.

Kapitel 7

Langley Palliser war auf der Farm des Vaters westlich von Brisbane aufgewachsen und hatte seine schulische Ausbildung an der *Sydney Grammar School* erhalten. Er genoss alle Vorteile eines Gutsherrensohnes und war nun, im Alter von dreißig Jahren, genauso ehrgeizig wie sein Vater. Gemeinschaftlich hatten sie die riesige Rinderfarm Cameo Downs erschlossen und beabsichtigten nun, ihre Rinder aus dürregeplagten Gegenden in regenreichere zu treiben, wann immer die Notwendigkeit dazu bestand. Gewiss ergänzten sich diese beiden Besitzungen, die Hunderte von Meilen auseinanderlagen, geradezu ideal, was Klima und Niederschlag anging, dennoch behielt Palliser Senior die Märkte, die bessere Preise boten, genauestens im Auge.

Zunächst hatte Langleys Großvater einfach Weideland jenseits der Grenzen der Zivilisation markiert und seine Rinder darauf getrieben, wohl wissend, dass es eine Weile dauern würde, ehe die Regierung einschreiten und fordern konnte, dass dieses riesige Gebiet als Pachtland registriert würde. Die nächste Generation kaufte den Pachtbesitz dann und war nun endgültig Eigentümer einer großen Farm.

Die Pioniere gerieten allerdings schon bald in blutige Konflikte mit Aborigines. Nach Störungen und Angriffen von Seiten der Schwarzen wurde umgehend und willkürlich Vergeltung geübt, bis sich die Stämme auflösten und die einzelnen Familien sich um Frieden bemühten.

Langley wusste, dass er sich auf den Widerstand der Schwarzen gefasst machen musste. Auch wenn zwei Männer seines Onkels durch die Wilden zu Tode gekommen waren, taten sie ihm in gewisser Hinsicht leid. Die Geschichte hatte gezeigt, dass sie gegen die Weißen keine Chance hatten. Es war lediglich eine Frage der Zeit, bis ihre Stämme ausstarben. Und er hoffte, er könnte Cameo Downs unterdessen mit möglichst wenig Schwierigkeiten führen.

Da war er also, stand mit seiner Pfeife auf der Veranda seines Farmhauses, ein Bild von einem Mann mit kurz geschnittenem schwarzem Haar, glatter Haut, blauen Augen und guten Zähnen. Langley war stolz auf seine gleichmäßigen Zähne; er hielt sie für einen Beweis guter Herkunft. Er hatte ein Mädchen geheiratet, dem zwar keine Mitgift mitgegeben worden war, das dafür aber prachtvolle Zähne hatte.

Er bestand darauf, jeden neuen Angestellten persönlich anzusprechen, sofern es die Zeit erlaubte. »Wenn Sie auf Cameo Downs arbeiten wollen«, sagte er dann, »hören Sie mir besser gut zu. Ich bin ein gottesfürchtiger Mann und ich möchte keinen Ärger mit den Schwarzen. Ich lasse nicht zu, dass man sie schikaniert. Erstens: Lassen Sie ihre Frauen in Ruhe. Zweitens: Schießen Sie nur auf sie, wenn Sie um Ihr Leben fürchten. Drittens: Sollten Sie sich je einer Jägertruppe anschließen, die hinter Schwarzen her ist statt hinter Wild, lasse ich Sie aufknüpfen. Verstanden?«

Zu seiner Bestürzung stellte er fest, dass auf seinem neuen Besitz in Queensland mehr Schwarze umherstreiften, als sein Großvater in seinem ganzen Leben zu Gesicht bekommen hatte, und dass sie dreister waren. Sie marschierten über sein Land, als würde es ihnen gehören, stellten sich taub, wenn man sie bat, sich vom Farmgebäude und den Schuppen fernzuhalten, und nahmen sich alles, wonach ihnen der Sinn stand, sobald man ihnen den Rücken kehrte. Selbst als er deshalb eigens einen schwarzen Übersetzer hinzuzog, wurde es nicht besser. Mit den rund einhundert Schwarzen jedoch, die zwei Meilen vom Farmgebäude entfernt ihr Lager hatten, lebte er in Frieden. Damit das so blieb, schenkte er ihnen alle drei Wochen einen frisch geschlachteten Ochsen und freute sich, wenn sie vor Dankbarkeit strahlten.

Abgesehen von einigen bedauernswerten Vorfällen, wie etwa, dass ein Schwarzer bei einer Prügelei mit einem Farmgehilfen ums Leben kam, oder dass sich eine Aborigine-Frau mit einem Trupp Einzäuner davonmachte oder von ihnen entführt wurde, schien auf Cameo Downs alles im Griff. Doch dann kam es in einem rund zwanzig Meilen von der Farm gelegenen Fuhrmannslagerdorf zu Problemen.

Das Lagerdorf, das aus einem Kramerladen, einer Schmiede und ein paar provisorischen Hütten bestand, wurde von Ochsengespannen besucht, die Nutzholz und andere schwere Ladungen, wie etwa Wassertanks, transportierten. Pferdefuhrwerke zogen hindurch und mitunter kamen auch Afghanen mit ihren Kamelen des Wegs, die hauptsächlich Erze und Mineralienproben für Mineralogen weiterbeförderten. Genau wie die Viehtreiber kamen die Fuhrmänner aus allen Himmelsrichtungen und ihr Leben war ebenso rau, denn hier im Landesinneren mussten sie mit extremen Wetterverhältnissen auf größtenteils unwegsamem Land fertig werden.

In diesem Lagerdorf, aufgrund des hier konsumierten Alkohols als Barleycorn's Retreat bekannt, wurde – zumeist mit bloßen Fäusten – so mancher denkwürdige Boxkampf ausgetragen, der sich, Mann gegen Mann, über mehrere Stunden hinziehen konnte. Auch alkoholbedingte Schlägereien waren an der Tagesordnung, da sich dort draußen, wo Fuchs und Hase sich gute Nacht sagten, wenig andere Unterhaltung bot. Man zog weiter und hatte die Schlägereien schon bald wieder vergessen.

Doch eines Abends kam es zu einem echten, folgenreichen Zusammenstoß. Jemand war in den Laden eingebrochen, hatte verschiedene Nahrungsmittel gestohlen, Käse, Eier, Mehl und Tee, der ohnehin schon zur Neige ging, und, was am schlimmsten war, die letzten Alkoholvorräte. Rum und Whisky.

Unbändiger Zorn brach los. Schuldzuweisungen folgten auf dem Fuße. Es kam zu Streitereien. Zelte wurden durchsucht. Ladungen umgestoßen. Der Ladenbesitzer schickte nach der

Polizei, die viel zu weit weg war, als dass es sie gekümmert hätte. Jemand erinnerte sich, dass die Afghanen bei Sternenlicht aufgebrochen waren, und ein paar Männer ritten ihnen hinterher, kehrten jedoch zu Mittag mit leeren Händen, müde und noch durstiger zurück. Sie fanden den Ort nahezu verlassen vor.

»Die haben sich alle aus dem Staub gemacht«, klagte der Ladenbesitzer.

In ihrer Abwesenheit wurde erklärt, die Diebe seien offensichtlich »Abos« gewesen und einige Männer machte sich auf die Suche nach ihnen. Sie fanden ein Lager am Mischief Creek.

Die wilden Reiter hatten nicht unbedingt nur Böses im Sinn, als sie zwischen die Leute ritten, die dort an dem rasch dahinfließenden Bach ihr Lager aufgeschlagen hatten. Manche schliefen nahe bei ihren Kindern; andere saßen einfach nur am Lagerfeuer und plauderten.

Das laute Hufgetrappel kam für sie völlig überraschend. Manche rannten in Deckung. Andere wachten auf und liefen verschlafen herum. Verwirrt vom Gebrüll. Entsetzt über die Schreie, denn ihre Angreifer verschwendeten keine Zeit mit Fragen, sondern setzten ihre Gewehrkolben sogleich wie Kriegskeulen ein. Doch dann kamen die Schwarzen mit echten Keulen aus der Dunkelheit und schlugen mit einer solchen Wucht auf Reiter und Pferde ein, dass die Tiere in die Schreie einstimmten und Männer niedergestreckt wurden. Daraufhin kamen die Gewehre zum Einsatz und in dem heftigen Tumult fielen viele Schüsse.

Dann herrschte Stille und die Reiter zogen sich aus dem Lager zurück. Nur einer der Fuhrmänner sprang von seinem Pferd, um sich das Blutbad näher anzusehen, und das auch nur, weil er seinen Bruder suchte.

Er entdeckte ihn eingequetscht unter seinem verwundeten Pferd und schrie um Hilfe. Zwei Männer zerrten den Toten hervor und zusammen gelang es ihnen, den schweren Leichnam auf das blutende Pferd zu hieven und es von dort fortzuführen.

Der Ladenbesitzer berichtete, eine Aborigine-Frau sei mit einem gebrochenen Arm Hilfe suchend zu seiner Frau gekommen. Neun Aborigines seien getötet worden, darunter drei Frauen und zwei Kinder. Die Familien hätten ihre Toten mitgenommen, um sie zu beerdigen, erzählte er. Wie der Fuhrmann auch.

»Alle anderen sind auf und davon«, erklärte er. »Und mein Sohn ist aufgebrochen, um das Ganze der Polizei zu melden.«

An diesem Abend kam die Aborigine-Frau zurück, um sie zu warnen, und er, seine Frau, seine Tochter und der Schmied versteckten sich im Busch und warteten auf das Unvermeidliche. Der Laden, die Schmiede und die Unterkunftshütten wurden von einer stummen, grimmigen Gruppe Schwarzer in Schutt und Asche gelegt.

Die Nachricht von den Ereignissen am Barleycorn's Retreat verbreitete sich rasch im Distrikt und versetzte alle in Alarmbereitschaft. Mehrere Fuhrmänner beschlossen, an dem nunmehr als One Tree Hill bekannten Ort entlang einer Rinderroute, die durch Cameo Downs verlief, ein neues Lagerdorf zu errichten.

Langley Palliser hatte nichts dagegen, dass sie die Rinderroute benutzten, da man die Gegend gar nicht anders hätte durchqueren können, und sie bald schon zu einer viel benutzten Straße würde. Aber er gestattete ihnen nicht, sich auf seinem Land zu versammeln. Ihm war zu Ohren gekommen, dass es in dem Gebiet nun mehrere Sippen fremder Schwarzer gab und das machte ihm Sorgen. Deshalb signalisierte er den ansässigen Aborigines, er würde den bösen Männern nicht erlauben, sich auf seinem Land breitzumachen.

Als die Fuhrmänner, von denen die meisten mit dem scheußlichen Verbrechen nichts zu tun hatten, sich über sein Verbot hinwegsetzten, schickte er bewaffnete Männer, um sie loszuwerden und erzürnte damit deren Anführer, die drohten, Lieferungen jedweder Art zu seiner Farm zu boykottieren.

Palliser rächte sich, indem er eine Rinderherde durch ihr Lager trieb und dadurch ihre Ausrüstung und Behelfsunterkünfte zerstörte. Danach traf er Schutzvorkehrungen für die eigene Familie. Sein Gutshof war bereits eingezäunt, doch nun umfriedete er seine sonnige Veranda, legte geladene Gewehre griffbereit, grub von dem als Kühlraum benutzten Keller einen Gang zu einer verdeckten Falltür außerhalb des Hauses und bestand darauf, dass seine Frau und Kinder einstweilen im Haus blieben.

Er hatte sein Bestes getan und ging nun wieder seinen normalen Tätigkeiten nach, wobei er den Nachrichten über das Massaker und das Feuer im Lagerdorf, von dem er schließlich per Buschtelegraf erfuhr, große Aufmerksamkeit schenkte. Doch war es nicht leicht, die Spreu vom Weizen zu trennen. Inzwischen behaupteten manche, die Schwarzen hätten zuerst das Lagerdorf angegriffen, und die Fuhrmänner hätten Vergeltung geübt, und überdies sei dabei nur ein Schwarzer getötet worden!

Dann wurde die Aborigine-Frau mit dem gebrochenen Arm, der sehr fachgerecht geschient worden war, zusammen mit einigen der Leute von Cameo Downs gesehen, und Palliser versuchte mit ihr zu sprechen, aber sie war zu verängstigt, um zu antworten.

Die Sonne ging gerade unter, als er von der Dachwache unten bei den Männerunterkünften zwei Warnschüsse vernahm, und er eilte vor sein Haus.

Er sah rund zehn bemalte Männer, die in einigem Abstand hinter dem Zaun standen, und erkannte darunter einige Schwarze von Cameo Downs. Aber er musste auf das Signal reagieren, trat daher vor und feuerte zwei Schüsse in die Luft.

Die Männer vor ihm rührten sich nicht.

»Was wollt ihr?«, rief er und dachte bei sich, er hätte so ein Sprachrohr kaufen sollen, wie sie Auktionatoren immer benutzten. Das hätte diese Burschen aufgerüttelt.

Ein magerer älterer Mann, den er nicht kannte, trat vor. »Wo Männer, die unsere Leute töten, Boss?«

»Das schlechte Menschen. Sie sind auf und davon.«

»Du sie bringen zurück, ja?«

»Bedaure. Ich wünschte, ich könnte es. Aber ich kenne sie nicht.«

Der Alte rammte seinen Speer in den Boden. »Finde sie, Boss!« Es war eindeutig eine Drohung. Er fletschte seine Zähne und Langley ging durch den Kopf, wie gut sie doch seien. »Sie unsere Leute töten!«

»Sie sind nicht hier. Was kann ich tun?«

Jemand hinter dem Alten unterbrach ihn und über die nun folgende schnelle Diskussion schienen sie ihr kämpferisches Anliegen zu vergessen. Offensichtlich bekam der Älteste Anweisungen. Dann drehte er sich wieder um.

»Polizei, Mister. Wo deine Polizei?«

Gute Frage, dachte Langley. Wo zum Teufel steckt die? Ich habe noch keinen Ton von ihr gehört.

Er ging auf sie zu. Sprach sie über ihren Führer alle an.

»Ich bedaure die Morde genauso wie ihr. Schreckliche Sache. Ich habe nach der Polizei mit ihren Gewehren gerufen und sie suchen nach den Mördern. Sobald sie sie erwischt haben, peng! Tot! Okay?«

Der Älteste war sich nicht sicher, ob er das glauben konnte.

Langley fuhr fort: »Ihr gute Männer. Ihr alle gute Männer. Ich hole die Polizei her und ihr erzählt ihnen, was passiert ist. Einverstanden?«

Nach weiteren Diskussionen erklärten sie sich schließlich bereit, sich zu zerstreuen. Erst da entdeckte Langley an den Seitenlinien vier seiner Männer, bewaffnet.

Die abziehenden Schwarzen taten ihm leid. Es tat weh, eine solch niedergeschlagene Gruppe von Möchtegernkriegern in die Nacht gehen zu sehen.

Er schrieb daraufhin einen Brief an den obersten Polizeibeamten in Brisbane, in dem er um Aufklärung über die Vorfälle mit Schwarzen und Fuhrmännern am Mischief Creek bat, »die zu viel Unruhe geführt und in der Nähe wohnhafte Weiße in Gefahr gebracht haben«. Dann, fast schon zwei Wochen zu spät, machte er sich auf, mit einigen Viehtreibern zum vereinbarten Ort am Thompson River zu reiten, wo Slim mit seinen Rindern auf ihn wartete.

Unterwegs kamen sie an verlassenen Schwarzenlagern und

den Kadavern etlicher Rinder vorbei, die offenbar nicht um der Nahrung willen, sondern aus purer Willkür getötet worden waren. Oder aus Rache. Wer konnte das schon wissen?

In dieser Nacht wechselten sich erschöpfte Männer darin ab, Wache zu schieben, während die anderen schliefen. Aber irgendjemand musste eingenickt sein, denn am Morgen entdeckten sie, das bis auf eine all ihre Wasserflaschen fort waren.

»Ich schätze, irgendwelche Schwarzen von der Farm sind ausgerastet, Boss«, meinte einer seiner Männer zu ihm. »Woher sollten die Burschen denn sonst wissen, wie Wasserflaschen überhaupt aussehen?«

»Da ist was dran«, nickte Palliser. Da es unter den Schwarzen aufgrund der Morde am Mischief Creek brodelte, erschien es ihm ratsamer, die neue Herde zunächst eine Weile auf seine heimatlichen Weiden zu treiben. Futter hatte er noch genügend. In Zeiten wie diesen riskierte man zu viel, mit nur wenigen Männern Außenstationen zu betreiben.

Als sie Slims Lager schließlich erreichten und die Viehtreiber im Schockzustand über die Ermordung Lena Collinsons antrafen, stand sein Entschluss endgültig fest. Er hatte Zeit. Das Land war als Teil Cameo Downs markiert; es hatte keinen Sinn, zu diesem Zeitpunkt Leben aufs Spiel zu setzen.

»Wir ziehen ab«, erklärte er seinen Männern, als die Viehtreiber fort waren. »Wir bringen die Herde in die Nähe der Hauptfarm, bis ich hier berittene Polizei herholen kann, die für Ordnung sorgt.«

Wohlbehalten zu Hause zurück, schrieb Langley an den Polizeipräsidenten in Brisbane und darauf einen weiteren Brief an seinen Vater, in dem er ihm mitteilte, dass er sich aufgrund der Aktivitäten der Schwarzen einstweilen vom Weideland am Thomson River hatte zurückziehen müssen.

Wie wäre es denn, dem neuen Premierminister von Queensland, wer auch immer das sein mag, mitzuteilen, dass im äußersten Westen zum Schutze von Viehzüchtern und Wissenschaftlern, die bereits behaupten, das Land sei reich an Kupfer und anderen Mineralien, mehr Polizisten stationiert werden müssten?

Du sagst ja immer wieder, die Regierung sei knapp bei Kasse. Nun, Kupfer brächte ihr Geld ein, doch ohne Schutz werden wenige im Westen arbeiten wollen. Schon für uns ist es ja schwer genug, alles am Laufen zu halten. Wir brauchen hier draußen mehr Polizeischutz. Die nächste Polizeiwache liegt fünfzig Meilen entfernt und ist lediglich mit zwei Mann besetzt. Das ist lächerlich! Einige Fuhrmänner sind Amok gelaufen und haben neun Schwarze umgebracht. Die Folge: Vergeltung. Und da sich niemand die Mühe macht, die Vorfälle zu untersuchen, werden die Schwarzen mutiger.

Bitte schärfe dem Premierminister ein, dass die Dörfer, die uns versorgen, nicht mehr zu halten sind, wenn wir Viehzüchter anderswohin ziehen. Zu schade, dass Palmer nicht mehr an der Macht ist. Er kennt das Hinterland und hätte zu unserem Schutz Militär geschickt.

Er dankte seinem Vater, dass er ihm die neuen Rinder geschickt hatte, von denen die meisten in guter Verfassung angekommen seien, setzte den Brief mit Berichten über die Kinder und Farmangelegenheiten fort und unterschrieb schließlich mit *Dein dich liebender Sohn Langley*.

Ein paar Tage später erhielt er einen Willkommensbrief von seinem Bruder Charlie, der beim Verfassen der Zeilen die neuesten Nachrichten natürlich noch nicht vernommen hatte.

Langley war so stolz auf Charlie, der nun einer der führenden Chirurgen der Kolonie war, und erzählte den Leuten stets, er selbst hätte hinter der Tür gestanden, als Hirnmasse verteilt wurde, sodass Charlie auch seinen Anteil erhalten hätte.

»Ich bin bloß ein Buschmensch«, meinte er immer. Aber er und Langley wussten, dass er es gar nicht anders wollte.

»Ja, ein Busch-Boss mit Spitzenverdiensten«, erwiderte Charlie dann lachend.

Sein Bruder hatte sich Rosa Rivadavia als Frau geangelt und damit alle überrascht. Langley hatte gehört, sie sei ein hübsches Mädchen, war jedoch völlig überwältigt, als er sie schließlich kennenlernte.

»Sie ist hinreißend!«, erklärte er seiner Frau, die seine Begeisterung so gar nicht beeindruckte, weshalb er lieber nicht erwähnte, dass Rosa schöne Zähne hatte. Perlengleich.

Charlie und Rosa waren offenbar in Gympie. Charlie teilte ihnen in einem Brief mit, dass Lady Heselwood vor einigen Monaten einen Unfall hatte, als sie unterwegs zu einer der Heselwood-Rinderfarmen war.

»Die wiedereröffnete Heselwood-Farm namens Montone«, korrigierte Langley beim Lesen.

Die Dame sei in einer Kutsche von *Cobb & Co.* gereist und bei einem Zwischenaufenthalt beim Aussteigen ein paar Stufen hinuntergestürzt. Dabei habe sie sich ein Bein gebrochen. Eine Frau, die sich als Ärztin ausgegeben habe, habe sie behandelt und alles verpfuscht. Folglich habe Dr. Palliser zu ihrer Rettung eilen müssen! Seine Lordschaft, der berühmte Jasin Heselwood persönlich, habe sich Charlies Dienste erbeten.

Langley nickte. Charlie war ein Glückspilz. Was hätte er für eine Unterhaltung mit Heselwood gegeben! Bei Charlie, der kein Interesse an der Rinderzucht hatte, war das verschwendet.

Gleichzeitig schrieb Harry Merriman in der Männerunterkunft ebenfalls einen Brief. Dies war die erste Möglichkeit seit dem Viehtrieb, Tottie einen Brief nach DeLisle's Corner zu schicken. Bestimmt fragte sie sich schon, was aus ihm geworden war.

Dr. Palliser fühlte sich geschmeichelt, von Lord Heselwood zu hören, der ihn bat, nach Gympie zu kommen und seine Frau aus den Händen »Unfähiger« zu retten.

Scheinbar hatte Lady Heselwood sich bei einem Sturz das rechte Bein gebrochen. Am Unfallort hatte eine gewisse Dr. Lombe ihr Behandlung in Form von Schmerzlinderung angedeihen lassen und das Bein behelfsmäßig geschient. Nach dem Unfall hatte Lady Heselwood ihre Reise fortsetzen müssen und war mit einiger Mühe in der Kutsche untergebracht worden, was ihren Zustand nicht eben verbessert hatte.

Als sie im *Gympie Bush Hospital* eintrafen, war seine Lordschaft von den dortigen Verhältnissen alles andere als erfreut. Doch da das Krankenhaus aufgrund des Zustroms von Goldsuchern überfüllt war, konnte es seine Frau ohnehin nicht aufnehmen. Daher nahm er sie mit auf seine Farm und Dr. Lombe begleitete sie. Sie kümmerte sich wieder um die Patientin und gipste das Bein ein.

Charlie hatte mit der armen Lady Heselwood mitgefühlt, die sich bei der Hitze mit einem gebrochenem Bein und dem Gips herumquälen musste.

»Ich meine«, erklärte er Rosa, »ihre Lage muss doch schrecklich unangenehm sein. Ich habe sie vor ein paar Jahren bei einer Wohltätigkeitsveranstaltung kennengelernt. Sie ist eine charmante Frau, äußerst freundlich. Ich glaube, sie besitzen in Sydney ein schönes Haus.«

»Was tut sie dann in Gympie?«

»Sie sieht sich das neue Farmhaus an, sagt ihr Mann. Und nun sitzt sie dort fest. Na, jedenfalls, als man den Gips abnahm, hatte es darunter zu eitern begonnen, was nach Wochen in Gips leider oft der Fall ist, aber Lord Heselwood gab Dr. Lombe die Schuld. Tut es noch. Und dann haben sie entdeckt, dass der Knochen nicht wieder zusammengewachsen war.«

»Oh Gott! Wie schrecklich!«

»Dann haben sie herausgefunden, dass diese Dr. Lombe – eine Frau, was die Sache noch schlimmer macht – eine Quacksalberin ist. Heselwood hätte das überprüfen sollen. In Australien sind keinerlei Ärztinnen registriert und werden es auch so schnell nicht. Sie trägt Zertifikate bei sich, die besagen, sie hätte ihren Doktortitel auf irgendeinem wissenschaftlichen Institut in Genf in der Schweiz erworben.«

»Glaubst du, das stimmt?«

»Nie und nimmer. Auf dem Land tummeln sich alle möglichen Betrüger, vor allem auf den Goldfeldern. Wunderheiler, Zahnärzte, Ärzte, was auch immer, alle sind vertreten. Sogar falsche Chirurgen, Gott steh uns bei!«

»Was geschieht denn nun mit Lady Heselwood?«

»Heselwood hat Lombe rausgeschmissen und ist gegenüber Ärzten nun so misstrauisch, dass er keinem der beiden am

Krankenhaus in Gympie arbeitenden Ärzten erlaubt, seine Frau zu behandeln. Übrigens war Lombes Geschichte, sie würde nordwärts reisen, um in Gympie zu arbeiten, samt und sonders gelogen. Die haben dort noch nie von ihr gehört.«

»Frechheit!«

»Infolgedessen möchte er jedenfalls, dass ich komme und Lady Heselwood behandle, wobei mir alle Auslagen bezahlt würden. Er ist so besorgt, dass ich es als unfreundlich empfände, ihm abzusagen.«

»Wirklich?« Rosa grinste boshaft. »An dem Titel liegt es aber nicht, oder? Ich meine, hättest du dich auch bereit erklärt, wenn es sich um Farmer Dans Frau gehandelt hätte?«

Er runzelte die Stirn. »Diese Bemerkung hättest du dir sparen können. Ich habe an meine Karriere zu denken. Eine Bitte von jemandem wie Heselwood ist eine Auszeichnung für mich. Wenn ich der armen Frau beistehen kann, dann tue ich es auch, und dafür sollte ich mich vor meiner Frau nicht rechtfertigen müssen.«

»Oh, Charlie«, entgegnete sie. »Nimm es dir doch nicht so zu Herzen. Ich habe nur gescherzt.«

»Dann glaube mir, wenn ich sage, dass diese vorlaute Art dir nicht steht.«

Er marschierte in den Salon und ergriff eine Zeitung, doch Rosa folgte ihm.

»Wann fährst du nach Gympie?«

»Sobald ich eine Reisemöglichkeit organisiert habe. Ich habe die Landkarte studiert. Vermutlich könnte ich in Maryborough an Bord eines Schiffes gehen und den Rest des Weges zu Pferd zurücklegen. Mir wurde gesagt, von dem Flusshafen bis zu Heselwoods Besitzung seien es rund fünfzig Meilen.«

Rosa setzte sich neben ihn. »Wie lange bleibst du fort?«

»Herrje! Das lässt sich schwer sagen! Ich komme zurück, sobald meine Patientin mich nicht mehr benötigt, nehme ich an. Wieso?«

»Einfach nur, weil …«, sagte sie schelmisch, »… weil ich dich vermissen werde.«

»Nun, das lässt sich nicht ändern, meine Liebe. Ich bin mir

sicher, du wirst dich auch ohne mich recht gut unterhalten können. Du hast eine Menge Freundinnen.«

An diesem Abend verkündete Rosa beim Essen, sie würde gedenken, dem Reitclub beizutreten.

»Wozu?«, wollte Charlie wissen. »Dass du dich unter dieses gewöhnliche Volk mischen möchtest, hätte ich nicht gedacht.«

»Tue ich aber. Du weißt doch, wie sehr ich das Reiten liebe, und es wäre schön, dabei mitunter Gesellschaft zu haben. Du bist ja immerzu beschäftigt, und mein Vater auch …«, sie zögerte, »zurzeit.«

»Wieso? Was treibt Juan denn?«, fragte er.

»Nicht viel.«

Er nickte. »Ich sähe es lieber, du würdest dich von diesem amateurhaften Pferdeverein fernhalten. Es heißt, inzwischen würde es in dem Club von Offizieren aus einem neu eingetroffenen Regiment nur so wimmeln.«

»Oh là là! Den Damen gefällt das!«, lachte sie.

Charlie blickte finster drein und bedeutete dem Hausmädchen, dass er auf seinem Roastbeef noch mehr Soße wünsche. Er fragte sich, ob Rosa wusste, dass Juan Rivadavia sich wieder mit seiner ehemaligen Geliebten, Mrs. Pilgrim, eingelassen hatte. Und sie – kaum zu fassen – wieder zu sich ins Haus geholt hatte! Und dabei war seine Frau noch kaum unter der Erde. Diese Latinos … Er warf einen Blick auf seine Frau, selbst eine Latina, auf ihre liebliche olivfarbene Haut und ihre vollen, sinnlichen Lippen. Im Krankenhaus von Brisbane arbeitete ein italienischer Arzt. Charlie hatte ihn tatsächlich sagen hören, er könne in einem leeren Bett nicht schlafen, und es schien an der Krankenschwesternschule genügend Frauen zu geben, um dem abzuhelfen.

»Das Rindfleisch ist vorzüglich«, sagte er Rosa. »Vielleicht könnten wir nachher noch einen Spaziergang machen.«

Ihm war gerade eine sehr gute Idee gekommen. Es würde schäbig wirken, wenn er ihr verbieten würde, diesem Club beizutreten, denn sie genoss das Reiten, und eine gute Ertüchtigung für Frauen war es auch. Aber es passte ihm nicht, dass diese Ansammlung von Zinnsoldaten ihr lüstern nachschielen würde. Davon verstand sie nichts. Diese Männer blickten sie anders an, als Frauen es taten. Frauen bewunderten Aussehen, Locken und Lieblichkeit, aber Männer, um es ganz offen zu sagen, bewunderten und lechzten nach dem, was darunter steckte.

Reife Frauen lernten das schließlich, aber junge Frauen wie Rosa genossen bewundernde Blicke von allen Seiten. Sie schwelgten darin, wetteiferten sogar darum, und Ehemännern fiel es schwer, ihre Missbilligung zu verhehlen und wurden daher in der Gesellschaft als übellaunig angesehen. Charlie wünschte, seine Mutter wäre noch am Leben. Sie wäre in der Lage gewesen, dieses heikle Thema bei ihrer Schwiegertochter anzusprechen. Vielleicht.

Sie schlenderten die Straße zum Flussufer hinab, wo bereits Wallabys grasten und zankende Papageien sich für die Nacht niederließen, und setzten sich auf eine niedrige Steinmauer. Von dort aus beobachteten sie zwei Angler in einem kleinen Boot, die ihre Angelruten auswarfen.

»Ich habe mir überlegt«, begann Charlie, »dass du mich auf diese Exkursion in den Norden ja möglicherweise begleiten könntest. Was hältst du davon?«

»Würde ich denn nicht stören?«

»Nun, natürlich müsste ich zunächst die Frage deiner Unterbringung klären. Ich bin noch nicht dazu gekommen, die Einzelheiten mit Heselwood zu besprechen.«

Sie nahm seinen Arm und kuschelte sich an ihn. »Charlie, was wäre das für ein Spaß! Eine Schiffsreise, und dann ein schöner, langer Ritt über Land. Ein Traum!«

Charlie schüttelte den Kopf. »Rosa, bitte, das wird keineswegs nur unbeschwerter Spaß! Zum einen wäre da meine Patientin zu bedenken und zum anderen müsste ich für die Strecke durch die Berge gegebenenfalls Begleitschutz anheuern. Wenn ich es recht bedenke, war es ja vielleicht doch eine Schnapsidee.«

»Oh nein!«, rief sie. »Bitte jetzt keine Kehrtwendung, Schatz! Du hast mich eingeladen und ich freue mich schon so auf die Schiffsreise und all das!« Sie schlang die Arme um ihn, küsste ihn auf den Hals und rieb die Nase an seinen Ohren. »Sag mir, dass du mich mitnimmst!«

»Rosa. Lass das! Auf der Stelle!«

Er versuchte, sich von ihr loszumachen, aber sie hielt ihn weiter fest und lachte. »Nein, nein, nein! Ich lasse dich nicht eher los, mein Schatz, bis du mir versprochen hast, mich mitzunehmen! Die Heselwoods haben bestimmt nichts dagegen. Sie werden vor Freude außer sich sein, dass du die Mühe auf dich nimmst! Und du wirst Lady Heselwood heilen, und wir werden wieder heimkehren, und alle leben glücklich und zufrieden!«

»Na schön. Heute Abend schreibe ich ihnen.«

Lord Heselwood antwortete telegrafisch auf Charlies Brief, drückte seine Dankbarkeit über Dr. Pallisers Zusage aus und sprach auch Mrs. Palliser einen warmen Willkommensgruß aus. Zudem wies er sie an, möglichst eine Kabine erster Klasse zu buchen. Und er sicherte ihnen zu, für ihren Weg zur Farm würden gute Pferde und Begleitschutz bereitgestellt, und zwar ohne Rücksicht auf die Kosten. Er setzte hinzu, Lady Heselwood sei zutiefst erleichtert, dass Dr. Palliser sie behandeln werde.

Um ihren beschäftigten Ehemann zu entlasten, erklärte Rosa sich bereit, die Organisation ihrer Seereise nach Maryborough in die Hand zu nehmen und traf im Schifffahrtskontor auf einen äußerst hilfreichen Angestellten. Er zeigte ihr eine Landkarte und erklärte ihr die Route, die das Schiff nehmen würde. Es würde von Brisbane die Küste hinauf bis zur Fraser Island fahren, wo der Kapitän die Harvey Bay ansteuern und von dort dem Mary River landeinwärts in Richtung Maryborough folgen würde.

Leider jedoch gäbe es auf der ersten buchbaren Passage in zwei Tagen, am Donnerstag, keine Kabinen erster Klasse, da es sich um die *Laguna*, einen Küstendampfer, handele. Wenn sie jedoch noch ein wenig warten könne, so liefe am folgenden Sonntag ein großes Frachtschiff in diese Richtung, das für einige wenige Passagiere sehr komfortable Unterbringungsmöglichkeiten bereitstellte.

»Oh, aber unsere Reise ist dringend«, beharrte Rosa. »Wir müssen sobald wie möglich aufbrechen. Erzählen Sie mir von der *Laguna*. Ich nehme an, seetüchtig ist sie?«

»Ja, Mrs. Palliser. Sie ist in ausgezeichnetem Zustand, aber es gibt nur zwei Kabinen. Der Rest ist Zwischendeck.«

»Und die Kabinen sind bereits gebucht?«

»Oh nein. Jede bietet Platz für sechs Personen, eine für Damen, eine für Herren.«

»Verstehe«, sinnierte Rosa. »Und auf diesem Schiff hätten wir noch Platz?«

»Ja.«

»Und es sind nur drei Nächte?«

»Richtig. Und es wird gutes Wetter erwartet.«

»Danke. Ich nehme zwei Kojen.«

Sie eilte in Charlies Praxis in der Wickham Terrace, um ihm zu erzählen, dass für diesen Donnerstag Fahrkarten ergattern konnte, was ihn sehr erfreute.

»Das läuft ja alles wie am Schnürchen. Hieß es, es sei ein schönes Schiff?«

»Oh ja, äußerst seetüchtig.«

Charlie nahm die Fahrkarten und öffnete die oberste Tür seines Schreibtisches, um sie dort zu verwahren, starrte jedoch dann zwinkernd auf das Gedruckte.

»Da steht ja gar nicht ›Erste Klasse‹. Ich hoffe, du hast klargestellt, dass wir erster Klasse reisen. Geh besser noch einmal zurück und überprüf das.«

»Nicht notwendig. Ich habe keine erste Klasse bekommen. Die gibt es auf diesem Schiff gar nicht. Wir müssen uns aufteilen.«

»Bitte wie?«

Sie setzte zu einer Erklärung über ihre Unterbringung an, aber er schnitt ihr das Wort ab.

»Was teilen?«

»Eine Kabine. Mit anderen Leuten. Die Frauen kommen in eine …«

Er faltete die Fahrkarten zusammen und gab sie ihr zurück. »Rosa, Liebes, sei ein braves Mädchen, bring sie zurück und erkundige dich noch einmal. Es wird doch wohl auf irgendeinem Schiff auch Kabinen erster Klasse geben. An dieser Küste fahren so viele Schiffe auf und ab, dass es schon fast einem Zweiwegederby gleicht.«

»Es gibt auch Kojen erster Klasse, die allerdings erst für Sonntag.«

Charlie setzte sich zurück. »Dann geh zurück und tausch diese Fahrkarten gegen … wie hieß das Schiff, sagtest du?«

»Ich habe nicht gefragt. Ich dachte, du wolltest so bald wie möglich los.«

»Das möchte ich auch, Schatz, aber innerhalb eines vernünftigen Rahmens.«

»Und Lady Heselwood? Sie braucht dich doch!«

»Darüber zerbrich dir mal nicht das Köpfchen. Um die kümmere ich mich schon. Hör zu, ich tausche sie selber um.«

Er stand auf, um sie zu küssen und an den wartenden Patienten vorbei zum Ausgang zu geleiten, aber Rosa war bekümmert.

»Wäre die *Laguna* denn so schlimm?«, fragte sie. »Lord Heselwood hofft, dass du baldmöglichst eintriffst!«

»Das tun wir auch, Schatz, das tun wir.«

Als sie in Maryborough von Bord der *Albion* gingen, blickten sie voll Erstaunen auf die hohen Flussufer. Die Stadt schien auf den breiten Fluss und seine vielen Boote herabzusehen. Über ihnen erhoben sich Lagerhäuser und Zollbüros, als wollten sie hervorstreichen, dass sie fest auf Regierungseigentum standen und Steuerbetrüger sich dessen besser gewahr waren.

Schwarz uniformierte Polizei- und Zollbeamte kämpften sich die belebten Kais entlang, ließen sich von Straßenhändlern und Goldgräbern ihre Lizenzen zeigen, durchsuchten Kisten mit Importware und plauderten mit den frisch eingetroffenen Damen in grellbunten Kleidern.

Rosa war fasziniert. Sie befand sich zum ersten Mal in einem Goldgräberhafen, einem Ausgangspunkt für die nur einen Marsch entfernt liegenden Goldfelder, und sie spürte Verrücktheit in der Luft. Sie war überall: in den Augen der von

Bord gehenden Menschen; in ihrem Schieben und Drängen, um ohne Zeitverlust an Land gehen zu können, und in der aufgekratzten Art, in der sie hoch in die Stadt stürmten und sich verzweifelt zurechtzufinden versuchten. Sie hatte das Gefühl, dass die meisten von ihnen keine Ahnung hatten, was ihnen bevorstand.

Ein junger Gentleman kam auf sie zu, begrüßte sie und stellte sich ihnen als Edward Heselwood vor.

»Ich bin entzückt, Sie kennenzulernen, Doktor, und Sie ebenfalls, Mrs. Palliser. Ich hoffe, Sie hatten eine angenehme Reise?«

»Ja, danke,« sagte Charlie. »Aber dürfte ich fragen, wie es Ihrer Mutter geht?«

»Oh, sie hält durch, die Ärmste. Aber sie wird glücklich sein, Sie zu sehen. Dass so etwas Entsetzliches aber auch passieren konnte! Schrecklich, dass meine Eltern auf diese Person reinfallen und sie für eine Ärztin halten konnten. Und ihr dann gestatteten, Hand an meine Mutter zu legen. Empörend! Ich kann mir nicht vorstellen, was sich mein Vater dabei gedacht hat.«

Er wandte sich um und winkte einem hochgewachsenen Mann, der am Eingang der Kais an einem Torpfosten lehnte.

»So, wo ist denn nun Ihr Gepäck? Mein Mann wird sich darum kümmern.«

Rosa warf Charlie einen überraschten Blick zu. Der Mann, der auf sie zuschlenderte, trug ein kariertes Hemd und Latzhosen, einen verwitterten Hut und Reitstiefel, die durch den Sporeneinsatz an den Hacken wie poliert aussahen. Offenbar ein Viehhüter. Es gehörte sich ja wohl kaum, einen Viehhüter als »mein Mann« zu bezeichnen.

Charlie schien das entgangen zu sein. Er deutete auf ihre beiden Koffer und seine Arzttasche, damit Edwards »Mann« sie holen und sie alle in die Stadt gehen konnten.

Während Edward sich über das Hotel ausließ, in dem er sie einquartiert hatte, hatte Rosa Muße, über seine Bekleidung zu staunen, die von einer Eleganz war, wie sie sie bei einem Landbewohner noch nie angetroffen hatte. Nicht, dass sie aufdringlich oder übertrieben gewesen wäre. Nein, sein Tweedjackett war ganz einfach schön geschnitten, was auch für seine weiße Wildlederhose und die nach Maß gearbeiteten Stiefel galt. Selbst der von Siedlern fast schon wie eine Uniform getragene flache graue Filzhut konnte dem eleganten Eindruck nichts anhaben.

Als sie die Hauptstraße entlanggingen, begann Charlie, angetan mit seinem besten Gehrock, ein ernstes Gespräch mit Edward, doch der junge Mann beugte sich immer wieder vor und sprach Rosa an, erkundigte sich, was sie von der Stadt halte, ob sie für sie zu schnell gingen, ob sie gern ritt. Alle möglichen Fragen also, die Rosa als Ausrede erkannte, um sich mit ihr unterhalten zu können, wodurch er jedoch ihren Ehemann verärgerte, der ungern unterbrochen wurde.

Sie war erleichtert, als sie das Hotel erreichten und die Eingangshalle betraten. »Nobel, nobel!«, staunte sie lächelnd beim Anblick des roten Teppichs, der feudalen Vorhänge und des Goldanstrichs.

»Allerdings!«, lachte Charlie. »Alles vom Feinsten. Was sich von den Gästen jedoch nicht unbedingt behaupten lässt. Gold ist – wie Regen – nicht wählerisch. Es lässt Reichtümer auf die seltsamsten Leute niedergehen.«

Sie blickte sich um und sah, dass er recht hatte. Es war elf Uhr vormittags, und dennoch schlenderten Männer und Frauen in ausgefallenster Abendkleidung an ihr vorbei. Ein Mann in einem mottenzerfressenen Anzug zog vor ihr den Zylinder, verbeugte sich, wünschte ihr einen guten Morgen und schwankte davon.

»Haben Sie das gesehen?«, wandte Charlie sich an Edward. »Seine Hände waren voller Diamantringe!«

»Ja, Doktor, und wenn Mrs. Palliser um einen gebeten hätte, hätte er ihn ihr garantiert überreicht.«

Er ließ einen langhaarigen Bettler, der um Almosen bat und dem ein Portier dicht auf den Fersen war, an sich vorbei in den offenen Salon gehen.

»Ich finde, wir sollten uns auf die Suche nach unseren Zimmern machen«, meinte Charlie.

Wie verabredet, wurden Charlie und Rosa am Morgen darauf bei den Stallungen von dem Viehhüter erwartet. Er stellte sich als Clem vor und erklärte, er sei Vorarbeiter auf der Montone-Station.

Er hatte zwei schöne Vollblutpferde für sie bereitstehen.

»Das hier ist Bessie«, erklärte er. »Sie werden sie mögen, Mrs. Palliser, auf ihr reitet man butterweich. Und der Fuchs hier ist Ihrer, Doc. Begrüßen Sie Omar. Der kann reisen, der Bursche.«

»Was für eine Schönheit.« Charlie tätschelte dem Tier die Flanken. »Und du, Rosa? Bist du zufrieden mit deinem Pferd?«

»Oh ja, sie scheint mich zu mögen. Was geschieht mit unserem Gepäck?«

»Clem lässt unsere Sachen schon vorausschicken, sodass uns kein Packpferd aufhält.«

»Ach, das wird ein Ritt, was?« Sie sah zu, wie Clem den Sattel befestigte. »Ich bin gerade etwas durcheinander. In welche Richtung reiten wir?«

»Schnurstracks nach Süden, allerdings nur ungefähr fünfzig Meilen. Ha! Da ist Edward … los geht's!«

Mit Erstaunen stellten Charlie und Rosa fest, dass die Straßen, die in das bezaubernde Hügelland führten, mit Abfall übersät waren. Und zwar allem möglichen Unrat, von Bettzeug über abgenutzte Sattel, Lumpen, rostenden Töpfen bis zu Pfannen … einfach jegliche Art menschlichen Treibguts. Sogar kaputte Wagen, die auf der Seite lagen, als wären sie verwundert über eine Welt, die auf den Kopf gestellt worden war.

»Woher kommt denn das alles?«, wollte Charlie wissen.

»Daran gewöhnen Sie sich besser«, erwiderte Edward. »es ist alles andere als schön, aber so etwas passiert eben, wenn Abertausende von verrückten Goldsuchern aufs Land losgelassen werden. Manche kamen zu Pferd zu den Goldfeldern, manche, wie Sie sehen, mit Wagen, aber der Rest musste die Strecke zu Fuß zurücklegen und hat mit zunehmender Erschöpfung Ballast abgeworfen. Oder Überflüssiges.«

»Allmächtiger! Ich hatte ja keine Ahnung!«

»Viele von ihnen sind zermürbt und entkräftet am Straßenrand gestorben, glaube ich«, erklärte Edward. »Ein Segen für die örtlichen Leichenbestatter!«

»Ich hätte mehr Leute auf der Straße erwartet.«

»Nein. Wie Sie sehen, befinden sich die meisten auf dem Rückweg nach Maryborough. Es ist fast zu Ende.«

»Der Ansturm aufs Gold?«

»Nein. Das Gold. Nachdem nach rund einem Jahr kein Schwemmgold mehr zu finden war, musste man danach graben, aber nach ein paar Jahren hatte auch das keinen Sinn mehr. Sollte es noch Gold geben, so liegt es zu tief. Das Fest ist vorbei. Zumindest in dieser Gegend hier, und das ist gut so.«

Charlie zeigte sich überrascht. »Aber Sie verlieren dadurch doch gewiss einen einträglichen Markt? Ich war immer der Meinung, die Schlachter könnten die Nachfrage kaum bewältigen.«

»Oh ja, das schon. Ich hoffe, dieser Ritt wird Mrs. Palliser nicht zu viel?«

»Ich glaube nicht.« Charlie lächelte Rosa an, die mit Clem vorausritt. »Es scheint ihr Spaß zu machen.«

»Das ist gut. Sie ist eine wirklich schöne Frau, nicht wahr?«

Charlie, der nicht den Wunsch hatte, mit diesem Burschen über seine Frau zu sprechen, nickte nur.

Rosa war von dem Ritt enttäuscht. Den Anblick so vieler erschöpfter Leute, die sich wie Flüchtlinge aus einem ausgeplünderten Dorf zurück nach Maryborough kämpften, fand sie deprimierend. Die Frauen und Kinder, die sich mit den Männern vorwärtsschleppten, sahen derart ausgezehrt und abgekämpft aus, dass Rosa das Herz blutete. Aber außer ihnen etwas Wasser anzubieten, konnte sie nichts tun. Und selbst da schritt Clem ein, als zwei Frauen auf sie zurannten und um Wasser baten.

»Reiten Sie weiter, Mrs. Palliser. Sitzen Sie nicht ab«, rief er. »Ich kümmere mich darum.«

Er goss aus seinem Wassersack Wasser in ihre Metallbecher und wünschte ihnen einen guten Tag.

»Viele von diesen armen Leuten sind verzweifelt«, erklärte er Rosa, als sie weiterritten. »Da sind schon Reiter von ihren Pferden gezerrt worden. Sie müssen sich also ein bisschen vorsehen.«

Zur Mittagszeit machten sie Rast in einem Gasthof und Clem tränkte die Pferde. Der Gastwirt erklärte, aufgrund des abgeflauten Goldrausches werde er in wenigen Tagen schließen und habe daher schon all seine Hilfen entlassen. Er könne ihnen lediglich Brötchen und Buschhonig anbieten.

»Wenn Ihnen das reicht?«, fragte er.

»Da wird uns nichts anderes übrigbleiben«, erwiderte Rosa.

Charlie blieb unbeeindruckt. »Können wir denn nicht woanders einkehren?«

Rosa hatte Hunger. Während die Männer debattierten, biss sie in ein Brötchen und ließ sich vom Gastwirt ein weiteres einpacken, da die beiden Männer inzwischen unbedingt zum nächsten Gasthaus weiterreiten wollten.

Eine Stunde darauf mussten sie entdecken, dass das nächste Gasthaus geschlossen und der Wassertank leer war, und so zogen sie wieder weiter. Glücklicherweise hatte Clem beim letzten Halt sämtliche Flaschen frisch aufgefüllt. Ungefähr zu diesem Zeitpunkt fingen ihr Mann und Edward Heselwood, beide schlecht gelaunt, damit an, sich wegen jeder Kleinigkeit scharf anzureden, weshalb sie wieder zu Clem ritt.

Ein wenig später hörte sie Edward Charlie anschnauzen: »Sie sind genau wie mein Vater! Der weiß auch über alles und jedes Bescheid!«

Clem blickte zu ihr hinüber und zwinkerte.

Sie kicherte.

Edward ritt an ihre Seite, sodass Charlie wutschnaubend allein hinter ihnen zurückblieb.

Schließlich hatten sie ein Gasthaus gefunden, in dem Edward und Charlie »dinieren« konnten, wie Rosa es sarkastisch ausdrückte. Aber die Suche hatte Zeit gekostet, und so trafen sie erst spät in der Nacht bei strömendem Regen an ihrem Reiseziel ein.

Rosa, die genug von der Gesellschaft der beiden Männer

hatte, freute sich derart, als Clem ihr in der Ferne die Lichter der Montone-Station zeigte, dass sie am liebsten darauf zugestürmt wäre, hätte er sie nicht angewiesen, vorsichtig auf dem dunklen Weg entlangzutraben.

Lord Heselwood wartete schon besorgt auf sie. Er empfing Rosa mit einem breiten Lächeln.

»Mrs. Palliser, wie bedauerlich, dass Sie hier ausgerechnet in solch einer Nacht ankommen. Für morgen halte ich schönes Wetter für Sie bereit. Dr. Palliser«, fuhr er in ernsterem Ton fort, »ich kann Ihnen gar nicht genug dafür danken, dass Sie diese Reise auf sich genommen haben. Lady Heselwood hat sich schon zurückgezogen, aber morgen früh steht sie Ihnen sogleich zur Verfügung.«

Er führte sie ins Haus. »Ich würde es verstehen, wenn Sie sich nun gleich auf Ihr Zimmer begeben wollten. Die Haushälterin wird Ihnen Ihr Abendessen bringen.«

Charlie blickte zu Rosa. »Vielleicht solltest du das, meine Liebe. Ich speise mit Lord Heselwood, damit ich mir vor unserer ersten Begegnung schon einmal ein Bild über Lady Heselwoods Zustand machen kann.«

»Ja, natürlich.« Rosa lächelte.

»Na schön«, meinte ihr Gastgeber freundlich.

Er stellte ihnen Mrs. Ansell vor, die Haushälterin, eine geschäftige kleine Frau, die genauso besorgt um ihre Herrin war wie ihr Herr.

»Ich freue mich ja so, dass Sie hier sind«, flüsterte sie Charlie zu. »Ich mache mir wirklich Sorgen um Lady Heselwood. Ich habe versucht, sie dazu zu bewegen, einen der hiesigen Ärzte aufzusuchen, aber das lehnen sie strikt ab. Und ich weiß nicht, was ich für sie tun kann.«

»Seien Sie unbesorgt«, erwiderte er. »Das bringen wir morgen früh alles in Ordnung.«

Für Outback-Verhältnisse wirkte das Wohnhaus der Heselwoods nicht sonderlich groß, besaß jedoch dank eines sehr kompakten Grundrisses zwei Gesellschaftsräume und vier

Schlafzimmer. Vielleicht, dachte Charlie bei sich, war dieser Grundriss ein Ergebnis der Farmgeschichte. Einen nächtlichen Angriff von einem Stamm meuchelnder Wilder vergaß man nicht so schnell. Möglicherweise hatte Heselwood beim Entwerfen des Hauses unbewusst nach Schutzmaßnahmen gesucht, obgleich ein weiterer Überfall unwahrscheinlich war. Zumindest von Schwarzen.

Das gepflegte Steingebäude besaß dicke Mauern und verfügte über keine Veranda. Dabei hielt man Veranden bei Häusern in diesem Klima gewöhnlich für unerlässlich; sie boten Schatten, Platz für geselliges Zusammensein, Ruhepausen, sogar als zusätzliches Gästezimmer fanden sie Verwendung. Aber hier war nichts dergleichen zu sehen. Die schwere Haustür, genau in der Mitte von insgesamt acht Fenstern gelegen, war mit Innenriegeln versehen, und Charlie musste unwillkürlich an das väterliche Haus denken, bei dem die Haustüren, außer bei Sandstürmen, immer offen standen. Dieses Haus war um einen Hof herumgebaut worden. Einem derartigen Baustil war Charlie noch nie begegnet.

»Es gleicht einem Fort«, bemerkte er am Morgen darauf, als sie sich ihre Umgebung ansehen konnten.

»Finde ich nicht«, entgegnete Rosa. »Bis aufs Mobiliar hat das Gebäude spanische Anklänge und ähnelt sehr dem Landhaus meines Vaters.«

»Hat Lord Heselwood dieses Haus denn je besucht?« Charlie fragte sich, ob er die Bauweise kopiert hatte.

»Oh nein, er ist nie dort gewesen. Habe ich nicht erwähnt, dass Lord Heselwood und mein Vater sich noch nie grün waren?«

»Bitte? Wieso?«

»Keine Ahnung. Vielleicht erwähnen wir Vater besser nicht, während wir hier sind.«

Charlie ärgerte sich. Hätte er davon gewusst, hätte er Rosa nie und nimmer mitgenommen. Es erschien ihm aufdringlich, eine ohnehin bereits belastete Familie auch noch an alte Differenzen zu erinnern.

Glücklicherweise unternahm Lord Heselwood nach dem

Frühstück persönlich mit ihnen einen Spaziergang und zeigte ihnen den Obstgarten, den Lady Heselwood vor so vielen Jahren angelegt hatte und der jetzt wieder bepflanzt wurde. Ihr Gastgeber war gegenüber Rosa äußerst charmant, und so zerstreuten sich Charlies Bedenken.

Während er darauf wartete, dass man ihn aufforderte, sich um Lady Heselwood zu kümmern, schrieb er rasch einen Brief an seinen Bruder Langley.

Schließlich wurde Charlie ins Zimmer seiner Patientin geführt, die für ihr Alter noch ausgesprochen attraktiv war. Sie musste in den Fünfzigern sein, dachte er, und trug ihre Jahre mit Würde. Ihr ergrauendes Haar war leicht gewellt und wurde durch Elfenbeinkämme aus dem Gesicht gehalten. Und als sie mit einem freundlichen Willkommenslächeln zu ihm aufsah, fiel ihm unweigerlich die Anspannung in ihren tiefblauen Augen auf.

Sie lag in einem Meer aus Spitzenkissen, von denen manche sie hochlagern, andere ihr verletztes Bein stützen sollten, in einer unbequemen Position auf dem Bett. Obgleich das Bein dick einbandagiert war, konnte Charlie es riechen, und ihm wurde mulmig zumute.

»Tausend Dank, dass Sie hergekommen sind, Doktor«, sagte Lady Heselwood. »Ich bin Ihnen ja so verbunden, dass Sie Zeit erübrigen konnten.«

»Es ist mir ein Vergnügen, Eure Ladyschaft.«

»Und was meinen Sie nun, Doktor?«, fragte sie, nachdem er die Bandagen abgenommen und ihr angeschwollenes, infiziertes Bein gesäubert hatte. »Ich möchte, dass Sie offen zu mir sind. Keine Geheimnisse mit Heselwood, bitte! Ich kann mein Bein nicht aufsetzen, ohne dass es schmerzt. Es ist in keinem guten Zustand, nicht wahr? Und das da an meinem großen Zeh. Ist das Wundbrand?«

Er schluckte. »Bedaure, Eure Ladyschaft, aber so ist es. Das ist Wundbrand, ja.

Darum muss ich mich kümmern. Und das Bein … ich werde einige dieser Entzündungen aufstechen und die Haut säubern. Aber ich fürchte, ich werde versuchen müssen, es noch mal auszurichten.«

»Was ist damit verbunden?«

»Wieder ein Narkotikum, fürchte ich. Ich werde einen der hiesigen Ärzte herbitten müssen, um mir zu assistieren. Ist das in Ordnung?«

»Natürlich. Und lassen Sie es sich von Jasin nicht ausreden. Er war so entsetzt über die Behandlung, die ich durch diese Frau erfuhr, dass er keinem Arzt mehr über den Weg traute. Aber glauben Sie mir, auch ich bin auf sie hereingefallen. Mir kam nie in den Sinn, genauso wenig wie den beiden mitreisenden Nonnen übrigens, dass jemand so grausam sein könnte vorzugeben, Ärztin zu sein. Derart zu lügen! Sie verabreichte mir sogar irgendein Narkotikum, denn es hat mich eine Zeit lang besinnungslos gemacht.«

Charlie erschauerte. »Es tut mir leid, dass Sie derart vom Pech verfolgt wurden, Lady Heselwood, aber bald wird es Ihnen besser gehen!«

Er blickte um sich. Es war ein großer Raum mit hoher Decke und einem Zedernholzboden. Die Wände waren weiß, genauso Vorhänge und Bettwäsche. Nur das schwarz angestrichene Eisenkopfteil des Bettes unterbrach den kühlen weißen Ton.

»Sieht aus wie ein Krankenhauszimmer, finden Sie nicht?«, meinte sie. »Jasin hat das ganze Haus in aller Eile möbliert, um mich zu überraschen, und gedacht, dass ich dem Ganzen dann eine persönliche Note verleihe. Aber die Mühe mache ich mir, glaube ich, nicht. Dieses Haus macht mich wahnsinnig.«

»Sie scheinen meine Gedanken gelesen zu haben. Ich dachte mir gerade, dass dieses Zimmer viel sauberer ist, als es die Krankenzimmer dem Hörensagen nach sein sollen. Ich hoffe, der Arzt wird herkommen, und man muss Sie nicht nach Gympie bringen. Würden Sie uns denn gestatten, Sie hier zu operieren?«

»Ja«, erwiderte sie leise. »Hier würde ich mich wohler fühlen.«

»Gut. Wir können es nur versuchen.« Er nahm ihre Hand. »So, ich schlage nun Folgendes vor. Ich bespreche mich kurz mit Ihrem Mann, dann komme ich zurück und steche diese wunden Stellen auf. Darf ich Mrs. Ansell hinzuziehen?«

»Natürlich.«

»Danach reite ich nach Gympie und spreche mit den Ärzten. Ich muss mit einem von ihnen einen Termin vereinbaren, damit er herkommt und Sie und Lord Heselwood erst einmal kennenlernt. Und wenn alles geklärt ist, sollten wir Ihr Bein eigentlich innerhalb weniger Tage operieren können. In Ordnung?«

»Danke, Dr. Palliser. Ich weiß all Ihre Bemühungen sehr zu schätzen.«

Sie bediente eine kleine Silberglocke an ihrem Bett und kurz darauf streckte Mrs. Ansell ihren grauhaarigen Kopf zur Tür herein.

»Wo ist mein Mann?«, erkundigte sich Lady Heselwood.

»Im Salon, Ma'am.«

»Dann bringen Sie Dr. Palliser bitte dorthin und kommen dann wieder her. Wir müssen uns auf ein paar kleine Operationen vorbereiten.«

»Sehr wohl, Ma'am.«

Jasin wartete nervös auf Charlies Meinung. Am Abend zuvor, als sie sich unter vier Augen über Georginas Zustand unterhalten hatten, war es ihm vorgekommen, als hätte der Arzt es missbilligt, dass er keinen der ansässigen Ärzte gebeten hatte, seine Frau zu untersuchen, auch wenn er es nicht ausgesprochen hatte.

»Wie haben Sie herausgefunden, dass diese sogenannte Dr. Lombe ein Scharlatan ist?«, hatte er gefragt.

»Sie blieb hier auf Montone. Ich bat sie, sich erst ein paar Tage später im Krankenhaus zu melden, damit sie hierbleiben und sich um meine Frau kümmern könne. Ich sah ihre Zeugnisse von der Genfer Universität und die schienen in Ordnung zu sein. Doch wie es so geht, man unterhält sich bei Mahlzeiten mit dem Gast über dies und das, und allmählich dämmerte mir, dass diese Frau von Europa keine Ahnung hatte.

Für den Fall, dass ich es mir nur einbildete, bat ich Edward, sie auszufragen. Verstohlen, wohlgemerkt. Na, und das hat er auch gemacht! Das Ende vom Lied war, dass er sie als Lügnerin bezeichnete und es einen Riesenstreit gab. Diese Person stürmte in meinem Haus umher und verlangte eine Entschuldigung, meine Frau war außer sich, Edward stand mit finsterem Blick in der Diele, und ich mittendrin.

Um klarer zu sehen, bat ich Clem, schnellstens in die Stadt zu reiten und mit den Verantwortlichen im Krankenhaus zu sprechen, die natürlich noch nie von Lombe gehört hatten. Der Ehemann dieser Frau, der behauptete, ein Makler für Vieh und Gutshöfe zu sein, war mit ihr nach Gympie gekommen. Clem suchte ihn auf und sagte ihm, er solle seine Frau aus Montone abholen, bevor ihr die Polizei diese Ehre erweise.

Beide flohen aus dem Distrikt, die Polizei dicht auf ihren Fersen.«

Später meinte Palliser: »Mir ist immer noch nicht ganz klar, wieso Sie sich nicht an die hiesigen Ärzte gewandt haben.«

Jasin konnte nicht sagen, warum. Nicht um alles in der Welt. Und die Erklärung, die er Palliser gab, klang dürftig.

»Es war, wie ich es gesagt habe. Was wusste ich denn von ihnen? Man hatte mich schon einmal hinters Licht geführt, und meine Frau hatte das Nachsehen. Noch einen Fehler konnten wir uns nicht leisten. Ich habe das Krankenhaus allerdings sehr wohl besucht und mich auch kurz mit dem Leiter unterhalten, der mir riet abzuwarten, bis der Gips abgenommen werde. In der Zwischenzeit könne man, so sagte er, ohnehin nichts tun.«

»Verstehe.« Palliser nickte. Jasin fand das Nicken irritierend. Gönnerhaft. Als hätte Palliser zufällig den Dorftrottel getroffen und müsse ihn freundlich behandeln.

Der Arzt saß am Fenster. Während Jasin sich seine Besorgnis über Georginas Behandlung anhörte, sah er Mrs. Palliser zusammen mit Edward, der doch eigentlich hätte arbeiten müssen, am Haus vorbeischlendern.

»Verzeihen Sie, Doktor, mir ist gerade eingefallen, dass Lady Heselwood ganz erpicht darauf ist, Ihre Gattin kennenzulernen. Dieses Versehen ist mir entsetzlich peinlich. Meinen Sie nicht, wir sollten sie hereinbitten, ehe Sie mit der Behandlung beginnen?«

Palliser sprang auf. »Gewiss. Ich gehe ins Zimmer und hole sie.«

»Nicht nötig. Sie ist da draußen.«

Palliser drehte sich um und sah sie mit Edward umhergehen. Er runzelte die Stirn. »Ich hole sie«, sagte er und ging zur Haustür.

Das Stirnrunzeln machte Jasin stutzig. Er vermutete dahinter eine eifersüchtige Ader. Und welcher Ehemann wäre nicht eifersüchtig?, seufzte er und erinnerte sich an den Morgen von Dolours Beerdigung. Auf den Gesellschaftsseiten hatte er Fotos von Rivadavias Tochter gesehen und sie dann allein draußen vor der Kirche entdeckt. Aber er hatte ein paar Sekunden gebraucht, bis er ihren jetzigen Namen parat hatte.

Dann aber war er ihm nicht mehr aus dem Kopf gegangen. Palliser. Mrs. Palliser. Frau des bedeutenden Chirurgen.

Als Rosa sie besuchen kam, freute sich die Patientin sehr. »Meine Güte!«, rief sie. »Wie bezaubernd Sie aussehen! Und ganz der Vater! Wie geht es ihm?«

»Es geht ihm gut, danke, Lady Heselwood.« Rosa zögerte. »Kennen Sie ihn denn?«

»Aber ja! Aus den frühen Tagen großer Fehden.« Lady Heselwood lachte. »Heselwood geriet sich damals mit Juan *und* Pace MacNamara in die Haare, aber ich habe mich da immer herausgehalten. Ich mochte die beiden. Insofern müssen Sie Juan sehr herzlich von mir grüßen und ihm zu dieser entzückenden Tochter gratulieren. Weitere Kinder hat er nicht mehr bekommen?«

»Nein. Aber er hat bei seiner Heirat mit Dolour sozusagen die MacNamara-Jungen geerbt, und ich habe mich unvermittelt mit drei Brüdern wiedergefunden. Als ich klein war, gingen sie mir schrecklich auf die Nerven, aber jetzt könnten sie nicht netter sein.«

Sie unterhielten sich eine Weile und Rosa merkte, dass Lady

Heselwood nervös war und den Moment hinauszögern wollte, da Charlie ihr die Bandagen abnahm. Der Geruch, der von ihnen ausging, war Übelkeit erregend, aber das schien Lady Heselwood gar nicht zu kümmern, die wohl immun dagegen geworden sein musste. Die Ärmste!

Schließlich ergriff Rosa Lady Heselwoods Hände und küsste sie auf die Stirn. »Gibt es etwas, das ich für Sie tun kann, bevor ich gehe?«

»Nein danke. Sie sind ein liebes Mädchen. Ich freue mich so, Sie kennengelernt zu haben. Wir unterhalten uns später in Ruhe.«

An jenem Morgen verband ein kleiner und sehr heller Regenbogen die Berge und Georgina konnte ihn von ihrem Schlafzimmerfenster aus sehen. Seine Mutter fand ihn schön, aber Edward konnte nur an den alten Spruch denken: »Regenbogen in der Früh macht dem Schäfer große Müh«, und seine Besorgnis wuchs.

Dass sein Vater warten wollte, bis der Gips abgenommen wurde, hatte Edward für Irrsinn gehalten, auch wenn er sich damit dem Rat irgendeines Krankenhausbürokraten beugte. Mit der Zeit hatte der faulige Geruch ihres Beines Georgina immer mehr zugesetzt.

»Irgendetwas stimmt doch da nicht«, erklärte Edward seinem Vater immer wieder. »Abgesehen davon, dass sie das Pulver und Wasser vermischt und es Mutter aufs Bein geklatscht hat, hatte die Lombe doch vermutlich keine Ahnung, was sie eigentlich tat. Da hätte doch mehr zu tun sein müssen. Mutter hat gesagt, sie habe nach dem Sturz Schnitte und Abschürfungen an ihrem Bein gehabt. Hat diese Frau die zunächst gereinigt? Wer weiß? Sie hat uns ja partout nicht in den Raum gelassen. Ich wollte hineingehen, aber du hast es mir verboten!«

»Ich wollte deine Mutter nicht beunruhigen. Sie war sehr nervös.«

»Verdammt, sie hatte auch allen Grund dazu!«

Als Mrs. Ansell mit Jasins Hilfe den Gips weggeschnitten hatte, war Georgina ohnmächtig geworden. Im Grunde aber war es für alle ein Schock: Ihr Bein bot einen grauenvollen Anblick, und der Knochen war – für alle unübersehbar – schief zusammengewachsen. Zudem waren die Schmerzen ohne den Halt durch diesen schmuddeligen Gips kaum auszuhalten.

Edward wollte umgehend in die Stadt reiten und einen Arzt holen, doch das lehnte Jasin rundweg ab. Er sagte, Georgina müsse den besten Arzt bekommen, und er würde Palliser anschreiben, Brisbanes führenden Chirurgen. Er weigerte sich schlicht, einen dieser »Bauern« an sie heranzulassen.

Die Korrespondenz mit Palliser kostete weitere wertvolle Zeit und Edward kochte vor Wut über die Verzögerung. Einmal sprach er seinen Vater auch direkt darauf an und drohte ihm, er werde einen der hiesigen Ärzte herholen.

»Das ist mein Haus!«, hatte Jasin ihn angebrüllt. »Ich lasse sie nicht in ihre Nähe! Siehst du denn nicht, wie schlecht es ihr geht? Wenn sie jetzt nicht die richtige Behandlung bekommt, dann verliert sie ihr Bein!«

»Und du glaubst, keine Behandlung ist besser? Wo ist dieser Arzt denn bitte? Hast du ihm nicht gesagt, dass es dringend ist?«

»Der kommt schon.«

»Das erzählst du Mutter auch immerzu. Dabei würde es sie nicht stören, einen der Ärzte aus dem Krankenhaus hinzuzuziehen. Ich war in der Stadt und habe mich über sie kundig gemacht. Beide sind erfahrene Landärzte und genießen einen guten Ruf. Vor allem Dr. Oliver.«

Jasin war aschgrau. »Du hast mit ihnen über Mutter gesprochen?«

»Natürlich habe ich das. Sie ist nicht dumm. Wenn es ein Krankenhaus gibt, dann muss es auch Ärzte geben.«

»Du hältst dich von ihr fern, du verdammter Narr! Ich lasse nicht zu, dass du sie beunruhigst! Meinst du nicht, du hast schon genug angerichtet?«

»Ah, verstehe, jetzt geht das wieder los, ja? Es ist alles meine Schuld.«

»Wenn du dich angesprochen fühlst…?«

Jasin war davongestürmt und sie hatten seitdem kein Wort mehr gewechselt.

Nicht dass sie sonst viel miteinander geredet hätten. Die Arbeit auf der Farm war weitergegangen. Edward hatte den Besitz auf eigene Faust erforscht, wenn Clem beschäftigt war, und entdeckt, dass er viel größer war als gedacht. Sie hatten ungefähr dreißigtausend Rinder und es gab Schlachthöfe, die sowohl die Metzger aus Gympie belieferten als auch Unabhängige auf den ausgedehnten Goldfeldern versorgten. Edward war mit dem Anwesen und den Farmgehilfen halbwegs vertraut, als Jasin zu den Ställen hinuntergekommen war und ihm gesagt hatte, er solle sich am Brandmarken versuchen. Edward erinnerte sich daran, wie er als Kind zugesehen hatte, wie die Männer die Tiere mit dem Lasso einfingen und dann mit einem Brandzeichen versahen, und erklärte sich einverstanden, es zu versuchen.

Aber das war leichter gesagt als getan.

Man konnte es nicht anders sagen: Am ersten Tag war er, wie einer der Männer bemerkte, ein hoffnungsloser Fall, was seinen Vater verärgert hatte. Also hatte er sich unglaublich bemüht, was für seinen nicht an raue Arbeit gewöhnten Körper eine große Belastung gewesen war. Schließlich hatte er sich einen Muskel gezerrt, was entsetzlich schmerzte. Natürlich war Jasin zu dem Schluss gekommen, dass er simuliere.

»Wie gefällt Ihnen Montone?«, hatte Clem ihn gefragt. »Eine schöne kleine Farm, nicht?«

Nachdem Clem die Frage selbst beantwortet hatte, stimmte Edward ihm zu. Vermutlich war dem so. Noch besser würde es, wenn sein Vater erst einmal heimgereist war. Ungeachtet all seines Geredes hatte Jasin nie direkt mit Rindern gearbeitet, sie nie mit dem Lasso eingefangen und mit Brandzeichen versehen oder sie in Lagern wochenlang gemustert. Er hatte im Busch Weiden erschlossen und hatte Land als seines markiert. Dann hatte er Rinder gekauft, Viehhüter eingestellt und die Rinder über die Berge hinaus zu seiner ersten Farm Carlton Park getrieben. Danach hatte er Treiber eingesetzt, um Rinder auf neue Viehweiden zu treiben, und Viehhüter, die auf den

Farmen arbeiteten. Er war ein Siedler, ein Viehzüchter, der sich gutes Land ausgesucht und erfahrene Männer eingestellt hatte. Damit hatte er mehr Erfolg, als man es sich in seinen wildesten Träumen vorstellen konnte, sodass er schließlich über Besitz in verschiedenen Gebieten von Queensland und Neusüdwales verfügte, der halb England eingenommen hätte. Und gewiss: Er hatte sich zu einem Rinderzuchtexperten entwickelt. Aber bei den Männern mit angepackt hatte er nie!

Georgina hatte gemerkt, dass zwischen Vater und Sohn Unfrieden herrschte, und Edward hatte mit ihr darüber gesprochen.

»Er möchte, dass ich als Viehhüter arbeite, Mutter. Und dabei bin ich dafür einfach nicht geschaffen.«

»Ich weiß. Aber er meint es bloß gut. Er möchte eben, dass du lernst, wie alles läuft.«

»Ich bin mir ziemlich sicher, dass er niemals Viehhüter war. Ich wette, er hat sich die Hände nie schmutzig gemacht!«

Sie schüttelte den Kopf. »Wie kommst du denn darauf? Dein Vater hat jahrelang hart gearbeitet. Er war Monate hintereinander im Busch, und zuweilen kam er derart dünn und müde zurück, dass ich ihn verzweifelt bat, sich ein paar Monate auszuruhen.«

Edward respektierte ihre Meinung, dachte aber bei sich, dass sie sich Jasins Geschichten über seine rauhen Pioniertage ein paarmal zu oft angehört hatte.

Und dann traf der angesehene Chirurg mit seiner prachtvollen Frau im Schlepptau ein!

»Hätte ich eine derart gut aussehende Frau«, erklärte Edward seiner Mutter, um sie zum Lachen zu bringen, »dann würde ich sie auch nicht zu Hause zurücklassen.«

Einer der ortsansässigen Ärzte wurde hinzugezogen, um zu assistieren. Ein vernünftiger Bursche von ungefähr fünfzig Jahren, mit geschrubbter rosiger Haut und flaumigen weißen Koteletten. Dr. Oliver teilte Pallisers Besorgnis. Edward konnte sehen, dass beide sehr beunruhigt waren. Aber zu seiner Erleichterung lehnte Dr. Oliver eine Operation im Haus rundweg ab. Er beteuerte, dass sie im Krankenhaus über einen perfekt ausgerüsteten Operationssaal mit ausgezeichnetem Licht und einem anständigen Operationstisch in der richtigen Höhe verfügen würden.

»Zudem«, setzte er steif hinzu, »ist die Oberin eine ausgebildete Krankenschwester; sie wird uns zur Hand gehen.«

Somit war die Sache ausgemacht.

Am Morgen der Operation wartete Jasin in dem kleinen Büro der Oberin, während Edward in einem für Besucherpferde reservierten Schattenbereich auf und ab ging. Er zündete sich einen kleinen Stumpen an, marschierte zu einem Zaun hinüber, der das Krankenhausgrundstück einfasste und beobachtete, wie ungefähr fünfzig berittene Polizeirekruten in sandfarbenen Uniformen ihrem Vorgesetzten ihr Können vorführten.

Ganz offensichtlich war der Polizeibeamte nicht sonderlich angetan von seiner Truppe, und das mit gutem Grund. Obgleich sie sich am anderen Ende der Koppel befanden, konnte Edward sehen, dass sie schreckliche Stümper waren, nicht imstande, ihre Pferde unter Kontrolle zu halten, geschweige denn, eine Linie zu bilden, und er konnte ihren zornigen Sergeant Befehle brüllen hören. Edward, überzeugt davon, noch nie schlimmere Rekruten erlebt zu haben, genoss das komische Schauspiel, als der Vorgesetzte, aufgebracht über die Leistung der Truppe, sein Pferd antrieb und mit erhobener Peitsche direkt auf sie zugaloppierte.

Er griff den Sergeant an, peitschte ihn um Kopf und Schulter und nahm sich dann die berittenen Polizisten vor, stürmte mit seinem Pferd zwischen sie und schlug auf jeden ein, der der Lederpeitsche nicht schnell genug entkommen konnte.

Die Reiter stoben in alle Richtungen davon und es herrschte Chaos.

Vom Angriff überrumpelt, war der Sergeant vom Pferd gefallen und somit einmal mehr das Ziel der Wut seines Vorgesetzten. Verzweifelt bemühte er sich, wieder aufzusteigen, während der andere auf ihn einschimpfte, auf die Polizisten deutete und anfing, ihm Befehle zuzubrüllen.

Nicht lange danach verließ der Vorgesetzte die Koppel und

Minuten später sah Edward ihn in das Krankenhausgelände hereinreiten.

Er band sein Pferd neben Edwards, betrachtete dieses bewundernd und wandte sich dann an ihn. »Sagen Sie mal, gehört der Ihnen? Was für eine Schönheit!«

»Ja, er ist etwas ganz Besonderes, nicht? Seine Vorfahren waren arabische Vollblutpferde.«

»Ach wirklich? Ja … nun, er hat etwas sehr Kraftvolles an sich und die großen, wachsamen Augen eines Araberpferdes. Haben Sie davon noch mehr zu Hause?«

»Leider nicht. Er war ein Geschenk meiner Eltern.« Edward tätschelte das Pferd liebevoll. »Du bist ein guter Bursche, nicht? Er heißt Red Shadow, aber wir nennen ihn einfach Saul. Übrigens, ich habe Ihren Polizisten da draußen bei der Schulung zugesehen.« Er grinste. »Noch ein wenig ungeschliffen, hm?«

»Ein wenig ungeschliffen? Das sind hoffnungslose Fälle! Aber was kann man von Schwarzen schon erwarten!«

»Welchen Schwarzen?«

Der Polizeibeamte nickte mit dem Kopf zur Koppel. »Diese sogenannten berittenen Polizisten. Das sind die neuesten Polizisten der Berittenen Einheimischenpolizei und ich glaube nicht, dass sie schon je zuvor ein Pferd zu Gesicht bekommen haben.«

»Sie wollen sagen, das sind Schwarze? Aborigines?«

»So ist es. Das Militär wird sich allmählich bewusst, dass wir Feuer mit Feuer bekämpfen müssen. Daher Aborigine-Polizisten, um abtrünnige Schwarze aufzustöbern und ihren Leuten Benimm beizubringen.«

»Was für eine gute Idee.«

Sie unterhielten sich eine Weile darüber, kamen dann auf andere Themen zu sprechen und verstanden sich schließlich so gut, dass Inspector Marcus Beresford befand, es sei an der Zeit, sich vorzustellen, worauf Edward dies im Gegenzug ebenfalls tat.

»Von der Montone-Station«, fügte er hinzu.

»Liegt jemand von Ihnen im Krankenhaus?«, fragte Marcus.

»Ja.« Edwards Gesicht umwölkte sich. »Meine Mutter. Sie hatte einen Unfall. Hat sich ihr Bein verletzt. Sie wird gerade operiert.«

»Oh, das tut mir leid. Ich hoffe, sie ist bald wieder wohlauf. Ich bin hier nur, um mir vom Apotheker Feldverbände und dergleichen zu holen. Wenn Sie Lust hätten, könnten wir irgendwann mal zusammen ein Gläschen heben. Ich wohne dort unten im *Gympie Hotel*.«

»Vielen Dank, darauf komme ich gern zurück«, erwiderte Edward. »Nachdem ich in der Stadt niemanden von Bedeutung kenne, fällt mir auf Montone nämlich bisweilen die Decke auf den Kopf.«

Beresford eilte zum Krankenhaus hinüber und kehrte nach kurzer Zeit mit einer unförmigen Segeltuchtasche wieder zurück.

»Ich habe mit einer der Krankenschwestern gesprochen«, berichtete er Edward. »Sie meinte, Ihre Mutter sei inzwischen aus dem Operationssaal zurück und es gehe ihr gut. Jetzt würde sie schlafen.«

»Oh, dankeschön!«

Er eilte ins Büro der Oberin, wo er auf seinen Vater stieß, der einen Morgentee mit ihr trank. Edward war außer sich, dass Jasin es nicht für nötig gehalten hatte, ihn wissen zu lassen, dass die Operation überstanden sei, aber er behielt die Ruhe und erkundigte sich direkt bei der Oberin nach der Patientin.

»Ihr geht es den Umständen entsprechend«, erwiderte die Frau. »Hätten Sie gern eine Tasse Tee, Mr. Heselwood?«

»Nein, danke. Haben Sie Lady Heselwoods Bein ausgerichtet?«

»So gut es ging.« Ihr gönnerhafter Ton ärgerte ihn.

»Was genau soll das heißen?«

»Das heißt, dass deine Mutter brüchige Knochen hat«, erklärte ihm Jasin mit einem Anflug von Feindseligkeit in der Stimme. »Sie haben das Bein ausgerichtet, sind sich aber nicht sicher, wie erfolgreich. Das wird sich erst zeigen.«

»Oh, man wird sehen, Lord Heselwood«, gurrte die Oberin, »man wird sehen. Aber zumindest haben wir dem Wundbrand das Handwerk gelegt, ehe er Schlimmeres anrichten konnte!«

»Welchem Wundbrand?«, rief Edward.

»Ihr Zeh, Mr. Heselwood.«

Inzwischen bebte Jasins Stimme vor unterdrücktem Zorn. »Der große Zeh am rechten Fuß deiner Mutter musste amputiert werden!«, sagte er, als trüge Edward selbst die Verantwortung dafür.

»Ich verstehe nicht, wie dieses Lombe-Weib damit leben kann!«, schimpfte die Oberin. »Und wissen Sie was? Sie ist nicht verhaftet worden! Sie hat behauptet, sie habe nie gesagt, Ärztin zu sein und habe nur helfen wollen. Der Richter meinte, da sie nicht bezahlt, sondern nur von Ihnen an die Luft gesetzt worden sei, Lord Heselwood, und da kein Geld den Besitzer gewechselt habe, die Polizei nichts gegen sie in der Hand habe, um ...«

Jasin erhob sich abrupt und stürmte zur Tür hinaus.

Die Stimme der Oberin erstarb. »Oh«, meinte sie zu Edward. »Er ist verstimmt.«

»Ach, wirklich?«, raunzte Edward. »Kann ich meine Mutter sehen?«

»Ich weiß nicht, ob sie wach ist. Ich sehe nach.«

Während sie auf die offene Tür zuging, drang ihm der grässliche Geruch von Äther in die Nase und ihm wurde übel.

Er umklammerte den Arm der Oberin. »Ich glaube, mir wird schlecht«, brachte er noch heraus, ehe er sich übergab.

»Herrgott noch mal!« Edward vernahm die Wut des Vaters über seine Schwäche und sah ihn angeekelt davonschreiten, bevor sich seinem Sohn der Magen wieder umdrehte.

Während seines Aufenthaltes im Krankenhaus bewegten die ansässigen Ärzte den Chirurgen, einige dringend anstehende Fälle zu operieren. Nachdem er Dr. Pallisers geschickte und präzise Arbeit im Operationssaal gesehen hatte, überschlug Dr. Oliver sich vor Lob.

»Wir würden es zu schätzen wissen, wenn Sie diese Operationen übernehmen würden«, erklärte er. »Und die Patienten könnten dies als ihren Glückstag betrachten!«

Charlie willigte gern ein, betrachtete er es doch nicht nur als Pflicht gegenüber den Patienten, sondern auch als eine Möglichkeit, diesen Landärzten neue Verfahren zu demonstrieren.

»Ich hoffe, Sie haben nichts dagegen«, erklärte er Lord Heselwood, »aber ich bleibe für den Rest des Tages hier. Ich bin noch für einige weitere Operationen eingetragen.«

»Das hat mir die Oberin schon gesagt«, erwiderte Heselwood. »Es ist überaus großzügig von Ihnen, dafür Zeit zu erübrigen.«

»Danke, Sir. Aber seien Sie versichert, dass ich Lady Heselwood nicht vernachlässige. Ich werde hin und wieder nach ihr sehen.«

»Wann könnte ich sie denn Ihrer Meinung nach heimholen?«

»In ein paar Tagen. Sie wird allerdings einen Flaschenzug brauchen, um das Bein höher zu halten. Ihrer Haushälterin zufolge war der Gips, den diese Frau zuvor anlegte, ausgesprochen dünn, kaum mehr als ein Futteral. Doch diesmal ist er stärker und schwerer. Lady Heselwood könnte ihn unmöglich von allein erhöht halten, selbst auf Kissen nicht.«

»Sie möchten, dass wir zu Hause in ihrem Zimmer einen Flaschenzug und einen Stützapparat einbauen?«

»Wenn möglich, ja. Sonst müsste sie hierbleiben.«

»Ich werde Clem herschicken, damit er sich die Vorrichtung ansieht. Er ist ein äußerst findiger Bursche und wird wissen, was zu tun ist. Benötigen Sie irgendetwas? Kann ich Ihnen etwas besorgen?«

»Ich glaube nicht, nein.«

»Dann verabschiede ich mich für eine Weile. Bin heute Abend zurück.«

Jasin war deprimiert. Und schockiert. Als er die schlechte Nachricht erfahren hatte, hatte er Dr. Palliser gefragt, ob der Georgina die Situation erklären könne, sobald ihre Verfassung es zulasse, da er selbst ihrem Kummer einfach nicht gewachsen sei.

Palliser hatte gelächelt. »Ich glaube, Lady Heselwood ist sich sehr wohl bewusst, was dieser Tag für sie bereithält, aber ich werde ohnehin mit ihr sprechen.«

»Aber wusste sie denn, dass ihr der Zeh amputiert werden würde?«, fragte Jasin bang.

»Oh ja, das war ihr recht klar.«

»Vor mir hat sie sich nie darüber geäußert!«

»Ich nehme an, sie wollte nicht, dass Sie sich sorgen. Was hätten Sie tun können? Ich bin sicher, sie hatte nur Ihre besten Interessen im Sinn.«

Beim Verlassen des Gebäudes fielen Jasin zum ersten Mal die Zustände in dem Krankenhaus auf, und ihn überkamen leichte Gewissensbisse, dass er seiner Frau ein Einzelzimmer verschafft hatte, wo zwei lange Schlafsäle gedrängt voll waren und etliche Patienten in Betten in der Eingangshalle lagen.

»Vielleicht«, überlegte er, »sollte ich das Krankenhaus beim Bau eines weiteren Flügels unterstützen. Platz dafür wäre auf dem Krankenhausgelände ja genügend vorhanden.«

Dass Edwards Pferd verschwunden war, überraschte Jasin nicht. Er erwog, in einem der Hotels der Stadt sein Mittagessen einzunehmen, verwarf den Gedanken aber wieder, als ihm einfiel, dass er dann bis zur Rückkehr ins Krankenhaus immer noch ein paar Stunden überbrücken müsste und entschloss sich deshalb, zu Hause zu essen. Der Heimritt dauerte nur eine halbe Stunde und er fand noch immer Gefallen an dieser hügeligen Landschaft mit ihren ruhigen Tälern und großartigen hohen Gummibäumen. Als er Montone erreicht hatte, nahm er eine Abkürzung querfeldein und kam dabei an dem kleinen Friedhof vorbei, auf dem er vor Jahren nach dem Überfall Mrs. Moore, die Köchin, und fünf seiner Viehhüter begraben hatte. Er salutierte ihnen, ritt durch einen seichten Bach und dann hügelaufwärts auf das Farmgebäude zu.

Der Ritt hob seine Laune, sehr sogar, und nun hatte er Hunger. Er übergab sein Pferd einem Stallburschen, marschierte zum Haus und dachte sich, dass er zusammen mit einem Krug

Bier vielleicht ein wenig Aufschnitt und heiße gebutterte Kartoffelscheiben essen könne. Er schob die Seitentür auf und wäre um ein Haar mit einer Frau zusammengestoßen, und nicht nur das, mit einer aufregenden Frau!

Sie stieß einen Schrei aus und machte einen Satz nach hinten. Der völlig überraschte Jasin wich ebenfalls zurück und brach dann, als er Mrs. Palliser erkannte, in Entschuldigungen über seine Unbeholfenheit aus. Allerdings nicht, bevor etwas zwischen ihnen ihm den Atem geraubt hatte, obgleich sie sich lediglich flüchtig berührt hatten. Eine Sekunde, nur eine Sekunde lang, hatte er auf diesem beschränkten Raum, als sie so eng voreinander gestanden und sich angesehen hatten, etwas Magnetisches gespürt. Dann waren sie auseinandergestolpert. Das Ganze erschreckte ihn. Noch nie war ihm etwas Derartiges widerfahren.

»Verzeihen Sie, bitte«, brachte er noch einmal heraus und setzte dann in einem verzweifelten Versuch um Ungezwungenheit lächelnd hinzu: »Bitte gehen Sie Ihres Weges, Mrs. Palliser! Schauen Sie doch, die Tür ist sperrangelweit offen und es gibt keinerlei Hindernisse. Diesmal versuche ich, mich Ihnen nicht mehr in den Weg zu stellen.«

Sie errötete, trat durch die Tür hinaus und wandte sich noch einmal um.

»Um Himmels willen, Lord Heselwood! Ich bin diejenige, die sich entschuldigen muss. Wie geht es Lady Heselwood?«

»Sie ruht sich nun aus, Gott sei Dank«, sagte er. »Wir sind Ihrem Mann alle äußerst dankbar. Tatsächlich ist die Ärzteschaft so beeindruckt, dass sie ihn gebeten hat, noch einige weitere Operationen durchzuführen.«

Siedendheiß fiel ihm ein, dass er Mrs. Palliser völlig vergessen hatte, und, wie es aussah, Mr. Palliser ebenso. Er bemühte sich, die Scharte auszuwetzen.

»Es war eine Schande, dass wir Sie heute Morgen hier allein zurücklassen mussten«, erklärte er. »Ich hoffe doch, Sie haben sich nicht allzu sehr gelangweilt.«

In diesem Augenblick kam Mrs. Ansell zu ihnen. »Oh, Euer Lordschaft, ich habe mir schon gedacht, dass die Herren zum

Mittagessen heimkehren würden. Sie schließen sich ihnen an, nicht wahr, Mrs. Palliser? Sie hat bislang nur einen kleinen Happen gegessen. Ich trage auf, sobald Sie bereit sind, Euer Lordschaft. Ich habe ein feines Rindfleisch und Zwiebel-Pastete gemacht.«

Derart zurück ins Haus zitiert, gehorchte Rosa ergeben. Ihr Gastgeber, der noch immer die Tür aufhielt, rief Mrs. Ansell zu: »Mr. Palliser ist zum Essen nicht da. Ist Edward schon zu Hause?«

»Nein, Sir.«

»Na schön«, sagte er. »Dem Himmel sei Dank, dass Mrs. Palliser hier ist, sonst müsste ich allein speisen, und das tue ich nur höchst ungern.«

»Das stimmt«, erklärte die Haushälterin Rosa, deren Wangen wieder rosig angehaucht waren.

Jasin, noch immer verwirrt durch den Vorfall an der Tür, überlegte, ob es ihr ebenso ergangen war. Aber er hätte nicht im Traum daran gedacht, sie zu fragen. Bestimmt hätte sie ihn für verrückt gehalten. Oder schlimmer, für einen Wüstling. Dann wiederum konnte ihr auffallen, dass er vom Alter her fast ihr Vater sein könnte.

Beim Essen bemühte er sich sehr, sich ihr gegenüber freundlich, aber distanziert zu geben. Und erkundigte sich sogar nach ihrem Vater.

»Ihm geht es gut, danke, Lord Heselwood. Er findet sich mit Dolours Tod allmählich ab.« Unvermittelt blickte sie auf, als hätte sie sich gerade wieder daran erinnert, ihn bei dem Trauergottesdienst gesehen zu haben. »Ich wusste gar nicht, dass Sie sie kannten«, fügte sie hinzu.

»Ah, ja …«, murmelte er. »Ja, nun, natürlich …« Diesen Verlauf hatte die Unterhaltung eigentlich nicht nehmen sollen. Glücklicherweise saß Georgina nicht mit am Tisch! »Damals schien jeder jeden zu kennen. Wir waren eine recht kleine Gemeinde.« Um wieder vom Thema Dolour abzukommen, setzte er hinzu: »Wir haben ja sogar Ihre Mutter gekannt! Wir sind auf demselben Schiff hergekommen.«

»Ach, wirklich?«

»Ja. Charmante Frau. Hätten Sie gern ein Dessert?«

Doch Rosa war satt und hätte sich lieber eine Weile auf ihr Zimmer zurückgezogen.

»Ich reite demnächst zum Krankenhaus zurück«, sagte er ihr. »Hätten Sie Lust mitzukommen?«

»Besser nicht«, erwiderte sie. »Charlie wird zu tun haben. Unter Umständen wäre ich ihm nur lästig. Aber grüßen Sie Lady Heselwood bitte ganz herzlich von mir, ja? Vielleicht besuche ich sie morgen.«

»Unbedingt. Und wenn Sie irgendetwas benötigen, rufen Sie einfach Mrs. Ansell.«

Für Jasin war das Essen eine Qual gewesen. Er war sich wie ein unbeholfener Jüngling vorgekommen, der sich bemühte, eine Frau mit einem liebreizenden Gesicht und strahlenden Augen zu unterhalten. Die an allem interessiert war, was er sagte. Die ihn ganz und gar bezauberte.

Er war froh, wieder draußen auf der einsamen Straße zu sein und versuchte, sie aus seinen Gedanken zu verbannen. Auf den ersten Blick hatte er sie für eine hübsche junge Dame gehalten; eine elegante Frau, deren dunkles Haar nach neuester Mode zu einem Nackenknoten frisiert war. Doch wie sie ihm mit offenem Haar gegenübergesessen hatte, erinnerte sie ihn an das Gemälde irgendeiner Schönheit. Er konnte sich nicht erinnern, um welches Bild es sich handelte. Nicht dass es eine Rolle gespielt hätte. Er war derart abgelenkt gewesen, dass er kaum gewusst hatte, was er redete. Sie musste ihn für einen kompletten Narren gehalten haben.

Das war ganz und gar nicht der Fall. Rosa hatte Jasins Gesellschaft sehr genossen. Mit ihm konnte man sich so angenehm unterhalten. Und sie fand es gut, dass er Juan erwähnt hatte, anstatt das Thema zu meiden. Er hatte sogar Delia gekannt. Es überraschte sie nicht, dass er seine Mutter charmant gefunden hatte. Wenn ihr danach war, konnte sie es durchaus sein. Erstaunlich, dass sie auf demselben Schiff aus England hergekommen waren! Was für ein Zufall. Und so nett. Niemand in der Kolonie schien ihre Mutter gekannt zu haben, der das Leben hier überhaupt nicht gefallen hatte.

»Da wimmelt es von Schlangen und Wilden«, hatte sie Rosa immer erzählt. »Ich habe mich die ganze Zeit nur gefürchtet. Ich musste ganz entschieden darauf bestehen, dass dein Vater mich umgehend zurück in die Zivilisation bringt.«

Rosa ging über den Hof zu ihrem Zimmer, nahm sich ein Buch mit Gedichten und Liedern von Henry Kendall und setzte sich in den Lehnstuhl ans Fenster. Sie versuchte, sich auf ihre Lektüre zu konzentrieren. Es hatte sie irritiert, dass Charlie sich entschieden hatte, im Krankenhaus zu bleiben und zu arbeiten, weil sie viel lieber aus Charlies Mund das Urteil über Lady Heselwood gehört hätte. Andererseits konnte er sich wohl kaum weigern, Leuten zu helfen, die die Hilfe eines Chirurgen benötigten.

In diesem Augenblick sah sie ihren Gastgeber mit Clem fortreiten. Sie legte das Buch beiseite und ging zur Tür, da sie nun den Spaziergang nachholen wollte, den sie zuvor nicht hatte machen können. Es machte ihr immer großen Spaß, in den »Eingeweiden« einer Farm herumzustöbern, die Pferde- und Rinderhöfe zu erforschen, wie auch die Schmiede und was immer es sonst noch gab. Im Gegensatz zu ihrer Mutter machten ihr Schlangen überhaupt nichts aus und Wilde gab es in diesem Gebiet schon lange nicht mehr.

Als Edward das schmuddelige kleine Krankenhauszimmer betrat, sah er zu seiner Bestürzung, dass seine Mutter schlief und ihr Bein, wieder einmal eingegipst, in einer Art Schlinge hing, die an der Decke angebracht war. Sie sah so blass und matt aus, dass er sie am liebsten aus dieser Hölle fortgebracht hätte.

Diesseits des Bettes stand ein kleiner Tisch mit einer Lampe. Daher ging er auf Zehenspitzen auf die andere Seite und zwängte sich auf einen Stuhl, der gerade zwischen Bett und Wand passte. Dann starrte er auf den einbandagierten Fuß und fing bei dem Gedanken, dass ein Zeh hatte amputiert werden müssen, beinahe zu weinen an.

Wie würde sie damit zurechtkommen?, fragte er sich traurig.

Sie war so anspruchsvoll. Und Schuhe? Würden ihre Schuhe ihr nun noch passen? Was machte man unter solchen Umständen?

Georgina bewegte sich und blickte ihn an. »Edward, wie lange sitzt du denn da schon?«, sagte sie und lächelte.

»Nicht lange, Mutter.« Er erhob sich und küsste sie auf die Stirn. »Wie fühlst du dich?«

»Ein bisschen benebelt, aber sonst ist alles in Ordnung, glaube ich.«

»Tut es weh? Dein Bein, meine ich. Es ist doch nicht zu weit hochgezogen, oder? Sonderlich bequem sieht es nicht gerade aus.«

»Keine Bange. Daran gewöhnt man sich bestimmt. Es hat ja alles seinen Sinn. Ich habe beschlossen, von einem Tag zum nächsten zu denken.«

Er wollte unbedingt helfen. »Möchtest du einen Tee? Oder Wasser oder irgendetwas? Soll ich eine Krankenschwester rufen? Jemand anderes?«

»Nein, Liebes. Ich ruhe mich einfach eine Weile aus.«

»Oh Gott, störe ich dich etwa? Möchtest du, dass ich gehe? Damit du dich ausruhen kannst?«

»Natürlich nicht. Ich muss sagen, du siehst sehr schick aus. Kenne ich diese Weste schon?«

»Ich glaube nicht.« Er nahm ihre Hand. »Mutter, ich muss mit dir sprechen. Ich möchte dir sagen, wie leid mir das alles tut. Dein Bein ...«

Sie lächelte. »Das kann man nicht ändern. Dass diese niederträchtige Frau sich eingemischt hat, war einfach Pech. Sonst wäre ich längst wieder auf den Beinen.«

»Nein«, erwiderte er. »Das meine ich nicht, sondern dass es mir so schrecklich leid tut, dass ich deinen Sturz verursacht habe.«

»Schatz, red keinen Unsinn! Ich bin gestolpert, das ist alles.«

»Weil ich gerade etwas Dummes tat. Ich habe gehört, wie du mir etwas zugerufen hast und ich weiß, dass du gestürzt bist, weil du mich davon abhalten wolltest.«

»Bitte, Edward, sag so etwas nicht. Es stimmt nicht.«

»Doch, es stimmt und ich möchte, dass du weißt, wie sehr ich es bedaure. Ich werde mir nie verzeihen, was für ein Narr ich war. Ich weiß, dass ich dir vor Jahren viel Schmerz und Schande zugefügt habe, und ich hatte gehofft, ich würde es nun gutmachen können. Und jetzt bin ich wieder nur ein Nichtsnutz!«

»Ach was. Ich bin gestolpert, Edward, und damit genug. Man kann etwas bedauern, das tut jeder, aber einmal muss auch Schluss sein. Und nun möchte ich, dass du mir nachsprichst: Was geschehen ist, ist geschehen. Komm jetzt, sag es: Was geschehen ist, ist geschehen!«

Er flüsterte die Worte mit ihr und fragte sich dabei, ob sein Vater die Angelegenheit je auch so sähe. Er erinnerte sich an Jasins Zorn, als er von der Ungehörigkeit seines Sohnes gegenüber Dolour MacNamara gehört hatte, wie sie damals noch hieß. Es war dumm… ja, unverzeihlich, aber er war sehr betrunken gewesen und wollte sich vor den beiden Viehhütern aufspielen.

»Ich habe Dolour angefleht, von ihrem Wunsch, dass du die Kolonie verlässt, Abstand zu nehmen«, hatte seine Mutter gesagt. »Aber sie konnte sehr hart sein und war durch nichts davon abzubringen.«

»Da hat sie auch recht!«, hatte Jasin gebrüllt. »Schick ihn nach England, diesen nutzlosen Flegel! Dann sind wir ihn los!«

Sein Vater war nicht einmal zum Schiff gekommen, um sich von ihm zu verabschieden. Nun gab er ihm die Schuld an Georginas misslicher Lage. Und wieder hatte er recht. Wütend fragte Edward sich, wie es sein musste, ein derart vollkommener Mensch wie Lord Heselwood zu sein.

Genau in diesem Augenblick betrat der große Mann das Zimmer. Er küsste seine Frau, warf seinem Sohn einen verächtlichen Blick zu und befasste sich dann mit der Vorrichtung, wie er es nannte, die ihr Bein hochhielt.

»Clem ist draußen«, erklärte er Georgina. »Er würde sich gern diese Schlinge ansehen, um sie für zu Hause nachzubauen. Darf er kurz hereinkommen?«

»Wer ist hier? Clem? Kommt er zurück nach Sydney mit uns?«

»Nein!« Jasin war verwirrt. »Nein, zurück nach Montone. Du kannst nicht nach Sydney reisen.«

Sie seufzte. »Seit Dr. Pallisers Ankunft denke ich über nichts anderes nach. Du kannst mich mit der Kutsche nach Maryborough bringen ...«

»Unmöglich. Du hast doch gesehen, wie schwierig es war, dich in der Kutsche hierher zu bringen. Und wie beschämend.«

Georgina gab keine Antwort. Der letzte Teil dieser Reise war entsetzlich gewesen. Wegen des Beines hatte sie Qualen ausgestanden, denn mochte die Kutsche auch gut gefedert sein, so waren die holprigen Straßen es nicht. Obendrein hatte sie, nicht lange nachdem man sie – noch immer ohne Bewusstsein – in die Kutsche verfrachtet hatte, auf die Toilette gemusst, was schwierig war, da man sie heraustragen hätte müssen. Zum Glück hatte sich nur ihr Mann mit in der Kutsche befunden. Dennoch hatte sie ihm ihr Problem zugeflüstert.

»Halt durch«, hatte er erwidert. »Ich habe gehört, dass manche dieser Kutschen über Töpfe für Damen verfügen.« Er hatte überall gesucht, aber ohne Erfolg. »Offensichtlich stimmt das nicht«, musste er am Ende sagen.

Es dauerte eine ganze Weile, ehe sie es fertigbrachte, ihm unter Tränen zu gestehen, dass sie sich eingenässt hatte.

Und eben das hatte Jasin mit Beschämung gemeint. Beide waren sie peinlich berührt gewesen. Als sie Montone schließlich erreicht hatten, hatte er um Decken für sie gebeten und darauf bestanden, sie selbst hineinzutragen. Währenddessen hatte Georgina die ganze Zeit über Angst gehabt, er würde sie fallen lassen.

»Ich habe mir alles genau überlegt.« Sie bemühte sich um eine kräftige Stimme. »Ich werde eine gute Kutsche brauchen. Ich möchte nach Maryborough gebracht werden und dort an Bord eines Schiffes gehen. Nur Mrs. Palliser wird mit mir darin sitzen. Diesmal gibt es keinen Zwischenaufenthalt. Und keine Fremden.«

»Aber Georgina! Du kannst nicht mit der Kutsche fahren! Und dass sich ein passendes Schiff findet, ist auch nicht gewiss.«

»Du könntest telegrafieren und das herausfinden. Mit guten Pferden und einem guten Fahrer könnten wir in einem Tag dort sein. So einem wie dir oder Clem.«

Edward lauschte bedrückt. Ihm fiel auf, dass er als guter Fahrer nicht erwähnt wurde. Aber ihm schien, dass Jasin dachte, sie stünde noch immer unter Narkose.

»Zerbrich dir darüber jetzt nicht den Kopf, Liebling«, sagte er ihr. »Ruh dich einfach aus und wir sprechen ein andermal darüber.«

Sie schien in ihrem Bett zusammenzusacken. »Jasin«, sagte sie mit kaum hörbarer Stimme, »bitte! Ich möchte wirklich nach Hause!«

Er war bereits auf dem Weg zur Tür und hörte sie nicht mehr.

Edward sah, dass ihr eine Träne die Wange hinunterrann. Er verließ leise den Raum und beeilte sich dann, seinen Vater einzuholen.

»Du hast nicht gehört, was Mutter gerade gesagt hat«, rief er. »Sie möchte nach Hause!«

»Ich bringe sie nach Hause. Nach Montone.«

»Nein, Vater, sie möchte heim nach Sydney. Verstehst du das denn nicht? Wenn sie schon wieder in einem Zimmer eingesperrt sein muss, wieso dann nicht wenigstens in ihrem Heim, wo sie von ihren eigenen Dingen umgeben ist? Nicht auf Montone…«

»Was ist falsch an Montone?«

»Nichts, aber für Mutter ist es eben kein Zuhause. Ganz einfach.«

»Und wie willst du sie bitte nach Sydney transportieren?«

»Du hast es gehört. Sie hat alles schon geplant.«

»Gar nichts hat sie! Das ist unmöglich.«

»Ja, Herrgott noch mal, kannst du es denn nicht wenigstens versuchen? Dass du einfach so rausmarschiert bist, hat sie wirklich sehr getroffen!«

Jasin stand wütend da und blickte den Flur entlang zu Clem, der, den Hut in der Hand, höflich wartete, und dann zurück zu Georginas offener Tür.

»Sie hat keine Ahnung, wovon sie redet!«, wetterte er.

»Trotzdem, lass ihr doch ihren Willen. Unterstütze sie.«

Während sein Vater auf dem Absatz kehrtmachte und zurück zu Georgina ging, eilte Edward zu Clem und erklärte ihm die Situation.

Nachdem er sich überall umgehört hatte, fand Jasin schließlich eine Kutsche, mit der Clem, Georgina und Mrs. Palliser nach Maryborough fuhren, während er mit Edward und dem Doktor zu Pferd folgte.

Er hatte zwei Kabinen erster Klasse gebucht, eine für Georgina und sich selbst, die andere für die Pallisers, die in Brisbane von Bord gehen würden.

Clem wurde angewiesen, die Kutsche zu ihrem Besitzer zurückzubringen, und Edward hatte die Aufgabe, die beiden nunmehr überflüssigen Pferde von Maryborough zurück nach Montone zu transportieren.

»Mit militärischer Präzision ausgeführt«, bemerkte er sarkastisch zu Clem, als das Schiff auf den Fluss hinausfuhr.

»Ja«, grinste Clem. »Diese Runde ging an deine Mutter.«

Man ging selbstredend davon aus, dass Edward bleiben und auf Montone-Station arbeiten würde. Aber als er die Pferde erst einmal zurückgebracht hatte, sah er dazu keinen Anlass mehr. Georgina hatte Montone nicht gemocht und ihrem Sohn ging es ebenso. Er beschloss, in die Stadt zu reiten und sich mit Marcus Beresford zu unterhalten.

»Sie kommen gerade rechtzeitig, um mir Lebewohl zu sagen«, erklärte ihm Beresford. »Ich habe den Auftrag erhalten, die neuen Polizeirekruten gen Norden nach Rockhampton zu bringen.«

»Was für ein Ort ist das?«

»Ein Flusshafen. Wie Maryborough, nur dass die Leute dort wesentlich umgänglicher sind. Ich war schon einmal dort stationiert und mir hat es recht gut gefallen, insofern habe ich nichts gegen diese Aufgabe. Aber verzeihen Sie, wie geht es Lady Heselwood? Habe gehört, sie sei schon aus dem Krankenhaus entlassen worden?«

»Richtig. Hat das Krankenhaus verlassen und Queensland dazu! Sie hat die Operation überlebt, war aber bekümmert, wieder einen Gips tragen zu müssen. Daher hat Vater sie zurück nach Sydney gebracht. Vor ein paar Tagen sind sie losgesegelt.«

»Dann sind Sie jetzt also Herr auf Montone?«

»Nein, nein. Wir haben einen ausgezeichneten Verwalter. Ich habe mit dem Gedanken gespielt, mit meinen Eltern nach Sydney zu reisen, wollte dann aber doch erst noch mehr von Queensland sehen.«

»Dann bekommen Sie jetzt die Gelegenheit dazu! Reiten Sie mit mir in den Norden. Ich würde mich über Ihre Gesellschaft freuen. Mein Sergeant ist Weißer, aber alle anderen sind Schwarze. Die Berittene Einheimischenpolizei, erinnern Sie sich?«

»Oh ja, allerdings!«

Edward schwankte, ob er Beresford begleiten sollte. Er hatte eigentlich nicht vorgehabt, mit Schwarzen zu reisen, die einem im Schlaf einen Speer in den Rücken rammen konnten.

»Keine Bange.« Beresford grinste. »Die sind zahm. Ich habe sie an der Kandare. Bis wir in Rockhampton sind, sind sie entweder leidlich gute Polizisten, oder ich weiß auch nicht.«

»Wie weit ist es denn bis nach Rockhampton?«

»Von hier sind es ungefähr zweihundertfünfzig Meilen. Interessante Strecke. Ich führe sie entlang der Küste hoch. Da gibt es unterwegs ein paar nette Kleinstädtchen mit anständigem Essen. Besser als diese vermaledeiten Touren landeinwärts, die ich machen musste. Im Outback könnte man glatt verhungern. Eigentlich, alter Knabe, könnte ich diese Tour auch um ein paar Tage ausdehnen, um sie angenehmer zu gestalten. Währenddessen ein bisschen angeln gehen. Sind Sie dabei?«

»Warum nicht? Wann geht es los?«

Langleys Vater, Duncan Palliser, war ein freimütiger Mann. Vom Polizeipräsidenten Queenslands davon unterrichtet, dass die von den Viehzüchtern neu erschlossenen Gebiete von der Polizei volle Unterstützung und Schutz erhalten würden, war seine Verärgerung groß, als er von Langley erfuhr, dass von besagter Polizeipräsenz keine Rede sein konnte.

Er machte sich zu einem Besuch bei seinem alten Freund George Thorn auf, dessen Sohn George Junior es erst kürzlich geschafft hatte, MacAlister zu verdrängen und ihn als Premierminister der Kolonie abzulösen. George, früher selbst Politiker, nahm Duncans Glückwünsche darüber, dass sein Sohn nun ein derart hohes Amt bekleidete, liebenswürdig entgegen, war über die politische Situation an sich jedoch alles andere als begeistert.

»Jetzt, da mein Sohn und seine Gefährten am Ruder sind, mag es ja funktionieren«, brummte er, »aber ständig muss ein Premierminister den Hut nehmen, und das gefällt mir gar nicht. Die letzten beiden hatten ja kaum ihre Sitze angewärmt, da wurden sie auch schon wieder vor die Tür gesetzt.«

»Aber das wird doch George wohl nicht widerfahren?«, machte Duncan ihm Mut.

»Hoffentlich, aber darauf wetten würde ich nicht. Er muss zügig etwas unternehmen. MacAlister sagte, Beschwerden würden in diesem Job hundertmal mehr wiegen als Komplimente. Aber egal, wie geht es denn deinem Jungen, Langley, da oben im Norden?«

Duncan schüttelte matt den Kopf. »Frag lieber nicht. Durch die fehlende Polizeipräsenz sind die Viehzüchter allesamt handlungsunfähig. Nicht nur, dass es Probleme mit Ruhe und Ordnung gibt, die Schwarzen werden auch unangenehm.«

»Das Problem hat es da oben doch schon immer gegeben«, grinste George. »Aber wenn unser neuer Premierminister die Unterstützung der jüngeren Viehzüchtergeneration verliert, wie etwa die deines Jungen, dann kann ihm das auch das Genick brechen.«

»Ich glaube nicht, dass sie ihm die Schuld geben, schließlich hat er seinen Posten ja gerade erst angetreten.«

»Oh doch, das würden sie. Sie wollen Ergebnisse, und zwar schnell.«

George ging zu einer Landkarte an der Wand hinüber und deutete mit seinem Finger darauf. »Liegt Langleys Farm nicht ungefähr hier?«

»Ja«, erwiderte Duncan. »Langleys Rinder weiden bis hin zum Thomas River hier…« Er wies darauf. »Aber er musste sich zurückziehen. Gutes Rinderland, aber die Lage dort ist noch so gefährlich, dass man Männer und Herden aufs Spiel setzen würde.«

»Das wusste ich gar nicht. Wir haben nur gehört, dass die Siedler in rasantem Tempo in den Westen drängen. Aber es ist noch nicht alles verloren, mein Freund. In diesem Punkt kann der Premierminister die Schuld auf andere schieben. Ich rede mal mit ihm. Vermutlich wäre ein neuer Polizeipräsident angesagt. Den jetzigen vor die Tür setzen und dem neuen den Auftrag geben, Weiße zu beschützen, die sich bemühen, redlich ihrer Arbeit nachzugehen. Was hältst du davon?«

»Nun, ich hoffe, er kann jemanden auftreiben, dessen Blick über das Präsidium in Brisbane hinausreicht.«

»Besser noch«, lachte George, »jemanden mit einem Ultimatum im Nacken. Schaff Polizei da raus, oder nimm deinen Hut, so wie der Bursche vor dir! Bloß schneller!«

Der neue Polizeipräsident, Andrew Pedley, meinte, der Aufgabe gewachsen zu sein. Er studierte die neuesten Landkarten, hielt mehrere Beratungen mit seinen Stellvertretern ab und plante ein verschwenderisches Dinner, auf dem er eine Ansprache halten wollte und zu dem er eine Reihe von führenden Viehzüchtern eingeladen hatte, darunter auch den bekannten Juan Rivadavia, der die Einladung nicht annahm.

Bei dem Essen zeigte er Landkarten, auf denen nördlich und südlich des Südlichen Wendekreises bis hin zum Cloncurry River im äußersten Westen und dann weiter bis zu der neuen Besiedelung von Longreach neue Polizeidistrikte ausgewiesen waren.

Dann reiste er mit seinem Stellvertreter und ihren Frauen,

die Schwestern waren, nach Rockhampton und quartierte die Gesellschaft im *Criterion Hotel* ein.

Tags darauf sah er sich in der Kaserne von Rockhampton eine Parade berittener Polizisten an, insgesamt dreiundzwanzig Mann, und war enttäuscht, dass sie sich lediglich sammeln konnten.

»Wo ist der Rest?«, erkundigte er sich gereizt und wurde vom Chefinspektor darüber unterrichtet, dass alle verfügbaren Männer aus einem Umkreis von einhundert Meilen herbeordert worden seien.

Daraufhin belegte Pedley ein Büro mit Beschlag und machte sich an die Arbeit.

Zunächst wies er seinen Stellvertreter an, mithilfe von Polizeibeamten die Namen der dreißig führenden Bürger Rockhamptons zu ermitteln, nur Herren wohlgemerkt, und diese zu einem Dinner ins *Criterion Hotel* einzuladen. Er wollte ihnen versichern, dass ihre Freunde und Verwandten aus dem Hinterland in etlichen Distrikten schon bald über Polizeihauptquartiere verfügen würden.

Er hielt der örtlichen Polizei einen Vortrag darüber, wie wünschenswert eine größere Polizeipräsenz in entlegenen Gebieten sei und erhielt hierfür begeisterten Applaus. Noch größer war die Begeisterung, als der Präsident Landkarten zeigte, auf denen die Grenzen von vier neuen Polizeidistrikten angedeutet waren, die jeweils einem Inspektor unterstellt sein sollten.

»Das Ganze soll nicht übereilt durchgeführt werden«, erklärte er. »Meines Erachtens sollte jeder Distrikt mit dreißig Mann beginnen.«

Sein Stellvertreter erbleichte. »Mit wie viel?«

»Mit zwei Sergeants und achtundzwanzig Polizisten. Mit weniger wäre es nicht machbar. Diese Distrikte sind riesig, die meisten haben eine Größe von achtzig mal hundert Meilen.«

Chefinspektor Pennington, leitender Beamter des Distrikts von Rockhampton, bereitete das Kopfzerbrechen. »Sir, dazu wären eine Menge Pferde nötig. Wir könnten es uns gar nicht leisten, so viele bereitzustellen.«

»Das Geld dazu kriegen Sie«, versetzte der Polizeipräsident gereizt. »Außerdem geschieht es ja nicht von heute auf morgen. Meine Leute werden sich der Logistik annehmen.«

»Eine Menge Männer sind es auch«, bemerkte der Stellvertreter leise. »Sämtliche Polizeiwachen der Kolonie sind unterbesetzt. Weiß der Himmel, woher wir die kriegen sollen.«

»Das ist Ihre Aufgabe. Finden Sie sie! Werben Sie mehr Rekruten an.«

Für den folgenden Samstagabend wurde eine Dinnergesellschaft vorbereitet. Unter den Gästen befanden sich auch der Polizeipräsident, sein Stellvertreter und Chefinspektor Pennington.

Sie wurden vom Wirt empfangen, der ihnen mitteilte, das von seiner Frau zubereitete Bankett sei dieses bedeutenden Anlasses würdig. Er brachte sie an ihre Plätze am Kopfende einer langen Tafel, die, mit gestärkten Leinentischtüchern bedeckt und mit Platzkärtchen versehen, geschmackvoll gedeckt war. In diesem Augenblick traf der Bürgermeister mit seiner Gattin und etlichen Freunden ein, die allerdings nicht auf der Gästeliste standen, wodurch es zum ersten Eklat des Abends kam.

Nicht gerade für Takt bekannt, hielt der stellvertretende Polizeipräsident es für angebracht, dem Bürgermeister zu erklären, die Einladung sei nur für Herren ausgesprochen worden.

Der Bürgermeister brach in schallendes Gelächter aus. »Das ist schon in Ordnung, mein Freund. Eine Dame ist meine Frau ohnehin nicht!«

Der Polizeipräsident, dem nicht klar war, dass er Herren willkommen hieß, die an der Tafel keinen Platz hatten, schüttelte ihnen überschwenglich die Hände und gratulierte ihnen zu ihrer schönen Stadt. Auch einen Auktionator namens Chester Newitt und einige Viehzüchter lernte er kennen, darunter zwei Burschen, die gemeinsam hereinkamen, die Herren Paul MacNamara und Langley Palliser.

Der Sitzplan sei chaotisch, erklärte der Bürgermeister seinen Freunden; daher sollten sie sich einfach Stühle heranziehen.

Als der Polizeipräsident sich schließlich zu seiner Ansprache erhob, war bereits so viel Alkohol geflossen, dass er kaum zu hören war. Dann, als er fragte, ob noch jemand eine Rede halten wolle, meldete sich der Bürgermeister und ermunterte seine Frau, ein paar Lieder vorzutragen. Überraschenderweise hatte sie eine schöne Stimme.

Palliser erhob sich, um zu sprechen, machte ihr Komplimente für die schöne Wiedergabe dieser beliebten Balladen, richtete dann jedoch ein paar harte Fragen an den Polizeipräsidenten, in denen er andeutete, mit seinen Plänen hätte er ihnen das Blaue vom Himmel versprochen. Nachdem ihm Gegenteiliges versichert worden war, fragte er Chefinspektor Pennington, ob bereits irgendeiner der Männer, die vor zwei Monaten am Mischief Creek eine Familie von Aborigines umgebracht hatten, festgenommen worden sei.

»Ich kann nicht sagen, dass dem schon so wäre, da es verschiedene Versionen der eigentlichen Ereignisse gibt, Mr. Palliser. Unsere Untersuchungen scheinen darauf hinzudeuten, dass die Angriffe zunächst von Schwarzen ausgegangen sind. Danach haben sie die Fuhrmänner angegriffen und das Lagerdorf niedergebrannt.«

»Das stimmt nicht«, versetzte Palliser.

»Das ist das, was mir vorliegt.«

»Sie sind ein Lügner, Sir. Ich selbst habe Ihnen die Informationen in einem Brief zukommen lassen.«

»Dann habe ich ihn vermutlich nicht erhalten.«

»Wie kommt es dann, dass Sie mir darauf geantwortet haben?«

Während sie sich stritten, überlegte Pedley verzweifelt, woher er den Namen Palliser kannte.

»Gütiger Gott!«, flüsterte er seinem Stellvertreter zu. »Das ist Duncan Pallisers Sohn! Unternehmen Sie etwas!«

Der Stellvertreter schritt ein und bot Mr. Palliser an, einen Termin zu vereinbaren, um die Einzelheiten des Vorfalls von ihm aufzunehmen, was diesen zu der Antwort veranlasste, dass man kaltblütige Ermordungen ja wohl kaum als Vorfall bezeichnen könne. Dann hatte Mr. Paul MacNamara eine Frage an den Chefinspektor.

»Stimmt es, dass in Rockhampton wieder ein Kontingent der Berittenen Einheimischenpolizei stationiert werden soll?«

Der Inspektor reichte den Kelch absichtlich mit einem hinterhältigen Lächeln an den Stellvertreter weiter, da er wusste, dass MacNamara und seine Freunde diese Truppen erfolgreich aus der Gegend verbannt hatten. »Könnten Sie uns da ins Bild setzen, Sir?«

»In dieser Angelegenheit kann ich das, ja. Ein Kontingent unserer ausgezeichneten Einheimischenpolizei unter der Leitung von Inspektor Beresford ist auf dem Weg hierher. Ich kann garantieren, dass Sie imstande sein werden, von ihren Diensten Gebrauch zu machen, Chefinspektor, sobald sie angekommen sind. Ich bin sicher, sie werden von großer Hilfe ...«

»Ja, verdammt noch mal!«, schrie MacNamara den Bürgermeister an. »Sie haben versprochen, diese Bande von Abtrünnigen würde nie mehr auf diesen Distrikt losgelassen werden!«

»Schicken Sie sie in den Westen in einen Ihrer neuen Bezirke«, fügte Palliser an. »Da wird man ihnen den Schneid schon abkaufen.«

Chester Newitt setzte zu seinem Beitrag zu der Versammlung an. »Ich schätze, wir sollten den Sitzungsort in die Bar verlegen.«

Das Trio prächtig uniformierter Polizisten wurde von seinen Gästen verlassen, wodurch der Wirt die Gelegenheit erhielt, dem Stellvertreter die Rechnung zu präsentieren. Dieser reichte sie an den örtlichen Chefinspektor weiter, der sie empört anstarrte.

»Das kann ich nicht zahlen. Ein derartiges Besäufnis überschreitet mein Budget!« Er übergab die Rechnung dem Polizeipräsidenten: »Vielen Dank, Sir. Es war ein sehr angenehmer Abend. Übrigens, die neuen berittenen Polizisten, also nicht die Einheimischenpolizei, werden die hier in Rockhampton gemustert, ehe sie landeinwärts ziehen?«

»Ja«, erwiderte Pedley. Er war müde und seine Gicht machte ihm zu schaffen. »Das ist am besten, würde ich sagen.«

»Dann bekomme ich zusätzliche Mittel, um die Pferde für

sie zu kaufen, nehme ich an? Und die entsprechende Ausrüstung?«

»Ja, ja, was auch immer!« Pedley wandte sich an seinen Stellvertreter. »Sie kümmern sich darum und regeln das mit der Rechnung.«

Kapitel 8

Milly Forrest merkte schon bald, dass die Stimmung zwischen den Brüdern angespannt war. Als sie zum Hoteleingang gingen und Paul MacNamara begegneten, strahlte sein Gesicht vor Freude auf.

»Sieh an! Mrs. Forrest und Lucy Mae! Was tun Sie denn hier?«

Dann blieb ihm vor Überraschung beinahe der Mund offen stehen, als er sah, dass Duke ihnen folgte.

»Ah, Duke«, sagte er, als hätte er ein faules Ei gegessen.

Seine Frau Laura rettete die Situation, indem sie alle drei willkommen hieß und zum Morgentee in den Salon einlud.

Ungeachtet der Spannungen zwischen den Brüdern beeilte Milly sich anzunehmen.

»Vielen Dank. Ein Tee wäre genau das Richtige, Laura. Wir sind gerade erst von Bord gegangen. Wir sind hergekommen, um Rockhampton anzuschauen. Zudem möchte Duke uns seine Farm zeigen, aber wir wären nicht abgereist, ohne Oberon ebenfalls einen Besuch abzustatten.« Als sie im Salon Platz nahmen, sprach sie noch immer. »Was für ein schöner Zufall, dass wir uns über den Weg gelaufen sind. Wohnen Sie hier im Hotel?«

»Ja, aber wir reisen heute ab«, erklärte Paul. »Und wie geht es dir, Lucy Mae? Fühlst du dich wieder etwas besser? Als wir vom Tod deines Mannes hörten, hat uns das sehr getroffen…«

»Oh, ihr geht es wieder gut«, ergriff Milly das Wort. »Das ist ja schon eine Weile her. Das Leben geht weiter.«

Unvermittelt fiel ihr ein, dass Paul ja seine erste Frau verloren hatte, und setzte deshalb hinzu: »Deshalb reisen wir ja. Ich dachte mir, eine Seereise würde uns beiden guttun. Und die Zeit an Bord war wirklich großartig. Nicht wahr, Lucy Mae?«

»Ja, zumal wir wunderschönes Wetter hatten. Das Meer glich einem Teich.«

Während die beiden jungen Frauen ihre Eindrücke über die Reise von Brisbane austauschten, warteten Paul und Duke mit mürrischer Miene auf den Tee, und Milly rätselte, welchen Zwist die beiden austrugen. Sie erinnerte sich an Dukes Worte, er würde in den Norden gehen und Paul auf Oberon helfen, stattdessen hatte er jedoch eine eigene Farm gekauft. Vielleicht war das ja das Problem.

»Ist es nicht wunderbar, dass Duke nun eine eigene Farm besitzt?«, meinte sie zu ihnen.

»Ja«, murmelte Paul.

»Mrs. Forrest und Lucy Mae kommen für ein paar Tage zu Besuch«, verkündete Duke. »Ich habe sie schon gewarnt, dass die Farm nicht mit Oberon mithalten kann.«

»Allerdings bin ich sicher, dass sie recht schön ist«, fügte Laura hinzu.

»Ihr habt Dukes Besitz noch gar nicht gesehen?« Millys begierigem Ohr war diese pikante Information nicht entgangen.

»Laura hatte keine Zeit«, erwiderte Paul rasch.

»Du aber offensichtlich schon«, meinte Milly fröhlich. »Und, hat sie deinen Beifall gefunden?«

Gerade noch mürrisch, lachte Duke laut los. »Oh ja. Allerdings! Paul meint, ich hätte ein gutes Geschäft gemacht!«

Sein Bruder zuckte mit den Achseln. »Ja.« Und wandte sich ab, um mit Lucy Mae zu sprechen.

Nach dem Morgentee mussten Paul und Laura sich auf den Weg machen. Sie bestanden darauf, dass die beiden Damen vor ihrer Heimkehr unbedingt noch nach Oberon kamen, und Milly sagte gern zu.

Milly, die auf mehreren Schaf- und Rinderfarmen gelebt hatte, verkündete nach einer Führung über dieses grüne und fruchtbare Anwesen, es sei ein Juwel. Das Wohngebäude allerdings, so erklärte sie Duke, gehöre dringend in Schuss gebracht. Infolgedessen stellte Milly, während Duke und Lucy Mae gemeinsam ausritten und er Lucy Mae dabei, so hoffte sie, den Hof machte, Listen mit nötigen Renovierungsmaßnahmen auf, wie auch eine weitere Liste mit benötigten Haushaltsgegenständen wie Möbel, Wäsche und Besteck, jeweils nach Dringlichkeit geordnet.

Natürlich hatte sie recht. Die beiden Reiter folgten einem malerischen Weg in einen zum Besitz gehörenden Regenwald, der Lucy Mae angesichts der vielen seltsamen und exotischen Pflanzen völlig verzauberte. Sie führten die Pferde weiter durch den Wald zu einem plätschernden Bach am Fuß einer Reihe kleiner Wasserfälle, und Lucy Mae war hingerissen. Sie zog sich Stiefel und Strümpfe aus, um in dem kalten Wasser zu planschen, und überredete Duke, es ihr gleichzutun.

Später, als sie am Ufer des Baches im Gras saßen und den kleinen gelbgrünen Wellensittichen zusahen, die um die Bäume herumflatterten, zog Duke Lucy Mae an sich und bald lag sie in seinen Armen.

Danach, auf dem Weg zurück auf offenes Land, war er überwältigt. Er blickte zu Lucy Mae und sah, dass sie ruhig war, fröhlich sogar. Sie scherzte über die alten Baumstümpfe und verrottenden Äste auf dem Erdboden, die ihnen das Verlassen des Waldes erschwerten.

An diesem Morgen hatte er gehofft, er könne Lucy Mae lieben, weil sich die Gelegenheit dazu ergebe. Nicht weil er sich davon etwas Besonderes erhoffte. Schließlich handelte es sich um Lucy Mae, eine nunmehr erwachsene Kindheitsfreundin. Doch bei ihrem Liebesspiel hatte etwas ihm völlig Unerklärliches stattgefunden. Und diese Erfahrung hielt ihn immer noch in ihrem Bann. Es war Lucy Mae, die darauf bestand, es sei an der Zeit aufzubrechen. Er hätte ewig dort mit ihr bleiben können. Er hatte schon mit anderen Mädchen geschlafen, auch mit Huren, aber nichts ließ sich damit gleichsetzen. Er war verrückt nach ihr.

Bei ihrer Heimkehr stand Milly auf der Veranda, winkte ihnen zu und rief, sie habe etwas Besonderes für sie gekocht. Duke wünschte sie zur Hölle. Er wollte diese neue Lucy Mae ganz für sich allein. In seinen Armen.

Nach Dukes verträumtem Blick zu urteilen, befand Milly, musste Lucy Mae sich ihm hingegeben haben. Lucy Mae wirkte wie immer, aber sicher war sie schlau genug, sich nichts anmerken zu lassen.

Um Duke ein wenig zu quälen, blieb Milly an diesem Abend sitzen und plauderte mit ihnen, bis Lucy Mae sich in das Zimmer, das sie sich mit ihrer Mutter teilte, zurückzog. Auf die Art hatte er Zeit zum Nachdenken. Am Abend darauf ging sie dann wegen Kopfschmerzen frühzeitig zu Bett und hörte, dass Lucy sich erst sehr spät hereinschlich.

Am nächsten Tag regnete es und es tropfte durch das undichte Dach. Sie veranlasste, dass der Vorarbeiter es richtete und, wenn er schon da war, auch den übermäßig qualmenden Rauchfang über dem Herd reinigte. Sie hatte sich bereits nach einer Hilfe fürs Haus umgehört und in Erfahrung gebracht, dass einige der Frauen aus dem Schwarzenlager für die vorherigen Besitzer gearbeitet hatten. Aber Duke kümmerte sich lieber persönlich um sein Haus und nahm Mahlzeiten ein, die vom Farmkoch – einem Chinesen – für die Männer zubereitet wurden.

All das sagte ihr: Dieser Junggeselle hatte keine Ahnung, wie man einen Haushalt führte, und, weit wichtiger, neigte nicht dazu, Eingeborenenmädchen zu verführen, wie es so viele Männer in seiner Stellung taten. Auf Kooramin hatten schon immer schwarze Familien gelebt, aber offensichtlich hatten Dolour und Eileen ihn dazu angehalten, seine Hände von deren Frauen zu lassen.

Es war ihr ein Anliegen, hinunterzuschlendern und mit dem Chinesen zu reden, einem einfachen kleinen Mann, der allerdings kein Interesse zeigte, sich mit ihr über das Kochen zu unterhalten. Stattdessen ließ er sich in seinem Singsang darüber aus, dass niemand so gut Pferde einreiten könne wie sein Boss. »Mach gut Wettgewinn mit Setzen auf Boss!«

»Pferde?«, fragte sie.

»Ja. Boss geht fangen Wildpferde. Er immer zu tun.«

Dass Duke seine Arbeit ernst nahm, hörte Milly gern. Kein Wunder, dass die Farm gut lief.

»Er scheint dich sehr zu mögen«, bemerkte sie gegenüber Lucy Mae.

»Ich weiß.«

»Und was ist mit dir?«

Lucy Mae zuckte mit den Achseln. »Ich kenne ihn eigentlich nicht sonderlich gut. Für ernstere Gedanken ist es also ein bisschen zu früh.«

»Gütiger Gott! Dir ist doch wohl klar, dass ihm ein Drittel von Kooramin wie auch diese Farm hier gehört. Und das Tal der Lagunen. Nicht schlecht für einen jungen Burschen!«

»Und es ist nicht alles. Wann statten wir Oberon einen Besuch ab?«

»Das hat Zeit.«

Lucy Mae wünschte, ihre Mutter würde aufhören, dauernd Dukes finanzielle Situation anzusprechen. Es diente lediglich dazu, ihre Tochter an ihre unglückselige Ehe zu erinnern. Wenn Lucy Mae allerdings eines Tages erbte, dann würde sie ein weit besserer Fang als Duke MacNamara sein! Und wie jeder andere Herr war Duke sich dieses Umstands gewiss wohl bewusst. Zudem hatte sie den beschämenden Abend nicht vergessen, als sie sich im Foyer des *Victoria Hotel* so verloren vorgekommen war.

Nun erzählte er ihr, dass er sie liebe. Aber in dieser Beziehung fehlte jegliche Romantik, ein sichtbarer Beweis, dass er sie gern hatte. Ihr kam das Ganze eher wie eine Affäre vor und das bekümmerte sie.

Duke hatte sich Millys Einkaufs- und Renovierungsliste durchgelesen und Dankbarkeit geheuchelt. Natürlich hatte sie recht: Renovierungen und Farben würden einiges bewirken und der eine oder andere Ziergegenstand würde die Farm wohnlich machen. Aber gegenwärtig konnte er für solche Dinge keinen Penny erübrigen. Auf dieser Farm wurde in erster Linie gearbeitet. Es war Sache der Ehefrau, ein Haus auszuschmücken, wenn sie es wünschte.

Er träumte von Lucy Mae als seiner geliebten Frau, und zum Glück ließen sie die Pläne ihrer Mutter hinsichtlich des Hauses unbeeindruckt.

»Lass dir von ihr nichts einreden«, erklärte sie ihm. »Das ist dein Anwesen, Duke. Nicht ihres.«

Derlei Äußerungen erwärmten ihn nur noch mehr für sie. Es gelang ihm sogar hineinzulesen, dass eine Schwiegermutter Veränderungen in einem Haushalt nichts angingen.

Nachdem seine Gäste sich ein wenig eingelebt hatten und ihre Tage selbst zu gestalten wussten, arbeitete Duke untertags wieder mehr, kehrte in der Abenddämmerung pflichtgetreu nach Hause zurück und fand dann ein von Lucy zubereitetes Abendessen vor. Offenbar hatte sich Millys Kochleidenschaft gelegt.

Da sonntags nicht gearbeitet wurde, ritt Duke an diesen Tagen normalerweise mit Lucy Mae aus, doch an diesem Morgen, an dem Milly es sich mit einer Handarbeit auf der Veranda bequem gemacht hatte und die Pferde bereits gesattelt waren, rief einer der Männer, es würde sich ein Einspänner nähern.

Paul und Laura kamen zu Besuch.

Vor seinen Gästen blieb Duke nichts anderes übrig, als die beiden fröhlich zu begrüßen. Laura sprang auf die Erde, umarmte alle drei und wandte sich dann an Lucy Mae: »Wir haben uns gefragt, ob du noch hier bist, und da ich ohnehin noch keine Gelegenheit hatte, mir Dukes Farm anzusehen, sind wir nun da!«

»Ohne Oberon zu besuchen, wären wir nicht abgereist«, erwiderte Lucy Mae, »aber es ist so schön, euch zu sehen. Eine wunderbare Überraschung, findest du nicht, Duke?«

»Allerdings!«

»Habe gehört, du hättest eine ganze Menge Vieh verkauft«, bemerkte Paul, während er den Picknickkorb aus dem Einspänner hob.

»Ja.« Duke hatte nicht vor, seine Geschäfte mit Paul zu besprechen. Er deutete auf den Korb. »Was ist denn da drin?«

»Laura hat ein paar Häppchen mitgebracht.«

»Häppchen nennt er das!«, rief Laura in gespielter Empörung. »Ich möchte euch darauf aufmerksam machen, dass wir Brathähnchen und einen Schinken, meine besten Senffrüchte und einen Biskuitkuchen dabei haben. Und in der Tasche da drüben ein Bund Bananen. Eigenanbau.«

»Fantastisch«, sagte Milly. »Wir könnten doch unter dem Mangobaum ein Picknick machen.«

»Willst du uns denn nicht hereinbitten?«, wollte Paul von seinem Bruder wissen. »Ich könnte eine Tasse Tee vertragen.«

»Natürlich!« Duke bot Laura seinen Arm.

»Bist du böse auf uns?«, flüsterte sie.

Duke zuckte mit den Schultern, als wäre ihm so oder so alles einerlei.

»Jetzt hör auf damit!«, schalt sie ihn. »Es war meine Idee. Ich mag es nicht, wenn ihr euch anschweigt!«

Am Ende verlebten sie einen schönen Tag. Nach dem Essen schlenderten sie über den Gutshof und unterhielten sich mit Dukes Vorarbeiter, der vor seiner Hütte saß.

»Habe gar nicht gewusst, dass hier ein Bruder von Ihnen lebt«, erklärte er Duke, als die anderen weitergegangen waren.

»Er wohnt auf der anderen Flussseite. Auf Oberon.«

Der Vorarbeiter pfiff. »Oberon? Ja, natürlich! MacNamara! Du meine Güte! Alles wieder in Ordnung mit ihm? Der hat diese schwarzen Bastarde ja wie der Zorn Gottes verfolgt!«

»Ja, ihm geht es gut«, erwiderte Duke. Die Gewitterwolken zwischen ihnen schienen sich zu verziehen, bis Laura später Milly fragte, wann sie und Lucy Mae ihnen denn nun einen Besuch abstatten würden.

»Hier seid ihr schon seit drei Wochen. Jetzt sind wir an der Reihe!«

»Das ist so freundlich von dir, meine Liebe, aber das liegt an Lucy Mae.«

Seit wann?, fragte sich Lucy Mae wütend. Milly brachte sie absichtlich mit ihrem Wunsch in Verlegenheit, dass sie sich dafür entschied zu bleiben und Duke glücklich zu machen. Sie schmiss ihm ihre Tochter förmlich in die Arme!

Alle blickten sie an.

»Nun«, sagte sie. »Die Zeit hier war wundervoll. Dieser Besitz ist herrlich und alles ist so schön grün. Und Duke ist der vollendete Gastgeber. Aber wir wollen seine Gastfreundschaft nicht überstrapazieren, nicht wahr, Mutter?«

Duke hatte Schwierigkeiten, der Unterhaltung zu folgen. Was sagte Lucy Mae da? War? Die Zeit war wundervoll?

»Ihr strapaziert sie nicht über!«, stotterte er. »Ihr habt so einen weiten Weg auf euch genommen. Ihr seid hier willkommen, solange ihr wollt.«

»Wenn ihr die Gelegenheit beim Schopf packen und gleich mit uns kommen möchtet«, sagte Paul, »dann ließe sich das einrichten. Wenn euch das allerdings zu plötzlich kommt, dann fährt Duke euch zu uns, wenn ihr bereit seid.«

»Ja«, stimmte Duke seinem Bruder zu. »Das hat keine Eile.«

»Ach, übrigens!« Paul erinnerte sich plötzlich an etwas. »Was höre ich da, von wegen, du würdest Beth Delaney den Hof machen? Ihr Vater sagt, nun, da Carmel verlobt ist, würdest du sein zweiter Schwiegersohn.«

Er wandte sich wieder den anderen zu. »Jack Delaney besitzt in der Stadt das *Turf Hotel.*«

»Delaney redet dummes Zeug«, schnauzte Duke.

»Ach, jetzt komm«, lachte Paul. »Hab dich nicht so! Ich war letzte Woche in dem Hotel und Jack hat mir aufgrund unserer ›Verwandtschaft‹ einen irischen Whisky spendiert!«

»Oh, so erzähl doch«, flötete Milly. Ihr Blick war eiskalt. »Warum haben wir Beth noch gar nicht kennengelernt?«

»Bedräng ihn nicht«, lächelte Laura. »Alles zu seiner Zeit, hm, Duke?«

Er ging darüber hinweg und fragte sie, ob sie sich ein paar

Mangos pflücken wolle. »Sie gehen allmählich dem Ende zu«, sagte er. »Aber sie schmecken immer noch sehr gut.«

»Sehr gern«, erwiderte sie. »Ich kann daraus Mangomarmelade machen.«

Sie ging mit ihm hinaus und hielt den Eimer, während er die Leiter hinaufkletterte und ihr die Früchte vorsichtig hinunterreichte, damit sie keine Druckstellen bekamen.

»Bitte Paul doch, ein paar anzupflanzen, Laura. Bis sie Früchte tragen, brauchen sie ungefähr sieben Jahre, wurde mir gesagt, aber das Warten lohnt sich. Außerdem sind es ansprechende Bäume und gute Schattenspender.«

In ihrer Abwesenheit war Milly Forrest zu einer Entscheidung gekommen. Sie eröffnete sie Duke, sobald er durch die Tür hereinkam.

»Ich hoffe, du fühlst dich nicht im Stich gelassen, Duke, aber du bist ein beschäftigter Mann, und um dir die Umstände zu ersparen, nehmen wir Pauls Angebot an und fahren gleich mit nach Oberon. Lucy packt deshalb gerade. Der Aufenthalt hier war wunderschön und so interessant.«

Er war am Boden zerstört, aber da ihre Abreise beschlossene Sache zu sein schien, ließ er es sich nicht anmerken.

»Schade, dass ihr abfahrt«, sagte er kühl. »Ich habe eure Gesellschaft genossen. Ohne euch wird das Haus sehr leer sein.« Er seufzte. »Ich muss mich nun wieder mit Ah Chows Küche zufriedengeben. Aber wenn ihr mich bitte entschuldigt, ich sehe vielleicht einmal nach, ob ich Lucy Mae helfen kann.«

Beim Verlassen des kleinen Salons spürte er, dass sich drei Augenpaare in seinen Rücken bohrten.

Die Tür stand offen. »Du packst also?«, fragte er Lucy Mae.

»Ja, ich halte es für das Beste, mit ihnen zu fahren, wenn sich die Gelegenheit schon bietet. Es erspart dir eine Menge Unannehmlichkeiten.«

»Ich hätte euch gefahren, wann immer ihr es gewünscht hättet.«

Sie packte Schuhe und Pantoffeln in den Koffer. »Danke, Duke. Aber wir wären ohnedies nicht mehr lange geblieben. Das weißt du.«

»Warum bleibst du denn nicht? Und lässt deine Mutter mit ihnen fahren?«

»Das kann ich nicht tun.«

»Auch nicht, wenn ich dich darum bitte?« Er kam zu ihr und nahm sie in die Arme. »Bleib. Bleib einfach, und zum Teufel mit ihnen!«

»Das ist unmöglich. Lass mich los, Duke.«

Er trat zurück. »Es liegt an diesem Delaney-Unsinn, habe ich recht? Dabei ist da nichts dran, Ehrenwort. Ich habe sie mit auf einen Tanz genommen, das ist alles. Typisch von Paul, das Ganze zu erwähnen, um Unheil zu stiften.«

»Welches Unheil?«, erkundigte sie sich kühl. »Woher sollte Paul wissen, dass wir eine Affäre haben? Du behandelst mich wie eine Fremde, als wäre es dir peinlich, mich zu kennen.«

»Eine Affäre? Ist das alles, was es für dich war? Ich liebe dich und du nennst das eine Affäre?«

Automatisch half er ihr, die Gurte ihres Koffers festzuzurren.

»Was war es denn sonst?«

»Lucy Mae«, sagte er ruhig, »du schmollst wegen Beth Delaney, das ist alles. Wenn du mich bestrafen möchtest, dann fahr nach Oberon und schreib mir, wenn du dich glücklicher fühlst. Ich komme zu dir, sobald ich von dir höre.«

Er nahm die beiden Koffer und trug sie auf den Hof hinaus, wo der viersitzige Einspänner schon wartete.

Pflichtbewusst umarmte er die Damen, schüttelte Paul die Hand, lauschte wiederum Millys und Lucy Maes überschwenglichen Dankesworten für einen wunderschönen Aufenthalt und winkte ihnen hinterher.

Dann stapfte er zurück ins Haus und goss sich einen Rum ein. Er war wütend auf Lucy Mae, dass sie ihn verlassen hatte. Wütend auf Paul, der diese Entfremdung herbeigeführt hatte. Und wütend auf diese verdammte Milly Forrest, dass sie solch eine Hexe war.

Er beschloss, sie niemals mehr zu sich einzuladen.

Tage darauf erhielt er von Milly einen Brief, der vor Danksagungen in ihrem und Lucy Maes Namen triefte. Kein Wort von Lucy Mae selbst.

Wochen vergingen. Und kein Brief. Bis Laura ihm in einem Brief mitteilte, Milly und Lucy Mae stünden im Begriff, am ersten des Monats auf der *Minerva* nach Brisbane heimzureisen, und sie würden ihn davor von ganzem Herzen noch einmal sehen wollen.

Duke war entschlossen, ihnen den Wunsch zu erfüllen. Am Tag davor ritt er nach Rockhampton. Seinen ersten Halt legte er beim Barbier ein, wo er sich das dunkle Haar und seinen Bart stutzen ließ. Er brachte ein Paket mit Kleidungsstücken bei der chinesischen Wäscherei vorbei und machte sich dann an den Kauf von Hemden, einem neuen Paar teurer Reitstiefel und einem breiten Hut, der seinem Stand als Viehzüchter entsprach.

Am nächsten Morgen, einem dieser strahlend blauen Tage in Rockhampton, an dem die brütende Sommerhitze vergessen war, trat er mit einer hübschen Blondine in einem rosaweiß gestreiften Baumwollkleid und einem kecken kleinen Strohhut auf die äußerst schicke Quay Street hinaus. Sie überquerten die Straße, spazierten die Kais entlang zum Anlegeplatz der *Minerva* und traten zu einer vierköpfigen Gruppe, die nahe des Landungsstegs wartete.

»Einen guten Morgen euch allen«, grüßte er sie mit einem Lächeln und einer würdevollen Verbeugung. »Darf ich euch Miss Beth Delaney vorstellen?«

* * *

An diesem Nachmittag mietete er sich ein Gig und kutschierte Beth damit in Rockhampton herum. Sie schlug einen Besuch bei ihrer älteren Tante vor, die auf einer Anhöhe mit Blick auf die ganze Stadt wohnte. Als er abbremste, um in die Einfahrt der Tante zu biegen, bemerkte Duke, dass am Eingang nebenan der Name »H. Merriman« in ein Holzbrett gebrannt worden war.

Von Miss Delaneys prächtigem weißen Haus aus hatte man

überallhin herrliche Ausblicke, aber Duke war mehr an ihrem Nachbarn interessiert.

»H. Merriman«, sagte er. »Wissen Sie denn, wer das ist, Miss Delaney?«

»Ja«, erwiderte Beths Tante. »Ein junger Kerl. Netter Bursche, Harry heißt er.«

»Ist er daheim?«

»Ich glaube nicht, aber ich wünschte, er würde wiederkommen. Das Grundstück ist derart überwuchert, dass es schon bedrohlich wirkt!«

»Wo ist denn sein Haus?«, wollte Beth wissen. »Man sieht ja nicht einmal das.«

»Es liegt versteckt hinter diesem ganzen Dschungel. Er nennt es sein Landhaus, hat es selber gebaut, aber eigentlich ist es eher eine Blockhütte.«

»Wie schrecklich!«, sagte Beth. »Was für eine Frechheit, in diese nette Straße eine Blockhütte zu setzen.«

Duke blickte überrascht zu ihr auf. »Was spricht dagegen?«

»Nichts«, warf ihre Tante bestimmt ein. »Irgendwie müssen junge Burschen ja anfangen. Für den Grundstückskauf sind seine gesamten Ersparnisse draufgegangen, hat er mir erzählt. Und ich habe ihm gesagt, er solle sich deswegen keine Gedanken machen, denn er habe eine gute Wahl getroffen. Kennen Sie ihn denn, Mr. MacNamara?«

»Ich denke schon. Blonder Bursche. Ein Viehhüter, glaube ich. Habe ihn in Brisbane kennengelernt.«

»Ja, das müsste er sein. Er ist viel unterwegs.«

Duke starrte auf das üppige Grün. »Miss Delaney, wenn Sie das stört, kann ich es gern auslichten. Glaube kaum, dass Harry was dagegen hätte.«

»Zu freundlich von Ihnen! Dafür wäre ich Ihnen sehr dankbar, weil die Leute auf vernachlässigte Grundstücke immer Abfall werfen und das Gestrüpp für Ratten und Schlangen das reinste Paradies ist. Letzte Woche habe ich in der Nähe des Zauns eine Rauhschuppenotter und eine Tigerschlange gesehen.«

»Darum kann Mr. Merriman sich gefälligst selber kümmern!«, ereiferte sich Beth. »Warum solltest du das machen, Duke?«

Einfach weil mir danach ist, dachte Duke sich im Stillen, verärgert über ihre Einstellung.

»Das Grundstück ist ja nicht groß«, erwiderte er. »Es müsste an einem Tag zu schaffen sein.«

Auf dem Heimweg merkte er, dass er sich auf ein Wiedersehen mit Harry freute. Wie schön wäre es doch, einen Kumpel vor Ort zu haben! Frauen und ihr verwirrendes Verhalten ermüdeten ihn allmählich. Bis auf die liebe alte Miss Delaney, entschied er, deren Gesellschaft er an diesem Nachmittag genossen hatte. Sie war von echtem Schrot und Korn.

Mrs. Otway wartete mit dem Gig an dem kleinen Bahnhof, um Harry und ihren Mann nach DeLisle's Crossing zu bringen.

»Nenn mich doch bitte Annie«, erklärte sie Harry bei der Begrüßung. »Das mit Gillie und Hester tut mir ja so leid. Es muss ein schrecklicher Schlag gewesen sein, mein Lieber. Aber ich freue mich, dass du nun hier bist. Und vergiss nicht, Bescheid zu geben, wenn wir dir irgendwie helfen können. Stimmt's, George?«

Der nickte. »Ich hatte schon Angst, du würdest gestern völlig umsonst den weiten Weg herkommen, um uns abzuholen.«

»Nein, die Postamtsvorsteherin hat mir geraten, nicht zu fahren und mir von den Erdrutschen erzählt. Ich dachte mir, heute müssten sie wohl fortgeräumt sein, und hier bin ich. Welch wunderschöner Tag für eine Ausfahrt, nicht wahr?«

Sie stiegen in den Gig und ratterten die sandige Straße hinab, die von den Harry so wohlvertrauten Gummibäumen gesäumt wurde. Als Kinder waren sie von Crossing immer neun Meilen hergewandert und hatten zugesehen, wie die riesige Dampflok vorbeischnaufte, und ihrem Helden, dem Lokführer, zugewinkt. Oft winkte er zurück, was die Jungen in helle Aufregung versetzte.

Die große Käsefabrik aus Wellblech war immer noch da mit ihren hohen offenen Türen über Augenhöhe, wo die Transportwagen anhielten und der Käse und die Schachteln mit

Butter aufgeladen wurden. Allerdings war sie nicht mehr so groß wie zuvor und die Warenausgabe war lediglich ein Loch in der Wand.

»Tottie bereitet das Essen«, rief Annie ihm zu, während George die Pferde zu einem gleichmäßigen Gang anhielt. Er kutschierte stets mit Bedacht, aber Harry kam es vor, als würde er an diesem Tag noch umsichtiger fahren, um seinen angeschlagenen Fahrgast auf dem Notsitz hinter ihm zu schonen.

Früh morgens war er durch die Straßen von Ipswich geschlendert und hatte darüber nachgedacht, wie man ihn in Crossing empfangen würde. Er würde den Leuten leidtun, er, Harry Merriman, der sich bereits in Georges Gesellschaft wie ein Heuchler fühlte. Dann sah er, wie Männer mit ihren Brotzeitdosen aus ihren armseligen Häuschen traten und sich auf den langen Weg zu den Kohleminen machten, und das rüttelte ihn auf. Er dachte an die in ihrer Kleinstadt tief sitzende Furcht vor den Minen, die viele junge Männer aus Crossing weggelockt und sie als keuchende alte Kerle mit eingefallenem Brustkorb und Tonpfeife wieder zurückgeschickt hatten.

»Es schadet nicht, sich daran zu erinnern, dass man es gut hat im Leben«, mahnte er sich. »Du bist nicht traurig wegen den Alten und doch ergehst du dich in Selbstmitleid. Mach dich einfach auf und tue, was du tun musst.«

George fuhr einen Umweg durchs Dorf, um Harry mit den neuen Gebäuden vertraut zu machen, die seit seinem Fortgang aus der Erde geschossen waren. Dabei kam es Harry dank Totties Briefen vor, als kenne er schon jeden Winkel. Dieser Umweg ermöglichte es George auch, nicht an der Merriman-Farm vorbeifahren zu müssen. Ohne im Dorf anzuhalten, fuhren sie direkt zu seinem Haus, wo Totties jüngerer Bruder Loftus, inzwischen hochgewachsen und nett anzusehen, schon am Tor auf sie wartete.

Als sie zum Haus hinauffuhren, wurde Harry nervös. Was sollte er Tottie sagen? Was würde sie von ihm denken, nachdem er so lange fort gewesen war? Er hatte kein Vermögen gemacht. Er war lediglich Viehhüter. Ein Hinterwäldler. Und wurde allmählich leicht krummbeinig, wie seine Kumpel scherzten, vom vielen Reiten … und oh Gott! Da stand sie an der Tür, in einer weißen Bluse mit Puffärmeln und einem hübsch schwingenden Tellerrock. In ihren Briefen hatte sie erwähnt, dass sie tüchtig gewachsen sei, doch kam ihm das gar nicht so vor. Ihr kupferrotes Haar trug sie nun lang, bemerkte er, und zu einem Pferdeschwanz zusammengefasst.

Er kletterte aus dem Gig, enttäuscht, dass Totties Haar zurückgebunden war und nicht zu glänzenden losen Wellen gebürstet, wie er es sich für ihr Wiedersehen immer ausgemalt hatte.

Loftus sprach mit ihm. Sagte ihm, wie leid ihm das mit seinem Vater und seiner Mutter tue. Dann machte Tottie, die Hände auf die Hüften gestemmt, ein paar Schritte auf ihn zu.

»Harry Merriman!«, rief sie. »Das wird aber auch Zeit!«

Unvermittelt wusste er, dass sie recht hatte. Es *wurde* Zeit! Lachend breitete er die Arme aus und Tottie Otway rannte auf ihn zu. Sekunden später lag sie in seinen Armen, wurde auf- und abgeschwungen wie ein Kind, und beide lachten, bis er sie küsste.

Ungeniert packte sie ihn an der Hand und rannte mit ihm um die Hausecke, wo sie außer Sichtweite ihrer Familie waren. Sie hatte sich ihm erst halb wieder zugewandt, als er sie an sich drückte und lang und leidenschaftlich küsste, als würde er die verlorene Zeit wettmachen wollen.

»Ich danke dir, Gott«, flüsterte Tottie, als sie an diesem Abend ins Bett fiel.

Gott war also doch gütig, befand sie, wenn auch ein bisschen hart gegenüber Gillie und Hester. Obgleich Hester im Grunde nicht auf sein Konto ging, da sie ins Wasser gegangen war.

Von dem Augenblick an, da ihr Vater gedroht hatte, er würde Harry Merriman schreiben und sich nach seinen Absichten bezüglich seiner Tochter erkundigen, hatte Tottie wie verrückt gebetet. Sie weigerte sich nämlich, Verehrer zu empfangen, obgleich einer davon ein netter Kerl war und gut tanzen konnte, und Manny Forsyth gute Aussichten hatte.

»Liebes«, hatte ihre Mutter gesagt, »du hast Harry seit fast zehn Jahren nicht mehr gesehen.«

»Seit neun.«

»Hat er denn in all den Jahren auch nur einmal von Heirat gesprochen?«

»Nein.«

»Oder gesagt, dass er dich liebt?«

»Nein.«

»Nun, Tottie, du musst weiterkommen in deinem Leben. Was tust du, wenn er dir eines schönen Tages schreibt, er habe geheiratet?«

»Dann bin ich eine alte Jungfer«, grinste sie, »und ihr habt jemanden, der sich im Alter um euch kümmert. Ich weiß gar nicht, worüber du dich beklagst.«

Viele Male hatte Tottie daran gedacht, Harry ihre Liebe zu gestehen, ihm das unmissverständlich zu schreiben, doch befürchtete sie, sie könne ihn damit verschrecken. Und das wollte sie keinesfalls. Um Gottes willen, nein!

Aber hätten seine Eltern nicht das Zeitliche gesegnet, wäre er dann in die Stadt zurückgekehrt? Wohl kaum. Jener Brief, den ihr Vater schließlich geschrieben und in dem er Harry zu sich eingeladen hatte, hatte sie wirklich aus der Fassung gebracht.

»Wieso hast du das getan?«, hatte sie ihn angebrüllt. »Wie kannst du es wagen? Bist du sicher, dass du ihm nicht dieses dumme Ultimatum gestellt hast, mit dem du drohtest? Und mit dem du mich zur Närrin gemacht hättest?«

»Ich habe es dir doch gesagt, kein Ultimatum. Ich habe ihn lediglich zu uns eingeladen.«

»Schön, aber er hat nicht geantwortet, oder? Und er wird es auch jetzt nicht tun, so bedrängt, wie er sich fühlen muss.«

Es war nicht nur das, das wusste Tottie. In all den Jahren hatte er sich nicht einmal nach seinen Eltern erkundigt. Nicht ein einziges Mal. Aber sie hatte sie oft erwähnt, um ihn wissen zu lassen, dass es ihnen gut ging. Und nicht einmal schrieb er, er würde in dieses Dorf zurückkehren, obgleich sie seine Briefe genauestens daraufhin durchgelesen hatte. Sie hatte sie alle in einer hübschen Schachtel aufbewahrt. Reisegespräche nannte sie sie, über all die fremden Orte, in denen er im Norden gewohnt und gearbeitet hatte. Während ihre, so sinnierte sie oft, als eine Geschichte von DeLisle's Crossing gelten konnten, so langweilig waren sie. Sie fragte sich, ob er sie aufgehoben hatte, traute sich aber nicht zu fragen.

Dann kam die Zeit, in der er beiläufig erwähnte, dass er sich in Rockhampton ein Häuschen gekauft habe, woraufhin sie eilends nach der abgestoßenen Landkarte gesucht hatte, um darauf die Flussstadt ausfindig zu machen, die verlockend entlang des Wendekreis des Steinbocks lag.

Als sie es auf der Karte entdeckte, wurde ihr das Herz schwer. Rockhampton lag so weit weg, dass er vielleicht nie heimkehren würde. Danach hörte sie eine Ewigkeit nichts von ihm und stellte ihn sich schon mit einer gesichtslosen Braut vor dem hübschesten kleinen Häuschen vor, das man je gesehen hatte, mit Rosengirlanden über der Tür.

Doch nun war er zu Hause und besaß eine Farm gleich nebenan.

Tottie nahm sich vor, für Gillie und Hester ein Gebet zu sprechen.

An diesem ersten Abend wanderte Harry allein über die Felder zum Haus. Er hatte ihnen gesagt, er würde lieber ohne Begleitung gehen. An den Ort, den er noch immer nicht als Zuhause bezeichnen konnte.

Er war wieder dreizehn, kletterte mühelos über den Zaunübertritt, eine Segeltuchtasche über die Schulter geworfen, und ging hinüber zur Koppel, wo ein nervöses Pferd auf der Suche nach Gesellschaft wiehernd auf ihn zukam. Er tätschelte es, redete kurz mit ihm und ging dann weiter, schwang sich über das Tor, zufrieden mit sich selbst… Zuvor hatte er das nicht gekonnt.

Wenn man es sich recht überlegte, lachte er und klapperte in seiner Tasche mit Streichhölzern, konnte man nun eine Menge Sachen tun, die zuvor nicht möglich gewesen waren, wie etwa ohne Angst ins Haus zu gehen. Denn natürlich hatte man vor Gillie Angst gehabt, auch wenn man es nicht zugeben wollte. Die hatte er schon als kleiner Junge gehabt, als Gillie ihn quer durch die Küche getreten hatte und er in der Tasche mit Äpfeln gelandet war.

George hatte ihm erzählt, seine Nachbarn hätten nach Hesters Beerdigung mit angepackt und sich um die Farm gekümmert, während sie ihn ausfindig zu machen versucht hatten.

»Du weißt schon«, meinte er traurig. »Die Kühe melken, das Pferd füttern und dergleichen.« Harry war ihnen dafür sehr dankbar.

»Die Damen haben das Haus in Schuss gehalten«, hatte er hinzugesetzt. »Aber Annie hat gemeint, sie hätten bloß abzustauben brauchen. Deine Mutter hat das Haus blitzblank hinterlassen.«

Harry hatte genickt. »Denke ich mir.«

Er zuckte die Achseln, zündete die Lampe auf dem Küchentisch an und sah sich um. Dann erforschte er das Haus, die Lampe in der Hand. Nichts schien sich verändert zu haben, bis auf sein Zimmer, einen Teil der Hinterveranda, den man zu einer Kammer umgebaut hatte. Inzwischen war es zu einer weiteren Speisekammer mit Regalen für Eingemachtes und Behältern mit Kürbissen, Kartoffeln und anderen Gemüsearten umfunktioniert worden, die seine Eltern nie mit jemandem teilten. Eher ließen sie sie verderben. Er erinnerte sich an den sauren Geruch fauliger Kartoffeln, die er aus dem Behälter hatte fischen müssen.

»Tja«, meinte er, »das wäre mal das.«

Er schlief – in voller Montur – auf der harten Couch. Er wollte nichts von diesem Haus, wusste aber, dass er bleiben und die Farm instand halten musste, bis er einen Käufer gefunden hatte.

Am Morgen entdeckte er die benötigten Unterlagen in den Küchenschrankschubladen, in denen sie immer aufbewahrt wurden. Die auf Gillies Namen ausgestellte Eigentumsurkunde für die Farm. Sein Sparbuch, Quittungen, alte Briefe, Gemeinderatsmitteilungen und sogar die Heiratsurkunde seiner Eltern – alles war da. Aber keinerlei Testament. Keiner von beiden hatte ein Testament hinterlassen. Was ihrem Sohn nur recht war.

Er schlüpfte aus seinen guten Kleidern, fand an einem Nagel an der Hintertreppe ein paar alte Arbeitshosen, zog eine davon an und machte sich auf den Weg zur Koppel, wo er auf dieselbe Art wie früher rief: »Na kommt, na kommt!«, und die Kühe, auch wenn sie ihn nicht kannten, darauf reagierten. Sie trotteten zu dem roh gezimmerten Kuhstall und warteten darauf, dass sie mit dem Melken an die Reihe kamen, während Harry genau dort einen geschrubbten Milcheimer entdeckte, wo er es erwartet hatte.

Sein Arbeitstag hatte begonnen.

Zur Mittagszeit sattelte er das Pferd und ritt nach Crossing, wo er einen Rechtsanwalt auftat, der neu in der Stadt war, und ihm die Eigentumsurkunde für die Merriman-Farm überreichte.

»Soweit ich weiß, starb mein Vater, ohne ein Testament zu hinterlassen«, erklärte er. »Vermutlich wissen Sie, dass meine Mutter anschließend ebenfalls verstarb, aber meines Wissens hat sie keinen Abschiedsbrief hinterlassen und wohl ebenfalls kein Testament geschrieben. Ich bin das einzige Kind aus dieser Verbindung. Ich möchte, dass die Farm baldmöglichst auf meinen Namen überschrieben wird. Können Sie das für mich in die Wege leiten?«

Der Rechtsanwalt, ein Mann namens Jules Fountain, bejahte, warnte aber, dass es seine Zeit dauern könne.

»Das geht ja gut los«, erwiderte Harry. »Heißt das etwa, dass man Ihre Fähigkeiten, einen einfachen Auftrag auszuführen, infrage stellen sollte?«

»So einfach ist das nicht, Sir. Ich meine… kein Testament…«

»Hören Sie, mein Freund, Sie und ich, wir wissen doch, dass ich das auch ohne Rechtsanwalt machen könnte, nur habe ich nicht die Zeit dazu. Das ist reiner Papierkram. Ich möchte, dass Sie gleich heute noch damit beginnen. Ist das möglich?«

»Ja, ich denke schon.«

»Gut. Ich bin auf der Farm. Halten Sie mich über Ihre Fortschritte auf dem Laufenden.«

Als Nächstes suchte er das Wirtshaus auf, wo er mit einem Freund etwas trank, der inzwischen im väterlichen Maklerbüro arbeitete.

»Betrachte mich als Kunden, Robbie«, sagte er nach den üblichen Beileidsbekundungen. »Ich möchte, dass du die Farm für mich verkaufst.«

Robbie war überrascht. »Wir haben gedacht, du würdest jetzt hierbleiben, Harry, ich meine, die Farm ist doch gut. Und du als junger Bursche könntest viel mehr daraus machen.«

»Warum kaufst du sie dann nicht?«

»Weil ich kein Farmer bin, mein Freund.«

»Ich auch nicht.«

»Was hast du vor?«

»Vieh züchten. Viel Vieh. Aber hör zu, wo bekomme ich hier etwas zu futtern? Serviert dieses Wirtshaus denn kein Essen?«

»Nur samstagabends zwischen sechs und sieben. Ich gehe jetzt heim zum Essen. Du kannst gern mitkommen. Meine Mutter wird sich freuen, dich zu sehen.«

Zur Mittagszeit ritt Tottie mit einem Essenskorb für Harry zur Merriman-Farm hinüber. Als sie entdeckte, dass weder Gillies Pferd noch Harry daheim waren, setzte sie sich mit rotem Gesicht auf die Hintertreppe, den Korb zu ihren Füßen.

Ihre Mutter hatte ihr geraten, Harry zunächst nicht zu stören, aber sie hatte nicht auf sie gehört. Sie liebte Harry und er liebte sie, auch wenn er das nicht so direkt in Worte gefasst hatte. Eigentlich überraschte es sie, dass er nicht umgehend zu ihr gekommen war. Wie konnte er nun nicht jeden Augenblick mit ihr verbringen wollen?

»Lass ihn ein bisschen Fuß fassen«, hatte Annie gemahnt. »Der Bursche muss sich doch erst einmal von dem Schlag erholen. Trauern. Und gewiss wird er zur Kirche gehen und die Gräber besuchen wollen.«

Nach einer Weile kam Tottie zu dem Schluss, dass ihre Mutter vermutlich recht hatte, und trat, mit einem Grund für seine Abwesenheit von der Farm im Gepäck, den Heimweg an.

»Er muss zu ihren Gräbern gegangen sein.«

Später am Nachmittag kam er sie besuchen, saß im Schatten der Platane und unterhielt sich mit ihr über dieses und jenes: das Picknick, für das er ihr mit den Worten dankte, er freue sich, dass ihn nun ein fertiges Abendessen erwarte; und die Stadt; und ihren Bruder Loftus, der sich bald nach Ipswich aufmachen würde, um dort als Angestellter in einer Rechtsanwaltskanzlei zu arbeiten.

Schließlich musste er gehen. Er küsste sie, winkte ihrer Mutter, die, da Montag war, gerade die Wäsche hereinbrachte, und ging. Ohne Verabredung für morgen, dachte Tottie traurig, oder auch nur für irgendeinen anderen Tag.

Am Morgen darauf war er wieder in der Stadt, erfuhr sie bald, um Vorräte zu kaufen und Jules Fountain wegen des väterlichen Besitzes aufzusuchen. Auch Reverend Trenmell besuchte er. Tottie jedoch nicht.

»Ich glaube, er macht sich gar nichts aus mir«, beklagte sie sich bei ihrer Mutter, die antwortete: »Du meine Güte, Mädel! Lass ihn doch erst einmal zu Atem kommen! Männer haben sich um Geschäftliches zu kümmern, sieh das endlich ein! Hör auf zu jammern und mach dich nützlich. Der Herd müsste dringend mal wieder geschrubbt werden.«

In ihrem ganzen Leben hatte sich Tottie nicht so unsicher gefühlt. Es war zum Verzweifeln. Mehrmals in der Woche war Harry in der Stadt gewesen, und sie wäre jedes Mal ohne Vorwarnung beinahe in Tränen ausgebrochen, so angespannt war sie.

Dann kam der Sonntag.

Ihr Vater hatte ihn gefragt, ob er Lust hätte, mit ihnen im Gig zur Kirche zu fahren, da Loftus lieber reiten wolle und der Platz somit zur Verfügung stehe.

»So eine Art moralische Unterstützung«, hatte er erklärt. Aber Harry hatte abgelehnt.

»Trotzdem vielen Dank, George, aber machen Sie sich um mich keine Sorgen.«

»Was immer das geheißen haben mag«, sagte Tottie gereizt und Loftus lachte.

»Das läuft nicht gut, was? Vergiss ihn mal besser, Schwesterherz. Er verkauft die Farm.«

»Wer?«, fragte Annie Otway bestürzt.

»Harry natürlich! Er hat Robbie Phelan gebeten, einen Käufer für ihn zu finden. Und du weißt ja, was in der Stadt noch so über ihn geredet wird. Dass er nicht auch nur in der Nähe von Gillies Grab war. Und von dem seiner Mutter genauso wenig.«

»Red nicht so daher, Loftus«, rügte Annie. »Im Laden haben sie mir erzählt, dass er ihretwegen schon bei Reverend Tremell war.«

»Ja. Ihretwegen. Er sucht fieberhaft nach den Todesurkunden, weil Jules Fountain sie nicht finden konnte. Schließlich hat er sie selber entdeckt. Dr. Bunce hat sie dem Geistlichen gegeben, damit der sie ins Kirchenregister eintragen kann, und hat sie dann völlig vergessen. Es heißt, Jules hätte ganz schön was von Harry zu hören gekriegt.«

»Wieso?«, wollte Annie wissen. »Wozu braucht Harry sie denn?«

»Um die Besitzverhältnisse der Farm zu klären. Noch läuft sie auf Gillies Namen. Keiner seiner Eltern hat ein Testament hinterlassen, daher muss er der Regierungsbehörde ihre Geburts- und Todesurkunden vorlegen, um zu beweisen, dass er ist, wer er zu sein behauptet.«

»Was für ein Aufstand«, meinte Annie. »Dabei weiß doch jeder, dass es jetzt Harrys Farm ist.«

Sie ging davon, wohl wissend, dass Gillie Merriman ein Testament hinterlassen hatte. Sie hatte es mit eigenen Augen gesehen, und zwar zusammen mit einem Haufen anderer Dokumente in der Küchenschublade, als sie für den Leichenbestatter nach Hesters Geburtsurkunde gesucht hatte. Es war nicht zu übersehen. Wäre es ein Hund gewesen, dann hätte es sie gebissen.

Es steckte in einem kleinen, quadratischen Umschlag, auf dem in Gillies steifer und entschlossener Schrift geschrieben stand: *Dies hier ist der letzte Wille von Gilbert Merriman.*

Aus reiner Neugierde hatte sie ihn mit den Fingerspitzen aus der Schublade genommen und für den Fall, dass jemand das Haus betrat und sie dabei erwischte, in ihrer Tasche verschwinden lassen. Als sie sich dann sicher sein konnte, in dem stillen Haus allein zu sein, hatte sie den Umschlag herausgezogen und angestarrt. Enttäuscht. Er war zugeklebt. Getrocknete Leimspuren blätterten von der Rückseite des Kuverts ab.

Aber, erinnerte sie sich, Dampf aus einem Wasserkessel würde das Problem im Nu lösen.

Welcher Wasserkessel? Sie brachte in diesem Haus ja kaum den Ofen zum Brennen.

Kurz darauf hastete Annie heim. Sie wollte nur einmal hineinsehen, sagte sie sich. Keiner brauchte davon zu erfahren. War ja niemand zu Hause. Öffne ihn, während er feucht ist. Lies das Testament. Dann geh ganz unschuldig zurück und steck es wieder in die Schublade.

Während sie darauf wartete, dass das Wasser kochte, überlegte sie, dass sie unter allen Umständen einen Blick darauf werfen sollte, was der alte Gillie zu sagen hatte. Schließlich könnte ihre Tochter Tottie betroffen sein. War George nicht nach Brisbane gefahren, um ihren Freund heimzuholen, Gillies Sohn? Die Chancen standen gut, dass die dickköpfige Tottie mit ihm vor dem Traualtar landete.

Sie schnalzte beifällig, indes sie den Umschlag über den Dampf hielt, der das billige Papier schon bald zu befeuchten begann. Rasch brachte sie ihn zum Tisch hinüber, legte ihn flach ab und öffnete vorsichtig die Klappe. Sie wartete darauf, dass er trocknete und mischte unterdessen einen Teelöffel Mehl mit ein paar Tropfen Wasser, um Leim herzustellen, sodass sie den Brief wieder zukleben konnte.

Und da war er. Mit einem Datum von vor fünf Jahren. Gillie hatte geschrieben: *An alle, die es angeht. Ich, Gillie Merriman, hinterlasse hiermit diese Farm und mein gesamtes Hab und Gut meiner Frau, Hester Merriman.*

Das war alles. Wie langweilig.

»Er war schon immer ein Mann weniger Worte.« Achselzuckend steckte sie das dünne Blatt Papier in den Umschlag zurück. »So ein alter Schuft! Hinterlässt ihr alles und seinem Sohn keinen einzigen Penny!«

Aber nun war Hester nicht mehr da und Harry war der Sohn und Erbe. Der einzige Nutznießer.

War er das auch wirklich? Dieses Testament zeigte, dass Gillie Harry gar nichts hatte vererben wollen. Und Hester hatte sich nicht einmal die Mühe gemacht, überhaupt ein Testament zu hinterlassen. Wahrscheinlich mit ähnlichen Hintergedanken, da Harry von zu Hause ausgerissen war.

»Darum kümmern wir uns«, sagte Annie Otway beherzt.

Sie öffnete die kleine Ofentür und warf Gillies letzten Willen ins Feuer. Er verbrannte in Sekundenschnelle.

Am Sonntag ging Harry nicht in die Kirche. Er war zu sehr damit beschäftigt, kein Farmer zu sein. Er hatte die Kühe gemolken, die Pferde und Hühner gefüttert und die Eier eingesammelt. Nun stand noch ein Maisfeld an, das abgeerntet werden musste. Nur, was sollte er mit all dem anfangen?

Er beschloss, die Kühe zu verkaufen, Annie Otway die Hühner zu überlassen und vor seinem Fortggang auch noch das Pferd abzustoßen. Problem gelöst.

Mehr zu schaffen machten ihm seine Sorgen um Tottie. Erstaunlich, dass er, kaum hatte er einen Blick auf sie geworfen, auch schon sein Herz an sie verloren hatte. So viel zu den Jahren reiner Freundschaft. Im Nu war alles anders! Aber was nun? Harry kannte sie so gut, er war sich durchaus bewusst, dass sie eine Liebeserklärung von ihm erwartete. Damit ihr Herz Ruhe hatte.

Und dann?

Die Otways betrachteten ihn bereits als ihren Nachbarn. Und als Totties künftigen Ehemann, ohne Zweifel. Das war nur recht und billig, bloß, dass er einen Traum hatte. Den, Vieh zu züchten. Nie und nimmer würde man ihn dazu überreden können, sich auf dieser Farm niederzulassen. Er hasste jede Minute, die er unter diesem Dach wohnte. Er schlief noch immer auf dem Sofa. Noch immer waren all ihre Sachen hier. Der Schrank mit ihren Kleidungsstücken. Ihre Wäsche.

Schachteln mit Kämmen, Haarklammern und Kragenknöpfen. Und all das wartete darauf, dass jemand etwas damit anfing.

Vielleicht konnte er George das in aller Ruhe erklären.

»Ja«, murmelte er, »und dann lasse ich mir von George erklären, dass ich verkaufen sollte, wenn mir danach ist. Es gibt andere gute Farmen im Distrikt, die ich mit dem Erlös kaufen könnte.«

Das war noch so etwas. Er hatte vorgehabt, nach Cameo Downs zurückzukehren und für Palliser zu arbeiten, sodass weiterhin Lohn hereinkam, und sich der Truppe Pallisers anzuschließen, wenn sie sich zurück zum Thomas-River-Distrikt aufmachte.

Aber wenn er die Farm erst mal verkauft hatte, würde er genug haben, um mit dem eigenen Vieh dorthin aufzubrechen. Mehr als genug. Und je eher desto besser. Er war schließlich nicht der Einzige, der hinter großen Flächen freien Landes her war.

Er ging zur Scheune, um eine Leiter zu suchen, damit er das Loch verstopfen konnte, durch das die Opossums ins Dach gelangten, und angesichts der Gelder, die ihm demnächst in den Schoß fallen würden, hob sich seine Laune noch ein wenig mehr, als Tottie um die Hausecke bog. In ihrem Sonntagskleid und dem mit Margeriten geschmückten Strohhut sah sie bildhübsch aus.

Vor Freude ließ Harry die Leiter fallen. »Was für eine schöne Überraschung!«

Er ging zu ihr, um sie zu küssen, aber sie wich ihm aus.

»Entschuldige, Tottie. Ich habe ganz vergessen, dass ich meine Arbeitssachen anhabe. Ich möchte dir nicht dein Kleid verschmutzen.«

»Verkaufst du die Farm?«, fragte sie wütend.

Verblüfft über ihren Ton, starrte er sie an. »Was?«

»Ich habe dir eine einfache Frage gestellt. Verkaufst du die Farm?«

»Ja«, schluckte er.

»Im Ernst? Du verkaufst sie?«

Er nickte. »Ja. Komm rein, dann sprechen wir darüber. Ich wasche mir nur noch schnell die Hände.«

Sie setzten sich an den Küchentisch und Tottie war noch immer so wütend, dass er sie nicht berühren durfte. Lehnte sogar ein Glas Wasser ab.

»Nein danke, ich will kein Wasser. Eigentlich weiß ich ja nicht einmal, wieso ich eigentlich hier bin. Du bist sicher mit Packen beschäftigt.«

Er schüttelte den Kopf. »Lass das, Tottie. Du weißt, dass ich in diesem Haus nicht leben würde. Das musst dir doch klar sein. Warum regst du dich also auf?«

»Weil ich es wissen muss, das ist alles«, erwiderte sie und ihre Wangen röteten sich. »Du verkaufst also die Farm. Und dann?«

»Dann müssen wir miteinander reden, oder nicht?«

»Worüber?«

»Na gut. Lass mich erklären. Wenn ich hier alles verkauft habe, dann gehe ich zurück in den Norden nach Queensland. Was sagst du dazu?«

Ihre Augen blitzten und die Wut kehrte zurück. »Was hat das mit mir zu tun?«

Seufzend beugte Harry sich über den Tisch und ergriff ihre Hand. »Alles, Tottie, mein Liebes. Weil ich dich fragen wollte, ob du mich heiraten möchtest. Aber zuvor musst du die Tatsache berücksichtigen, dass ich nicht hierbleibe.«

Ein Lächeln stahl sich in ihre Augen. »Fragst du mich jetzt, ob ich dich heiraten möchte oder nicht, Harry Merriman?«

»Nun, ja, aber …«

Sie schob den Stuhl zurück und erhob sich. »Würdest du mir einen Gefallen tun?«

»Natürlich. Welchen denn?«

»Stell die Frage und wir reden darüber!«

Er nahm sie in die Arme, und die Frage ging in der Leidenschaft des Augenblicks unter und dann in der Aufregung darüber, dass sie heiraten würden. Den restlichen Tag blieb sie bei ihm, und als sich beide aufmachten, um ihren Eltern die guten Neuigkeiten zu überbringen, lachten sie darüber, dass es doch gar kein großes Gerede gegeben hatte.

»Ich habe ja schon so etwas geahnt«, schmunzelte George, als Harry bei ihm um die Hand seiner Tochter anhielt, »und ich könnte nicht froher sein. Lasst mich euch beiden gratulieren.« Er schüttelte Harry die Hand und küsste seine Tochter.

»Jetzt bin ich dran«, sagte Annie, den Tränen nahe, und umarmte die beiden. »Ich bin fast sprachlos vor Glück.«

Tottie hoffte, Harry würde es vorläufig dabei belassen, aber natürlich rückte er sogleich mit seinen Plänen heraus.

»Damit es kein Missverständnis gibt«, erklärte er ihnen, »ich liebe Tottie, habe sie immer geliebt, und ich möchte, dass sie mit mir in den Norden geht.«

»In den Norden?«, rief Annie. »Warum in aller Welt solltest du das wollen? Wir haben gehört, dass du die Farm verkaufst…«

»Keine gute Zeit, um zu verkaufen«, gab George zu bedenken.

»…aber du kannst dir hier doch eine andere kaufen. Ich meine, welches junge Paar hat schon einen so guten Start ins Leben?«

Zum Glück behielt Harry die Ruhe, als er seine Pläne notgedrungen Schritt für Schritt erklärte, und niemand schien zu bemerken, dass Tottie sich dabei heraushielt.

Denn Tottie hatte ihre eigenen Träume. Die ganzen Jahre über hatte sie in dieser spießigen Kleinstadt festgesessen, gefangen im Alltagstrott, und hatte sich bemüht, interessanten Schreibstoff zu finden, wo seine Briefe doch immer so mitreißend waren. Er führte ein Leben, bei dem Entfernungen in Hunderten von Meilen gemessen wurden und nicht in fünf oder höchstens zehn. Seine Arbeitgeber hatten nicht zehn Kühe, sondern Tausende. Er sprach von Bullen, die eine Tonne wogen, und Stieren, Ochsen und Wildpferden und all den verschiedenen Lagern, die er entlang der Routen kannte; und von Unwettern, von Orkanen und Fluten, die als Segen betrachtet wurden; und von Vögeln in Tausenden, und die Farben… die Farben!

Tottie wollte diese Welt sehen, Teil davon sein. Es hieß, das da draußen sei eine Männerwelt, aber das stimmte nicht. Sie hatte Bilder von Outback-Frauen gesehen, ihre Geschichten gelesen, war hingerissen, dass sie dieses raue Leben führten und stolz auf ihre Leistungen waren. Man brauchte nur irgendeine Zeitung zu nehmen und schon konnte man von Frauen lesen, die, mit ihren Männern, im Norden und Westen des Landes Pionierarbeit leisteten, und Harrys Briefe waren der schlagende Beweis, dass solche Leute das Leben genossen, das sie gewählt hatten. Man musste sich ja nur ihn ansehen! Konnte gar nicht schnell genug dorthin zurückkehren!

»Du bist so still, Mädchen!«, sagte ihre Mutter, als sie hörte, dass George ihrem Verlobten die Frage stellte, ob dieser Plan, gen Norden zu ziehen, eine Art Ultimatum darstelle.

»Wie meinst du das?«, brauste Tottie auf.

»Wir sagten gerade, was, wenn *du* dich lieber hier niederlassen würdest?«, erklärte Annie ihr.

»Aber ich würde das nicht wollen. Ich möchte mit Harry gehen. Ich hatte schon Angst, er würde hier alles verkaufen und ohne mich losziehen.«

»Dir ist aber klar, welche Art von Land Harry im Kopf hat?«, erinnerte sie ihre Mutter. »Das ist Schwarzenland, Himmel noch mal. Dort ist es gefährlich!«

»Ich möchte, dass du dir ganz sicher bist«, setzte Harry hinzu und Annie befürchtete, sie könnten ihn überreden, in DeLisle's Crossing zu bleiben und ein sicheres und langweiliges Leben zu führen. Das würde er ihr nie verzeihen.

»Aber da, wohin Harry mich mitnimmt, ist es nicht gefährlich. Er hat ein Häuschen in Rockhampton. Ich habe gedacht, wir könnten dort leben. Dort wäre ich in Sicherheit, während er auf Viehtrieben ist.«

Am Ende setzten sie ihren Plan durch und Annie kam auf die Hochzeit zu sprechen, während George und Harry sich zur Feier des Tages ein paar Whisky genehmigten.

Später jedoch war Harry sich nicht mehr so sicher, ob er Tottie monatelang allein in dem Haus in Rockhampton zurücklassen konnte, das, wie er nun gestand, lediglich eine Hütte mit einem Raum war. Mit Ausblick.

»Was hattest du denn sonst ins Auge gefasst?«, fragte sie ihn.

»Hast du geglaubt, du könntest mich heiraten und hier zurücklassen?«

»Das war ja das Problem«, sagte er. »Mir ist einfach keine Lösung eingefallen.«

»Dann zerbrich dir deswegen nicht den Kopf, Liebster«, erklärte sie ihm sanft. »Sagen wir doch einfach, unsere Basis haben wir in Rockhampton. Es wird herrlich!«

Endlich öffnete sich die Welt für Tottie. Für das hochgewachsene Mädchen mit den kupferroten Haaren, das nie auch nur bis Brisbane gereist war.

Dr. Charlie Palliser hatte das ganze Vorhaben missbilligt, und zwar von Anfang an. Doch diese vornehmen Heselwoods hatten all seine Ratschläge in den Wind geschlagen.

Zunächst einmal hatte er erlaubt, dass Lady Georgina aus dem Krankenhaus nach Hause gebracht wurde, sofern eine zufriedenstellende Schlinge angebracht würde, um Georginas inzwischen frisch ausgerichtetes Bein zu stützen. Doch hatte sie das Krankenhaus noch nicht einmal verlassen, als das Theater, sie hätte Heimweh und wolle in das Haus in Sydney zurückkehren, auch schon begann.

»Es liegt am Point Sniper«, erklärte Rosa ihm. »Anscheinend hat es ursprünglich Kapitän Sniper gehört. Muss ein wundervolles Haus sein.«

Diese Information, erinnerte er sich säuerlich, stand in keinerlei Zusammenhang mit dem, was sich da vor seinen Augen gerade entspann. Lady Heselwood wünschte heimzukehren, weshalb ihr Mann und Sohn diesen widersinnigen Plan ersonnen hatten.

»Ich halte es für ungünstig, unsere Patientin zu bewegen«, erklärte er ihnen. »Sie sollte im Streckverband liegen.«

»Das kann mein Vater organisieren, sobald er sie heimgebracht hat, Doktor«, tat Edward Heselwood seine Sorgen ab. »Und er wird einen Spezialisten aus Sydney hinzuziehen, um sicherzustellen, dass das Gerät korrekt angepasst wird. Seien Sie also unbesorgt, wir werden uns bestens um sie kümmern.«

Charlie argwöhnte, dass der junge Heselwood genauso erpicht darauf war, von diesem einsamen Vorposten wegzukommen, wie seine Mutter.

»Ich glaube wirklich …«, begann er, aber Edward fiel ihm ins Wort.

»Doktor, wenn ich Sie bitten dürfte, nicht immer so schwarz zu sehen. Damit beunruhigen Sie Lady Heselwood.«

Doch für Edward ging der Plan auch nicht ganz auf, da sein Vater verfügt hatte, er solle nach Montone zurückkehren und alles über die Viehzucht lernen. Nicht dass es Charlie irgendwie gekümmert hätte. Seine Aufgabe bestand lediglich darin, sich am Rande von Heselwoods Entourage aufzuhalten, bis alle sicher an Bord waren.

Die Patientin hatte nicht zugeben wollen, dass die Fahrt nach Maryborough schmerzhaft für sie gewesen war, obgleich Charlie sich sicher war, dass das Gegenteil nur durch göttliches Eingreifen hätte der Fall sein können.

Als sie nach Süden segelten, war Rosa Lady Heselwood eine solch große Hilfe gewesen, dass Charlie stolz auf sie war. Keine Bedienstete hätte die Dame besser durch die Schwierigkeiten lotsen können, die sich durch die Enge der Kabine ergaben. Sie kleidete die Frau an, badete sie, kümmerte sich um jedes ihrer Bedürfnisse.

»Rosa ist solch ein Schatz«, erklärte Lady Heselwood ihm. »Sie ist so geduldig mit mir.«

»Es freut mich, dass sie behilflich sein konnte«, erwiderte er, erleichtert, dass sie in wenigen Stunden in Brisbane anlegen würden und seine Verantwortung für das Wohlergehen der Frau dann wieder in den Händen ihres Mannes läge.

»Ich weiß nicht, was ich ohne sie gemacht hätte.« Lady Heselwood, deren unförmiges Bein, verborgen unter einer Decke, erhöht auf Kissen ruhte, legte sich auf ihrer Koje zurück. »Deshalb wollte ich Sie auch fragen, ob Sie es in Betracht ziehen könnten, Rosa zu gestatten, mit mir nach Sydney weiterzureisen. Ich brauche sie wirklich, und sie sagte, sie sei bereit, sich für den Rest der Reise um mich zu kümmern, sofern Sie nichts dagegen hätten.«

Sie stellte die Frage auf so liebreizende Weise und so unvermittelt, dass sie Charlie damit derart überrumpelte, dass er nicht imstande war, eine brauchbare Ausflucht aus dem Ärmel zu schütteln. Im Nachhinein rügte er sich, dass er nicht angeboten hatte, für die Reise eine qualifizierte Krankenschwester für sie aufzutreiben. Aber nun war es natürlich zu spät.

Er machte sich auf die Suche nach Rosa, die auf dem Deck mit seiner Lordschaft plauderte, weshalb er seine Wut erst einmal hinunterschlucken musste, bis sich eine Gelegenheit ergab, die Sache unter vier Augen zu besprechen. Sie unterhielten sich gerade über die hohen Berge, die Brisbane umgaben, versuchten, sie zu zählen und verglichen die Stadt mit Rom und seinen sieben Hügeln, was Charlie ärgerte, da die beiden Rom offensichtlich kannten, er dagegen noch nie in Europa gewesen war.

»Wie viele Berge kannst du benennen?«, wollte Rosa von ihm wissen.

»Ungefähr vier«, schnauzte er. »Rosa, ich habe meinen Panamahut gesucht. Hast du ihn irgendwo gesehen?«

»Ist er denn nicht in der Kabine?«

Sein verärgertes Seufzen signalisierte ihr, dass es ratsam wäre, ihm zu helfen.

»Na schön«, lachte sie. »Ich werde eine Suche nach deinem Hut in die Wege leiten. Und wenn ich ihn gefunden habe, Charlie, dann musst du mir fünf dieser Berge nennen!«

Kaum waren sie in ihrer Kabine, wandte er sich zu ihr. »Wie kannst du es wagen, eine Weiterreise nach Sydney ins Auge zu fassen, ohne mich um Rat zu fragen!«

»Habe ich ja gar nicht. Ich war fest entschlossen, dich zu fragen, ob du etwas dagegen hättest. Georgina braucht mich.«

»Ach, Georgina ist es also? Nicht etwa Jasin?«

»Sei nicht albern. Ich muss ihn weder waschen noch ihm die Haare kämmen. Also wirklich, Charlie, was ist denn in dich gefahren?«

»Du bist diejenige, die albern ist. Deine Patientin hat mich gefragt, ob du sie nach Sydney begleiten könntest, sodass mir als Gentleman keine andere Wahl blieb als zuzustimmen, da ihr beide das Ganze ja bereits besprochen habt!«

Sie setzte sich auf die harte Koje. »Dein Hut hängt an dem Haken da drüben.«

»Was soll ich also tun, wenn dieses Schiff vor Anker geht? Mich rar machen?«

»Wenn du nicht möchtest, dass ich mit ihnen weiterreise, dann sag es einfach. Dann erkläre ich, es käme nicht gelegen. Sie würden keine Erklärung erwarten.«

»Verstehe. Und dann bekommt Dr. Palliser zu hören, er hätte seine Patientin im Stich gelassen!«

»Das liegt an dir«, erwiderte sie achselzuckend.

»Eben nicht! Du hast mir keine andere Wahl gelassen!«

»Du hast eine Wahl, Schatz. Warum kommst du nicht auch mit? Wir fahren einfach beide nach Sydney!«

»Ich wurde ja nicht eingeladen«, erwiderte er beleidigt.

»Dich muss man doch gar nicht einladen. Du bist ihr Arzt!«

»Ist dir schon mal in den Sinn gekommen, dass ich zu tun habe? Patienten warten auf mich. Ich war ja so schon lang genug fort. Immerzu möchtest du irgendwohin. Erst vor zwei Monaten wolltest du eine Woche am Meer verbringen.«

»Und es war himmlisch«, erwiderte sie. »Wir sollten jedes Jahr dort hinreisen.«

Sie nahm ihn am Arm und küsste ihn. »Sei mir nicht böse. Es tut mir ja leid, aber ich glaube wirklich, Lady Georgina braucht mich. Sie ist an derlei Erschwernisse nicht gewöhnt und es bedrückt sie sehr. Zudem fühle ich mich so zu etwas nütze.«

»Ist ja schon gut. Du fährst nach Sydney! Na schön! Ich wäre dir verbunden, wenn du die Zeit fändest, meine Tasche zu packen, da ich ja allein von Bord gehe.«

Charlie wusste, dass Rosa sich oft langweilte, insbesondere, wenn er erst spät nach Hause kam. Die Lösung lag auf der Hand. Kinder! Und zwar je eher desto besser. Obwohl sie inzwischen seit vier Jahren verheiratet waren und ihr Geschlechtsleben zufriedenstellend war, hatten sich noch keine eingestellt. Er hatte mit dem dienstälteren Arzt im Krankenhaus darüber gesprochen, der ihm auch keine Lösung hatte anbieten können, außer dass er lachend vorgeschlagen hatte,

Charlie solle Starkbier und Austern auf seinen täglichen Speiseplan setzen.

Er fand das gar nicht lustig, noch beeindruckten ihn die häufig wiederholten Anfragen seitens seines Schwiegervaters, wann er ihn denn mit einem Enkelsohn zu versorgen gedenke. Der musste reden! Hatte ja selber nur ein Kind. Zumindest waren keine weiteren bekannt, setzte er gehässig hinzu.

Es nagte an Charlie, dass die beiden Männer anzudeuten schienen, es läge an ihm. Er wünschte, Rosa gliche Langleys Frau mehr, Gracie. Seit sechs Jahren verheiratet, vier Kinder. Sie war zufrieden damit, im nördlichen Queensland in der Wildnis zu leben, wo immer ihr Mann Absteckpfähle hineinschlug. Gracie wurde es garantiert nie langweilig.

Als das Schiff sie nach Brisbane zurückbrachte, wartete ein aufgeregter Reporter vom *Courier* bereits, um Lord und Lady Heselwood zu interviewen.

»Ob ich wohl kurz mit Ihnen sprechen dürfte, Eure Lordschaft?«, rief er, sobald Jasin an Land gegangen war.

»Worüber?«

»Soweit ich weiß, hatte ihre Frau in Gympie einen Unfall, Sir?«

»Ihrer Ladyschaft stieß ein Missgeschick zu, richtig.«

Rosa kam als Nächstes den schmalen Landungssteg hinunter, gefolgt von Charlie. Als Heselwood sich umwandte, um ihr dabei behilflich zu sein, auf festen Boden zu gelangen, eilte der Reporter zu ihr.

»Sind Sie wieder wohlauf, Lady Heselwood?«

Rosa starrte ihn mit großen Augen an. »Wie bitte?«

»Das ist nicht Lady Heselwood«, herrschte Charlie den Reporter über ihre Schulter hinweg an. »Wie können Sie es wagen, meiner Frau zu nahe zu treten?«

»Oh! Verzeihung!«, erwiderte der Reporter gelassen. »Sie sind Dr. Palliser, nicht wahr? Wir haben gehört, Sie und Ihre Gattin befänden sich ebenfalls an Bord. Sie reisen alle zusammen?«

»Ja.«

»Und Lady Heselwood?«

»Ihre Ladyschaft geht nicht an Land.«
»Wieso das?«
Heselwood mischte sich ein. »Weil es ihr nicht genehm ist.« Er schüttelte Charlie die Hand und dankte ihm für seine hervorragende Betreuung. »Und seien Sie unbesorgt, wir kümmern uns um Ihre Frau.« Er eilte zurück an Bord, um dem Reporter zu entkommen, der die letzte Bemerkung aufgriff.
»Reisen Sie denn weiter, Mrs. Palliser?«, fragte er rasch.
»Äh, ja«, sagte Rosa. »ja.«
»Nach Sydney?«
»Ja.«
»Und Sie nicht, Dr. Palliser?«
»Mir fehlt die Zeit dazu. Würden Sie uns bitte entschuldigen? Guten Tag!«
Er schob ihn von Rosa fort. »Was für eine Unverschämtheit! Du wartest hier beim Gepäck. Ich rufe eine Droschke.«
Sie wartete noch immer, als der Reporter sie erneut ansprach. »Bleiben Sie also doch in Brisbane, Mrs. Palliser?«
»Nein. Mir bleiben bloß ein paar Stunden, um meine Garderobe neu zu bestücken«, erklärte sie fröhlich. »Mein Mann besorgt gerade eine Droschke.«
»Oh je! Heute ist Rennen. Da werden Sie vielleicht ein Weilchen warten müssen. Würde es Sie stören, wenn dieser Herr hier Sie für die Zeitung fotografiert? So ein schönes Motiv findet sich schließlich nicht allzu oft.«
»Das stimmt«, rief der Fotograf, der seinen Apparat aufstellte. »Kopf hoch, meine Liebe! So ist es gut! Reizend, einfach reizend! Könnte ich Sie doch nur in Farbe abbilden!«
Gerade als die beiden Männer vom *Brisbane Courier* davonmarschierten, kehrte Charlie zurück.
»Erzähl mir nicht, du hast diesem Kerl gestattet, dich zu fotografieren, Rosa!«
»Warum nicht? Ist doch amüsant. Sieh zu, dass du die Zeitungsausgabe mit dem Bild nicht verpasst.«
»Manchmal scheinst du wirklich kein Gefühl für Anstand zu besitzen. Ich habe dir doch schon einmal erklärt, dass es sich in gebildeten Kreisen nicht gehört, in Zeitungen abgebildet zu

werden. In der Hinsicht könntest du dir von den Heselwoods mal eine Scheibe abschneiden. Glaub mir.«

* * *

Milly Forrest sah Rosas Bild im *Courier* und fand, sie sehe darauf wahrhaft großartig aus, so, wie ihr dichtes Haar unter einem hübschen kleinen Hütchen hochgeschlungen war. Doch ihr eigentliches Interesse galt dem dazugehörigen Artikel.

Sie erfuhr, dass Lady Heselwood sich bei einem Unfall wohl ein Bein gebrochen hatte und nun in Begleitung ihres Gatten und einer Freundin, Mrs. Charlie Palliser, an Bord der *Periclese* zurück nach Sydney reiste.

»Oho!«, rief sie Lucy Mae zu. »Komm mal her und sieh dir das an!«

Lucy Mae spähte über ihre Schulter. »Wie schafft sie es bloß, dass sie auf Fotografien immer so gut aussieht?«

»Aber wo steckt Dr. Palliser?«, kreischte Milly. »Was für eine nette Dreierbeziehung, wo Georgina bettlägerig und Heselwood gezwungen ist, die Gesellschaft eines schönen Mädchens wie Rosa zu ertragen! Der wird ganz in seinem Element sein!«

»Wieso? Bändelt er denn gern an?«

»Allerdings, sie sieht sich besser vor. Ich wusste gar nicht, dass sie die Heselwoods überhaupt kennt. Ihr Vater hat Jasin in seinem Haus nicht geduldet.«

»Kommt mir eher so vor, als sollte Dr. Palliser sich vorsehen. Manche Männer wissen ihre Frauen nicht zu schätzen, bis es zu spät ist.«

Dasselbe ließe sich von Duke MacNamara auch behaupten, sagte sich Lucy Mae, als sie ihre Mutter mit der Zeitung verließ. Mich hat er mit diesem billigen kleinen Flittchen, das er mit ans Schiff gebracht hat, jedenfalls nicht täuschen können. Er wollte mich dafür bestrafen, dass ich ihn sitzengelassen habe. Der muss noch viel lernen. Ich glaube, allmählich wird es Zeit, ihm zu schreiben. Er hat gesagt, er würde mich lieben und ich glaube, das tut er auch, allerdings unter seinen Bedingungen … die mir nicht reichen.

Sie schlenderte in den Garten und blickte auf den breiten Brisbane River.

Ich kann mir nicht erlauben, ein zweites Mal einen Fehler zu begehen, überlegte sie und fand es interessant, dass sie letzthin ihre Meinung geändert hatte. Wo sie zuvor ganz versessen darauf gewesen war, wieder zu heiraten, ihr eigenes Heim und eine Familie zu haben, war sie nun vorsichtiger. Ich könnte Duke lieben, wenn er mich ließe. Ich könnte sehr glücklich mit ihm sein. Zumindest kenne ich ihn. Russ Bartling war mir fremd und es war die Hölle zu entdecken, wer und was er war. Da habe ich den falschen Weg eingeschlagen.

»Und überhaupt«, sagte sie zu einer Elster, die zu ihren Füßen im Gras herumpickte, »wenn sich herausstellen sollte, dass das mit Duke nur eine Affäre war, dann ist es mir auch recht, Vogel. Ich fühle mich jetzt freier. Glücklicher. Alles in allem waren es ja doch herrliche Ferien.«

Lucy Mae wäre entzückt gewesen, den neuesten Klatsch zu erfahren: Dass Beth Delaney einen neuen Freund hatte, einen Kapitän aus dem Queensland Freiwilligenkorps, das jetzt in Rockhampton stationiert war. Duke dagegen war alles andere als erfreut.

Als er Beth darauf ansprach, nannte sie unverblümt den Grund für ihren Sinneswandel.

»Er behandelt mich besser als du, Duke. Er bringt mir Geschenke und Schokolade mit, und er sagt, wenn er mich heiratet, dann kauft er mir einen großen Perlenring.«

»Aha, so ist das also? Ich habe nicht gewusst, dass du für ein bisschen billigen Tand zu kaufen bist.«

Beth' Hand flog nach in die Höhe und schlug ihm fest ins Gesicht.

»Und noch etwas«, meinte sie, noch ehe er sich davon erholen konnte. »Noch einmal würde ich mich nicht auf dich einlassen. Für ein anständiges Mädchen bist du viel zu dreist.«

Er hatte angefangen, Harry Merrimans Grundstück auszulichten und rückte zunächst einmal dem dichten Unterholz zu

Leibe, manches davon hüfthoch, was in der Trockenzeit eine Feuergefahr darstellte. Unterdessen sann er über Beths Entscheidung nach und kam zu dem Schluss, dass es sich nicht lohnte, sich darüber Gedanken zu machen.

Dennoch brachte die Wut über ihre Art ihn dazu, derart zügig auf die Unkräuter und Schlingpflanzen einzudreschen, dass eine Grundstücksecke schon bald vorzeigbar war. Als er erst einmal die dichten Schlingpflanzen, die hohe Bäume überwuchert hatten, entfernt hatte, sodass es nun auch weiter unten lichter wurde, entdeckte er einige prächtige Baumfarne mit hellgrünen Kronen und andere Farnarten, von deren Existenz er gar nichts gewusst hatte, wie auch Palmen und Grevilleen, und auf dem Waldboden eine Menge zarter Blumen.

Miss Delaney kam mithilfe eines Spazierstockes zu ihm gehumpelt und machte ihm Komplimente über seine Arbeit. Duke war es peinlich, wie verschwitzt er aussah und dass ihre Nichte ihm den Laufpass gegeben hatte, doch sie schien das nicht zu kümmern.

»Roden Sie einen Weg?«, erkundigte sie sich.

»Ich glaube nicht. Ich weiß ja nicht, wo Harry ihn gern hätte. Aber sobald dieses ganze Gestrüpp erst einmal aus dem Weg ist, haben wir einen besseren Überblick, welche Bäume er behalten wollen würde. Irgendwo hier drinnen verbergen sich sogar Bananenstauden, wissen Sie.«

»Ja, und dornige Bäume und Brennnesseln!«

»Die habe ich bereits entdeckt«, erklärte er kleinlaut. »Aber so schlimm ist es gar nicht. Ein paar Ranken haben sogar angefangen, die Hütte zu überwuchern. Von Harry haben Sie wohl nichts gehört?«

»Leider nein. Hätten Sie gern eine Tasse Tee?«

»Nein, danke, Miss Delaney. Ich mache lieber weiter.«

Zumindest noch eine Weile, dachte er sich im Stillen. Bei der Arbeit wird einem verdammt heiß! Danach leiste ich mir ein Zimmer im *Criterion*, da Delaneys Hotel ja nicht mehr infrage kommt.

Es war sinnlos, nach Harry Ausschau zu halten, da der Möchtegernviehzüchter an diesem Tag beschäftigt war. Seinem Hochzeitstag.

Harry und seine geliebte Tottie wurden von Reverend Tremell in der kleinen Kirche in DeLisle's Crossing getraut. Trauzeugen waren Loftus Otway und Robbie Phelan, dessen Mutter an der Orgel saß.

Nachdem er so viele Jahre auf sich selbst gestellt gewesen war, weinte Harry angesichts der Wärme und Freundschaft, die ihm an diesem Tag entgegengebracht wurden, als halb DeLisle's Crossing zur Kirche strömte, um sie glücklich verheiratet zu sehen und Reis zu werfen, als sie aus der Kirche traten. Harry war derart überwältigt, dass sein Entschluss, Crossing zu verlassen, ins Wanken geriet.

Er blickte zu Tottie hinunter, die in einem Gewirr aus weißer Spitze so schön aussah. Auf ihr vertrauensvolles Lächeln und das Bild der beiden Brautjungfern in Blau neben ihr. Und da, vor ihm, standen Annie und George, die vor Glück strahlten, und Mr. Buschell, der eigens aus Crossing hergeritten war, um ihm alles Gute zu wünschen. Und ein Meer aus vertrauten Gesichtern.

Er schien in diesem Meer zu treiben, in eine geordnete Welt davongetragen zu werden, in der hinter gepflegten Hecken alles seinen Platz hatte; in der die Farmer in ihren Betten schliefen; in der die Frauen die Häuser in Ordnung hielten und die Kinder in die Schule gingen.

Als beim Hochzeitsfrühstück die Zeit für die Rede des Bräutigams gekommen war, blickte er all diese Leute an, sah, wie sicher sie waren, was sie selbst anging wie auch ihre Zukunft, und fragte sich, wie er mit dem Gedanken hatte spielen können, all das aufzugeben. In den hohen Norden – diesen Backofen! – zu ziehen, hin zu Entbehrungen und Gefahren, wie sie sich diese Leute nicht einmal vorzustellen vermochten, wenn er es gar nicht musste! Er konnte hierbleiben und …

»Ich habe darüber nachgedacht«, erklärte er ihnen, »wie schön es hier doch ist. Und wie glücklich ich mich schätzen kann, hier aufgewachsen zu sein, aber nachdem ich fortgegangen war, habe ich Antonia vermisst.« Er sah sie zärtlich an und sie drückte seine Hand. »Durch ihre Briefe wurde sie zum Anker für mich. Egal wie weit ich reiste, sie war immer da. Gab mir Halt. Und als ich bei meiner Rückkehr sah, zu welch schöner Frau sie herangewachsen war, wurde mir klar, dass ich gerade noch beizeiten gekommen war. Ehe sie mir jemand wegschnappte.«

Seine Zuhörerschaft lachte.

»Deshalb habe ich gedacht…« Er fing an zu faseln. Zeit zu schinden. Versuchte, ihnen zu sagen, er habe beschlossen, sich hier häuslich niederzulassen. Doch die Worte wollten einfach nicht hinaus. Eine Stimme sagte ihm immer wieder, dass Hochzeitstage nicht real waren. Diese Zusammenkunft spiegelte nicht die Realität wieder. DeLisle's Crossing war nur eine Enklave, ein Ghetto, in dem die Bewohner wussten, dass unter ihnen ein Kind von sadistischen Eltern geschlagen wurde, misshandelt, aber nichts unternahmen. Nichts! Weil sie sich ihr Bild von der heilen Welt in ihrem Dorf erhalten wollten. Weil sie Feiglinge waren.

»Was hast du gedacht?«, rief jemand.

»Dass ihr ein Haufen Mistkerle seid«, flößte ihm eine innere Stimme ein, doch er sagte: »Es ist Zeit zu gehen«, und er nahm Platz, ehe dieser fast vergessene Zorn wieder aufflammte und er seine Frau in Verlegenheit brachte.

George Otway sah Harrys entschlossen vorgestrecktes Kinn, sah, wie flüchtig ein harter, kalter Ausdruck über Harrys Gesicht huschte, worauf er unausgesprochen ließ, was auch immer er eigentlich hatte sagen wollen, und wieder seinen Platz am Brauttisch einnahm.

George beunruhigte das. Er fragte sich, ob auch nur einer von ihnen wirklich wusste, wer Harry Merriman war. Doch ein Gedanke tröstete ihn. Der Mann liebte seine Tochter. Daran hatte er keinen Zweifel.

* * *

Der Papierkram, wie Harry es nannte, dauerte seine Zeit. Eine Schwester der verstorbenen Hester Merriman erhob Anspruch auf einen Anteil ihres Besitzes.

»Um die Angelegenheit zügig beilegen zu können, wäre es womöglich von Nutzen, ihr einen kleinen Betrag auszuzahlen«, schlug Jules Fountain vor.

»Keinen Penny!«, knurrte Harry. »Sie könnte auf den Knien angekrochen kommen und sie bekäme nichts!«

Fountain erschrak. »Also wirklich, Mr. Merriman!«

»Ich sage es ja bloß, damit Sie klar sehen. Keinen Penny!«

»Unter Umständen müssten wir vor Gericht gehen.«

»Dann tun wir das.«

Die Jungvermählten zogen auf die Merriman-Farm, verärgert darüber, dass sie den Besitz noch nicht verkaufen konnten. Stattdessen mussten sie den Anwälten eine ausführliche Liste des Anwesens zukommen lassen.

Nach sechs quälenden Wochen wurde jedoch beschieden, dass Gillie Merriman ohne ein Testament gestorben sei und man berechtigterweise davon ausgehen könne, dass er die Farm samt Inhalt seiner Frau und seinem einzigen Sohn hinterlassen hätte und nicht seiner Schwägerin, zumal er aus seiner tiefen Abneigung gegen diese Frau nie einen Hehl gemacht habe. Infolgedessen kreiste die Diskussion nun nur noch um die Hälfte der Farm, den Anteil Hester Merrimans also. Und da ging man davon aus, dass die ebenfalls ohne Hinterlassung eines Testaments Verstorbene ihren Anteil dem Sohn vermacht hätte.

Ihre Schwester wandte ein, hätte Hester nach Gilberts Tod ein Testament geschrieben, so hätte sie die Farm niemals ihrem Sohn vererbt, der sich seit Jahren nicht mehr hatte blicken lassen. Jules Fountain hielt dagegen, dass man Hester, hätte sie denn zu diesem von Selbstmordgedanken geprägten Zeitpunkt ein Testament verfasst, wohl kaum als »geistig gesund« betrachtet haben würde.

Demzufolge wurde die Merriman-Farm ordnungsgemäß Harold Merriman als Besitz zuerkannt. Einen Tag darauf ging der Verkauf vonstatten.

Zu diesem Zeitpunkt hielt sich Harrys Kumpel Marcus Beresford rund fünfzig Meilen südlich von Rockhampton auf, gefangen in einer schmalen Schlucht, und fand sich einem Angriff durch Schwarze ausgesetzt, die mit Steinen warfen.

Die Rekruten der Einheimischenpolizei versteckten sich mit ihm in einer Höhle, während ihr Sergeant, niedergestreckt von einem Steinhagel, neben einem kleinen Bach lag, in dem es von Fischen wimmelte. In der Nacht zuvor war ihnen dieser Ort wie der ideale Lagerplatz vorgekommen.

Von seinem Standort zwischen einigen Felsblöcken aus konnte Edward hören, wie Marcus seine Männer anherrschte, hinauszugehen und den Verletzten zu bergen. Nur Minuten vor dem Angriff hatte Edward neben Sergeant Wiley gestanden, der sich niedergekniet hatte, um ihre Wasserflaschen aufzufüllen.

»Vorsicht!«, hatte er geschrien, als die ersten Gesteinsbrocken auf sie niederprasselten, und sich in der Meinung, es handele sich um einen kleinen Erdrutsch, unverzüglich in Sicherheit gebracht. Doch der dem Wasser zugewandte Sergeant hatte zu spät reagiert.

Schließlich krochen zwei Polizisten hinaus. Sie waren barfuß, da man noch keine Stiefel an sie ausgegeben hatte. Gewehre ebenso wenig, seufzte Edward. Dabei wären sie jetzt durchaus nützlich gewesen.

Ein weiterer Gesteinshagel begrüßte die beiden Männer, die daraufhin zurück in die Höhle flohen.

Beresford tauchte auf und begann, auf die umliegenden Hänge zu schießen, um den Eindruck zu erwecken, er böte Feuerschutz, treffen konnte er aus seinem Winkel jedoch kaum jemanden. Gleichzeitig drängte er die Männer wutentbrannt, wieder herauszukommen – vergebens.

Edward, der sich am Grund der Schlucht zwischen Felsblöcken verbarg, war schon eher in der Lage, auf die Angreifer zu schießen, doch befand sich seine Schusswaffe, eine der erlesensten seines Vaters, mit dem Rest ihrer Ausrüstung in besagter Höhle. Er sah, wie der Sergeant den Arm bewegte und war erleichtert, dass er noch lebte. Doch nun sickerte Blut in den Bach.

Edward rieb sich die Augen. Die hohen Felswände über der Höhle zu seiner Rechten warfen gleißendes Licht von der im Westen stehenden Sonne zurück, die andere Schluchtseite lag jedoch in tiefem Schatten. Er meinte, eine Bewegung zu sehen und bemühte sich mit angehaltenem Atem, Genaueres zu erkennen. Ja, da im Schatten war eindeutig jemand. Er kniff die Augen zusammen, um sie an die Dunkelheit zu gewöhnen, war sich sicher, eine sich bewegende Form zu erkennen, womöglich einer der Schwarzen, der vorwärts schlich.

Genau in diesem Augenblick bewegte die Form sich ins Licht und nahm Gestalt an, und Edward stieß einen Seufzer der Erleichterung aus. Es war nur ein Hund. Ein paar Sekunden verharrte er reglos, um wieder zu Atem zu kommen, und erkannte dann seinen Irrtum. Er bekam das Tier, das sich verstohlen zwischen Felsgestein auf den Sergeant zubewegte, flüchtig zu sehen. Und sah die Gefahr.

»Marcus!«, brüllte er. »Ein Dingo!« Seine Stimme hallte wider, als würde er sich in einer Kirchenglocke befinden.

Der Steinhagel hatte aufgehört. Alles war still. Auch die Schwarzen beobachteten den hilflosen Mann am Bach – mitleidslos.

»Dingo!«, schrie Edward erneut.

Dann fiel ein Schuss. Der Dingo jaulte auf, strauchelte und fiel mit weit aufgerissenem Maul in den Bach. Aber Edward lief bereits, stürmte zu Wiley, packte ihn unter den Armen und zog ihn zur Höhle. Als es Steine herabzuregnen begann, hatte er sie beinahe schon erreicht. Nur einer traf ihn an der Schulter.

Wiley war bewusstlos und schwer verletzt. Marcus verband die tiefe Kopfwunde, konnte das Blut aber nicht stillen.

»Gebrochene Rippen hat er auch«, meinte er kopfschüttelnd, während sie den geschundenen Körper des Sergeant untersuchten.

Eine Stunde darauf starb Wiley. Marcus trug Zeit und Einzelheiten über seinen Tod in seinem Notizbuch ein. Er ging die Taschen des Toten durch, fand Tabak und ein paar Dokumente und zog ihm dann die Stiefel aus.

»Ach«, seufzte er. »Du warst immer ein schlauer Bursche, Wiley. Aber diesmal hat es dir nicht geholfen. Sieh dir das an, Ned …«

Edward hatte sich inzwischen damit abgefunden, dass Marcus ihn lieber Ned anstatt Edward nannte, das ihm zu geschwollen klang.

Sein Freund hatte aus einem der Stiefel ein Messer hervorgeholt. »Besteck ist das nicht«, lächelte er und prüfte mit dem Daumen die Klinge. »Das ist rasiermesserscharf. Und hat es in sich.« Er warf es Edward zu. »Bitteschön! Es gehört dir.«

Sie hüllten den Leichnam in eine Decke, sicherten ihn mit Lederriemen und warteten auf den Einbruch der Nacht. Dann befahl Marcus mehreren Polizisten auszukundschaften, ob sich die Angreifer noch in der Nähe aufhielten.

»In Fällen wie diesem sind meine Schwarzen wirklich praktisch«, meinte Marcus verdrießlich. »Nachts und im Adamskostüm, da können sie für mich spionieren.«

»Was hast du mit dem Sergeant vor?« Edward war flau im Magen.

»Wir müssen ihn in die nächste Stadt bringen. Fürs Begräbnis. Hier würden ihn die Dingos holen. Oder diese zweibeinigen Tiere da oben. Übrigens, gut dass du ihn reingebracht hast, den armen Kerl. Ich habe diese Idioten einfach nicht hier rausgekriegt. Eine schöne Hilfe, wirklich! Denen gerbe ich das Fell, sobald es nur geht!«

»Ich habe gar nicht nachgedacht, ich bin einfach gerannt«, erwiderte Edward nervös. »Wie kommen wir hier denn raus?«

»Meine Männer glauben, dass die Schwarzen sich verdrückt haben. Sie sagen, es sei einfach nur Pech gewesen, dass sie auf uns gestoßen sind.«

Pech? Edward stand unter Schock und ihm war speiübel. Marcus und die Polizeirekruten sahen die Angelegenheit so nüchtern, dabei lag ein Toter vor ihnen. Ermordet. Als wäre das etwas ganz Alltägliches. Bei der Vorstellung, dass Dingos sich an Wileys Leichnam zu schaffen machten, drehte sich ihm der Magen um und er schluckte, weil ihm die Galle hochkam, während sich auf der anderen Seite der Höhle einige Polizisten zusammendrängten und miteinander stritten. Schließlich rief einer zu Marcus: »He, Boss!«

»Nennt mich nicht Boss! Wie oft muss ich euch das noch sagen? Ihr habt mich ›Sir‹ zu nennen!«

Edward wandte sich Sergeant Wiley zu und schüttelte den Kopf, als wolle er sich dafür entschuldigen, dass die anderen ihn vergessen hatten.

»Was willst du?« Marcus knöpfte sich die Uniformjacke zu.

»Diese Stiefel da, Boss. Die braucht der Sergeant doch nicht mehr, oder?«

Marcus blickte auf das Bündel. Auf Wiley. Und nickte dann. »Ja. Die kannst genauso gut du haben.« Er warf sie hinüber und der Polizist fing einen nach dem anderen auf und grinste, als hätte man ihm gerade ein Goldstück gegeben.

Der Inspektor stand am Höhleneingang und spähte in die Dunkelheit hinaus. »Verdammtes Pech, Wiley zu verlieren«, murmelte er. »Verdammtes Pech.«

In der Schlucht war es nun so still, dass das Plätschern des Baches unangemessen laut wirkte. Ein Vogel kreischte und Edward, dessen Nerven blank lagen, zuckte zusammen. Er dachte bei sich, dass es ja vielleicht nicht so sehr Pech gewesen war, als vielmehr fehlerhaftes Vorgehen.

»Ich wusste gar nicht, dass sich hier in der Gegend Wilde aufhalten«, krächzte er. Seine Kehle war staubtrocken.

»Ach, na ja«, gähnte Marcus. »Ein paar. Nur Abtrünnige. Dumm wie Bohnenstroh.«

Die Polizisten schlüpften in die Höhle zurück und versicherten dem Inspektor, dass die feindseligen Schwarzen verschwunden und die Pferde wohlbehalten da waren.

Als am Horizont die ersten Lichtstreifen erschienen, verließen sie die Schlucht, die Schusswaffen griffbereit, falls die Schwarzen ihnen auflauerten. Aber es gab keine weiteren Probleme. Es war eine langsame Reise, bei der einer von ihnen, ein schwarzer Spurenleser namens Abraham, ihnen den Weg wies, bis sie wieder offenes Land erreichten.

Schließlich brachte Abraham sie in ein verschlafenes Nest namens Plenty. Erst da löste Edward den Griff von seiner Flinte, die er seit Verlassen der Schlucht nicht aus der Hand gegeben hatte.

Vor der Polizeiwache, die kaum größer war als ein Wachhäuschen, saß Marcus ab und entdeckte eine Glocke neben der Tür. Er läutete kräftig, und plötzlich flogen die Türen auf und aufgeregte Leute stolperten auf die Straße. Der ansässige Polizist rannte aus dem Holzhäuschen hinter seiner Wache vor, wobei er sich seine Uniformjacke über sein Nachthemd anzog und ausrief: »Wo?«

»Wo was?«, wollte Marcus wissen.

»Sie haben die Feuerglocke geläutet!«

»Oh! Verzeihung! Ich habe hier einen toten Kameraden und brauche Ihre Hilfe.«

Als man ihm die Sachlage erklärt hatte, übernahm der Polizist stillschweigend die Leitung. Edward dämmerte, dass diese Männer geschult waren, den Tod als etwas Alltägliches zu sehen, und kam sich nun reichlich töricht vor, so hysterisch reagiert zu haben. Hoffentlich hatte Marcus nichts davon mitbekommen.

Die Frau des Polizisten lud ihn ein, sich mit einer Tasse Tee in ihr Wohnzimmer zu setzen, bis der Inspektor die Reise fortsetzen konnte.

»Woher kommen Sie denn?«, erkundigte sie sich freundlich.

»Aus Gympie.«

»Oh, das ist ein langer Weg. Reisen Sie mit diesen Schwarzen?«

»Ja. Unerfahrene Rekruten. Anfangs waren sie mit den Uniformen und der Pferdepflege völlig überfordert, aber so allmählich wachsen sie in ihre Arbeit hinein.«

Sie nickte. »Dennoch, Sir, ich würde ihnen nicht über den Weg trauen.«

Die zwei Engländer, durch Zufall beide von adeliger Abstammung, waren auf dieser Unternehmung gute Freund geworden und Edward fühlte sich ein wenig verloren, als er Marcus und seine berittenen Polizisten in Rockhampton bei der Kaserne verließ.

Er fand einen Stall für sein Pferd Saul, dachte daran, wie gut das Vollblutpferd die Reise überstanden hatte, und erkundigte sich nach einer nahe gelegenen Herberge.

Der Stallknecht erteilte ihm wohlbedachte Auskunft.

»Das *Colonial Boarding House* gleich gegenüber ist sauber und die Wirtin kocht gut. Sie könnten es da versuchen.«

Edward war überrascht, dass man ihm zu einer Pension riet, doch dann begriff er, dass er mit seinem Stoppelbart und Kleidungsstücken, die dringend in die Hände einer chinesischen Wäscherin gehörten, reichlich heruntergekommen aussehen musste.

»Auf welchen Namen, Sir?«, erkundigte sich der Pferdeknecht, während er Saul den Sattel abnahm.

Edward zögerte. Marcus hatte ihm geraten, sich bezüglich seiner Herkunft bedeckt zu halten. Marcus selbst hatte den Fehler gemacht, einige Jahre lang immer mit seinem vollen Namen »Marcus de la Poer Beresford« zu unterschreiben, bis er erkannte, dass er damit Freunde wie Feinde gleichermaßen befremdete.

»Wieso?«, wollte Edward wissen.

»Weil die Hälfte der Bevölkerung aus britischen Sträflingen und ihren Abkömmlingen besteht und die ›Tyrannen‹, wie sie Autoritäten gerne nennen, aus der britischen Oberschicht stammen, wie wir eben auch.«

»Ich verstehe nicht, inwiefern mich das berühren sollte.«

»Oh, das ist einfach ein Fall von ›Gleich und gleich gesellt sich gern‹, mein Freund. Aber ich muss sagen, dass Tausende unserer Landsmänner in den Gefängnissen schlecht behandelt wurden, was zu der großen Kluft zwischen uns beigetragen haben dürfte.«

»Sträflinge, die verdienten, was sie bekamen?«

»Es gibt da schon einige, die sich in der Hinsicht nicht so sicher sind«, hatte Beresford gemurmelt.

»Ihr Name, Mister?«, wiederholte der Stallknecht.

»Äh… Ned. Ned Heselwood.«

»Und das ist Ihr Pferd, ja?« In seiner Stimme war ein argwöhnischer Unterton.

Wie man's macht, macht man's falsch, dachte Edward griesgrämig. Komme ich aus der Oberschicht, sind sie gegen mich. Bin ich ein armer Reisender mit einem guten Pferd, bin ich ein Dieb.

»Jawohl«, sagte er fest. »Saul ist sein Name. Kümmern Sie sich bitte gut um ihn.«

Bei der geschäftigen Pensionswirtin machte er schon einen besseren Eindruck, wenngleich er, einen Sattel über die Schulter geworfen, bei ihr ebenso verlottert erschien.

»Kommen Sie doch herein«, sagte sie und beobachtete ihn beim Eintreten. »Ich hätte ein wirklich hübsches Zimmer für Sie. Nach vorn raus. Zwei Shilling und ein Sixpence pro Woche für Kost und Logis. Herren, die sich die Füße abputzen, bevor sie eintreten, habe ich gern als Gäste.«

Sie geleitete ihn in einen zweifelsohne sauberen Raum mit Dielenboden, einem Doppelbett, einer weißen Baumwolltagesdecke, die zurückgeschlagen war und blitzsaubere Laken enthüllte, einem Stuhl mit Rohrgeflecht und einem Toilettentisch.

Hätte er auch nur ein einziges Staubkorn gesehen, hätte er sofort kehrtgemacht, dachte Edward bei sich.

Sie ging zum Toilettentisch hinüber und streichelte eine Lampe. »Das hier ist eine Petroleumlampe«, erklärte sie stolz. »Haben Sie so etwas schon einmal gesehen?«

Ned, der Schwierigkeiten hatte, sich daran zu erinnern, wann Petroleum zum ersten Mal für Lampen eingesetzt worden war, blinzelte.

»Ich glaube schon«, erwiderte er. Hier, am Rande der Zivilisation, befand man sich wohl noch in einem anderen Zeitalter.

»Frühstück gibt es um sieben«, erklärte seine Wirtin. Sie zog die Gardinen auf und das harte Sonnenlicht traf ihn wie ein Schlag. »Die Haustür wird um zehn Uhr abgesperrt. Hier in der Stadt lungern Halunken herum, das sage ich Ihnen. Aber die Hintertür ist immer offen, wenn Sie mal zu spät dran sein sollten. Sie kommen zurecht?«

Ned kam mehr als zurecht. Er konnte es gar nicht erwarten, dass sie ging, damit er diese Vorhänge wieder zuziehen und sich auf dieses Bett legen und seine müden Knochen ausruhen konnte. Kaum zu fassen, dass er nach dem Angriff in der Schlucht immer noch auf den Beinen war. Danach war er stundenlang geritten, hatte Beresford in der Stadt Plenty bei seinen Gängen begleitet und dann einen weiteren Tagesritt durch raues Land hinter sich bringen müssen.

Sobald er die Pensionswirtin hinausgeleitet hatte, stapfte er zum Bett, ließ sich daraufsinken und zog an seinen Stiefeln. Er schaffte es gerade noch, sie auf den Boden zu werfen, ehe der Schlaf ihn übermannte.

Kapitel 9

Hinter Büschen verborgen, beobachteten die Steinwerfer von einem schmalen Grat aus, wie das Tageslicht langsam über die Hügel kroch und die Nachttiere zurück in ihre Nester schickte. In der Ferne vernahmen sie noch das Hu-hu eines Rieseneisvogels, ehe die majestätischen Singvögel anhoben, entschlossen, angesichts dieses strahlenden Tages jedermann zu wecken – ein Tag, ihrer reinsten Töne, besten Akkorde und Kadenzen wert.

Papageien schwirrten an ihnen vorbei und tauchten in über und über mit Blüten bedeckte Bäume ein, um den frühen Morgen damit zu verbringen, Nektar nippend und beschwipst vor sich hin plappernd durch das dichte Laub zu klettern.

Weiter unten hüpften Felskängurus wie im Tanz über das Gestein, hielten inne, um sich, süße junge Gräser knabbernd, die Welt zu besehen, und Eidechsen machten sich auf die Suche nach einem warmen Plätzchen, wo sie sich sonnen konnten.

Ein Wildschwein schnüffelte an einem Kleefarn herum und Gudala sah zu seinem Bruder und warf dann einen Blick auf seinen Speer, aber Banggu schüttelte den Kopf. Zunächst hieß es abwarten. Sie mussten in Erfahrung bringen, was sie, außer Soldaten zu behelligen, vollbracht hatten. Eine ganze Truppe davon! Ein wagemutiger Angriff. Auch wenn das nicht ihr eigentliches Ziel gewesen war, als Banggu seinen vierköpfigen Trupp an die Kante dieser Schlucht geführt hatte. Er hatte seinen jungen Freunden lediglich den atemberaubenden Ausblick von dort zeigen und dann mit ihnen hinunter steigen wollen, da ihre Enge wie geschaffen dafür war, Wildschweine zu fangen.

Aber als sie das Plateau erst einmal erreicht hatten, war es interessanter und verlockender gewesen, sich an die Kante der Schlucht zu wagen und hinunterzuspähen.

Gudala war es, der entsetzt zurückgewichen war.

»Sind das Soldaten?«, rief er. »Da unten! Ich glaube, das sind Soldaten! Ein schöner Ort, um Wildschweine einzufangen, Banggu! Eine Kugel wohl eher! Kommt, lasst uns verschwinden.«

Neugierde behielt jedoch die Oberhand. Sie krochen vor, legten sich flach hin, bewegten sich vorsichtig bis an den Rand und beobachteten die Feinde dabei, wie sie ein Lager aufschlugen.

Banggu war enttäuscht und wütend. Er hatte vor seinen neuen Freunden von der Insel, die die Weißen Keppel nannten, das Gesicht verloren. In letzter Zeit misslang einfach alles.

Er und Gudala waren von ihrem Vater Ladjipiri fortgelaufen, zurück ins Hinterland, und es war ihnen gestattet worden, mit den Pitta-Pitta-Männern auf Jagd zu gehen. Sie waren zwei Jahreszeiten geblieben und Banggu hatte jede Minute mit diesem freundlichen Volk genossen, hatte neues Land erforscht, ihre Sprache erlernt und vor allem auch eine Frau gefunden, die er liebte, die schönste Frau auf Erden, vom Stamm der stolzen und gutaussehenden Kalkadoon. Er hatte sie bei einem Korrobori erblickt, wo sie bei ihrer Mutter saß.

Kalkadoon. Eben das war das Problem. Ihre Hautgesetze waren streng und er war ein Außenseiter. Er hatte mit den Ältesten beider Stämme über das Problem gesprochen und sie hatten ihm wenig Hoffnung gemacht, da andere Verehrer angehört werden mussten, darunter auch Warrun, ein beliebter junger Krieger.

Das hatte Banggu in Panik versetzt. Wenngleich das Mädchen, Nyandjara, jung war, hieß es, sie wüsste, was sie wolle, und würde ihre Wahl selber treffen. Wie das zustande kommen sollte, war ihm schleierhaft, da ihm bislang nicht gestattet worden war, sich mit ihr zu unterhalten.

Warrun war der Sohn eines Stammeshelden, der zu einem Krieg gegen die Weißen drängte. Er wollte sie auslöschen, bevor sie im Herrschaftsbereich der Schwarzen zu zahlreich wurden.

»Wie mächtig sind diese Weißen überhaupt?«, hatte Warrun, seinen Vater nachahmend, seine Leute lauthals gefragt. »Wenn drei lediglich mit Speeren bewaffnete Männer sie in die Flucht schlagen können?«

Da war etwas dran. Drei Männer aus dem Norden, angeblich vom kämpferischen Stamm der Irukandji, waren auf der Durchreise, als sie auf die große Viehherde trafen, die Banggu und Gudala gesehen hatten, als sie mit ihrem Vater, dem Händler Ladjipiri, gereist waren.

Erzürnt darüber hatte einer der Nordmänner seinen Speer gehoben und einen Reiter niedergestreckt, der sich im Nachhinein als Frau entpuppte. Daraufhin hatten die Irukandji-Männer die Ältesten der Pitta-Pitta aufgesucht, die ihnen eine sichere Durchreise durch ihr Land gewährt hatten, und um Verzeihung gebeten, falls sie damit irgendwelche Gesetze verletzt haben sollten. Die verneinten, da es keine Gesetze bezüglich weißer Eindringlinge gab. Aus Dankbarkeit schenkten sie den Ältesten riesige Hörner, die sie vom Kopf eines toten männlichen Rinds genommen hatten, ein Geschenk, das die Ältesten sehr zu schätzen wussten. Es wurde bei dem Fluss, der, wie Banggu inzwischen wusste, Thomson River genannt wurde, an einen Baum gehängt.

Nicht lange nach der Tötung der weißen Frau brachen die Reiter zu jedermanns Erstaunen samt all ihren Rindern wieder gen Osten auf. Sie wichen zurück! Männer mit Gewehren zogen ab!

Ein Kidachji-Mann, der gebeten worden war, dieses Wunder zu erklären, zog seine mit Emu-Federn geschmückten Schuhe an und besah sich die von einer Unmenge von Hufen zugerichtete Landschaft. Er deutete auf die Reste von Schlangen, Eidechsen, Wombats und anderen zermalmten Tieren und erklärte, deren Geister hätten sich zusammengeschlossen, um an den Eindringlingen und ihren Rindern Rache zu nehmen, indem sie den Tod der weißen Frau verfügt und einen bösen Geist in dieses Flussgebiet geschickt hätten, der die Weißen verscheuchen solle.

All das gab Warruns leidenschaftlichen Reden zusätzlich Feuer.

»Die Zeit ist gekommen!«, rief er. »Wir sollten jeden einzelnen der Eindringlinge töten, sobald sie mit ihren bedeckten Füßen unsere Länder betreten!«

Doch die Pitta-Pitta-Leute, zu denen er an diesem Tag sprach, waren furchtsam.

Derart in Träume von seiner Liebsten vertieft, die er in jenem wilden, erstaunlichen Land zurückgelassen hatte, hätte Banggu um ein Haar verpasst, dass der Anführer der Soldaten seine Männer aus der Schlucht führte, doch dann kamen alle herausgeströmt, ritten auf dem ausgetretenen Fußpfad unter einer Baumreihe, und da sah man es! Auf diesen Anblick hatten sie gewartet. Der Mann, den sie niedergestreckt hatten, war gestorben. Sie hatten tatsächlich einen der Soldaten mit Felssteinen getötet, noch dazu einen weißen Soldaten! Dass er tot war, war nicht zu übersehen: Man hatte den in Tuch gehüllten Leichnam mit Stricken auf den Rücken eines Pferdes gebunden.

Sobald die Soldaten verschwunden waren, führten die vier jungen Männer einen Freudentanz auf. Was für eine großartige Leistung! Darüber würde an den Lagerfeuern jahrelang die Rede sein. Aber wer hatte den Stein geschleudert, durch den der Soldat zu Boden geworfen worden war? Ehe sie alle weitere Steine auf ihn herabregnen hatten lassen, um ihn am Aufstehen zu hindern?

»Ich war es«, behauptete Gudala. »Ich habe ihn erwischt!«

»Du bist doch fast blind«, lachten die anderen. »Du würdest ja nicht mal ein Känguru treffen, das auf deinem großen Zeh steht!«

Am Ende räumte Banggu ein, dass Gudala behaupten könne, den entscheidenden Treffer gelandet zu haben. Sein

Bruder tat ihm leid, weil er sich auf der Jagd mit den Pitta-Pitta-Leuten die gefürchtete Augenkrankheit zugezogen hatte. Zunächst hatten sich seine Augen von dem vielen Staub entzündet. Dann fingen sie zu tränen an und in den Augenwinkeln bildete sich Eiter. Dies belastete ihn sehr, er wurde launisch und warf seinem Bruder vor, ihn dazu überredet zu haben, ihre grüne Heimat für diese kargen Berge zu verlassen und verlangte, dass sie heimkehrten.

Die Frauen beträufelten Gudalas Augen mit lindernden Balsamen, fanden jedoch kein Heilmittel.

»Er möchte nach Hause«, erklärten sie. »Du solltest ihn heimbringen, solange es noch geht. Über kurz oder lang wird er erblinden. Zögert eure Heimkehr zu eurer Mutter nicht zu lange hinaus.«

Da dies das Mindeste zu sein schien, was er für seinen Bruder tun konnte, musste Banggu aufbrechen, obgleich er noch gar keine Möglichkeit gehabt hatte, der schönen Nyandjara seine Liebe zu gestehen. Zwei Männer erklärten sich freiwillig bereit, ihnen die kürzesten Routen zu zeigen, die sie in vertrauteres Land bringen würden.

»Ich weiß nicht, warum du wegen dieses Mädchens solch einen Liebeskummer hast«, beklagte sich Gudala, als die Wochen vergingen. »Gegen Warrun hattest du keine Chance. Schon jetzt ist er groß gebaut. Bald wird er den Körper eines Kriegers haben und keine Frau wird ihm widerstehen können.«

»Du weißt nichts von der Liebe, sonst würdest du nicht so einen Unsinn reden. Liebe trägt man im Herzen. Ich bewahre meine Liebe für sie in meiner Brust, sie erwärmt meine Seele. Selbst wenn ich sie nie mehr wiedersehe, bleibt die Liebe doch bestehen.«

»Was, wenn Warrun in seinem Herzen genauso viel Liebe für sie trägt?«, höhnte Gudala.

»Manchmal frage ich mich, warum ich dieses Opfer für dich bringe, du jammerndes Großmaul. Ich sollte dich den restlichen Weg allein gehen lassen.«

Aber er hatte durchgehalten. Sie hatten den Weg heim zu

ihrer Mutter gefunden, und sie hatte, als sie unvermittelt auf der Insel auftauchten, vor Freude geweint. Wenngleich Ladjipiri barsch zu ihnen war, weil sie fortgelaufen waren, vermochten sie das Glück in seinen Augen zu sehen und freuten sich. Es war gut, zu Hause zu sein.

»Was ist mit dem Wildschwein?«, rief Gudala ihm nun zu. »Die Soldaten sind fort. Wir können es uns nun holen. Das gibt ein Festmahl.«

Er hatte recht. Sie konnten das Wildschwein zusammen in die Schlucht jagen und es töten. Die Familie brauchte Fleisch. Auf der Insel gab es wenig Wild und an der Stelle, an der ihre eigenen Jagdgründe gelegen hatten, befanden sich nun die Stadt Rockhampton und Farmen.

Sie waren ein gutes Stück südlich von der Stadt mit zwei jungen Männern vom Woppa-bura-Stamm aufs Festland gerudert. Banggu wollte ihnen zeigen, dass sich in dieser stark bewaldeten Hügellandschaft, die er so gut kannte, immer noch Wild finden ließ, und ihre neuen Freunde waren von der Idee begeistert.

Doch dann tauchten diese Soldaten auf.

Dem weitgereisten Banggu war klar, dass sie so schnell wie möglich zum Kanu zurückkehren sollten, da Gefahr drohte, doch der Gedanke, mit einem fetten Wildschwein zurückzukehren, war allzu verlockend. Alle würden sich freuen und sein Vater wäre stolz, dass er und Gudala sich nützlich machten. Und die Soldaten waren verschwunden. Warum sollten sie noch einmal wiederkehren? Letzte Nacht hatten sie versucht, die Steinewerfer zu finden, und es nicht vermocht. Und bei Tagesanbruch hatten sie sich erst gar nicht mehr auf die Suche gemacht.

Dennoch, seine Besorgnis blieb. »Vielleicht können wir ein andermal wiederkommen«, schlug er vor. »Wenn sich hier keine Soldaten herumtreiben.«

»Aber die Soldaten sind fort«, rief Gudala gequält. »Wir können doch nicht mit leeren Händen heimkehren!«

Die Woppa-bura-Männer, denen bei dem Gedanken an gebratenes Wildscheinfleisch das Wasser im Mund zusammenlief, stellten sich auf Gudalas Seite.

»Es geht doch ganz schnell«, sagten sie. »Wir töten das Schwein und werfen es ins Kanu. Dann rudern wir schnell auf die Insel zurück. Dort wird man uns nie suchen.«

Gudala erschrak. Wer würde nach ihnen suchen? Würden die Soldaten zurückkehren? Erregung wich Angst. Wie hatte er denken können, dass sie es nicht taten? Sie hatten einen Soldaten getötet! Natürlich würde Vergeltung geübt werden.

Er hob eine Hand, um Banggu zurückzuhalten, ihm zu sagen, dass es vielleicht doch keine so gute Idee war, aber sein Bruder huschte bereits durch den Busch.

»Na komm«, rief er. »Nicht zurückfallen, Gudala!«

* * *

Der Polizist Joe Tebb, der einzige Rechtsvertreter des Plenty-Distrikts, wollte den Inspektor und seine Männer weiterschicken.

»Das erledige ich schon«, meinte er. »Ich halte nicht viel davon, Schwarze auf die Jagd nach Schwarzen zu schicken. Die würden diese Mistkerle doch davonkommen lassen.«

»Sie verstehen wohl nicht ganz«, entgegnete Marcus. »Genau darin sind sie gut. Diese Burschen sind dazu ausgebildet, gefährliche Wilde aufzustöbern und zu ergreifen.«

»Mag sein. Aber Sie sagten ja selber, dass diese Truppe aus blutigen Anfängern besteht.«

Joe blickte um sich. In der Polizeiwache hatten sich bereits die ersten Dorfbewohner eingefunden, die wissen wollten, was geschehen war. Er wusste, es würde Aufruhr geben, wenn sie erfuhren, dass Wilde in der Finley-Schlucht einen Soldaten getötet hatten, und wenn es so weit war, wollte er das Sagen haben. Er hatte nicht vor, diesem feinen Inspektor den ganzen Ruhm zu überlassen! Und überhaupt, wenn sie ein Lager mit dem Rücken zu einer Wand aufschlugen, dann geschah es ihnen ganz recht.

»Warum haben Sie sie denn nicht gleich verfolgt?«, erkundigte er sich.

»Nicht, dass ich über mein Vorgehen Rechenschaft ablegen

muss«, erwiderte Beresford schroff, »aber ich empfand es als meine Pflicht, den Leichnam des Sergeants – so viel Ehrerbietung steht ihm zu – zu bergen und Ihnen dann den Angriff wie auch die Maßnahmen zu melden, die ich zu ergreifen beabsichtige. Mr. Heselwood wird hierbleiben. Ich kehre mit meinen Männern für eine gründliche Suche zur Schlucht zurück. Jedoch nur mit leichtem Gepäck, weshalb ich unterdessen den Großteil unserer Ausrüstung Ihnen anvertrauen werde. Wir werden diese schwarzen Burschen finden! Meine Männer haben das Gebiet bereits bei Morgengrauen durchkämmt und ihnen zufolge waren es nur vier…«

»Nur vier!« Joe war völlig aus dem Häuschen. »Du meine Güte, Inspektor, und ich habe gedacht, es handelt sich um zwanzig Mann oder mehr! Die Sache ist allerdings die, dass ich hier die Verantwortung für polizeiliche Angelegenheiten trage. Mitglieder der Einheimischenpolizei gehorchen meinem Befehl wie jeder andere auch. Sie haben hier keinerlei Auftrag zum aktiven Dienst, wieso überlassen Sie die Sache also nicht mir?«

Er wandte sich um und rief den Dorfbewohnern zu: »Gäbe es Anwärter für einen Hilfstrupp?«

Seine Zuhörerschaft wurde von einem Wonneschauer erfasst. Seit Jahren hatte in diesem Distrikt keine gute Menschenjagd mehr stattgefunden. Und so schoben sich, wie Joe es sich erhofft hatte, Freiwillige nach vorn und schworen, sie würden »die schwarzen Mistkerle« kriegen. Andere eilten davon, um Gewehre und Pferde zu holen und sich somit einen Platz in der Gruppe zu sichern.

»Sehen Sie?«, meinte Joe zu Beresford. »Im Handumdrehen habe ich einen Hilfstrupp zusammen. Wir kennen die Gegend, wir gehen dort immer auf Wildschweinjagd. Die vier Burschen schnappen wir uns im Handumdrehen. Überlassen Sie uns das ruhig, Leutnant.«

Unvermittelt merkte Beresford, dass er ohnedies nicht auf diese Suche erpicht gewesen war. Waren Joes Männer nicht hervorragend geeignet, diese Burschen zu fangen? Schon bald hörte man, wie er zu dem Zivilisten neben sich bemerkte, eigentlich müssten sie es bis zum Einbruch der Nacht noch nach Rockhampton schaffen können.

Joe grinste. Zwei junge Lackaffen wie die beiden waren vermutlich lieber hinter Damen her als einem Quartett Schwarzer.

»Ich meine«, sagte er zu seiner Frau, »wie dumm können diese Schwarzen nur sein, dass sie eine Polizeieinheit angreifen? Sie können noch froh sein, einen Vorsprung bekommen zu haben, aber an sich ist der Spaß nun nur umso größer.«

Das Wildschwein zu fassen zu bekommen, war schwerer als gedacht. Um es leichter in einen kleinen Pferch treiben zu können, den sie an der Mündung der Schlucht gebaut hatten, hatten sie aus Felsen und Ästen behelfsmäßige Sperren errichtet, doch das schwere Tier war überraschend leichtfüßig und entkam ihnen immer wieder in letzter Sekunde.

Banggu hatte das Wildschwein mit seinem Speer verwunden können, doch das Chaos war nun nur umso größer, da es laut quiekend durchs Gebüsch preschte.

Schließlich stürmte es auf Gudala los und warf ihn nieder, weshalb ihm die Woppa-bura-Männer, denen die Lust an der Jagd allmählich verging, zuriefen, er solle ihnen aus dem Weg gehen. Gudala, dessen Augen unter dem vom Wildschwein aufgewirbelten Staub litten, war das nur recht. Wie sehr er sie auch rieb, er konnte alles nur noch verschwommen erkennen. Er kletterte auf einen Baum und versuchte, anhand der Schreie und des Schnaubens zu erkennen, wer gewann.

Alle Bemühungen waren erfolglos, und so beschlossen sie, eine Ruhepause einzulegen, sich währenddessen im Bach zu erfrischen und gegen den bohrenden Hunger nach Nüssen und Beeren zu suchen.

Noch ein letzter Versuch, entschieden sie. Diesmal wollten sie sich einfach anschleichen, wenn das Tier sich ruhig verhielt, und dann die Speere einsetzen.

Erst am späten Tag spürten sie das Wildschwein wieder auf, doch es hatte seine morgendliche Lektion gelernt und seine Schnauze zitterte, als es seine Jäger witterte. Banggu schleuderte seinen Speer auf das Schwein, doch der glitt an ihm ab, und es stürmte zurück ins Buschwerk.

Sie hörten einen Schuss. Sahen, wie das Wildschwein strauchelte und fiel. Und still dalag. Alle sahen verwundert drein. Gudala rieb sich die Augen. Auf seinem Handrücken war Eiter. Er wischte ihn sich an seinem bloßen Schenkel ab.

»Lauf weg!«, brüllte sein Bruder.

Gudala konnte nicht sehen, wo Banggu war, aber er rannte dennoch, da er begriff, dass der Schuss von weißen Männern herrühren musste. Die jagen nur Wildschweine, wollte er sagen, doch dann erinnerte er sich daran, dass er den Soldaten getötet hatte, und er rannte um sein Leben, stolperte und stürmte wieder los, bis er auf offenem Land war und sich schneller fortbewegen konnte. Im Rennen hörte er hinter sich das Donnern von Pferdehufen, aber er sah sich nicht um, es hätte zu viel Zeit gekostet.

Gudala fand es seltsam, dass er tatsächlich hörte, wie sich das Seil auf ihn zubewegte ... ein Lasso, etwas, womit sie Rinder einfingen, sagte er sich. Er fragte sich, ob die Rinder, die eingefangen werden sollten, oder die Kälber, es auch kommen hören konnten. Er wurde zurückgerissen, das Seil umschlang seine Arme, und er wurde über den harten Boden geschleift.

Der Reiter sprang ab, zog ihn auf die Füße, schlug ihm mit dem Armrücken über das Gesicht und machte sich dann daran, seine Handgelenke zusammenzubinden. Als er wieder auf sein Pferd gestiegen war, band der Mann Gudala an seinen Sattel fest und rief: »Hey, Joe! Ich habe einen. Du schuldest mir zwei Shilling!«

Der Mann, Joe, trug die schwarze Uniform mit Silberknöpfen, die aus ihm einen Polizisten machte. Er ritt hinzu und sagte: »Verdammt. Schau dir die Augen an! Da wird einem ja übel.«

Sie setzten ihn ins Gras, um ihn zu verhören und stießen ihn dabei mit ihren Stiefeln.

»Hey, Schwarzer! Du Steine geworfen auf Polizisten, ja?«

»Wo deine Freunde?«

»Woher du kommen?«

»Du töten Soldat mit Steinen, richtig?«

»Wo deine Leute? Sie immer noch hier bei dir, Dummkopf?«

Gudala versteckte sich hinter seinen fast blinden Augen. Zunächst antwortete er nicht, dann gab er vor, kein Englisch zu verstehen und antwortete in seiner eigenen Sprache, was sie akzeptierten.

»Binde ihn an einen Baum«, befahl Joe, »während wir nach dem Rest suchen.«

Zu seinem Entsetzen entdeckte Gudala zehn weitere Reiter, die sich auf einer Lichtung versammelt hatten und dann anfingen, wie bei einer Kängurujagd gegen die Büsche zu schlagen. Er hoffte, Banggu war zum Kanu gestürmt. So entkam man den Reitern am besten.

Er vernahm einen weiteren Schuss und fing vor Angst zu zittern an.

An den Baum gefesselt, musste er lange warten, ehe sie den Inselbewohner namens Yuradi herschleppten, der Mitleid erregend weinte. Er erzählte Gudala, man habe ihn am Strand gefasst und das Kanu zertrümmert. Dann legten sich einige der Männer auf die Lauer, doch sein Freund erkannte, dass es sich um eine Falle handelte und rannte ins Meer.

»Sie haben ihn erschossen«, weinte er. »Er ist geschwommen, um ihnen zu entfliehen! Sie haben mit ihren Gewehren auf ihn gefeuert und er ging unter. Von den Wellen wurde er zurückgespült. Tot! Sie haben seinen Leichnam aus dem Wasser gezogen.«

»Und was ist mit Banggu? Den haben sie nicht gefangen, oder?«

»Das weiß ich nicht. Kann sein, dass sie ihn auch totgeschossen haben.«

»Aaaah!« Hätte er bloß nicht gefragt. Das Leben kam ihm nun düster und kalt vor. Tränen strömten über sein Gesicht, aber da er gefesselt war, konnte er sie nicht abwischen.

»Wie viele Männer sitzen hinter uns?«, wollte er wissen.

»Zwei. Mit Gewehren.«

»Wo sind die anderen?«

»Die werden immer noch auf der Jagd sein.«

»Dann haben sie Banggu nicht gefunden! Er ist schlau, den erwischen sie nicht.«

»Könnte sein, dass er zurückkommt und uns befreit.«

»Glaube ich nicht. Zu viele Männer.«

Nach einer Weile kam einer der Männer zu Gudala. »Möchtest du was zu essen?« Aber Gudala hielt den Kopf gesenkt und murmelte etwas in seiner eigenen Sprache. Er sagte: »Rede nicht mit ihnen, rede nicht mit ihnen!« Aber Yuradi war stolz darauf, etwas Englisch zu können.

»Bitte, ja, essen, Herr«, entgegnete er.

Aber es gab etwas anderes. Gudala lauschte, als sie ihn fortzerrten, ihn mit den Händen an einen hohen Ast fesselten und ihn auspeitschten. Unterdessen stellten sie ihm Fragen über das Steinwerfen. Tränen brannten ihm in den Augen, als er Yuradis Schreie vernahm. Am Ende hörte er, wie sich die weißen Männer unterhielten.

»Wir haben die Richtigen erwischt. Der hier heißt Yuradi. Und ist ein Wamai.«

»Noch nie von denen gehört.«

»Ich auch nicht, aber sie haben alle die gleiche Farbe.«

Anfangs dachte er, der arme Yuradi sei verrückt vor Schmerzen, doch dann erkannte er, dass sein Freund von der Keppel-Insel die weißen Männer absichtlich in die Irre führte. Einen Stamm namens Wamai gab es nämlich nicht.

Der Polizist Joe freute sich, dass sie drei von vier Tätern aufgespürt hatten.

»Den anderen Burschen schnappen wir uns auch noch. Ist nur eine Frage der Zeit. Wenn ich die beiden eingebuchtet habe, fertige ich von ihm ein Suchplakat an.«

Er ignorierte Yuradi, der unweit des Baums zusammengerollt auf dem Boden lag, sein Rücken zerfetzt und blutig, ein Festmahl für Fliegen, und packte Ketten aus. Gudala zuckte zusammen. Er hatte schon erlebt, wie man Schwarze in Ketten abführte, und bedauerte Yuradi nun zutiefst, als man ihm als Erstem ein eisernes Halsband anlegte.

Ihre Hände waren noch immer gefesselt. Die Kette wurde

durch Ringe an ihren Halsbändern gezogen, sodass sie miteinander verbunden waren, und dann an Joes Sattel befestigt. Schließlich begann ihr Marsch.

Als sie durch den Ort namens Plenty geführt wurden, wurden die Mörder beschimpft und mit faulen Eiern beworfen, an denen sie dankbar leckten, wodurch die Wut in Belustigung umschlug.

Ein paar Tage darauf marschierten sie wieder, und zwar in Richtung Rockhampton. Diesmal allerdings waren sie an einen mit schwarzem Stoff dekorierten Wagen gekettet, in dem sich ein Sarg befand. Der Leichnam des Soldaten, den sie in der Schlucht getötet hatten. Gudala tat der Soldat ein bisschen leid.

Ladjipiris Frau band ihm das Haar zurück und stutzte seinen langen Bart. Beim Anblick der vielen grauen Haare, die seine schwarzen durchzogen, weinte sie, aber ihm war bewusst, dass sie das nicht wegen ein paar grauer Haare tat. Sie hatte Angst und fürchtete sich, das anzusprechen.

»Du ziehst los und holst diese Jungen zurück. Sie werden merken, dass eine Wildschweinjagd schwieriger ist als gedacht. Schweinehaut ist noch härter als die von Kängurus! Das hättest du ihnen sagen sollen.«

Er nickte. Das hatte er durchaus, jedoch waren sie angesichts des bevorstehenden Abenteuers nicht zu bremsen gewesen. Und inzwischen waren sie Männer.

»Sag ihnen, dass wir kein Schweinefleisch brauchen. Fische gibt es genügend. Sag ihnen, dass sie zurückkommen sollen!«

Sie waren seit drei Tagen fort.

»Ich werde darauf bestehen.«

In der Nähe seiner Gunyah standen Woppa-bura-Frauen, stumm, besorgt. Es waren scheue Menschen. Ihre Sprache unterschied sich von der ihren. Sie hatten seit unzähligen Generationen auf dieser Insel gelebt und ihr Wissen über das Festland beschränkte sich auf Handelsangelegenheiten. Sie lebten in Gunyahs, die sie aus jungen Bäumen und Teebaumrinde bauten und deren Fundamente aus Erde und Steinen bestanden. Ladjipiri erinnerte sich, dass seine Frauen von ihren neuen Behausungen sehr beeindruckt gewesen waren, als er sie hergebracht hatte.

Zwei Männer warteten auf ihn. Sobald er erschien, wandten sie sich um und machten sich auf den Weg zu der Stelle, von der aus ihre Söhne aufgebrochen waren.

Ladjipiri folgte ihnen, auch wenn ihm ihr Tempo zu langsam war. Er war an schnelle Überlandläufe gewöhnt, die Inselbewohner hingegen mussten keine langen Strecken zurücklegen. Dennoch war ihm stets bewusst, dass er und seine Familie Gäste in ihrem Land waren, folglich passte er sich geduldig ihrem Schritt an und hielt sich hinter ihnen.

Ein Boot mit einem geschnitzten Totem an der Spitze wartete bereits, größer und schneller als das, das seine Söhne genommen hatten. Er kannte es noch nicht. Die anderen Männer legten ihre Speere – keine Jagdspeere, denn sie waren kürzer und sehr scharf – auf den Boden des Bootes und ergriffen die Ruder, Ladjipiri setzte sich hinter sie, und binnen weniger Minuten steuerten die erfahrenen Ruderer das Boot über die Bucht. Ladjipiri hoffte wider alle Hoffnung, er würde seine Söhne und deren Freunde bei einem fröhlichen Ausflug entdecken.

Aber es sollte anders kommen. Als sie sich dem Strand näherten, entdeckten ihre scharfen Augen das zertrümmerte Kanu, das an einen schmalen Strand angespült worden war, und sie ruderten darauf zu.

»Glaubt ihr, es ist umgekippt und hat sie ins Meer geworfen?«, fragte Ladjipiri nervös, als sie hingingen, um es sich genauer anzusehen.

»Nein. Der Bootskörper wurde zertrümmert«, erhielt er zur Antwort.

Besorgt drangen sie in den Busch ein, waren jedoch noch nicht weit gekommen, als ihnen der Geruch entgegenschlug.

»Riecht so, als läge hier irgendwo ein Kadaver«, erklärte Ladjipiri mit hämmerndem Herzen.

Er gab den anderen ein Zeichen zu warten, hob seinen Speer und bewegte sich vorwärts. »Könnte sein, dass sich ein Dingo darüber hermacht.«

Dingos *hatten* sich darüber hergemacht. Es war eine Leiche. Er musste würgen und torkelte zurück, während sich seine Freunde an ihm vorbeischoben.

Ein Mann stieß einen Schrei aus. Sein Sohn lag dort tot in dem sandigen Buschwerk, das Gesicht noch erkennbar.

Er stand weinend da und fragte, wie er das Frau und Tanten beibringen solle, und Ladjipiri und der andere Mann gruben ein Grab für seinen Sohn. Sie umgrenzten es mit großen, flachen Blättern und baten den Mann dann, zum Meer hinunterzugehen und den Hingang des Sohnes zu besingen, während sie die Überreste in das Grab legten.

Und da sahen sie die Kugeln.

»Die Weißen haben ihn getötet«, erklärte Yuradis Vater angstvoll.

Das Grab wurde mit weiteren Blättern geschlossen und dann mit Erde aufgefüllt. Damit Dingos es nicht aufscharren konnten, bedeckten sie es mit Steinen und bemühten sich sehr, Ehrerbietung zu zeigen, wo doch Angst und Zorn sie aufwühlten.

Ihre Suche war von Anfang an hoffnungslos und das wussten sie alle. Viele Reiter waren hier gewesen. Zu viele. Es war aussichtslos, hier jemandem nachzuspüren, weshalb sie benommen landeinwärts wanderten und dabei auf weitere Hinweise auf viele Reiter stießen.

Ladjipiri führte seine Gefährten in die Schlucht, in der sie an den Wänden kürzlich entstandene Urinspuren entdeckten und die Asche vieler Lagerfeuer. Flüchtig dachte er, seine Augen würden ihm einen Streich spielen.

»Diese Reiter waren barfuß«, rief er verwirrt aus.

»Ist das schlecht?«, fragte Yuradis Vater.

»Weiße Männer tragen Stiefel. Die weiche Erde in dieser Höhle zeigt nur zwei oder drei Stiefelabdrücke. Der ganze Rest ist barfuß. Eigenartig.«

»Auf dem Boden neben dem Bach ist Blut. Hier hat jemand über längere Zeit geblutet. Und wurde dann in die Höhle gezogen.«

Ladjipiri ging in die Hocke, um den Boden sorgfältiger zu untersuchen, und nickte. »Ja, Blut.«

Er erinnerte sich an die andere Höhle, die er in dem weit entfernten Land besucht hatte, und vor seinem geistigen Auge sah er den Traumzeitvogel wieder. Doch diesmal handelte es sich um kein Gemälde, er war in der Schlucht, schwebte über dem sanft dahinplätschernden Wasser, die gelben Augen noch immer gerade nach vorn gerichtet. Einer der Woppa-bura-Männer stapfte direkt unter ihm, ohne aufzublicken. Ladjipiri versuchte, ihn darauf aufmerksam zu machen, hörte sich jedoch stattdessen sagen: »Hier ist jemand getötet worden. Die Geister müssen Älteste hersenden, auf dass sie diesen Ort reinigen.«

»Wer? Wer wurde hier getötet?« Beide Männer kamen angerannt.

»Ein Weißer«, erwiderte er.

Der Vogel war verschwunden.

»Das Wissen wurde mir in den Kopf gegeben. Dies ist ein Geisterort. Wir müssen gehen. Uns hält hier nichts.«

»Und die Jungen?«

»Hier sind sie nicht.«

»Und wo sind sie?«

»Das weiß ich nicht, aber ich finde sie.«

Die Inselbewohner ruderten ihn weiter die Küste hinauf und setzten ihn auf seine Bitte hin näher an der Stadt bei den Mangrovenbäumen an Land.

»Von hier aus mache ich mich in die große Stadt auf«, erklärte er, »damit ich mich nach den Jungen erkundigen kann. Wenn sie zurück auf die Insel wollten, kämen sie hier entlang. Banggu und Gudala kennen hier eine Menge Leute. Fahrt ihr mit den schlechten Nachrichten zurück, meine Freunde, und beginnt mit der Trauer für euren geliebten jungen Mann. Ich bedaure seinen Tod von ganzem Herzen.«

Es herrschte Ebbe. Die Mangrovenwurzeln standen frei und gestatteten ihm, den riesigen Sumpf zu überqueren, ohne sich durch den übelriechenden Schlamm kämpfen zu müssen.

Ein alter Einsiedler namens Planter lebte in einer Hütte am Rand dieses Sumpfes. Ladjipiri kannte ihn seit vielen Jahren und nun brauchte er seine Hilfe. Kleider. Damit er die Stadt betreten konnte, brauchte er ein Hemd und eine Hose.

Niemand hatte etwas von den Jungen gehört. Ladjipiri sprach mit den Leuten, die sich unter den großen Bäumen am Fluss versammelten. Mit Menschen, die ihn und seine Söhne kannten. Er begab sich zu Lagern am Rand der Stadt und zum Marktplatz, auf dem kichernde schwarze Mädchen Körbe, Muscheln und Perlen verkauften. Aber niemand hatte sie gesehen.

In seiner Verzweiflung ging er zu einer Chinesin, die in einem großen Rohrstuhl vor dem Laden ihres Sohnes saß und Zaubersprüche verkaufte. Für ihre Zaubereien hatte er kein Geld und keine Zeit, aber sie war eine gütige Frau und hörte ihm dennoch zu.

Während er sich mit ihr unterhielt, kam ein Leichenzug vorbei, dessen mit Federn geschmückte Pferde zum traurigen Rhythmus einer Trommel dahinschritten. Der mit einem schwarzen Tuch bedeckte Sarg befand sich in einem prächtigen mit Fenstern versehenen Leichenwagen, dem uniformierte Reiter folgten, die Flaggen trugen.

Unwillkürlich starrte Ladjipiri hinüber.

»Jemand sterben«, erklärte er der Frau und sie nickte. Doch damit war ihr Wissen noch nicht erschöpft.

»Soldatenmann stelben«, sagte sie. »Wulde getötet. Gloßes Unglück.«

Der Tod des Soldaten interessierte ihn nicht sonderlich. Er war zu sehr damit beschäftigt, die Blicke über die Schaulustigen schweifen zu lassen, in der Hoffnung, darunter seine Söhne zu entdecken.

Das mangelnde Interesse an ihren Neuigkeiten grämte die chinesische Dame ein wenig.

»Schwalze ihn töten. Sehl böse Bulschen. Sind dlüben in Haft.«

Sie wies auf die abweisend wirkende Wache auf der anderen Straßenseite.

Sein Herz zog sich zusammen. »Was für Schwarze?« Sogleich kam er sich dumm vor. Seine Jungen brachten keine Polizisten um. Warum sollten sie? Wer hatte andererseits den Woppabura-Jungen erschossen? Und wieso?

Aber sie lieferte Neuigkeiten und ließ sich nicht aufhalten. Sie stellte ihr Tablett mit ihrem Tand und den Zaubersprüchen ab, hievte sich aus dem Stuhl und watschelte in den Laden, ohne sich um seine Bitten zu kümmern, sich die Mühe zu sparen.

Er stand an der Tür und spähte in den Raum, wo sie sich über eine Theke beugte, eine dünne Zeitung nahm und mit sorgenvoll gefurchtem Gesicht zurückkam.

»Das nicht deine Jungen?«

»Nein«, sagte er und schob die törichten Buchstaben beiseite.

»Du schauen!«, beharrte sie.

Sie hielt ihm die Zeitung vor die Nase, und er sah Bilder an seinen Augen vorbeischweben, zwei Bilder, dummes Zeug. Zeitungen waren ihm ein Rätsel, wie so viele Dinge.

Als er die Seite partout nicht ansehen wollte, rief sie ein weißes Mädchen um Hilfe, das gerade vorbeikam.

»Missie«, rief sie. »Du lesen Schleiben, ja?«

Das Mädchen blieb stehen. »Was soll ich denn lesen?«

»Namen. Namen von zwei Schwalzen.«

»Oh ja. Verstehe. Sie sind ungewöhnlich. Schwer auszusprechen. Aber ich werde es versuchen. Der da heißt Yu-ra-di. Und der Gu-da-la.«

Sie reichte die Zeitung zurück.

»Danke, Missie. Du kaufen Liebeszaubel?«

Das Mädchen schüttelte den Kopf, ging um Ladjipiri herum und setzte ihren Weg fort.

Die Frau blickte in sein aschfahles Gesicht. »Das deine Jungen?«

Er brachte keinen Ton heraus. Stand wie angewurzelt da. Erschüttert darüber, dass ihre Zauber so machtvoll waren, dass sie mit einer Handbewegung die Jungen für ihn hatte finden können. Er ergriff diese Hand, drückte sie dankbar und schlurfte, mit einem Mal alt, in die Schatten einer nahe gelegenen Gasse.

Als er sich erholt hatte, soweit man sich von einem Schlag wie diesem je wieder erholen konnte, begab er sich in den Busch zurück, um nachzudenken. Er wollte unbedingt zur Wache und die Jungen sehen, sich vergewissern, dass es Gudala und Yuradi waren, und die unerlässlichen Fragen stellen, die einer Antwort harrten. Stimmte das? Was war geschehen? Wo war Banggu? War er ebenfalls tot? Aber er wagte es nicht, bis er sich sicher sein konnte, dass man ihn nicht auch einsperrte.

Am nächsten Morgen wussten alle Bescheid. Man wollte wissen, ob er die Bilder gesehen habe? Was denn vorgefallen sei? Aber Ladjipiri konnte nichts darauf antworten. Er machte sich auf die Suche nach den Stammesältesten.

»Dies«, erklärten die beiden alten Männer ihm, »ist eine äußerst ernste Angelegenheit. Man wirft ihnen vor, einen Polizisten getötet zu haben. Wenngleich wir wissen, dass deine Söhne gute Jungen sind, wird man ihre Unschuld nur schwer beweisen können.«

»Selbst wenn die weißen Männer einen Jungen erschossen haben, dessen Name nun nicht erwähnt werden kann? Er war ein Woppa-bura-Junge. Gerade mal achtzehn Jahre alt.«

»Wann ist das passiert?« Ihre Überraschung war echt. »Bist du sicher?«

»Wir haben ihn selbst nahe der Schlucht begraben.«

In dieser Art setzte sich die Unterhaltung fort. Stundenlang.

Zwei weitere Älteste gesellten sich mit der Nachricht zu ihnen, dass die Polizei nach dem dritten Schwarzen fahnde, der sich bei den Mördern aufgehalten hatte.

»Mörder?«, rief Ladjipiri. »Unsere Jungen sind keine Mörder! Die weißen Männer sind die Verbrecher! Würdet ihr mich zur Polizeiwache begleiten, damit ich mich erkundigen kann, wer den Woppa-bura-Jungen erschossen und seine Leiche zum Verrotten im Busch zurückgelassen hat?«

»Das ist keine gute Idee. Du könntest eingesperrt werden.

Denk dran, sie sind auf der Suche nach dem dritten Mann, und einer der Gefangenen ist dein Sohn.«

»Gefangene! Haben sie sie in Ketten hergeschleift?« Ladjipiri war derart außer sich, dass sie ein beruhigendes Piturigebräu kommen ließen.

Schließlich kamen sie überein, diese Aufgabe einem Weißen zu übertragen. Sie mussten einen Weißen bitten, zur Wache zu gehen und alles Wissenswerte herauszufinden. Bloß wen?

Als Ladjipiri erwachte, erkundigten sie sich, ob er den Mann von der Oberon-Station kenne.

»Ja, Mister Paul. Ich und einige andere Darambal-Männer haben ihm bei der Suche nach den Schwarzen geholfen, die seine Frau und die andere Dame ermordet haben. Es hat eine Ewigkeit gedauert, bis wir sie fanden.«

»Wir hatten in Erinnerung, dass du dabei warst. Er ist ein guter Mann. Und hat dich bestimmt nicht vergessen. Lebt immer noch auf Oberon. Würdest du mit ihm über diese schreckliche Geschichte reden?«

»Reicht die Zeit denn?«

»Ja, es heißt, im Gerichtshaus finde eine Verhandlung statt.«

»Ich mache mich sofort auf den Weg. Versucht ihr unterdessen, meinen Sohn Banggu zu finden und ihn in Sicherheit zu bringen?«

»Das werden wir.«

Paul war es, der den hochgewachsenen, hageren Schwarzen, der mit federnden Schritten den Weg von den niedrigen Hügeln am Fuß der Berserker Range hinaufkam, erblickte, und er lenkte sein Pferd ein Stück nach vorn, sodass er nun zwischen dem Neuankömmling und seinem Gutshaus stand. Doch dann erkannte er seinen Besucher und lächelte breit.

»Na, wenn das nicht mein Freund Trader ist!« Er saß ab, um Ladjipiri willkommen zu heißen. »Dich habe ich ja schon seit Jahren nicht mehr gesehen. Bist du wieder weit gereist?«

»Ja, Mister Paul, viele Orte sehen, da draußen lange Wege.« Er deutete nach Westen.

Pauls Interesse war erwacht. »Wie weit ins Landesinnere bist du vorgestoßen?«

Er merkte, wie Trader nach einer Möglichkeit suchte, die Frage zu beantworten, ohne sich mit einer Meilenangabe behelfen zu können, und versuchte es anders. »Mal sehen, kennst du die Stadt Emerald?«

Trader grinste. »Ja, kenn ich.«

»Gut. Dann zeig's mir mal hier.« Er ging in die Hocke, glättete ein Stück Erde, nahm dann einen Stock und steckte ihn in den Boden. »Hier Rockhampton, okay?«

Trader hockte sich neben ihn und nickte begeistert.

»Gut. Und hier ist Emerald. Richtig? Direkt hier. Im Westen.«

Sein Freund runzelte die Stirn. Und lachte, in der Meinung, Paul mache einen Scherz.

»Warte kurz. Das ist gut. Wirst gleich sehen.« Paul reichte Trader den Stock. »Zeig mir, wie weit hinaus du gegangen bist. So weit wie von Rockhampton nach Emerald?«

Trader studierte die Landkarte. Er zog einen Strich von Rockhampton nach Emerald.

»Richtig«, sagte Paul. »Mann gelaufen.«

»Ah!« Der Aborigine nahm zwischen der Flussstadt und Emerald Maß und setzte dann den gleichen Abstand Richtung Westen an. Hierauf glättete er noch ein Stück Erde und steckte dort den Stock hinein. »Dieser Ort«, meinte er. »BullaBulla River.« Er malte einen Kreis um das Gebiet.

Paul war erstaunt, welche Entfernungen dieser Mann zurückgelegt hatte. Von Rockhampton bis Emerald waren es rund hundertundfünfzig Meilen, und wenn Traders Karte stimmte, war er noch dreihundert Meilen weiter gewandert.

Unterdessen hatte Trader den Punkt weggewischt, den Paul als Emerald markiert hatte, und ihn ein Stückchen weiter nach Süden bewegt.

»Dies Emerald ein bisschen weiter unten«, bemerkte er.

Paul lachte. »Wenn du es sagst. Gutes Land da draußen?«

»Ja. Alles gut Land. Leute bringen Rinderherde. Dann gehen zurück.«

»Was? Wieso?«

Trader zuckte die Achseln. »Vielleicht Unglück.«

Da er sich daran erinnerte, dass Trader im Feldkessel gekochten starken schwarzen Tee immer sehr gemocht hatte, lud er ihn ein, mit zur Männerunterkunft zu kommen, wo der Kessel in ständigem Einsatz war.

Beim Hinaufgehen hätte Paul gerne mehr vom Outback erfahren, doch schien Trader das Interesse daran verloren zu haben.

»Stimmt etwas nicht?«, fragte er.

Der Schwarze sah ihn an, seine Stirn furchte sich sorgenvoll und er nickte. Tränen stiegen ihm in die Augen. »Ich brauche guten Mann, der für mich sprechen, Mister Paul.«

»Sieht so aus, als bräuchtest du erst mal diesen Tee. Mit viel Zucker, ja?«

Paul hörte sich seine Geschichte beziehungsweise das an, was Trader sich aus den Vorfällen zusammenreimen konnte, und pflichtete ihm bei, dass ein Versuch Traders, mit den Jungen zu sprechen, augenblicklich ungünstig sei. Wie er, so dachte er im Stillen, überhaupt allen Schwarzen gegenwärtig raten würde, sich zurückzuhalten, insbesondere Verwandten der Angeklagten. Wurde ein Polizist von Schwarzen getötet, schlug das unter den Städtern grundsätzlich hohe Wellen und die Schwarzengegner bekamen Oberwasser.

Er hatte in letzter Zeit keine Zeitung gelesen, aber wie es klang, sah die Zukunft der jungen Männer, die verhaftet worden waren, düster aus. Und wie Trader interessierte ihn, wer den Woppa-bura-Jungen erschossen hatte, und wieso.

»Ich glaube, ich komme besser mit dir in die Stadt und schaue, was ich herausfinden kann«, meinte er. »Hältst du das für eine gute Idee?«

»Ja, Mister Paul, bitte.«

»Dann komm, wir holen meine Frau.«

Er sah, wie Trader nach Luft schnappte.

»Schon in Ordnung. Ich habe jetzt eine neue Frau. Sie wird uns begleiten. Sie reitet gern in die Stadt. Und für dich satteln wir auch ein Pferd. Überhaupt, wieso benützt du für deine lange Reisen kein Pferd?«

»Pferde hier haben keine Familie.«

Paul lächelte. »Das wohl nicht, nein.« Er versuchte immer noch, das Ausmaß des Wissens zu begreifen, das dieser Mann besaß, dass er imstande war, riesige Entfernungen ohne erkennbare Hilfe zurückzulegen. Außer natürlich die Unterstützung, die ihm das geliebte Land bei jedem Schritt gab.

Polizeiinspektor Pennington war nicht allzu erpicht darauf, Paul MacNamara zu empfangen, fand aber, er müsse es früher oder später hinter sich bringen.

»Wenn Sie hier sind, um sich über die Gegenwart der Berittenen Einheimischenpolizei in dieser Stadt zu beschweren«, meinte er und bot Paul einen Platz an, »dann verschwenden Sie Ihre Zeit. Ich habe in der Angelegenheit nichts zu sagen. Auch von den zusätzlichen Polizisten, die der Polizeichef mir versprochen hat, habe ich bislang weder etwas gesehen noch gehört. Das sind doch alles Schwätzer, diese Burschen!«

»Deswegen bin ich nicht gekommen«, erwiderte MacNamara.

Pennington schien ihn nicht zu hören. »Und dasselbe können Sie Langley Palliser auch gleich ausrichten«, fuhr er fort. »Wenn sich jemand beschwert, dass es da draußen im Westen keine Polizeipräsenz gibt, dann kriegt er die Einheimischenpolizei oder gar keine, Herrgott noch mal.«

»Das halte ich für eine gute Idee«, grinste Paul.

»So?«

»Ja. Stellen Sie allerdings sicher, dass sie gute Vorgesetzte haben, die sie im Zaum halten. Aber ich wollte mit Ihnen über eine andere Angelegenheit sprechen. Soweit ich weiß, wurde in der Schlucht ein Soldat getötet. Könnten Sie mir sagen, worum es da ging?«

»Lesen Sie die Zeitung.«

»Das habe ich, aber die Familien der inhaftierten Jungen sind verwirrt; sie verstehen nicht, was da vor sich geht. Ich dachte mir, ich erfahre von Ihnen, was wirklich vorgefallen ist, und beruhige sie dann.«

»Sie könnten damit anfangen, ihnen zu erzählen, dass die zwei, die ich in Gewahrsam habe, hängen werden.«

»Wieso?«, erkundigte sich Paul geduldig.

»Rechtsanwalt sind Sie nicht, oder?«

»Nein. Ich habe den Familien einfach erzählt, dass Sie ein großer Boss und gerechter Mann sind und ich von Ihnen die wahren Fakten erfahren werde.«

Pennington lehnte sich auf seinem Stuhl zurück und runzelte die Stirn. »Tja. Nun, kurz gesagt verhält es sich folgendermaßen: Drei Schwarze haben in der Finley-Schlucht die Einheimischenpolizei angegriffen, indem sie sie mit schweren Steinen beworfen haben. Einer davon hat Sergeant Wiley am Kopf getroffen und ihn getötet.«

»Das wäre dann einfach Pech, nicht? Aus der Höhe konnten sie doch gar nicht zielen. Vielleicht wollten sie sich einen Spaß erlauben.«

Pennington machte ein finsteres Gesicht. »Wenn Sie aus der Höhe von einem Felsstein getroffen würden, hielten Sie das sicher auch für keine Lappalie. Na, jedenfalls sind zwei davon geschnappt worden und werden nun wegen Mordes angeklagt. Ob sie das auch noch lustig finden, wird sich zeigen.«

»Namen?«

»Können Sie nicht lesen?« Er zog sich ein Notizbuch heran und nannte die Namen. »Yuradi und Gudala. Der andere ist entkommen.«

»Drei Schwarze, Verwandte Ihrer Häftlinge, haben in der Nähe der Schlucht den Leichnam eines der Jungen aufgefunden. Erschossen. Wer hat ihn erschossen?«

Kurzzeitig wirkte Pennington verwirrt, dann zuckte er die Achseln. »Keine Ahnung. Vermutlich die Einheimischenpolizei.«

»Stünde das nicht im Protokoll?«

»Doch.«

»In der Zeitung stand nichts darüber, dass einer aus der Gruppe erschossen wurde. Verstehen Sie nun, was ich meine?

In den Zeitungen stehen immer nur Bruchstücke der Geschichte. Vielleicht hat die Polizei diesen Schwarzen ja zuerst erschossen und seine Freunde haben sich dann gerächt, indem sie Steine warfen.«

»Ich habe keine Ahnung. Das muss ich prüfen«, gab Pennington ungeduldig zurück.

Paul wollte nicht übermütig werden und erhob sich zum Gehen. »Dafür wäre ich Ihnen dankbar. Vielen Dank, dass Sie sich Zeit genommen haben, Andy. Die Väter der beiden Häftlinge, dürften sie sie besuchen? Nur für ein paar Minuten?«

»Wenn Sie sie begleiten.«

»Ich glaube, ein Rechtsanwalt wäre da besser.«

»Wenn Sie für diese Halunken einen finden?«

Der Rechtsanwalt kam. Er versuchte verzweifelt den Geschworenen zu vermitteln, dass keine Tötungsabsicht vorlag. Er bestand darauf, dass seine Klienten den Stein, der Sergeant Wiley tötete, nicht geworfen hätten. Er behauptete, er wäre vom dritten Mitglied der Gruppe geworfen worden, den man als Verstorbenen betitelte, da sein Name gemäß Aborigine-Gesetz nicht genannt werden durfte.

Marcus de la Poer Beresford wurde aufgerufen, um auszusagen. Auf Befragung von Inspektor Pennington hin beharrte er darauf, dass berittene Polizisten der Einheimischenpolizei ihm mitgeteilt hätten, die Angreifer seien zu viert gewesen. »Wo sind die anderen beiden?«, wollte er wissen.

»Ihre Rekruten haben sich geirrt«, argumentierte der Inspektor. »Die Gefangen selbst bestehen darauf, dass sie nur zu dritt waren.«

»Die Gefangenen lügen, um den zu schützen, der davongekommen ist«, entgegnete Beresford wütend. »Und ich möchte, dass protokolliert wird, dass es nicht meine Männer waren, die den dritten Schwarzen erschossen haben. Es ist nicht rechtens, ihnen das anzulasten!«

»Wir haben keinen Beweis, dass ein Mitglied dieser Bande erschossen wurde! Nur das Wort des Vaters eines der Gefangenen.«

»Aha, jetzt schrumpft die Gruppe auf zwei zusammen!« Beresford litt unter den Scherzen, die in der Stadt über den Vorfall in der Schlucht kursierten. In seiner Gegenwart wurden höhnische Bemerkungen über das Aufgebot an einheimischen Polizisten gemacht, das sich nicht einmal gegen Steinewerfer verteidigen konnte.

»Das habe ich nicht gesagt.«

»Vielleicht können Sie einfach nicht zusammenzählen. Zwei haben Sie gefangen genommen. Der Dritte wurde erschossen. Sie könnten Joe Tebb aus der Stadt Plenty auffordern, darüber Rechenschaft abzulegen, wie es dazu kam. Und der Vierte befindet sich, was ja verdammt offensichtlich ist, immer noch auf freiem Fuß.«

Zur Untermauerung seiner Aussage befragte Beresford Ladjipiri, den Vater eines der Angeklagten, der als Übersetzer für die Gefangenen fungierte, die wenig oder gar kein Englisch beherrschten.

»Stimmt es, dass einer dieser Jungen erschossen wurde?«

»Ja.«

»Woher weißt du das?«

»Ich ihn finden. Dort begraben.«

»Und der Vierte. Der Vierte …« Marcus hielt vier Finger hoch. »Der ist davongelaufen, was?«

Der Schwarze schüttelte den Kopf. »Nicht vier. Nur drei. Du sagen Richter, sie gute Jungen, ja? Es leidtun. Es ihnen sehr leidtun, Boss.«

»Du lügst! Und dennoch willst du, dass ich für diese Bastarde ein gutes Wort einlege? Ich werde ihnen eigenhändig die Schlinge um den Hals legen!«

Marcus' Tag wurde nicht besser. Als er das Wirtshaus betrat, entdeckte er eine Karikatur auf dem Anschlagbrett und sah sie sich genauer an.

Der Karikaturist hatte schwarze Polizisten gemalt, die sich unter einem Tisch zusammendrängten, und in ihrer Mitte sah man ein schreckerfülltes weißes Gesicht … seines! Ein paar schwarze Kinder mit kleinen Tüten, auf denen »STEINE« geschrieben stand, tanzten um den Tisch herum.

Er riss die Karikatur herunter und stopfte sie sich in die Tasche.

Zumindest war Ned bei ihm, um ihn zu bedauern. Sie kauften sich ihr Bier und nahmen es nach hiesiger Sitte mit ans offene Fenster, wo sie es genüsslich tranken und dabei die Passanten beobachteten.

»Wie sehen denn nun deine Pläne aus?«, erkundigte sich Ned.

»Ich warte auf den Ersatz für Sergeant Wiley.«

»Und dann?«

»Ich nehme die Jungs auf Patrouille mit raus zu den abseits gelegenen Farmen, mache da sozusagen die Runde, nach dem Motto: Sehen und gesehen werden. Wilde, die herumlungern, muss ich aus dem Weg schaffen und ansonsten genießen, was die Farmen an Gesellschaftlichem hergeben. Aber wie sieht's bei dir aus? Wo, sagtest du, seist du abgestiegen?«

»In einer Pension. Vorläufig ist das in Ordnung. In ein paar Tagen breche ich vermutlich nach Sydney auf.«

»In einer Pension? Wenn du knapp bei Kasse bist, kann ich gern aushelfen!«

»Danke, Marcus, aber ich habe reichlich. Ein Gutes hat mein Alter, was Geld anbelangt, ist er sehr großzügig. Ich schreibe meinen Eltern besser mal und lasse sie wissen, wann ich wieder zu Hause bin.«

»Eigentlich besteht also gar keine Eile? Wir können die hiesigen Mädchen doch noch nicht deiner Gesellschaft berauben!«

»Gewiss nicht. Noch ein Glas?«

Marcus war flüchtig abgelenkt. Er dachte, ein bekanntes Gesicht gesehen zu haben.

»Moment mal, bin gleich wieder da.«

Er eilte zur Tür hinaus und rief: »Harry! He, Harry!«

Ein hochgewachsener Mann in Arbeitskluft blieb stehen und blickte sich um. Dann entdeckte er Beresford und breitete die Arme aus.

»Marcus, du alter Halunke!« Er überquerte die Straße und wich dabei einem Lastkarren aus.

Sie kamen gemeinsam herein, und Ned wurde dem Gentleman vorgestellt, der letztens von weit her wieder in Rockhampton eingetroffen war. So viel bekam er mit, als die beiden Freunde ihre Reiseeindrücke verglichen.

»Ich habe hier jetzt ein kleines Häuschen«, erzählte Harry. »Man kann sich zwar vor lauter Enge kaum umdrehen, aber besser als nichts! Meine Frau ist auch mit hier. Warum kommt ihr nicht und lernt sie kennen? Wir laden euch zu einem Essen ein. Sie auch, Ned.«

Nach einem weiteren Glas waren sie überredet.

Auf diese Art machte Ned die Bekanntschaft Harry Merrimans.

Nachdem er in seine Pension zurückgekehrt war und sein Zimmerfenster weit aufgerissen hatte, setzte er sich und ließ den Abend Revue passieren.

Harry, hatte er herausgefunden, war lediglich ein Viehhüter, jedoch ein sympathischer Bursche, und seine Frau, die mit ihrem glänzenden, roten Haarschopf zum Anbeißen aussah, war gleichfalls wirklich nett. Bezaubernd sogar, wenn auch etwas aufgeregt, zum ersten Mal Besuch zu bekommen. Dass sie ihren Mann innig liebte, war offensichtlich.

Noch nie hatte Ned eine so ärmliche Bleibe betreten, die von außen an die strohgedeckten Bauernkaten in England erinnerte, aber keiner der beiden Merrimans schien sich für ihr Einzimmerhäuschen zu schämen, an dessen einem Ende sich eine Küche und an dessen anderem Ende sich – ohne auch nur eine Trennwand dazwischen – ein Doppelbett befand.

»Er hatte mich gewarnt«, erklärte Mrs. Merriman Marcus, »dass die Hütte nichts Besonderes sei, und recht hat er. Immerhin kann ich mich glücklich schätzen, dass er einen Herd gekauft hat. Meine Mutter hat immer erzählt, sie hätte sich im ersten Jahr ihrer Ehe mit einem Lagerofen behelfen müssen.«

»Hätte ich das gewusst, dann hätte ich mir das Geld gespart und dir stattdessen auch einen Lagerofen besorgt.« Ihr Mann grinste.

»Das wäre egal gewesen«, erwiderte sie. »Mich hat dieser

herrliche Garten viel zu sehr beeindruckt, als dass mich das Haus gekümmert hätte. Der Garten ist riesig, nicht? Diese ganzen tropischen Bäume und Pflanzen sind einfach wunderbar. Ich bin hingerissen!«

»Da fällt mir etwas ein«, meinte Harry. »Ich habe gewusst, der Garten würde überwuchern, aber ich konnte einfach nicht früher zurück. Bei meiner Heimkehr hab ich zu meiner Überraschung entdeckt, dass jemand das ganze Grundstück für mich ausgelichtet hat. Eine angenehme Überraschung, das kann ich euch sagen, zumal ich aufs Gärtnern nicht sonderlich versessen bin.«

»Und wer hat dir unter die Arme gegriffen?«, fragte Marcus.

»Du wirst es nicht erraten! Duke! Erinnerst du dich noch an ihn? Wir haben ihn beim Rennen kennengelernt. Er war mit Mrs. Forrest und Lucy Mae dort.«

»Ach ja, richtig. Ihr habt im selben Hotel übernachtet. Ich weiß noch, dass er sagte, er zöge gen Norden.«

»Zurzeit führen alle Wege nach Rockhampton«, sagte Harry.

Er wandte sich an Ned. »Wussten Sie, dass sich die hohen Tiere hier dafür stark machen, diese riesige Kolonie entlang des Südlichen Wendekreises zu teilen, der zufällig genau hier verläuft, und eine weitere Kolonie mit Rockhampton als Hauptstadt zu bilden?«

»Nein, das wusste ich nicht. Hochinteressant! Da bekommt man ja gleich ein richtiges Grenzstadtgefühl.«

»Finden Sie wirklich?«

»Oh ja, in der Tat!«

»Warten Sie, bis Sie den Rest der Kolonie sehen«, entgegnete Harry und Marcus lachte.

»Unser Freund hier ist ein echter leibhaftiger Grenzbewohner!«

Neds Neugierde war geweckt, er fühlte sich aber dennoch fehl am Platz. Er sorgte sich, er könne sich aufdrängen und ärgerte sich ein wenig, dass Marcus ihn einfach unangekündigt mitgebracht hatte.

Mrs. Merriman erklärte, die Männer sollten sich, bis das

Essen fertig sei, draußen unter die Bäume setzen, und Ned nutzte die Gelegenheit, um mit ihr zu reden.

»Ich möchte nicht stören, Mrs. Merriman. Ich glaube, ich verabschiede mich besser.«

»Du lieber Himmel, nein, davon will ich nichts hören, Ned. Sie gehen jetzt mal schön raus zu den anderen.«

Als er sich zu den anderen gesellte, gab Harry gerade Rum aus und das entspannte ihn ein wenig.

»Was treibt Duke eigentlich hier?«, erkundigte sich Marcus bei Harry.

»Er besitzt eine Viehfarm, nichts weniger. Mango Hill heißt sie.«

»Kenne ich zwar nicht, aber die finden wir schon und statten ihm einen Besuch ab.«

»Aber sicher! Ich muss mich bei ihm für die Schwerstarbeit hier bedanken. Er ist ein guter Kerl.«

Bald gab es Essen, gute, einfache Kost, die aus Beefsteaks mit Gemüse und einem süßen Brotauflauf bestand. Einer von Neds Lieblingsnachtischen.

Danach saßen sie im Freien und blickten auf die blinkenden Lichter der zukünftigen Hauptstadt der neuen Kolonie hinab, und sie kamen auf Harrys Reisen zu sprechen.

Es überraschte Ned, dass dieser Bursche auch als Treiber gearbeitet hatte und Hunderte von Meilen ins Landesinnere vorgedrungen war. War er etwa bis zu dem Binnensee vorgestoßen?

»Nein, ich glaube, der liegt noch ein ganzes Stück weiter landeinwärts. Aber sehen würde ich ihn nur zu gern einmal. Das wäre etwas, nicht?«

»Und was tust du dann im Moment?«, wollte Marcus wissen. »Gehst du nach Cameo Downs zurück?«

»Nein. Meine Pläne haben sich geändert. Ich ziehe mit meiner eigenen Herde Richtung Westen.«

»Willst du die Rinder dort verkaufen?«

»Nein. Ich möchte mir dort ein eigenes Weidegut aufbauen.«

»Sie haben bereits Land im Westen?«, fragte Ned.

»Wiederum nein. Ich ziehe einfach so weit, bis ich es finde.«

Marcus lachte. »Überrascht dich das?«, wollte er von Ned wissen.

»Keineswegs. So hat mein Vater auch angefangen. Es erstaunt mich nur, dass es immer noch so funktioniert. In England meint man gemeinhin, alle guten Weidegründe seien inzwischen vergeben.«

»Keine Bange«, entgegnete Harry. »Da suchen noch Tausende von Morgen Land nach Abnehmern.«

Als Ned und Marcus in die Stadt zurückgingen, war Neds Neugierde noch immer nicht gestillt.

»Wie kann es sich ein Viehhüter wie Harry leisten, diese vielen Rinder zu kaufen und sich für eine derart lange Reise auszurüsten?«

»Keine Ahnung. Er ist ein anständiger Mensch, so viel steht fest. Er spielt nicht und hat auch von anderen Vergnügungen noch nie viel gehalten. Auch wenn er gern mal einen Rum hebt. Ich nehme an, er spart jeden Penny.«

»Schon, aber das beim Lohn eines Viehhüters?«

»Plus Verpflegung. Er könnte es auf die hohe Kante legen.«

»Woher kommt er eigentlich?«

»Das weiß ich gar nicht. Seine Frau hat etwas von einer Stadt namens Crossing erwähnt, aber das könnte überall sein. Vielleicht hat er ja auch einen reichen Vater.«

»Und wohnt dann in so einer Hütte? Das bezweifle ich. Aber ich beneide euch um euer aufregendes Leben. Ich mag mir gar nicht vorstellen, den Rest meiner Tage auf Montone zu verbringen und Rinder zu züchten, mein alter Herr sieht jedoch genau das für mich vor. Ein äußerst langweiliges Leben. Vielleicht hätte ich ja doch in die Armee eintreten sollen.«

»Zu spät, mein Lieber. Wenn du etwas Geld lockermachen könntest, hielte dich doch nichts davon ab, mit einer eigenen Mannschaft gen Westen zu ziehen. Aber mal was anderes, in dem Wirtshaus da vorn gibt es ein paar hübsche, kleine Bardamen. Wir sollten hineinschauen und uns ein wenig mit ihnen amüsieren.«

Ned blieb nicht lange. Er ließ Marcus mit einem Mädchen namens Goldie zurück, das umgänglicher war als die frechen Bardamen, und stapfte in äußerst niedergedrückter Stimmung durch die dunklen Straßen zu seiner Pension zurück.

Was nun?

Er hatte einen Brief an seine Mutter zu schreiben begonnen und darin seine Hoffnung ausgedrückt, dass sie wohlauf sei und ihr Bein rasch heile. Er erzählte ihr, dass er die ländliche Gegend erkundet und so einige Abenteuer erlebt habe und sich nun in Rockhampton befinde. Sodann schrieb er, er würde sich demnächst nach Sydney aufmachen und freue sich schon, sie und seinen Vater wiederzusehen …

Aber tat er das? Auf die unvermeidliche Konfrontation mit seinem alten Herrn, die nur dann freundschaftlich verlaufen würde, wenn er sich bereit erklärte, nach Montone zurückzukehren und die für ihn vorgesehene Aufgabe zu übernehmen, freute er sich jedenfalls nicht. Und wenn er den Brief umschrieb und den Abschnitt darüber wegließ, dass er sich nach Sydney aufmache, wohin ging er *dann*?

Von hier aus gestalteten Reisen sich schwierig. Allein sollte man da als Neuling besser nicht unterwegs sein, sinnierte er.

Was Ned maßlos aufregte. Sein Onkel hatte ihm erzählt, Jasin sei fast pleite gewesen, als er mit seiner Frau zu den Kolonien aufbrach.

»Sie waren so arm, dass sie auf einem Schiff mit einem Laderaum voller Sträflinge reisen mussten. Meine Mutter war entsetzt, dass ihre Tochter auf ein derartiges Niveau herabsinken sollte, aber Georgina war bis über beide Ohren in Jasin verliebt, weshalb es kein Halten gab.«

Und doch, hatte Ned gehört, hatte Jasin seine ehrgeizigen Pläne verbissen verfolgt. Er hatte Sträflinge als Viehhüter angeheuert und sich über die Blue Mountains zu den großartigen Weidegründen vorgekämpft, war dann weiter und weiter gezogen und hatte noch mehr Land erobert. Binnen kurzem war er ein allseits bewunderter Pionier.

Allerdings ging er dabei skrupellos vor. Niemand durfte ihm

in die Quere kommen. Er herrschte mit eiserner Hand und hielt sich auch vor falschen Spielen nicht zurück, machte sich dadurch Feinde wie die Forrests, die MacNamaras und viele andere.

Ned wusste, ihm fehlte dazu die Härte, und sein Vater wusste das ebenfalls. Aus diesem Grund wollte Jasin auch, dass er seine Farm übernahm, einen von Clem bestens verwalteten Betrieb: um mehr wie er zu wirken. In Wirklichkeit verachtete er seinen Sohn. Edward hatte es gespürt, sobald er von Bord des Schiffs gegangen war, schon als sein gutaussehender, sonnengebräunter Vater die Hand ausstreckte, um ihm seine mit einem breiten, herzlichen Lächeln zu schütteln.

Er schrieb den Brief und versah ihn mit seiner Rockhamptoner Adresse, erwähnte jedoch nichts davon, nach Sydney oder Montone zurückkehren zu wollen.

Sogar das Aufgeben des Briefes am nächsten Morgen bedrückte ihn. Doch dann lief ihm Marcus über den Weg, der es sehr eilig hatte. Er musste vor Gericht erscheinen und in dem Prozess gegen die beiden Schwarzen aussagen, die Sergeant Wiley getötet hatten. Ned, der noch nie in einem Gerichtssaal gewesen war, begleitete ihn aus Neugierde. Er rutschte in die hinterste Reihe des überfüllten Saales und spähte zwischen den Köpfen zum Richter, einem kleinen Mann, der von einem riesigen Schreibtisch aus Zedernholz und dem unvermeidlichen Zeugenstand umgeben war. Auf der rechten Seite befanden sich die Geschworenen: zwölf zumeist bärtige Herren in ihren Sonntagsanzügen; in steifer Haltung, zu eingeschüchtert, um herumzurutschen. Doch ihre Augen huschten verstohlen umher.

Eine Weile glaubte Ned, er würde vielleicht auch eine Aussage machen müssen, aber anscheinend war das nicht nötig.

Ladjipiri saß neben Mr. Paul, das Gesicht grimmig vor Schmerz und Entsetzen.

Als die Jungen hereingebracht wurden, mit rasselnden Ketten vorwärts gestoßen, da kamen sie ihm um so vieles jünger vor. Eigentlich waren es Kinder, mit angstvollen Gesichtern, und sie ließen den Kopf hängen, während sie dem Stimmengeplapper lauschten. Harten, knappen Stimmen, die alle dieselbe Geschichte erzählten: vom Mord an dem Weißen und dem Grund für diese Zusammenkunft... um eine Vergeltung zu beschließen. Dabei blieb unerwähnt, dass diese ja bereits geübt worden war. Dass einer der Schwarzen erschossen worden war. Wegen dieses Verbrechens getötet.

Fassungslos schüttelte er den Kopf.

Dann brach Yuradi, fiebrig und durch die Schläge geschwächt, zusammen und zog Gudala mit sich. Als beide inmitten von Tumult hinter der hüfthohen Wand verschwanden, da war es Ladjipiri, als fielen sie durch die Falltür, jene Falltür, die bei dem von den Weißen so oft eingesetzten Tod durch den Strang benutzt wird, und nun wusste er, welches Schicksal sie ereilen würde.

Beide Jungen wurden wieder auf die Füße gezogen. Yuradi schwankte, und Gudala versuchte, ihm Halt zu geben.

Der Richter schlug mit einem Hammer und rief: »Entfernt die Gefangenen!«

Und im Nu waren sie vom Schauplatz verschwunden, durch eine Hintertür hinausgeführt, die hinter ihnen krachend ins Schloss fiel.

Dann wurde die Versammlung fortgesetzt.

Ladjipiri wusste, mehr musste er nicht hören. Das Urteil war gefällt. Und so huschte er den Seitengang hinunter und auf die Straße hinaus.

Paul MacNamara folgte ihm. Im Gehen dachte er, in der hinteren Reihe ein bekanntes Gesicht entdeckt zu haben. Doch für Höflichkeiten war jetzt keine Zeit.

Der arme Ladjipiri hätte nie in den Gerichtssaal kommen sollen. Es war mehr, als ein Vater aushalten konnte, aber er hatte darauf beharrt, entschlossen, den Jungen so lange beizustehen, wie es nur ging.

»Sie werden sterben?«, fragte er Paul.

»Es tut mir leid, Trader. Danach sieht es aus.«

Nachdem das Urteil gesprochen war, wandte sich der Anwalt an den Richter und erkundigte sich, ob man den beiden Aborigine-Vätern die Hingerichteten für eine Bestattung gemäß ihren Gesetzen überlassen könne. Die Bitte wurde abgelehnt. Sie wurden ohne jegliche Zeremonie am Rande von Potter's Field in einem anonymen Grab beigesetzt.

Paul las in der Zeitung davon und wusste, ein anonymes Grab würde den Augen der Schwarzen nicht entgehen. Und so war es auch.

Seiner Trauer trotzend, kam Ladjipiri, um sich von ihm zu verabschieden.

»Ich habe noch einen Sohn, Mister Paul. Immer noch einen Sohn. Banggu weit gehen von hier. Nun wir bringen unsere Jungen heim zu anständig Beerdigung.«

Kapitel 10

Georgina freute sich, als sie einen Brief von Edward erhielt, doch es bekümmerte sie, dass er Montone verlassen hatte. Auch wenn Clem die Farm zweifelsohne leiten konnte, würde Jasin erbost sein, weil sein Sohn seinen Posten ohne ein Wort geräumt hatte. Und das offenbar kurz nachdem sie sich überworfen hatten. Sie nahm an, dass er einsam war. Und sie konnte es ihm schwerlich verdenken. Die Farmen waren allein schon durch ihre schiere Größe abgesondert, doch die Siedler auf dem Land hatten sich an dieses Leben gewöhnt. Montone war noch nicht lange genug wiederaufgebaut, um gesellschaftlichen Verkehr mit den Nachbarn zu pflegen. Es war wohl kaum ein Zentrum der Gastlichkeit zu nennen.

Ihre Pein, wie Georgina es zu nennen pflegte, war endlich zu Ende. Mehr oder weniger. Die Operation war gelungen. Als der Gips abgenommen wurde, stellte sie fest, dass das Bein dünn und schwach war, aber sie konnte mit Hilfe eines Stocks wieder laufen. Sie war unsicher auf den Beinen, darüber hinaus musste sie lernen, ohne den großen Zeh zu gehen, den sie infolge des Wundbrandes verloren hatte, und das war sehr beschwerlich. Um alles noch schlimmer zu machen, hatte Jasin sie auch noch damit aufgezogen, was sie ihm verübelte. Sie schienen beide gerade eine schwierige Phase zu durchleben, und es gab kaum etwas, das der Aufheiterung diente.

Sie beide vermissten Rosa. Georgina, weil sie zu ihrem Leidwesen der Liebenswürdigkeit und guten Laune der jungen

Frau beraubt war. Und der Unterhaltungen mit ihr! Sie hatten so vieles gemeinsam, dass ihnen der Gesprächsstoff nie ausgegangen war.

Rosa hatte das elegante Haus in Sydney geliebt, aber mit dem erstbesten Schiff nach Brisbane zurückkehren müssen, um ihren Mann nicht zu verärgern. Sie versprach, mit Dr. Palliser auf einen längeren Besuch wiederzukommen, sofern die Zeit es gestattete.

Leider vermisste Jasin sie ebenfalls. Das war sonnenklar. Er war in Gesellschaft von Mrs. Palliser ein ausgemachter Charmeur gewesen und sie hatten täglich etliche Stunden miteinander verbracht. Jetzt war er grob zu der Krankenschwester, die ihre Stelle eingenommen hatte, als sei die Frau ein lästiger Eindringling in seinem Haus. Georgina hatte gemerkt, dass er von Mrs. Palliser etwas zu sehr angetan gewesen war, und war bewusst das Risiko eingegangen, sie zu bitten, sie möge mit nach Sydney kommen. Sie hatte es nicht bereut. Rosas Feingefühl und Geduld waren ein Geschenk des Himmels gewesen. Jetzt war sie einer Fremden überlassen und ihre eigene Geduld wurde durch deren auf das Nötigste beschränkte Zuwendung strapaziert.

Dies war der Stand der Dinge im Haus der Heselwoods, als Edwards Nachricht sie erreichte. Georgina erwog, den Brief nicht zu erwähnen, verwarf es aber als unehrlich ihrem Sohn gegenüber. Wenn Jasin schließlich erführe, dass Edward die Farm verlassen hatte, könnte er mit Fug und Recht behaupten, nicht davon in Kenntnis gesetzt worden zu sein.

Er selbst hatte in letzter Zeit allerlei Geselligkeiten gepflegt, sich bei Pferderennen vergnügt und auswärts gespeist, wann immer es ihm beliebte, und somit Georginas Einsamkeit noch verstärkt; doch sie mochte sich nicht beklagen, mochte es nicht einmal erwähnen. Sie hatte Rosa vertraut, war sich sicher gewesen, dass bislang nichts zwischen den beiden vorgefallen war, und hoffte nun, seine Vernarrtheit in sie würde einfach dahinwelken. Wie die fünfzig herrlichen Rosen, mit denen er Rosa überrascht hatte, als sie zu Beginn der Rückreise ihre Kabine betrat.

Sie hatte ihnen geschrieben, dass ihr die Reise gut bekommen und sie wohlbehalten in Brisbane angekommen war, und ihnen für die Rosen gedankt. Rosen, von denen Georgina nichts gewusst hatte.

Sie seufzte. Es blieb ihr nichts übrig, als mit ihrem Tagwerk fortzufahren. Sie erwartete liebe Freundinnen zum Mittagessen, da konnte sie Jasin und seine Wutanfälle für ein Weilchen vergessen.

Er war fuchsteufelswild! Er schleuderte den Brief durchs Zimmer und erklärte, Edward habe seinen Vater lächerlich gemacht! Er habe seinem Sohn einen großartigen Besitz überlassen, damit er ein Leben in seiner Heimat beginne, und was habe er getan? Ihm seine Großzügigkeit ins Gesicht geschleudert!

»Was soll das sein?«, schrie er Georgina an. »Ein Abenteuer? Was in drei Teufels Namen ist daran abenteuerlich, ein paar hundert Meilen nach Rockhampton zu reiten? Er soll sich um seine Rinder kümmern.«

»Vermutlich war es ihm in Montone zu einsam«, mutmaßte Georgina und löste damit die nächste Schimpfkanonade aus.

»Und wer ist dieser Freund von ihm? Beresford? Nie gehört.«

»Er schreibt, sein Onkel ist ein Marquis de la Poer Beresford.«

»Und das glaubt er ihm! So wie du dieser schrecklichen falschen Ärztin geglaubt hast. Ihr wart wohl beide draußen vor der Tür, als der gesunde Menschenverstand ausgeteilt wurde. Schreib ihm, er soll nach Brisbane reisen. Ich werde mich dort mit ihm treffen.«

Georgina war bestürzt. »Wie bitte?«

»Schreib ihm, er soll sich in Brisbane mit mir treffen.«

»Ach, dann machst du dich jetzt auf nach Brisbane.«

»Na und?«

»Das kommt dir sehr gelegen, nicht? Du kannst Mrs. Palliser jeden Tag Rosen bringen. Findest du nicht, dass du ein bisschen zu alt für sie bist?«

Er blieb abrupt stehen, nachdem er auf der langgestreckten Glasveranda auf und ab zu gestürmt war, und funkelte seine Frau wütend an.

»Wie kannst du es wagen! Nach allem, was sie für dich getan hat!«

»Verdreh mir nicht das Wort im Mund, Jasin. Wenn du nach Brisbane willst, dann geh, aber benutze Edward nicht als Vorwand. Ach übrigens, was hast du zu Rosa über ihre Mutter gesagt?«

»Weiß ich nicht. Nichts! Nur, dass wir sie gekannt haben. Stimmt ja auch. Warum?«

»Weil sie mich nach Delia gefragt hat. Sie schien anzunehmen, wir seien mit demselben Schiff gekommen.«

»Ah«, sagte Jasin. »Moment mal. Ich glaube, ich habe etwas in der Art erwähnt.«

»Ich muss schon sagen, Jasin, war das nötig?«

»Was tut das zur Sache?«

»Eine ganze Menge. Sie hat von Delia gesprochen!«

Er lachte. »Und was hast du gesagt?«

»Ich bin über die Bemerkung wegen des Schiffes hinweggegangen und habe sie darauf hingewiesen, dass Delia und Juan Montone tatsächlich besucht haben, als es neu erbaut war, und es sehr schön fanden.«

»So... hat Rivadavia ihr nie von seiner Niedertracht erzählt?«

Georgina hatte Juan Rivadavia ins Herz geschlossen, was sie sich jedoch nicht eingestehen mochte. »Das glaube ich nicht.«

»War sie verstört? Das wollte ich nicht.«

»Ich weiß nicht. Es ist ziemlich beunruhigend.«

Kaum war Rosa wieder zu Hause, langweilte sie sich.

Charlie hatte sie vermisst. Er gab sich während der ersten paar Tage große Mühe: ein romantischer Abend im *Royal Park Hotel*, ein vergnügtes Wochenende mit Freunden in dem schönen *Belvedere Country Lodge*, doch dann kehrte der Alltag wieder ein.

Was auch richtig war, sagte sie sich. Er hatte seine Arbeit, die er liebte, und ihr Platz war hier in dem überaus komfortablen Haus mit der besten Haushälterin der Welt, aber...

Sie schlenderte in den Garten, um Blumen zu schneiden, verärgert über sich selbst, weil ihr langweilig war. Ihr fiel ein, dass eine der Arztgattinnen ihr vorgeschlagen hatte, sich wohltätiger Arbeit zu widmen. Das sollte sie wohl tun.

Ihre Haushälterin meldete Besuch, Mrs. Pilgrim.

Rosa freute sich. Es war Larks erster Besuch, seit sie wieder einmal bei Juan eingezogen war. Sie war vermutlich gekommen, um seine Tochter offiziell davon in Kenntnis zu setzen. Juan würde niemals erwähnt haben, dass er seine frühere Geliebte wieder zu sich eingeladen hatte. Er betrachtete dies als seine ganz persönliche Angelegenheit. Aber... es passte zu ihm, Lark zu schicken, um es ihr zu erzählen, sobald er zu dem Schluss kam, dass die Übereinkunft von Dauer war. Hm, mehr oder weniger, dachte Rosa lächelnd, bis er beschlösse, wieder zu heiraten. Er war noch immer ein sehr attraktiver Mann.

Sie lief die Stufen hinauf, um Lark zu begrüßen, die immer so lustig war. Sie hatte sie vermisst, als Juan Dolour geheiratet hatte, die viel ernster und nicht im Mindesten an Mode und Klatsch interessiert gewesen war.

»*Oh là là*!«, rief Lark, als sie ins Wohnzimmer trat. »Wie schön du bist, *ma Chérie*! Ich schwöre, du bist in dieser Stadt fehl am Platz! Er sollte mit dir nach Paris ziehen. Wusstest du, dass ich drei Jahre in Paris gelebt habe? Ich hatte eine entzückende Wohnung in der Rue Berton. Aber ich rede zu viel, ich bin so aufgeregt, dich zu sehen...«

»Du siehst sehr gut aus, Lark.« Rosa vermutete, dass ihr Vater sich ihr gegenüber großzügig erwiesen hatte, als sie ersetzt worden war. »Bleibst du zum Morgentee?«

»Kaffee, meine Liebe, wenn du welchen hast. Kaffee ist mir viel lieber. Hoffentlich bist du nicht gekränkt, ich habe dir Schokoladeneclairs mitgebracht.«

»Nein, ich bin entzückt. Danke sehr.« Sie ging durchs Zimmer und zog an der Klingelschnur, um das Mädchen zu rufen, und Lark klatschte in die zarten Hände.

»Ah, ich sehe mit Freuden, dass du deine Figur gehalten

hast. Du hattest schon immer so eine schmale Taille. Und lässt sie dir nicht von Säuglingen verderben wie die dummen jungen Frauen heutzutage. Sie preschen los, um zu sehen, wie viele Kinder sie bekommen können, wollen es der dicken alten Königin gleichtun.«

Als das Mädchen kam, lachte Rosa so sehr, dass sie ihr nur stotternd auftragen konnte, Kaffee und einen Teller für die Eclairs zu bringen.

»Wie ist es dir ergangen?«, fragte sie Lark.

»Außerordentlich gut. Aber *Chérie*! Wie interessant! Was hast du nur getrieben?«

»Ich? Oh, nichts Besonderes.«

»Aber du warst in Sydney. Mit Lord Heselwood. Wirklich, *très chic*!«

»Nein. Ich war mit Lord und Lady Heselwood dort. Eigentlich habe ich Lady Heselwood begleitet, um ihr zu helfen, sich auf dem Schiff zurechtzufinden ...«

»Mir brauchst du nicht mit Ausflüchten zu kommen. Euer Bild war in der Zeitung; von dem Doktor war nichts zu sehen und es hieß, du warst mit ihnen auf Reisen! Und ich dachte, sie ist so hinreißend, Lord Heselwood wird den Blick nicht von ihr abwenden können. Jetzt schau dich nur an! Du schlimmes Mädchen! Du wirst ja rot!«

»Ach was, Lark. Das war alles grundanständig.«

»Das musst du natürlich sagen.« Lark kicherte.

»Ich dachte, du hast vielleicht Neuigkeiten für mich.«

»Ah, ja. Dein armer Vater war am Boden zerstört, als Mrs. MacNamara starb ...«

»Mrs. Rivadavia«, berichtigte Rosa.

»Ach ja, natürlich. Wie dumm von mir. Ja, dein armer Vater. Ein einsamer Mann ist er jetzt, verstehst du, und er wird nicht jünger. Er hat mich gebeten, zu ihm zu ziehen, und als gute Freundin, wie konnte ich es ihm abschlagen? Du würdest doch nicht wollen, dass er in seinem Alter der Obhut von Haushälterinnen überlassen wäre, nicht wahr, *Chérie*?«

Rosa verzog keine Miene. »Nein, natürlich nicht, Lark. Es tut ihm sehr gut, Gesellschaft zu haben.«

»Ah, ausgezeichnet! Du bist so süß. Warst du von klein auf. Ich sage immer zu meinen Freundinnen, was für eine reizende Dame du bist. Du bist hier fehl am Platz. Wollen wir nicht alle zusammen eine Reise nach Buenos Aires machen? Ich weiß, dein Vater sehnt sich nach Hause …«

Sie plauderten noch eine geraume Weile, doch als die Mittagsstunde nahte, erhob Lark sich zum Gehen. »Ihr müsst zum Essen zu uns kommen. Du und dein Mann. Es wird ein französisches Menü geben. Ich denke, das dürfte deinen Vater freuen. Kommt bald.«

»Lark, hat mein Vater das Bild in der Zeitung gesehen?«

»Nein, nein. Ich dachte, er würde nicht erfreut sein, dich mit Lord Heselwood zu sehen. Er ist ihm nicht eben wohlgesonnen, wie du weißt.«

»Ich war nicht mit Lord Heselwood zusammen.«

Lark zuckte mit den Achseln. »Nun ja.«

Ale sie gegangen war, aß Rosa noch eins von den köstlichen Eclairs. Während sie über die Heselwoods nachdachte, erinnerte sie sich an das Gespräch mit Jasin, bei dem er gesagt hatte, sie wären mit demselben Schiff gekommen wie ihre Mutter.

Rosa hatte das interessant gefunden. Es war ihr nicht bewusst gewesen. Und doch mochte Georgina nicht über das Schiff sprechen. Tatsächlich hatte eine leichte Röte ihre bleichen Wangen überzogen, und sie hatte sich auf die Geschichte gestürzt, wie Juan Delia mit nach Montone gebracht hatte, als die Farm ihre Blütezeit erlebte. Bevor die Aborigines das Haus niedergebrannt hatten. Die Geschichte, die sie von ihnen allen wohl ein Dutzend Mal gehört hatte, Delia inbegriffen, die behauptete, die Siedlung sei ein gefährlicher, fürchterlicher Ort! Juan hatte ein hübsches Haus auf Chelmsford gehabt, doch selbst das stellte Delia nicht zufrieden, die am Ende siegte. Er gab nach und erwarb das Haus in London für Delia und Rosa, und seither hatten sie ihn nur noch selten gesehen.

»Ausgenommen an dem Tag, als er hereinmarschiert ist und mich abgeholt hat.« Sie lächelte. »Mich gerettet hat, wie ich immer sage.«

Ihr fiel ein, dass sie irgendwo eine Postkarte hatte. Eine alte

Postkarte von einem Schiff, die Delia ihr gegeben hatte mit den Worten, auf diesem Schiff sei sie mit ihrem Großvater, dem unterdessen verstorbenen Lord Forster, nach Australien gekommen.

»Um dort einen stattlichen Argentinier kennenzulernen und zu ehelichen«, murmelte Rosa und machte sich auf die Suche nach einer kleinen Kassette aus Kampferholz, die ihre Andenkensammlung enthielt.

»Wo habe ich sie nur gelassen?«, fragte sie sich.

»Großer Gott! Marcus, du bist es!«, rief Duke, als er zum Tor seines Anwesens schlenderte, um dort zwei Reiter zu empfangen.

Er wandte sich dem anderen zu, den er erst erkannte, als er die weißblonden Haare sah. »Und du, Harry! So eine Überraschung! Kommt herein, ihr zwei. Wie schön, euch wiederzusehen. Darauf müssen wir einen trinken, nicht?«

»Die Überraschung ist ganz auf meiner Seite«, sagte Harry. »Es war sehr entgegenkommend von dir, meinen Grund zu roden. Ich bin gekommen, um mich zu bedanken.«

»Jemand musste es machen; man hätte eine Armee darin verstecken können. Aber was führt *dich* wieder in diese Gegend, Marcus?«

»Befehle«, erwiderte er achselzuckend. »Ich habe etliche neue Anwärter ausgebildet. Auf dem Weg hierher hat es Ärger gegeben. Mein Sergeant wurde getötet und jetzt warte ich auf einen Ersatzmann.«

»Und dann?«

»Patrouillen, denke ich. Richtung Cameo Downs. Harry kennt die Gegend, er hat in Cameo Downs gearbeitet.«

Sie setzten sich auf Dukes Veranda zum Plaudern und um Duke eine weitere Überraschung zu präsentieren.

»Harry hat geheiratet«, verkündete Marcus. »Er hat sich eine hübsche Frau mitgebracht.«

»Ich gratuliere«, sagte Duke. »Ich freue mich darauf, die Dame kennenzulernen. Dann werdet ihr wohl in Rockhampton wohnen?«

Harry nickte. »Mehr oder weniger… ich sehe mich nach Westen um.«

»Wie weit nach Westen?«, fragte Duke.

Fasziniert – und mehr als nur ein bisschen neidisch – hörte Duke sich Harrys Pläne an. »Herrgott, da würde ich am liebsten mitkommen. Ich wollte schon immer wissen, wie es da draußen aussieht.«

»Ich habe dir erzählt, wie es dort ist, als wir in Brisbane waren. Es ist ein wunderbarer Landstrich, ganz großartig, und es gibt gutes Weideland, aber man muss lernen, damit zu leben, nicht nur darin. Slim Collinson, ein Viehtreiber, war mir ein guter Lehrer.«

»Willst du damit sagen, es ist gefährlich?«

»Abgesehen von den Aborigines? Es gibt dort keine gekennzeichneten Wege und keine Ärzte; die Landschaft ist oft über Hunderte von Meilen gleichförmig, ehe die Szenerie wechselt; oft ist es mühsam, sich mit Proviant und Wasser zu versorgen.« Grinsend setzte er hinzu: »Nichts Außergewöhnliches.«

Marcus war Feuer und Flamme für Harrys großen Treck. »Er hat schon angefangen, seine Ausrüstung zusammenzustellen«, erklärte er Duke. »Sein Garten sieht aus wie der Hof eines Eisenwarenhändlers. Und er hat alles beschriftet, von Axtstielen bis Zaumzeug. Dabei fällt mir ein, was ich dich längst fragen wollte, Harry, warum hast du ein Dutzend Axtstiele gekauft? Scheint mir ein bisschen viel.«

»Weil ich sie nicht selbst machen kann und daher nicht ersetzen könnte. Das ist das Geheimnis, hat Slim mir gesagt. Ich darf solche Dinge keinesfalls vergessen. Eimer zum Beispiel. Leicht zu verlieren, schwer zu ersetzen.«

Die Gäste wollten das Anwesen besichtigen, und sie wanderten in der unmittelbaren Umgebung herum. Marcus war erstaunt, dass Duke so viele Pferde hatte. »Sind da welche zu verkaufen?«, fragte er.

»Ja. In meiner Freizeit jage ich Wildpferde. Das ist ein idealer Zeitvertreib, und lukrativ obendrein.«

»Du solltest dich mit der Verwaltung in Verbindung setzen.

In Rockhampton werden demnächst zwanzig Polizisten erwartet und die brauchen sicher Pferde. Deine Gäule sehen gesund und gepflegt aus, die könntest du teuer verkaufen.«

»Danke, das mache ich.« Mit den Gedanken war Duke jedoch noch bei Harrys Plänen. »Wie viele Rinder nimmst du für den Anfang mit?«

»Fünfhundert.«

»Wie wäre es, wenn ich mich beteilige?«

»Woran?«, fragte Harry liebenswürdig.

»Vieh. Wenn ich mit noch einmal fünfhundert von mir mitkäme? Wir könnten die Kosten gemeinsam tragen.«

Harry blieb stehen, nahm seinen Hut ab, fuhr sich durchs Haar und kratzte sich im Nacken.

»Schön, darüber ließe sich reden, Duke. Man müsste vielleicht darüber nachdenken. Ja, das könnten wir, aber bevor noch ein Wort darüber verloren wird, Duke, bei allem Respekt, beim Treiben kann es nur einen Boss geben, und der bin ich. Ich stelle die Viehtreiber ein. Einerlei, welche Mittel du beisteuerst, du wärst nur einer von den Treibern. Überleg dir das, mein Freund. Denke gründlich darüber nach, bevor du hier mit einsteigst.«

Marcus war erstaunt. »Warum willst du mitgehen, Duke? Du hast hier ein Kleinod von einem Besitz, alles läuft problemlos. Harry, du solltest dir auch so etwas kaufen. Wenn du so darauf erpicht bist, auf die harte Art durchs Leben zu gehen, kannst du dich aufs Geißeln verlegen oder ein Büßergewand tragen.« Lachend meinte er zu Duke: »Vermutlich tut er es schon!

Harry lächelte nur und ging weiter, doch Duke rief ihm nach. »Es ist nicht nur das Vieh, nicht wahr, Harry?«

»Ich habe die Bücher studiert, Duke, erinnerst du dich?«

»Was für Bücher?«, fragte Marcus verwundert.

»Mineralogie«, sagte Duke. »Es heißt, da draußen gibt es tonnenweise Mineralien.«

»Heißt es das, ja? Es heißt auch, es gäbe tonnenweise Gold rings um Rockhampton! Und wer hat davon schon etwas gesehen? Ich nicht.«

»Aber siehst du denn nicht, was Harry macht? Er sichert sich dreifach ab. Er ist auf Land aus, Hunderte von Morgen, das ihm im Handumdrehen gehören wird. Und er kann Hunderte Stück Vieh halten. Darüber hinaus kann er nach Mineralien suchen. Stimmt doch, Harry?«

»Sagt, was ihr wollt, meine Herren«, erwiderte er. »Ich für meinen Teil, ich ziehe einfach los. Ich wollte schon immer weit, weit nach Westen, und ich kann es gar nicht erwarten, dorthin zu kommen.«

Bevor seine Besucher gingen, sagte Duke zu Harry, es sei ihm ernst mit der Beteiligung am Viehtrieb.

»Überschlaf es eine Weile«, riet ihm Harry, »und wenn du dann immer noch Lust dazu hast, komm in die Stadt und dann sehen wir weiter. Und verkaufe der Polizei noch nicht sämtliche Pferde. Ich brauche vierzig Stück und ich habe die erste Wahl. Als Freund.«

Als sich die Nachricht verbreitete, dass Harry Merriman eine Expedition ins Landesinnere entlang des südlichen Wendekreises plante, erhielt er Unmengen von Bewerbungen von Interessenten, die mitkommen wollten. Es waren zumeist arme Siedler, die wenig mehr besaßen als Pferd und Wagen und daher abgewiesen werden mussten.

»Sie tun mir leid«, sagte Tottie zu ihm.

»Spar dir deine Worte. Du würdest doch nicht versuchen, den Pazifischen Ozean mit einem Kanu zu überqueren, oder?«

»Nein.«

»Nun, ihre Ausrüstung läuft auf dasselbe hinaus.«

Als nächstes kamen die Herren, die ihm allerlei Unentbehrliches verkaufen wollten, wie Einrichtungsgegenstände, Allheilmittel zum Einreiben und als Trunk, einen Whisky-Destillierapparat, leicht angeschmutzte Pfundnoten zum halben Preis, einen Karton mit alten Stiefeln für Tauschgeschäfte mit den Schwarzen und so weiter, bis Tottie sich am Tor postierte, um sie abzuwimmeln.

Ein Besucher überraschte sie. Es war Marcus Beresfords Freund Ned.

»Schön, dich zu sehen«, sagte Harry. »Was hast du getrieben?«

»Ich habe die Gegend erkundet. War im Gebirge und an der Küste. Es ist sehr schön da draußen. Ich konnte mich nicht recht entscheiden, ob ich nach Hause zurückkehren oder weiterziehen sollte. Dann kam mir der Gedanke, dass du mich vielleicht mit dir kommen lässt, wenn ich meinen Teil der Kosten trage. Ich würde das Land wirklich gern sehen, Harry, und ich könnte mich nützlich machen. Ich bin auf einer Rinderfarm in Neusüdwales geboren, habe allerdings etliche Jahre in der alten Heimat verbracht.«

»Ach wirklich? Das wusste ich gar nicht.«

»Ja. Verzeih mir, wenn ich etwas Unpassendes sage, aber ich könnte dir vielleicht bei deinen Finanzen aushelfen?«

»Inwiefern?«

»Also wie gesagt, ich würde gern für meine Kosten aufkommen, aber bares Geld nützt einem da draußen offenbar wenig. Wenn du einen angemessenen Betrag nennen könntest, den du von einem zahlenden Begleiter nehmen würdest…«

»Ich bedaure, Ned. Ich nehme keine Begleiter mit. Nur Arbeiter.«

»Das war das falsche Wort. Vielleicht kann ich ja als dein Gefolgsmann mitkommen. Ich wäre bereit, dir, sagen wir fünfzig Pfund zu bezahlen, auf der Stelle und bar auf die Hand. Für das Privileg, bei dieser Expedition dabei sein zu dürfen.«

»Fünfzig Pfund! Das ist eine Menge Geld! Was springt am Ende für dich dabei heraus? Siehst du dich auch nach Land um?«

Ned lehnte sich an die Ladefläche des großen Leiterwagens, den Harry mit neuen Rädern bestückte. »Das weiß ich noch nicht. Du bist da draußen gewesen, ich nicht, deshalb kann ich nicht ja oder nein dazu sagen. Aber ich möchte mir auf keinen Fall die Möglichkeit entgehen lassen, so weit nach Westen zu ziehen.«

Harry nickte. »Ich weiß, was du meinst. Ich hatte schon immer den Drang, Grenzen zu überschreiten, nur um zu sehen, wie es dahinter aussieht. Weißt du was, ich werde es mir überlegen. Doch wie ich schon zu mehreren anderen Männern gesagt habe, ich bin der Boss, der Kapitän, und wie auf einem

Schiff ist mein Wort Gesetz. Komm in zwei Tagen wieder zu mir, aber werde dir vorher darüber klar, dass es eine raue Reise wird.«

Am Abend besprach er Neds Angebot mit Tottie. »Zusätzliches Geld käme wohl gelegen«, meinte er, »aber einen Passagier mitnehmen, ich weiß nicht.«

»Hast du nicht gesagt, er wäre bereit zu arbeiten?«

»Schon, aber als was? Ich brauche erfahrene Leute.«

»Wie viel Erfahrung hattest du, als du dich Slims Unternehmen angeschlossen hast?«

»Ich konnte mit Vieh umgehen. Das war genug.«

»Trotzdem«, sagte sie, »er ist ein netter Bursche. Bisschen fein, aber ...«

»Das ist noch so eine Sache. Ich weiß nicht, wie er zu den anderen Kerlen passen würde.«

»Und was ist mit diesem Duke?«, fragte sie. »Er hört sich auch ein bisschen fein an, mit einer eigenen Farm und allem Drum und Dran.«

»Aber nein. Der ist anders. Er versteht was von Vieh, hat sein ganzes Leben auf einer Rinderfarm verbracht. Aber ich werde keine Entscheidung treffen, bevor du ihn kennengelernt hast.«

»Und wie steht es mit einem Führer, Harry? Mir wäre viel wohler zumute, wenn du einen hättest. Du sagst selbst, dass Slim dir nicht ganz geheuer war: Er konnte stets Wasser aufspüren und einen Weg durch das Hügelgewirr finden, wo jeder andere fürchtete, sich zu verirren.«

Er legte seinen Arm um ihre Schulter und betrachtete dabei den wachsenden Stapel mit Ausrüstungsgegenständen. »Keine Bange, Liebste, man hat mir einen Namen genannt. Der Kneipenwirt sagt, es gibt einen Einheimischen, Trader, der Händler, genannt, der seit einer Ewigkeit immer wieder von dort auftaucht.«

»Ist er wirklich ein Händler?«

»Ich glaube, ja. Es heißt, er zieht von einem Stamm zum anderen, tauscht Schmuck, Bumerangs und solche Sachen ...«

»Wie ein Zigeuner?«

»Ist anzunehmen. Aber er spricht Englisch und kann sich in anderen Sprachen verständigen. Ich habe einige alte Einheimische gefragt, ob sie ihn für mich aufspüren können. Ich bin zuversichtlich, dass es gelingt.« Er gab ihr einen Kuss. »Ich komme hin, Liebste. Tag für Tag.«

»Und du siehst von Tag zu Tag müder aus. Komm, steig in die Wanne, dann schrubbe ich dir den Rücken.«

»Lieber würde ich dir ein wenig… näher kommen.«

Tottie kicherte. »Warum nicht beides?«

»Glänzende Idee. Habe ich dir schon einmal gesagt, wie sehr ich dich liebe?«

»Ja, ich denke schon, aber ich glaube dir nicht, weil du mich verlässt. Du liebst die Wildnis mehr als mich.«

»Niemals«, sagte er, doch es lag ein leichtes Beben in seiner Stimme, als fehlte es seiner Antwort an der nötigen Überzeugung.

Tottie hörte es. Sie war so auf jede seiner Stimmungen eingestellt, dass sie es gehört hatte wie das Fallen einer Stecknadel. Sie sah ihn an und der Schmerz in ihrem Blick brach ihm fast das Herz.

»Ich komme an zweiter Stelle, nicht wahr?«, flüsterte sie. »Deswegen bist du imstande, mich für ein Jahr oder länger zu verlassen, einfach so. Ich bin deine Frau, Harry«, fügte sie hinzu und rückte von ihm ab. »Bedeutet es dir denn nichts, wie sehr ich dich liebe? Du bist mein Leben, und doch kannst du von mir fortgehen…«

»Komm wieder her, Tottie«, sagte er sanft. »Das ist ja das Dilemma. Ich bin in meinem ganzen Leben nie so glücklich gewesen wie seit unserer Heirat. Ich habe nicht gewusst, dass es eine solche Liebe geben kann, so eine wunderbare Zufriedenheit. Ich möchte jede Minute mit dir zusammen sein.«

»Dann nimm mich mit.«

Er umfing sie mit seinen Armen und murmelte in ihr kupferrotes Haar: »Ich kann dich nicht verlassen, meine Liebste. Ich könnte dich nie verlassen.«

Nachdem der Entschluss gefasst war, fand Harry in der

Nacht keine Ruhe, bis Tottie, in seine Arme gekuschelt, sagte, er solle aufhören, sich Sorgen zu machen.

»Wie könnte ich? Wenn dir da draußen etwas zustößt, werde ich es mir nie verzeihen.«

»Mir wird nichts passieren, im Gegenteil, es wird mir prächtig ergehen. Ich hätte dich nicht ohne mich ziehen lassen, mein Liebling, also sieh es positiv. Jetzt brauchst du wenigstens keine verrückte Köchin einzustellen.«

Nach etlichem weiteren Hin und Her erklärte Harry sich einverstanden, Duke mitzunehmen. Er verabredete sogleich einen Termin zur Besichtigung von Dukes Rinderherden.

»Noch habe ich nichts Geeignetes«, sagte er. »Ich werde die Rinder sorgsam auswählen. Ich bin auf der Suche nach der widerstandsfähigsten Herde, die ich auftreiben kann. Wenn du meinen Ansprüchen genügen kannst, Duke, sollten wir unsere beiden Herden in Mango Hill versammeln. Ich brauche auch Hütepferde und mehrere Packpferde. Wann kann ich sie mir ansehen?«

»Wie wäre es morgen Nachmittag?«

»Gut. Doch bevor du gehst, möchte ich dir die Lagerköchin vorstellen.«

»Du hast schon eine?«

Sie gingen zum Wohnhaus, wo Tottie sie an der Tür empfing. Als Harry sie miteinander bekanntmachte, konnte sie es kaum erwarten zu erfahren, was hier vorging. »Kommt Duke mit uns?«, fragte sie.

»Ja«, sagte Duke, dann sah er Harry an. »Uns?«

»Ich bin die Köchin«, erklärte Tottie munter. »Ist das nicht wunderbar?«

»Das ist eine gute Nachricht, Mrs. Merriman. Ich bin hocherfreut. Ich bin in meinem Leben einigen grauenhaften Lagerköchinnen begegnet, aber jetzt bleibt mir dieses Elend erspart.«

»Danke, Duke, ich werde mein Bestes tun. Sehen Sie, ich erstelle gerade die Listen. Wir brauchen Mehl, Zucker, Tee, Reis, Salz, Curry …«

»Alles zu seiner Zeit, Tottie«, sagte Harry. »Wir setzen uns in ein paar Tagen mit Duke zusammen und arbeiten alles aus. Danach hast du die Verantwortung für die Verpflegung.«

»Wer kümmert sich um Ihre Farm, wenn Sie fort sind?«, fragte sie Duke.

»Mein Vorarbeiter, er ist ein guter Mann.«

»Das ist ein Glück. Dürfte ich Ihnen eine persönliche Frage stellen?«

»Aber natürlich.«

»Warum Duke? Wie lautet Ihr richtiger Name?«

»Mein richtiger Name ist Duke. Eine Marotte von meinem Vater.«

»Das hat er gut gemacht. Die meisten Männernamen sind so fade. Ich finde, Duke ist ein guter Name. Beschwingt. Verlässlich.«

»Dann muss ich mich dessen auch würdig erweisen, nicht wahr?«

Am nächsten Morgen stand Ned vor ihrer Tür, begierig, seine Sache zu vertreten.

»Ich habe es mir sorgfältig überlegt«, sagte er. »Ich hoffe sehr, dass du mich mit dir ziehen lässt.«

»Ich habe auch darüber nachgedacht«, erwiderte Harry, »und ich denke, du bist genau der Richtige, der mir hilft, dies alles beisammen zu halten. Du wirst natürlich auch bestimmte Pflichten haben, weil alle sich bei der Wache abwechseln müssen. Aber fünfzig Pfund kann ich nicht annehmen, Ned. Gib mir dreißig und wir sind quitt.«

Ned war begeistert. Er und Harry schüttelten sich die Hände. »Ich bezahle gern mehr fürs Mitkommen. Sind dreißig auch wirklich genug?«

»Ja, das ist ein gerechter Betrag. Damit bist du dabei.«

Ned drehte sich blitzschnell um und lief zu Tottie. »Hast du gehört? Ich bin beim Treck dabei. Ist das nicht großartig?«

Sie lachte. »Ich weiß genau, wie dir zumute ist, Ned. Ich komme auch mit!«

»Ist das wahr? Prima! Es wäre schrecklich einsam für dich geworden, wenn du ganz allein hättest hier zurückbleiben müssen.«

Er war so aufgeregt, dass er kaum wusste, wohin er sich wenden sollte. »So … ich weiß, ihr habt viel zu tun. Ich mache mich am besten wieder auf den Weg in die Stadt. Kann ich dort vielleicht etwas für dich erledigen?«

»Ja, du kannst an der Anschlagtafel im Postamt einen Zettel anbringen, ›Viehtreiber gesucht. Mit Erfahrung. Für einen Viehtrieb. Nach Westen.‹ Das dürfte genügen, oder?«

»Ich denke schon. Soll ich deinen Namen und deine Adresse dazuschreiben?«

»Ja. Es wird Zeit, dass ich Treiber antreten lasse.«

Ned rannte den Weg entlang zu der Stelle, an der er Saul angebunden hatte, und teilte dem Pferd die großartige Neuigkeit mit.

»Es geht nach Westen, alter Junge«, sagte er glucksend. »Weit nach Westen. Das wird ein großes Abenteuer! Ich sollte zu Papier und Stift greifen und diesen Treck festhalten. Und genau das werde ich vielleicht tun.«

Er pfiff fröhlich vor sich hin, als er zur Bank ritt. Seit seiner Ankunft in dieser Stadt war er sich stets fehl am Platz vorgekommen, ein Fremder, der hier nichts zu schaffen hatte, aber jetzt hatte auch er eine Rolle zu spielen, und er war mit sich zufrieden. Sobald er das Geld abgehoben hatte, um sich in Harrys Wagnis einzukaufen, wollte er seinen Eltern schreiben, dass er bei diesem Treck mitzog. Es war ein ziemlich schlauer Coup von ihm, fand er, von diesen Männern angenommen zu werden als Beteiligter an dem mühsamen Unterfangen, das diese Reise zu werden verhieß.

Seine Nachricht würde seinem Vater mit Sicherheit imponieren. Jasin würde jetzt erkennen, dass er nicht der Einzige in der Familie war, der den Mut und die Fähigkeit besaß, es mit dem australischen Busch aufzunehmen. Er fragte sich, ob sein Vater jemals so tief in die Wildnis vorgedrungen war, wie er es jetzt vorhatte. Statt Harry zu viele Fragen zu stellen, hatte Ned sich bei Burschen in der Bar nach den Entfernungen erkundigt; die Männer aus dem Busch sprachen nur zu gern über das Thema, das gleich an zweiter Stelle hinter Pferden kam. Sie meinten, Ortschaften wie Cloncurry, wo Schafzüchter und Mineralogen schon Grenzen markierten, müssten annähernd sechshundert Meilen westlich von Rockhampton liegen.

Er ritt die Hauptstraße entlang, und als er schon am Post- und Telegrafenamt vorbei war, fiel ihm Harrys Auftrag ein; er saß ab, band Saul an einem Pfosten an und ging zurück.

Telegrammformulare, Schreibfedern und Tinte lagen auf den hohen Schaltern unter dem offenen Fenster aus und er schrieb seine Anzeige in auffälliger Schrift auf die Rückseite eines Formulars.

An der Anschlagtafel steckten so viele Zettel, dass Ned keinen Platz für seine wichtige Mitteilung fand, weswegen er erst einmal Ordnung schaffte. Er entfernte Nachrichten, die er für überholt oder unleserlich befand und warf sie in den Papierkorb, dann plazierte er andere so um, dass in der Mitte ein Viereck frei wurde und Harry Merriman einen Ehrenplatz bekam.

Nachdem er den Auftrag zu seiner Zufriedenheit ausgeführt hatte, ging Ned zur Bank, um den Betrag für seine Reise ins Abenteuer abzuheben.

Der Kassierer hinter dem Schaltergitter blickte freundlich lächelnd auf, als Ned näher trat.

»Guten Tag, Euer Ehren«, rief er. »Schöner Tag heute, was?«

»Ja, wahrhaftig.« Ned sah davon ab, ihm zu erklären, dass er kein Richter war, schob ihm einen Zettel mit seiner Unterschrift hin und verlangte dreißig Pfund. Während er wartete, ging die Tür auf und Marcus Beresford kam herein, die Stirn in tiefe Falten gelegt.

»Was ist geschehen?«, fragte Ned seinen Freund. »Du siehst aus, als hättest du eine Wespe verschluckt.«

»So fühlt es sich auch an«, sagte Marcus. »Man hat im Westen neue Polizeibezirke eingerichtet und mich zum verantwortlichen Beamten für den Bezirk Cloncurry River ernannt! Ich bekomme gottlob einen europäischen Lagersergeant, aber wir müssen einen Trupp einheimische berittene Polizisten mit dorthin nehmen und eine Dienststelle einrichten. Unverzüglich!«

»Aber da gehen wir ja auch hin! Vielleicht nicht ganz so weit, aber ich glaube, wir werden in deinem Bezirk sein. So ein Glücksfall!«

»Von wegen Glück!« Marcus machte ein finsteres Gesicht. »Das liegt am Ende der Welt, verflucht noch mal! Und was meinst du eigentlich? Soll das heißen, du gehst mit Harrys Trupp?«

»Ja!«

»Entschuldigung, Sir, Euer Ehren...« Der Kassierer suchte Neds Aufmerksamkeit.

»Einen Moment noch!«, herrschte Marcus ihn an. »Bist du wahnsinnig?«, schalt er Ned. »Mit mir die Küste entlangbummeln ist ja gut und schön, aber dich dem Land ohne militärische Ausbildung auszuliefern, das ist etwas ganz anderes. Da wimmelt es von wilden Schwarzen. Schlag dir das aus dem Kopf. Geh nach Hause!«

»Guter Gott, nein! Ich bin ganz versessen darauf, dorthin zu kommen. Es wird phantastisch.«

»Entschuldigen Sie, mein Herr, Mr. Heselwood...«, beharrte der Kassierer, und lachend wandte Ned sich ihm zu.

»Mach dir keine Sorgen, Marcus. Wir treffen uns nachher noch.«

»Mr. Heselwood...« Der Kassierer beugte sich vor und sprach mit gedämpfter Stimme. »Ich bedaure sehr, aber Sie haben keine dreißig Pfund auf der Bank. Sie haben nur neun Pfund, zwei Schilling und drei Pence.«

»Unsinn! Schauen Sie noch einmal nach! Sie werden sehen, dass ich die Summe zur Verfügung habe.«

»Vielleicht... der Direktor?«, flüsterte der Kassierer.

»Ja. Augenblicklich! Wo ist er?«

Ned wurde rasch durch eine Schwingtür geführt. Der Direktor zog sich hastig seine Jacke an.

»Was soll das?«, fragte Ned. »Man sagt mir, mein Kontostand ist niedrig. Aber erinnern Sie sich bitte, ich habe einen Kreditbrief, unterzeichnet von meinem Vater, den Sie, glaube ich, recht gut kennen, mein Herr.«

»Durchaus, durchaus, Mr. Heselwood. Ein feiner Mensch.

Leider sieht es so aus, dass Mr. Heselwood andere Vorkehrungen für Sie getroffen hat. Ich habe hier ein Telegramm …«

Er reichte es Ned und trat zurück; die Hände auf dem Schmerbauch gefaltet, wartete er gespannt auf Neds Reaktion.

»Er hat den Kreditbrief gekündigt?« Ned war bestürzt. »Kann er das denn?«

»Ich bedaure unendlich, Mr. Heselwood, ja.«

»Und jetzt habe ich nur neun Pfund auf diesem Konto?« Um das Gesicht zu wahren, ließ er es so klingen, als hätte er mehrere Konten. »Kann ich dann die neun Pfund haben?«, fragte er steif; er wollte nicht noch einmal an der Kasse anstehen.

»Gewiss, Mr. Heselwood.« Der Direktor eilte zu dem Kassierer, stieß ihn in die Rippen und flüsterte ihm seinen dringenden Auftrag zu. Er stand ungeduldig dabei, während der Kassierer das Geld noch einmal zählte und in einen braunen Umschlag steckte. Dann eilte der Direktor die wenigen Schritte zurück zu Ned und drückte ihm das Geld in die Hand wie einem Bettler.

»Danke, mein Herr«, sagte Ned liebenswürdig. »Sie waren sehr entgegenkommend.«

Draußen erschien ihm das ungefilterte Sonnenlicht greller als gewöhnlich. Ihm war speiübel. Als hätte er einen Hitzschlag erlitten. Irgendwie schaffte er es, durch die Stadt zu der Pension zu reiten und sich in sein Zimmer zu flüchten, um diesen Tiefschlag, der die Chance seines Lebens zerstörte, zu verdauen.

Seine Wirtin kam an die Tür. »Mr. Heselwood, hier ist ein Telegramm für Sie. Ist jemand gestorben?«

»Das werde ich gleich sehen.« Er faltete das Telegramm vorsichtig auseinander und las die akkurate Schrift. »Es ist niemand gestorben«, sagte er. »Ich habe eine Stellung als Farmverwalter bekommen.«

Die Wirtin strahlte. »Also, ich muss schon sagen! Das sind doch gute Nachrichten, nicht wahr?«

Er schloss die Tür und starrte auf das Blatt Papier.

Kehre unverzüglich zu deinen Pflichten auf Montone zurück und verdiene deinen Unterhalt. Vater.

An diesem Nachmittag kam Ned Heselwood nicht wieder. Harry war besorgt, nicht wegen des Geldes für Neds »Passage«, wie er es nannte, sondern weil es nicht zu Ned zu passen schien. Der Bursche war so aufgeregt gewesen, weil er mit von der Partie war und Harry hätte um einen Goldbarren gewettet, dass Ned binnen einer Stunde zurück sein würde.

Aber vorerst musste er noch andere Leute sprechen.

Als er im Hof arbeitete, rief Tottie zu ihm hinaus, ein Schwarzer stehe am Tor.

»Sieh mal nach, was er will!«

»Jawohl!«

Tottie eilte den Pfad entlang und scheuchte eine Schar Kakadus auf, die im Gras scharrten. Die Vögel protestierten mit einem Schwirren aus rosa und grauen Federn, kehrten aber flugs zu ihrer Tätigkeit zurück, stapften umher, die Köpfe gesenkt, und pickten an Samenkörnern, zierlich wie alte Damen. Tottie lachte. »Habe euch wohl aus dem Konzept gebracht, wie?«

Ladjipiri hörte das Lachen und betrachtete es als gutes Vorzeichen.

Als die Frau mit einem gütigen Lächeln auf ihn zukam, mit Haaren von der Farbe der leuchtenden Felsen dort draußen im fernen Land, da wusste er, dass sie ihn zu seinem Sohn führen würde. Zu Banggu.

Gleich nachdem seine Vettern ihm berichtet hatten, dass ein Weißer sich anschickte, Rinder dorthin zu treiben und einen Führer brauchte, hatte seine Frau ihn bedrängt, den Posten anzunehmen.

»Ich habe einen Sohn durch sie verloren. Du musst wieder über die Berge gehen und meinen anderen Sohn suchen.«

»Sie bringen noch mehr von den Rindern mit. Warum soll ich ihnen helfen?«

»Weil du sie nicht aufhalten kannst. Das kann keiner. Wenn du nicht gehst, machen andere die Arbeit. Doch wenn du bei den weißen Männern bist, kannst du sie reden hören, kannst Sachen erfahren. Schau dich nach meinem Sohn um.«

»Unserem Sohn, Frau! Selbst wenn ich ihn finde, ich kann ihn nicht mit zurückbringen. Er ist hier nicht mehr in Sicherheit.«

Sie weinte. »Hörst du nicht, worum ich bitte? Ich muss wissen, ob er noch am Leben ist, nicht mit einem Gewehr erschossen und zu den Krähen in die Schlucht geworfen, wie es damals an dem schrecklichen Tag geschah… dem Tag, als du seinen Freund gefunden und begraben hast! Was ist Banggu zugestoßen? Keiner hat ihn mehr gesehen. Ist er dort gestorben oder ist er bei deinen Freunden in Sicherheit? Du musst es mir sagen.«

Ladjipiri atmete tief ein und stellte sich hoch aufgerichtet an das Tor.

»Ich suche Mr. Merry«, sagte er zu der Frau und musste schmunzeln, als er das Wort in seinem Kopf plötzlich übersetzte: fröhlich.

»Mr. Merry«, wiederholte er, wissend, dass diese Frau Mrs. Merry sein musste. Sie waren wahrlich ein seltsames Volk, diese Weißen.

Tottie betrachtete den großen Schwarzen, dessen ergrauende Haare mit einem geflochtenen Band zusammengefasst waren und dessen Gesicht, das einem Gesteinsbrocken glich, ein schwarzer Spitzbart zierte. Er trug eine ausgefranste Arbeitshose und ein Hemd, beides zu klein für seinen langen Körper.

»Ja, Mr. Merry ist hier«, sagte sie liebenswürdig. »Mr. Trader?«

Er nickte. »Trader.«

»Schön, treten Sie ein.«

Der Zaun bestand aus Draht, der zwischen Pfosten und Tor gespannt war. Das hatte Harry aus gekreuzten Baumschösslingen zusammengebastelt und mit Angeln aus Rohleder versehen. Trader stieg mühelos hinüber.

* * *

Die zwei Männer saßen mit gekreuzten Beinen neben einem großen geschlossenen Planwagen auf der Erde.

Mr. Merry hatte blaue Augen, nicht wie das Blau des Himmels, sondern wie tiefblaues Wasser an einem Sonnentag. Sie waren erfüllt von Liebe zu seiner Frau. Im Vordergrund der Augen stand Entschlossenheit, doch in der Tiefe stand Schmerz. Dieser Mann trug eine Klage mit sich, die er nie ablegen würde. Er war körperlich kräftig, und das war von Vorteil, dachte Ladjipiri, als er hörte, wohin sein Brotherr das Vieh treiben wollte.

»Schwieriges Land für Weiße, das, Boss.«

»Ich weiß. Ich war schon einmal da. Wir haben Rinder zum Thomson-Fluss getrieben, aber die Aborigines dort waren unglücklich darüber, darum haben wir uns nach Cameo Downs zurückgezogen. Kennst du Cameo Downs? Wohnen viele Schwarze da.«

Ladjipiri nickte; er dachte an die weiße Frau, die die Irikandji-Männer getötet hatten, unweit des Flusses, der, wie er unterdessen erfahren hatte, »Toms Sohn« hieß. Und das Meer von Rindern. Hatte er diesen Mann vielleicht schon einmal gesehen?

»Diesmal bin ich der Boss«, sagte Mr. Merry. »Ich nehme nicht so viele Rinder mit. Aber, Trader, du sollst wissen, ich wünsche nicht, dass den Schwarzen Leid geschieht. Ich möchte gut Freund sein. Meine Frau auch. Sie ist ein gutherziger Mensch. Würdest du das deinen Leuten sagen? Kannst du ihnen sagen, dass wir in friedlicher Absicht kommen?«

Er nickte.

»Sprichst du dieselbe Sprache wie das schwarze Volk da draußen?«

»Manche. Alle verschieden.«

Mr. Merry stöhnte. »Das ist ein Jammer. Ich hatte gehofft, die Sprache zu erlernen. Für welche soll ich mich denn nun entscheiden?«

Ladjipiri war verblüfft. Er hatte nie von einem Weißen gehört, der eine Sprache der Schwarzen beherrschte. Er kratzte sich am Kopf. Das Pitta-Pitta-Volk könnte mit ihm sprechen. Andererseits könnte es für Mr. Merry sicherer sein, die

Sprache der Kalkadoon zu lernen. Er schauderte. Er wünschte diesen Menschen auch kein Ungemach. Er wollte nicht teilhaben an den Kriegen dort draußen. Er wollte nur Banggu finden.

»Vielleicht am besten paar Worte Kalkadoon lernen, wie ich.«

»Warum? Gehörst du zu den Kalkadoon?«

»Nein. Ich lerne das. Mensch hier, Land hier ist Darambal. Da draußen ist Kalkadoon-Land, Pitta-Pitta-Land. Je nachdem, wohin man geht.«

Er sah, dass Mr. Merry erschrocken war. Er erkannte auch ein bisschen Angst.

»Allesamt gleich«, sagte er.

»Ja, danke, Trader. Jetzt bin ich doch etwas besorgt, weil ich meine Frau mitnehme.«

Dazu hatte Ladjipiri keine Meinung.

»Dann wirst du unser Führer sein?«, fragte der Boss.

»Kann ich machen.«

»Wie wäre es jetzt mit etwas zu essen? Ein Imbiss gefällig?«

Ladjipiri nickte. »Ganz viel hungrig.«

***

Als die Besprechung zu Ende war und sie aufstanden, drehte Ladjipiri sich zu Harrys Verwunderung um und schritt in Richtung Straße.

Kurz darauf kam er mit einem großen Netz, einem langen Speer, einem Bumerang und einem Jagdmesser zurück. Er legte die Gegenstände unter einer schwarzen Akazie auf den Boden.

»Sind die zum Tauschen?«, fragte Harry.

»Bewahren. Sind gut für die Jagd. Wir essen jetzt?«

Ihr Führer hatte sich eingefunden, doch ihr für den Treck zahlender Freund war noch in seiner Pension und dankte dem Herrgott dafür, dass er sich für eine billige Bleibe entschieden hatte statt für eines der feineren Etablissements an der Quay Street.

»Dann säße ich jetzt auf der Straße«, sagte er und stöhnte. Er hatte längst gelernt, sich vor teuren Hotels zu hüten, nicht wegen der Preise, sondern wegen der Ausgaben, zu denen er verlockt werden könnte, wenn er sich einmal in ihre Fänge begab.

Doch das war jetzt ein schwacher Trost. Ob er Jasin ein Telegramm schicken und ihn bitten könnte, ihm seinen Kredit wieder einzurichten?

»Und das Geld für das Telegramm verschwenden!«, murmelte er.

Aber was war mit Mutter? Würde sie ihm helfen? Nicht, wenn ihr Mann es untersagte. Sie konnte ihm nicht einfach ein paar Pfund zustecken; sie würde zur Bank gehen und es erklären müssen. Jasin würde dahinterkommen und Ned wollte auf gar keinen Fall einen Streit zwischen ihnen auslösen.

Also schien ihm nichts anderes übrigzubleiben, als zu Harry zu gehen und ihm zu erklären, dass seine Mittel nicht ausreichten, um für seine Beteiligung an der Expedition aufzukommen. Reinen Tisch machen. Ihnen alles Gute wünschen und sich in die Nacht verabschieden. Es sei denn …

Es sei denn, er würde sich als Viehtreiber verdingen. Das könnte er schaffen. Einfach neben einer Masse Rinder reiten, tagein, tagaus. Warum war er nicht gleich darauf gekommen?

Dann fiel ihm die Anzeige ein, die er geschrieben und im Post- und Telegrafenamt an der Anschlagtafel befestigt hatte. Es hatte ausdrücklich geheißen, dass Harry erfahrene Treiber brauchte. Ned würde ihn schrecklich in Verlegenheit bringen, wenn er sich um einen Posten als Viehtreiber bewerben würde und Harry ihn ablehnen müsste.

Dann ist es wohl vorbei, sagte er sich. Ich werde zu Harry reiten, mich bei ihm entschuldigen und verschwinden. Aber ich will verdammt sein, wenn ich nach dieser Kränkung mit eingezogenem Schwanz wieder nach Montone gehe. Ich muss einfach hier irgendwo eine Beschäftigung finden.

Sein Pferd war an einem schattigen, mit herabgefallenen Orangenblüten bedeckten Platz unter einer ausladenden Flammenakazie an einem Pfosten angebunden und sah in dieser herrlichen Umgebung einfach fabelhaft aus.

»Du siehst aus, als würdest du Modell stehen«, sagte Ned zu ihm, als er ihm die Flanken tätschelte.

Und plötzlich schien Edward Heselwood die Lösung so nah.

Er verwarf den Gedanken sogleich. Das konnte er nicht tun! Das wäre ein Frevel. Etwas ganz Schreckliches.

»Na schön. Dann geh zurück nach Montone«, sagte eine innere Stimme. »Schlag dir die grandiose Expedition aus dem Kopf!«

Er saß über eine Stunde auf dem Zaun bei der Akazie, bevor er sich zum Viehmarkt begab, um einen Auktionator namens Chester Newitt aufzusuchen.

»Ich möchte ein gutes Hütepferd kaufen.«

»Da sind Sie bei mir richtig, Sir. Sie sind doch Ned, der Freund von Inspektor Beresford?«

»Derselbe.«

»Dachte ich mir. Schön, dann wollen wir mal sehen. Ich habe gerade einen guten, kräftigen Burschen da.«

»Ich brauche ein Pferd, das eine weite Reise bewältigen kann.«

»Dann wollen Sie ein Packpferd?«

»Nein. Ich möchte ein gutes Pferd, das ich reiten kann.«

»Nehmen Sie es mir nicht übel, wenn ich frage, Ned, was ist denn mit dem, das Sie jetzt reiten? Ein verdammt schönes Tier haben Sie da.«

»Das ist zu verkaufen.« Edward unterdrückte einen Kloß in der Kehle und drängte brennende Tränen zurück.

»Was?«

»Ich ziehe mit einem Viehtrieb weit nach Westen. Mit Treibern. Saul ist ein viel zu gutes Pferd, um es dorthin mitzunehmen.«

Newitt schüttelte missbilligend den Kopf, schwieg aber dazu.

»Ich möchte zweihundert Pfund für ihn«, sagte Edward.

»Nun mal langsam, mein Freund. Das ist ein bisschen übertrieben.«

»Ich habe seine Papiere ...«

»Mag ja sein, und es ist auf den ersten Blick zu sehen, dass er ein erstklassiges Pferd ist, aber wir haben hier eine Menge Pferdezüchter und sind knapp bei Kasse. Die Hälfte der Welt würde so eine Schönheit besitzen wollen, aber nicht diese Hälfte. Wie heißt er denn?«

»Red Shadow, aber wir nennen ihn Saul.«

»Ich sage Ihnen was. So ein Pferd verdient ein gutes Zuhause.«

»Natürlich.«

»Dann nehme ich ihn selbst, für hundert. Bar auf die Hand.«

»Das soll wohl ein Scherz sein!«

»Ich mache Ihnen ein verflucht gutes Angebot, aber ich lege noch eins von unseren besten Hütepferden drauf, einen zähen Burschen namens Merlin. Er ist schnell und schlau. Ziehen Sie etwa mit Harry Merriman?«

»Ja.«

»Glauben Sie mir, Harry ist ein guter Pferdekenner. Er würde mir die Haut abziehen, wenn ich seinem Kumpel ein zweitklassiges Hütepferd andrehen würde.«

Am Ende kaufte Chester Newitt Saul für einhundertneunundzwanzig Pfund, und Harrys Freund Ned ritt auf einem schwarzen Hütepferd namens Merlin mit einem weißen Stern auf der Stirn davon.

Chester ritt stolz in die Stadt, gab mit Saul an. Alle waren beeindruckt, nur seine Frau nicht.

»Bist du von allen guten Geistern verlassen, so viel Geld für ein Pferd zu bezahlen!«

»Es ist jeden Penny wert.«

»Aber du brauchst so ein Tier nicht, du Dummkopf.«

»Wir werden ja sehen, wer hier der Dummkopf ist, wenn Harry Merrimans Bande sich auf den Weg gemacht hat.«

»Wieso?«

»Weil ich dann Red Shadow weit und breit ausschreiben und hier in der Stadt eine Sonderauktion veranstalten werde. Vielleicht sogar im Rathaus.«

Harrys erste Frage lautete: »Wo ist Saul?«

Ned war verblüfft. Er hatte nicht mit einer so unverblümten Frage gerechnet, auch wenn er sich gedacht hatte, dass Sauls Fehlen früher oder später bemerkt werden würde.

»Hm … ich habe ihn verkauft.«

»Himmel, wieso das denn?«

Ned war schon im Begriff zu sagen, dass man ihm einen guten Preis geboten hatte, als handele es sich um nichts weiter als ein vorteilhaftes Geschäft, doch er zögerte und platzte dann heraus: »Mein alter Herr hat meine Mittel gestrichen. Ich brauchte das Geld.«

»Ah, so ein Pech. Warum hat er das getan? Passt es ihm nicht, dass du mit uns ziehst?«

»Schlimmer. Er hat, ehrlich gesagt, nicht viel für mich übrig. Es scheint, dass ich ihn immer wieder enttäusche.«

»Das ist nicht weiter schwer«, brummte Harry. »Ich konnte meinem alten Herrn nichts recht machen. Wenn du jetzt nicht zahlen kannst, können wir das ein andermal regeln.«

»Nein! Ich habe das Reisegeld hier.« Lächelnd händigte er Harry den Betrag aus. »Ich muss schon sagen, das ist ein gutes Gefühl. Jetzt bin ich wahrhaftig ein Stück weiter. Übrigens, haben sich schon Leute auf die Anzeige gemeldet?«

»Ja. Ich habe mehrere gefunden, darunter zwei, die auf Slim Collinsons Viehtrieb dabei waren … Komm mit, ich mache euch bekannt.«

Ned wurde den Treibern Matt Doolan und Ginger Magee vorgestellt. Letzterer war wesentlich älter, ein typischer Buschmann, der ihn an Jack und Clem erinnerte, die Vormänner seines Vaters, die jetzt Montone leiteten. Und Trader, Harrys Führer, einen seltsam aussehenden Ureinwohner mit langen, dürren Beinen.

»Kommt dein Freund Duke auch mit?«, fragte er.

»Ja, er ist Feuer und Flamme. Nimmt seine eigene Herde mit. Wir werden etwa tausend Rinder haben.«

»Interessant. Kann ich bei irgendetwas zur Hand gehen?«

»Sicher. Tottie käme Hilfe beim Beschaffen und Packen des Proviants sehr gelegen. Sie ist sehr gewissenhaft, sie hat sich

Listen von Läden gemacht, sodass sie weiß, was sie unterwegs in den Dörfern besorgen kann, bis diese Quelle versiegt und wir auf uns selbst angewiesen sind.«

»Gut so. Ich gehe gleich zu ihr.« Er zögerte und sagte dann: »Übrigens, was ich dich noch fragen wollte. Ich kannte mal einen Jungen namens Duke. Das ist ein seltener Name. Wie heißt er mit Nachnamen?«

»MacNamara. Er hat hier noch einen Bruder. Auch Viehzüchter. Ist das derselbe Mann?«

Ned Heselwood zwang sich, mit normaler Stimme zu antworten. »Scheint so. Ja.«

»Na, so was! Wie klein die Welt ist.«

Duke hatte alles unter Kontrolle. Er war jetzt froh, Murphys Vormann Snowy Drummond behalten zu haben; denn er wusste, dass er ihm während seiner Abwesenheit Mango Hill zuverlässig überantworten konnte. Nachdem das geregelt war, war er mit Harry übereingekommen, sich wegen der Übernahme weiterer Rinder von ihm mit Paul zu treffen. Er konnte es sich nicht leisten, seine eigenen Herden zu verkleinern.

Und nun war es an der Zeit, das zu tun, was er seit seinem Entschluss, auf diesen Viehtrieb mitzukommen, vor sich hergeschoben hatte: Lucy Mae zu schreiben.

Auch wenn ihm bewusst war, dass sie auf diesem Treck unweigerlich mit allen möglichen Problemen zu kämpfen haben würden, war es ihm gelungen, jeglichen Gedanken an Gefahr abzuschütteln. Gefahren lauerten auch hier. Schlangen, Krokodile, Fieberkrankheiten, Stampeden, schlechtes Wetter... all dies war nicht auf das unerforschte Hinterland beschränkt, daher hatte es keinen Sinn, sich über dergleichen Gedanken zu machen. Hinsichtlich der Aborigines war es so, wie Harry sagte: Man musste eben jederzeit bewaffnet sein.

Dennoch, überlegte er, er würde sehr lange fort sein. Monate. Deswegen sollte er Lucy Mae wenigstens schreiben. In Verbindung bleiben.

Doch sein Brief entwickelte ein Eigenleben.

Zu Beginn hatte Duke die Hoffnung ausgedrückt, dass es ihr

gut gehe und das Wetter in Brisbane jetzt, am Ende der feuchten Jahreszeit, milder sei. Dann teilte er ihr mit, er werde in wenigen Tagen mit seinem Vieh nach Westen aufbrechen; er schilderte die großen Entfernungen, die sie zurücklegen würden, und das ließ ihn etwas sentimental werden, als bestünde die Möglichkeit, dass er Lucy Mae nicht wiedersehen würde. Und schon beschrieb er den nächsten Bogen, erklärte ihr, dass er sie vermisste und es ihm aufrichtig leid täte, sollte er sie in irgendeiner Weise gekränkt haben. Es schien ihm nicht bewusst zu sein – wohl aber Lucy Mae, als sie den Brief las –, dass das Schicksal seines Vaters schwer auf ihm lastete. Zwar erwähnte er Pace nicht, doch schien er anzunehmen, dass er von der langen Reise womöglich nicht zurückkehren würde. Lucy Mae schien es wie eine Vorahnung. Und dann kam es: Er schrieb ihr, dass er sie innig liebte, bat sie abermals um Verzeihung für sein beleidigendes Benehmen aufgrund seiner Dummheit und trug ihr in aller Aufrichtigkeit an, ihm die Ehre zu erweisen, seine Frau zu werden.

Lucy Mae weinte, als sie den Brief erhielt. Sie war seelisch erschöpft. Als sie die Bögen wieder und wieder las, verwischten Tränen die ernsten Worte des Vaters des Kindes, das sie in sich trug. Dann verbarg sie den Brief in ihrer Rocktasche. Sie konnte es nicht ertragen, mit irgendjemandem darüber zu sprechen, schon gar nicht mit ihrer Mutter, die bislang noch nichts davon gemerkt hatte, dass ihr erstes Enkelkind sich regte.

Das Hausmädchen meldete eine Besucherin. »Ich habe sie ins Wohnzimmer geführt.«

»Mutter wird sie empfangen«, rief Lucy Mae durch die geschlossene Tür, wobei sie verzagt ihr feuchtes Taschentuch an die Augen drückte.

»Ihre Mutter ist ausgegangen.«

»Ach ja, das hatte ich vergessen. Wer ist es denn?«

»Mrs. Palliser.«

»Wer?«

»Die Frau von Dr. Palliser.«

»Rosa? Oh. Ist gut. Ich bin gleich da.«

Rosa war enttäuscht, dass Milly nicht zu Hause war. »Ich bin hier vorbeigekommen und da dachte ich, wie nachlässig von mir, dass ich Ihre Mutter eine ganze Weile nicht besucht habe. Und Sie müssen Lucy Mae sein, ja? Ich glaube, ich sah Sie auf der Beerdigung.«

»Ja, Mrs. Palliser, die bin ich, und es freut mich sehr, Sie kennenzulernen. Meine Mutter wird es bedauern, Sie verpasst zu haben. Kann ich Ihnen einen Tee anbieten?«

»Nein, danke. Aber nennen Sie mich doch Rosa.« Sie lächelte. »Ich wollte fragen, ob Sie und Ihre Mutter an einem Nachmittag zum Tee kommen möchten. Nur wir drei Damen unter uns. Mittwoch vielleicht?«

Lucy Mae schüttelte den Kopf. »Bedaure, nein. Sie fühlt sich in letzter Zeit nicht wohl. Vielmehr, ich fühle mich nicht wohl.« Und sie brach sie Tränen aus.

Rosa keuchte. »Du meine Güte! Was fehlt Ihnen, Lucy Mae?« Sie legte den Arm um sie, versuchte sie zu trösten, aber das schien alles nur noch schlimmer zu machen. Lucy Mae schluchzte herzzerreißend und sie tat Rosa furchtbar leid. »Kann ich Ihnen helfen?«, fragte sie sanft.

»Würden Sie bitte die Tür schließen!«

»Möchten Sie, dass ich gehe?«

»Nein. Verzeihung. Es ist bloß... die Mädchen, sie sollen nichts mitbekommen.«

»Ja, natürlich, ich verstehe.« Rosa sprang auf und schloss die Tür.

»Ist es denn so schlimm?«, fragte sie.

»Ja. Verzeihen Sie, Rosa. Ich bin ja so dumm.«

»Aber nein. Was ist denn geschehen? Ich bestehe darauf, dass Sie es mir sagen. Wenn es ein dunkles Geheimnis ist, verspreche ich, es keiner Menschenseele zu erzählen.«

Als ihre Schluchzer abebbten, sah Lucy Mae ihren Gast an und entdeckte eine Liebenswürdigkeit, die sie in Erstaunen versetzte. Sie hatte sich Rosa stets als überhebliche Person vorgestellt, die sich prachtvoll kleidete. So wie heute, dachte sie kläglich angesichts von Rosas marineblauem Seidenkostüm, dessen bodenlanger Rock ein breiter Saum zierte.

»Es tut mir wirklich leid, dass ich mich so dumm anstelle. Wir kommen gern zu Ihnen zum Tee…«

Ein neuerlicher Tränenschwall brach hervor und Rosa legte abermals die Arme um sie. »Aber, aber… ist jemand gestorben?«

»Nein! Nichts dergleichen.« Lucy Mae atmete tief durch, zog den Brief hervor und reichte ihn ihrer neuen Freundin.

»Soll ich den wirklich lesen?«, fragte Rosa. Lucy Mae nickte nur. »Nanu! Er ist von Duke!«

»Ja.«

Rosa brauchte eine schiere Ewigkeit, um den Brief zu lesen, und als Lucy Mae sie ein Blatt umwenden sah, flüsterte sie: »Sie erzählen es nicht weiter, nein?«

»Nein, natürlich nicht«, sagte Rosa abwesend. »Aber weshalb weinen Sie? Er macht Ihnen einen Heiratsantrag! Das ist wundervoll, Lucy Mae. Sie sollten glücklich sein, Sie sollten Freudensprünge machen.«

»Oh je!« Lucy Mae nahm rasch den Brief und schob ihn wieder in ihre Tasche. »Da kommt meine Mutter!«

»Soll sie es denn nicht erfahren?«

»Auf keinen Fall. Bitte, kein Wort.«

»Ist gut.« Rosa entnahm ihrer Handtasche eine kleine goldene Puderdose mit weißem Gesichtspuder. Sie stäubte ein wenig auf Lucy Maes Wangen und tupfte auch etwas um ihre Augen. »So. Das wirkt Wunder. Jetzt lassen Sie mich noch Ihre Frisur richten.«

Lucy Mae brachte ein Lächeln zustande. »Ich habe noch nie Gesichtspuder benutzt.«

»Sie müssen sich welchen besorgen! Ist sehr nützlich.«

Milly kam aufgeregt hereingeflattert und umarmte Rosa. »Du meine Güte, ich habe mich gefragt, wem die Kutsche da draußen gehört, und nun bist du hier, Rosa. Wie lieb von dir vorbeizukommen. Und du, Lucy Mae, wo hast du nur deine Gedanken? Hast du angeordnet, dass man Rosa Tee oder eine Erfrischung bringt?«

»Nein, ist schon gut so«, sagte Rosa bestimmt. »Ich kam gerade vorbei, und da fiel mir ein, dass Lucy Mae und ich so gut wie Fremde sind, deshalb habe ich sie für Mittwoch zum Tee eingeladen und sie hat liebenswürdigerweise zugesagt. Aber jetzt muss ich mich beeilen. Ach übrigens, Milly, ich wollte dich etwas fragen. Mit welchem Schiff bist du eigentlich nach Australien gekommen?«

»Oh. Mit der *Emma Jane*, meine Liebe. Dermott und ich waren so jung. Aber warum wolltest du …«

Rosa schwindelte: »Ich fertige gerade eine kleine ›Lebenszeiten‹-Karte für Georgina Heselwoods Geburtstag im nächsten Monat an.«

»Sehr hübsch, sehr angebracht, solche Karten. Wie geht es Georgina? Hast du nicht nach dem Unfall Krankenschwester bei ihr gespielt? Was ist eigentlich genau geschehen?«

»Das ist eine lange Geschichte. Die erzähle ich ein andermal. Jetzt muss ich aber wirklich gehen. Nicht vergessen, Mittwoch, Lucy Mae. Pip-pip!«

»Unerhört«, sagte Milly. »Pip-pip? Was ist das? Argentinisch für winke-winke? Sie hätte die Einladung ruhig auf mich ausdehnen können. Wir sind immerhin befreundet.«

»Ich kann mir vorstellen, dass sie sich nach gleichaltriger Gesellschaft sehnt«, meinte Lucy Mae, die im Begriff war, das Wohnzimmer zu verlassen.

»Was wirst du anziehen?«

»Ach Mutter, das weiß ich noch nicht.«

Lucy Mae ging in die Küche und war froh, dort niemanden anzutreffen. Still übergab sie Dukes Brief den glühenden Kohlen im Herd. Sie sah zu, wie die Bögen sich an den Rändern kräuselten und dann in Flammen aufgingen, und sie fühlte sich ein wenig erleichtert, weil der Brief ihrer Mutter nicht in die Hände fallen konnte. Sie könnte es einfach nicht ertragen, wenn sie ihn läse.

Und Rosa! »Ich weiß nicht, was in mich gefahren ist, dass ich ihn ihr gezeigt habe«, stöhnte sie, während sie aus dem Nebeneingang schlich und sich rasch vom Haus entfernte, »aber sie ist wirklich nett. Und sehr klug.«

Lucy Mae war erstaunt, wie souverän Rosa die Lage beherrscht hatte. Sie hatte das Gespräch offenbar fortsetzen wollen, zuversichtlich, dass die Tränen nicht wieder einsetzen würden, und war sehr geschickt umgeschwenkt, als sie Milly mit einbeziehen musste.

»Das erfordert Übung«, überlegte Lucy Mae. Milly sagte immer, Rosa sei ein von ihrem Vater maßlos verwöhntes kleines Biest, doch aus Lucy Maes Sicht war sie eine sehr liebenswerte Person.

Sie war aufgeregt wegen der Einladung zum Tee und hoffte fast, Rosa würde eine Botschaft schicken mit einem Vorwand, um das Ganze abzusagen; denn sie selbst traute sich nicht abzulehnen. Sie würde es von ihrer Mutter immer wieder zu hören bekommen. Da wäre es einfacher hinzugehen.

Lucy Mae war zum Tor geschlendert und ging schon die mit Laub bedeckte Straße entlang, ehe ihr bewusst wurde, dass sie weder Hut noch Handschuhe trug. Doch dann war es ihr plötzlich egal. Vollkommen egal! Sie ging weiter, dachte an Dukes Brief, fragte sich, ob Rosa das Datum gesehen hatte. Er war vor drei Wochen geschrieben worden.

Duke dürfte inzwischen schon mit dem Viehtrieb unterwegs sein.

Bei den Vorbereitungen für den Treck war Tottie so gründlich wie ihr Mann. Während er sich vergewisserte, dass die gesamte Ausrüstung in gutem Zustand war, legte sie Gemüse ein und pökelte Fleisch, und Ned fand, dass diese Vorbereitungen denen für eine Seereise nicht unähnlich waren.

Er war ein wenig verwundert, dass er zu Küchenarbeiten herangezogen wurde, während andere Männer Ausstattungsgegenstände einfetteten und verpackten, nahm es jedoch gelassen, da er sah, dass sie ihn brauchte, um die schweren Proviantsäcke auf den Vorratswagen zu laden, nachdem sie sie auf ihrer Liste abgehakt hatte.

Sie kamen erstaunlich gut miteinander aus. Sie bestand darauf, dass er sie Tottie nannte, weil sie ihn sonst Mr. Heselwood nennen müsse; sie riet ihm, sich einen Bart wachsen zu lassen, um sich das Rasieren zu ersparen, und sich eine Schaffelljacke zu besorgen, weil Harry gesagt hatte, dass die Nächte im fernen Westen sehr kalt sein konnten.

Als er alles, wobei er ihr fürs Erste zur Hand gehen konnte, getan hatte, teilte Ned Harry pflichtgetreu mit, er müsse jemanden aufsuchen, sei aber am frühen Morgen zurück.

»Gut. Ich möchte dich hierhaben, damit du die Dinge im Auge behältst. Ich muss nach Oberon, um nach weiteren Rindern zu schauen. Wenn sich noch Viehtreiber um den Posten bewerben, sprich mit ihnen, und wenn du sie für tauglich befindest, sag ihnen, sie sollen am Morgen wiederkommen. Verlass dich auf dein Urteil; schick das Gesocks weg.«

Merlin, das Hütepferd, war ein lebhafter Bursche, und Ned nahm an, er genösse den Ritt nach Mango Hill so wie er selbst, wobei das Pferd, anders als sein Reiter, nicht die Last der Beklommenheit zu tragen hatte.

Er versuchte, an andere Dinge zu denken. Etwa an den Zorn seines Vaters, wenn er erführe, dass er Saul verkauft hatte. Und wie Jasin mit den Zähnen knirschen würde, wenn ihm gemeldet wurde, dass sein Sohn, sein einziger Sohn, sich nicht wie befohlen zur Übernahme seiner Pflichten eingefunden hatte.

Man könnte meinen, der alte Herr sei beim Militär gewesen, so wie er sich aufführte und die Leute herumkommandierte.

Ned hatte erwogen, Jasin zu schreiben, ehe er in die Wildnis aufbrach. Doch nach dem kränkenden Telegramm – kein Gedanke! Seine Mutter allerdings sollte er wirklich benachrichtigen.

Edward hatte nichts dagegen gehabt, mit siebzehn nach England geschickt zu werden. Er fand es aufregend, allein durch die Weltgeschichte zu reisen, und hatte es sich an Bord des Schiffes gut gehen lassen. Er freute sich darauf, bei den Verwandten seiner Mutter zu wohnen. Auch sie waren eine Adelsfamilie und wohlhabend, und da er mit dem guten Aussehen und den guten Manieren der Familie auf der Schwelle erschien, rechnete er damit, gut zu ihnen zu passen. Es war nicht auf die Idee gekommen, dass das nicht der Fall sein könnte. Dass sie auf ihn herabsehen würden als bloßen Siedler, der ihnen gesellschaftlich nicht das Wasser reichen konnte. Dass sie sich über seinen Akzent mokieren und erstaunten Gästen heimlich entschuldigende Blicke zuwerfen würden, wenn seine Ausdrucksweise sie verblüffte.

Seine Vettern nannten ihn einen ausgemachten Lügner, als er ihnen auf ihre Frage antwortete, dass sein Vater über Tausende von Rindern herrschte. Da dies das Fass zum Überlaufen brachte, fing Edward zu raufen an. Und darin war er gut, war er doch auf einer Rinderfarm aufgewachsen. Er wurde in so viele Faustkämpfe verwickelt, dass sein Onkel ihn einen Schläger nannte und von ihm verlangte, Manieren zu lernen oder aber sein Haus zu verlassen.

»Du bist mit einem anrüchigen Ruf zu uns gekommen«, sagte er. »Zu deinem eigenen Besten möchte ich den Namen der Familie nicht besudeln, indem ich den Grund dafür über meine Lippen kommen lasse, doch glaube mir, hätte einer von meinen Söhnen eine solch niederträchtige Tat begangen, dann hätte ich ihn persönlich ausgepeitscht. Es obliegt dir daher, Gott um Vergebung zu bitten und um die Fähigkeit, deine Taten zu bereuen.«

An jenem Abend hatte Edward zum ersten Mal seit seinem im Rausch begangenen Angriff auf Mrs. MacNamara die Ungeheuerlichkeit seines Tuns eingesehen und eine Scham gefühlt, die ihm wochenlang Übelkeit bereitete. Es war, als sei seine Selbstachtung irreparabel zu Bruch gegangen.

Nach und nach begann er die Stücke aufzulesen und er sah ein, dass er sich nicht mehr in einer Position befand, in der er den Sohn vom Boss herauskehren konnte, sondern zu einer Art armem Verwandten herabgesunken war. Irgendwie gelang es ihm, sich in dieser unangenehmen Umgebung einzugewöhnen, bis er höhnische Bemerkungen über den Grund für seinen Aufenthalt in England hörte und wusste, es war durchgedrungen, dass er aus seiner Heimat verbannt worden war.

Über all dies dachte er nach. Er sah ein, dass er gegen Klatsch nicht viel ausrichten konnte, erkannte aber, dass er sich auf andere Weise wehren konnte. Er wandte sich sportlichen Betätigungen zu, angefangen mit Kricket. Zu Hause hatte er nur amateurhaft gespielt, jetzt aber engagierte er sich und wurde bald ein geschätzter Spieler.

Irgendwann hörten die Leute auf, ihn zu quälen. Er wurde sogar eingeladen, einem Jagdverein beizutreten, lehnte aber ab, einfach weil ihm die Ausrichtung zu förmlich war, wodurch er sich abermals als Außenseiter brandmarkte. Unterdessen hatte er im Laufe der Jahre seine eigenen Interessen entdeckt und erfreute sich der famosen Geselligkeiten, die unverheirateten Männern in der Stadt geboten wurden – bis sein Vater befand, es sei an der Zeit, nach Hause zu kommen.

Edward war überrascht, dass er so bald vor den Toren von Mango Hill angelangt war und musste sich eilends in die Gegenwart zurückversetzen, um eine Situation zu meistern, die unter Umständen äußerst peinlich werden könnte.

Hunde bellten, als er zu dem kleinen Anwesen ritt, und wie erwartet, herrschte auf der Farm rege Betriebsamkeit. Er umrundete das Wohnhaus und folgte dem aufgewirbelten Staub zu den Sammelplätzen, wo Pferde mit Brandzeichen versehen wurden.

»Ich möchte zu Duke«, rief er den Viehhütern zu.

»Beim Schmied«, antwortete einer und wies mit dem Daumen in die entsprechende Richtung.

In der Schmiede begutachtete Duke Eisenwaren, während der Schmied auf dem Amboss auf ein rotglühendes Hufeisen einschlug. Er war dicker, kräftiger geworden, aber es war Duke, kein Zweifel!

Zuerst hörte MacNamara ihn nicht über die Schläge des Hammers hinweg, doch dann drehte er sich um und blinzelte die Gestalt an, die da im Licht stand.

»Kann ich Sie kurz sprechen?«, rief Edward.

»Ja«, sagte Duke nichts ahnend.

Lächelnd trat Edward näher. »Kennen Sie mich nicht mehr?«

»Ich sehe nichts bei dem Licht. Sollten wir uns kennen?«

»Ja, schon. Ich bin bei Harrys Treck dabei. Wir werden zusammen reiten.«

»Ah, gut!« Duke war sichtlich verblüfft, streckte aber die Hand aus. »Wie war doch gleich Ihr Name?«

»Ned.«

»Ach ja, richtig! Harry hat von Ihnen gesprochen. Und bei Gott, wenn ich Sie jetzt so ansehe, sind Sie nicht der, den ich in einer Regennacht in Brisbane auf der Straße aufgelesen habe? Ich habe Sie in eine Droschke mit einem wunderlichen Kutscher verfrachtet! Jetzt erinnere ich mich an Sie!«

Nun war es an Ned, verwirrt zu sein. »Das waren Sie? Dann muss ich mich bei Ihnen bedanken. Ich muss gestehen, ich weiß nicht mehr viel von der Nacht damals, hatte viel zu viel getrunken im *Palace.*«

Duke lachte. »Ich auch! Ich habe Sie im *Royal Park Hotel* abgeliefert.«

»Ich wollte noch auf etwas anderes hinaus, Duke, hoffentlich nehmen Sie es mir nicht übel. Ich würde es begrüßen, wenn wir Freunde sein könnten.«

»Warum auch nicht?«

»Mein Name. Er lautet Heselwood. Ned Heselwood.« Er wappnete sich gegen einen Zornesausbruch.

»Heselwood?« Duke wischte sich blinzelnd ein Stäubchen aus dem rechten Auge. »Heselwood. Carlton Park? *Die* Heselwoods?«

»Ja. Unsere Väter waren sich nicht besonders gewogen«, sagte Ned. Er betete inständig, Georgina möge recht haben, und Dukes Mutter hatte ihrer Familie nichts von dem Vorfall erzählt.

»Sie sind der Sohn von Lord Heselwood?«

»Ja. Edward, aber Ned ist mir lieber.«

»Wieso machen Sie bei dem Viehtrieb mit? Ihr alter Herr hat genug Rinder, um ganz England zu verpflegen.«

»Ich wollte etwas Eigenes tun, etwas anderes. Mich ein bisschen absetzen, falls Sie verstehen, was ich meine.«

»Wer wollte das nicht«, erwiderte Duke. »Familienbande können verdammt straff sein.«

»Stimmt.«

»Ihre besonders, könnte ich mir denken.« Duke grinste. »Wir fürchten uns alle ein bisschen vor Ihrem Vater, und er und der meine waren sich nicht nur nicht gewogen, sie haben sich gehasst!«

»Zu starke Konkurrenz, denke ich.«

»Da könnten Sie recht haben. Wie auch immer, ich freue mich, Sie kennenzulernen. Wie ich gehört habe, haben Sie in England gelebt. Was haben Sie dort gemacht?«

»Nicht viel. Mich amüsiert.«

»Nicht viel? Herr im Himmel, Ned, wissen Sie auch sicher, was Sie tun? Dieser Treck wird bestimmt kein Zuckerschlecken.«

»Das schaffe ich schon.«

Duke schüttelte zweifelnd den Kopf, dann sagte er: »Hören Sie, ich habe hier noch zu tun. Sie können sich ein bisschen umsehen. Wir treffen uns in ungefähr einer Stunde im Haus. Machen Sie es sich gemütlich. In der Küche ist Rum.«

Er wandte sich wieder dem Schmied zu und Ned ging hinaus; er war immer noch sehr angespannt. Er hatte seine demutsvolle Entschuldigung genau eingeübt, um sie parat zu haben, sollte ihm die alte Sache mit Mrs. MacNamara entgegengeschleudert werden … vermutlich in Verbindung mit einem Faustschlag ans Kinn … Aber jetzt konnte er aufatmen. Doch die Beziehung zu Duke musste geknüpft werden, ehe sie aufbrachen, und hätte der Mann seiner Beteiligung widersprochen, dann hätte er sich zurückziehen müssen.

Er fand die Rumflasche, schenkte sich ein Gläschen ein, kippte es herunter und trat hinaus auf die Veranda. Er sah zwei Aborigine-Frauen zu, die unter einem Mangobaum saßen und plaudernd mit flinken Fingern Schnüre aus Rohlederstreifen flochten. Auf dieser Farm schienen alle im Eiltempo zu arbeiten, um den Boss anständig für den Treck auszustatten. Ned hatte Sattler und Kesselflicker am Werk gesehen; Bodenplanen und Decken waren in einer Scheune ausgebreitet, um zu Bündeln gerollt zu werden; Feldkessel standen bereit. Ned hatte einen Tierarzt getroffen, der die Pferde untersuchte, und ihn gefragt, ob er mit auf den Treck käme.

»Das fehlt noch!«, lautete die prompte Antwort.

Sein Gespräch mit Duke drehte sich bald um Frauen. »Sind Sie verheiratet?«, fragte er.

»Noch nicht. Ich habe ein Mädchen in Brisbane. Vielleicht kennen Sie sie. Lucy Mae Forrest.«

»Der Name kommt mir bekannt vor, aber ich kann sie nicht einordnen.«

»Und Sie? Haben Sie sich aus England eine Frau mitgebracht?«

»Ach, das ist ein wunder Punkt. Ich hatte es vor. Eine junge Dame, ich wollte sie heiraten, aber ihre Eltern haben die Erlaubnis verweigert.«

»Warum?«

»Sie fanden mich gesellschaftlich nicht tragbar.«

»Wieso nicht? Ihr Vater ist ein Lord, da hätte ich gedacht, Sie seien ein begehrter Kandidat.«

»Oh, in keinster Weise. Wir sind Siedler. Nicht ganz das Richtige.«

»Dann pfeifen Sie auf die!«

Ned lachte. »Ich muss jetzt gehen. Ich denke, wir werden bald jede Menge Zeit zum Erzählen haben.«

»Ja. Bringen Sie Ihre besten Geschichten mit.«

Es waren nur noch wenige Tage bis zum Aufbruch.

Paul und Laura waren in der Stadt. Paul hatte Harry mehr als achtzig Stück Vieh verkauft – kein Wort des Dankes an seinen Bruder, dass er ihm den Käufer geschickt hatte, dachte Duke gereizt –, und sie waren dageblieben, um dem Aufbruch beizuwohnen, einem durchaus sehenswerten Ereignis.

Infolgedessen marschierte Paul auf Mango Hill herum und machte sich nützlich, wie er den Farmarbeitern erklärte. Er überprüfte die Vorbereitungen für den Treck von allen Seiten, um sich zu vergewissern, dass sein Bruder alles unter Kontrolle hatte, worüber Duke sich maßlos ärgerte. Insbesondere als Paul behauptete, das Brandmarken sei schlampig ausgeführt worden, und eine Nachprüfung der mitzunehmenden Herde anordnete. Paul mischte sich überall ein, bestand darauf, dass Duke für Notfälle Packpferde mit extra Packsätteln vorsah, obwohl sie mit zwei Planwagen, einem Küchenwagen und dem Wohnwagen der Merrimans auf die Reise gingen.

Paul kannte sogar Trader, der jetzt mit den meisten anderen Männern auf Mango Hill kampierte, und machte ein großes Aufhebens um ihn.

»Einen besseren als Trader könntest du nirgends finden«, erklärte er Duke, worauf der Führer die beiden verwundert ansah.

»Das dein Bruder?«, fragte er Paul.

»Klar, mein kleiner Bruder!«

»Hab ich nicht gewusst«, sagte Trader und klopfte Duke auf die Schulter. »Warum kommst du nicht mit, Mister Paul? Lauter anderes Land sehen, großes Land.«

»Eines Tages sehe ich mir das da draußen mal an. Du passt mir gut auf meinen Bruder auf, ja?«

Trader, der auf einmal traurig aussah, nickte und schlenderte davon.

»Sein Sohn war einer von den Jungen, die sie erhängt haben«, erklärte Paul, was Duke jedoch nicht sonderlich interessierte.

»Ja, habe ich gehört. Jemand sagte, Moynihan ist oben beim Haus. Was will er?«

»Keine Ahnung. Geh mal lieber nachsehen.«

Der Polizeisergeant plauderte mit einigen Viehtreibern. Er hatte es anscheinend nicht eilig.

»Was gibt es?«, fragte Duke.

»Ich habe gerade einen von Ihren Leuten verhaftet. Habe ihn in dem Schuppen da drüben eingeschlossen. Ich dachte, ich warte am besten auf Sie und sage Ihnen Bescheid.«

»Wen haben Sie verhaftet? Und weswegen? Wir hatten hier keinen Ärger.«

»Nein, aber Murphy. Erinnern Sie sich? Die Pferdediebe. Murphy hat einen Viehtreiber abgestellt, um einen von Ihren Nachbarn im Auge zu behalten. Wir haben schon einen guten Teil der Pferde aufgespürt.«

»Welchen Nachbarn?«

»Jimmy Kimber. Hinten an Ihrer Westgrenze. Da ist viel Buschland. Kennen Sie ihn?«

»Ich bin ihm nur einmal begegnet. Er schien mir in Ordnung zu sein.«

»Schon möglich, aber er ist verhaftet worden und hat alles gestanden. Ein Komplize von ihm hat hier gearbeitet und die Sache mit ihm arrangiert. Es hat auch gut geklappt, bloß dass Murphy von vornherein misstrauisch gegen Snowy Drummond war.«

»Was?« Duke schrie es beinahe. »Snowy? Mein Vormann!«

»Ihr ehemaliger Vormann, mein Freund.« Moynihan grinste. »Ich buchte ihn ein.«

Paul war am Ende des Gesprächs hinzugetreten. »Ist Snowy nicht der Mann, dem du die Leitung der Farm überlassen wolltest?«, fragte er Duke, ehrlich besorgt angesichts dieses plötzlichen und äußerst unangenehmen Rückschlags.

»Da bin ich ja wohl gerade zur rechten Zeit gekommen.« Moynihan war jetzt ungemein amüsiert. »Vermutlich hätten Sie bei der Heimkehr Mango Hill leergeräumt vorgefunden.«

»Snowy hätte dir sicher ein, zwei Ochsen dagelassen, Duke«, meinte ein Mann lachend.

»Ja. Oder er hätte behaupten können, es war nicht seine Schuld. Jemand hätte das Gatter offen gelassen.«

»Jawohl«, johlte der erste Mann, »während sie fröhlich das Tanzbein schwangen.«

»Verdammter Mist!«, zischte Duke, dem nicht nach Scherzen zumute war. »Schaffen Sie ihn hier weg, Moynihan, bevor ich ihn eigenhändig erwürge.«

Er stürmte zum Haus, dicht gefolgt von Paul.

»Und was nun?«, fragte er Duke. »Wer ist als nächster an der Reihe?«

»Womit?«

»Die Farm zu verwalten.«

»Keine Ahnung. Snowy war der Einzige, der geeignet war. Die anderen Kerle hier können vermutlich nicht mal bis zehn zählen, geschweige denn so eine Farm leiten.«

»Aber du musst schnell jemanden finden.«

»Als ob ich das nicht wüsste!«

Paul fachte das Herdfeuer an und setzte Wasser auf. Duke stand in der Küchentür und blickte zum Ironstone Mountain im Hintergrund seines Besitzes hinüber.

Schließlich drehte er sich zu seinem Bruder um. »Hast du jemanden? Du könntest einen von deinen Männern rüberschicken.«

»Von wegen. Ich habe lange gebraucht, um gute Leute für Oberon zu bekommen. Ich hätte ja nichts dagegen, dir für eine Woche oder so jemanden auszuleihen, aber du wirst fast drei Monate weg sein. Du reitest am besten in die Stadt und hörst dich um. Ich halte hier solange die Stellung.«

»Ach ja, du bist mir eine verdammt große Hilfe.«

»Hast du hier wirklich niemanden, auf den du zählen kannst?«

»Nein, habe ich doch gesagt!« Duke nahm drei gute Viehtreiber mit, doch es war gar nicht daran zu denken, einen von ihnen zu bitten, hierzubleiben und Mango Hill zu leiten. Diese Männer waren ausgezeichnete Treiber, aber sie waren frei und ungebunden und weit davon entfernt, die Verantwortung für eine Farm und ihre Leute zu übernehmen.

Paul kochte starken schwarzen Tee und keiner von beiden wusste viel zu sagen, bis Duke eine Idee aussprach.

»Und wenn du die Farm leitest? Wenn du so gute Leute hast, kannst du doch einem die Verantwortung überlassen und Mango Hill für mich verwalten.«

»Was hätte ich davon?«

»Ich würde dich bezahlen.«

»Du könntest mir nicht genug zahlen. Ich weiß, dass du Snowy nicht gut entlohnt hast.«

»Du könntest mir einen Gefallen tun, das würde dich nicht umbringen.«

»Ach ja. So wie du mir. Hast mir diesen Besitz vor der Nase weggeschnappt.«

»Und jetzt willst du mich bestrafen? Ich hätte wissen müssen, dass es früher oder später so kommen würde.«

»Himmel, nun mach mal halblang, Duke! Du gehst alles viel zu schnell an und dann sollen andere die Probleme lösen. So wie du Kooramin beliehen hast.«

»Ich zahle es zurück!«

»Wann? Wie ich höre, geht es abwärts mit dir.«

»Wer sagt denn so was! Dein dummes Gesicht möchte ich sehen, wenn ich aus dem Westen zurückkehre und mir mehr Land gesichert habe, als du je gesehen hast.«

»Na schön. Warten wir es ab. Ich gehe nach Hause.«

Paul schritt ohne einen Blick zurück hinaus. Duke besann sich auf sein akutes Problem und hatte das Gefühl, in einer Falle zu sitzen. Ihm blieben vierundzwanzig Stunden, um einen erfahrenen Verwalter für die Farm aufzutreiben. Die waren immer schwer zu finden. Er hätte Chester Newitt schon vor Wochen beauftragen sollen, ihm jemanden zu vermitteln, statt auf Snowy Drummond zu bauen. Dieser Schuft!

Er trat einen Stuhl aus dem Weg, verließ das Haus und ging zum Stall. Paul war noch dort, im Begriff, aufs Pferd zu steigen.

»Ich mache dir einen Vorschlag«, sagte Duke. »Ich verpachte dir Mango Hill.«

»Ach ja? Für wie lange?«

»Ein Jahr.«

»Du verschwendest meine Zeit. In einem Jahr würde ich keinen Penny verdienen. Deine Herde muss aufgestockt werden. Du hast hier nichts verbessert, seit du die Farm gekauft hast, absolut nichts. Du hast nicht einmal die Stallmauer repariert, die aussieht, als könnte sie jeden Tag einstürzen.«

»Zwei Jahre.«

»Hast du nicht gehört? Du hast den Besitz verkommen lassen. Dachtest wohl, es ist ganz leicht, den Boss zu spielen, wie? Ich will die Farm nicht pachten. Such dir einen anderen.« Er setzte seinen Hut auf und bestieg sein Pferd. »Allerdings«, sagte er, »könnte ich sie dir abkaufen.«

»Den Teufel wirst du tun!«

»Na schön, wie du willst.«

Paul ließ das Pferd über den Hof und zum offenen Tor hinaus traben, und ehe Duke sich eine Antwort überlegen konnte, galoppierte sein Bruder schon den Hügel hinab, tauchte unten aus einer Baumgruppe auf und preschte übers offene Land in Richtung Straße.

Selbst wenn er wollte, dachte Duke dumpf, würde er ihn jetzt nicht mehr einholen können.

Mr. und Mrs. MacNamara speisten an diesem Abend im Hotel. Sie vernahmen mit Interesse, dass Beresford bereits Befehl erhalten hatte, weit im Westen ein Polizeirevier einzurichten.

»Das ist eine gute Nachricht«, fand Paul, doch Laura hatte Bedenken.

»Ich dachte, man würde mehr europäische Polizisten dorthin schicken. Ich glaube nicht, dass es von Nutzen ist, einheimische Polizei zu entsenden. Sie wird die Probleme nur verschlimmern.«

»Das ist mir klar«, sagte Paul. »Deswegen bin ich ja dafür, sie aufzulösen. Aber wenn man nicht auf sie verzichten kann, soll man sie wenigstens woanders hinschicken.«

»Wenn sie vielleicht besser ausgebildet wären…«, begann Laura.

Ihr Mann schüttelte den Kopf. »Unter Beresford? Mach dich nicht lächerlich!«

Sie errötete. »Du bist schon den ganzen Abend so gereizt. Du musst deine Verärgerung über Duke nicht an mir auslassen.«

Er griff über den Tisch nach ihrer Hand. »Verzeih, Liebste. Apropos verschlimmern! Darin ist Duke unschlagbar.«

»Aber nein, er tut sein Bestes.«

»Sein Bestes? Laura, er ist kein Kind mehr. Er ist schlichtweg faul! Und unfähig! Und er treibt ein falsches Spiel!«

Sie lachte. »Aber ansonsten fehlt ihm nichts?«

»Ach, sprechen wir nicht mehr von ihm. Man kann keinem Menschen helfen, der sich nicht selbst helfen will. Mir tut es nur leid um Harry Merriman, weil er ihn zum Partner genommen hat.«

»Ich meine, er wird sich einfügen. Vergiss nicht, wir haben versprochen, morgen Vormittag Harrys Frau zu besuchen.«

In später Nacht, vielmehr in den stillen frühen Morgenstunden, klopfte es laut an ihre Zimmertür.

Paul war im Nu aus dem Bett; er fürchtete, es sei ein Brand, war dies doch ein verschachteltes zweistöckiges Holzhaus, oder bestenfalls ein Betrunkener; doch es war sein Bruder, und der war zum Glück nüchtern.

»Verdammt, was willst du denn hier um diese Zeit?«, zischte Paul ihn an, während Rufe nach Ruhe über den Flur hallten.

»Ich habe mich entschlossen zu verkaufen.«

»An wen?«

»An dich.«

»Wie viel?«

»Fünfhundert plus Vieh.«

»Mann, werde endlich erwachsen!«

»Vierhundertfünfzig?«

»Vierhundert. So viel ist es jetzt nicht mal wert. Vierhundert, das ist mehr, als ich von vornherein bezahlt hätte.«

»Willst du die vermaledeite Farm nun kaufen oder hier herumstehen und predigen?«

»Ruhe!«, rief eine Stimme.

»Vierhundert plus Vieh«, sagte Duke.

»Na gut. Und jetzt lass mich schlafen.«

Laura saß aufrecht im Bett. »Was war denn los?«

»Ich habe gerade Mango Hill gekauft.«

»Oh! Ausgezeichnet! Ich wusste, dass es so kommen würde. Früher oder später. Ich denke, wir sollten das Haus vergrößern und …«

»Laura. Kann ich jetzt wieder schlafen gehen?«

Als sich am Sonntagnachmittag alle auf Mango Hill einfanden, bereit für den Aufbruch am nächsten Morgen, rief Harry Merriman als ihr Anführer sie zusammen und stellte sich auf eine Kiste, um ein paar Worte zu sagen. Er sprach von der Notwendigkeit, ihre Pflichten mit besonderem Verantwortungsgefühl zu erfüllen, weil »auf diesem Treck alles auf Anhieb klappen muss. Wir sind insgesamt achtzehn Personen, einschließlich unseres Führers da drüben, Trader. Stellen wir uns gut mit ihm; denn wir sind auf ihn angewiesen!«

Sie ließen ihn hochleben, worauf Ladjipiri überrascht aufsah und sich ein Grinsen abrang.

»Damit ihr wisst, wer wer ist – der Gentleman hier zu meiner

Rechten ist Duke MacNamara, dem die halbe Herde gehört, und der Bursche hier ist Ginger Magee. Er ist der Vormann. Er war beim letzten Treck mit dabei, und glaubt mir, er kennt sich aus. Zu meiner Linken hier ist Ned Heselwood; er wird meine rechte Hand sein. Oder meine linke Hand, das machen wir unter uns aus. Noch einer ist bereits im Hinterland gewesen, der junge Matt Doolan hier, und er ist ganz versessen darauf, wieder hinzugehen. Das ist ein gutes Zeichen. Die übrigen, die bei der Auswahl geholfen haben, kennen sich ja wohl schon.

Ich möchte nur noch ein paar Worte hinzufügen: Ich wünsche euch allen viel Glück und bitte euch, uns als Gemeinschaft zu sehen. Von jetzt an müssen wir alles miteinander teilen, im Guten wie im Schlechten, und uns umeinander kümmern. Und vor allem bemüht euch, jeder von euch, den anderen zu respektieren, das ist der erste Schritt zu unser aller Wohlergehen.«

Sie spendeten Beifall, dann hob Harry die Hand.

»Mrs. Merriman möchte, dass wir mit ihr ein Gebet sprechen und um Gottes Beistand bitten.«

Er sprang von der Kiste, stellte sich neben Tottie und sie begann: »Vater unser…«

Kapitel 11

Banggu wusste, dass er den Pferden nicht davonlaufen konnte. Er kam sich vor wie jenes Schwein, das durchs Gestrüpp galoppiert war; dieses Mal jedoch ritten die Jäger große Tiere und er könnte jeden Moment totgetrampelt werden.

Dann hörte er einen Schuss und schrie, als hätte ihn eine Kugel getroffen, so groß war seine Furcht, und als er über die Schulter blickte, sah er einen Mann auf einem Pferd ein Lasso schwingen, das er jedoch noch nicht werfen konnte, weil sie im Gestrüpp waren. In Banggus Kopf blitzten Bilder auf. Weiter voraus war die Lichtung, wo das Lasso ihn erwischen könnte. Ihn einfangen! Er drehte abrupt um, zurück ins Buschwerk, aber wieder war er den stampfenden Hufen auf Gedeih und Verderb ausgeliefert.

Ein anderes Bild. Diesmal die Mangroven an der Seeseite, vorbei an dem kleinen Sandstrand, an dem sie das Kanu gelassen hatten. Er wechselte abermals die Richtung und lief und lief, zwischen die Bäume und wieder hinaus, doch jetzt wusste er wohin und das ermutigte ihn, schneller zu laufen. Er konnte die Pferde nicht abschütteln, aber er lockte sie in einen Bereich mit kläglichen, kargen Bäumen, die ums Überleben kämpften, wenn die Flut kam und sie bis zur Mitte in Salzwasser standen.

Er spurtete über den Sandboden, spürte, wie dieser feinem Sumpf wich, und warf sich in das dunkelgrüne Mangrovengewirr. Der Sumpf war zäh und tief, aber Banggu war darauf gefasst; er zog sich behende hoch zu glitschigen Wurzeln und schwang sich in Sicherheit.

Hinter ihm preschten die Pferde in den Sumpf und wichen schnaubend und prustend zurück, und die Männer schrien angstvoll, wussten sie doch um die Gefahren eines Mangrovensumpfes.

Banggu hoffte, sie seien versunken, hatte aber jetzt keine Zeit, sich zu vergewissern; er musste die anderen finden. Er bewegte sich weiter durch die Mangroven, bis er wieder auf trockenem Boden und im Buschwerk war, doch plötzlich gab der Grund unter ihm nach. Er rutschte ins trockene, knackende Unterholz und da stach ihn etwas ins Bein; er biss die Zähne zusammen, um einen Schmerzensschrei zu unterdrücken.

Die Zeit verging. Sein Oberschenkel war von einem abgebrochenen Schössling, der aus dem Boden ragte, aufgespießt worden. Frisch abgebrochen. Kräftig und scharf. Banggu musste sich von diesem feststeckenden Spieß heben. Er konnte ihn nicht herausziehen.

Die Zeit verging. Es war noch heller Tag. Fliegen summten. Er hoffte, dass die anderen Burschen den weißen Männern entkommen waren und nach ihm suchten, doch er wagte nicht zu rufen. Hier im Unterholz hatte er wenigstens ein gutes Versteck. Doch jetzt wurde ihm auf einmal bewusst, dass alles wieder still war. Kein Zeichen von Pferden oder Reitern. Oder von seinem Bruder und den zwei Freunden. Von irgendwem …

Er lag auf dem Rücken und konnte den blutverschmierten Spieß sehen. Der hielt sein rechtes Bein in die Höhe wie einen frisch gefangenen Fisch.

Ein Dingo kam durchs Gras und sah ihn an. Banggu fürchtete sich nicht vor dem alten Burschen; er versuchte, ihn näher zu locken, auf dass er sich an ihn klammern und so aus seiner Falle herausziehen konnte. Er hatte ein freundliches Gesicht, dieser Dingo, aber er war noch voll bei Sinnen und nicht zur Zusammenarbeit bereit. Immerhin leistete er Banggu Gesellschaft, als dieser sich gegen einen verzweifelten Ruck wappnete.

Er versuchte, sich über den Pfahl zu wälzen, der ihn festhielt, doch das misslang, was unerträgliche Schmerzen verursachte und die Verletzung zweifellos verschlimmerte.

Danach lag er still, wartete, dass der Schmerz nachließ und sah betrübt zu, wie der Dingo davonschlich. Ihn verließ.

Am Ende dachte er, dass er versuchen musste, den kurzen Schössling abzubrechen oder zumindest zu biegen, damit er sein Bein frei bekam. Dazu müsste er sich aber mit seinem ganzen Körper darüber werfen und ihn zerdrücken.

Dies könnte aber auch nicht funktionieren und ihm höllische Qualen bereiten. Es könnte seine Lage noch schlimmer machen.

Er warf sich plötzlich nach rechts über den aufgespießten Oberschenkel und dabei spürte er, dass die Wurzeln des jungen Baumes sich lockerten. Dies ausnutzend, schob er sich über den harten Boden, zerrte an den widerspenstigen Wurzeln, versuchte, sie aus dem Erdreich zu reißen. Nach und nach glitt der Schössling heraus. Der blutverschmierte grüne Stock gab ihn frei!

Er ließ sich zurück auf die Erde fallen, blieb ein paar Minuten liegen, die Augen geschlossen, schaltete den Schmerz aus, um wieder zu Atem zu kommen, und als er aufsah, war der Dingo wieder da und mit ihm ein alter Schwarzer, der sich hinhockte, um seine Verletzungen zu untersuchen.

Banggu war wieder in der Schlucht. Er befand sich in einer Höhle, unter dem wachsamen Blick eines Ältesten namens Guringja, der gekommen war, um den Raum zu reinigen nach dem Todesfall, der sich hier ereignet hatte. Er hatte Banggus Wunde mit Schlammpackungen behandelt und ihm nicht gestattet, sich zu bewegen und die getrockneten Umschläge zu entfernen.

Banggu war verzweifelt. »Du verstehst nicht!«, schrie er. »Ich muss meinen Bruder suchen. Und meine Freunde. Weiße Männer waren hier …«

»Ich weiß. Aber du musst still sein. Trink das hier …«

Banggu schlief. In seinen Träumen sah er die drei. Er sah ein sehr großes vogelartiges Wesen, das über der Schlucht schwebte, doch es hatte keine Federn und Banggu flog mit ihm über die bunten Berge, die sein Vater ihm gezeigt hatte.

Er sah auch einen Würgadler, der sein nach diesem stolzen Vogel benannter Bruder war, und er weinte, als er nicht bei ihm bleiben wollte.

Zuweilen saß Guringja mit gekreuzten Beinen bei ihm, deutete seine Träume, erzählte ihm Traumzeitgeschichten, die tiefe Ehrerbietung und Konzentration erforderten, und Banggu wehrte sich gegen die Verzögerung. Es widerstrebte ihm, gegen seinen Willen hier festgehalten zu werden, während sein Bruder in Gefahr war.

Manchmal sprach Guringja von Banggus Vater Ladjipiri, einem gütigen Mann, dem Leid widerfuhr, und erklärte Banggu weitschweifig, wenn er seinen Vater vor weiterem Leid bewahren wolle, müsse er sich in Geduld üben. Banggu wusste nicht, wie lange er mit dem Dingo, dem alten Mann und dessen Belehrungen in der Höhle blieb, oder wie das Wissen um bestimmte Dinge zu ihm gelangt war. Als er nämlich, gekräftigt an Leib und Seele, aus dieser kalten Umgebung trat, war ihm bewusst, dass sein Bruder und die zwei Inselbewohner nicht mehr auf Erden wandelten, und dass seines Vaters Hand ihn anleitete, in die bunten Berge der drei Stämme zu fliehen.

Sie schenkten ihm ein Pferd. Ladjipiri wollte kein Pferd. Er brauchte so etwas nicht! Überdies hatten diese Tiere, wie die Kühe, kein Totem und er fühlte sich unwohl bei ihnen. Doch als es an der Zeit war aufzusatteln und mit Mr. Merry zu reiten, konnte er sich nicht weigern. Er geriet ganz durcheinander, als er versuchte, dem Pferd das Kopfgeschirr anzulegen; das Tier wich ihm dauernd aus und hob und senkte blitzschnell den Kopf, doch dann kam Ned ihm zu Hilfe.

»Hast du noch nie ein Pferd geritten?«, fragte er.

Ladjipiri nickte. »Doch, habe ich, aber anderer Mann hat diese Dinger drangemacht.«

»Macht nichts. Ich zeige dir, wie es geht. Du streifst ihm diese Riemen über den Kopf, dann nimmst du das glänzende Gebiss hier und schiebst es ihm ins Maul …«

An dieser Stelle des Unterrichts blickte der neue Besitzer des Pferdes erschrocken drein. Er war nicht erpicht darauf, seine Hand auch nur in die Nähe der großen Zähne des Tieres zu bringen, würde aber das Gesicht verlieren, wenn er es nicht wagte, und dank Neds geduldiger Unterweisung an den folgenden Tagen war er bald so geschickt in diesen Dingen wie alle anderen auch.

Dann geschah etwas Seltsames. Das Pferd folgte ihm, wann immer er vergaß, es anzubinden, was mehrere Männer veranlasste, ihm zuzubrüllen: »Mach den verdammten Gaul fest. Binde ihn an einem Baum an oder sonstwo!«

Um sicher zu gehen, dass er sich dieses wundersame Geschehen nicht nur einbildete, ließ er das Pferd eines Tages außerhalb des Blickfelds der Treiber grasen, entfernte sich von ihm und versteckte sich in einer Baumgruppe.

Und wirklich, das Pferd sah ihn fortgehen, besann sich kurz und trabte hinter ihm her. Ihm schien es, als betrachtete das Tier ihn als seinen Gefährten, womöglich gar als Freund, und diese Ehre machte ihn demütig.

Als er an den folgenden Tagen neben der großen Herde ritt, versuchte er, sich für das Pferd ein passendes Totem zu überlegen, das er ihm in einer geheimen Zeremonie verleihen wollte, doch es fiel ihm schwer, ein geeignetes zu finden.

Als Ned ihn nach dem Namen seines Pferdes fragte, missverstand er ihn. Er dachte, Ned wollte das Aborigine-Wort für Pferd wissen, und er antwortete »Yarraman«. Der Ausdruck war erst kürzlich in die Sprache der Ureinwohner eingegangen. Und so wurde das Pferd Yarraman genannt, was er lustig, aber auch enttäuschend fand. Er hatte die Gelegenheit versäumt, seinem Tier selbst einen Namen zu geben.

Doch Yarraman schien es nichts auszumachen und er trug Ladjipiri freudig, wohin er wollte.

Die Schwierigkeiten begannen, als sie die Berge erreichten. Einen großen Treck zu führen stellte einen Mann, der es gewohnt war, auf seinen Reisen den direkten Weg zu nehmen, vor Probleme. Jetzt war er froh über das Pferd, weil er vorausreiten und die sichersten Strecken ausfindig machen musste, nicht nur für das Vieh, sondern auch für die rumpelnden Wagen. Er betrachtete diese als die größten Hindernisse und hätte sie am liebsten umgekippt, mitsamt den ganzen Sachen, die diese Weißen für lebenswichtig hielten.

Nach dreiundzwanzig Tagen langsamen Fortkommens rasteten sie in einem Dorf namens Greenvale, das sie mit großen Märkten für den Verkauf von Rindern der umliegenden Farmen erstaunte. Da ihre Tiere bei guter Gesundheit waren, machte man Duke Kaufangebote.

Ladjipiri, der Händler, fand ihre Art zu handeln sehr interessant.

»Ich dachte, das hier ist Rinderland«, sagte Ned zu Harry, während sie durch das Dorf schlenderten. »Warum sind dann so wenige Rinder auf den Märkten?«

»Weil die Viehwege hier draußen wegen Überschwemmungen unpassierbar waren; ich denke allerdings, dass sie jetzt jeden Tag kommen werden.«

»Ich dachte, die nasse Jahreszeit ist vorbei.«

»Ist sie auch, aber der Monsun bringt massive Regenfälle nach Nordqueensland und die verursachen gewaltige Überschwemmungen. Das geschieht jedes Jahr«, fügte er hinzu. »Manche Flüsse können dann mehrere Meilen breit sein. Das ist hart für die Viehzüchter, doch sie lächeln, wenn sie sehen, wie sich ihre staubige Ebene in weites grünes Weideland verwandelt.«

Duke trat zu ihnen, er wirkte sehr zufrieden mit sich. »Mir wurde soeben ein Spitzenpreis für meine Rinder angeboten. Ein Mann will sie alle kaufen. Er hat seine halbe Herde durch eine Überschwemmung verloren.«

Harry starrte ihn an. »Unsere Herde ist nicht zu verkaufen.«

»Deine Hälfte, aber ich überlege es mir für meine. Ich würde trotzdem mit euch weiterreiten, Harry. Ich will mich ja nach Land umsehen.«

»Du brauchst dich nicht nach Land umsehen! Es ist hier. Dann müsstest du zurückkommen, um Rinder zu besorgen. Schlag dir das aus dem Kopf, Duke, das führt zu nichts.«

Duke fand es ziemlich anmaßend von Harry, in dieser Sache so bestimmend zu sein, ohne es auch nur mit ihm zu erörtern. Der Handel würde ihm vierzig Pfund einbringen, Geld, das er dringend brauchte, nachdem Paul ihn mit seiner Feilscherei so ausgenommen hatte. Doch im Lager murrten die Treiber, die offenbar Wind von dem anstehenden Verkauf bekommen hatten, und ihm wurde bewusst, dass er die Hälfte von ihnen auszahlen müsste, was ein Loch in seine Kasse reißen würde.

Er beschloss, vorerst nicht zu verkaufen. Vermutlich könnte er weiter draußen einen noch höheren Preis erzielen.

Harry war erfreut, dass man eine Brücke über den Comet River gebaut hatte, seit er das letzte Mal hier draußen war, und als sie nun weiterzogen, war Tottie erleichtert, wieder im flachen Land zu sein; sie hatte die Reise sehr beschwerlich gefunden.

»Gott sei Dank haben wir die Berge hinter uns«, sagte sie, doch Harry schüttelte den Kopf.

»Ich bedaure, Liebste. Wir müssen noch über die große Dividing Range, erst dann haben wir das Schlimmste bewältigt.«

Das war zu viel für Tottie. Sie brach in Tränen aus. »Noch mehr Berge? Ich kann nicht mehr, Harry, ich kann nicht mehr. Es ist zu gefährlich. Ich hatte keine Ahnung, dass es eine so ungeheure Strapaze sein würde, die Wagen über die Berge zu schaffen. Und bergab ist es noch schlimmer! Hättest du mich bloß gewarnt! Ich bin erschöpft und wund und ich habe es satt, über Lagerfeuern zu kochen.«

»Ist ja gut«, sagte er ruhig. »Alles wird gut. Keine Bange. Du ruhst dich eine Weile aus.«

»Und der Kutscher von meinem Küchenwagen ist zu grob mit dem Pferd!«, fuhr sie fort. »Bitte nimm einen anderen.«

Er rief nach Freiwilligen und überraschenderweise meldete sich Ned. »Ich fahre den Wagen«, sagte er. »Bin froh, für eine Weile aus dem Sattel zu kommen.«

»Mrs. Merriman ist etwas ermüdet»«, erklärte Harry den Männern. »Ich brauche einen Koch. Übernimmt das jemand?«

Der junge Treiber Matt erklärte sich dazu bereit, gestand jedoch ein, dass er nicht wusste, wo er anfangen sollte, weshalb Harry die Arbeit zwei Treibern übertrug und ihnen anbot, sie von der Nachtwache zu entbinden, wenn sie anständige Mahlzeiten auftischten.

Er bestand darauf, dass Tottie sich die nächsten Tage im Wohnwagen ausruhte und nur dann ritt oder zu Fuß ging, wenn ihr nach Abwechslung zumute war.

»Ich wusste, dass es dir zu viel werden würde«, sagte er. Dabei fiel ihm erstmals auf, dass sie abgenommen hatte. »Und ich mache mir Vorwürfe deswegen, Tottie.«

»Das musst du nicht«, widersprach sie kläglich. »Ich habe mich ja aufgedrängt! Was bin ich doch für eine Närrin. Ich dachte, es würde kinderleicht. Ich habe in der Zeitung von den Pionierfrauen gelesen, die aus fast nichts wunderbare Mahlzeiten zaubern und ihre Fuhrwerke so gut lenken können wie die Männer. Ich habe als Wagenlenkerin nur ein paar Tage durchgehalten. Ich war miserabel! Und du warst so lieb«, fügte sie schluchzend hinzu, »deswegen kam ich mir umso erbärmlicher vor.«

»Dann bin ich eben nicht mehr lieb«, sagte er. »Tottie, du musst nicht so viel tun. Mach dir darüber keine Gedanken mehr. Wir haben genug Männer hier, die uns nach Darwin und zurück bringen können. Du sollst Freude an der Reise haben. Nimm dir mehr Zeit, dich umzusehen. Schreib dein Tagebuch, wie Leichhardt es getan hat. Er ist hier entlanggekommen und hat sogar dem Fluss da hinten einen Namen gegeben.«

Sie brachte ein Lächeln zustande. »Vielleicht werde ich auch einen Fluss benennen.«

Er grinste. »Ich kümmere mich darum.«

Es war Tottie peinlich. Sie war so stolz gewesen, als sie von Rockhampton aufbrachen, nachdem sie der Herde ein paar Stunden Vorsprung gegeben hatten. Etliche Nachbarn und alle Leute von Dukes Farm waren gekommen, um ihnen Lebewohl zu sagen.

Harry hatte einen von den neuen Männern namens Kelly

dazu bestimmt, sich mit ihm beim Lenken des Planwagens abzuwechseln, der für die kommenden Monate das Zuhause der Merrimans sein würde, und Tottie fuhr den leichteren Küchenwagen, der eigentlich ein offener Karren war, auf dem die Vorräte mit Öltuch abgedeckt waren.

Anfangs hatte es Spaß gemacht. Harry und Ned ritten voraus, um ihr den Weg zu weisen, und an den ersten Abenden hatte sie gute, gehaltvolle Mahlzeiten gekocht, ohne jede Panne, obwohl ihre Arme schmerzten. Dann regnete es über Nacht und die Rinder trampelten den Weg holprig. Ihr Wagen rollte nicht mehr dahin; er rumpelte und klapperte und blieb stecken, als sie ihn durch einen Bach ziehen wollten.

Um es noch schlimmer zu machen, herrschte trotz ihrer Listen und ihres sorgfältigen Packens bei der Ankunft in Greenvale im Karren ein schreckliches Durcheinander. Sie fand nie die Zeit, Ordnung zu halten: Sie hatte versehentlich Currypulver in die Mehldose geschüttet, überall Zucker verstreut, festgestellt, dass offene Marmeladendosen Ameisen als Nester dienten, und alles schien mit Fett überzogen zu sein. Kleinere Gegenstände gingen ständig verloren und sie buk entweder zu viele Fladenbrote oder zu wenig. Immer mal wieder hatten die Männer einen Ochsen geschlachtet und ihr das Fleisch gebracht, so in Stücke zerlegt, wie sie es haben wollte, aber daran mochte sie jetzt nicht mehr denken. Um Zeit zu sparen, hatte sie mehr verschwendet als verwendet.

Am Ende tischte sie nur gegrilltes Rindfleisch oder Eintopf auf, dazu gepökeltes Rindfleisch als Aufschnitt. Alles Gemüse wurde in einen Topf geworfen. Sie bemühte sich nicht mehr, auf dem Lagerherd leckere, würzige Mahlzeiten zuzubereiten, während die hungrigen Männer wartend in der Nähe saßen. Und was sie am meisten verstimmte, war das Nichtvorhandensein der seligen Nächte, auf die sie sich so gefreut hatte, wenn nur sie beide draußen unter den Sternen sitzen und sich dann in ihren Privatwagen zurückziehen würden.

Sie hatte nie Zeit, unter den Sternen zu sitzen. Sie war zu müde. Und jede zweite Nacht hielt Harry Wache und passte auf die Rinder auf, die immer mindestens eine halbe Meile entfernt waren.

Sie kam sich dämlich vor, ausgesprochen dämlich, ertrug es aber nicht, den ganzen Tag aufs Abstellgleis geschoben zu sein. Sie half den Köchen, wo sie konnte und wurde oberster Bäcker, sie stopfte den Männern die Strümpfe, wusch ihre Kleider und verrichtete alle möglichen Arbeiten; doch in der »Speisekammer«, wie die Männer den Küchenwagen nannten, verbesserte sich nichts. Die Männer waren noch ungeschickter als sie bei dem Versuch, der Unordnung beizukommen.

Wochenlang kämpften sie sich voran, durch ein Gebiet, das jetzt allmählich austrocknete; dennoch galt es, Flüsse zu durchwaten, wobei sie oft stecken blieben und Umwege und Verzögerungen in Kauf nehmen mussten; es kam zu Zwangsaufenthalten auf entlegenen Farmen, wohin sie verletzte Treiber brachten und wo sie sich nach dem vor ihnen liegenden Weg erkundigten. In der Ebene wurden sie von heftigen Winden gepeitscht, und wenn die Sonne sank, waren die Nächte eiskalt – lange Nächte für die Treiber, die im Freien Wache hielten.

Als in der Ferne die Gebirgskette aufragte, wurde Harry gestattet, mit seinen Leuten und seiner Herde auf einer Farm namens Canterbury Downs Rast zu machen.

Der Besitzer klärte sie auf, dass sie jetzt dreihundert Meilen von Rockhampton entfernt waren. Er hatte eine große Familie, die sich freute, Gesellschaft zu bekommen und deshalb in der Scheune ein Fest ausrichtete. Das erinnerte Duke an Murphys Tanz, weswegen er bei den Pferden zusätzliche Männer aufstellte und die Nachtwache ermahnte, besonders gut auf die Herde aufzupassen.

Dies führte bei den Männern zu Verärgerung und sie beschwerten sich bei Harry. Aber dann waren kurz vor Mitternacht tatsächlich Schüsse zu hören. Alles stürzte aus der Scheune, um zu sehen, was los war, und Duke war der erste, der nach seinem Gewehr und seinem Pferd griff und über die Felder zur Pferdekoppel preschte.

Die Männer, die dort wachten, hatten die Schüsse auch gehört, aber es war ihnen nichts geschehen. Deshalb stieß Duke für die Reiter hinter ihm einen schrillen Pfiff aus und sie wechselten die Richtung.

Sie näherten sich der Herde, da wurden wieder Schüsse abgefeuert und die Männer schimpften.

»Was ist los?«, rief Duke.

»Verdammte Viehdiebe«, rief Ginger ihm zu, während er ungestüm um die Herde herum ritt. »Hier lang!«

Duke lud seine Waffe und folgte ihm, gerade rechtzeitig, um Staubwolken vor dem Nachthimmel aufsteigen zu sehen, wo eine Gruppe Rinder von der Herde separiert wurde. In der Ferne konnte er sehen, wie Matt und zwei andere Männer versuchten, den Pulk einzuholen und ihm den Weg abzuschneiden, und Ginger näherte sich zwischen den Herden einem der Diebe, weshalb Duke nach links schwenkte.

Er musste sein Pferd zum Galopp anspornen, weil die brüllenden Rinder regelrecht rasten, vorwärts gepeitscht von einer dunklen Gestalt auf einem Schimmel. Dem Mann schien es egal zu sein, dass er in der Hauptherde Panik auslöste, solange er nur diesen Teil freibekam.

Duke hob die Waffe und schoss auf ihn, sah ihn stürzen, stürmte aber an ihm vorbei, um die Masse von Rindern, die jetzt auf Matts Bemühungen reagierten, zu bremsen. Er hörte einen Freudenschrei und sah zwei Männer, die offenbar zu den Möchtegerndieben gehörten, zu der bewaldeten Seite der Felder galoppieren.

Er kehrte zu dem gestürzten Reiter zurück, der glücklicherweise nicht allzu schlimm verletzt war und aufzustehen versuchte.

»Ich war noch nie ein guter Schütze«, sagte er zu dem Fremden. »Wo habe ich dich erwischt?«

»Am Arm, Mistkerl.«

»Dann siehst du am besten zu, dass du zu der Farm kommst. Die Rinder sind so aufgeregt dank der Anstrengungen von dir und deinen Freunden, dass sie höchstwahrscheinlich jede Minute panisch losstürmen. Los, geh schon!«

Duke wendete und gesellte sich Harrys Treibern zu, die sich

bemühten, die rastlose Hauptherde zu beruhigen. Dann trieben sie herumirrende Rinder zusammen, fluchten, weil es Stunden dauern würde, bis sie wieder alle Tiere unter Kontrolle hatten, und das in einer so kalten Nacht.

Der am Arm getroffene Viehdieb fand sich nicht auf der Farm ein, was Duke nicht überraschte. Auch sein Pferd wurde nicht gefunden.

Der Eigentümer von Canterbury Downs war wütend, weil Buschräuber versucht hatten, auf seinem Besitz Vieh zu stehlen, und er versicherte, dass seine Leute nichts damit zu tun hatten.

»Auch das wundert mich nicht«, sagte Duke murmelnd zu Ginger. Er war überzeugt, dass der Überfall arrangiert war.

Harry beschloss, anderntags aufzubrechen, weil die Stimmung zwischen den Viehhütern auf der Farm und seinen Treibern eisig geworden war.

Doch es ging auch etwas Gutes daraus hervor, in Gestalt eines fröhlichen kleinen Iren namens Flint, der Koch auf der Farm war, sich aber von Harrys provisorischen Köchen dazu überreden ließ, Canterbury zu verlassen und sich ihnen anzuschließen.

Harry ernannte ihn taktvoll zum Hilfskoch, doch Tottie erklärte Flint, sie sei lieber seine Gehilfin, und so wurde es vereinbart.

Am Nachmittag waren sie wieder unterwegs, alle wachsam für den Fall, dass ein weiterer Überfall erfolgte.

»Waren es Buschräuber oder Viehhüter?«, fragte Duke Flint.

»Na ja, Sir, bisschen von beiden, würde ich sagen.« Flint lächelte und sagte nichts weiter dazu.

Bevor sie wenige Tage später die Gebirgskette erreichten, kam ihnen ein Heuschreckenschwarm in die Quere, der nach Harrys Schätzung ungefähr eine Meile breit war. Tottie wurde nahezu hysterisch, weil sie im Freien von dem plötzlichen Ansturm überrascht wurden, doch Ned zog sie durch die Wolke an Insekten und schob sie in den Wagen. Er hieß sie sich auf den Fußboden hocken, legte eine Decke über sie und machte es dann selbst genauso.

»Geschieht den Pferden auch nichts?«, rief sie ihm zu. Ihre Stimme war gedämpft von dem Lärm und dem Stoff.

»Ich will es nicht hoffen.«

»Es ist fürchterlich«, jammerte sie. Sie zappelte herum, um sich von eindringenden Insekten zu befreien. »Dies ist ein verflucht widerliches Land!«

»Hast du noch nie einen Heuschreckenschwarm gesehen?«

»Nein.«

»Dann hast du Glück gehabt. Als ich ein Kind war, hatten wir eine Farm in Neusüdwales, und da hatten wir einmal eine tagelange Heuschreckenplage.«

»Tagelang?«, schrie sie. »Wird das so lange dauern?«

»Ich glaube nicht. Ich denke, es lässt schon nach. Aber wir hatten damals eine noch schlimmere Plage. Mäuse! Die waren überall drin, liefen überall hin: Lebensmittel, Betten ...«

»Iiih!«, schrie sie. »Mäuse?«

Er lachte. »Ja. Das war eklig. Sie haben überall ihr Geschäft verrichtet.«

»Vielen Dank, Ned«, sagte sie und lachte nun ebenfalls. »Noch mehr Ekelgeschichten auf Lager?«

»Oh ja, willst du die von den Spinnen hören?«

»Nein, danke. Können wir jetzt hier raus?«

»Ja, sie ziehen endlich weiter. Vermutlich, um andere zu plagen. Ich helfe dir beim Ausfegen von denen, die sie zurückgelassen haben. Sie sind überall. Ich glaube, die Aborigines essen sie. Möchtest du eine probieren?«

»Nein.« Sie kroch unter ihrer Decke hervor und sah sich ringsum von Hunderten schwirrender Heuschrecken umgeben. »Verdammt! Weißt du was, mir ist aufgefallen, dass deine Sprache mit jedem Tag derber wird und ich lerne doch tatsächlich fluchen. Meine Mutter wäre entsetzt.«

Die Angst vor der Überquerung der dicht bewaldeten Bergkette hatte Tottie stark zugesetzt, doch nun stellte sie mit Erleichterung fest, dass sie gut vorankamen, zuerst durch die Gebirgsausläufer und dann hinauf ins Hochland. Grandiose Ausblicke boten sich ihnen und Harry wies darauf hin, dass sie nun dem Ende ihrer Reise entgegensahen.

Er hatte sich Sorgen um Tottie gemacht, weswegen er auf dieser Strecke bei ihr blieb, und seine Begeisterung über die prachtvolle Szenerie, die sich vor ihnen auftat, war ansteckend. Die Gebirgskette schien sich zunächst nicht von anderen bewaldeten Gebieten zu unterscheiden, bis sie lichte Abschnitte durchquerten und zu Wasserfällen, faszinierenden Felsformationen und uralten Höhlen gelangten. In einer waren merkwürdige Malereien an den Wänden, aber als Ned hineintrat, um sie sich näher anzusehen, rief Trader ihn zurück.

»Der Mann da nicht rein«, bat er. »Bringt Unglück.«

»Oh!«, sagte Ned. »Verzeihung. Eine heilige Stätte, ja?«

Trader nickte nur, Ned ging rückwärts hinaus und nahm dabei die Wandmalereien in sich auf.

»Wer hat die gemalt?«, fragte er.

»Schwarze Männer, vor langer Zeit. Traumzeitgeschichten.«

Duke war mit ihnen gegangen, weil er Nachtschicht hatte. »Was für Geschichten?«, fragte er.

»Sachen eben.« Trader wirkte verlegen. »Schwarzer Mann Sachen.«

»Wo?« Duke schritt vor und zog wegen der niedrigen Decke den Kopf ein.

Ned rief ihn zurück. »Trader möchte nicht, dass wir da reingehen, Duke. Ich glaube, es ist nur für Eingeweihte.«

»Sag du mir nicht, was ich zu tun habe!«, fuhr Duke ihn an.

Tottie versuchte, ihn von seinem Vorhaben abzubringen. »Es ist vermutlich eine heilige Stätte. Wie eine Kirche.«

»Dann bekreuzige ich mich vorher.« Duke lachte und ging hinein.

Sie sahen ihn ein Streichholz anzünden und blickten dann zu Trader, der sichtlich bestürzt war, weil ein Unbefugter die Höhle betrat. Er drehte sich um und entfernte sich.

»Er hat uns in andere Höhlen gehen sehen«, sagte Tottie zu Ned. »Da hat es ihm anscheinend nichts ausgemacht.«

»Waren da Wandmalereien drin?«

»Nein. Meinst du, deswegen war ihm unwohl bei dieser?«

»Er war nicht eben erfreut, nicht? Ich glaube, du hast recht, es ist vermutlich eine heilige Stätte und da dürfen nur Eingeweihte hinein.«

»Was meinst du, ist Duke in Gefahr?«, fragte Tottie ängstlich und starrte in die dunkle Höhle.

»Solange er nicht zu weit geht…«

»Ich hole ihn bestimmt nicht zurück.« Tottie schauderte.

Nach wenigen Minuten kam Duke heraus. Er wischte sich Spinnweben aus den Haaren. »Da drinnen ist nichts, bloß ein paar alte Knochen. Es geht ungefähr neunzig Fuß tief hinein, dann ist Schluss.«

»Sind da noch mehr Wandmalereien?«, fragte Tottie.

»Ja. Kinderkram. Strichmännchen mit Mondköpfen. Aber sie sehen neu aus, also muss der Möchtegernkünstler irgendwo hier in der Nähe leben.« Er lachte. »Dem würden ein paar Malstunden nicht schaden! Warum machst du so ein verkniffenes Gesicht, Ned? Hast du gedacht, Geister würden mich schnappen?«

»Nein, natürlich nicht!«

»Dann geh rein!«

»Lieber nicht.«

Er wollte sich entfernen, doch Duke wurde übermütig. »Du wagst es nicht, hineinzugehen und einen Knochen rauszuholen.«

»Ich habe mit so etwas nichts am Hut. Ich habe meine Lektion auf diesem Gebiet auf die harte Tour gelernt. Komm weiter, Tottie, sonst fallen wir zurück!«

»Nein, warte!«, beharrte Duke. »Ich glaube, du hast zu viel Angst, um da hineinzugehen.«

»Darum geht es nicht«, versuchte Tottie zu erklären. »Ned möchte Traders Gefühle nicht verletzen, nicht wahr, Ned?«

»Ich halte es für das Beste, draußen zu bleiben, ja.«

»Und ich halte dich für einen erbärmlichen Waschlappen. Versteckst dich hinter Totties Rock.«

Tottie seufzte »Oh nein!«, als Ned sich wieder Duke zuwendete.

»Pardon, ich muss doch sehr bitten!«

»Du liebe Zeit«, höhnte Duke, »er bittet mich um Pardon, weil ich ihn einen erbärmlichen Waschlappen genannt habe. Ist er ja auch. Du hast dich zu lange als Fatzke in England rumgetrieben, Kumpel…«

Ned versetzte ihm einen Fausthieb. Und was für einen!

Duke taumelte rückwärts, klammerte sich an einen gezackten Gesteinsbrocken, um sich zu stützen, doch der Brocken zerbrach und Duke rutschte ab, stürzte über weitere Brocken und blieb ausgestreckt am Eingang der Höhle liegen.

Mit blutender Unterlippe rappelte er sich schwankend auf und rief Ned, der weitergegangen war, Beschimpfungen nach. Tottie schritt ein.

»Still jetzt«, verlangte sie. »Du hast für heute genug gesagt, Duke.« Sie tupfte ihm mit ihrem Taschentuch die Lippe ab. »Du kennst Harrys Regeln. Keine Streitereien. Also beruhige dich.«

»Nachdem er mich geschlagen hat! Er hat mir ja keine Chance gelassen!«

Sie lachte. »Du hörst dich genauso an wie mein Bruder. Wenn ich das so sagen darf, mein Lieber, du hast es herausgefordert. Harry sagt, Streitereien sind unvermeidlich, wenn die Männer sich langweilen.«

»Ich langweile mich nicht.« Er rieb sich das Kinn und richtete sich auf. »Das lasse ich Ned nicht durchgehen, Tottie.«

»Alles wegen einer Höhle? Um Himmels willen, Duke. Hör auf. Würdest du mich bitte begleiten. Der Weg nach unten ist rutschig.«

Er nahm ihren Arm, um sie zu stützen, und Tottie ging absichtlich langsam, in der Hoffnung, er werde sich beruhigen, bevor sie die anderen erreichten, die dem Wagen folgten.

Glücklicherweise hegte Duke keine Rachegelüste. Harry brachte Ned dazu, sich für den Boxhieb zu entschuldigen, und damit schien der Fall erledigt. Doch als Harry am Abend mit Tottie den glutroten Sonnenuntergang am westlichen Horizont betrachtete, war er besorgt, dass es bei den beiden unter der Oberfläche weiterbrodelte.

»Und das alles wegen nichts«, sagte sie. »Sie werden es verwinden.«

Sie genoss es so sehr, in diesen Tagen mehr mit ihrem Mann zusammen sein zu können, dass sie der Streit nicht sonderlich kümmerte. Die Romantik war wieder in ihr Dasein eingekehrt, sie hatte ihren liebevollen Ehemann wieder. Als sie in die grasbewachsene Ebene vorstießen, gewann sie ihre Zuversicht und damit ihr sonniges Gemüt zurück.

Für Harry war es sonnenklar, dass sich Unruhen zusammenbrauten. Er sprach mit Ginger darüber.

»Ja«, bestätigte sein Vormann. »Drei Treiber haben sich um ein Pferd gestritten und das schwärt noch. Matt ist ein Faulenzer. Dein Freund Duke ist eine Nervensäge; er erteilt gern Befehle, ist aber nicht erpicht darauf, welche zu empfangen. Wir sind ein paarmal aneinander geraten.«

»Aber diese Kerle zanken sich dauernd um irgendetwas«, sagte Harry. »Ich befürchte, dass einer einen richtigen Streit anfängt, und was dann? Wie hat Slim es nur geschafft, dass seine Treiber so manierlich waren? Er hatte doppelt so viele Leute wie ich.«

Ginger lachte. »Mir scheint, dass du ihn nie von seiner schlechten Seite erlebt hast. Wenn irgendwer unterwegs Ärger machte, hat er ihm eine Tracht Prügel verpasst und ihn rausgeschmissen. Egal, wo wir waren. Harry, du bist zu nachsichtig mit ihnen, das ist dein Problem.«

»Ich muss mir mehr Mühe geben«, meinte Harry seufzend. »Aber ich habe mir gerade einen kleinen Plan ausgedacht. Wie weit ist es von hier bis Cameo Downs?«

»Ich denke, dass wir morgen früh durch Cameo-Gebiet kommen.«

»Ja, das dachte ich auch. Und bis zur Farm ist es einen halben Tagesritt nordöstlich, nehme ich an?«

»Du hast doch nicht vor, einen Umweg zu machen?«

»Keine Sorge, wir setzen unseren direkten Weg fort. Aber meinst du, wir können Duke für ein paar Tage entbehren? Er hat mir erzählt, sein Bruder ist ein guter Freund von Palliser.

Er möchte ihn besuchen und Palliser unsere Grüße überbringen, weil wir ja durch sein Land ziehen.«

»Davon halte ich nichts«, erklärte Ginger. »Er kann Palliser besuchen, wenn der Treck zu Ende ist. Er soll bei seiner Arbeit bleiben.«

Aber Duke hatte es sich in den Kopf gesetzt, Langley zu besuchen. Und schließlich gab Harry nach.

»Du kannst aber nicht allein reiten«, sagte er. »Ich spreche mit Ginger, mal sehen, wen wir entbehren können.«

»Wir können keinen entbehren«, schnaubte Ginger, »aber wenn es nur für zwei Tage ist, kann er Matt mitnehmen. Der ist in letzter Zeit so nützlich wie ein Käppi auf ner Kuh.«

Wenn die zwei sich nicht gestritten hätten, würde Harry Ned gedrängt haben, die Farm Cameo Downs mit Duke zu besuchen, da es ihm freistand zu gehen, wohin er wollte. Er hoffte bis zur letzten Minute, dass Duke einlenken und Ned auffordern würde, ihn statt Matt zu begleiten, doch das tat er nicht.

Tottie schaltete sich ein und fragte Ned, warum er nicht mit Duke ging. »Ich würde den Besitz selbst liebend gern sehen«, fügte sie hinzu.

»Ich nicht«, sagte Ned. »Der Treck macht mir Spaß und die Burschen finden, meine Treiberkünste werden immer besser. Ich hätte die Reise nicht um alles in der Welt missen wollen.«

Sein Vater wäre nicht einverstanden gewesen. Jasin erhielt von Clem aus Montone ein Telegramm, er habe in einer Queenslander Zeitung die Ankündigung für die Versteigerung eines reinrassigen Pferdes namens Red Shadow gelesen. Rufname Saul!

Jasin war fuchsteufelswild. Er war überzeugt, dass das Pferd gestohlen worden war, sofern es sich um dasselbe Tier handelte. Georgina dagegen geriet in Panik; sie war sich sicher, dass Edward einem Verbrechen zum Opfer gefallen war. Sie bestand darauf, dass Jasin Edward sofort ein Telegramm in seine Pension schickte.

»Da fällt mir ein«, rief sie ihm nach, als er das Haus verließ, »schick es als Telegramm mit bezahlter Rückantwort.«

Als tags darauf die Antwort kam, waren sie verblüfft. Sie lautete: *Ned nicht mehr hier. Wirtin.*

»Jetzt reicht es. Ich gehe hin«, erklärte Jasin.

»Wohin?«

»Nach Rockhampton natürlich. Ich kenne es gut. Ich telegrafiere den Auktionsleuten, sie sollen den Verkauf aufschieben. Das Pferd könnte gestohlen sein.«

»Man sollte meinen, du wärest etwas besorgter um deinen Sohn«, hielt sie ihm vor.

»Oh, bin ich, bin ich durchaus. Ich möchte wissen, warum er eines der besten Pferde im Land verkaufen will. Ich hätte ihm Saul gar nicht erst schenken sollen! Das Pferd war zu gut für ihn!«

Kapitel 12

Auf Bitten der Besitzer der Kupfermine Boney Creek ließ Inspektor Beresford seine Männer am Ortsrand zurück und ritt mit Sergeant Krill in die kleine Minenstadt.

Sein neuer Assistent war ein junger Bursche, der mit Feuereifer auf dem Posten war. Sein Vater war oberster Viehhüter auf Montone gewesen, als die Farm von Schwarzen überfallen wurde, und Krill sprach unaufhörlich davon. Marcus wusste nicht recht, was für Krill wichtiger war – die Tatsache, dass sein Vater bei Lord Heselwood gearbeitet und bei dem großen Herrn in hohem Ansehen gestanden hatte, oder dass er bei dem Versuch, die Wilden abzuwehren, als Held gestorben war. Wie auch immer, Krill benötigte keinen weiteren Ansporn, um im Kommando der berittenen Polizei für Ordnung zu sorgen, hauptsächlich durch willkürlichen Gebrauch der Peitsche, und er platzte schier vor Tatendrang, wenn er den Befehl erhielt, aufsässigen Schwarzen nachzujagen.

Marcus seufzte, als ihm dies jetzt durch den Kopf ging. Er vermisste Sergeant Wiley, der ein viel besserer Gefährte gewesen war. Dennoch konnte er sich nicht beklagen; es war schwierig gewesen, Freiwillige für diese Aufgabe zu finden. Drei Polizeisergeants waren zurückgeschreckt, als die Rede darauf kam. Zu zimperlich, um zur Verteidigung unschuldiger Weißer anzutreten, die doch nur versuchten, im Busch ihren Lebensunterhalt zu bestreiten.

Als sie die breite baumlose Straße entlangritten, die geradewegs zur Mine führte, sah er Schwarze, die vor einer Gemischtwarenhandlung und an der Rückseite der Holzbauten herumlungerten, offensichtlich darauf aus zu stehlen, was nicht niet- und nagelfest war.

Er traf sich mit dem Verwalter Jock MacAdam und ließ Krill draußen, damit er sich um die Pferde kümmerte, weil die Schwarzen in dieser Gegend als kriegerisch bekannt waren.

»Was ist passiert?«, fragte er.

»Die Schwarzen haben die Stadt übernommen. Es gibt hier ein Bordell, wo nur schwarze Frauen beschäftigt sind, keine Weiße, so weit das Auge reicht, und das gefällt den schwarzen Männern nicht. Sie kommen in die Stadt, fangen Streit an, stehlen, zerstören Gegenstände. Es ist gefährlich, ohne Waffe auf die Straße zu gehen.«

»Warum schließen Sie das Bordell nicht?«

»Ich habe es versucht. Die Minenarbeiter haben gedroht zu kündigen.«

»Wie viele Arbeiter haben Sie hier?«

»An die sechzig.«

Marcus hatte Befehl erhalten, in Cloncurry eine Polizeiinspektion einzurichten, doch weil es in der gesamten Kolonie an Polizeikräften mangelte, lauteten seine Anweisungen, sich unterwegs auf Bitten von Zivilpersonen gewisser Schwierigkeiten anzunehmen. Seine Truppe hatte bislang erst ungefähr hundertfünfzig Meilen zurückgelegt und diese ständigen Gesuche um Beistand wurden ihm allmählich lästig.

»Warum lassen Sie mich dann den ganzen Weg hierher kommen? Sie haben doch genug Leute, um die Sache selbst in die Hand zu nehmen.«

»Das schon, aber die Minenarbeiter wollen die Verantwortung für einen Angriff auf die Kerle nicht übernehmen. Sie sagen, sie sind nicht hier, um Krieg anzufangen. Sicher ist Ihnen aufgefallen, dass es in dieser Siedlung verdammt viele Schwarze gibt?«

»Und Fliegen«, sagte Marcus verdrossen.

Er blieb zum Mittagessen bei MacAdam und ließ sich ein paar Gläschen von dessen ausgezeichnetem schottischen

Whisky schmecken, hatte jedoch keine Lust, in diesem staubigen Nest zu übernachten. Der Minenverwalter hatte ihm von einer annehmbaren Farmunterkunft etwa zehn Meilen nördlich von Boney Creek erzählt, weswegen er dort seinen nächsten Halt einlegen wollte.

In der Zwischenzeit…

Er ging zu Krill hinaus. »Aufsitzen, es gibt Arbeit für uns.«

»Das kann man wohl sagen, Inspektor. Wir erscheinen hier in Uniform und den Schwarzen ist es vollkommen egal. Schauen Sie nur! Die stolzieren kaum bekleidet durch die Gegend.«

»Ich denke nicht, dass das hier viel ausmacht, schließlich sind keine Damen zu sehen.«

Auf dem Weg aus der Stadt erteilte er Krill seine Anweisungen. »Dieser Ort ist nur ein Strich in der Landschaft. Kein Zaun in Sicht. Ich möchte, dass Sie vier Reiter mit Gewehren am Stadtrand postieren. Im Norden, Süden, Osten, Westen. Wir müssen eine Bande Schwarzer zusammentreiben. Sagen Sie den Männern, sie sollen in die Luft schießen, wenn welche aus der Stadt verschwinden wollen.«

»Wird sie das aufhalten?«

»Nein, aber es wird ihnen Angst einjagen!«

Während er wartete, befahl er den anderen schwarzen Polizisten mit einem Pfiff aufzusitzen.

»Nebeneinander aufstellen!«, rief er, dann ritt er die Reihe entlang, um ihre staubigen Uniformen zu inspizieren, als ob das eine Rolle spielte, und dachte sich, dass seine eigene elegante schwarze Uniform mit den Silberknöpfen eine gründliche Säuberung vertragen könnte.

Krill kam zurückgaloppiert, sein ohnehin rötliches Gesicht glühte förmlich vor Aufregung. »Alles auf dem Posten, Sir!«

»Gut. Lassen Sie das Packpferd mit den Ketten holen.«

»Wir haben nicht genug Ketten für alle, Sir.«

»Krill, tun Sie, was ich Ihnen sage! Stellen Sie keine Fragen. Los jetzt!«

Marcus hatte nun zwanzig Mann vor sich, denen er verkündete: »Wir werden in diese Stadt reiten, wo Schwarze Ärger machen. Jeder von euch muss einen festnehmen. Jeder schnappt sich einen Schwarzen, verstanden? Ich will zwanzig schwarze Kerle. Keine Frauen.«

Sie grinsten und nickten aufgeregt.

»Schnappt euch einen. Haltet ihn fest. Legt ihm Handschellen an, ja? Und vergewissert euch, dass es ein Aborigine ist. Die Weißen da drin erschießen euch, wenn ihr einen Fehler macht.«

Der Inspektor wusste, dieses Unternehmen war so, als ob man Füchse in einem Hühnerstall freiließ, doch gerade auf Verwirrung kam es an, daher brachte er seine Männer nach Boney Creek und ließ sie los.

Etliche Minenarbeiter traten auf ihre Veranden, um zuzusehen, wie die berittenen Polizisten Aborigines in alle Richtungen jagten, und feuerten sie an. Sie hörten Schüsse; Schwarze, die versucht hatten, aus der Stadt zu laufen, kamen zurückgerannt und wurden sodann von den Polizisten geschnappt. Ungefähr zwanzig Minuten lang wurden die Männer auf den Veranden von einer Riesenrauferei unterhalten, bei der schwarze Männer im Staub kämpften, um sich traten, rangen, während ein Polizeiinspektor zu Pferde den Tumult still beobachtete.

Sie schlossen Wetten ab, wer gewinnen würde, die schwarzen Polizisten oder die einheimischen Schwarzen.

Marcus kümmerte es nicht sonderlich. Seine Männer hatten schon mehreren Aborigines Handschellen angelegt; das würde genügen, doch sie konnten ebensogut weitermachen, bis der Kampf erstarb.

So geschah es. Die einheimischen Schwarzen, die entkommen konnten, flohen aus der Stadt.

Krill ließ seine lädierten Gefangenen Aufstellung nehmen. Es waren vierzehn an der Zahl, ihre gleichermaßen mitgenommenen Häscher standen stolz dabei.

»Wir haben nur zehn Ketten«, zischte er.

Der Minenverwalter trat hinzu. »Was nun?«, fragte er.

»Ich nehme zehn von den Burschen fest«, sagte Marcus. »Vier lasse ich frei, damit sie die Nachricht verbreiten, dass ich wiederkomme, wenn sie diese Stadt noch einmal betreten.«

Was ich nicht tun werde, dachte er bei sich. Auf keinen Fall.

»Ich nehme sie mit. Ich werde sie dem Boss der Farm übergeben, von der Sie mir erzählt haben, und er kann sie dabehalten, bis sie ins Gefängnis gebracht werden können. Einverstanden?«

»Ja, sicher.«

»Wenn sie sich wieder hier einschleichen, schnappen Sie sich ein paar und stecken sie ins Gefängnis. Die haben eine Heidenangst vor dem Knast.«

Zum Dank für seine Mühen erhielt Marcus eine Flasche schottischen Whisky. Dann machte er sich auf den Weg zu der Unterkunft; seine zehn Gefangenen, die mit an eisernen Halsringen befestigten Ketten aneinander gefesselt waren, schlurften hinter der Truppe her, bewacht von Sergeant Krill.

Der Schafzüchter begrüßte den Inspektor nebst seiner Whiskyflasche und erbot sich, ihn für die Nacht zu beherbergen. Er werde die Gefangenen von seinen eigenen Leuten nach Clermont bringen lassen, sodass Marcus sich nicht weiter um sie kümmern müsse.

Er war ein interessanter Bursche und Marcus ließ sich gern von dem Bezirk berichten, da Clermont die erste binnenländische Siedlung im tropischen Queensland war. Hier hatte ein Goldbeauftragter seine Begleiter ermordet und das für Rockhampton bestimmte Gold gestohlen. Er wurde für seine Taten gehängt. Eine andere hiesige Legende lautete, man habe nur wenige Meilen von dort, wo sie sich befanden, eine dreißig Fuß hohe Kupferwand entdeckt. Dreißig Fuß hoch!

»Dieses ganze Land bis hin zum weiten Westen ist der Traum eines jeden Minenarbeiters«, berichtete der Schafzüchter, und Marcus nahm sich vor, sobald er die Polizeiinspektion in Cloncurry eingerichtet hatte, sich ernsthaft nach einer Quelle umzusehen, wo er wirklich Geld verdienen konnte. »Wie man hört, gibt es bei Rockhampton Gold«, sagte der Schafzüchter. »Stimmt das?«

»Nein, das ist nur ein Märchen.«

Tags darauf machten sie auf Anraten des Schafzüchters

einen Umweg Richtung Süden, um ein nahezu unpassierbares Hochland zu umgehen und schlugen schließlich bei der Stadt Emerald ihr Lager auf. Der dortige Ortspolizist erbat seinen Beistand, um entlaufene Strafgefangene aufzuspüren, die Pferde stahlen, doch Marcus schützte eine dringende Angelegenheit weiter westlich vor und setzte seinen Weg fort. Er hatte keine Lust, sich mit entlaufenen Gefangenen anzulegen, die meistens bewaffnet waren und nicht nur von Banden unterstützt wurden, sondern auch von Siedlern, die man für die Zusammenarbeit bezahlte.

Er war beauftragt, die Unruhen in einem Lagerdorf auf der Westseite der Bergkette aufzuklären, und als er die Ortschaft Barleycorn's Retreat schließlich ausfindig machte, fand er nur vom Wind umwehte Ruinen vor. Offenkundig hatte ein Brand das Lagerdorf und etliche Schuppen vor Monaten zerstört, doch auf dem Polizeirevier hatte niemand es für nötig befunden, ihn davon in Kenntnis zu setzen.

Was gibt es da aufzuklären?, fragte er sich, als er seine Notizen noch einmal las. Weiße brannten ihre eigenen Lagerdörfer nicht nieder, demnach hatten offensichtlich die Schwarzen dieses Verbrechen begangen.

»Brandstiftung ist die von Schwarzen erfolgreich benutzte Waffe, und alle Siedler sind verwundbar«, sagte er zu Krill. »Deswegen müssen wir bei diesem Verbrechen hart durchgreifen.«

»Ich weiß«, erwiderte Krill. »Sie haben Montone niedergebrannt. Es heißt, sie waren …«

Marcus ging nicht auf Krills Lieblingsthema ein. »Wir folgen dieser Straße. So wie sie aussieht, wird sie noch von Fuhrleuten benutzt. Halten Sie nach einer Ortschaft namens Mischief Creek Ausschau.«

Der Ort war nicht schwer zu finden. Ein verblasstes Schild neben einem breiten Steindamm verkündete, dass das tosende Wasser, das diesen überspülte, der namengebende Bach war.

Der Inspektor ritt einen Pfad zu dem von duftendem Eukalyptus beschatteten Ufer hinunter, verärgert, weil dieses Gebiet verlassen und der Umweg, den er hatte machen müssen, reine Zeitverschwendung gewesen war.

Just als er weiterzuziehen beschloss, sah er auf der anderen Seite des Dammes eine Bewegung im Busch und er rief Krill zu: »Da drüben! Da drüben! Wer ist das?«

Nach einer kurzen Verfolgungsjagd hielten sie einen Aborigine an, der nur mit einem Opossumfell um die Taille bekleidet war. Er war mittleren Alters, die ledrige Haut mit Narben bedeckt, die seine Stammeszugehörigkeit zeigten.

»Da draußen ist noch einer, Boss«, rief ein Polizist, der den Gefangenen gegen einen Baum stieß.

»Nenn mich nicht Boss«, brummte der Inspektor und wandte sich an den Fremden. »Wer bist du?«

»Was wollen?«

»Er spricht wenigstens Englisch«, sagte Marcus zu den Polizisten, die der Befragung beiwohnten. »Name?«

»Jericho«, antwortete der Mann zornig. »Was wollen?«

Marcus versetzte ihm mit der Peitsche einen leichten Schlag ins Gesicht. »Was tust du hier?«

Der Schwarze starrte ihn an. »Wakari fangen. Fische.«

»Wo ist das nächste Schwarzenlager?«

»Kein Lager, Boss.«

»Du lügst. Wo sind eure Frauen? Eure Gins?«

Jericho betrachtete die vielen uniformierten Männer um sich herum und seine Augen wurden weit vor Angst. »Keine Gins«, murmelte er. »Alle auf Wanderschaft.«

Die Peitsche schlug ihm ins Gesicht. »Das werden wir ja sehen.«

Krill kam hinzu. »Der andere Bursche ist weg.«

»Verdammter Mist! Sie könnten nicht mal einen Fisch mit einem Netz fangen, Krill. In welche Richtung ist er abgehauen?«

»Kann ich nicht sagen, bei dem dichten Gebüsch. Vielleicht dorthin.« Krill deutete nach Nordosten.

Marcus wandte sich wieder an den Gefangenen. »Euer Lager da drüben, ja? Egal, ich finde es. Jetzt hör mir gut zu. Kennst du das Lagerdorf da hinten?«

Jericho wirkte verwirrt. Er schüttelte den Kopf.

»Wer hat es angezündet? Schwarze?«, beharrte Marcus. Er machte aus dieser Befragung eine große Sache vor Zeugen, für die Berichte über ihn.

Nach einigen weiteren Fragen mit vorhersehbar negativem Ergebnis wandte er sich an Krill: »Holen Sie mir Handschellen.«

»Wohin bringen wir ihn?«

Marcus machte ein finsteres Gesicht. »Seine Gefährten suchen. Wir treiben ein paar zusammen und sehen zu, dass sie die Brandstifter verraten; denn die wissen, wer es war, darauf können Sie Gift nehmen.«

Es geschah so schnell, dass Marcus ihn nicht mal verschwinden sah. Offenbar hatte der Polizist, der den Gefangenen festhalten sollte, den Griff gelockert. Er erlebte die Überraschung seines Lebens, als Jericho sich plötzlich auf die Erde fallen ließ, ins Unterholz schlüpfte und die Böschung hinunter hechtete.

Sie suchten fast eine Stunde, ehe Krill ihn erspähte, wie er am Damm vorbei das andere Ufer hinaufstürmte. Krill drückte seinem Pferd die Knie in die Flanken, um es anzutreiben, setzte über den Damm, schwenkte nach links, dem Flüchtigen nach, doch so wie es aussah, würde der Schwarze davonkommen. Die Distanz zwischen ihnen vergrößerte sich.

Krill zügelte sein Pferd, als würde er aufgeben, und legte sein Gewehr an. Seine Polizisten, die die Verfolgungsjagd beobachteten, feuerten ihn an und übertönten mit ihren Rufen das »Nein!« des Inspektors.

* * *

Sie verscharrten den Leichnam im Gebüsch.

Dieser Vorfall fand keine Erwähnung in Inspektor Beresfords Tagesbericht. Das war nicht nötig. Es ließ sich ja nicht ändern. Es war ein Unfall, weiter nichts. Niemand brauchte es zu wissen.

Leider wusste es aber jemand.

Jerichos Ermordung war von seinem Reisegefährten auf dem Wipfel eines Baumes beobachtet worden.

Der Aborigine Jericho von demselben Darambal-Stamm wie Banggu, Sohn des Ladjipiri, war auf dem Weg ins Hochland zur Familie seiner Frau gewesen, um die Nachricht zu überbringen, dass sie gestorben war.

»Sie wurde von einem Stier aufgespießt, der eine Koppel durchquerte«, sagte er auf seine langsame, abwesende Art zu Banggu. »Sie hat sich nie vor den Rindern gefürchtet, sie hatte sie gern. Sie hat sich nicht vor den Rindermännern in Acht genommen, ihr gefielen die großen Kühe, die Milch gaben, und sie hat die Kälber angelacht; sie hat sie gern bemuttert.«

»Arbeitest du auf einer Farm?«, fragte Banggu.

»Ja. Es ging nicht anders, das Leben wurde zu mühsam. Meine Frau hat für die Missus gearbeitet. Ich, ich bin Viehhüter. Boss hat mich gehen lassen, um es ihrer Mutter zu sagen. Seine Missus passt auf meine Kinder auf, bis ich zurück bin. Sie waren traurig.« Er rang sich ein betrübtes Lächeln ab. »Sie sagten, ich sollte ihrer Mama ausrichten, dass sie ein braves Mädchen war.«

»Es ist doch schön, dass sie so gut von deiner Frau sprechen.«

Jericho nickte. »Wohin gehst du?«

»Raus nach Pitta-Pitta-Land. Mein Vater war Händler. Wir haben dort Freunde.«

»Ein langer Weg von deinem Land. Warum geht ein junger Mann wie du so weit? Ärger zu Hause?«

»Was für ein Zuhause?«, fragte Banggu erzürnt. »Du hast es selbst gesagt, das Leben ist mühsam heutzutage.«

»Sprichst du denn Englisch?«

»Ja.«

»Warum läufst du dann weg? Es ist immer noch deine Heimat; besser, man versucht in ihrer Welt zu leben, statt in den Schatten zurückzusinken.«

Banggu brachte es nicht über sich, diesem Mann zu erzählen, dass er auf der Flucht war. Als er Jericho vor acht Tagen begegnet war, als sie erstmals das Lagerfeuer teilten, war Banggu außerstande gewesen, über die Ereignisse an der Schlucht zu sprechen, doch Jericho hatte gespürt, dass er bekümmert war, und um seine Seele zu beschwichtigen, hatte er ihm unterwegs uralte Traumzeitgeschichten erzählt, Geschichten von Geistern, die die Erde vor ihrer Zeit verlassen hatten und zurückgekommen waren, um die Dinge ins Lot zu bringen.

Seine Frau, erklärte er bekümmert, war einer von diesen Geistern. »Sie wird keine Ruhe finden, bis ihre Mutter davon erfährt und sie auf die richtige Art und Weise in ihr Träumen singen kann. Mit Kriegern ist es dasselbe«, erklärte er. »Für viele kommt der Hieb unvorbereitet. Manche haben niemanden, der die Zeremonien für sie verrichtet, deswegen verweilen sie ruhelos.«

Banggu hörte aufmerksam zu und schöpfte ein wenig Hoffnung. Er flüsterte: »Mein Vater und meine Mutter und meine Schwestern und anderen Verwandten werden für die richtige Trauer für meinen Bruder sorgen, nicht wahr?«

Ohne über diese merkwürdige Frage im mindesten erstaunt zu sein, nickte Jericho. »So viele trauernde Herzen, die ihm die gebührende Achtung erweisen. Er wäre stolz.«

Banggu saß weinend an dem flachen Grab, das Herz erfüllt von Hass auf den weißen Polizisten, der seinen Freund erschossen hatte. Und auf die anderen bösen Männer, die ungerührt dabei standen, als man ihn in die Erde legte. Sie hatten geraucht. Geredet. Ihre Wasserkessel gefüllt.

»Ich weiß den Namen deiner Frau nicht«, jammerte Banggu, »sonst würde ich ihre Mutter suchen und dein Weinen zu ihr tragen.«

Dann fragte er sich, ob sein Freund noch hier war. Zu früh dahingegangen. War es ihm bestimmt, seine Frau zu suchen und jetzt mit ihr Hand in Hand zu gehen? Beide waren nun Geister, unvorbereitet aus dem Leben gerissen.

Irgendwie beruhigte dies den jungen Mann, der Trost verzweifelt nötig hatte. Es schien ihm romantisch, eine bittersüße Traumzeitgeschichte. Vielleicht wartete die Frau auf ihren geliebten Mann? Wartete gar nicht darauf, dass ihre Mutter die Morgenrituale vollzog.

In dieser Nacht schlief er ohne Furcht vor Träumen am Ufer des Mischief Creek. Er schlief tief, als sei er in Gesellschaft von Freunden, schreckte jedoch plötzlich auf in der Erinnerung an die Ereignisse des vorigen Tages. Schreckte auf im Zorn.

Er wartete ein paar Stunden, bis er sich in einem gebührenden Zustand der Ruhe befand, um in Ehrerbietung Abschied zu nehmen von seinem Freund. Er kannte sich mit Ritualen nicht besonders gut aus, brachte aber einen Gesang zustande, gewiss, der gute Mann würde wissen, dass er sein Bestes getan hatte.

Dann machte er sich auf und folgte dem Polizeikommando nach Westen, blieb dicht am Gebüsch, behielt aber die Straße im Auge. Er hätte ohnehin diese Richtung genommen, daher wollte er nicht abweichen, wenn es nicht unbedingt notwendig war, etwa wenn er sich verirrte.

Inspektor Beresford fand es schwierig, die Begrenzungen auszumachen, trotz Landkarten, die nur Gott, Viehzüchter und Landvermesser lesen konnten, doch er drängte vorwärts in dem Wissen, dass es auf lange Sicht niemanden störte, wenn Polizei auf seinem Grund patrouillierte. Das hieß niemanden bis auf das Großmaul Langley Palliser, der ständig in der Zeitung stand mit seiner Forderung, die Berittene Einheimischenpolizei müsse aufgelöst werden. Gottlob pflichteten ihm nur wenige Viehzüchter bei. Ihnen war klar, dass im Busch Polizeischutz vor plündernden Schwarzen lebensnotwendig war, seien die Polizisten nun Europäer oder Aborigines.

Zwei Tage nach Krills Missgeschick, für das er sich entschuldigt hatte, wobei er die Aufregung und die Furcht, der Bursche würde entkommen, ins Feld führte, saß Marcus vor seinem Zelt an dem Klapptisch und studierte die Landkarten.

Wohl sprach er, als wisse er genau, wo er sich befand, doch in Wirklichkeit hatte er nur eine blasse Ahnung. Rinderfarmen waren auf diesen Karten mit Namen verzeichnet, und Lager, die mehrere Farmen versorgten – etwa Barleycorn's Retreat –, hatten sich bald zu Dörfern entwickelt. Nicht schlecht, mutmaßte er. Dieses besagte Lagerdorf war auf der Karte mit einem Sternchen markiert, und er war froh gewesen, es gefunden zu haben; wenn auch nur als ausgebrannte Ruine, bestätigte es ihm doch, dass er auf dem richtigen Weg war. Jetzt musste er allerdings das neue Lagerdorf ausfindig machen, das noch in keiner Karte verzeichnet war. Bei seinem letzten Aufenthalt, in einem Holzfällerlager, hatten sie ihm geraten, einem Herdenweg westlich von Mischief Creek zu folgen, bis dieser an einem großen Wald nach links schwenkte.

»Reiter können den Wald durchqueren«, hatten sie erklärt. »Fuhrwerke und Viehherden müssen ihn umrunden. Er bedeckt eine große Fläche. Durchqueren geht schneller. Gehen Sie einfach immer geradeaus, bis Sie auf offenes Weideland stoßen. Dort sehen Sie einen Felsvorsprung, der wie ein Keil geformt ist. Ist nicht zu verfehlen. Dieser Orientierungspunkt verweist auf das neue Lagerdorf am Fluss.«

Nach seinen Berechnungen bewegte sich der Inspektor mit seiner Truppe parallel zur Grenze von Cameo Downs, das etwa zehn Meilen rechts von ihm lag, und das war Marcus gerade recht. Er war froh, sich von Palliser-Gebiet fernhalten zu können.

Als sie fünf Stunden später aus dem bedrückenden düsteren Wald mit dem rutschigen Unterholz traten, ahnte Marcus nicht, dass er sehr wohl auf Pallisers Besitz abgeschwenkt war. Und dass das Wohnhaus nur drei Meilen entfernt lag.

Dies war Weideland, wie erwartet, aber von einem Felsvorsprung konnten sie nichts erkennen, auch war kein Fluss in der Nähe.

Entmutigt beschloss Marcus, das Lager aufzuschlagen. Er hielt immer noch Ausschau nach Aborigines, die ihm die Brandstifter nennen würden, aber er musste auch das Lagerdorf ausfindig machen und Fuhrleute befragen. Sie konnten ihm helfen, sich Klarheit über die ganze Geschichte zu verschaffen.

An diesem Nachmittag schrieb er eine Liste von Fragen an die Fuhrleute auf, die sie unterschreiben sollten:

Name? Gewerbe?
Waren Sie am Abend des Geschehens in Barleycorn's Retreat anwesend?
Haben Sie den Brand mitangesehen?
Können Sie die Brandstifter identifizieren?
Waren Sie bei dem Vorfall in Mischief Creek zugegen?
Gab es einen Kampf zwischen weißen und schwarzen Männern?
Warum haben die Schwarzen angegriffen?
Wofür haben die Weißen Vergeltung geübt?
Wurden weiße Männer getötet oder verletzt?
Wenn ja, von wem?
Wurden schwarze Männer getötet oder verletzt?
Wenn ja, von wem?

Das genügte ihm fürs Erste. Womöglich würden ihm im Laufe der Nacht weitere Fragen einfallen. Das geschah häufig. Er konnte die Liste notfalls am Morgen verlängern.

Es war noch ungefähr eine Stunde bis Sonnenuntergang. Er machte es sich mit einem Whisky bequem und rief Krill zu: »Stellen Sie zwei Suchtrupps zusammen und machen Sie das Lagerdorf und ein Schwarzenlager ausfindig. Und bringen Sie gleichzeitig Wild mit. Vorzugsweise Vögel, wilde Truthähne. Im Wald waren mehrere große Nester, also gibt es welche in der Gegend.«

Es war friedlich, allein hier zu sein und auf die dunstigen blauen Berge zu blicken. Marcus seufzte. Alles war still. Er schien das einzige Lebewesen in diesem ganzen wilden Gebiet zu sein. Nirgends war eine Menschenseele zu sehen. Nichts rührte sich auf den niedrigen Hügeln, die so träumerisch blau waren, uralt und in sich ruhend. Der Schatten einer kleinen Wolke brannte eine dunkelgrüne Insel in das üppige Gras, das rauen, ungebändigten Boden bedeckte, den Feind des Pfluges. Sein Pferd, das stets unweit seines Zeltes angebunden war, stand still neben einem hohen Eukalyptusbaum, in seine eigenen Erinnerungen vertieft.

Marcus fragte sich, ob er sich die Mühe machen sollte, Aborigines zu befragen. Sie würden sowieso nur seine Zeit verschwenden. Ihre Namen bedeuteten nichts und ihre Kreuzchen als Unterschrift erst recht nichts. Er konnte sich ebenso gut einen Befragungsablauf ausdenken. Zudem war ihm ziemlich mulmig zumute wegen des Burschen, den sie verscharrt hatten, und er konnte gut auf die Gesellschaft angespannter schwarzer Männer verzichten. Er hatte genug von seinen eigenen Leuten hier. Ständig quasselten sie. Verdammte schlampige Bande.

Marcus döste ein. Allzubald war Krill mit mehreren Vögeln zurück und mit der Nachricht, dass die Polizisten bei den anderen Aufträgen versagt hatten.

Verdammter Mist.

Banggu zog weiter, obwohl er nicht wusste, wozu. Was konnte er denn tun? Einen Polizisten festnehmen? Oder töten? Noch einen. Sein Herz schlug schneller vor Entsetzen bei der Erinnerung. Er folgte ihnen einfach weiterhin, wie ein störrischer Hund, der nicht wusste, wann er umkehren sollte. Und als er an diese Reiter dachte, kam es ihm in den Sinn, er sollte sich ein Pferd besorgen. Wie viel schneller könnte er so zum Pitta-Pitta-Land gelangen! Weit vorne zogen sich die geheimen Wanderpfade durch das alte Land, die sein Vater seinen Söhnen gezeigt hatte. Sie führten von einem Wasserloch zum anderen, zu Stellen, an denen man zu bestimmten Jahreszeiten Nüsse und Beeren sammeln konnte, zu einzigartigen Schauplätzen, wo der Mensch die prachtvolle Kulisse bewundern konnte, und es gab sogar heilige Stätten, die Reisenden zumeist gewogen waren.

»Wenn ich ein Pferd hätte«, sagte er sich, »würde das die Ältesten und meine geliebte Nyandjara beeindrucken.« Sie würden erstaunt und erfreut sein, hoffte er, weil er zurück war. Auch wenn sie unterdessen vermutlich einem anderen versprochen oder gar vermählt worden war.

Diese trübsinnigen Gedanken fanden Nahrung in dem immer dunkler werdenden Wald, und er verjagte sie, indem er an das Pferd dachte und wie er in seinen Besitz gelangen könnte. Schließlich schlief er zwischen den kräftigen Wurzeln eines mächtigen Feigenbaumes ein, wachte auf, kratzte sich an Hautrissen und hatte nur einen Gedanken: Stehlen.

Er würde ein Pferd stehlen müssen.

In der Welt der Weißen kam das der Tötung eines Menschen gleich.

Banggu schauderte, doch der Entschluss verfestigte sich, und so setzte Banggu seinen langsamen, beschwerlichen Weg durch den schauerlichen Wald mit neuem Tatendrang fort.

Zwei Viehtreiber von Cameo Downs, die soeben das neue Lagerdorf verließen, hörten, dass ein großes Polizeikommando in der Gegend war. Die zwei, beide Aborigines, waren sehr aufgeregt. Einer wandte sich an den Verwalter des Lagerdorfes: »Vielleicht kommen die, um was über die schlimme Sache am Mischief Creek rauszukriegen?«

»Ja, ist anzunehmen«, sagte der Verwalter, der an weiteren Geschichten über Mischief Creek nicht sonderlich interessiert war. Als Neuling in dieser Gegend mutmaßte er, dass solche Erzählungen löchriger waren als ein leckender Eimer.

Auf dem Nachhauseweg erblickten die Treiber Lagerfeuer am Rand des alten Regenwaldes und wussten, das waren die lange erwarteten Polizisten, weshalb sie einen Umweg über das Schwarzenlager der Farm machten, um die Ältesten zu verständigen.

Inzwischen hatten die trauernden Angehörigen der Opfer jenes Angriffs jede Hoffnung auf Gerechtigkeit aufgegeben, doch ihre Anführer hatten Langley Pallisers Wort, weshalb sie sich auf ein äußerst wichtiges Treffen vorbereiteten. Sechs Männer, von denen einige Englisch sprachen, legten ihren imponierenden Staat aus Kopfschmuck, Kakadufedern und Ockerbemalung an und machten sich, nur ihre Speere mit sich führend, auf den Weg durch die Nacht.

Als sich die einheimischen Polizisten mit der Sonne erhoben, wurden sie von sechs Aborigines begrüßt, die wie eine Reihe Bronzestatuen im goldenen Licht standen.

Ein schwarzer Polizist stolzierte zu ihnen.

Er hatte wolliges Haar, einen dunklen Bart und trug seine

Uniform, doch die Jacke war nicht zugeknöpft und entblößte seine Brust.

Die Abgesandten waren vom Stamm der Mitakoodi. Ihr Land umfasste dieses Gebiet und setzte sich weit nach Westen fort. An einer Seite grenzten sie an die Kalkadoon und an der anderen an das Volk der Pitta-Pitta. Viele von ihnen hatten sich entschlossen, auf Boss Pallisers Farmgebiet zu wohnen, obwohl sie den Begriff der Eigentümerschaft eines Mannes oder seiner Familie nicht recht verstanden. Manche hatten genügend Englisch gelernt, um sich mit den Weißen zu verständigen und sogar für eine Unterkunft bei ihnen zu arbeiten.

Doch dieser Bursche, dieser Schwarze, der zu den Mitakoodi gekommen war, hatte etwas Fremdartiges an sich.

Andere Schwarze wie er traten hinzu und betrachteten sie. Zwei hatten Gewehre.

»Was wollt ihr?«, fragte sie der erste Fremde in herrischem Ton. Er hatte noch nie wilde Schwarze in ihrem Putz gesehen und vermochte nicht zu sagen, ob sie Kriegs- oder Festbemalung trugen.

»Sag ihnen, sie sollen die Speere runter nehmen!«, murmelte einer mit einem Gewehr.

»Ihr wollt futtern, wie?«, meinte ein anderer. »Ich nehme an, sie sind hungrig.«

Schließlich befreite sich der Sprecher der Abordnung durch Räuspern von seiner Verwunderung und fragte: »Wo sind die Polizeimänner?«

Der erste Fremde krümmte sich vor lachen und wandte sich seinen Kameraden zu, um sie an seiner Heiterkeit teilhaben zu lassen.

»Ich«, sagte er. »Ich bin Polizeimann, Freund. Ich bin Pompey Lee, berittener Polizist!« Darauf salutierte er vor ihnen. »Wir sind alle Polizeimänner, Freund. Jetzt sag uns, was wollt ihr?«

»Wir kommen für Sitzpalaver über Töten am Mischief Creek«, erklärte der Sprecher, außerstande, seine Stimme frei von Zorn und Missbilligung zu halten.

Pompey Lee erbleichte. Im Zurücktreten hörte er die tiefen

Stimmen dieser Männer das Wort »Vergeltung« sprechen. Er wusste, was das bedeutete. Die Lage konnte gefährlich werden. Im Wald könnten noch mehr von ihnen sein.

Plötzlich wurde er kleinlaut. Plötzlich war er einer von ihnen.

»Mischief Creek?«, flüsterte er. »Das waren wir nicht! Das war unser Sergeant. Er hat ihn erschossen. Sergeant Krill.«

Die Mitakoodi von Cameo Downs stampften rhythmisch mit den Füßen, während sie über diese wichtige Mitteilung nachsannen. Da sie selbst Männer von Einfluss waren, wussten sie, dass diese schlampige Ansammlung von Dummköpfen irgendwo einen Boss haben musste, und da sie weder seinen Namen noch seinen Titel kannten, zitierten sie ihn auf ihre Art herbei.

Worauf prompt ein weißer Mann aus einem Zelt kam und seine Untergebenen ihm eine Gasse bahnten. Während er herantrat, knöpfte er seine Hose zu, zog ein Hemd über, streifte die Hosenträger über die Schultern und fuhr sich mit der Hand durch sein dichtes Haar, das die Farbe von in der Sonne gebleichten Gräsern hatte.

Dieser Mann besaß Autorität. Das Stampfen brach abrupt ab.

»Guten Tag«, sagte er zu ihnen, doch sie waren in diesem Moment nicht für Höflichkeiten empfänglich. Mit ausdruckslosen Gesichtern sahen sie einen anderen weißen Mann aus dem Wald eilen, einen jüngeren Mann, und es entging ihnen nicht, dass sich die Blicke aller Polizisten ängstlich auf ihn richteten.

Der Sprecher deutete mit dem Kopf auf den Ankömmling. »Wer er?«, fragte er streng.

Der Boss sah verdutzt um sich. »Was geht hier vor? Was meinst du, wer er? Er ist mein Sergeant. So, hört her, wir machen Sitzpalaver, ja? Legt die Speere weg und wir machen ein schönes Sitzpalaver.«

Er wandte sich an Krill: »Ich kann ebenso gut fragen, ob sie etwas über die Vorfälle in dem Lagerdorf wissen, wenn sie schon mal da sind.«

»Wenn sie von hier sind«, sagte Krill. »Die sehen mir nach einem wilden Haufen aus. Vermutlich eine Gruppe von Jägern.«

Die Abgesandten hörten ungerührt zu.

Der Boss schickte einen Polizisten in sein Zelt, um seinen Dienstrock zu holen, schwarz mit Silberknöpfen, und sie sahen anerkennend zu, wie er ihn anzog und bis zu dem hohen Kragen zuknöpfte. Jetzt wurden sie mit Ehrerbietung behandelt. Ihre Augen leuchteten beifällig auf.

Der Sprecher sagte: »Mistah. Der Mann Krill. Ist Ihr Gefangener?«

»Nein. Nein, nein! Mein Sergeant. Ein guter Mann. Sagt, woher kommt ihr? Lebt ihr in dieser Gegend? Was für eine Sippe seid ihr?«

»Dies unser Land, Mistah. Hier! Dies ist Mitakoodi-Land.« Er stieß mit dem Speer auf die Erde. »Der Mann da hat schwarzen Mann getötet. Warum ist er nicht Gefangener?«

Ein anderer Mitakoodi rief: »Er hat schwarzen Mann getötet! Wir nehmen ihn. Gesetz des schwarzen Mannes!«

Krill war einen Moment sprachlos. Ihm wurde klar, sie wussten, dass er den schwarzen Kerl getötet hatte, diesen Jericho! Der eine, der entkommen war, Jerichos Gefährte, musste es ihnen erzählt haben.

Der Sergeant kehrte um und holte sein Gewehr. Die Polizisten stoben auseinander.

Mit geladenem Gewehr zog Krill sich zwischen die Bäume zurück, ließ sich auf ein Knie nieder, bereit, auf bewährte militärische Art sein Ziel anzuvisieren, ohne Beresford zu beachten, der verzweifelt rief: »Bleiben Sie dort. Sie müssen nicht herauskommen. Nehmen Sie das verdammte Gewehr runter!«

Keiner von den Männern mit den Speeren hatte sich gerührt. Sie konnten das auf sie gerichtete Gewehr sehen, schreckten aber nicht zurück.

Marcus hatte keine Wahl. Er schritt hinaus ins Niemandsland, stellte sich vor die Schwarzen, mit dem Rücken zu Krill.

»Meine Herren«, sagte er ruhig, »wir wollen keinen Ärger.

Der Mann dahinten ist verstört. Hier liegt ein Missverständnis vor. Ich bin hergekommen, um böse Männer festzunehmen und fortzuschaffen. Überlasst das mir, ja?«

Ein runzliger alter Graubart trat vor, redete auf den Sprecher ein und deutete dabei auf Krill. Deutete auf das Gewehr, das sicher auf der Schulter des weißen Mannes lag.

»Den Mann da festnehmen«, verlangte der Sprecher zähneknirschend und rammte seinen Speer wieder in die Erde.

Marcus hatte ein mulmiges Gefühl. Der Alte forderte Krill ja regelrecht zum Schießen heraus. Er sah sich nach seinen Polizisten um, die die Auseinandersetzung mit vorquellenden Augen von diversen Aussichtspunkten außerhalb der Schusslinie verfolgten. Einige hatten Gewehre. Er fragte sich, ob sie wohl die Geistesgegenwart besäßen, ohne Befehl zu schießen, wenn er bedroht würde.

Einerlei, was sie behaupteten, ob es nun wahr war oder unwahr, er konnte ihnen Krill nicht ausliefern. Unmöglich. Dies war eine verdammt heikle Situation.

»Krill, dieser Mistkerl!«, murmelte er vor sich hin.

Bestrebt, einen Anschein von Ruhe zu bewahren, wies er die Polizisten an, sich anständig zu kleiden und sich hinter ihm, zwischen Krill und den auf Vergeltung bedachten Männern, in zwei Reihen aufzustellen.

Darauf ging er in sein Zelt und holte seinen Klappstuhl aus Segeltuch nach draußen. Er wusste nicht, was er sonst tun sollte. Hinhaltetaktik erschien ihm angemessen. Vielleicht zogen die wilden Schwarzen ja einfach ab.

Aber nicht sofort, überlegte er und machte es sich bequem auf seinem Stuhl zwischen den sechs Schwarzen und den zwei Reihen aus vierzehn Polizisten, die alle reichlich verwirrt auf das Geschehen blickten.

Nachdem die zwei Viehtreiber ihre Freunde gewarnt hatten, waren sie zur Farm zurückgekehrt, hatten etwas gegessen und sich schlafen gelegt. Doch als sie sich am frühen Morgen zum Frühstück einfanden, besannen sie sich darauf zu berichten, dass drüben bei dem alten Regenwald ein Polizeikommando lagerte.

Diese Nachricht drang bald bis zum Boss vor. »Ein Polizeikommando?«, fragte er. »Kein Militär?«

»Nein, sie haben Polizisten gesagt, die sollen die Morde von Mischief Creek untersuchen.«

»Polizisten sind nicht in Kommandos unterwegs«, erklärte Langley seinem Verwalter. »Geh lieber mal nachsehen.«

»Es sei denn natürlich, es ist die Einheimischenpolizei. Die sind in Kommandos unterwegs.«

»Was? Diese Mistkerle sind hier? Auf meinem Grund und Boden?« Er griff nach seinen Stiefeln. »Warte auf mich!«

Der Stillstand hatte erst etwa eine Stunde angehalten, als Marcus erkannte, dass die auf Rache bedachten Schwarzen vermutlich den ganzen Tag dort stehen würden oder auch für den Rest des Jahres, falls es so lange dauerte, um Sergeant Krill seiner Truppe zu entwinden.

Aber er konnte nicht ewig hier sitzen und dem Gras beim Wachsen zusehen, während er wartete, dass sie aufgeben und verschwinden würden.

Er blickte zu seinen Leuten und sah ihre Verachtung für ihre Stammesbrüder. Die Dummköpfe versicherten sich kichernd, dass sie eine Machtstellung innehatten, und rühmten sich, dass sechs Männer gegen ihre Gewehre nichts ausrichten konnten.

Marcus war im Nu auf den Beinen und erschrocken gingen sie in Hab-Acht-Stellung. Die Abgesandten wichen nicht.

»So«, sagte er zu ihnen, »ich bin im Namen unserer Königin hierhergekommen, um im Lagerdorf nach bösen Männern zu suchen. Kennt ihr das Lagerdorf?«

Mehrere Männer nickten.

»Wo liegt es?«

Der Sprecher drehte sich um und wies in die Richtung, doch währenddessen sah Marcus von der anderen Seite Reiter auf sie zu galoppieren. Als sie anhielten, erkannte er Palliser, der ihn anschrie: »Verdammt, was haben Sie auf meinem Land zu suchen, Beresford?«

»Wir sind nicht auf Ihrem Land, Sir!«

»Das sind Sie sehr wohl!« Er betrachtete die eigenartige Szenerie. »Was geht hier vor?«

Marcus überlegte blitzschnell. Er würde zunächst bluffen müssen und zusehen, wie er aus dem Schlamassel herauskäme. Er nickte zu den sechs Schwarzen hinüber, die sich noch nicht von der Stelle gerührt hatten. »Diese Burschen sind außer sich. Ich habe versucht zu schlichten.«

Palliser schwang sich vom Pferd, ging zu ihnen hinüber, und zum Entsetzen des Inspektors drückte er dem alten Graubart die Hand. Er hatte gehofft, Palliser würde die Männer fortjagen.

»Was machst du denn hier, alter Schurke?«, fragte er lachend. »Ich dachte, du bist zu Hause bei deiner neuen Frau. Viel dran an ihr, na?«

Der Schwarze gackerte vergnügt, verwies jedoch den Boss an den Sprecher, der auf Englisch auf ihn einredete. Palliser schüttelte den Kopf, als wollte er sagen, was immer sie ihm erzählten, ergebe keinen Sinn, und wandte sich dann verdutzt wieder an Marcus.

»Die Männer behaupten, dass Sie einen der Mörder des Massakers von Mischief Creek bei sich haben. Stimmt das? Haben Sie jemanden verhaftet?«

»Nein, eigentlich nicht.«

»Was heißt das, eigentlich nicht?«

Plötzlich scherte der Graubart aus. Er rannte zu den Polizisten und zerrte einen aus der Reihe.

»Dieser Mann«, sagte er. »Der erzählt Ihnen.«

Hinter ihm rief der Sprecher: »Sehr richtig, Boss. Er erzählt Ihnen.«

»Erzählt mir was?«, knurrte Palliser.

Marcus seufzte. Das Spiel war aus. Besser, er erklärte es jetzt, da Palliser, dieser selbstherrliche Mensch, sich sicher nicht abwenden und die Angelegenheit auf sich beruhen lassen würde.

Er nahm seinen Stuhl mit und winkte den Schafzüchter in sein Zelt, außer Hörweite der anderen. »Man hat mich geschickt, um den Vorfall am Mischief Creek zu untersuchen…«

»Das Massaker«, stellte Palliser richtig.

»Wie Sie wollen! Wir haben das niedergebrannte Lagerdorf gesehen. Niemand da. Sind weiter zum Fluss gezogen. Stießen da auf einen Schwarzen namens Jericho …«

»Ah, ja, den kenne ich. Seine Schwiegermutter arbeitet bei mir.«

Marcus zitterte. »Ich habe ihn gefragt, ob er mir einen Hinweis geben kann, aber er ist weggelaufen. Meine Leute haben die Verfolgung aufgenommen und es wurde bedauerlicherweise auf ihn geschossen.«

»Es wurde was?« Palliser geriet in Wut. »Geschossen? Ist er verletzt? Was? Wo ist er?«

»Er wurde leider getötet.«

»Herrgott! Sie mieser Dummkopf!« Palliser senkte die Stimme. »Sie haben Jericho erschossen! Wieder ein getöteter Schwarzer! Sie kommen her, um ein Massaker zu untersuchen und töten noch einen? Sind Sie wahnsinnig? Die Schwarzen sind ohnehin schon in Aufruhr! Ist Ihnen klar, dass Sie einen Krieg mit diesem Stamm auslösen könnten? Das sind nicht Ihre braven Städter!«

»Ich bin mir über die Situation vollkommen im Klaren«, sagte Marcus steif, »und ich kann auf Ihre Vorwürfe verzichten.«

»Ich bin noch nicht fertig. Wer hat ihn erschossen? Sie selbst?«

»Nein, natürlich nicht!«

»Wer dann? Der Kerl da?« Er deutete auf den Polizisten, den der Graubart festhielt.

»Nein, ich nicht, Boss«, schrie der Polizist. »Krill hat ihn erschossen, habe ich den Schwarzen hier gesagt. Sie wollen ihn mitnehmen.«

»Verdammt, wer ist Krill?«, brüllte Palliser.

»Mein Sergeant«, sagte Marcus ruhig. »Ich wollte ihn aus dem Dienst entfernen. Es muss eine Untersuchung geben, aber diese sechs Schwarzen haben Wind davon bekommen und verlangen, dass ich ihn ausliefere. Was ganz unmöglich ist. Ich habe nur versucht, den Frieden zu bewahren.«

»Wo ist Krill jetzt?«

»Hinter uns, im Wald.«

»Dann holen Sie ihn!«

»Mr. Palliser! Darf ich Sie daran erinnern, dass Sie hier nicht das Gesetz sind.« Er rief dem nächsten Polizisten zu: »Gehen Sie, bitten Sie Sergeant Krill, uns Gesellschaft zu leisten.«

»Wo haben Sie den Leichnam gelassen?«, fragte Palliser.

»Wir haben ihn im Gebüsch am Fluss begraben.«

»Ach ja? Und ich nehme an, Sie haben ihm einen schönen Grabstein gesetzt?«

Marcus ignorierte die Bemerkung und kehrte dem Schafzüchter den Rücken zu, der sich daraufhin zu den Schwarzen begab, um mit ihnen zu reden, und sich anschließend mit seinen Leuten beriet. Zwei von ihnen saßen auf und ritten davon.

Krill hatte die Vorgänge beobachtet. Er war stolz auf den Inspektor, der nicht vorhatte, ihn an ein halbes Dutzend schwarze Vogelscheuchen zu übergeben. Er hatte nicht gezögert, die Polizisten in Reihen aufzustellen, um seinem Sergeant Deckung zu geben, sodass der sich in den Wald fortstehlen konnte.

Krill hatte keine Angst. Der Inspektor würde die Schwarzen auf die eine oder andere Weise loswerden. Er würde nicht den ganzen Tag auf dem Stuhl sitzen bleiben. Er war sehr gerecht, ja rücksichtsvoll, ließ die Schwarzen Dampf ablassen; denn sie waren zahlenmäßig weit unterlegen. Jeden Moment würde Mr. Beresford mit einem Nicken den Schießbefehl erteilen und die Kugeln würden die schwarzen Plattfüße tanzen lassen. Sie würden daraufhin verdammt schnell Fersengeld geben.

Doch Krills Hoffnung wurde zunichte gemacht, als Reiter am Schauplatz erschienen: ein Farmer und seine Viehhüter. Der Boss spielte sich sogleich als Herr auf, griff in die Regierungsangelegenheit ein und schon nach wenigen Minuten erkannte Krill, dass der Kerl auf Seiten der Wilden stand; schrie er doch den Inspektor an wie einen Lakai! Verlangte, dass er, Krill, ihm vorgeführt werde. Als ob er ein Verbrecher sei!

Krill, Sohn eines Helden, schlich wieder in den Wald. Er

hatte in Erfüllung seiner Pflicht einen Schwarzen erschossen und das war kein Verbrechen. Der Inspektor hatte das gewusst, aber der Schafzüchter war offenbar anderer Meinung. Es war gut möglich, dass er die Schwarzen besänftigen würde, indem er die Sache selbst in die Hand nahm, da sie sich hier auf gesetzlosem Territorium befanden und der Sergeant würde nicht abwarten, um es herauszufinden. Er hielt sein Gewehr fest, eilte zu seinem Pferd, begab sich dann geschwind zu den anderen und band sie los. Sobald er aufgesessen war, gab er einen Schuss in die Luft ab, der die Tiere in Panik versetzte.

Als er die erschrockenen Pferde los war, wendete er sein Tier und preschte tiefer in den Wald hinein. Bald hörte er einige der befreiten Pferde hinter sich her stürmen und lachte. Er war Polizeisergeant; er hatte hart gearbeitet, um seinen Rang zu erlangen und würde Leuten wie diesem Schafzüchter nicht so leicht das Feld überlassen. Er hatte keine Lebensmittelvorräte, aber das war nun nicht zu ändern; immerhin gab es überall reichlich Wasser. Wenn er sich beeilte, konnte er es in etwa vier Tagen bis zur letzten Polizeiinspektion schaffen und die zwei Männer dort würden ihm beistehen.

Sein Pferd und etliche reiterlose Mitläufer stürmten durch den Wald, doch die anderen waren zurückgefallen. Krill meinte im Vorbeipreschen eine einsame Gestalt auf einem Baumstumpf stehen zu sehen, hatte aber keine Zeit, darüber nachzudenken.

Der Mensch, der dort stand, sah, dass Jerichos Mörder jetzt auf der Flucht war. So sollte es sein. Er hoffte, dass die anderen Polizisten ihn schnappen konnten. Aber dann war direkt vor ihm ein hübsches kleines Pony, das zerrissene Zügel hinter sich her zog. Es hatte die wilde Jagd mit den anderen Pferden abgebrochen, um auf einer sonnenbeschienenen Lichtung in dem süß duftenden Gras zu schnuppern.

Es hatte nichts dagegen, dass Banggu sich in den Sattel schwang und die Zügel ergriff; es hatte überhaupt nichts dagegen. Zusammen verließen sie den belebten Pfad, entfernten sich rasch von dem Verfolgungslärm, den Rufen der Männer, die versuchten, die Flüchtigen einzufangen, und trabten eine lange Zeit gleichmäßig, bis sie den Waldrand erreichten.

Banggu stieg vom Pferd, um das Gebiet jenseits des Waldes in Augenschein zu nehmen. Es war offenes Weideland, größtenteils gerodet, aber es war keine Menschenseele in Sicht, nur ein paar Emus grasten an einem Bambusgehölz. Das war ein gutes Zeichen; sie würden wegrennen, wenn Reiter in der Nähe wären.

Er führte das Pferd ins offene Gelände, saß auf und ließ den robusten kleinen Kerl drauflos laufen. Er wusste schon von Jericho, dass er sich auf Mitakoodi-Land befand, daher preschte er jetzt zu den bunten Bergen, die sein Vater so geliebt hatte.

Der Inspektor stand still dabei, als die Polizisten sich aufmachten, um die Pferde einzufangen. Einige von ihren Tieren waren in den Wald galoppiert, andere aufs freie Feld hinausgestürmt und hatten die stoische Haltung der sechs schwarzen Männer ins Wanken gebracht.

»Er haut ab!«, schrie Palliser.

»Wer?«

»Krill natürlich, verdammt noch mal!«

»Nein, das tut er nicht. Er ist im Dienst. Er braucht vor nichts wegzulaufen. Der kommt wieder.«

Höchstwahrscheinlich, dachte Marcus, wird mein Sergeant machen, dass er nur schnell hier wegkommt. Er wird gehört haben, wie Palliser mit Befehlen um sich warf, als sei er der Polizeikommandeur persönlich, und hat mit Sicherheit erkannt, dass ich es nicht mit Gewalt verhindern kann, wenn er vor ein inoffizielles Gericht gestellt werden soll.

»Gut gemacht«, murmelte er, als er umkehrte, um sein Zelt zusammenzupacken.

»Was machen Sie da?«, schnaubte Palliser.

»Wir brechen auf, sobald die Polizisten ihre Pferde eingefangen haben.«

»Was ist mit Krill?«

»Das ist meine Sache.«

»Es ist doch sonnenklar, dass er die Pferde absichtlich erschreckt hat, um Zeit zur Flucht zu gewinnen.«

Marcus zuckte mit den Achseln. »Wenn Sie meinen, Sir, bitte sehr.«

»Ich habe meine Männer losgeschickt, um Jerichos Leichnam zu bergen. Ich möchte selbst sehen, wie er ums Leben gekommen ist!«

»Vergessen Sie nicht, einen Bericht zu schicken«, blaffte Marcus ihn an.

Mehreren Polizisten, die soeben ihre Pferde ins Lager zurückführten, rief er zu: »Zusammenpacken, aber dalli!«

Die schwarzen Stammesmänner standen bei Pallisers Leuten und blickten verwundert, als die Polizisten geschäftig umherliefen, begierig aufzubrechen.

Alle Pferde waren schließlich eingefangen, bis auf zwei, und das ärgerte Marcus, weil er diese Bande sofort verlassen musste. Es blieb keine Zeit, nach den Tieren zu suchen. Er hoffte, dass er das Lagerdorf finden konnte. Unter keinen Umständen wollte er sich herablassen, Palliser nach dem Weg zu fragen.

»Also dann, fertigmachen!«, rief er vier Polizisten zu und schritt zu seinem Pferd.

Als er an der Spitze seines Kommandos vom Lagerplatz ritt, tippte er vor Palliser an seinen Hut und nickte den Stammesmännern ergeben zu, froh, den Viehzüchter ihren Klagen zu überlassen.

Ein paar Stunden später fand er das Fuhrmannslager. Es hatte sich schon zu einem kleinen Dorf entwickelt mit einer breiten Straße, um Ochsengespannen das Wenden zu ermöglichen. Was Namen betraf, fehlte es hier offenbar an Einfallsreichtum, dachte Marcus, der an einem Fuhrmannsladen, einem Fuhrmannsbillardsalon und einem Fuhrmannsgasthaus vorbeikam, doch leider gab es noch kein Fuhrmannspost- und -telegrafenamt.

Polizisten oder nicht, Schwarze waren im Dorf nicht zugelassen, weshalb Marcus Pompey zum Korporal beförderte und ihn anwies, irgendwo unterwegs das Lager aufzuschlagen.

»Du sorgst für Ordnung unter den Männern«, wies er ihn an und machte sich auf zum Gasthaus. Seine Leute konnten sich selbst etwas zu essen besorgen; er freute sich zur Abwechslung auf eine in der Küche zubereitete Mahlzeit und hoffte, dass das Gasthaus mit anständiger Kost aufwarten konnte.

Es wurde plötzlich still in der Bar, als der Polizeiinspektor in der Tür erschien; rauhe Ochsenknechte, schlaksige Viehtreiber und ein bulliger Schmied, der seinen Lederschurz noch trug, wandten ihm den Rücken zu, senkten die Stimmen und betrachteten die Flaschenreihen hinter der Theke.

Marcus schmunzelte. Dieses Verhalten amüsierte ihn jedes Mal. Autoritätspersonen waren im Busch aus diversen Gründen nicht beliebt. Einem entlaufenen Strafgefangenen hätte man eine freundlichere Begrüßung gewährt.

Er ging unbekümmert hinein, bestellte einen Whisky, dann noch einen, und fühlte sich besser als seit Tagen. Da es nicht so aussah, als hätte er die Absicht, jemanden zu verhaften, wurden die Gespräche in der Bar wieder aufgenommen und er erkundigte sich unterdessen nach einer Mahlzeit und einem Bett. Und – er hätte es beinahe vergessen – wo er zwei Pferde kaufen könne.

Der Schankwirt war erleichtert, seinen Stammgästen mitteilen zu können, dass der Bulle und seine »Neger« nur auf der Durchreise waren.

Marcus hatte beschlossen, sich eine Pause zu gönnen. Die Vorgänge in dem alten Lagerdorf konnte jemand anders untersuchen. Ein einzelner Polizist wäre verrückt, Fuhrleute in einem Hinterwäldlerkaff wie diesem zu befragen. Da könnte ihm alles mögliche zustoßen. Es war ohnehin nicht seine Aufgabe. Morgen wollte er einen Bericht schreiben, worin er Palliser für Schwierigkeiten verantwortlich machte und beschuldigte, seine Autorität zu untergraben, und er würde auch erklären, wie der angriffslustige Schwarze, der mit seinem Speer gedroht hatte, zu Tode gekommen war, als er am Mischief Creek der Bewachung entkam.

Doch zuerst einmal… eine Ruhepause.

Das Essen war widerlich und sein Bett roch nach Schimmel, doch der Whisky war gut. Marcus nahm eine Halbliterflasche mit nach oben und setzte sich im Dunkeln auf den Balkon, lauschte auf das gelegentliche Krachen und Brüllen der Zecher unten, und es war ihm vollkommen egal, als sich eine Schlägerei bis nach draußen auf die Straße ausdehnte.

Zwei Viehtreiber ritten vor das Gasthaus. Immer zu zweit, sinnierte er. Zu viele Männer waren Katastrophen begegnet, wenn sie allein unterwegs waren. Dies war ein raues Land, aber Marcus fand es aufregend. Er konnte sich nicht vorstellen, selbst Farmer oder Viehzüchter und von den Launen der Natur mit ihren Waffen Überschwemmung und Dürre abhängig zu sein.

Die Viehtreiber führten ihre Pferde zu einem Pferdetrog auf der gegenüberliegenden Straßenseite und die Tiere tranken gierig. Dann banden sie sie an einen Pfosten und begaben sich ins Gasthaus, wobei sie einen Bogen um die Hiebe der Peitschen machten, die von zwei streitenden Betrunkenen geschwungen wurden.

Als sie auf die Holzveranda unter ihm traten, hörte Marcus den einen Mann sagen: »Ich wusste doch, dass es hier irgendwo ein Gasthaus geben muss.«

Der andere Mann sagte nichts darauf, oder wenn, dann entging Marcus seine Antwort. Er war aufgestanden und versuchte den ersten Mann zu erspähen, weil ihm die Stimme bekannt vorkam.

Dann stieß er einen durchdringenden Pfiff aus. Die Betrunkenen ließen von ihrer Schlägerei ab und stolperten mit getrübtem Blick umher. Die Viehtreiber gingen weiter.

»Ich muss schon sagen, Duke«, rief Marcus, »was stromerst du um diese Zeit im Busch herum?«

»Allmächtiger! Du bist's, Marcus«, krächzte sein Freund. »Ich könnte dich dasselbe fragen. Komm runter in die Bar.«

Duke und sein Begleiter Matt waren erschöpft und so durstig, dass sie jeder zwei Liter Bier tranken, ehe sie zusammenhängend erzählen konnten. Marcus amüsierte sich über ihre kümmerliche Sprechweise, verbiss sich aber das Lachen, als die zwei sich gegenseitig die Schuld gaben und sich immer noch wütend stritten, obwohl die Tortur vorüber war.

Sie hatten sich verirrt! Sie waren offensichtlich tagelang im Kreis geritten, und das bei lebensgefährlichem Wassermangel.

»Er hat gesagt, er weiß den Weg«, sagte Matt.

»Wohin?«

»Nach Cameo Downs«, erklärte Duke. »Und wir wären schon vor Tagen dort gewesen, wenn er nicht darauf bestanden hätte, dem Flusslauf zu folgen.«

»Gar nicht wahr, das war deine Idee. Du hast gesagt, er führt zu dem Fuhrmannslager, aber nirgends war ein Wegweiser nach Barleycorn's Retreat.«

»Egal, jetzt sind wir ja da.«

»Nein, seid ihr nicht«, sagte Marcus lachend. »Dies ist nicht das alte Barleycorn's Retreat, das liegt etwa sechzig Meilen von hier.«

»Habe ich dir doch gesagt«, rief Matt. »Hättest du auf mich gehört, wären wir schon vor Tagen dort angekommen.«

»Das hätte euch gar nichts genützt. Es ist eine Ruine. Ihr könnt von Glück sagen, dass ihr auf diesen Ort gestoßen seid.«

Nach ein paar weiteren Gläsern beruhigten sie sich und aßen missvergnügt Käsebrote, weil der Koch schon Feierabend hatte.

»Die sind das Beste auf der Speisekarte«, sagte Marcus grinsend. »Esst und seid dankbar.«

Er freute sich aufrichtig über ihre Gesellschaft und erzählte ihnen ausführlich von dem Zwischenfall mit Palliser.

»Der Mann ist ein herrisches Großmaul!« Hierauf schilderte er ihnen seine Auseinandersetzung mit dem Viehzüchter. »Ich bin das Gesetz, aber das hat ihn nicht im Geringsten gekümmert. Da ich auf seinem Land war, hat er doch tatsächlich versucht, mir zu sagen, was ich zu tun habe. Wenn ihr dorthin wollt, dann lasst euch nicht aufhalten. Aber ich bleibe ein paar Tage hier. Dann mache ich mich auf den Weg nach Longreach. Ich nehme an, dass Harry früher oder später mit seinem

Vieh dort sein wird. Jedenfalls werde ich auf ihn warten. Aber sagt, wie kommt der Treck voran?«

»Ganz gut«, sagte Matt. »Die Rinder halten natürlich auf. Harry achtet darauf, dass sie nicht zu hart rangenommen werden.«

Duke meinte: »Langsam fühle ich mich wieder lebendig. Gibt es irgendwelche Frauen hier?«

»Vorhin in der Bar habe ich drei gesehen, richtige Frauen, keine Mädchen«, erklärte Marcus, »aber die waren gut bewacht.«

»In dem Fall gehe ich zu Bett. Jemand möge mir mein Zimmer zeigen.«

»Sie müssen den Schlafplatz mit Ihrem Kumpel teilen«, erklärte der Gastwirt. »Das ist alles, was ich zurzeit habe.«

Am nächsten Morgen hörte Duke, dass einige Fuhrleute einen Angelausflug planten.

»Wollen Sie und der Inspektor nicht mitkommen?«, fragte der Gastwirt. »Ich habe ein Boot. Selbst gebaut. Es gibt massenhaft prima Fische in unserem Fluss. Barramundi heißen sie.«

Duke wollte mit hinaus, doch Matt drängte es weiter nach Cameo Downs.

»Nach dem, was man hört, haben wir es hier viel besser«, sagte Duke. »Vergiss Palliser. Du hast gehört, was Marcus gesagt hat. Er klingt mir zu herrisch.«

Doch Matt war eisern entschlossen, Cameo Downs zu besuchen. Er machte einen Fuhrmann ausfindig, der mit einer Wagenladung Proviant und Bettzeug in die Richtung wollte und tat sich mit ihm zusammen.

»Ich haue ab«, sagte er zu Duke. »Ich finde allein zu Harrys Treck zurück.«

»Wie du willst«, antwortete Duke. »Ich ziehe mit Marcus nach Longreach.« Lachend fügte er hinzu: »Der Inspektor hat seine eigenen Köche dabei!«

»Ich finde es ganz gut, dass ihr zwei euch trennt«, meinte Marcus. »Ihr würdet euch am Ende noch gegenseitig umbringen bei dem Tempo, das ihr vorlegt.«

»Wohl wahr. Er ist ein fauler Mistkerl. Er würde lieber Gras essen als etwas kochen.«

Duke fand den Tag auf dem Fluss großartig, eine reine Männergesellschaft mit reichlich Alkohol und ansehnlichen Fischen, die sie am Abend draußen am offenen Feuer zubereiteten. Eine viel bessere Kost als das, was der Wirt aufzutischen hatte.

Nach einem weiteren Ruhetag brach Duke mit Marcus und seinem Polizeikommando auf, sehr zufrieden mit sich, weil er mit ihnen zog statt mit dem Viehtreck, wo er jede zweite Nacht die langweilige und ermüdende Wache halten musste. Er hoffte, es machte Harry nichts aus, dass er sich für diesen Ausflug mehr Zeit nahm als vorgesehen. Nur ein paar Wochen, dachte er. Er wird mich nicht vermissen. Da er nicht genau wusste, wo die Stadt Longreach lag, sagte er sich, dass sie Harry vermutlich viel früher über den Weg laufen würden, als Marcus erwartete, weil sie um vieles schneller vorwärts kamen.

Und außerdem, sagte er sich, bin ich einer der Bosse auf dem Treck. Ich arbeite nicht für Harry. Ich kann tun, was mir gefällt. Die Treiber machen ihre Arbeit gut, sie kommen prima zurecht.

Ginger Magee, der erste Viehtreiber, quälte sich. Ein altes Rückenleiden machte ihm zu schaffen, doch klagen hatte keinen Sinn, sie hatten ohnehin schon genug Probleme. Alles schien schiefzugehen. Sie waren nur noch etwa hundert Meilen vom Thomson River entfernt, wo Harry eine Weile zu bleiben gedacht hatte, damit sie die Gegend erkunden konnten. Doch unterwegs hatten ihn Leute gewarnt, dass in dem Gebiet kein Land mehr zu haben sei, außer man kaufte bei Spekulanten, was Harry nicht tun würde. Dann mussten er und Ginger zu ihrem Erstaunen erfahren, dass die ausgedehnte Fläche am Fluss, auf der sie kampiert hatten und wo Lena gestorben war, jetzt eine Stadt war, die eben diesen Namen trug: Longreach, Ausgedehnte Fläche. Und weiter draußen gab es noch ein Dorf, Pelican Waters genannt.

»Wir müssen an Longreach vorbeiziehen«, erklärte der Boss den Treibern, »und uns stattdessen bei Pelican Waters niederlassen.«

Die Treiber hatten dafür kein Verständnis. Sie waren treckmüde, es fehlte an Ersatzpferden, nachdem sie zwei beim Durchqueren eines besonders gefährlichen Flusses und eins bei einem Sturz verloren hatten.

»Wo liegt dieser verflixte Ort?«, knurrte ein Mann.

Ginger hoffte, dass Harry ein paar Meilen von der Entfernung unterschlagen würde und schüttelte den Kopf, als er die Wahrheit sprach.

»Ungefähr hundert Meilen nordwestlich von Longreach«, sagte Harry ohne zu zögern.

»Herrje! Soll das heißen, wir haben noch hundert Meilen vor uns? Du bist verrückt, Harry! Da ist bestimmt bloß Wüste.«

»Nein, wenn es kein gutes Land wäre, gäbe es dort keine Städte. Und ich weiß zufällig, dass die Regierung weit im Nordwesten, bis hin zum Cloncurry River, die Einrichtung von Polizeiinspektionen angeordnet hat. Demnach ist sie zuversichtlich.«

»Ja.« Ginger grinste. »Die Schwarzen wissen, dass wir kommen.«

»Wie sieht es mit Wasser aus?«, fragte einer.

»Trader sagt, es gibt Wasser. Unterirdisch. Natürliche Quellen, wenn wir uns zu weit von Flüssen entfernen. Er hat uns noch nie enttäuscht, oder?«

»Das stimmt.« Damit stärkte Ginger Harry den Rücken. »Dank Trader sind wir gut vorangekommen.«

»Gebt jetzt nicht auf«, sagte Harry. »Wir machen trotzdem Rast in Longreach. Besorgen uns neue Pferde und Ausrüstung, und jeder von euch kann einen Ochsen haben, um ihn einem Schlachter oder sonstwem zu verkaufen.«

Seine Großzügigkeit heiterte sie auf und sie einigten sich darauf, bis nach Pelican Waters zu ziehen.

Ginger war neugierig. »Verdammt, Harry! Hast du eine Bank ausgeraubt, als du von Cameo Downs weggegangen bist?

Du bist mit dem Lohn eines Viehtreibers gegangen und als Boss zurückgekommen.«

»Ich hatte eine Farm im Süden. Ich habe sie verkauft, um diesen Treck zu finanzieren.«

»Ein ziemlich großes Wagnis, Kumpel. Ich hoffe, du schaffst es.«

Zwei Tage später zog Harry sich eine Lebensmittelvergiftung zu. Das dachten sie jedenfalls anfangs, aber er war ernsthaft krank und bekam Fieber. Tottie pflegte ihn tagelang im Wagen, bestand darauf, dass sie weiterzogen, in der Hoffnung, unterwegs auf einen Arzt zu treffen, doch es fand sich keiner.

Die Farmen waren so groß, von der Straße aus waren die Wohnhäuser kaum zu sehen, und sie lagen weit auseinander, doch dann sichtete Ned ein Haus, wo er Hilfe holte. Die Frau des Siedlers, eine Engländerin, ritt mit ihm zurück, um sich den Patienten anzusehen. Sie erklärte, Harry habe das sogenannte Sumpffieber.

Sie war eine energische Person. »Er ist sehr krank, Missus«, sagte sie. »Sie bringen ihn und Ihren Wagen am besten zu mir nach Hause. Wir müssen ihn waschen, damit das Fieber runtergeht, und dann fest zudecken, wenn er zittert. Er braucht Krankenkost, die Sie ihm unterwegs nicht geben können. Kommen Sie.«

Tottie wusste nicht recht, was sie tun sollte, doch Ned, der sich große Sorgen um Harry machte, riet ihr, das Angebot anzunehmen.

»Bleib du hier bei ihm, bis es ihm besser geht.«

»Sie scheint ein guter Mensch zu sein«, sagte Ginger, als Tottie ihn fragend ansah. »Ehrlich gesagt, ich glaube, Sie haben keine andere Wahl.«

»Aber Harry wird sich ärgern, wenn er erfährt, dass wir den Treck verlassen haben.«

»Das ist jetzt nicht wichtig«, sagte Ned sanft. »Er muss erst wieder gesund werden. Bleib du hier, bis er genesen ist, und wenn wir in Longreach sind, komme ich euch holen.«

Tottie umarmte Ned und dankte ihm, dann kletterte sie auf den Kutschbock. Mit den Tränen kämpfend, folgte sie Mrs. Elsie Wise zu einem großen Haus mit rotem Dach; sie hatte schreckliche Angst um Harry und davor, an diesem einsamen Ort bei Fremden zurückgelassen zu werden.

Sie weinte den ganzen Weg bis zur Haustür.

»Verdammt und zugenäht, wo sind die zwei bloß abgeblieben?«, fragte Ginger, als Mrs. Merriman mit der Farmersfrau weggefahren war.

Ned wusste, wen er meinte. Er stellte sich die Frage nach Duke und Matt schon seit Tagen.

»Ich weiß es nicht. Ich mache mir Sorgen um sie. Harry war verärgert, als sie vor vier Tagen nicht zurück waren. Meinst du, wir sollen Alarm schlagen? Bekannt geben, dass sie vermisst werden?«

»Wem sollen wir es hier draußen bekannt geben? Ich bin sicher, die faulen Säcke machen sich bei den Pallisers ein flottes Leben. Vermutlich jagen sie die Töchter durch die Scheune. Harry ist zu weichherzig, das ist das Problem. Von jetzt an halten wir die Leute am straffen Zügel. Nicht lockerlassen. Und die zwei dürfen die Nachtschicht übernehmen, wenn sie sich herablassen aufzutauchen.«

»Wir können Duke wohl kaum Befehle erteilen. Die halbe Herde gehört ihm.«

»Jetzt werde du bloß nicht auch noch weich! Natürlich können wir Duke Befehle erteilen, oder wir können seine Rinder an der Straße abladen. Ich habe den ganzen Unsinn satt.«

Ned grinste. »Du bist ein harter Kerl, Magee.« Sie entfernten sich zusammen vom Küchenwagen. »Ich habe mit Treibern gesprochen, die aus Longreach zurückkamen, die haben gesagt, dahinten gibt es eine Menge Ärger. Offenbar jagen Siedler, die ihre Farmen aufbauen, die Schwarzen mit Gewehren von ihrem Land. Sie stellen sogar eigens Farmarbeiter ein, um es von ihnen zu ›säubern‹, wie sie das nennen.«

Ginger zuckte mit den Achseln. »Nichts hat sich geändert. Diese Kerle machen allen das Leben schwer. Das Dumme ist nur, sie sind in der Überzahl.«

»Ein Freund von mir ist mit einem Kommando Berittene

Einheimischenpolizei auf dem Weg hierher, um den Frieden zu wahren. Das könnte helfen.«

»Nein, wird es nicht. Es wird lange Zeit keinen Frieden geben, nur Mord und Totschlag. Halte dein Gewehr bereit. Und bleib sauber«, fügte er hinzu. Damit ging er zu einer Gruppe Männer, die untätig am Lagerfeuer saßen und rief ihnen zu, sie sollten sich an die Arbeit machen.

Ein neues Zeitalter, sinnierte Ned und beschloss, sich ebenfalls in Bewegung zu setzen. Er schob sein Gewehr ins Futteral, stieg auf sein Pferd, ritt zu seinem Platz an der Flanke der Viehherde, die vorwärts trottete, und nahm die Wärme von Tottie Merrimans Umarmung mit sich. Anfangs hatte er sich über sie lustig gemacht, dann hatte er gelernt, sie zu bewundern, insbesondere, wenn sie mit den täglichen Mühen dieser rauen Gegend kämpfte. Da hatte er versucht, ihr zu helfen, um mehr mit ihr zusammen zu sein, doch wurde ihm bewusst, dass sich das nicht gehörte, und er wahrte mit Bedacht einen angemessenen Abstand. Aber er hatte sie so gern, er vermisste ihre Gesellschaft und dachte am Ende viel öfter an sie, als schicklich war. Sie war eine verheiratete Frau. Die Frau seines Freundes!

Um der Schwärmerei, wie er es nannte, zu begegnen, wandte er seine Gedanken Jasin zu. Sein Vater konnte alle angenehmen Gefühlsregungen erstarren lassen. Ned nahm sich vor, seinen Eltern von Longreach aus zu schreiben, einem Ort, von dem sie vielleicht noch nie gehört hatten. Tiefer in der Wildnis gelegen, als Jasin je vorgedrungen war. Ein Brief würde vermutlich länger als einen Monat brauchen, um sie zu erreichen.

Umso besser.

Kapitel 13

Bevor Duke zu Merrimans Viehtrieb aufbrach, war er in die Stadt geritten, um den Scheck für Mango Hill entgegenzunehmen. Paul fragte sich indessen schon, ob sein Bruder es sich mit dem Verkauf anders überlegt hatte. Wohl wissend, wie wankelmütig Duke war, hatte er es nicht gewagt, mit irgendjemandem seine Begeisterung zu teilen, weil er das schöne Anwesen erwerben würde, das er schon so lange begehrte – es könnte ja noch etwas schiefgehen.

Aber jetzt war Duke endlich da. Der beinahe ehemalige Besitzer von Mango Hill.

»Jetzt geh gleich hin und bring den Scheck auf die Bank«, sagte Paul zu ihm. »Dann bist du das dumme Darlehen los.«

Er hatte ein gutes Geschäft gemacht und seinem Bruder nur wenig mehr als den ursprünglichen Kaufpreis gezahlt, doch er hatte kein Mitleid mit ihm. Auch Pace und Eileen würden Duke nicht bedauern, es würde sie jedoch freuen zu hören, dass seine enorme Pfandschuld auf Kooramin nun aufgehoben würde.

Dies bedeutete, dass sie alle wieder dort waren, wo sie angefangen hatten, doch Paul war in einer glücklicheren Verfassung. Er hatte es für das Beste gehalten, Kooramin in der Familie zu belassen, somit war Duke überstimmt. Der sollte dasselbe Spielchen bloß nicht noch einmal versuchen, sonst würden sie rechtliche Schritte einleiten. Er hatte Duke schon dahingehend gewarnt.

»Glaube ja nicht, dass wir es nicht wahrmachen«, hatte er gesagt. »Nächstes Mal wird es dich weitaus mehr kosten, um da rauszukommen.«

Erstaunlicherweise nahm Duke diesen Hieb ziemlich gelassen hin. Sein neuestes Abenteuer war ihm viel zu wichtig.

Paul und Laura waren gekommen, um ihm Lebewohl zu sagen. Um allen Lebewohl zu sagen. In Lauras Augen befand Mango Hill sich in einem chaotischen Zustand, doch Paul sah, dass alles gut ausgestattet war. Das Vieh zog schon mit dem obersten Viehtreiber ab, Ginger Magee, einem erfahrenen Mann. Und Trader war mit von der Partie und würde draußen im Westen ihr Führer sein …

»Dein Freund Harry scheint ja an alles gedacht zu haben«, sagte Paul zu Duke.

»Ja, er ist selbst schon draußen gewesen und hat den Treck ein Jahr lang geplant.«

»Gut so.«

In diesem Moment sah Paul einen nett aussehenden blonden Mann vorbeireiten. »Wer ist das?«

»Erkennst du ihn denn nicht?«

Paul sah dem Mann nach. »Er kommt mir bekannt vor. Ich habe ihn irgendwo in der Stadt gesehen. Wer ist er?«

»Er war einmal unser Nachbar. Auf Kooramin.«

»Gütiger Himmel! Edward Heselwood!«

»Der und kein anderer!«

»Was tut er hier?«

»Ich bin ihm in Brisbane begegnet, dann habe ich ihn hier wiedergetroffen. Er nennt sich neuerdings Ned. Er hat jahrelang in England gelebt.«

»Ja, jetzt erinnere ich mich. Wie geht es seinem verfluchten Vater?«

Duke lachte. »Anscheinend gut, aber er wirft offensichtlich nicht mit seinem Geld um sich. Ned musste sein Vollblutpferd verkaufen, um sich einen Posten auf diesem Treck zu sichern. Harry sagt, es war das herrlichste Pferd, das er je gesehen hat. Wirklich schade.«

»Ist es das Pferd, das Chester Newitt gekauft hat?«

»Ich glaube, ja.«

Paul ließ diese Mitteilung fürs erste auf sich beruhen; er blieb noch, um die Gespanne zu verabschieden, dann spazierte er mit Laura über das Gelände.

»Das Haus unter den herrlichen Mangobäumen wird wunderschön sein, wenn es erst in Ordnung gebracht ist«, sagte Laura selig. »Es strahlt so eine Ruhe aus.«

Paul äußerte sich nicht dazu. Er glaubte, dass Laura noch aufgewühlt war, weil sie im Schatten der Morde auf Oberon leben musste, weswegen Mango Hill für sie einen besonderen Reiz besaß.

»Ich denke«, fuhr sie fort, »wir sollten den stinkenden Sumpf beseitigen, statt ihn bloß aufzufüllen. Könnten wir da nicht einen Garten daraus machen, wenn wir die Krokodile los sind?«

Er nickte. »Wie ich gerade gehört habe, hat niemand da drin je ein Krokodil gesehen. Es war bloß ein Märchen, um Neugierige fernzuhalten.«

»Warum das denn?«

»Um gestohlene Pferde zu verstecken«, sagte Paul lachend. »Das hat man Duke natürlich nicht gesagt und er hat sich nie die Mühe gemacht, genau hinzusehen.«

Laura schauderte. »Hätte ich auch nicht.«

Als sie tags darauf in der Stadt waren, suchten sie Chester Newitt auf, und er brachte sie zu dem Pferd, das in der Nähe eingestellt war und von einem bewaffneten Mann bewacht wurde.

»Das ist Red Shadow«, sagte Chester stolz. »Ist er nicht eine Schönheit, Paul? So ein Pferd habe ich noch nie gesehen.«

Paul streichelte den geschmeidigen Fuchs und trat tief beeindruckt zurück. »Ich auch nicht, Chester. Ich begreife nicht, wie Heselwood auch nur daran denken konnte, ihn zu verkaufen.«

»Er war pleite, würde ich sagen.«

»Aber die Leute sind Millionäre!«

Chester zuckte die Achseln. »Der Sohn nicht. Sein alter Herr hat versucht, den Verkauf zu verhindern. Hat die Polizei zu mir geschickt, um mir zu sagen, dass es gestohlen war.«

»Das sieht ihm ähnlich. Nennt den eigenen Sohn einen Dieb.«

Paul tätschelte das Pferd. »Ich würde dich liebend gern besitzen, Bürschchen, aber ich kann mir dich nicht leisten. Was verlangen Sie, Chester?«

»Nicht unter hundertsechzig Pfund. Er steht zur Versteigerung an. Was meinen Sie, Laura?«

»Er ist wunderschön!«

»Wenn ich Duke nicht gerade Mango Hill abgekauft hätte«, sagte Paul, »würde ich mitbieten. Wann ist die Versteigerung?«

»Heute in zwei Wochen. Und zwar hier.« Chester rieb sich die Hände. »Heute in zwei Wochen!«

Da es Paul widerstrebte, mit Sam Pattison von der *Queensland Commercial Bank* Geschäfte zu machen, beauftragte er einen Anwalt mit der Beschaffung von Unterlagen bezüglich der Übertragung der Besitzurkunden von Mango Hill und des Tals der Lagunen, nachdem Dukes Schulden nun abgetragen waren.

Er erklärte, dass er seinem Bruder Mango Hill abgekauft hatte und die Urkunden nun auf seinen Namen überschrieben werden sollten. Das Land im Tal der Lagunen befinde sich allerdings noch in Dukes Besitz.

Doch mit den Gedanken war Paul bei dem Pferd und nachdem er mit Laura gesprochen hatte, beschloss er, Red Shadow zu kaufen.

»Es soll dein Pferd sein«, sagte er. »Ein Geschenk zum Hochzeitstag.«

Er zwinkerte ihr zu. »Du hast wohl gedacht, ich hätte nicht gemerkt, dass die Versteigerung an unserem dritten Hochzeitstag stattfindet.«

Am Tag der Auktion saßen sie in der ersten Reihe. Es waren zahlreiche Teilnehmer gekommen, darunter jedoch erstaunlich wenige Bieter.

»Geld ist knapp«, sagten die Leute.

»Am Barrier Reef sind binnen eines Jahres zwei Schiffe

untergegangen. Diese Stadt wird sterben, wenn wir keine Eisenbahnstrecke bekommen.«

»Die Regierung hat uns eine Bahnstrecke versprochen, doch wo bleibt sie?«

Während Paul sich das Jammern und Stöhnen anhörte, fasste er Mut. Weniger Bieter würden den Preis niedrig halten.

Die Versteigerung begann zäh und war am Ende eine Enttäuschung für die Anwesenden, doch Paul McNamara war aufgeregt, weil er Red Shadow für den sehr geringen Betrag von hundertvierzig Pfund für Laura ersteigert hatte. Sie standen da und nahmen freudestrahlend die Glückwünsche von jedermann entgegen, als Sam Pattison auf Paul zutrat.

»Kann ich Sie kurz sprechen, MacNamara?«

»Wenn es sein muss.«

»Ja, es muss sein. Ich habe einen sehr verwirrenden Brief von Ihrem Anwalt Perry Mills erhalten. Er bittet mich, ihm die Besitzurkunden betreffend Dukes Eigentum Mango Hill auszuhändigen.«

»Und?«

»Warum soll ich das tun? Der Besitz ist hypothekarisch belastet. Duke hat vor Kurzem eine Tilgung geleistet, um seinen Verpflichtungen nachzukommen, aber es besteht immer noch eine Schuld von zweihundertzwei Pfund. Was geht hier vor?«

»Das ist nicht schwer zu verstehen«, sagte Paul verärgert. »Ich habe Mango Hill von Duke gekauft. Er hat mehr als genug auf die Bank gebracht, um das Darlehen zu decken, daher ist er jetzt quitt mit Ihnen. Und Perry Mills muss die Besitzurkunden übertragen ...«

»Entschuldigen Sie, MacNamara. Sie haben Ihrem Bruder den Besitz bezahlt?«

»Ja.«

»Und Sie behaupten, er hat das ganze Geld auf meine Bank gebracht?«

»Ja.«

»Ich kann Ihnen versichern, er hat die Schuld nicht beglichen, deswegen bleiben die Besitzurkunden, wo sie sind. Ich weiß nicht, was für ein Spiel Sie und Ihr Bruder treiben, aber ich warne Sie, das funktioniert bei mir nicht. Nach meinem Verständnis gehört Ihnen nicht ein Grashalm von Mango Hill. Wollen Sie die Güte haben, Mills zu sagen, er möge aufhören, mir Briefe zu schreiben.«

Pattison entfernte sich, Paul stand da und stierte ihm nach. Er war am Boden zerstört.

Laura hielt noch die Zügel von Red Shadow, die Gratulanten zerstreuten sich.

»Stimmt etwas nicht?«, fragte sie Paul. »Du machst ein Gesicht, als hättest du ein Gespenst gesehen.«

»Habe ich auch«, murmelte er.

Es gab drei Bankhäuser in Rockhampton, eins davon war die *Queensland Commercial Bank*, deren Geschäftsführer Pattison war. Paul wickelte seine Geschäfte mit der *Commonwealth Bank* ab. Dort erfuhr er, dass sein Scheck hinterlegt und bei der *Bank of Australia* eingelöst worden war. Der Geschäftsführer seiner Bank hatte von einem Kollegen in Erfahrung bringen können, dass Duke etwas Geld von dem Konto abgehoben hatte, das übrige Geld jedoch unangetastet war. Und unangreifbar.

Paul war so wütend, dass Laura fürchtete, er werde einen Herzinfarkt bekommen. Sie brachte ihm einen Whisky und bestand darauf, dass er still im Hotelzimmer sitzen blieb, bis er sich beruhigt hatte. Dann begleitete sie ihn in die Kanzlei seines Anwalts Perry Mills. Dieser sah Paul stirnrunzelnd an.

»Ist Ihr Bruder wahnsinnig? Hier handelt es sich um Vorspiegelung falscher Tatsachen. Aber vielleicht hat er ja im letzten Moment beschlossen, nicht zu verkaufen?«

»Oh nein!«, sagte Paul. »Ich dachte, ich hätte bei diesem Kauf alle Vorsichtsmaßnahmen getroffen. Er hat einen Kaufvertrag unterschrieben. Schauen Sie, hier ist er! Bezeugt vom Besitzer des *Criterion* und seiner Frau. Ordnungsgemäß datiert, und hier ist die von Duke unterschriebene Empfangsbescheinigung für den Erhalt des Geldes, das ich ihm gezahlt habe.«

Perry gab seiner Verärgerung Ausdruck. »Das ist alles gut

und schön, aber wie mir scheint, hat er es sich tatsächlich anders überlegt. Das Anwesen gehört ihm noch. Er hat den Vertrag gebrochen. Da können Sie nicht viel tun außer ihn zu verklagen.«

»Ihm nachjagen, das kann ich!«, wütete Paul. »Sie können noch nicht weit gekommen sein. Ich jage der Ratte nach und diesmal verpasse ich ihm eine anständige Tracht Prügel. Ich zwinge ihn, Papiere zu unterschreiben, mit denen er das Geld auf der *Bank of Australia* auf mich überträgt. Oder zumindest auf die *Commercial Bank*... Sie werden mir ein narrensicheres Schreiben aufsetzen, Perry. Irgendeinen vermaledeiten Brief, wenn er nur unwiderlegbar ist, wie in Stein gemeißelt!«

Laura hörte Perry zu, der Paul warnte, Gewalt anzuwenden, weil dies die Lage nur verschlimmern würde. Er riet zu einer gerichtlichen Auseinandersetzung, da dies der einfachere Weg sei, die Rechte aus dem Vertrag geltend zu machen.

»Können wir ihn denn zwingen zu bezahlen?«, fragte Paul.

»Dessen bin ich mir sicher.«

»Ich bin mir da nicht so sicher; er hat mehr Tricks auf Lager als der Affe eines Kesselflickers.«

»Entschuldige, Paul«, sagte Laura, »ich bin wirklich sehr enttäuscht von Duke, aber ich möchte nicht, dass du mit ihm in Streit gerätst. Wenn du ihm etwas zuleide tust, was wird er machen? Er ist nicht mehr dein kleiner Bruder, er ist ein erwachsener Mann und ich möchte nicht, dass einem von euch etwas geschieht. Andererseits hat Paul recht, Mr. Mills. Ein Gerichtsverfahren könnte sich hinziehen, und Sam Pattison würde gewiss mit Freuden die Schuld zurückfordern, wenn Duke vertragsbrüchig wird, und das würde bedeuten, dass wir Mango Hill verlieren.«

»Aber was ist, wenn ...«

»Nein, Paul. Kein Wenn und Aber. Du sprichst vom Kauf eines weiteren Besitzes, seit wir... nein, schon bevor wir geheiratet haben. Du hast gesagt, du gibst Oberon auf. Jedes Mal, wenn ein Umzug so gut wie bevorsteht, geschieht etwas, und wir bleiben und bleiben. Du hättest Mango Hill kaufen können, lange bevor Duke hierhergekommen ist, aber du hattest anscheinend nie genug Geld. Als Duke dann Hilfe braucht, hast du es plötzlich. Ich brauche auch Hilfe. Gehöre ich etwa nicht zur Familie?«

»Verzeih, Laura«, sagte er. »Ich dachte, du warst glücklich, weil ich Mango Hill kaufen wollte.«

»War ich auch, ungeachtet deiner Gründe. Wann ziehen wir ein?«

»Liebling, das geht nicht, bevor wir nicht diesen Schlamassel bereinigt haben.«

Sie erhob sich. »Es geht durchaus, aber du willst nicht. Wie kam es, dass du plötzlich das Geld aufgetrieben hast, um den Besitz zu erwerben, und sogar noch etwas übrig hattest, um Red Shadow zu ersteigern?«

Paul sah sie finster an. »Was? Willst du ihn jetzt verkaufen?«

»Ich will, dass du nicht länger zögerst. Ich gehe nicht wieder nach Oberon. Du hast gesagt, du willst Mango Hill kaufen, dann tu es auch, verdammt noch mal«, sagte sie verbittert. »Bezahle Dukes Bankschulden.«

»Womit?«

»Wie es dein Bruder gemacht hat. Mit einem Darlehen von der Bank! Mit Duke kannst du dich später auseinandersetzen.«

Perry meinte beschwichtigend zu Laura: »Ich bin überzeugt, dass wir dieses Problem bald überwunden haben werden, meine Liebe.«

»Ah, aber meine Geduld ist zu Ende, Perry. Würden Sie meinem Mann bitte erklären, dass die Bank Geld verleiht an Leute wie ihn, die über einen soliden Besitz verfügen.«

Paul sagte zornig zu ihr: »Ich hole mir das Geld von Duke zurück. Du weißt, ich hasse es, jemandem Geld zu schulden, vor allem diesen Geiern von Bankdirektoren. Ich werde keine Schulden machen, um Mango Hill oder sonst etwas zu kaufen. Wir warten, bis ich Oberon verkauft habe.«

Der Anwalt sah von einem zum anderen, setzte zum Sprechen an, entschied jedoch, dass jetzt nicht der richtige Zeitpunkt war.

»Es ist üblich«, sagte Laura, »die Leute wissen zu lassen, wenn ein Besitz zum Verkauf steht. Ich glaube, du hattest nie die Absicht, Oberon zu verkaufen. Du wolltest beide Anwesen haben.«

»Ich habe mich bemüht, das Beste für uns zu tun, Laura.«

»Ach, verschone mich damit! Du könntest dich bemühen, über Geld hinaus zu denken. Das würde uns weiterbringen. Und die Versprechen zu halten, die du mir machst! Ich ziehe jedenfalls zu meiner Tante Grace. Ich kann mein altes Zimmer wieder haben.«

»Wie du willst«, brauste er auf. »Vergiss nicht, das Pferd mitzunehmen.«

»Oh, das werde ich nicht, verlass dich drauf. Verzeihen Sie, wenn wir Sie in Verlegenheit gebracht haben, Perry. Ich gehe jetzt.«

»Ich bringe dich ins Hotel«, sagte Paul und hielt ihr die Tür auf.

»Bemüh dich nicht.«

»Weiber!«, wütete er, als seine Frau durch den schmalen Flur fegte, der von den Kanzleikontoren auf die Straße führte. Ihre eleganten Schuhe klapperten resolut über die schwarzweißen Bodenfliesen. »Als hätte ich nicht schon genug nachzudenken!«

»Was gibt es nachzudenken«, fragte Perry und griff nach seiner Pfeife, »das wichtiger wäre als das Wohlergehen Ihrer Frau?«

Auf Kurs nach Rockhampton lief Jasins Schiff in Brisbane ein, wo ihn ein Telegramm von Clem erwartete mit der Nachricht, dass sein Vorstoß gen Norden vergeblich gewesen war. Das Pferd war verkauft worden.

Er begab sich eiligst in die Stadt, wütend, weil der Auktionator seiner Bitte, den Verkauf aufzuschieben, nicht nachgekommen war, und ging ins Telegrafenamt, wo er folgende Antwort aufgab: *Werde mich darum kümmern.*

Das zweite Telegramm ging an den Polizeichef, Rockhampton: *Verkauf von Vollblüter Red Shadow durch Auktionator illegal. Fürchte gestohlen. Lord Heselwood im* Royal Park Hotel *Brisbane verständigen.*

Chester Newitt war nicht eingeschüchtert, als Oberinspektor Pennington persönlich zu ihm ins Büro kam und wegen des Verkaufs eines gestohlenen Pferdes namens Red Shadow außer sich geriet. Chester vermutete, dass Pennington, ein schwaches kleines Kaninchen, sich nur aus seinem Bau wagte, wenn jemand von Einfluss ihn hetzte.

»Erstens«, sagte Chester, »das Pferd war nicht gestohlen. Die Papiere waren in Ordnung. Und zweitens falle ich nicht auf die alte List herein, eine Versteigerung aufzuhalten, um jemandem gefällig zu sein, der vielleicht kauft, vielleicht auch nicht.«

»Aber der Beschwerdeführer ist Lord Heselwood!«, jammerte Pennington. »Er kann Ihnen eine Menge Ärger bereiten.«

Chester gähnte. »Heselwood ist ständig damit beschäftigt, jedem Ärger zu machen, der ihm im Weg ist. Ich erinnere mich noch an die Nacht vor Ihrer Zeit, als Rivadavia ihn in der Bar vom *Criterion* verprügelt hat. Das war eine Nacht!«

»Woher wollen Sie wissen, dass die Papiere nicht zusammen mit dem Pferd gestohlen wurden, Chester?«

»Ein Dieb müsste schon großes Glück haben, wenn er sich die Papiere *und* das Pferd schnappen kann; normalerweise führen Pferde keine Papiere mit sich. Allerdings ...«

Chester genoss es, seine Trumpfkarte auszuspielen: »Allerdings ... das war kein Dieb. Es war Heselwoods Sohn. Ist ihm wie aus dem Gesicht geschnitten. Ich habe seine Unterschrift in meinem Geschäftsbuch.«

»Wer hat das Pferd gekauft?«

»Das war ich.«

»Ach ja? Und wo ist es jetzt?«

»Ich habe es verkauft.«

»Tun Sie nicht so begriffsstutzig, Chester. Wer hat das Pferd jetzt? Lord Heselwood wird es wissen wollen.«

»Na und? Ich muss es nicht preisgeben. Dies ist nicht Sache der Polizei. Es ist eine Privatangelegenheit.«

Lord Heselwood weigerte sich stets, die Wörter in einem Telegramm zu zählen. Er hielt es für unter seiner Würde, den Pennybetrag zusammenzurechnen, und so schrieb er: *An Chefinspektor Pennington, Rockhampton. Eine Polizei mit durchschnittlichen Fähigkeiten ist gewiss imstande, den Namen einer Person zu ermitteln, die bei einer Versteigerung in Ihrer Stadt ein bestimmtes Pferd gekauft hat stop augenblicklich benachrichtigen stop Heselwood.*

Er reichte das Telegramm dem Beamten, der seinen Schirm über den Augen zurechtrückte und den Absender über seine Brille hinweg ansah.

»Das kostet Sie ein Heidengeld. Ein Sixpence pro Wort, das summiert sich. Aber wenn Sie etwas weglassen … hmmm … es sind insgesamt zu viele Wörter. Sie müssen es noch einmal schreiben.«

»Schicken Sie es ab, verdammt!«

»Das kann ich nicht. Sie haben hier zu viele Wörter. Das geht nicht.«

»Dann machen Sie zwei daraus und schicken Sie beide ab.«

»Das kostet Sie das Doppelte.«

»Abschicken!«, schnauzte Jasin ihn an.

»Möchten Sie sie mit bezahlter Rückantwort schicken?«

Der Absender warf eine Pfundnote auf den Schalter. »Ich möchte, dass Sie endlich Ihre Arbeit tun!«

Er stürmte aus dem Postamt und stieß beinahe mit einer hübschen Dame zusammen, die zufällig vorbeiging.

»Entschuldigen Sie vielmals, Madam.« Er bot ihr seinen Arm an, um sie zu stützen. »Es tut mir sehr leid!«

Sie lachte. Ein nettes helles, melodisches Lachen. »Meine Güte, Lord Heselwood, Sie haben es aber eilig! Ist das Ende der Welt nahe?«

Als er sie erkannte, verwandelte sich sein gekünsteltes Lächeln in aufrichtige Freude.

»Du meine Güte! Mrs. Pilgrim! Nein, ich denke, der Welt geht es sehr gut, da Sie nun den Tag erhellt haben.«

»Danke. Sie sind so liebenswürdig. Ich kann immer darauf bauen, dass Sie mich aufheitern, Jasin.«

»Wieso, stimmt etwas nicht?«

Sie verzog das Gesicht. »Ich gebe heute Abend eine kleine Soirée. Bei Sonnenuntergang in der Rotunde im botanischen

Garten. Nur ein paar Freunde, und jetzt haben die Musikanten mich im Stich gelassen. Da wird es wohl langweilig werden.«

»Bestimmt nicht.« Er fand ihren neuen französischen Akzent entzückend. Lark Pilgrim war nie langweilig.

»Kommen Sie.« Er führte sie durch die Kolonnade des prächtigen neuen Hauptpostamtes. »Wir halten den Verkehr auf. Aber erzählen Sie. Wie ich höre, sind Sie wieder hierher gezogen?«

Die Frage war eine taktvolle Methode, um auszudrücken, er habe gehört, dass sie sich wieder unter Rivadavias Fittiche begeben hatte. Er war ganz versessen darauf, mehr von ihr zu erfahren.

»Oh ja. Der gute arme Juan, er kann es nicht ertragen, allein zu sein. Das sagt er jedenfalls. Aber wohin ist er jetzt verschwunden? Nach Singapur. Immer in Geschäften unterwegs. Und deswegen … gütiger Himmel, Sie wollen bestimmt nichts von mir hören. Was führt Sie hierher?«

»Geschäfte«, sagte er lächelnd. »Ich werde wohl ein paar Tage bleiben. Vielleicht können Sie einmal im *Royal Park* mit mir zu Mittag essen?«

»Das wäre *merveilleux*. Wir können uns über alte Zeiten und interessante Leute unterhalten, ja? Aber warten Sie. Sie müssen zu meiner musiklosen Sonnenuntergangs-Soirée kommen. Eilen Sie mir als mein galanter Ritter zu Hilfe! Sie sind immer noch *très* stattlich. Die Damen werden in Verzückung geraten.«

»Ich weiß nicht, ob ich …«

»Aber Sie müssen unbedingt, mein Lieber. Sie werden mein gesellschaftlicher Glanzpunkt sein!«

»Dann bin ich entzückt.« Er lüftete seinen grauen Zylinder. »Brauchen Sie einen Begleiter, da Juan nun abwesend ist?«

Sie kicherte. »Oh, wie ungezogen Sie sind! Nun laufen Sie, und kommen Sie nicht zu spät.«

Lark sollte sich jetzt besser beeilen. Sie musste noch einen Gast einladen und betete, dass sie zu Hause sein möge.

»Meine Liebe«, sagte sie zu Rosa, die tatsächlich zu Hause und zu der Kutsche hinausgekommen war, »ich bin froh, dass ich dich angetroffen habe. Ich bin sehr in Eile. Kommst du heute Abend zu meiner Soirée im Garten? Du hast vergessen, auf meine Einladung zu antworten«, schwindelte sie; sie hatte Dr. und Mrs. Palliser nämlich gar keine Einladung geschickt. Sie fand, er war ein verachtenswerter Langweiler, der sie vergangene Woche noch dazu auf der Straße geschnitten hatte. In Gegenwart einer gemeinsamen Freundin. »Ich würde mich so sehr freuen, wenn du kämst«, bat sie. »Du sollst mein Ehrengast sein. Ich habe mir so viel Mühe gemacht.«

»Ach du meine Güte. Entschuldige, Lark. Wie ungehobelt von uns. Ich erinnere mich nicht, die Einladung gesehen zu haben.«

»Nicht ihr, Süße. Nur du. Es ist nur eine kleine Sonnenuntergangs-Soirée für Damen, mit Musik. Ungefähr eine Stunde. Bitte komm, ich brauche dich, damit es ein Erfolg wird. Dein Vater ist nicht da, deshalb bin ich die alleinige Gastgeberin. Soll ich dich abholen? Damit du keine Kutsche kommen lassen musst? Ja, das mache ich. Ich hole dich um halb fünf ab. Zieh ein hübsches Kleid an, es wird ein schöner warmer Abend …«

Sie hatte kaum einmal Atem geholt!

Rosa lachte. »Ja, gut, ich komme. Und ja, du kannst mich abholen. Das ist eine gute Idee. Möchtest du nicht doch auf einen Kaffee hereinkommen?«

»Nein, Liebes, ich habe keine Zeit. *Au'voir!*«

Larks Kutsche rollte aus der Zufahrt und Rosa ging wieder ins Haus. Sie wunderte sich, was aus der Einladung geworden war. Sie hatte sich mit Charlie öfters wegen Lark gestritten. Er konnte sie nicht leiden, es widerstrebte ihm, dass sie in sein Haus kam, und er verwahrte sich strikt dagegen, dass Rosa sich in der Öffentlichkeit mit ihr sehen ließ.

»Selbst wenn ich es wollte, ich kann die Freundin meines Vaters nicht vor den Kopf stoßen«, hatte sie gesagt. »Es würde ihn kränken.«

»Freundin? Du meinst sein Flittchen. Er hat dich ohne jedes

Gefühl für Anstand erzogen, Rosa. Wo hättest du es lernen können? Er kehrt mit seiner kleinen Tochter an einem Arm und dieser Mrs. Pilgrim am anderen Arm in die Kolonien zurück. Um Gottes willen, siehst du denn nicht, was das für ein Skandal war! Und jetzt lässt er sie bei sich …«

»Charlie, hör auf, ich bitte dich. Was mein Vater tut, geht dich nichts an.«

»Es geht mich sehr wohl etwas an. Du hast doch hoffentlich nicht vor, sie zum Essen in mein Haus einzuladen?«

Rosa wurde zornig. »Droh mir nicht, Charlie. Mein Vater ist hier stets willkommen, einerlei, wen er sich als Begleitung aussucht. Er schert sich nicht um banale Gesellschaftsregeln, und hier im Hinterland schon gar nicht.«

»Oh, da irrst du dich aber. Er ist im Grunde sehr konservativ, doch er meint, mit seinem Reichtum kann er sich die Freiheit kaufen zu tun, was ihm gefällt. Aber das kann er nicht. Anständige Leute werden ein derartiges Benehmen nicht billigen.«

»Ach, spiel dich nicht so auf. Sag mir nur eins: Ist mein Vater hier willkommen?«

»Selbstverständlich.«

»Und kann er seine Freundin mitbringen?«

»Selbstverständlich nicht.«

»Dann schlage ich dir vor, es ihm zu sagen, wenn sie am Sonntag zum Essen kommen.«

»Du hast sie für Sonntag eingeladen, ohne es mit mir zu besprechen?«

»Ja«, sagte sie triumphierend. »Ich möchte zu gern sehen, wie du sie abweist.«

»Das ist nicht nötig, ich werde andernorts unabkömmlich sein.«

Nach Rosas Überzeugung hatte ihr Mann Larks Einladung vernichtet, um zu verhindern, dass sie an der kleinen Gesellschaft teilnahm. Sie versprach sich nicht viel davon und hätte vielleicht nicht zugesagt, doch weil Charlie ihre Verabredungen neuerdings kontrollierte, wollte sie unbedingt hingehen.

»Und ich sorge dafür, dass er es erfährt«, gelobte sie sich. Sie stand in ihrem Ankleidezimmer und konnte sich nicht entscheiden, welches von ihren zahlreichen Nachmittagskleidern sie zu diesem Anlass anziehen sollte.

Nach einem wohltuenden, mit Duftölen angereicherten Bad feilte und polierte sie ihre Fingernägel und blätterte dabei in einer Modezeitschrift, dann trat sie an den Kleiderständer und wählte ein mit Blümchen verziertes Kleid aus cremefarbener Lyonseide. Es hatte einen eleganten Ausschnitt, der viel von den Schultern zeigte, die Taille wurde durch eine Tournüre betont, die weich fallenden Falten waren hinten etwas länger als vorne.

Ihr Mädchen bürstete ihr die Haare lose ums Gesicht und steckte sie dann mit perlenverzierten Kämmen hoch.

»Das muss genügen.« Rosa hielt es nicht für angebracht, sich zu diesem Anlass groß herauszuputzen. »Ich nehme nur die kleinen Perlenohrringe.«

Während sie auf Lark wartete, dachte sie sorgenvoll an das Essen am Sonntag. Juan und Lark waren eingeladen, daran ließ sich nichts ändern. Aber würde Charlie wirklich abwesend sein? Sicherlich nicht. Juan würde sehr unangenehm auf eine derartige Brüskierung reagieren. Seitens der Familie! Bei diesem Gedanken zitterte sie ein wenig.

»Das wird ein seltsames Ende einer verrückten Woche«, sagte sie sich.

Anfang der Woche hatte sie einen Brief von Langley Palliser erhalten, der über die zunehmenden Querelen zwischen den Aborigines und den europäischen Siedlern dermaßen besorgt war, dass er erwog, seine Frau und seine Töchter aus der Gefahrenzone nach Brisbane zu schicken.

Brisbane hieß, in das Haus seines Bruders, und Rosa hatte nichts dagegen. »Ich werde noch ein Mädchen einstellen«, erklärte sie Charlie.

»Warum? Man sollte meinen, wenn mehr Frauen im Haus sind, brauchst du eher weniger Mädchen.«

»Man bittet seine Gäste nicht, einzuspringen, Charlie! Und es sind fünf Personen mehr bei Tisch; die Köchin wird Hilfe brauchen. Sei nicht so ein Griesgram.«

»Der Griesgram bezahlt schließlich, vergiss das nicht«, murmelte er hinter seiner Zeitung, und Rosa nahm sich vor, ihn in Zukunft nicht mehr in Haushaltsangelegenheiten einzuweihen. Sie konnte zusätzliches Personal jederzeit aus eigener Tasche bezahlen.

Lucy Mae kam wie verabredet zum Morgentee. Die gute arme Lucy Mae, die äußerst amüsant sein konnte, trotz ihrer Kümmernisse. Die allerdings wirklich bedenklich waren. Sie war in anderen Umständen! Und hatte Angst, es Milly zu sagen.

»Sie wird Riechsalz in die eine Hand und eine Schrotflinte in die andere nehmen«, hatte Lucy Mae schniefend unter Tränen gesagt. »Es wird furchtbar werden. Werden Sie mir beistehen, wenn ich es ihr eröffne?«

»Ich? Guter Gott, nein!«

»Bitte. Ich hätte Dukes Brief nicht verbrennen sollen. Sie können sagen, dass Sie ihn gelesen haben. Dass Duke mein Verlobter ist!«

»Ist er das? Haben Sie ihm geschrieben, dass Sie seinen Antrag annehmen?«

»Nein, weil ich mir nicht sicher bin, dass ich ihn annehmen will.«

»Lucy Mae!« Ihre Haltung versetzte Rosa in Erstaunen. »Soll das heißen, Sie wollen den Vater des Kindes nicht heiraten? Das müssen Sie aber!«

»Wer sagt das? Ich bin mir nicht sicher, ob ich mit Duke glücklich würde.«

»Himmel!« Rosa war beeindruckt. An schierem Wagemut übertraf dies alles. Sie wünschte, ihr Mann könnte das hören. Juans Verstöße gegen gesellschaftliche Normen waren nichts gegen Lucy Maes Unerschrockenheit. Sie lächelte, als ihr bewusst wurde, dass ihr Haus womöglich einer weiteren Freundin verboten werden würde.

»Warum weinen Sie dann?«, fragte sie.

»Ach, ich weiß nicht. Es liegt wohl an meinem Zustand und ich bin ziemlich durcheinander.«

»Ich auch«, sagte Rosa grinsend. »An welchem Tag wollen Sie Ihrer Mutter die frohe Botschaft verkünden?«

»Sie wird Sonntagmorgen zu Hause sein. Würde Ihnen das passen?«

»Sehr gut. Ich komme zeitig, damit wir es hinter uns bringen.«

Das war morgen früh, besann sich Rosa nervös. Milly war eine Furcht einflößende Person.

»Wahrscheinlich wird sie uns beide züchtigen«, murmelte sie. In diesem Augenblick rollte Larks Kutsche knirschend durchs Tor.

Der botanische Garten schimmerte im schwindenden Sonnenlicht. Gold sprenkelte das dichte Laubwerk der Bäume, die sich über üppig grünen Rasenflächen erhoben und über den bunten Gartenbeeten, die die Wege säumten.

Sie schlenderten zu der Rotunde. Lark wirkte erstaunt. »Ach du meine Güte. Einige Damen sind schon da, Rosa, und sie haben Herren mitgebracht! Nun gut, es dürfte keine Rolle spielen.«

»Wo ist das Orchester?«, fragte Rosa.

»Es war kein Orchester. Ein Quartett sollte Mozart spielen, aber die haben mich im letzten Moment im Stich gelassen. Sehr bedauerlich. Leer sieht die Rotunde albern aus!«

»Macht nichts. Die Tische und Stühle drumherum sehen hübsch aus. Ich hatte nicht mit einer so reizenden Szenerie gerechnet. Chinesische Lampions!«

»Es wird ja so früh dunkel in diesem herrlichen Winter. Gefällt dir die Dekoration? Ich bin einfach verliebt in Rosé mit Weiß.«

Darauf mischte Lark sich unter die Versammelten und nahm Rosa mit.

»Ah, Julia und Jonas, meine Lieben! Wie schön von Ihnen, dass Sie gekommen sind. Und Sie, Alice … darf ich Ihnen meine Freundin Mrs. Palliser vorstellen. Wo ist Ihre Schwester? Ich bedaure sehr, dass keine Musik spielt, aber suchen Sie sich doch einen Tisch. Die Bedienungen servieren Champagner und die Kuchen sind einfach köstlich.«

Während Lark ihren Pflichten als Gastgeberin nachkam,

mischte Rosa sich unter Neuankömmlinge, von denen sie die meisten schon kannte, und plauderte munter mit ihnen, bis sie unversehens Jasin Heselwood gegenüber stand.

Er war verblüfft. »Rosa! Wie schön, Sie wiederzusehen. Lark hat mir gar nicht erzählt, dass Sie kommen.«

»Ich habe mich erst in letzter Minute entschieden«, sagte sie und errötete leicht, als ihr der Verdacht kam, dass Lark dies eingefädelt hatte. »Ich wusste gar nicht, dass Sie in der Stadt sind.«

»Doch ja, habe diverse Geschäfte zu erledigen. Wie geht es dem guten Doktor?«

»Sehr gut; er konnte heute Abend nicht kommen. Wie geht es Georgina?«

»Ah«, seufzte er und log dann: »Ihrem Bein geht es besser, aber die ganze Geschichte hat sie wohl doch mehr mitgenommen, als ich gedacht hatte. Sie spricht davon, nach England zurückzukehren. Sie hat genug von dem Klima. Die Sommer können strapaziös sein …«

Lark trat hinzu. »Entschuldige, dass ich dich vernachlässigt habe, Rosa, Schätzchen, doch wie ich sehe, bist du in guten Händen. Jetzt müsst ihr aber beide mit mir kommen, ihr seid an meinem Tisch.«

Jasin trank auf sein Glück, Rosa wiederzusehen, und Rosa trank selig ihren Champagner, hocherfreut über seine Gesellschaft, ehe sich andere zu ihnen an den Tisch setzten; doch sie zeigten kaum Interesse an den Neuankömmlingen. Ihre Gastgeberin flatterte in ihrem fließenden rosé-weißen Musselinkleid hin und her und machte keine Anstalten, die zwei zu stören.

Die Lampions waren schon vor einer geraumen Weile angezündet worden und Rosa kam es vor, als sei die Soirée zu Ende, kaum dass sie begonnen hatte. Die leicht angeheiterten Gäste bedankten sich bei Lark für den schönen Abend und trafen neue Verabredungen. Aber dann konnte Rosa sie nicht finden.

»Sie muss zu ihrer Kutsche gegangen sein; sie dachte wohl, ich bin schon vorgegangen.«

»Soll ich Sie begleiten?«, fragte Jasin.

»Wenn es Ihnen nichts ausmacht? Es ist gleich beim Tor.«

Sie nahm seinen Arm, und so schritten sie über die mit Kies bestreuten Wege.

»Ich habe den Abend sehr genossen«, sagte Rosa.

Die Kutsche stand an ihrem Platz hinter einer hohen Hecke, aber von Lark war nichts zu sehen.

»Dann muss ich eben warten«, meinte Rosa.

»Soll ich sie suchen gehen?«

»Oh nein. Sie wird sicher gleich hier sein.«

Jasin half ihr in die Kutsche, blieb am Wagenschlag stehen und plauderte einige Minuten mit ihr, bevor er zu ihr hineinstieg. »Ich muss Ihnen etwas sagen.«

»Und das wäre?«

»Sie sind die schönste Frau, die mir je begegnet ist.«

»Oh!«, war alles, was Rosa dazu einfiel und dann lag sie in seinen Armen. Er küsste sie und sie war wie im Himmel mit diesem stattlichen, charmanten Mann.

Sie hörten Lark nicht kommen und auf Zehenspitzen davonschleichen. Aber kurz darauf hörten sie sie am Tor rufen.

»Rosa, bist du da?«

Jasin stieg auf der Heckenseite aus der Kutsche und antwortete: »Ja, hier, wir warten auf Sie. Wo sind Sie gewesen?«

»Ich musste meinen silbernen Tafelaufsatz vor den Leuten retten, die die Speisen geliefert haben, die hätten ihn sonst mitgenommen.«

Lark reichte dem Kutscher das Paket hinauf und Jasin eilte um die Kutsche herum, um ihr den anderen Wagenschlag aufzuhalten.

»Können wir Sie am Hotel absetzen?«, fragte sie.

»Nein danke, meine Liebe. Es ist gleich über die Straße. Ich hatte einen sehr vergnüglichen Abend. Vielen Dank für die Einladung.«

Als Lark in der Kutsche Platz genommen hatte, schloss Jasin den Wagenschlag und wünschte den Damen einen guten Abend.

»Er ist so ein erfrischender Gesellschafter«, sagte Lark seufzend, als die Kutsche sich in Bewegung setzte. »Es gibt viel zu viele verdrießliche Menschen auf der Welt. Ich behaupte, Juan Rivadavia und Jasin Heselwood sind die zwei kultiviertesten und attraktivsten Herren im ganzen Land. Wobei Juan in meinen Augen vorne liegt«, fügte sie kichernd hinzu. »Er hat so eine verführerische Stimme.«

Rosa lächelte. »Aber Juan gebietet über kein Reich.«

Die gefürchtete Zusammenkunft mit Milly Forrest war genauso schlimm, wie Lucy Mae und Rosa erwartet hatten.

Sie plauderten lange beim Morgentee, ehe Rosa Lucy Mae unter dem Tisch einen Tritt gab und ihre Freundin, tapfer um Fröhlichkeit bemüht, das Wort ergriff.

»Mutter, ich habe eine freudige Überraschung für dich. Du wirst Großmutter!«

Milly blinzelte. Setzte ihre Teetasse ab. »Ich habe mich schon gefragt, wann du es mir erzählen würdest. Ich bin ja nicht blind. Offenbar hast du es Rosa gesagt und sie freut sich offensichtlich darüber. Es ist ihr wohl nicht in den Sinn gekommen, dass kein Ehemann in Sicht ist.«

»Aber es gibt einen«, verteidigte sich Rosa. »Sagen Sie es Ihrer Mutter, Lucy Mae.«

»Was?« Milly sah ihre Tochter wütend an. »Sage nur nicht, du hast in aller Eile den Lebensmittelhändler geheiratet. Oder unseren Gärtner.«

»Du musst nicht so sarkastisch sein.«

»Ach? Und wie sollte ich sein?«

»Du solltest ein wenig Verständnis zeigen. Duke ist der Vater. Und wenn ich mich recht erinnere, hast du das angebahnt. Du hast ihn dir als Schwiegersohn gewünscht. Deswegen hast du beschlossen, dass wir ihn besuchen.«

Milly versteifte sich. »Hast du das gehört, Rosa? Jetzt bin ich schuld an ihrem Zustand.«

Rosa schüttelte stumm den Kopf.

»Und wo ist nun dein Ehemann?«, fuhr Milly fort. »Als ich Duke MacNamara das letzte Mal sah, hatte er ein anderes Mädchen am Arm, der Schuft!«

»Eigentlich kein Ehemann«, sagte Rosa. »Verlobter trifft es eher, Milly. Duke hat Lucy Mae geschrieben und sie gebeten, ihn zu heiraten.«

»Was? Wann war das?«

»Erst vor Kurzem.«

Milly wandte sich an Lucy Mae: »Und das war nicht einer Erwähnung wert? Gegenüber deiner eigenen Mutter? Warum nicht, ich bitte dich?«

»Weil er ein anderes Mädchen am Arm hatte, als ich ihn das letzte Mal sah.«

»Denk jetzt nicht daran. Wir reisen sofort nach Rockhampton und ihr werdet auf der Stelle getraut.«

»Das geht nicht«, sagte Lucy Mae. »Dort ist er nicht. Er ist auf einer Expedition ins Landesinnere. Er wird monatelang fort sein.«

»Wer leitet seine Farm?«

»Ein Vormann, nehme ich an.«

»Ach du lieber Gott. Du dummes Mädchen. Du hättest es ihm früher sagen sollen. Ich weiß nicht, was ich jetzt tun kann. Ich muss nachdenken. Zuerst heiratet sie einen Gauner, und nun das! Du musst mich entschuldigen, Rosa. Ich ertrage die unmögliche Situation nicht. Ich muss mich ausruhen.«

Milly wankte aus dem Wohnzimmer. Auf dem Weg zur Treppe rief sie einem Mädchen zu, sie möge ihr frischen Tee bringen.

»Sie denkt, ich werde Duke heiraten«, flüsterte Lucy Mae. »Das wird ihr für eine Weile den Wind aus den Segeln nehmen.«

»Sie werden ihn am Ende wohl heiraten müssen.«

»Obwohl ich ihn nicht liebe?«

»Es ist schwierig. Ich weiß nicht.« Rosas Blick fiel auf ein Bild mit einem Schiff an der Wand. Sie las den Namen des Schiffes: *Emma Jane*.

»Was ist das?«

»Das ist das Schiff, mit dem meine Eltern nach Australien gekommen sind«, sagte Lucy Mae teilnahmslos. Dann blickte sie auf. »Und wissen Sie was? Dukes Vater Pace war an Bord. Sie waren immer gute Freunde.«

»Oh ja. Jetzt erinnere ich mich dunkel.«

Die süßen Erinnerungen an den vorigen Abend waren zu viel für Rosa. Sie musste es jemandem erzählen.

»Kann ich Ihnen ein Geheimnis anvertrauen, Lucy Mae?«

»Oh ja, bitte. Meins könnte Gesellschaft gebrauchen.«

Rosa beugte sich vor und flüsterte: »Ich habe eine Affäre.«

»Ist das wahr? Guter Gott, mit wem?«

»Dieser Teil ist das Geheimnis.«

»Das ist nur recht und billig.« Lucy Mae drehte an einem Smaragdring an ihrem Finger und trat ans Fenster.

»Duke hat mich behandelt, als hätte ich nur eine Affäre mit ihm, eine, die geheimgehalten werden musste, und das war mir nicht recht. Ich musste dem ein Ende machen. Das sollten Sie auch tun.«

»Oh, aber er ist göttergleich.«

»Umso schlimmer. Sie hören sich nach Liebeskummer an. Affären sollen nichts Ernstes sein, sonst wird man verletzt.«

»Machen Sie sich um mich keine Sorgen.«

»Ich kann Ihnen gar nicht genug dafür danken, dass Sie hier sind, Rosa. Wenn Sie nicht gekommen wären, um mich zu beruhigen, wäre ich am Ende in einen fürchterlichen Streit mit meiner Mutter geraten, bei dem ich sicher wie immer den Kürzeren gezogen hätte, doch ich glaube, heute habe ich mit Ihrer Hilfe einen Fortschritt gemacht.«

Sie war mit Rosa auf dem Weg zu dem kleinen Eingangstor, als oben ein Fenster aufgerissen wurde und Milly den Kopf heraussteckte.

»Lucy Mae!«, kreischte sie. »Wir fahren nach Rockhampton!«

»Nein«, sagte ihre Tochter zu Rosa. »Ganz bestimmt nicht!«

Das Telegramm von Chefinspektor Pennington kam für Jasin zum rechten Zeitpunkt. Es setzte ihn davon in Kenntnis, dass das Pferd Red Shadow an Mrs. Paul MacNamara auf Oberon verkauft worden war.

Jasin wusste sehr wohl, wer diese MacNamaras waren, und war nur noch wütender auf Edward, weil er es zugelassen hatte, dass jemand von dieser vermaledeiten irischen Familie Saul in die Hände bekam. Er hing wirklich an dem Pferd. Es hatte ihn geschmerzt, es Edward zu überlassen, doch Freunde hatten ihn überredet, es sei das ideale Geschenk für seinen heimgekehrten Sohn.

Um das Pferd nun zurückzubekommen, würde mehr Takt als Geld erforderlich sein. Um seinen Anteil an der Transaktion zu verschleiern, hatte er zunächst erwogen, einen Anwalt an MacNamara schreiben zu lassen, er wolle das Tier im Namen eines Mandanten kaufen, doch dann fiel ihm ein, dass der Besitzer ja die Papiere hatte. Der Name Heselwood würde MacNamara nicht verborgen bleiben. Jasin sah voraus, dass er sich aus purer Gehässigkeit weigern würde zu verkaufen.

Stattdessen schrieb er jetzt einen Brief an Mrs. MacNamara. Er teilte ihr mit, dass das Pferd für seine Familie einen hohen Gefühlswert besäße und er es daher zu dem von Mrs. MacNamara geforderten Preis zurückkaufen wolle. Er schrieb ferner, er könne sich nicht vorstellen, was seinen Sohn bewogen hatte, es überhaupt zu verkaufen, es sei denn, Edward sei zu der Zeit in einem Zustand äußerster nervlicher Anspannung gewesen. Abschließend drückte er die Hoffnung aus, Mrs. MacNamara werde eine Möglichkeit sehen, der Familie Heselwood diesen Gefallen zu erweisen. Ihre Liebeswürdigkeit und Großzügigkeit würden ungemein geschätzt werden.

Darauf lächelte er. Bedeutete dies doch, dass er bis zum Erhalt einer Antwort hier in Brisbane bleiben musste. Das kam ihm seit seinem glücklichen Zusammentreffen mit Rosa sehr gelegen.

Falls Mrs. MacNamara das Pferd weder aushändigen noch ihm gestatten wollte, jemanden zu schicken, um es zu holen, dann würde er sie persönlich aufsuchen müssen. Ihr gegenübertreten und sie überreden. Er wollte das Pferd haben.

Seine Laune verfinsterte sich. Er nahm an, er sollte Georgina schreiben, aber nicht gleich. Er wollte Rosa unbedingt wiedersehen. Aber wie ein Treffen arrangieren? Er wollte sie nicht in Verlegenheit bringen, indem er ihr eine diskrete Nachricht zukommen ließ oder uneingeladen bei ihr zu Hause vorsprach.

Lark! Er würde mit Lark sprechen müssen.

Juan Rivadavia begleitete Lark zum Sonntagsessen im Haus seiner Tochter. Die zwei Frauen kamen gut miteinander aus, deshalb hatte es keine große Aufregung verursacht, Lark wieder in sein Leben einzuführen. Tatsächlich hatte Lark berichtet, Rosa sei von ihrem Besuch entzückt gewesen. Und das war erfreulich.

Weniger schön war jedoch, von einer kleinlauten Tochter empfangen zu werden, die erklärte, ihr Mann, der Doktor, sei zu einem Notfall gerufen worden.

»Ich verstehe vollkommen«, sagte Juan.

Kurze Zeit später entschuldigte er sich bei den Damen, ging still hinaus zu seinem wartenden Gig und schickte seinen Kutscher mit einem Auftrag fort.

Sie genossen ein ausgezeichnetes Mahl; Rosa und Lark waren bester Stimmung.

»Ich habe mich seit Langem nicht so vergnügt«, sagte Juan zu Rosa. Er schenkte ihr einen Sari, den er aus Singapur mitgebracht hatte. »Es ist wie in alten Zeiten. Nur wir drei.«

Rosa war erleichtert. Sie hatte sich große Mühe gegeben, damit es ein gelungenes Essen wurde, trotz des Schreckens, dass Charlie seine Drohung wahrgemacht und ihren Vater und Lark gekränkt hatte.

In scheinbar milder Stimmung schlenderte der Argentinier zu dem Gig hinaus, während die Damen zurückblieben und sich wie üblich in Klatsch ergingen. Er strahlte sie an – sie gaben ein hübsches Bild ab, die zwei in ihren eleganten, femininen Nachmittagskleidern –, dann drehte er sich um und sprach mit seinem Kutscher.

Er hatte sich seinen Teil gedacht. Der gute Doktor war nicht im Hospital. Er war in seinem Club, Billard spielen.

Charlie Palliser hatte Lark vorsätzlich auf der Straße geschnitten. Das war sein gutes Recht, gestand Juan ihm zu. Als aber Rosa die Einladung zum Essen aussprach, hatte ihm dies Anlass gegeben sich zu fragen, welchen Empfang der Gastgeber Lark an diesem Tag bereiten würde.

Pallisers Reaktion hatte ihn bestürzt. Dass der Mann einem privaten Familientreffen fernblieb, war so unhöflich wie unerhört!

Was ihn selbst anging, war er von der Brüskierung nicht betroffen. Was Lark betraf, erst recht nicht. Sie genoss das Leben; derartige Vorkommnisse waren ihr nicht neu und sie bewältigte sie auf ihre Art.

Doch Palliser hatte Rosa in Verlegenheit gebracht. Hatte sie gezwungen, ihren Vater zu belügen. Und das kränkte ihn. Brachte ihn in Rage.

Einige Tage später nahmen Rosa und Lark im *Royal Park Hotel* ihren Nachmittagstee ein.

Als die Leute sich nach einer Weile zerstreuten, schlenderten die zwei Damen aus der Teestube ins Foyer. Sie wendeten sich nach rechts, gingen an dem prachtvollen Treppenhaus und an mehreren Gästesuiten im Erdgeschoss vorbei. Am Ende des Treppenhauses kehrten sie um und gingen von der anderen Seite ins Foyer zurück. Wo allerdings nur eine Dame ankam.

Paul MacNamara wagte den entscheidenden Schritt. Anfangs hatte er erwogen, sich von John Pace Geld zu leihen, das er zurückzahlen könnte, sobald Oberon verkauft war, doch John Pace und Eileen waren in letzter Zeit so übellaunig und misstrauisch, dass sie vermutlich denken würden, es sei ein Komplott, um Kooramin dank Dukes Trickserejen noch tiefer in Schulden zu stürzen.

Obwohl er bei der *Commonwealth Bank* ein Darlehen aufgenommen, Dukes Schulden bei der *Commercial Bank* bezahlt hatte und jetzt offiziell eingetragener Besitzer von Mango Hill war, war er immer noch wütend, weil sein Bruder ein falsches Spiel getrieben hatte.

»Wenn Duke nach Hause kommt, hole ich mir das Geld zurück«, sagte er zornig zu Laura. »Jeden einzelnen Penny!«

Sie konnte es ihm nachfühlen – Duke war ein ausgemachter Schuft –, doch sie wünschte, Pauls Laune würde sich bessern. Sie waren bereits dabei, Viehbestände nach Mango Hill zu schaffen; es sollte eine fröhliche Zeit sein. Stattdessen stapfte er übellaunig herum und schnauzte alle Leute an.

Dann kam ein Brief von Lord Heselwood, der Red Shadow kaufen wollte.

»So eine Unverfrorenheit!«, tobte Paul. »Als ob ich an den Schurken verkaufen würde!«

»Wieso ist er ein Schurke?«, fragte sie.

»Mein Vater hat ihn gehasst. Er sagte immer, er traut ihm nicht über den Weg.«

»Aber das hat nichts mit dir zu tun. Und ich verstehe nicht, warum es eine Unverfrorenheit ist, wenn jemand sich ein Tier wiederbeschaffen möchte, an dem er offensichtlich hängt.«

»Es ist eine Unverfrorenheit, uns um einen Gefallen zu bitten.«

»Er hat nicht uns gebeten, sondern mich.«

»Das ist ein und dasselbe.«

»Nein. Dir ist wohl irgendwie entfallen, dass ich ein Leben hatte, ehe wir uns begegnet sind. Ich kenne Lord Heselwood. Ich habe ihn mehrmals getroffen und finde ihn charmant.«

»Wo bist du ihm begegnet?«, wollte Paul wissen.

»Zu Hause. Mein Vater war Parlamentsabgeordneter für Rockhampton, hast du das vergessen? Er hat sich oft bei uns zu Hause mit Viehzüchtern getroffen.«

»Jedem das Seine.« Achselzuckend stieß Paul die Fliegentür auf, um den Hofbereich hinter ihrem neuen Heim in Augenschein zu nehmen. »Wenn wir Oberon verkauft haben, reiße ich die schmutzigen alten Schuppen ab und baue neue. Wir könnten diesen Bereich zu einem schattigen Hof gestalten.«

»Die Mangobäume lässt du doch stehen?«

»Natürlich. Aber wenn wir da draußen Gästezimmer und Arbeitsräume wie Waschküche und Vorratslager einrichten, brauchen wir am Haus nicht allzu viel zu machen. Was meinst du?«

»Das ist eine gute Idee. Ich kann es gar nicht erwarten,

diesen Ort gründlich gesäubert und frisch gestrichen zu sehen.«

Es dauerte ein paar Tage, bis Laura ihren Mut zusammennahm, um Paul zu sagen, sie gedenke, Lord Heselwood das Pferd zu überlassen.

»Du weißt, wie sehr ich Pferde liebe«, sagte sie. »Ich kann einfach nicht an einem Tier festhalten, das eigentlich jemand anderem gehört. Jemandem, der an ihm hängt.«

»So viel zu meinem Geschenk zum Hochzeitstag.«

»Entschuldige, aber das war eine spontane Eingebung, Paul. Wir haben uns beide hinreißen lassen. Er ist ein schönes Pferd. Aber ich habe einfach nicht das Gefühl, dass er hierher gehört.«

Wenige Tage darauf erklärte Paul unvermittelt: »Wenn der Besitz des Pferdes dich unglücklich macht, kannst du es Heselwood verkaufen. Aber nimm einen guten Preis! Er kann es sich leisten.«

Es war eigenartig, sinnierte Laura, dass ihnen ihr Leben nun wieder heiterer erschien, nachdem sie das Pferd mit fünfundzwanzig Pfund Gewinn verkauft und sich traurig von Red Shadow verabschiedet hatten. Sie waren vollauf damit beschäftigt, ihr Heim einzurichten. Paul war besser gelaunt, er konnte sogar wieder lachen. Und nach dem Verkauf von Oberon war es, als sei ihnen eine große Last von der Seele genommen.

Es gab keinen Friedhof auf Mango Hill, und Laura gelobte sich insgeheim, dass es auch nie einen geben werde.

Über Tage hinweg war Rosa überglücklich. Sie hatte sich Liebesspiele dieser Art nie vorstellen können; eine solche gegenseitige Leidenschaft hatte sie nie gekannt. Sie sehnte sich auf eine erschreckend wollüstige Weise nach Jasin, der sie nachgab, wann immer sie sich zurückziehen konnte. Doch sie hatte Schuldgefühle, so sehr sie auch versuchte, diesem Gedanken auszuweichen, ihn mit unterhaltsameren Erinnerungen zu verbannen.

Das schlechte Gewissen ließ sie vor einem weiteren geheimen Treffen bangen, das baldmöglichst zu arrangieren Jasin versprochen hatte. Sie durfte sich zu einem solchen Stelldichein nicht einfinden. Sie würde sehr stark sein müssen. Sie durfte, sie konnte ihn nicht wiedersehen.

Ihr Ehemann löste das Problem, als er nach Hause geeilt kam und ihr mitteilte, dass sein Vater in seinem Landhaus einen schweren Herzanfall erlitten habe und sie augenblicklich aufbrechen müssten.

Rosa hatte Charlie noch nie so fassungslos gesehen und er tat ihr leid. Duncan Palliser war so eine starke Persönlichkeit, so voller Leben, dass man ihn sich schwerlich schwach und krank vorstellen konnte. Sie hoffte, er werde rasch genesen, aber nach Charlies angsterfüllter Reaktion zu urteilen, bestand keine allzu große Hoffnung.

»Hat man Langley benachrichtigt?«, fragte sie ihn, während sie für die Reise packte.

»Das weiß ich nicht«, sagte er kummervoll. »Beeil dich, Rosa. Bitte, beeil dich.«

Sein Diener lud das Gepäck in die Kutsche, die Haushälterin packte eilends einen kleinen Imbisskorb sowie Decken und Mäntel für den Fall, dass es kalt wurde. Charlie setzte sich auf den Kutschbock und rief immer noch, Rosa möge sich beeilen.

Als sie auf der Straße waren, musste Rosa ihren Mann bitten, sich zu beruhigen: »Ich weiß, du machst dir Sorgen, aber wenn du beabsichtigst, in diesem Tempo weiterzufahren, wirst du die Pferde schon auf halber Strecke ermüdet haben. Bitte, komm zur Ruhe und fahr vernünftig.«

»Entschuldige.« Charlie befolgte ihren Rat. »Aber sie haben gesagt, er fragt nach mir. Ich möchte ihn nicht enttäuschen. Ich habe ihm schon Kummer bereitet, weil ich Medizin studiert habe, anstatt die Farm zu leiten, wie du weißt. Ich glaube, das hat er mir nie verziehen.«

»Natürlich hat er das. Er ist sehr stolz auf dich, Charlie.«

»Glaubst du das wirklich?«

»Ja.«

Duncan hatte eine schwere Lungenentzündung und war nicht immer ansprechbar, doch Charlie war da, um ihn zu behandeln, und das war für alle auf der Farm eine große Erleichterung.

»Er könnte in keinen besseren Händen sein«, sagte die Haushälterin stolz. »Wie wunderbar, wenn man einen Arzt in der Familie hat.«

Eines späten Abends traf dann zu aller Überraschung Langley ein; denn sie hatten gehört, dass im Norden Überschwemmungen wüteten, die vielerorts unpassierbar waren. Langley hatte jedoch einen Umweg um die Küste gemacht, was den weiten Ritt nach Süden um Tage verlängerte, doch er war munter wie immer, tat die weite Reise leichthin ab, als sei es ganz normal, ja geradezu vergnüglich, Tage, sogar Wochen auf dem Rücken eines Pferdes zu verbringen.

Sein Vater schalt ihn, weil er seine Rinderfarm so lange verlassen hatte, doch war ihm anzumerken, dass er die Gesellschaft seines älteren Sohnes genoss.

Als Langley am nächsten Abend mit Charlie und Rosa bei Tisch saß, lachte er.

»Einerseits redet Papa mir zu, fünfzig oder mehr Meilen außerhalb meiner Grenzen Außenstationen zu errichten, und andererseits macht er mir Vorwürfe, weil ich die Farm den Händen meines Vormanns überlasse. Da fällt mir ein, Rosa, ich habe unterwegs Laura MacNamara getroffen, sie lässt dir Grüße ausrichten.«

»Oh, danke. Ich muss ihr unbedingt schreiben. Ich habe Laura sehr gern. Da Paul mein Stiefbruder ist, muss sie wohl meine Stiefschwester sein.«

»Ja, so ist es vermutlich. Übrigens, sie sind vor Kurzem umgezogen. Ihre neue Adresse ist Mango Hill via Rockhampton.«

»Das wurde aber auch Zeit«, brummte Charlie. »Paul hätte seine neue Frau nie nach Oberon bringen dürfen, nach den Morden, die dort geschehen sind. Das war ein großer Fehler. Aber sag mal, Langley, hattest du unterwegs wieder Ärger mit Ureinwohnern? Sind deine Frau und deine Kinder in Sicherheit, wenn du nicht bei ihnen bist?«

»Zur ersten Frage, es gab einige Probleme, und zur zweiten, meine Frau ist in Rockhampton, um die Kinder in einem Internat unterzubringen. Sie bleibt dort, bis ich zurückkomme, und sie sagt, es hat keine Eile, sie kann sich die Zeit mit Einkäufen vertreiben.«

»Ja, das kann ich mir denken, aber sag mal, wo ist deine neueste Außenstation überhaupt?«

»Im Westen, Nordwesten.«

»Das sagt mir nicht viel; wo im Westen genau?«

»Moment, ich bin gleich wieder da.«

Langley verließ rasch das Speisezimmer und kam mit einer Flasche von Duncans bestem Portwein zurück.

»Er hat noch immer einen guten Weinkeller, unser alter Herr«, sagte er schmunzelnd und zog den Korken aus der verstaubten Flasche. »Möchtest du ein Glas, Rosa?«

»Danke, Langley, heute lieber nicht. Ich denke, ich ziehe mich jetzt zurück. Ihr zwei habt euch bestimmt viel zu erzählen.«

»Aber er ist nicht so hübsch anzusehen wie du«, erwiderte Langley. »Willst du uns wirklich deiner Gesellschaft berauben?«

Rosa lächelte. »Leider ja.«

»Na dann, liebe Schwägerin, lass dir von mir gesagt sein, du siehst wunderschön aus. Du strahlst ja förmlich. Findest du nicht auch, Charlie?«

Ihr Mann nickte. »Ja, tatsächlich. Das Landleben bekommt ihr gut.«

»Danke, meine Herren.« Lachend raffte sie ihre Röcke. »Wir sehen uns dann morgen.«

Die Brüder erhoben sich, als sie hinausging.

Es war ein angenehmer Abend gewesen, doch Rosa fühlte sich nicht recht wohl. Sie war den ganzen Tag nicht richtig sie selbst gewesen. Die letzten Tage war ihr morgens übel geworden und sie fragte sich, ob sie in anderen Umständen sein könnte.

Dann wich die Frage der Gewissheit, dass sie ein Kind erwartete und Jasin der Vater war. Sie wälzte es endlos in ihrem

Kopf hin und her mit dem Ergebnis, dass sie sich schwor, keiner Menschenseele die Wahrheit zu sagen. Charlie nicht. Großer Gott, nein! Nicht einmal Jasin. Sie errötete, als sie sich das Gespräch vorstellte. Und auch Lucy Mae würde sie nichts sagen. Ihre Lage war eine vollkommen andere. Und ihr Vater durfte es nie erfahren!

Sie waren alle hocherfreut, als Duncans Krankheit langsam abklang. Bald konnte er sich aufsetzen und leichte Mahlzeiten zu sich nehmen, doch dann wurde er leider ein schwieriger Patient: ruhelos und fordernd. Er behauptete, er brauche keinen Arzt mehr, Charlie solle wieder an seine Arbeit gehen. Doch der hatte Bedenken, sein mürrischer Patient können einen Rückfall erleiden.

Duncans Vormann Tom Berry geriet in die Schusslinie, weil er es versäumt hatte, seinen Boss daran zu erinnern, dass er Ochsen zur Versteigerung nach Brisbane hatte schaffen lassen.

»Aber Sie haben mir vor einem Monat aufgetragen, die Ochsen für die Versteigerung bereitzumachen«, sagte der Vormann, »und das habe ich getan. Zwei Treiber haben sie hingebracht. Machen Sie sich mal keine Sorgen um sie.«

»Ich mache mir Sorgen wegen des Preises, verdammt noch mal!«, wütete Duncan. »Ich lasse doch Treiber nicht entscheiden, für welchen Betrag meine Ochsen verkauft werden!«

Er rief nach Langley. »Du gehst nach Brisbane zur Versteigerung. Ich habe zweihundert Ochsen dort und es sieht ganz danach aus, dass sie zu einem Spottpreis verscherbelt werden, ohne dass jemand einen Mindestpreis festlegt.«

»Beruhige dich, Papa«, sagte Langley. »Deine Leute werden sie nicht so einfach hergeben.«

»Sag du mir nicht, ich soll mich beruhigen!«, brauste Duncan auf. »Warum ist es so verdammt schwierig, dass hier irgendetwas funktioniert? Die Versteigerungen finden morgen statt.«

»Warum kann Tom nicht hingehen?«

»Weil ich dir gesagt habe, dass du gehst, darum! Und wenn du nicht willst, dann muss Charlie gehen!«

»Ich nicht«, widersprach Charlie. »Komm, lass mich Fieber messen, Papa.«

»Nimm das verdammte Ding weg!«, schnauzte Duncan ihn an, »sonst beiße ich es kaputt und spucke es aus!«

»Ach, hör auf mit dem Theater«, sagte Charlie. »Langley geht hin.«

Rosa hatte diesen Wutausbruch nicht gehört, wurde aber von Charlie abgestellt, ihrem Schwiegervater zur Beruhigung vorzulesen. Duncan wählte *The Cattleman's Monthly*, die Monatsschrift für Viehzüchter, die sie sterbenslangweilig fand. Zutiefst verstört angesichts ihrer eigenen Probleme, fiel es Rosa schwer, sich zu konzentrieren; ständig verlor sie die Zeile, was den alten Herrn verärgerte, doch er schlief bald ein und sie konnte sich leise hinausstehlen.

Weil Rosa etwas von ihrer Anspannung loswerden musste, erzählte sie Charlie tags darauf, sie glaube, in anderen Umständen zu sein, was mit Freudenschreien begrüßt wurde. Er lief sofort los und erzählte es Duncan, der Rosa umarmte und meinte, dies sei die allerbeste Medizin. Bald hatte die Neuigkeit sich verbreitet, und alle, von den Farmarbeitern bis zu der schwarzen Frau, die in der Wäscherei arbeitete, beeilten sich, sie zu beglückwünschen, doch die Freude, die sie hervorgerufen hatte, strahlte nicht auf sie ab. Sie war bedrückt, als fühle sie eine Katastrophe nahen.

Jasin war wochenlang gezwungen gewesen, in Brisbane auszuharren, wo er auf Clem wartete, der Saul nach Brisbane brachte. Er war heilfroh, das Pferd ohne große Umstände übernehmen zu können und gedachte, es persönlich nach Sydney zu bringen, doch heftige Regenfälle hatten zu ausgedehnten Überschwemmungen geführt, sodass Clem mit seinem Schutzbefohlenen aufgehalten wurde und warten musste, bis das Wasser zurückwich.

Inzwischen langweilte Lord Heselwood sich in Brisbane, einem trübseligen Ort, wie er fand.

Er war schrecklich enttäuscht gewesen, als er in der Morgenzeitung las, dass Duncan Palliser schwer erkrankt war und Dr. und Mrs. Charlie Palliser die Stadt verlassen hatten, um an sein Bett zu eilen. Jasin murrte, Rosa hätte ihm wenigstens eine Nachricht zukommen lassen können, um ihm mitzuteilen, wie lange sie fort sein würde. Charlie war Arzt; aber es bestand keine dringende Notwendigkeit, dass sie da draußen blieb.

Auch Lark war unabkömmlich; sie war mit einem Vorhaben Rivadavias befasst, das sie nicht näher erläuterte.

Etliche Vertreter der sogenannten Gesellschaft hatten entdeckt, dass er im Hotel wohnte, und ihm angeboten, ihn bei sich zu Hause aufzunehmen, aber er war vor ihrer Hartnäckigkeit geflohen.

»Lieber kampiere ich in einem Hühnerhaus«, knurrte er.

Mittags aß er meistens er mit Freunden im Viehzüchterclub, kehrte gelegentlich am Abend wieder, wenn sich die Kartenspieler trafen, die grundsätzlich um hohe Einsätze spielten. Gelegentlich schaute er im *Palace* vorbei, fand es aber stets überfüllt von Jugendlichen, und an einem Abend hatte er sogar das Theater besucht und war tapfer in einem verwirrenden Musikstück sitzen geblieben, bis die erste Pause ihm einen Fluchtweg bot.

Morgens jedoch hielt er sich meistens im Foyer des *Royal Park Hotel* auf, in Rufweite des Rezeptionisten, sodass er Aufträge erteilen oder Botschaften entgegennehmen konnte. Hier ließ er sich gern Kaffee servieren, während er die Zeitung las, und blickte durch die Blätter der edlen Schildblumen am Fenster auf die Straße hinaus.

Einmal sah er Rivadavia vorübergehen und später Milly Forrest mit ihrer Tochter, deren Name ihm entfallen war.

Mit Erschütterung las er, dass Harvey Bell, der weithin bekannte Geologe, in der Nähe einer Siedlung namens Pelican Water Hole von Schwarzen mit einem Speer getötet worden war.

Das war bedrückend. Die Nachricht schlug ihm auf den Magen. Eine schreckliche Art zu sterben. Harvey war ein netter Kerl gewesen. Sehr interessant.

Jasin trank seinen Kaffee aus und dachte über Duncan Palliser nach. Dieser weißhaarige alte Trottel, grübelte er. Sie verschwenden ihre Zeit an seinem Bett. Er wird sie alle überleben.

Er blätterte zum mittleren Teil der Zeitung und las, dass heute Rinder versteigert und zu seinem Erstaunen Aberdeen-Angusrinder angeboten wurden. Er stürzte seinen Kaffee hinunter und sprang auf. Er hatte vorgehabt, auf Montone Angusrinder zu züchten, und hatte sich über diese Rasse kundig gemacht, die für ihr schmackhaftes Fleisch und ihre hohe Schlachtausbeute berühmt war. Er hatte sogar ein Exemplar des ersten Herdbuchs für Aberdeen-Angusrinder erworben, das vor wenigen Jahren in Schottland erschienen war.

»Jetzt brauche ich nur noch die Rinder«, sagte er und lachte. Er lief die Treppe zwei Stufen auf einmal hinauf und in sein Zimmer. »Man kann ja nie wissen, was ich bei den Auktionen finde, wenn ich rasch zur Stelle bin.«

Im Stall des Hotels musste er zu seiner Verärgerung erfahren, dass das Pferd, das er die ganze Woche geritten hatte, verkauft worden war.

»Bedaure, Sir«, sagte der Pferdepfleger. »Der Bruder vom Boss hat Gefallen daran gefunden. Aber ich kann Ihnen diesen Braunen vermieten. Ist ein braves Tier und zuverlässig.«

»Idiot, diese Schindmähre reite ich bestimmt nicht. Wofür hältst du mich? Die taugt höchstens für einen Bäckerkarren! Was hast du sonst noch zu bieten?«

Jasin stürmte die lange Reihe mit den angebundenen Pferden entlang. »Was ist mit dem hier?«

»Privateigentum. Gehört Mr. Swinburne in Zimmer drei. Die meisten Leute, die im Hotel wohnen«, fügte er herablassend hinzu, »haben ihre eigenen Pferde hier.«

Jasin war drauf und dran, ihn für seine Unverschämtheit zu ohrfeigen, als sein Blick auf ein schönes Pferd in der Koppel fiel.

»Das Pferd da. Der große Bursche. Ist er zu vermieten?«

»Den werden Sie nicht wollen, Sir. Er ist erst halb ausgebildet.«

»Ich habe gefragt, ob er zu vermieten ist.«

»Tja, eigentlich schon. Ein paar junge Kerle nehmen es mit ihm auf, aber mit dem Braunen wären Sie besser bedient.«

»Das überlass mal meinem Urteil. Ich möchte ihn mir gern näher ansehen.«

Der Pferdepfleger zuckte mit den Achseln und rief einem Stallburschen zu: »He, Fred, hol den Feger rein, ja?« Zu Jasin sagte er grinsend: »Sie nennen ihn Feger, weil er immer durch die Gegend fegt.«

Jasin fand das nicht komisch. Er ließ ihn stehen und sah ungeduldig zu, wie der Stallbursche versuchte, das Pferd mit Hilfe von Halfter und Peitsche in die Ecke zu treiben. Dem Tier gelang es jedes Mal wieder auszuweichen.

Der Pfleger war Jasin gefolgt. »Sehen Sie, der übermütige Kerl ist ein Wildfang. Er ist noch nicht soweit, dass man ihn reiten kann.«

Jasin antwortete nicht. Das hier war ein gutmütiges junges Pferd, das Spaß an Ausweichspielchen hatte. Ein anderer Wildfang wäre vielleicht längst auf den Burschen mit der Peitsche losgegangen und ausgerissen.

Der Pferdepfleger war offenbar derselben Meinung. Er sprang über den Zaun und schritt auf die zwei zu. Beim Näherkommen stieß er einen schrillen Pfiff aus und lenkte damit das Tier soweit ab, dass der Bursche ihm das Halfter überstreifen konnte.

Der Pfleger ging kein Risiko ein; er packte das Halfter und hielt es fest, tätschelte den Kopf des Tieres, beruhigte es, sprach leise zu ihm, redete ihm gut zu, mit ihm zu kommen, statt es geradewegs zum Gatter zu führen.

Bald stand das Pferd mit Zaumzeug und gesattelt bereit, tänzelte allerdings anfangs noch herum.

»Da sehen Sie es«, warnte der Pfleger, »er ist launisch. Er braucht eine feste Hand wie alle jungen Pferde, aber er möchte gern merken, dass Sie auf seiner Seite sind, falls Sie verstehen, was ich meine.«

Jasin nickte, von der Klugheit des Mannes beeindruckt. »Dann reite ich mit ihm am besten um die Koppel und schaue, ob er mit mir einverstanden ist.«

»In Ordnung.«

Als Jasin aufsaß, wollte das Pferd zurückweichen, doch er ließ nicht locker. Dann preschte es auf das geschlossene Gatter zu.

»Nein, das wirst du nicht tun«, sagte Jasin. »Wir traben nur ein bisschen hier herum und du musst dich benehmen, sonst kommt keiner von uns beiden hier heraus.«

Zehn Minuten später ritt Lord Heselwood auf dem großen Braunen fort von den Stallungen und machte sich in gemächlichem Tempo auf zum Viehmarkt.

An diesem schwülen Sommertag ging es dort laut und geschäftig zu. Die bellende Stimme eines Auktionators übertönte das wehmütige Muhen der eingepferchten Rinder und die Rufe der Viehzüchter, die auf hohen Umfriedungen hockten.

Da die Versteigerung schon angefangen hatte, band Jasin sein Pferd an und eilte durch die Menge zu einem großen Zelt, das offenbar der Mittelpunkt der Veranstaltung war. Drinnen gelang es ihm, einen Katalog zu ergattern, und er las zu seiner Erleichterung, dass die Aberdeen-Angusrinder für den frühen Nachmittag angesetzt waren. Danach begab er sich zum Freigehege, wo er etliche Bekannte traf, die ebenfalls an den Angusrindern interessiert waren, wenn auch nur, um die stolzen Tiere zu besichtigen.

Jasin wünschte, er hätte sein Buch bei sich, das wertvolle Buch über die guten Eigenschaften dieser Tiere; denn er war nicht geneigt, den Anpreisungen der Versteigerer Glauben zu schenken.

Einige Leute, die in ihren Kutschen Proviant fürs Mittagessen mitgebracht hatten, luden ihn netterweise ein, mit ihnen eine leichte Mahlzeit zu verzehren. Er nahm an und fand ihre Gesellschaft recht angenehm. Dann erlebte er eine Überraschung. Gerade als sie die Picknickkörbe fortpackten, kam Langley Palliser vorbei, um seine Aufwartung zu machen.

Wie es schien, war er Hals über Kopf gen Süden geritten, als er von der Krankheit seines Vaters erfuhr, und nun wollte natürlich jedermann hören, wie Duncans Genesung voranschritt.

»Es steht nicht zum Besten um ihn«, erwiderte Langley, »aber kaum nimmt der alte Herr seine Umgebung wieder wahr, dann fällt ihm auch schon ein, welcher Tag heute ist und dass diese Auktion stattfindet.« Er lachte. »Dann quengelt er wegen der Ochsen, die er zur Versteigerung hierhergeschickt hat und beklagt sich, dass es keinen seiner Söhne kümmert, zu welchem Preis seine Tiere verkauft werden, und deswegen bin ich hier. Mit dem Auftrag, dafür zu sorgen, dass die Ochsen nicht billig verscherbelt werden!«

Sein Publikum amüsierte sich sehr, nur ein Mann erkundigte sich besorgt: »Wie lange haben Sie gebraucht, um hierherzukommen?«

Langley grinste. »Fünf Tage im Sattel. Aber für meinen Vater und seine Leute sind ein paar hundert Ochsen mehr wert als mein Hinterteil. Es war besser, Charlie am Bett zu lassen und hierher zu kommen.«

Jasin grinste. »Und haben Sie einen guten Preis erzielt, Langley?«

»Oh ja. Das ist erledigt!«

Er trat mit ausgestreckter Hand auf Jasin zu. »Schön, Sie zu sehen, Heselwood. Wie ist es Ihnen ergangen?«

»Sehr gut, danke.«

»Ich habe gehört, Ihr Sohn ist beim Treck nach Westen dabei. Der Apfel fällt nicht weit vom Stamm, was?«

Jasin war so bestürzt, dass er nur nicken und murmeln konnte: »Ah, ja, Edward.«

»Ich habe gehört, sein oberster Treiber, ein junger Kerl namens Matt, hat Cameo Downs besucht, um Edwards Grüße zu übermitteln. Ich war zu der Zeit nicht dort.«

Sein oberster Treiber? Edwards oberster Viehtreiber?

Jasin faselte achselzuckend: »Typisch für die jungen Burschen. Edward hätte sich die Zeit nehmen sollen, Ihre Farm persönlich aufzusuchen. Statt einen Boten zu schicken.«

»Oh, nein. Der junge Mann hat alle Hände voll zu tun. Ich glaube, er und sein Freund Harry Merriman treiben mehr als tausend Stück Vieh nach Westen. Guter Mann, dieser Merriman. Hat mal bei mir gearbeitet.«

»Das war mir nicht bekannt. Aber es freut mich zu hören, dass sie noch guten Mutes sind. Das ist eine gute Nachricht, Langley. Ich habe kein Wort gehört, seit Edward Rockhampton verlassen hat. Ich habe mich schon gefragt, wo sie wohl landen werden.«

»Matt sagte, sie wollen unweit von Longreach Land nehmen ...«

»Wo ist das? Hinter Cameo Downs?«

»So ungefähr ... Ich habe meine Grenzen bis nach Longreach ausgedehnt. Aber man erzählt sich, dass sie ein bisschen zu spät gekommen sind. Sie mussten mit ihrem Trupp weiterziehen, um sich lohnendes Land zu sichern. Einige von ihren Treibern haben sich in Longreach auszahlen lassen und sind via Cameo Downs zurückgekommen. Sie sagten, der Merriman-Trupp wollte nach Winton.«

»Großer Gott!« Soweit Jasin wusste, waren diese Orte noch auf keiner Karte verzeichnet.

»Sie werden es sicher schaffen«, sagte Langley. »Es sieht ganz danach aus, dass Edward in Ihre Fußstapfen tritt und jenseits der Grenzen in wildes Land vorstößt. Sie müssen stolz auf ihn sein.«

»Das bin ich auch!« Jasin kämpfte mit fester Stimme gegen seine Bestürzung an. »Wissen Sie«, fuhr er wehmütig fort, »ich wäre gern mit meinem Sohn auf diesen langen Viehtrieb gegangen, aber ich bin ja nicht gefragt worden.«

»Tja, die Jungen müssen das Sagen haben. Ich war genauso, ich musste Duncan zeigen, was ich selbstständig tun konnte. Was führt Sie denn hierher? Die Angusrinder?«

»Schon möglich.«

»Gut, Dann wollen wir sie uns mal ansehen.«

Am Ende kaufte Jasin unter Pallisers begeistertem Zureden einen erstklassigen Zuchtstier und mehrere Deckkühe und später noch eine kleine Herde billigerer Tiere. Dann machte sein Freund ihn mit einem zuverlässigen Treiber und seiner Mannschaft bekannt, der sich bereit erklärte, die Rinder nach Montone zu bringen.

Als die Formalitäten erledigt waren, zogen von Westen

dunkle Gewitterwolken auf und brachten Erlösung von der schwülen Hitze auf dem stinkenden, staubigen Auktionsgelände. Die Menschenmenge löste sich langsam auf.

Obwohl seine Bemühungen an diesem Tag von Erfolg gekrönt gewesen waren, hatte Jasin keine Freude daran, weil ihn die Neuigkeiten von Edward dermaßen beschäftigten. Er war außerordentlich verwundert und begierig, wieder in die Stadt zu kommen, um Erkundigungen über diesen Viehtrieb einziehen zu können und über die Orte, die Langley erwähnt hatte. Und um die Antwort auf unzählige weitere Fragen zu finden, die sich in seinem Kopf ansammelten.

Plötzlich schickte der Himmel einen sintflutartigen Regenguss. Jasin eilte zu seinem Pferd, entrollte den weiten Ölhautmantel, den er bei diesem monsunartigen Wetter immer mit sich führte, und zog ihn an. Dazu setzte er seinen zerbeulten Lederhut auf. Jetzt konnte der Regen ihm nichts anhaben. Es war wie in alten Zeiten, sagte er sich, als er aufsaß und zurückritt, um sich von seinen Gastgebern, die ihn zum Mittagsmahl eingeladen hatten, zu verabschieden.

»Reiten Sie in die Stadt?«, rief Langley ihm zu.

»Ja. Soll ich auf Sie warten?«

»Nein, ich hole Sie später ein.«

»Ist gut.«

Zu jeder anderen Zeit hätte Jasin sich über die Gesellschaft des jungen Palliser gefreut, doch jetzt wollte er lieber allein sein. Es war anstrengend gewesen, das Gespräch über Edward und seinen Freund Merriman, wer immer das war, zu führen, ohne sich dabei zum Narren zu machen.

Sein Pferd hatte offenbar etwas gegen strömenden Regen. Das lebhafte Tier verweigerte auf dem Pfad zum Gatter mehrmals und suchte lieber unter ausladenden Bäumen Schutz, doch Jasin ließ ihm das nicht durchgehen. Er hielt die Zügel straff und drängte es energisch auf die Straße.

»Nun geh zu, mein Freund«, sagte er, während ferner Donner grollte. »Je schneller du dich in Bewegung setzt, desto schneller bist du heil und gesund zu Hause.«

Eine gute Meile später hatte das Pferd, obwohl der starke

Regen anhielt und der Zustand der Straße sich verschlechterte, seine Aufgabe begriffen und galoppierte gleichmäßig.

»Ich glaube, du hast jetzt Spaß an der Sache«, sagte Jasin zu ihm, während er achtsam einem überlaufenden Straßengraben auswich.

Doch dann dachte er wieder an Edward. Erinnerte sich an Saul. Es wäre eine Schande, einen Vollblüter wie ihn als Hütepferd zu benutzen! Jasin wurde beinahe übel, als er sich die Gefahren vorstellte, denen Saul ausgesetzt gewesen wäre, wenn er ungebärdige Rinder zusammentrieb. Dann machte er sich lachend den Vorwurf, dass er sich mehr Sorgen um das Pferd machte als um seinen Sohn. Vermutlich hatte Edward das Pferd deswegen verkauft. Und hatte er nicht eine gute Besitzerin gefunden? Laura MacNamara.

»Und bei Gott!«, stieß Jasin hervor. »Er muss von dem Erlös Rinder gekauft haben! Woher hätte er sonst das Geld nehmen sollen, um eine Herde zu kaufen? Sein eigener Viehtrieb, wie?« Jasin war beeindruckt. Er glaubte dem Bericht, der über einen von Edwards Treibern zu ihm durchgedrungen war.

Und eine große Herde noch dazu. Gut gemacht! Ich wusste, dass er es in sich hat! Er war mutig genug, sich gegen mich aufzulehnen. Ist einfach von Montone fortgegangen, auch wenn er wusste, dass ich aus der Haut fahren würde. Hat das Risiko nicht gescheut. Ich hätte ihn ohne einen Penny dastehen lassen können.

Jasin unterbrach seine Überlegungen, um vor sich auf die Straße zu blicken, da das Pferd langsamer wurde. Der Regen prasselte immer noch herab, von Donnergrollen begleitet, und das Wasser hatte einen rasch fließenden Bach in die Straße gegraben. Jasin hielt kurz an, machte sich zum Sprung bereit, den ein Pferd wie dieses mühelos bewältigen könnte, doch da er ein behutsamer Mensch war, entschied er sich dagegen. Das Tier könnte eine Verletzung erleiden, fürchtete er, wenn der Untergrund auf der anderen Seite nachgäbe.

Also umging er die Senke, indem er die Straße verließ, um sich einen Weg zwischen den Bäumen am Wegesrand hindurch zu suchen.

In ein und demselben Augenblick sah er das Aufblitzen und hörte den ohrenbetäubenden Knall, als der Blitz in einen Baum einschlug. Sein Pferd wieherte schrill, stieg und stürmte in panischer Angst in den Wald. Seine Jugend und seine Kraft erwiesen sich als übermächtig für den Reiter, der es nicht mehr unter Kontrolle halten konnte.

Er hatte es behaglich. Warm. Im Schutz der Bäume. Der Regen prasselte nicht mehr. Es war jetzt still. Eine Erleichterung. In der Ferne hörte er einen Vogelruf. Er fragte sich, ob Georgina von Edward gehört hatte. Mochte es nicht hoffen. Er wollte derjenige sein, der ihr erzählte, dass Edward Heselwood Boss eines Viehtriebs in den weiten Westen war und dass es ihm gut ging.

Sie würde froh sein. Unendlich froh. Würde »ich habe es dir ja gesagt« zu seinem Vater sagen können. Und, Donnerwetter, es würde ihm nichts ausmachen. Er würde sogar zugeben, dass es ihm nie in den Sinn gekommen war, sich so weit in unbekannte Gebiete vorzuwagen. Aber wie war das noch, Georgina wollte nach England zurückkehren? Das kann nicht recht sein. Sie wusste, dass er sie nie verlassen würde. Vielleicht mal hier und da eine kleine Liebelei, aber… nein. Sie waren glücklich in Sydney und sie liebte das Haus und das dazugehörige Gelände. Er mochte dessen Geruch nach dem Regen…

Jasin nickte ein.

»Brr!«, rief Langley, als in der Nähe ein Blitz einschlug und sein Pferd erschreckt aufwieherte. Er musste seine ganze Kraft aufwenden, um zu verhindern, dass das große Tier durchging, und während er sich anstrengte, es zu halten, roch er das verbrannte Holz.

»Das war nah«, sagte er zu dem Pferd und tätschelte es beruhigend. In diesem Moment trabte ein reiterloses Pferd aus dem Wald auf die Straße und blieb zitternd stehen.

Langley saß rasch ab, ging darauf zu und sprach dabei beruhigend auf das Tier ein. »Was ist geschehen, Kerlchen? Hast einen Schrecken bekommen, wie? Jetzt beruhige dich erst mal. Das Gewitter ist vorbei. Alles wird gut. Wo ist denn dein Herr?«

Das Pferd hatte den Sattel verloren, aber das Zaumzeug hing locker herab. Langley hatte gedacht, es leicht einfangen zu können, doch das dumme Tier sprang immer wieder fort. Nachdem sie dieses Spielchen ein paar Minuten getrieben hatten, sorgte er sich mehr um den Reiter, der nicht erschienen war. Deshalb überließ er das fremde Pferd sich selbst und führte sein eigenes in den Wald.

Beim Anblick eines riesigen, in der Mitte von oben bis unten gespaltenen Baumes trat er ehrfurchtsvoll zurück. Der verkohlte Stamm schwankte hilflos unter der Last der dicken, gesplitterten Äste.

Sein Pferd war unruhig, darum band er es an einen Ast und schritt um die Verwüstung herum. Langley war selbst nervös. Er hatte ein ungutes Gefühl.

Ein paar Schritte weiter schob er einen Ast zur Seite und sah einen Mann auf der Erde liegen. Er erkannte ihn sofort: Jasin Heselwood!

»Verdammt!«, rief er, ließ sich neben Jasin auf den Boden fallen, wischte ihm Blätter und Schmutz aus dem Gesicht.

»Jasin! Geht es Ihnen gut?«, rief er, wohl wissend, dass es dem Mann keineswegs gut ging.

»Wenn Sie mir nur aufhelfen könnten«, flüsterte Heselwood höflich, als bäte er, dass man ihm beim Aufstehen aus einem Sessel behilflich sein möge. Doch Langley hütete sich, ihm hochzuhelfen.

»Ja«, sagte er. »Ja, natürlich. Alles wird gut, Jasin. Ich stehe Ihnen bei.«

Jasin nickte und flüsterte: »Anständig von Ihnen, Langley.«

Wenig später, während Langley seine Hände hielt und betete, hauchte Jasin, Lord Heselwood, sein Leben aus.

Sein junger Freund, der diesen vornehmen Herrn allein schon wegen der Waghalsigkeit bewundert hatte, mit der er seine Geschäfte betrieb, wenn er riesengroße Landgüter erwarb, schüttelte den Kopf und weinte.

Nahende Stimmen verhießen Unruhe.

Langley hielt es für zu früh, diese stille Lichtung zu beleben, doch das Schweigen des Waldes dämpfte die Neuankömmlinge, die ihre Hüte an sich drückten und das Dahinscheiden eines aus ihren Reihen betrauerten, seien sie Farmbesitzer oder einfache Viehtreiber.

»Typisch Langley«, sagte Charlie naserümpfend, als sein Bruder nicht wie erwartet von der Viehversteigerung zurückkehrte.

»Es ist ein weiter Ritt, da musste er in Brisbane übernachten. Warum regst du dich so auf?«

»Aber dann hätte er gestern Nachmittag zurück sein müssen! Ich weiß nicht, wo er abgeblieben ist.«

»Vermutlich hat er Freunde besucht. Meine Güte, Charlie, er wohnt so weit weg, er hat selten Gelegenheit, in die Stadt zu kommen.«

»Wenn er das vorhatte, hätte er es sagen sollen. Papa wartet auf ihn.«

»Ach, soll er doch warten!«, blaffte Rosa. »Langley ist ein erwachsener Mann. Er kann tun, was ihm gefällt.«

»Aber, aber«, beschwichtigte Charlie. »Du darfst dich nicht aufregen!«

Rosa suchte Zuflucht in Duncans Arbeitszimmer und blätterte müßig in ein paar alten Ausgaben von *The Ladies' Home Journal,* die sie in einer Ecke gestapelt gefunden hatte. Sie wollte unbedingt nach Hause, doch es war nicht an ihr, diese Entscheidung zu treffen.

Dann war Langley zurück, mit einigen Tagen Verspätung und der erschütternden Nachricht von dem Unfall, bei dem Jasin Heselwood durch den Sturz von seinem Pferd während eines Gewitters ums Leben gekommen war. Er berichtete, dass er Jasin gefolgt war in der Hoffnung, ihn einzuholen, und seinen Leichnam gefunden hatte.

Alle waren bestürzt. Die drei Männer in diesem Haus schienen von nichts anderem mehr sprechen zu können, während Rosa vor Entsetzen taumelte, außerstande hinzunehmen, dass so etwas möglich sein konnte.

»Wie konnte das geschehen?«, weinte sie in dem vergeblichen Bemühen, es abzuleugnen. »Er war ein hervorragender Reiter! Das weißt du doch, nicht wahr, Charlie? Du bist auf Montone ein paarmal mit ihm geritten.«

Doch ihr Mann zuckte nur mit den Achseln. »Meine Liebe, der Friedhof ist voll mit ausgezeichneten Reitern. Bei einer Unachtsamkeit hat es sie erwischt. Und, wie Langley sagt, im Fall von Lord Heselwood war es der Blitz. So etwas kommt vor.«

Er nahm ihren Arm. »Du solltest dich jetzt hinlegen, du siehst sehr blass aus. Wir sind alle erschüttert, doch in deinem Zustand musst du dich besonders schonen. Wenn du dich besser fühlst, könntest du vielleicht einen Brief an Lady Heselwood schreiben und ihr unsere Anteilnahme aussprechen. Sie mag dich sehr, und es wird ihr ein großer Trost sein, von dir zu hören.«

Auf dem Weg zur Tür drehte Charlie sich um und rief seinem Bruder zu: »Wo findet das Begräbnis statt? In Brisbane? Wenn ja, dann sollten wir hingehen.«

»Das weiß ich nicht. Sie müssen auf Bescheid von Lady Heselwood warten.«

»Wer sind ›sie‹?«

»Der Gouverneur hat vorerst einen persönlichen Diener mit der Handhabung der Lage betraut.«

»Hm, das musste wohl sein«, meinte Charlie. Er schob Rosa den Flur entlang. »Das zeigt nur, man weiß nie, was einen erwartet.«

Er blinzelte erstaunt, als er ihre tränenüberströmten Wangen sah. »Nicht weinen, Liebes. Du darfst dich nicht aufregen. Frauen in anderen Umständen neigen zu Gefühlsüberschwang. Ich lasse dir von der Haushälterin Tee und Plätzchen bringen. Oder möchtest du lieber Kuchen? Ich sehe mal, was da ist.«

Rosa betrauerte Jasins Tod auf ihre Art. Als sie nach Brisbane zurückkehrten, suchte sie allein die St. Stephen's Kathedrale auf und saß sehr lange in dem kalten, trübe beleuchteten Gotteshaus. Noch ganz durcheinander, erfüllt von aufrichtigem

Schmerz über sein vorzeitiges Ableben, niedergedrückt von Schuldgefühlen, betete sie um Vergebung. Sie war sich nur allzu bewusst, dass sie nicht nur ihren Mann und das Kind hinterging, sondern auch ihre Freundin Georgina Heselwood, und betete reumütig für alle drei.

Rosa wusste, dass ihr Kummer nie vergehen würde und sie alle Erinnerungen im Stillen bewahren musste, weil dieses Kind um ihr eigenes und ihrer aller Wohl willen Charlies Kind sein würde. Diesen Entschluss würde sie niemals rückgängig machen.

Sie schloss das schwere Kirchenportal hinter sich und lächelte zaghaft in den strahlenden Sonnentag hinein. Sie sann darüber nach, dass dies der erste der besseren Tage für Charlie und Rosa Palliser sein sollte. Dafür wollte sie sorgen. Sie würden noch mehr Kinder haben, vielleicht vier …

Die Luft war erfüllt vom Duft des alten Jasminbaumes. Rosa pflückte eine kleine weiße Blüte, um daran zu riechen, und hielt sie behutsam in der Hand, als sie weiterging.

Kapitel 14

Seit dem Tag, als er sich ein Pferd besorgt hatte, dem er den Namen Giddyap gab, weil das eine lustige, häufig gebrauchte Bezeichnung der Weißen für ein Pferd war, hatte Banggu viele schreckliche Dinge gesehen.

Es waren jetzt mehr Rinderherden unterwegs, die einen kamen von Osten, die anderen aus dem Süden. Er sah, wie weiße Männer sich im Busch um des Rechtes wegen, sich Bäume anzueignen, gegenseitig umbrachten und die Leichen versteckten. Er sah, wie eine Bande Männer Rinder in eine andere Herde trieb, das Lager des Treibers verwüstete und seine Rinder stahl. Er fand einen Weißen, der sich Bell nannte, mit einem Speer in der Brust im verlassenen Busch. Er zog den Speer heraus und bedeckte die Wunde mit Schlamm, versuchte die Blutung zu stillen, aber es war zu spät; der Mann starb. Banggu türmte Steine über den Leichnam, sodass er nicht von Tieren gestört werde, und ritt weiter in die bunten Berge.

Nachdem er sie überquert hatte, erwartete er, weites Land zu erblicken, gesprenkelt mit den üblichen Baumgruppen, soweit das Auge reichte, doch unter ihm grasten an beiden Ufern des Flusses große Rinderherden. Von seinem Aussichtspunkt aus konnte er Häuser sehen, in weiten Abständen, aber bewohnt; von den Schornsteinen kräuselte sich Rauch empor. Es war, als habe er eine falsche Richtung genommen und sei wieder in der Umgebung von Rockhampton angelangt.

Verwirrt setzte er sich nieder, um sich zurechtzufinden; er kannte sich mit den Stammesgrenzen nicht so gut aus wie sein Vater. Er dachte, er befände sich möglicherweise noch in Mitakoodi-Land, doch er wollte ins Kalkadoon-Gebiet, um sich nach Nyandjara zu erkundigen. Sie würde inzwischen verheiratet sein und Kinder haben; aber es würde den Umweg lohnen, um sicherzugehen.

Draußen im weiten Land begegnete er vielen Angehörigen des Volkes; einige führten ein normales Leben in ihrem eigenen Territorium, hielten die Gesetze ein und folgten je nach Jahreszeit den Verpflegungswegen. Sie wirkten gelassen, was die Weißen anbetraf, gingen ihnen möglichst aus dem Weg, um sich nicht in ihrem gewohnten Dasein stören zu lassen, aber er stieß auf immer mehr Menschen, die ihm Schreckensgeschichten von der Grausamkeit der weißen Männer erzählten. Diese Menschen waren verstört, sie waren zu sehr in ihrer Lebensweise gefestigt, um an Flucht zu denken.

»Wie können wir ohne Erlaubnis andere Stammesgebiete betreten?«, jammerten sie.

Eine Frau fragte, wie sie ohne die über Generationen weitergegebenen Kenntnisse des Landes in fremden Gebieten Wasser, Nahrung und Obdach finden sollten. »Wir würden die Zeichen nicht lesen können. Und wir kennen ihre Gesetze nicht. Das könnte gefährlich sein.«

»Ihr müsst eure Ältesten bitten, euch den Weg zu bereiten«, sagte Banggu, doch das war ein kümmerlicher Rat und für die meisten unvorstellbar.

Er überquerte den Fluss an einer Stelle mit mehreren Wasserfällen und ritt dann weiter in die Ebene, wobei er sich immer in der Nähe eines Baches hielt, weil er unterdessen wusste, dass ein Pferd sehr viel Wasser brauchte. Dies veranlasste ihn, über den Nutzen eines Tieres nachzudenken, das nicht einfach dorthin gehen konnte, wohin er wollte. Er hatte nie Wasser für sich schleppen müssen; jetzt trug das Pferd sein eigenes Wasser in weggeworfenen Wassersäcken, die Banggu auf den Viehwegen gefunden hatte. Sein Vater würde schallend lachen, könnte er diese Vorkehrungen sehen.

So ritt er still auf Giddyap dahin, als er vor sich Reiter sah, die eine Gruppe Schwarzer zusammentrieben und Peitschen auf sie niederknallen ließen, als seien sie Vieh.

Es war eine Familiengruppe. Harmlos. Frauen mit Säuglingen, Kinder, Alte und nur wenige junge Männer. Sie weinten, rannten und strauchelten, zogen sich gegenseitig weiter, bestrebt, den Pferdehufen nicht in die Quere zu kommen. Es mussten um die vierzig Personen gewesen sein.

Banggu betrachtete das Geschehen mit offenem Mund. Er stieg vom Pferd und ließ Giddyap zurück, um näher an das Grauen heranschleichen zu können. Er versteckte sich im Gebüsch und sah hilflos mit an, wie zwei Frauen, von den langen Viehpeitschen getroffen, gezwungen waren, schneller zu dem Bach zu rennen. Dieser war tief und hatte steile Ufer, Zeugnis von der Gewalt der Fluten, die in der Regenzeit durch diesen Wasserlauf tosten.

Er sah junge Menschen, die sich in den steinigen Bach stürzten, und hörte die Schreie der Viehhüter, sie sollten verschwinden.

»Der Bach hier ist unsere Grenze«, rief einer. »Kommt bloß nicht wieder, mieses Pack, sonst schießen wir mit den Gewehren auf euch!«

Damit schoss er in die Luft, was das Chaos im Wasser um angstvolle Schreie ergänzte.

Da die Reiter die Schwarzen nun vertrieben hatten, machten sie sich auf den Heimweg, und Banggu verzog sich leise. Er ging rückwärts und geradewegs in einen Viehhüter mit einem Gewehr hinein!

»Hab ich dich!« Damit drückte der Mann ihm die Waffe in den Rücken.

Banggu war schon voller Wut, nachdem er die Misshandlung der armen Buschmenschen hatte mitansehen müssen. Er verschwendete keine Sekunde. Er drehte sich blitzschnell herum, packte das Gewehr am Lauf und rammte es dem Viehhüter an den Kopf. Doch der hünenhafte Mann versetzte ihm einen so harten Boxhieb, dass Banggu meinte, er habe ihm den Schädel eingeschlagen. Er konnte nicht atmen. Kräftige

Hände lagen um seine Kehle, drückten schmerzhaft das Leben aus ihm heraus, und er erkannte, dass er an diesem fremden Ort sterben würde, nachdem er den weiten Weg gekommen war.

Doch dann fühlte er, wie der Mann gegen ihn sackte und die Hände herabsanken, und Banggu rutschte auf die Erde. Der Mann stand ein paar Sekunden ganz still, bevor er auf ihn fiel.

Ein Schwarzer mit entschlossener Miene, an die vierzig Jahre alt, schätzte Banggu, zog seinen Angreifer auf die Seite und murmelte Banggu zu, er solle mit ihm kommen. Er schleppte ihn fort von dem reglosen Viehhüter, dem ein kurzer Speer im Rücken steckte, aber Banggu wollte sein Pferd holen gehen. Er versuchte, dies in seiner Sprache zu erklären, doch der Mann wollte nichts davon wissen. Er plapperte kopfschüttelnd auf Banggu ein und wollte ihn mit sich zerren.

Es dauerte ein paar Sekunden, bis Banggu die fremden Worte erfasste. Ob er sie hatte übersetzen können, oder ob sein Verstand zu demselben Schluss gekommen war, er begriff am Ende das Problem und lief seinem Retter nach.

Das Pferd würde er zurücklassen müssen. Pferde hinterließen Spuren. Jeder schwarze Spurenleser, der etwas auf sich hielt, könnte ihm folgen. Würde sagen, hier waren zwei Pferde, nicht bloß eins. Waren zwei Schwarze hier. Barfuß. Haben Viehhirten getötet. Einer ist weggelaufen, zum Bach. Der andere ist verschwunden, zu Pferd.

Außerdem, dachte er, war dieser schmale Gebüschstreifen am Bach zu dicht für ein Pferd, um darin in Deckung zu gehen. Die andere Möglichkeit wäre, es zu riskieren, ins offene Land zu reiten.

Er stürmte das steile Ufer hinunter, durchquerte platschend den Bach und kletterte auf der anderen Seite hinauf. Er hoffte, die weißen Männer würden sich um Giddyap kümmern. Ihm war schwindelig, sein Kopf schmerzte und er fühlte sich schwach. Er dachte mit finsterer Miene an das Pferd, fiel zurück, rutschte die Böschung hinunter.

»Natürlich werden sie sich um das Pferd kümmern«, murmelte er in die verdutzten schwarzen Gesichter hinein, als man ihn hinaufzog. »Sie behandeln Pferde besser als uns.«

»Wer bist du?«, fragte der Mann mit dem harten Gesichtsausdruck.

»Ich bin der älteste Sohn von Trader. Ich versuche, zum Kalkadoon-Volk zu gelangen.«

»Wir sind Kalkadoon.«

Er rannte mit drei Männern, rannte, wie ihm schien, den ganzen Tag, während die Sonne ihm auf den Kopf brannte und sein Blick auf die Füße vor ihm geheftet war, die im gleichmäßigen Rhythmus liefen, tapp tapp, tapp tapp.

Banggu befand sich wieder in vertrauter Umgebung, wo er mit vertriebenen Familien an einem tiefen See lagerte. Er hatte diesen See mit Vater und Bruder umrundet und hätte nicht im Traum daran gedacht, dass er eines Tages allein hierher zurückkehren und Zuflucht suchen würde.

Entschlossen, sich nützlich zu machen und so von diesen Menschen angenommen zu werden, zog er jeden Tag mit den Jägern hinaus und übergab seinen Fang dem Feuer der Gemeinschaft.

Dann sah er eines Tages ein bekanntes Gesicht. Es war Kapakupa, einer der Ältesten vom Pitta-Pitta-Volk! Er begrüßte ihn ehrerbietig.

Der alte Mann war ein guter Zuhörer, wofür Banggu dankbar war. Er war monatelang allein gewesen und hatte das starke Bedürfnis nach jemandem, den es kümmerte, dass er umhergetrieben worden war. Doch zuerst konnte er eine Frage beantworten und von seinem Vater berichten: dass er bei guter Gesundheit war und daheim bei der Familie lebte.

»Auf einer Insel«, sagte er. »Er lernt fischen.«

»Ah, aber ich habe gehört, er ist hier in der Nähe, Banggu. Er reist mit weißen Männern und einer Rinderherde, und immer, wenn er Leute trifft, fragt er nach dir. Warum muss er seinen Sohn suchen?«

»Ich habe nicht gewusst, dass er mich sucht. Ich muss zu

ihm. Vielleicht hat es ja wieder Ärger gegeben. Ich muss ihn aufsuchen. Wo ist er?«

Kapakupa ging nicht auf die Frage ein. »Was führt dich hierher?«

»Schlimmes. Sehr Schlimmes.«

Banggu erzählte von den Katastrophen, die ihn zur Flucht vor den Weißen gezwungen hatten, darunter der Tod seines Bruders und seiner Freunde. Und danach der Tod des Schwarzen, den er am Mischief Creek getroffen hatte.

»Du sprichst ein Gemisch aus unseren Sprachen«, sagte Kapakupa. »Bisschen Kalkadoon, bisschen Pitta-Pitta. Die Leute hier wissen nicht, woher du kommst. Sie bitten mich zu erklären, wer du bist.« Seine wässrigen Augen hefteten den Blick fest auf Banggu. »Woher hattest du das Pferd?«

Das konnte Banggu leicht erklären. »Gestohlen, bei der Einheimischenpolizei«, sagte er stolz.

»Ja, es hat ein Brandzeichen der Polizei. Der Sattel hatte auch eins. Die Leute hier denken, du bist einer von denen. Die weißen Männer dachten das auch. Sie denken, du bist ein entlaufener Polizist.«

»Nein! Ich doch nicht.« Banggu war erschrocken. »Ich wusste von keinem Brandzeichen.«

»Bist du einem weißen Mann namens Bell begegnet?«

»Ja, er lag im Sterben. Ein Speer. Ich habe versucht, ihm zu helfen, aber ich konnte es nicht. Ich habe ihn beerdigt...«

»Die Viehhüter dort glauben, dass du ihn getötet hast.«

»Wieso ich?«, schrie Banggu. »Wie kommen die auf mich?«

»Weil sie im Sattel des Pferdes eine Verzierung gefunden haben. Er gehörte dem Mann namens Bell. Sie sind sehr zornig.«

Banggu seufzte. »Er bat mich, ihn einem weißen Mann zu geben. Irgendwo. Weil sein Name darauf stand. Ich wollte es tun. Um seiner Familie willen. Damit sie wissen, dass er tot ist.«

Der alte Mann zuckte mit den Achseln. »Kein Wunder, dass Trader dich sucht. Du handelst dir immer Ärger ein.«

»Darf ich eine Frage stellen? Nach einem Mädchen. Einem Kalkadoon-Mädchen.«

»Wer ist sie?«

»Ihr Name ist Nyandjara.«

»Aaah!« Der Stammesälteste schlug sich die Hände auf die Ohren. »Sprich den Namen nicht aus! Sie ist tot. Von Gewehren erschossen. Bei einem Überfall von Weißen getötet, mit ihrem Mann Warrun, Sohn des Stammesführers.«

»Oh nein! Das darf nicht sein!« Banggu waren die Tränen peinlich, die aus seinen Augen quollen, aber er konnte sie nicht zurückhalten. Er stützte beschämt den Kopf in die Hände.

Der alte Mann klopfte ihm auf die Schulter. »Du hast schlimme Zeiten erlebt. Du kannst hier bei diesen Leuten bleiben, du bist jetzt bei ihnen willkommen. Ich werde Trader wissen lassen, wo du bist.«

Banggu nickte. Seinen Vater wieder umarmen zu können, das würde eine Freude sein. Sollte eine Freude sein, hätte sich nicht dieser Schmerz in seine Seele gebrannt. Nyandjara war tot! Die Liebe, die er im Herzen bewahrt hatte, war zerschmettert. Könnte er doch zu seinem lieben Bruder über diese furchtbare Sache sprechen, doch auch er war in die Traumzeit eingegangen.

Banggu ging an den See und watete hinein. Das Wasser war eiskalt, aber es half, ihn abzulenken von dem Schmerz, betäubte ihn für eine Weile … eine lange Weile, indes der Kummer nach und nach von Zorn abgelöst wurde.

Eine junge Frau beobachtete Banggu, den Mann, der aus dem Wasser kam; sie betrachtete seinen starken, glänzenden Körper, als er die Kälte abschüttelte und über den kiesigen Strand lief.

Sie ging ihm entgegen, wissend, dass ihr geschmeidiger Körper zu seinem passte, und blieb vor ihm stehen.

»Ist es kalt?«, fragte sie ihn.

»Ja.« Sein trauriger Blick erfasste ihre festen, vollen Brüste, aber sie weckten nicht einen Schimmer von Verlockung.

»Ah. Das ist nicht gut.« Sie seufzte. »Ich bin heute weit gegangen. Ich hätte gern ein Bad genommen.« Sie fasste ihre dichten Haare mit beiden Händen im Nacken zusammen und schlang sie zu einem Knoten, wobei die Anmut ihrer weiblichen Gestalt voll zur Geltung kam.

»So schlimm ist es gar nicht«, sagte er.

Sie sah schaudernd aufs Wasser. »Wenn ich hineingehe«, fragte sie, »wirst du mich wärmen, wenn ich herauskomme?«

»Wenn du es möchtest«, erwiderte er höflich.

»Versprichst du es?«

»Ja.«

Sie lief hinein und tauchte unter, kam kreischend und spritzend hoch. »Oh! Oh! Oh! Es ist zu kalt.«

Sie war in Sekundenschnelle wieder am Strand, sprang auf und ab und schüttelte ihre Hände. Da kam er zu ihr, die Arme wie versprochen weit ausgebreitet.

Sie führte ihn in den Wald zu ihrer Hütte aus Rinde, nur ein paar lange Schritte vom See entfernt, und dort wärmte er sie, und sie wärmte sein wundes Herz.

»Wie heißt du?«, fragte er.

»Ich bin Wiradji.«

»Ich habe dich noch nie gesehen.«

»Kapakupa hat mich hierhergebracht. Er sagt, du brauchst eine Frau. Aber wenn ich dir nicht gefalle, besorgt er dir eine andere.«

Banggu brauchte sie. Er drückte sie an sich. Um dessentwillen, was er jetzt empfand, wollte er sie nie wieder loslassen. »Wir sagen ihm, dass ich keine andere will.«

Auf dem ganzen Weg hatte Ladjipiri gefragt, ob jemand seinen Sohn gesehen habe, den Sohn des Händlers. Sein Name sei Banggu.

Lange Zeit geschah nichts; dann hörte er hier und da Geflüster über einen einsamen jungen Mann, der die Sprache der Darambal sprach. Ein Name wurde nicht genannt, doch es hieß, er halte sich im Mitakoodi-Land auf und reite ein Pferd.

Das ließ ihn zweifeln. Wozu sollte sein Sohn ein Pferd brauchen? Er hatte nie als Viehhüter gearbeitet und war es daher nicht gewohnt, sich von den stolzen Tieren tragen zu lassen.

Und woher hätte er es nehmen sollen? Gestohlen, mutmaßte Ladjipiri.

Der einsame reisende Mann, von dem die Leute sprachen, war nur in der Wildnis gesehen worden, nie in den Siedlungen der Weißen oder auf den Farmen, daher könnte es Banggu sein. Und er hatte guten Grund, seinen Namen nicht zu nennen, sollte er von der Polizei gesucht werden. Andererseits könnte es irgendjemand sein. Zeitweilig hatte Ladjipiri das Gefühl, dass seine Suche aussichtslos sei, dass die Erde seinen Sohn verschluckt habe, doch hatte die Verantwortung auf diesem langen Marsch ihn so beschäftigt gehalten, dass ihm für Schwermut keine Zeit blieb.

Er war unendlich erleichtert, dass Mr. Merry seine Krankheit überwunden hatte, aber er sah dünner aus. Zu dünn. Er und seine brave Frau waren in dem Dorf Longreach wieder zu ihnen gestoßen, bevor alle den Ort Pelican Waters ins Auge fassten, den Ladjipiri gut kannte.

Es war traurig, dass Mr. Merry schon wieder Ärger hatte. Die Treiber weigerten sich, die Rinder ohne extra Bezahlung weiterzutreiben.

Trader verstand die Lage sehr gut. Er saß beim Küchenwagen, verscheuchte mit einem Zweig die Fliegen und hörte die Beschwerden mit an. Der ursprüngliche Plan war gewesen, die Rinder an diesen Ort zu bringen, an dem die Männer hätten ausgezahlt werden können. Aber da sie nun viele Meilen mehr zurücklegen sollten, wollten sie auch mehr Geld. Ladjipiri nickte ernst. Das war gerecht.

Doch ihn fragte niemand nach seiner Meinung.

Glücklicherweise erklärte Mr. Merry sich bereit, die Männer auf der Stelle zu bezahlen, und sie kamen in einem neuen Vertrag überein, seine Rinder weiter zu treiben.

»Und was geschieht mit Dukes Rindern?«, fragten die anderen Treiber.

»Damit habe ich nichts zu tun«, sagte Mr. Merry. Seine Augen waren so hart wie die blauen Steine, die man in den Bergen fand. Er war wütend, weil Duke noch nicht zurück war. »Ich weiß nicht einmal, ob er weiterziehen will.«

»Was ist mit unserer Bezahlung?«, fragten sie.

»Ihr habt den Vertrag für sein Vieh mit ihm geschlossen. Er muss euch dasselbe geben, was ich euch gezahlt habe.«

»Wo ist er?«

Mr. Merry zuckte mit den Achseln. »Ich habe keine Ahnung.«

Ginger sprach mit den Treibern. »So wie es aussieht, haben wir zwei Möglichkeiten. Wir können Dukes Rinder mit Harrys Herde hinbringen und uns dort auszahlen lassen.«

»Nein!«, riefen sie einmütig.

»Oder wir können sie in den hiesigen Marktställen unterbringen und ein paar Jungs bei ihnen lassen, bis er aufkreuzt. Mit unserem Lohn.«

»Es gibt eine dritte Möglichkeit«, rief einer. »Wir können sie verkaufen.«

»Ich glaube nicht, dass das im Bereich des Möglichen liegt. Jedenfalls jetzt noch nicht. Wir haben sein Vieh, wir werden unser Geld so oder so bekommen.«

Während diese Erörterungen im Gange waren und Mrs. Merry ihre Vorräte für den letzten Abschnitt der Reise aufstockte, suchte Ladjipiri wie üblich einige Angehörige seines Volkes auf.

Seine Schritte führten ihn auf einem Buschpfad zu einem Lager, wo zwei Frauen auf einem flachen Stein Fische schuppten. Eine sah auf und lächelte ihn an.

»Er ist hier«, rief sie in der Pitta-Pitta-Sprache, und ein junger Mann trat vor. Sein rechter Arm hing schlaff herab, und seine Brust wies schlimme Narben auf.

»Du bist der Händler!«, stellte er mit aufgeregter Stimme fest. »Der alte Mann hat gesagt, dass du kommen würdest. Ich bin Pali. Ich soll dir sagen, dass dein Sohn wohlauf ist. Er ist beim Kalkadoon-Volk und wird bald eine Frau nehmen. Er sagt, es wird am selben Ort wieder ein Korrobori geben. Falls du hingehen möchtest.«

»Pali, es ist sehr freundlich von dir, mir diese Mitteilung zu machen. Ich bin dir dankbar und erfreut über die Nachricht.

Ich hatte mir Sorgen um meinen Sohn gemacht. Jetzt haben sich die Wolken gelichtet.«

Aus Höflichkeit blieb er noch eine Weile, um mit den Leuten zu reden, und erfuhr, dass sie sich in der Nähe dieser Weißengemeinde sicherer fühlten als draußen, wo wilde weiße Männer umherstreiften und ihnen allerlei zustoßen konnte.

»Ja«, bestätigte er. »Da draußen wüten Kämpfe. Aber hier könnt ihr nicht bleiben. Ich habe gesehen, wie sie ihre Dörfer ausdehnen. Bald werden sie dieses Gebüsch roden wollen, um Nahrungsmittel anzubauen.«

»Was können wir denn machen?«, fragte Pali. »Was wird aus unseren Kindern?«

»Könnt ihr nicht in euer Land zurückkehren, euch dort ganz still verhalten und zusammenbleiben? Und sie nicht gegen euch aufbringen?«

»Sie nicht gegen uns aufbringen?«, sagte Palis Frau verbittert. »Wir wussten gar nichts von ihnen, bis die Reiter mit Gewehren über uns herfielen und uns von unserem Land vertrieben. Sieh dir Palis Arm an! Das waren Gewehrkugeln. Und schau, diese ...« Sie zeigte ihm die Würgemale an ihrem Hals.

»Wollten sie dich hängen?«, flüsterte Ladjipiri in der Erinnerung an den Tod seines jüngeren Sohnes.

»Sie haben sie an einem Seil über den Boden gezerrt«, sagte Pali. »Ihre Schwester hat das Seil durchgeschnitten und sie gerettet, aber dann wurde sie getötet. Von Pferden zertrampelt.«

»Wohin können wir jetzt gehen?«, wehklagte eine Frau.

Ladjipiri schüttelte den Kopf; er nahm an, sie könnten nach Osten wandern in besetztes Land, wo nicht mehr gekämpft wurde, doch sie waren ein Buschvolk und würden an den Wandlungen, die sie sehr schnell vollziehen müssten, zugrunde gehen. Und sie konnten kein Englisch.

Oder sie konnten sich hier herumtreiben, ihrer Lebensgrundlage und aller Achtung beraubt.

»Der alte Mann hat gesagt, du würdest uns helfen.« Palis Augen leuchteten vertrauensvoll.

»Ich weiß nicht, wie«, sagte Ladjipiri. »Was kann ich tun? Ein

Mann allein. Sie sind auch in meine Heimat eingefallen. Meine Familie sucht Zuflucht bei einem anderen Stamm.«

»Alle Stämme werden vertrieben. Die Weißen sind zu schnell gekommen«, sagte Pali. »Ausgenommen die Kalkadoon. Ihre Krieger machen sich für einen Krieg bereit. Ihre Nachrichtenstöcke sprechen von nichts anderem.«

Trader setzte sich mit Mr. Merry nieder. »Ich muss dich nun verlassen«, sagte er. »Ich habe meine Pflicht erfüllt.«

Mr. Merry war enttäuscht. »Gewiss, du hattest zugesagt, uns bis hierher zu führen, aber wie du weißt, müssen wir weiterziehen. Nach Pelican Waters. Kennst du den Ort?«

Trader nickte.

»Könntest du nicht bei uns bleiben, bis wir dort angekommen sind? Es sind nur noch etwa hundert Meilen von hier.«

»Das kann ich nicht. Folgt einfach den Wagenspuren nach Pelican Waters.«

»Du wirst uns fehlen, Trader. Willst du es dir nicht noch einmal überlegen?«

Ladjipiri schüttelte den Kopf. »Das kann ich nicht. Warum bleibt ihr nicht hier?«

Mrs. Merry gesellte sich zu ihnen und hockte sich neben ihren Mann ins Gras.

»Trader verlässt uns«, sagte er.

»Oh nein! Wie soll ich ohne dich zurechtkommen, Trader? Wer sucht Buschhonig für mich und lacht mich aus, wenn ich meine Wäsche im Bach wasche? Gehst du nach Hause?«

»Bald«, sagte er, womit er meinte, nachdem er seinen Sohn gesehen hatte.

Plötzlich stimmten sie ihn traurig. »Warum musstet ihr so weit reisen?«

Die Frage verblüffte sie.

»Harry sieht sich nach Land um«, erklärte Mrs. Merry, »um seine Rinder zu halten. Er sucht freies Land. Unbewohntes Land.«

»Aber es ist nicht unbewohnt. Viele, viele Völker leben hier.«

Mrs. Merrys Wangen färbten sich rot. Sie sah ihren Mann an, der sagte: »Das ist eine schwierige Angelegenheit, Trader. Es muss Raum für alle geben.«

»Die Leute fragen mich, woher ihr Weißen kommt.«

»Aus aller Welt. Wie die chinesischen Menschen, die man hier auch sieht. Verstehst du? Chinesen?«

»Ja. Viel besser, wenn ihr alle zu Hause bleibt, meine ich.«

Mr. Merry verzog den Mund zu einem matten Lächeln, als hielte er es für besser, wenn sie vielleicht ein andermal hierüber sprächen.

Trader nickte verständnisvoll. Dann machte er einen Vorschlag. »Und wenn ich nun sage, geht nicht nach Pelican Waters?«

»Wohin sollen wir stattdessen gehen?«

»Besserer Ort.« Er nahm einen Zweig in die Hand. »Ihr seid hier. Pelican Waters da oben. Auf Hälfte hier abzweigen …«

»Dahin gibt es keine Wagenspuren, denen wir folgen können. Und wohl auch keinen Führer«, sagte Mr. Merry.

Trader versuchte, sie aus dem Kalkadoon-Gebiet herauszuhalten.

»Ich gebe euch Führer mit. Sie haben keine Heimat mehr. Sie gehen mit euch. Ganze Familie. Ihr gebt auf sie acht. Sie geben auf euch acht.«

»Wer sind diese Leute, Trader?«

»Freunde von mir. Gute Leute.«

Es dauerte einen Tag, bis sie sich mit dem Gedanken angefreundet hatten, von einer Familie von Schwarzen geführt zu werden, die das Land kannten und sie hinbrachten … unter der Bedingung, dass sie auf ihrem Grund und Boden bleiben durften, wenn Mr. Merry die Grenzen seiner Farm durch Brandrodung bestimmt hatte.

»Man nennt ihn nicht umsonst Trader, den Händler«, sagte Harry zu Tottie. »Mir scheint, er hat dich zu diesem Plan überredet.«

»Warum auch nicht? Trader sagt, mit ihnen im Gefolge sind wir vor Überfällen von Schwarzen sicher, und wir können sie vor den schießwütigen Weißen beschützen, von denen wir immerzu hören. Außerdem kennen wir das Land da draußen nicht und sie würden uns helfen. Eine Menge Schwarze arbeiten auf Farmen, warum nicht diese Leute?«

»Ah, so leid es mir tut, Tottie, wir können nicht eine Familie von zehn Schwarzen mit uns ziehen lassen. Wir würden uns zum Gespött machen.«

»Zwölf. Du hast die Säuglinge vergessen.«

»Auf zwei mehr oder weniger kommt es nicht an. Vorerst habe ich noch nicht einmal eine Farm.«

»Dann lass dir von ihnen helfen.«

»Lieber nicht. Wir sind auf einem Viehtrieb, nicht auf Wanderschaft. Ich will mir keine Sorgen um sie machen müssen. Sie werden uns im Weg sein.«

Tottie blieb standhaft. »Da haben wir es wieder. Immer muss es nach dir gehen. Ich würde mich zehnmal sicherer fühlen, wenn zehn Schwarze mit uns zögen. Ich würde ihre Gesellschaft sogar begrüßen. Vor allem die der Frauen. Bist du schon mal auf den Gedanken gekommen, dass ich das Zusammensein mit Frauen vermisse?«

Als Trader mit der scheuen Familie zu ihnen kam, stellte Tottie fest, dass sie überhaupt kein Englisch konnten, eine Kleinigkeit, die sie nicht bedacht hatte; dennoch gedachte sie, nicht klein beizugeben. Es genügte ihr, dass Trader es für gut befand, die Leute mitzunehmen.

Trader machte sie mit Pali bekannt, dem Anführer. Er war etwa dreißig Jahre alt und hatte einen verkrüppelten Arm. Er wiederum nannte die Namen von zwei weiteren Männern in seinem Alter sowie von zwei jungen Burschen und einem sehr alten Mann, worauf diese vortraten. Danach kamen die vier jungen Frauen; zwei von ihnen trugen Säuglinge in einer Schlinge, die sie sich um den Hals gebunden hatten. Auf Palis Geheiß setzten sie sich in den Schatten eines Eukalyptusbaumes und er erbot sich, Fragen zu übersetzen, doch es war allein Tottie, die etwas wissen wollte; sie war fasziniert von der Gelegenheit, eine leibhaftige Aborigine-Familie kennenzulernen und etwas über sie zu erfahren.

Schließlich unterbrach Harry sie. »Tottie, wenn wir erst unterwegs sind, hast du jede Menge Zeit zu erkunden, wer sie sind und wie sie leben.«

»Heißt das, sie kommen mit uns?«

»Wenn sie wollen, ja.«

Sogleich gab es ringsum strahlende Gesichter. Tottie sprang auf und machte ein großes Aufheben um die Säuglinge.

An diesem Nachmittag kaufte sie ein neues Tagebuch nebst einem Vorrat an Federhaltern und Schreibfedern. Sie nahm sich fest vor, diesmal akkurat über ihr Fortkommen Buch zu führen. Sie freute sich auf die letzte Etappe der langen Reise, aber als sie zum Wagen kam, um ihre Einkäufe zu verstauen, bemerkte sie am Fuß der Schlafkoje ein unförmiges, in Jute eingeschlagenes Paket.

Waffen! Neue Gewehre, Pistolen und Schachteln mit Munition.

»Was hat das zu bedeuten?«, wollte sie von Harry wissen. »Machst du dich bereit, da draußen einen Krieg anzufangen?«

Er zögerte, dann sagte er: »Ich möchte dich nicht belügen, Tottie. Wir müssen von jetzt an vorsichtiger sein. Ich habe dir gezeigt, wie du mit dem Gewehr umgehen und es parat halten musst, aber du vergisst es andauernd und das geht jetzt nicht mehr. Ich werde böse, wenn ich dich noch einmal ohne Gewehr reiten sehe. Das gilt auch für die Männer. Sie werden zu nachlässig.«

»Ist gut. Ich werde daran denken. Aber was hält uns jetzt auf? Ich dachte, wir würden morgen früh aufbrechen.«

»Nein, wir müssen es um ein, zwei Tage verschieben. Wir brauchen mehr Pferde, ich soll morgen welche bekommen. Mit etwas Glück.«

Stolz sah Tottie ihren Mann davonschreiten. Er hatte immer gut ausgesehen, erinnerte sie sich liebevoll, aber jetzt, da seine stahlblauen Augen aus dem von seinem rotblonden Bart fast verdeckten Gesicht blitzten, während die strohblond gewordenen Haare ihm nach wie vor dauernd in die Stirn fielen, wirkte er noch attraktiver. Er passte hierher, stellte sie fest, und ihr kamen die Tränen. Er war nicht mehr ein bloßer Viehzüchter; er war ein Boss, hochangesehen bei seinen Leuten, von denen ihm etliche angeboten hatten, zu bleiben und ihm zu helfen, die Dinge in Gang zu bringen.

»Mit etwas Glück«, hatte er gesagt. Tottie erkannte mehr und mehr, dass sie Berge von Glück brauchen würden, um den Gefahren zu begegnen, denen sie ausgesetzt waren, und ihr gelobtes Land zu finden.

Obwohl sie in der warmen Sonne auf dem Wagen saß und sich kein Lüftchen regte, fröstelte sie.

»Möge Gott uns helfen.«

* * *

Marcus war verliebt in die Landschaft hier draußen. »So ein gewaltiger Himmel«, schwärmte er. »Man kann nahezu um den Horizont herumsehen, so flach ist er. Und die Farbe, dieses Blau! Ohne jede Unterbrechung, nicht mal ein winziges Wölkchen. Er ist makellos!«

»Er ist unbarmherzig«, sagte Duke ungerührt. »Tagein, tagaus nichts als dieses blöde Blau. Wann regnet es mal? Wie weit ist es eigentlich noch bis Longreach?«

»Nur ungefähr fünf Meilen.«

»Gott sei Dank. Hoffentlich ist Harry mit der Herde dort.«

»Ist er. Der Wagenmeister sagt, deine Rinder sind schon seit Tagen da. Ich freue mich auf eine Rast, danach ziehe ich nach Nordwesten.«

»Der Wagenmeister hat auch gesagt, hier gibt es ringsum kein freies Land mehr. Sieht ganz so aus, als hätte Harry sich verrechnet.«

»Kein Mensch konnte ahnen, dass es so schnell gehen würde. Aber weiter weg ist noch viel Land zu haben.«

Marcus freute sich auf eine mehrtägige Rast in dieser Grenzstadt. Als Anführer seiner Truppe und ohne einen Sergeant hatte er haarsträubende Zusammenstöße mit Horden von Schwarzen hinter sich, die es sich nicht gefallen ließen, von neuen Viehweiden verscheucht zu werden, während Duke sich in Farmhäusern die Zeit vertrieb.

Da Marcus ranghöher sein würde als die Polizeitruppe in Longreach, gedachte er Krill durch einen von deren Leuten zu ersetzen, sodass er seinen Auftrag ausführen konnte. Seine Anweisungen lauteten, einen neuen Polizeibezirk aufzubauen und nicht nach Wunsch und Willen nörgelnder Siedler über Land zu preschen.

Duke war enttäuscht von dem öden, staubigen Außenposten Longreach. Der Ort bestand offenbar aus nichts als einem Durcheinander von Hütten und Zelten, die auf riesengroßen Gehegen mit Schafen und Rindern aufgeschlagen und hauptsächlich von Viehzüchtern und Treibern bewohnt waren.

»Da fällt mir ein«, sagte Marcus zu ihm, »der Buschräuber Redford hat in diesem Gebiet zweitausend Stück Vieh gestohlen. Er hat die Tiere bis nach Adelaide getrieben und für fünftausend Pfund verkauft.«

»Ein weiter Weg«, fand Duke. »Alles in allem tausend Meilen, schätze ich. Aber viele Rinder hier müssen ja Freiwild für Diebe sein. Wie können die Siedler ihre Herden im Auge behalten? Die Größe ihrer Farmen ist verrückt!«

Marcus lachte. »Aber genau das willst du doch, oder? Endloses Land. Herr über alles sein, was du vermessen kannst?«

»Nicht in diesem Maßstab. Fünfzig Quadratmeilen genügen mir. Aber ich brauche noch jemanden, der mir hilft, die Grenzen zu markieren. Jemand, auf den ich mich verlasssen kann. Willst du den Polizeikram nicht sein lassen und mein Partner werden? Dabei ist ein Vermögen zu verdienen.«

Marcus ritt zurück, um sich ein paar Minuten mit Pompey Lee zu beraten. Als die Truppe dann, angeführt von Pompey, abschwenkte, holte er Duke wieder ein.

»Ich habe sie losgeschickt, um irgendwo zu lagern und morgen früh auf der Polizeiwache Meldung zu machen.«

Mehrere Reiter kamen ihnen entgegen. »Wo ist die Polizeiwache?«, rief Marcus.

»Immer der Nase nach«, erhielt er zur Antwort. Also ritten sie weiter auf einem Weg, der die Hauptstraße hätte sein können, auch wenn es eher nach einem Marktplatz aussah. Menschen liefen umher, prüften verstaubte Waren, die auf Schubkarren und Wagen gestapelt waren. Frauen vertieften sich in Körbe mit Stiefeln und Kleidung, Kinder kletterten auf ausrangierten Kisten herum, Ziegen kauten Abfälle, die man achtlos an den Straßenrand geworfen hatte.

»Dies ist offenbar das Handelszentrum«, meinte Marcus und lachte, während sich ihre Pferde einen Weg durch die trostlose Szenerie bahnten. »Und da vorne ist unsere Polizeiwache, genau, wie man es uns gesagt hat.«

Duke staunte mit offenem Mund, als sie in eine Einfriedung ritten, die von einem hohen Zaun aus gespaltenen Baumstämmen umgeben war. Sie banden die Pferde an und marschierten über die weite Fläche zu dem Gebäude, das wie eine Festung gebaut war, mit Schießscharten in den Mauern.

»Rechnen Sie mit Ärger?«, fragte Duke grinsend, als sie in das langgestreckte, kühle Gebäude traten und auf einen Polizisten mit zerfurchtem Gesicht trafen.

»Dieses Amt hat schon ein gehöriges Quantum an Ärger erlebt, Mister!«, schimpfte der Mann am Pult, der für den Humor des Fremden nicht empfänglich war. Dann sah er blinzelnd auf die Uniform des anderen Besuchers.

»Du meine Güte! Sie sind Inspektor Beresford! Wir haben Ihren Sergeant hier.«

»Sergeant Krill?«

»Denselben. Er sagt, er ist geritten wie der Teufel, um vor Ihnen hier zu sein.«

»Gut so.«

»Ich lasse ihn holen«, erbot sich der Polizist. Er verschwand durch eine Hintertür und sie hörten ihn rufen, jemand möge Krill suchen.

Er kam zurück und sagte: »Dauert nicht lange, Inspektor. Er wohnt da hinten in unserer Baracke. Möchten Sie auch hier übernachten?«

»So wie es aussieht, ja. Scheint nicht viele Zimmer zu geben hier draußen.«

Der Polizist nickte. »Nichts, was man empfehlen könnte, Sir.«

»Wie sind die Schwarzen hier so?«, fragte Duke.

»Zahlreich und aufmüpfig. Aufständische nennt unser Sergeant sie. Sie werden viel zu tun haben, Inspektor. Haben Sie die schwarzen Polizisten bei sich?«

»Ja. Aber die Schwarzen, die wir gesehen haben, waren ganz handsam. Zu ängstlich, um Streit anzufangen.«

»Ist das wahr? Hatten sie viele junge Männer bei sich?«

Marcus war verblüfft. »Ich glaube ja. Ich weiß nicht. Warum?«

»Man erzählt sich, die Schlauen ziehen sich ins Kalkadoon-Gebiet zurück.«

»Was haben sie davon?«, fragte Duke.

»Die größtmögliche Sicherheit«, brummte der Polizist. »Sergeant Hannah, unser Boss, wird sich freuen, dass Sie hier sind. Er wurde zu einem Überfall auf der Straße nach Pelican Waters gerufen. Dort fängt Ihr Bezirk an, Inspektor. Ein Schwarzer wurde erschossen, weil er mit dem Speer einen Ochsen durchbohrt hat. Dann kam die Vergeltung. Zwei Viehhüter wurden von Schwarzen ermordet. Sergeant Hannah muss in dem Fall ermitteln. Er wird in ein, zwei Tagen zurück sein.«

»Dann warte ich auf ihn.«

»Sehr gut. Wir haben zu Krill gesagt, die schwarzen berittenen Polizisten sollen sich lieber vorsehen. Die wilden Schwarzen haben überall Spione. Sie werden wissen, dass sie kommen.«

»Sie werden es mit ihnen aufnehmen«, sagte Marcus steif. »Schließlich sind sie gut ausgebildet.«

Duke hatte Harrys Lager bald gefunden. Harry vernahm erstaunt, dass Matt Doolan nicht mitgekommen war und wurde wütend. »Was soll das heißen, ihr habt euch getrennt?«

»Er ist weitergezogen, nach Cameo Downs. Ich habe einen Kumpel getroffen und mir mit ihm die Gegend angesehen.«

»Hast wohl nicht genug vom Land zu sehen bekommen, als du mit deinen Rindern unterwegs warst?«

»Ich habe mir bloß eine Verschnaufpause gegönnt, das ist alles. Ich weiß gar nicht, warum du dich so aufregst. Jetzt bin ich hier. Ist doch alles in Ordnung.«

»Ach ja? Die Hälfte der Treiber wartet auf ihren Lohn. Auch sie haben das Recht auf eine Pause, aber sie saßen hier fest ohne Geld und waren darauf angewiesen, dass ihre Freunde ihnen was zu trinken spendierten. Und ich ziehe morgen weiter.«

Duke zuckte mit den Achseln. »Auch gut. Ich suche die Männer auf und gebe ihnen ihr Geld. Und wir ziehen morgen weiter. Hast du sonst noch Klagen?«

»Nein. Ich sagte, ich ziehe weiter. Du solltest lieber deine Rinder suchen gehen.«

»Wieso suchen gehen?«

»Deine Treiber haben sich abgesetzt und deine Rinder im Gehege eingestellt. Du musst für ihre Unterbringung bezahlen, sonst kannst du sie nicht herausholen. Und du musst die Treiber entlohnen, sonst ist dir noch mehr Ärger sicher.«

»Ich bin enttäuscht von dir«, sagte Duke. »Ich hätte nicht gedacht, dass du so unwirsch wirst, bloß weil ich mir ein paar Tage freigenommen habe. Aber ich bringe das in Ordnung. Ich bezahle die Treiber und die Jungs bei dem Gehege, und ich übernehme von dir die Hälfte von allem, was du hier an Nachschub gekauft hast…«

»Nein, das wirst du nicht tun. Du bist draußen, Duke. Du bist auf dich selbst gestellt. Geh du deine Treiber und deine Siebensachen suchen, während ich zur Polizei gehe und einen Viehhüter namens Matt Doolan als vermisst melde.«

»Na gut, wie du meinst, Harry. Du bist sehr hart zu mir, aber wir waren ja ohnehin übereingekommen, nicht weiter als bis hierher zu ziehen. Darum bin ich dir nicht böse.«

Harry staunte über Dukes Dreistigkeit, doch er ergriff die dargebotene Hand, froh, dass sie sich in gutem Einvernehmen trennten.

»Wo sind Tottie und Ned?«, fragte Duke. »Ich möchte mich gern von ihnen verabschieden.«

»Moment noch. Wo hast du dich von Matt getrennt?«

»Nicht weit von Cameo Downs. Er hat sich einem Ochsentransport dorthin angeschlossen.«

»Und wer ist der Kumpel, den du getroffen hast?«

»Inspektor Beresford. Er ist mit einem Trupp von einheimischen Polizisten unterwegs, um nördlich von hier ein neues Polizeirevier einzurichten.«

»Duke, die einheimischen Polizisten sind bei vielen Leuten nicht gerade beliebt.«

»Erzähl das mal den Siedlern. Die haben sie mit offenen Armen empfangen. Das wirst du vielleicht auch tun, Harry, darum urteile lieber nicht zu schnell.«

Ginger Magee war der Sprecher der Treiber, die beim Viehgehege lagerten. Als er Duke sah, stürmte er zu ihm. »Höchste Zeit, dass Sie sich blicken lassen, MacNamara!«

»Was hast du damit zu tun? Du gehörst zu Harrys Mannschaft. Ich bin hier, um meine Treiber zu bezahlen.«

»Und ich bin hier, um dafür zu sorgen, dass sie ihren gerechten Anteil bekommen. Sie warten da drüben am Zaun.«

Duke drehte sich um und sah sie: Sechs Mann lehnten mürrisch am Geländer. Hinter ihnen drängten sich Rinder, die in dem Gehege weideten. Trotz des Staubes, den die Tiere aufwirbelten, und der Rufe der Viehzüchter, die sie inspizierten, bewegten sich die Männer keinen Zoll auf Duke zu, sodass er zu ihnen kommen musste.

»Besser spät als nie«, sagte er. »Also, ich denke, ich schulde jedem von euch zehn Pfund zehn, richtig?« Er sah Ginger herausfordernd an. Er hatte zwei Schillinge mehr genannt, als jedem Mann zustanden. »Richtig?«, wiederholte er provozierend.

Ginger beachtete ihn nicht.

Die grimmig dreinblickenden Männer nahmen ihren Lohn mit einem kaum sichtbaren Nicken entgegen und machten Anstalten, sich zu entfernen. »Moment noch!«, rief Duke. »Wer will für die nächste Etappe unterschreiben? Nach Pelican Waters. Gleiche Bezahlung?«

Ginger schob seinen Hut auf den Hinterkopf und zog seine Hose hoch. »Sie kriegen nie mehr einen Treiber für Ihr Vieh. Sie sind zu unzuverlässig.«

»Geh mir aus dem Weg!«, knurrte Duke und verpasste Ginger einen Schubs. »Und kümmere dich um deine eigenen Angelegenheiten.«

Der unerwartete Schlag brachte Ginger beinahe aus dem Gleichgewicht, dennoch gelang es ihm, mit einem Fausthieb auf Dukes Kinn zu zielen. Zum Glück für Duke traf er daneben.

Sofort kamen Viehhüter angelaufen. Eine Schlägerei!

Sie dauerte nicht lange. Duke ging auf Ginger los, Fäuste flogen, bis Gingers harte Knöchel auf Dukes Rippen stießen. Er ging in die Knie, Ginger schritt davon, die Umstehenden mischten sich unter die Passanten, begierig, ihr Tagwerk zu verrichten, ehe die Sonne unterging.

Duke sah das Abendrot und stöhnte. Er würde für die Unterbringung seiner Rinder im Gehege einen weiteren Tag bezahlen müssen. Und seine Rippen taten höllisch weh.

Am nächsten Tag hatte Duke, der in einer von Flöhen heimgesuchten Bruchbude untergekommen war, einiges zu erledigen, während Marcus sich in der bescheidenen Baracke ausruhte.

Es waren keine Treiber zu finden. Trotz seiner schmerzenden Rippen und seines geschwollenen Gesichts ritt Duke von einem Ende der primitiven Siedlung zum anderen auf der Suche nach Treibern für seine Rinder, bot sogar eine höhere Bezahlung an, doch es gab einfach keine Treiber oder Viehhüter für ihn. Entweder hatten sie Arbeit, oder sie hatten ihre Verträge erfüllt und strebten zurück in die Zivilisation.

»Na, dann eben nicht!«, sagte er zu Marcus. »Am besten, ich verkaufe das verdammte Vieh und gehe nach Hause. Ich kann hier draußen mehr als zwei Pfund pro Stück kriegen. Das ist eine Menge Geld.«

Marcus ging mit ihm in den Gemeinschaftsraum der verlassenen Baracke und schenkte zwei Whisky ein.

»Weißt du, was dein Problem ist?«, sagte er. »Du bist nicht vom Landfloh gebissen. Der ist so schlimm wie das Goldfieber. Du begnügst dich damit, dahinzuzockeln, während die anderen Kerle hier draußen alles geben.«

»Gar nicht wahr. Ich kann die Rinder nicht allein dorthin treiben.«

»Ich glaube, du wolltest da draußen gar keine Rinderzucht aufbauen.«

»Wie kommst du denn auf die Idee?« Verärgert kippte Duke seinen Whisky in einem Zug hinunter.

»Du redest dauernd davon, deine Rinder zu verkaufen. Nimm dagegen deinen Freund Harry. Verkaufen würde ihm nie in den Sinn kommen. Nach dem, was du mir erzählt hast, will er sich eine riesige Fläche Land sichern, seine Rinder züchten, ein Haus bauen, sich dort einrichten und es Heimat nennen.«

»Sehr richtig, und genau das will ich auch.«

Marcus lachte. »Du würdest es da draußen keine zehn Minuten aushalten. Es würde dich langweilen. Mal ehrlich, Duke, du hast keinen Pioniergeist.«

»Bei Harry ist es etwas anderes. Er hat eine Frau.«

»Das ist bloß eine Ausrede. Nur wenige Landnehmer haben Frauen dabei; sie sind zu sehr von ihrem Vorhaben hier besessen.«

»Das bin ich auch. Ich brauche bloß ein paar Treiber.«

Marcus schenkte ihm noch einen Whisky ein. »Darf ich dir einen Rat geben?«

»Das tust du doch die ganze Zeit!«

»Also gut. Hör zu: Verkaufe das Vieh, dann reite los und such dir dein Land. Erjage es dir. Hat dein Vater es nicht so gemacht? Nimm dir das Land und kümmere dich später um den Viehbestand.«

»Aber ich wollte mir Land verschaffen und es zugleich mit Vieh bestücken.«

Marcus hob die Hände. »War ja nur ein Vorschlag. Die Entscheidung liegt bei dir. Ich muss mir ein paar Arbeiter suchen und sie mitnehmen, wenn wir in die noch wildere Wildnis vorstoßen. Ich werde wohl eine Einfriedung wie die hier brauchen. Meine einheimischen Polizisten können ihnen helfen, aber sie werden genug damit zu tun haben, die Aufständischen niederzuschlagen, die immer noch meinen, der Speer ist dem Gewehr überlegen, und meine Vorgesetzten können es nicht erwarten, dass ich sie mit der Axt abwehre.«

Die ganze Nacht wütete ein heftiger Sturm und Duke war froh, in seiner Pension auf der Rückseite eines Wirtshauses geblieben zu sein. Die Hütte war aus Lehm und Zweigen gebaut und bot einigermaßen Schutz, vermochte aber das Heulen des Windes nicht einzudämmen, der über die Ebene wirbelte und Duke nervös machte.

Die ganze Nacht wälzte er sein Problem hin und her. Er erwog sogar, an Harry heranzutreten und ihn zu fragen, was er von Marcus' Vorschlag hielt. Ihn vielleicht gar zu bitten, mit ihm zu kommen und sich ein Stück Land zu sichern. Mit guten Pferden könnten sie in wenigen Tagen weite Strecken zurücklegen, in noch einmal derselben Zeit mit Brandrodung die Grenzen abstecken und sich dann aus dem Staub machen. Er hatte gesehen, dass hier in Longreach ein Landkontor aufgemacht hatte, sodass die Landnahme eingetragen und die Genehmigung erteilt werden konnte. Halleluja!

Doch wer hätte gedacht, dass die Eingeborenen hier im Outback so wild waren wie die Teufel hoch im Norden? Wie die meisten Menschen hatte er angenommen, dass so weit draußen nur wenige Schwarze lebten. Man war allgemein der Ansicht, das unendlich weite Landesinnere dieser Kolonie sei unbewohnt.

Dann fiel ihm ein, dass Ned Erfahrung als freier Vermittler hatte. Ihn sollte er fragen.

Am Morgen stieg er, von Trübsal geplagt, aus seiner Schlafkoje. Sein Mund war knochentrocken und alles, was er anfasste, war mit feinem Staub bedeckt, der durch die schlecht eingepassten Türen und Fenster eingedrungen war.

Draußen hatten sich rote Sandhaufen zu den Abfällen gesellt, die der Sturm umhergewirbelt hatte. Der blaue Himmel warf soeben den rötlichen Schleier ab.

Duke begab sich zum Wassertank, einem rostigen ehemaligen Schiffstank, doch nach einem Blick auf den mit Sand gefüllten Becher, der mit einer Kette daran befestigt war, machte er sich auf zum Wirtshaus.

Ein Mann, der gerade auskehrte, nickte, als Duke sich eine Flasche Bier nahm und die Hälfte hinunterkippte, ehe er einen zufriedenen Seufzer ausstieß. Noch nie hatte ihm ein Bier so gut geschmeckt. Er leerte die Flasche, legte ein Geldstück auf den Tresen und marschierte wild entschlossen zur Tür hinaus.

Zwei schwarze Frauen von der Familie, die Harry aufgenommen hatte, klopften Staub von dem Wagen, eine andere rückte ihm drinnen mit einem großen Lappen zu Leibe. Diese Arbeit war offensichtlich neu für sie und sie amüsierten sich köstlich, bis Ned zu ihnen trat.

Plötzlich wurden sie ernst, und er kam sich wie ein Spielverderber vor, weshalb er lächelte und ihnen mit einer Handbewegung bedeutete fortzufahren.

»Wo ist die Missus?«, fragte er.

Sie sahen sich an, um die Frage zu übersetzen, dann sagte eine: »Missus!«

Damit wiesen sie auf den Küchenwagen, der in der Nähe im Schutz eines ausladenden Eukalyptusbaumes stand. Ohne Pferde und mit einer roten Staubschicht auf der Plane wirkte er verlassen, doch Tottie war auf der anderen Seite, spülte Blechteller und Tiegel in einem Kübel und stellte sie zum Trocknen auf ein kariertes Tischtuch, das sie auf einem Flecken drahtigem Gras ausgebreitet hatte.

Ned lächelte. »Wie ich sehe, hast du dir Personal zugelegt.«

Mit dem Rücken zu ihm nickte Tottie, ganz auf ihr Tun konzentriert.

»Der Staub ist eine Plage«, sagte er. »Es muss doch zum Verrücktwerden sein, wenn man versucht, ihn mit kaltem Wasser loszuwerden. Soll ich dir einen Kessel aufsetzen?«

»Noch nicht. Aber du kannst mir ein bisschen Seife reiben«, antwortete sie mit gepresster Stimme.

Ned nahm ein Stück Seife von ihrem Arbeitstisch. »Wo ist die Reibe? Ich ernenne mich zum obersten Seifenreiber.«

Sie hielt mit dem Spülen inne. »Ich weiß nicht, wo ich sie hingeräumt habe. Ich weiß es wirklich nicht«, schluchzte sie. Sie trocknete sich die Hände an der Schürze ab und rieb sich die Augen. »Ehrlich gesagt, Ned, ich weiß in letzter Zeit nicht mehr, was ich tue.«

»Geht es dir nicht gut?«

»Oh doch. Es geht mir sogar sehr gut. Das ist das Problem. Ich habe überhaupt keine Entschuldigung …«

Er wünschte, er könnte sie in die Arme nehmen und trösten. Doch er sagte nur: »Dafür, dass du durcheinander bist? Der viele Staub allein genügt schon, einen in den Suff zu treiben.«

»Das ist es nicht. Es ist nichts, ehrlich.«

»Etwas muss doch los sein, nicht? Oder müssen Frauen sich einfach ab und zu ausweinen? Ich setze mal lieber Wasser auf und mache dir Tee.«

Sie stand schweigend am Wagen, während er das Lagerfeuer schürte.

Er schöpfte Wasser aus einem Fass in den Kessel, spülte den angesetzten Staub aus, schöpfte wieder Wasser hinein und wollte ihn gerade übers Feuer hängen, als sie sagte: »Ned, ich will da nicht hin.«

Er stellte den Wasserkessel ab und drehte sich zu ihr um. »Wohin, Tottie?«

»Nach da draußen.« Sie zeigte auf die Straße, die aus der Stadt herausführte. Die Straße nach Westen.

»Ah, verstehe.«

Tottie betrachtete ihren Kleidersaum. Die Naht hatte sich an einer Stelle gelöst, sodass er nun im Schmutz schleifte. Sie trat zornig dagegen.

»Möchtest du nicht wissen, warum?«, fragte sie ohne aufzublicken.

»Nur, wenn du es mir sagen möchtest.«

»Du bist immer so höflich, Ned. Schön, ich werde es dir sagen.« Sie atmete tief durch, und die Worte sprudelten hervor. »Ich habe Angst, Ned. Ich fürchte mich so sehr, dass ich nicht richtig denken kann. Alle sprechen nur über die Wilden und dass Menschen mit Speeren getötet werden. Dass Lager überfallen werden. Warum tun wir uns das an? Ich dachte, wir sind Siedler, keine Grenzkämpfer. Ich hatte keine Ahnung, dass es so schlimm werden würde.«

Dieses Mal legte er ihr seinen Arm um die Schulter. »Was meint Harry?«

»Er ist zu sehr damit beschäftigt, uns wieder in Bewegung zu setzen. Er ist ein bisschen ungeduldig wegen der Verzögerung. Er hat noch mehr Gewehre gekauft. Das ist seine Reaktion.«

»Du hast ihm nicht gesagt, dass du Angst hast?«

Sie schüttelte den Kopf. »Nein. Was würde das nützen? Er wollte ja nicht, dass ich mitkomme. Er hat mich gewarnt. Aber ich war zu dumm und wollte nicht hören. Aus lauter Liebe zu ihm.«

Er stand neben ihr und überlegte, was er Unverfängliches sagen könnte.

Das Wasser im Kessel sprudelte und Ned gab Teeblätter und Zucker hinein.

»Jetzt nimmst du ihn vom Feuer und lässt ihn ziehen«, schniefte sie.

»Zu Befehl.« Ned stellte den Kessel auf die Erde, dann stand er da und starrte auf ihn hinunter. »Du musst es Harry sagen.«

»Und was kann er tun?«

»Er hat ein Recht zu erfahren, dass du dich ängstigst.«

»Nein. Es ist zu spät.« Sie tupfte sich die Augen ab und seufzte. »Entschuldige, Ned. Ich sollte dich nicht mit meinem Kummer behelligen. Bitte sag Harry nichts. Versprich es mir.«

»Ist gut, ich verspreche es. Ist der Tee jetzt fertig? Muss man ihn nicht zuerst schwenken? Ich habe das nie kapiert.«

Sie lächelte. »Ich mache das nie, ich glaube, das ist ein Märchen.«

Sie setzten sich auf die Bank neben dem Wagen und tranken den Tee.

»Wohin gehst du von hier aus?«, fragte sie ihn.

»Ich ziehe mit euch weiter. Ich muss doch sehen, wo ihr euch niederlasst.«

»Harry dachte, du kehrst um, sobald wir hier angekommen sind. So war es geplant. Er hatte nicht damit gerechnet, weiter vorstoßen zu müssen, darum musst du nicht mit uns kommen. Die Treiber bleiben aber.«

»Ich bin so weit gekommen, da bringe ich es auch zu Ende.« Er lächelte. »Das heißt, wenn ihr mich bei euch haben wollt.«

»Natürlich wollen wir.« Sie küsste ihn auf die Wange. »Du bist ein guter Freund, Ned. Würdest du mir noch einen Gefallen tun?«

»Ja.«

»Sieh zu, ob du etwas aus Duke herausbekommst. Wir wissen nicht, was er macht, und Harry ist schrecklich böse auf ihn.«

Kapitel 15

Georgina war wie gelähmt. Sie konnte sich nicht damit abfinden, dass Jasin tot war. Sie war verstört über die gedämpften, wohlmeinenden Stimmen um sie herum, die von seinem Ableben flüsterten, von seinem Hintreten vor seinen Schöpfer und anderen Umschreibungen für die Tatsache, dass er gestorben war. Sie litt Qualen, die sie nicht in Worte fassen konnte. Nicht einmal vor ihm. Nicht einmal vor Jasin. Der Mann war ein solcher Zyniker gewesen, daher würde es ihm schwerfallen hinzunehmen, dass sie entsetzlich litt. An gebrochenem Herzen! Sie mochte es sich kaum eingestehen, so sehr fürchtete sie seine Verachtung. Seine Witzelei.

»Was hast du? Wahrhaftig? Und wie ist es dazu gekommen?«, hörte sie ihn sagen.

Und wie war es dazu gekommen?, fragte sie sich.

Dreißig Ehejahre mit einem Mann, den sie anbetete, das mochte ein guter Ausgangspunkt sein. Dreißig Ehejahre mit einem ehrgeizigen Mann, der ein ausgemachter Schuft sein konnte, aber auch ein liebenswürdiger, humorvoller, eleganter Gentleman. Das Leben mit Jasin war nie langweilig gewesen. Er hatte langweilige Menschen verabscheut. Zeitweise war ihr Zusammenleben ungestüm gewesen, aber meistens waren sie bestens miteinander ausgekommen. Georgina hatte erkennen müssen, dass romantische Liebesworte ihrem Mann nicht gegeben waren; doch die bedeuteten ihr ohnehin nichts – sie fand sie recht kindisch. Sie fühlte sich wohler – nein, glücklicher –, wenn er sie »altes Mädchen« nannte. Das war das Beste, was Jasin an Liebesworten zu bieten hatte.

Sie saß auf der Veranda, sah den sich zusammenballenden Gewitterwolken zu und dachte daran, wie gern sie sich »altes Mädchen« hatte nennen lassen. In diesem Moment forderte der Priester, der nach Erhalt der traurigen Nachricht an ihre Seite geeilt war, sie auf, mit ihr für den Dahingegangenen zu beten.

Inmitten ihrer Schwermut konnte sie Jasins Spott hören. »Dahingegangen? Wie kann dieser Emporkömmling es wagen, von mir als einem Dahingegangenen zu sprechen! Geleite ihn hinaus, Georgina. Ich bin im Arbeitszimmer.«

Sie wartete auf Nachricht von Edward, den sie verzweifelt zu erreichen versuchte, und hatte die Mädchen angewiesen, keine Besucher mehr zu ihr vorzulassen. Ohne Ausnahme. Sie brauchte Zeit für sich. Wie es schien, hatten die Brisbaner Behörden den Premierminister von Jasins plötzlichem Tod verständigt; dieser hatte den Bischof der anglikanischen Diözese informiert, der daraufhin den Pfarrer geschickt hatte, um die Nachricht zu überbringen, die Georgina nicht fassen konnte. Und danach folgte eine Flut von Freunden und Bekannten, die ihr Beileid bekundeten und Ratschläge erteilten.

»Woher weiß man, dass es Jasin ist?«, hatte sie aufbegehrt. »Es könnte ein Irrtum sein. Ich muss selbst nach Brisbane. Wenn ich Edward nur finden könnte! Nein, ich kann nicht hier sitzen und abwarten, ohne Gewissheit zu haben. Was hat man mit ihm gemacht? Ist er im Krankenhaus?«

Sie erinnerte sich, dass Jasin einen Anwalt in Brisbane hatte, weshalb sie seinen Schreibtisch durchwühlte, um den Namen zu finden, doch sie nahm nicht ein einziges Wort aus den Papieren in sich auf; es gab ihr lediglich etwas zu tun.

Und dann brachte ein Mädchen ihr ein Telegramm. »Von wem ist es?«, fragte sie, halb in Erwartung einer Entschuldigung. Von irgendjemandem. Für diesen entsetzlichen Irrtum …«

»Von Mr. Rivadavia, Ma'am.«

»Von wem?«

»Der Name ist schwer auszusprechen, Ma'am.«
»Gib her!«

Verehrte Lady Heselwood,
ich darf Sie meines tiefempfundenen Mitgefühls zum Tode Ihres lieben Gatten Lord Heselwood versichern. Vergeben Sie mir, wenn ich aufdringlich erscheine, doch wenn Sie jemanden in Brisbane benötigen, der sich um Ihre Angelegenheiten kümmert, stehe ich zu Ihrer Verfügung.

Hochachtungsvoll,
Juan Rivadavia.

»Gott sei Dank«, sagte sie. »Ich hatte vergessen, dass er jetzt in Brisbane wohnt.«

Sie setzte sich auf Jasins maßgefertigten Lederstuhl an seinen Schreibtisch und dachte an all die Jahre, die vergangen waren, seit sie Juan kennengelernt hatten.

Ihr Mann war nicht gut mit ihm ausgekommen. Er nannte ihn immer »den Spanier«. Aus Neid natürlich, weil der junge, gut aussehende Rivadavia als reicher Mann aus Argentinien gekommen war, von seiner Familie geschickt, um den Rinderbetrieb zu erweitern, während alle anderen sich abrackerten.

Sie seufzte. Jasin hatte nie erfahren, dass es Juan gewesen war, der sie gerettet hatte, als es mit ihrem Vermögen bergab gegangen war und sie vor dem Ruin standen. Er hatte Georgina in aller Stille einen Ausweg aus dem Dilemma mit den Banken gewiesen und seinen guten Namen für eine Sicherheitsbürgschaft zur Verfügung gestellt. Er war stets ein äußerst liebenswürdiger und zuverlässiger Mensch gewesen, und nun, da sie in höchster Not war, bot er seine Hilfe an.

»Gott sei Dank«, wiederholte sie, und jetzt wurde ihr bewusst, dass Jasin wirklich tot war. Rivadavia würde niemals ein solcher Irrtum unterlaufen. Sie stützte den Kopf in die Hände und weinte, doch dann sah sie ein, dass sie schleunigst auf Juans Telegramm antworten musste, ehe ein Fremder mit ihren Angelegenheiten betraut wurde.

Sie dankte ihm dafür, dass er ihr zu Hilfe kam. Ob sie nach

Brisbane kommen solle? Er schrieb zurück, es sei sicher angenehmer für sie, in ihrer Heimatstadt bei ihren zahlreichen Freunden zu bleiben. Unter den gegebenen Umständen war es heikel, Telegramme zu formulieren, doch Juan mit seinem Feingefühl aus der Alten Welt hatte damit keine Schwierigkeiten. Er nahm die Sache in die Hand und erbot sich, Lord Heselwood nach Hause zu begleiten.

Lady Heselwood nahm sein überaus liebenswürdiges Angebot an. Dann musste sie sich an den Vorkehrungen für die Beisetzung beteiligen, wobei sie sich weigerte, irgendjemand anderen in die Entscheidungen mit einzubeziehen.

»Du wirst ein anständiges Begräbnis bekommen, das verspreche ich dir«, sagte sie zu Jasin, als sie an seinem Schreibtisch saß, wo sie sich in diesen Tagen die meiste Zeit aufhielt. »Genau, wie du es erwarten würdest. Aber keinen Empfang. Keinen Leichenschmaus. Das könnte ich nicht ertragen. Ein Begräbnis mit den vielen schauderhaften Beileidsbekundungen wird schon schlimm genug, und umso schlimmer, wenn Edward nicht rechtzeitig gefunden wird.«

Während sie sich derart wegen ihres Sohnes grämte, traf ein Brief von Paul MacNamara ein, der in Rockhampton lebte. Auch er bekundete seine Anteilnahme, doch vor allem wollte er sie davon unterrichten, dass er Edward vor ein paar Monaten gesehen hatte. Wie sie vermutlich wisse …

»Was ich nicht wusste«, murmelte sie. »Nicht ein Wort von ihm seit dem Rückantworttelegramm von seiner Wirtin. Ich habe keine Ahnung, wo er ist.« Paul setzte sie davon in Kenntnis, dass Edward sich einem Viehtrieb in den fernen Westen angeschlossen hatte, gemeinsam mit Duke MacNamara, der, wie sie sich vielleicht erinnere, Pauls jüngerer Bruder war. Sie seien noch auf dem Weg dorthin, und Paul befürchtete, dass Edward noch nichts vom Tod seines Vaters erfahren hatte. Ihr Ziel liege zu weit westlich für ein Telegramm, weswegen Paul es übernommen habe, Edward zu schreiben und den Brief einem für die weit im Westen gelegene Siedlung Longreach bestimmten Postsack zu übergeben.

Georgina war über Pauls Nachricht verzweifelt; konnte es

doch Monate dauern, bevor Edward in Sydney eintraf, sofern der Brief ihn überhaupt erreichte.

»Ausgerechnet, wenn ich dich am meisten brauche«, weinte sie.

Sie hatte so viele frisch verwitwete Frauen gesehen, die durch die Anwesenheit von Freunden und Verwandten bei sich zu Hause getröstet, ja aufgeheitert wurden, und hatte sich über deren Fähigkeit gewundert, sich in so einer Zeit dermaßen ungezwungen zu geben. Als ginge die Rolle der Gastgeberin über alles.

»Diese Witwe hier«, seufzte sie, »kann das nicht; sie will niemanden sehen außer ihrem Sohn. Ist das zu viel verlangt?«

Jasins Büro kam ihr unterdessen kalt und abweisend vor, deshalb zog sie um in das warme kleine Sommerhaus, dessen Tür den Blick auf den Ozean umrahmte. Dies wurde ihre tägliche Zuflucht, ein Puffer gegen den Schrecken von Jasins Tod. Hier saß sie manchmal nur und starrte vor sich hin, dann wieder erging sie sich in Betrachtungen über viele, viele Dinge.

Sie dachte an Pauls Brief… Edward war gen Westen gezogen. Mit Duke. Duke MacNamara! Der Name jagte ihr einen Schrecken ein. Machte ihr Angst. Sie verstand Paul MacNamaras liebenswürdige Bemühungen, für sie mit Edward Verbindung aufzunehmen, ungeachtet der Familienstreitigkeiten. Jeder Gentleman würde so handeln. Aber bei Edwards Lage! Gütiger Gott im Himmel, wieso hatte er sich mit einem MacNamara zusammengetan? Bei seiner Vorgeschichte!

Es sei denn, überlegte sie, es sei denn, die Mutter der MacNamaras hatte die Sache für sich behalten. Hatte niemandem davon erzählt. Das heißt, niemandem außer dem Polizeisergeant, der ihre formelle Klage gegen Edward zu den Akten genommen hatte.

Leider hatte der Sergeant, ein gütiger Mann, in dem vergeblichen Bemühen, Dolour zum Einlenken zu bewegen, Milly Forrest die Sache erzählt. Milly hatte auch nicht mehr ausrichten können als Georgina.

Dolour MacNamara war eine harte, unnachgiebige Frau.

Letztendlich richtete sie ihren Hieb nicht gegen Edward, sondern gegen das System. Nie würde Georgina die Worte dieser Person vergessen, die zu jener Zeit wohlhabend und wohlgeachtet, doch wegen ihrer Sträflingsvergangenheit nach wie vor verbittert war.

Georgina hatte sie angefleht, ihren Sohn nicht ins Exil zu zwingen und gesagt: »Aber hier ist seine Heimat. Er ist in Australien geboren. In Sydney.«

Sie sah sie noch vor sich, die dunklen, unbeteiligten Augen der Frau, die gemurmelt hatte: »Ich bin in Irland geboren und wurde zwangsweise aus meiner Heimat verbannt, dabei hatte ich keinem etwas getan.«

»Sie sind sehr hart. Mrs. MacNamara.«

»Auf Sträflingsschiffen wird man das.«

Und gerissen, dachte Georgina nickend. Dolour dürfte gewusst haben, wie die Männer in ihrer Familie reagiert haben würden, wenn sie erfahren hätten, dass ihr Nachbar, Heselwoods Sohn, sie zu vergewaltigen versucht hatte. Deshalb behielt sie es für sich. Ihr Fall wäre verloren gewesen, hätten Pace und seine Söhne mit demselben Mittel Rache an Edward genommen.

Georgina schüttelte erleichtert den Kopf. All die Jahre habe ich mir deswegen Sorgen gemacht, und jetzt bemüht sich Paul, Edward zu helfen, und Duke ist mit ihm unterwegs. Ich hätte mir keine Gedanken zu machen brauchen; sie hat es ihnen nicht erzählt. Was Edward zweifellos auch weiß.

»Ich wünschte, du kämst nach Hause«, sagte sie.

Sie hatte Jasins Testament in seinem Schreibtisch gefunden; es war vor drei Jahren abgefasst und unterschrieben worden. Von seinem Rechtsanwalt besiegelt. Alles war in Ordnung. Seine geliebte Frau und sein Sohn waren die einzigen Nutznießer seines beträchtlichen Vermögens an Wertpapieren und Sachwerten, das nach seinen eigenen Angaben eine Million Pfund betrug.

Georgina lächelte. Sie hatte Jasin gern damit geneckt, seine Lieblingsbeschäftigung sei es, in seinem Kontor zu sitzen und sein Geld zu zählen.

»Lach du nur«, hatte er dann gesagt, »eines Tages wirst du es vielleicht wissen müssen, um die Lage nicht zu unterschätzen.«

»Oh nein«, sagte sie in dem Moment, als sie eine Kutsche in die Zufahrt einbiegen hörte. Doch es galt nicht einem Gast, wer immer es sei, sie war mit den Gedanken noch bei Jasin. »Oh nein, mein Lieber« – sie lächelte – »es ist mir nie in den Sinn gekommen, dich oder deine Lage zu unterschätzen.«

Der einzige Besucher, den sie erwartete, stand still im Salon, den Hut in der Hand.

Georgina schlang sich einen Kaschmirschal um die Schultern und ging hinein, um Juan Rivadavia zu begrüßen.

Der an Edward Heselwood adressierte Brief erreichte die Gemischtwarenhandlung in Longreach mehrere Wochen, nachdem der Trauergottesdienst für den verstorbenen Lord Heselwood in der St. Andrew's Kathedrale in Sydney stattgefunden hatte.

Die Leute hatten die Straßen gesäumt, um den Trauerzug die kurze Strecke zum Sandhill-Friedhof zurücklegen zu sehen und einen Blick auf die Witwe zu werfen, die, von ihrer alten Freundin Lady Rowan-Smith begleitet, in der voranfahrenden Kutsche saß.

Als die Damen vorüber waren, ertönten sowohl Hoch- als auch Buhrufe für die mit Zylindern behüteten Politiker, die in großer Zahl erschienen waren, um Heselwood die letzte Ehre zu erweisen.

Etliche Leute waren pikiert, weil sie nicht zu einem Empfang nach dem Gottesdienst eingeladen waren, andere, die sich ein Herz fassten und zu dem hafenwärts gelegenen Herrenhaus der Heselwoods zogen, fanden das Tor fest verschlossen vor.

Georgina konnte sich einer solchen Marter noch nicht aussetzen, ließ sich aber in Abwesenheit ihres Sohnes von ihrer Freundin Vicki Rowan-Smith und von Juan Rivadavia trösten.

Eine Woche später erhielt sie einen Brief von Clem Batterson, dem Verwalter von Montone, den es offensichtlich sehr mitgenommen hatte, als er von Jasins Tod erfuhr. Er wollte Lady Heselwood jedoch wissen lassen, dass das Pferd Saul heil und gesund bei ihm auf der Farm war. Wie es schien, hatte Edward das Pferd an Mrs. Paul MacNamara verkauft und Lord Heselwood hatte es von ihr erworben.

Georgina nickte. »Natürlich.«

Jasin hatte gesagt, er würde das Pferd finden. Und er hatte es gefunden.

Aber wie um alles in der Welt war es dazu gekommen?, fragte sie sich. Und vermutete, alles werde sich aufklären, wenn Edward nach Hause käme.

»Wenn ich gewusst hätte, dass Juan Rivadavia Jasins Sarg nach Sydney bringt«, jammerte Milly Forrest, »dann wäre ich mit demselben Schiff gefahren. Als ich davon erfuhr, war es zu spät. Ich hatte gedacht, es würde andersherum sein. Georgina würde nach Brisbane kommen und ihn dort beerdigen. Das wäre eine schöne Versammlung geworden.«

»Warum wolltest du zu seiner Beerdigung?«, fragte Lucy Mae. »Du konntest ihn nicht leiden.«

»Darum geht es nicht. Ich hatte Georgina immer gern. Sie ist eine große Dame, ein guter Mensch.«

»Aber sie ist keine richtige Freundin von dir.«

»Natürlich ist sie meine Freundin. Großer Gott, ich kenne sie länger als sonst jemanden in der Kolonie. Wir sind mit demselben Schiff gekommen.«

Nicht *das* schon wieder, dachte Lucy Mae und wollte sich in die neueste Ausgabe von *Ladies* vertiefen.

Milly blickte von ihrer Stickarbeit auf. »Ich hätte zu der Beerdigung gehen sollen. Ich hätte es rechtzeitig schaffen können. Es wäre eine große Ehre für mich gewesen, dort unter den Größen des ganzen Landes zu sein!«

»Du hattest keine Einladung.«

»Unsinn! Als ob *ich* eine Einladung nötig gehabt hätte! Warum bist du so mürrisch? Stell dir mal vor, wie das ist, wenn alle Freunde vor einem sterben.« Milly stieß einen tiefen Seufzer aus und wischte sich eine Träne aus dem Auge. »Weißt du nicht, dass Georgina und ich als einzige zahlende Passagiere der *Emma Jane* noch am Leben sind?«

Lucy Mae lachte. »Was für Passagiere gab es denn sonst noch?«

»Sträflinge! Wir waren entsetzt. Aber dein guter Vater hat gesagt: ›Jetzt wissen wir, warum die Passage so billig war.‹«

»Lord und Lady Heselwood waren auf einem Sträflingsschiff?«

»Jasin war damals kein Lord, aber ich kann dir sagen, er war sehr erzürnt, als gefesselte Gefangene an Bord gebracht wurden. Aber er hatte seine Passage bezahlt wie wir übrigen auch, und man hätte nichts tun können außer kehrtmachen und das Schiff verlassen. Doch das wollte niemand von uns riskieren; denn es war damals sehr schwierig, eine Passage zu bekommen.«

»Hast du dich gefürchtet, mit Sträflingen auf dem Schiff?«

»Nein«, sagte Milly hastig. »Sie waren angekettet auf dem Unterdeck. Sie waren recht laut, aber darüber möchte ich nicht sprechen. Es gab auch eine lustige Begebenheit. Dr. Brooks und seine Frau Adelaide waren mit uns an Bord, und der Kapitän bat Brooks, nach unten zu kommen und nach kranken Sträflingen zu sehen. Doch Brooks klärte ihn auf, er sei Doktor der Astronomie, nicht Doktor der Medizin! Der Kapitän war wütend, aber Dr. Brooks konnte nichts dafür.«

»Doktor der Astronomie, das gibt es selten. Was ist aus ihm geworden? Du sprichst nie von ihm.«

»Ach, der arme alte Brooks. Bald nach der Landung wurde er krank und starb. Die lange Reise war zu viel für ihn. Adelaide war über seinen Tod verzweifelt; sie war viel jünger als er und fühlte sich verloren in dem fremden Land. Aber sie war eine hübsche Frau, sehr elegant. Sie hatte es eine Weile sehr schwer, bis sie Rivadavia begegnete.«

Milly breitete ihre Handarbeit aus. »Die Arbeit an dieser Tischdecke braucht eine Ewigkeit. Die Decke ist zu groß. Hätte ich bloß nicht damit angefangen.«

»Ich sticke sie fertig, wenn du willst. Es ist ein wunderschönes Stück.«

»Nein, ich muss das selbst zu Ende bringen. Deine Arbeit genügt den Anforderungen nicht, man würde es sehen. Ich lasse sie für eine Weile liegen und schreibe Georgina einen Brief.«

»Du hast ihr doch schon unsere Anteilnahme bekundet.«

»In Zeiten schwerer Prüfungen«, blaffte Milly, »sollen die Menschen für andere tun, was sie können. Ich möchte in die Stadt und mich erkundigen, ob an den nächsten zwei Tagen Schiffe nach Sydney auslaufen. Danach wird es zu spät sein.«

Milly faltete die unvollendete Tischdecke zusammen, legte sie in eine mit Stoff ausgekleidete Schachtel und trug sie zum Wäscheschrank. Danach begab sie sich an den großen verzierten Sekretär in ihrem Wohnzimmer, um sich ihren Kontobüchern zu widmen. Zumindest hantierte sie solange damit herum, bis Lucy Mae das Haus verließ.

Verärgert schniefend griff sie zu einem Federhalter, um Duke einen zweiten Brief zu schreiben.

Er hatte auf ihren ersten nicht geantwortet, worin sie ihn einlud, sie zu besuchen, damit sie sich über seinen galanten Antrag unterhalten könnten. Soweit sie wusste, hatte Lucy Mae, das dumme Kind, den Erhalt seines Briefes nur bestätigt. Seines Heiratsantrags! Wie es der Anstand gebot. Aber ohne ihm ein eindeutiges Ja oder Nein mitzugeben.

Milly befürchtete, dass sie ihm eine Absage erteilt hatte. Oder dass die alles andere als begeisterte Reaktion von Lucy Mae Duke veranlasst hatte, anderswo auf Brautschau zu gehen.

Diesmal schrieb sie dem guten Jungen einen ebenso liebevollen Brief, ohne mit einem Wort zu erwähnen, dass er ihr voriges Schreiben nicht beantwortet hatte. Sie entschuldigte sich für das Versäumnis ihrer Tochter, ihm zu antworten, wies aber darauf hin, dass Lucy Mae neben seinem Heiratsantrag noch eine delikate Angelegenheit mit ihm zu besprechen habe und weiterhin seinen Besuch erwarte, wie erbeten.

Da Monate vergangen seien, schrieb Milly betrübt, obliege es ihr nun, sich präziser auszudrücken: *Dir mitzuteilen, dass eine gewisse Person ein Kind von Dir erwartet.*

Abschließend ließ sie Duke deutlich wissen, dass seine Anwesenheit in ihrem Hause baldmöglichst höchst willkommen wäre.

Der Brief, mit dem Absendernamen auf dem Kuvert, traf auf Mango Hill ein.

»Was sie wohl will?«, fragte Paul Laura. »Schon der zweite Brief!«

»Vielleicht macht sie sich bloß Sorgen um ihn. So wie ich. Kein Wort von ihm! Ich dachte, er würde inzwischen längst zurück sein.«

»Duke kann selbst auf sich aufpassen. Vielleicht kommt er gar nicht zurück. Wie ich ihn kenne, hat er die Rinder verkauft und ist woandershin gezogen. Ich hätte Harry Merriman warnen sollen, dass er so zuverlässig ist wie eine abgelaufene Uhr.«

»Was meinst du, soll ich Milly schreiben, dass er uns Mango Hill verkauft hat und …«

»Und uns seine verfluchten Rechnungen hinterlassen hat«, brummte Paul. Dann lachte er. »Aber er hat nicht erwartet, dass er irgendwie zu Geld kommt, oder?«

John Pace hatte sein Versprechen gehalten und ihnen eine Abrechnung für Kooramin geschickt, die den Zeitraum seit dem Tod der Mutter abdeckte. Nach Abzug seines Gehalts und eines geringen Buchhalterlohns für seine Frau konnte er seinen Partnern mitteilen, dass die Rinderfarm den drei Besitzern einen beträchtlichen Gewinn eingebracht und er zwei Schecks nach Mango Hill geschickt hatte.

Paul hatte seinen Anteil bei der Bank eingezahlt und John Pace mitgeteilt, er behalte Dukes Scheck für das ihm geschuldete Geld ein. Die zwei Brüder waren sich einig, dass das nur gerecht war.

»Ach, verflixt. Ich sehe nach, was Milly will«, sagte er jetzt und griff nach dem zweiten Brief.

»Du kannst Dukes Post nicht lesen!«, protestierte Laura.

»Ach nein? Er verkauft mir einen Besitz, der noch mit Hypotheken belastet ist und du sagst, ich kann seine dämliche Post nicht lesen. Von wegen! Ich hoffe nur, er hat sich kein

Geld von ihr geliehen«, setzte er hinzu, während er den Brief öffnete und überflog.

»Ach du lieber Himmel«, sagte er. »Warum hast du mich seine verdammte Post lesen lassen?«

Sie grinste. »Jetzt bin ich auch noch schuld! Was hat er denn wieder angestellt?«

»Verdammter Mist!«

»Was?«

»Lucy Mae erwartet ein Kind!«

»Von Duke?«

»Allerdings.«

»Oh Gott. Wie geht es ihr?«

»Davon steht hier nichts. Ich glaube, Dukes zukünftige Schwiegermutter ist zu sehr damit beschäftigt, ihn an die Kandare zu nehmen.« Er lachte. »Der wird von Milly was zu hören kriegen.«

»Lass mal sehen.« Laura griff nach dem Brief. »Arme Lucy Mae. Sie steckt ganz schön in der Bredouille. Hättest du den Umschlag bloß nicht so beschädigt. Wir dürfen uns nicht anmerken lassen, dass wir es wissen. Ich hole ein neues Kuvert und adressiere es an ihn.«

»Ohne Briefmarke?«

»Ich klebe eine Marke drauf und mache sie ein bisschen schmutzig.«

»Du bist ja ganz schön gerissen.«

»Hättest du nur den vermaledeiten Brief nicht aufgemacht!«

»Hast du etwas von Duke gehört?«, fragte Rosa Lucy Mae, während sie am Flussufer entlangschlenderten.

»Nein, nichts.«

»Ist dir sehr bange? Man sieht es dir nicht an. Du siehst richtig gut aus.«

»Rosa, es macht mich glücklich, ein Kind zu bekommen. Irgendwie kann ich das ganze Drumherum nicht richtig ernst nehmen… kein Ehemann, eine Mutter, der die große Frage ›Was werden die Leute denken?‹ im Gesicht geschrieben steht –

das sind Lappalien im Vergleich dazu, dass ich ein Kind haben werde.«

»Und Duke? Er wird es wissen wollen.«

Lucy Mae zuckte mit den Achseln. »Ich sagte doch, ich habe nichts von ihm gehört.«

»Aber er hat dir einen Heiratsantrag gemacht!«

»Ich glaube, er ist noch unterwegs. Er wollte mit einem Viehtrieb in den Busch. Ich vermute, er ist noch da draußen, aber erzähl das mal meiner Mutter!«

»Was wirst du sagen, wenn er doch auftaucht?«

»Ich weiß nicht.« Lucy Mae lächelte. »Das wird sich zeigen. Was ist denn eigentlich aus deiner Affäre geworden?« Sie flüsterte die Frage, als könnten die Vögel, die auf dem Rasen pickten, es hören und weitererzählen.

Rosa hatte darauf gewartet. Sie rang sich ein Kichern ab und schwindelte dann: »Ich konnte es nicht durchstehen, sondern habe kalte Füße bekommen. Ich habe mich ein paar Mal mit ihm zum Tee getroffen, aber als wir ein heimliches Stelldichein vereinbarten, bin ich zu Hause geblieben. Habe mich gedrückt. Ich bin so ein Feigling.«

»Nein, das bist du nicht. Du hast es ganz richtig gemacht«, sagte Lucy Mae. »Du würdest es nicht ertragen, in eine Affäre verwickelt zu sein, wirklich. Hast du ihn seitdem wiedergesehen? In Gesellschaft, meine ich?«

Rosa schüttelte den Kopf. Zuckte mit den Achseln. »Nein.«

Obwohl ihr Ehemann und Arzt bestätigt hatte, dass sie in anderen Umständen war, brachte Rosa es nicht über sich, Lucy Mae von ihrem Zustand zu erzählen.

»Hast du dir schon Namen für das Kind ausgedacht?«, fragte sie.

Auf dem Nachhauseweg beschloss Rosa, ihren Vater zu besuchen, musste aber erfahren, dass er noch abwesend war und dass Mrs. Pilgrim keine Gäste empfing.

»Sie liegt noch im Bett, Mrs. Palliser«, sagte das Mädchen mit missbilligendem Naserümpfen.

»Ist sie krank?«

»Eher verschnupft, würde ich sagen.«

»Weswegen? Oh, einerlei, ich sehe selbst nach. Welches Zimmer?«

Rosa klopfte an die Schlafzimmertür und rief Lark zu: »Ich bin es, Rosa. Darf ich hereinkommen?«

Ein leises Wimmern war hinter der Tür zu hören. Rosa nahm es als Zustimmung.

Umgeben von den verschiedensten Dingen, saß Lark aufrecht in einem sehr freizügigen Nachtgewand in dem Himmelbett. Eine Perserkatze hatte sich friedlich auf die große rosa-weiße Daunendecke gekuschelt, inmitten von Cremetiegeln, Modekatalogen, abgestellten Tellern, einem Glas mit Sahnebonbons, Haarbürsten und Kämmen, weiterem Krimskrams und einem Strohhut mit Schleier.

Lark brach in Tränen aus, als Rosa eintrat. »Ah! Es gibt noch einen Menschen, den es kümmert, ob ich lebe oder sterbe. Komm herein, *ma Chérie*. Setz dich zu mir.«

Lark wollte die Katze beiseite schieben, doch die fauchte sie an, weshalb Rosa sich einen Stuhl heranzog.

»Was fehlt dir, Lark? Bist du krank?«

»Krank? Natürlich bin ich krank. Krank vor Verzweiflung!« Sie kramte unter der Bettdecke, förderte einen Handspiegel zutage und betrachtete sich darin.

»Sieh mich doch an! Ich bin ein Wrack! Das ist sein Werk. Er ist ein grausamer, herzloser Mensch. Reich mir die Haarbürste. Meine Haare sind stumpf, siehst du das? Es zeigt sich an den Haaren, wenn die Gesundheit schwindet.«

»Wer ist dieser grausame, herzlose Mensch? Mein Vater?«

»Dein Vater, natürlich! Er hat mich allein gelassen. Ich bin einsam!« Ihre Stimme hatte einen hysterischen Klang. »Er hat mich hierher eingeladen. In dieses Haus. Das war nicht meine Idee, *Chérie*. Und nun ist er fortgegangen, ohne ein Wort verlauten zu lassen, wann er wiederkommt…«

»Aber er ist in Sydney. Warum bist du so außer dir?«

»Weil er in Sydney ist! Er hätte nicht fahren müssen. Diesmal nicht. Ich habe meine Eingebungen. Ich weiß, worauf er aus ist. Er ist hinter dieser Frau her!«

Unversehens ergriff sie Rosas Hände und schluchzte: »Ach mein Liebes, wie grässlich von mir, dich mit meinem Trübsinn zu belasten, wo du doch selbst so gelitten hast.«

»Ich?«

»Heselwood, Liebes«, flüsterte sie. »Er ist dahingegangen.«

»Oh ja, Lark, es war für alle eine furchtbare Erschütterung. Zu traurig. Mein Mann und ich waren zu der Zeit auf der Farm seines Vaters.«

»*Mon dieu*! Wie entsetzlich für dich, Liebes! Doch du bist stark. Und jung. Du darfst nicht zurückblicken. Versprichst du mir das?«

»Ja, das verspreche ich. Aber Lark, warum regst du dich wegen Juan so auf?«

»Wie denn nicht? Heselwood ist tot! Das war für deinen Vater nicht von Bedeutung. Aber nein, was tut er? Gibt vor der Lady den Ritter Lancelot.«

»Welcher Lady?«

»Seiner Frau. Der Witwe. Lady Heselwood. Dein Vater ist ja so gutherzig«, höhnte sie. »Heselwood ist hier in Brisbane gestorben. Die Lady wohnt in Sydney. Wie also das Begräbnis arrangieren? Nichts leichter als das. Juan tritt auf den Plan und erbietet sich, den Sarg nach Hause zu begleiten.«

»Du kannst ihm doch deswegen keinen Vorwurf machen. Sie kennen sich seit Jahren!«

»Und was beweist das? Nichts! Sie haben sich nie gut verstanden. Es war das Stadtgespräch, als Juan Jasin mitten ins Gesicht geschlagen hat. Du denkst doch nicht, dass Jasin so etwas vergessen hätte? Nein, niemals, das kannst du mir glauben!«

Es war das zweite Mal, dass Rosa in diese Querelen einbezogen wurde. Charlie hatte dieselbe Bemerkung gemacht: »Warum wollte dein Vater auf einmal Lord Heselwoods Sargträger sein, wo sie sich nicht ausstehen konnten, wie du selbst gesagt hast?«, hatte er gefragt.

»Mein Vater«, sagte sie, diesmal zu Lark, »würde immer helfen, wo er kann. Er und Lord Heselwood hatten ihre Meinungsverschiedenheiten, aber Georgina hatte keinen Streit mit Juan. Sie haben sich gegenseitig geachtet.«

»Nennt man das jetzt so?«, fragte Lark boshaft und griff nach einer Puderquaste.

»Nennt man was?« Larks Ton ärgerte Rosa. »Was mein Vater getan hat, war nicht nur sehr zuvorkommend, sondern auch vernünftig. Es war bezeichnend für ihn, mit der Lösung eines Problems aufzuwarten, das Georgina zu der Zeit fast unüberwindbar erschienen sein muss. Ich meine, was tut eine Frau, wenn ihr Mann in einer so weit entfernten Stadt zu Tode kommt?«

»Sie bittet ihren Sohn, die Sache in die Hand zu nehmen. Einen Verwandten, nicht einen Bekannten! Jasin hat gesagt, ihr erwachsener Sohn lebt wieder hier. Wieso kümmert er sich nicht um ihre Privatangelegenheit?«

Rosa erschrak. »Oh ja! Edward!« Dann fügte sie matt hinzu: »Er muss irgendwo unterwegs sein.«

»Das musst du natürlich sagen! Jede Ausrede muss herhalten, um mir die Wahrheit zu verheimlichen!«

»Ach Lark, mach dich nicht lächerlich! Er hat Lady Heselwood einen Gefallen getan, weiter nichts. Er wird zur Beerdigung in Sydney geblieben sein und …«

Lark warf eine silberne ziselierte Haarbürste durchs Zimmer. »Wie kannst du es wagen, mich lächerlich zu nennen!«, kreischte sie. »Natürlich bleibt er dort bei seiner Freundin, der Witwe! Der hochwohlgeborenen Lady! Er bleibt dort, zeigt sich äußerst charmant, und sie wird ihn ermutigen, weil sie so einsam ist. Die arme kleine reiche Witwe!«

»Jetzt ist es genug, Lark. Bitte. Ich muss wirklich gehen.«

»Du bist so naiv, Rosa. Du kennst deinen Vater nicht so gut wie ich. Du liebst ihn, und ich liebe ihn, aber ich sehe, wie alles wieder nach demselben Muster abläuft.« Sie tupfte die Tränen fort, die über ihre gepuderten Wangen strömten. »Er war glücklich mit mir, bis seine wunderbare Freundin Mrs. MacNamara Witwe wurde. Als nächstes, zack!, wird Lark entlassen und die Witwe geheiratet.«

»Jetzt stell dich bitte nicht so an. Du übertreibst. Dies ist doch etwas ganz anderes.«

»Findest du, ja?«, sagte Lark zornig. »Natürlich, in deinen

Augen kann Señor Rivadavia nichts Unrechtes tun! Aber es ist derselbe Ablauf, lass dir das von mir gesagt sein!« Sie sah Rosa unter gesenkten Augenlidern durchtrieben grinsend an. »Wie war das noch mit seiner ersten Geliebten, die er in Sydney hatte, bevor er Delia traf. Die Ehrenwerte Delia Forster. Sie hat mir selbst von der Geliebten erzählt.«

»Davon weiß ich nichts«, sagte Rosa abweisend, »und es interessiert mich auch nicht.« Sie nahm ihre Handschuhe. »Ich muss jetzt wirklich gehen.«

»Sie hieß Adelaide«, fuhr Lark in demselben hinterhältigen Ton fort. »Adelaide Brooks. Sie war mit den Heselwoods auf einem Schiff, der *Emma Jane*. Der arme Jasin hat mir von ihr erzählt.«

Rosa wurde unsicher. Ein Glöckchen erklang in ihrem Kopf. Ihr fiel Jasins Bemerkung ein, dass er ihrer Mutter auf dem Schiff begegnet war, das, wie sie jetzt wusste, die *Emma Jane* war. Doch er hatte sich geirrt. Delia war mit ihrem Onkel Lord Forster auf einem anderen Schiff gekommen.

Lark fuhr in verschlagenem Ton fort: »Er hat Adelaide für Delia fallen gelassen, und jetzt wird er mich ein zweites Mal abservieren, wegen dieser Frau in Sydney. Ich meine, das darf man ihm nicht wieder durchgehen lassen, findest du nicht auch, Rosa?«

»Es tut mir leid. Ich weiß nichts von alledem. Ich gehe, Lark. Du kommst jetzt allein zurecht. Schlaf schön.«

»Dann geh doch!«, schrie Lark. »Lass mich hier allein sitzen! Frag ihn doch mal nach Adelaide! Er nannte sie Dell. Gerade du solltest ihn fragen! Aber vielleicht wendest du dich ja ab, genau wie er. Machst die Türen hinter dir zu. Genau wie du es mit dem armen Jasin gemacht hast. Er war dein Freund! Ein sehr vertrauter Freund, könnte man sagen, aber du hast ihn schon vergessen! Es ist dir vollkommen egal, dass er aus dem Leben gerissen wurde! Du bist genauso egoistisch wie dein Vater!«

Rosa gelang es, genügend Fassung zu bewahren, um die Tür leise zu schließen und das Mädchen zu rufen, um Bescheid zu sagen, dass sie das Haus verließ.

Der Kutscher half ihr in das Gig, und sobald sie unterwegs waren, ließ sie sich in eine Ecke sinken, ein Häufchen Elend, zog ihren Schal eng um sich in dem Bemühen, sich vor der Bosheit zu verstecken, die sie noch umschwebte, gemeinsam mit Larks erstickendem Parfüm.

Rosa hatte sich seit dem ersten Nachmittag mit Jasin mit Schuldgefühlen gequält, doch die Erschütterung über seinen plötzlichen Tod und ihre Schwangerschaft hatten sie vollkommen erdrückt. Sie war so niedergeschlagen, dass sie das Gefühl hatte, von Mauern umschlossen zu sein und den Weg ins Licht verloren zu haben. Sie hatte Lucy Mae besucht, weil sie bestrebt war, so zu tun, als sei ihre Welt in Ordnung, und da ihr das für ein paar Stunden eine beträchtliche Ruhe bescherte, hatte sie aus demselben Grund Lark aufgesucht.

Jetzt geriet sie in Panik. War sie wirklich so egoistisch? Und schlimmer, war sie schlecht? Was machte eigentlich einen schlechten Menschen aus?

»Lügnerin? Ehebrecherin?«, fragte eine innere Stimme.

Rosa weinte. Wie konnte sie Georgina je wieder in die Augen sehen? Und Edward? Und was war mit Charlie? Der arme Charlie, der so glücklich war. Was hatte sie ihm angetan?

»Lieber Gott!«, weinte sie, als die Kutsche in ihre Straße einbog. Sie wünschte, sie würde immer weiterfahren und nicht mehr umkehren. Nie mehr.

Juan war aus Sydney zurück. Er kam an einem Sonntagnachmittag zum Tee. Charlie begrüßte ihn mit der wunderbaren Neuigkeit, dass er Großvater werde und bestand darauf, dass sie alle drei zur Feier des Tages ein Glas Sekt tranken.

Juan war bei dem Gedanken an ein Enkelkind so aufgeregt, dass er am nächsten Morgen mit einem Geschenk für das Kind wiederkam.

Rosa brachte ein Lächeln zustande. »Darf ich es schon auspacken? Ich kann nicht monatelang warten, bis ich sehe, was es ist. Die Schachtel ist ziemlich schwer.«

Er strahlte. »Du darfst«, sagte er und Rosa löste die Umhüllung und öffnete die Schachtel.

»Oh Papa!«, rief sie und brach in Tränen aus. »Das war doch nicht nötig. So etwas Schönes habe ich nicht verdient!«

Er sah auf das mit Edelsteinen verzierte Kreuz, das einst seiner Großmutter gehört hatte, und nahm seine Tochter in die Arme.

»Ich schenke es dem Kind, nicht dir«, schalt er milde, »und es ist ein vorzeitiges Geschenk, weil ich einen Vorwand gebraucht habe, um wiederzukommen. Was ist los mit dir?«

Rosa griff nach ihrem Taschentuch und wandte sich ab, um sich zu schneuzen. »Verzeihung«, schniefte sie. »Ich weiß, dass es für das Kind ist, Papa, aber es ist so schön. Kannst du dich wirklich davon trennen?«

»Es bleibt ja in der Familie, Rosa. Meine Großmutter wird vom Himmel herablächeln, also mach dir deswegen keine Gedanken. Und jetzt setz dich mit mir aufs Sofa und erzähl mir, warum du so elend aussiehst. Du hast dunkle Schatten unter den Augen.«

»Ich fühle mich nicht elend. Frauen in anderen Umständen, besonders dunkelhaarige wie ich, haben oft Schatten unter den Augen.«

Er schüttelte den Kopf. »Du hast gestern niedergeschlagen ausgesehen, sogar trotz des Sekts. Und heute siehst du nicht viel besser aus. Kränkelst du?«

»Nein. Du hast gehört, was Charlie gesagt hat. Ich bin gesund wie ein Fisch im Wasser. Kein Grund zur Sorge.«

»Dein Vater sieht aber eine Frau, die über irgendetwas bekümmert ist. Ist es so schlimm, dass du es ihm nicht erzählen kannst? Nur heraus damit, ich habe breite Schultern.«

Rosa schüttelte den Kopf. »Bitte, Papa, mir fehlt nichts. Wie geht es Lark?«

»Ah! Dieses Weib! Ich bin auf einem schäbigen Schiff zurückgekommen, das hin und her geworfen wurde wie ein Kreisel, kaum dass wir aus dem Hafen von Sydney ausgelaufen waren. Ich konnte das widerwärtige Essen nicht anrühren, das man uns aufgetischt hat, und ich habe mich so auf mein gemütliches Heim gefreut. Aber was war meine Begrüßung? Eine verrückt gewordene Frau! Sie war betrunken. Hat geschrien.

Gegenstände nach mir geworfen. Sie hat den glasierten Krug in der Diele zerschmettert!«

»Den hast du doch sowieso für eine Fälschung gehalten.«

»Darum geht es nicht, sondern dass ich mich furchtbar aufgeregt habe. Ich habe sie in ihr Zimmer geschickt, aber ihre Tiraden sind weitergegangen.« Er seufzte. »Doch sprechen wir nicht mehr davon. Sie ist fort.«

»Oh Gott!«

»Heselwoods Begräbnis«, sagte er, »war an einem schönen sonnigen Tag gut besucht. Die richtigen Leute am richtigen Ort, wie es so schön heißt, sogar ein paar Herzöge waren zugegen. Doch bedauerlicherweise war Edward nicht da. Lady Heselwood war verzweifelt, sie hat bis zum letzten Moment gehofft, dass er noch kommt. Aber leider, nein. Ist dir zu heiß hier drinnen? Du bist ganz rot im Gesicht. Ich mache ein Fenster auf.«

Er öffnete beide Fenster, sodass der staubgeschwängerte Wind die Vorhänge bewegen konnte, und fuhr mit seiner Geschichte fort.

»Ich glaube, er ist losgezogen, um das Landesinnere zu erkunden, und Paul hilft, ihn ausfindig zu machen.«

»Welcher Paul?«

»Dein Stiefbruder, meine Liebe. Paul MacNamara. Möglicherweise hat Edward Heselwood noch keine Ahnung, dass sein Vater tot ist.«

»Wie furchtbar!«

Juan erzählte noch ein wenig von Sydney und dem neuen Hotel, in dem er exzellent untergebracht gewesen war.

»Möchtest du zum Mittagessen bleiben?«, fragte Rosa.

»Danke, nein, ich kann nicht. Ich bin im Club mit einem Geschäftsfreund verabredet und werde wohl dort zu Mittag essen. Und morgen möchte ich zum Gestüt. Wir haben etliche neue Hengstfohlen. Ich kann es nicht erwarten, sie zu sehen.«

Rosa war plötzlich besorgt um ihn. Sein Gestüt lag im Brisbane-Tal. Das war ein langer Ritt in seinem Alter. »Sei vorsichtig«, sagte sie. »Du reitest doch nicht allein?«

»Nein. Ich nehme Carlos mit.«

»Das wird ihn freuen.« Carlos war Juans Diener und Kutscher, aber er ritt für sein Leben gern.

»Ich wünschte, ich könnte mein Mädchen ebenso froh machen«, sagte ihr Vater wehmütig.

Rosa seufzte. »Ach Papa.« Sie schlang ihre Arme um ihn. »Ich habe dich lieb, mehr als alles auf der Welt. Und danke für das wunderbare Geschenk. Charlie wird es nicht glauben, dass wir es bei uns haben. Er will es bestimmt auf die Bank bringen.«

»Mach dir darüber keine Gedanken. Sieh zu, dass du die Schatten los wirst, mein Herz. Sie sind unkleidsam.«

Als er gegangen war, fiel ihr ein, dass sie ihn nach Adelaide hätte fragen sollen, solange er in so fürsorglicher Stimmung war. Aber vielleicht war es besser, dass sie es nicht getan hatte. Warum sollte sie in seinen vergangenen Liebesaffären herumstochern? »Gerade du!«, hatte Lark gesagt. Aber Lark hatte eine Menge Unsinn geredet. Und sie hatte Juan provoziert, genau das zu tun, was sie befürchtet hatte.

Aus einem unerfindlichen Grund musste Rosa wieder weinen.

Kapitel 16

Er fand sie bei den Twin Waters, den Zwillingsseen, tief im Inneren des Kalkadoon-Gebietes. Wenn der große Regen von Norden die Fluten schickte und die Flüsse über die Ufer treten ließ, vereinigten sich die Wasserläufe zu einem kleinen schillernden Meer, wo es von Getier und unzähligen Vögeln wimmelte. Wenn dann das Land austrocknete und das Wasser sich zurückzog, blieben zwei Seen übrig, je einer an jedem Ende einer weiten Ebene mit sattem Weideland, sehr zur Freude der Kängurus, Wallabys und vielen kleineren Tiere, die in dem Gebiet heimisch waren. Wegen der Überfülle an Nahrung diente diese Ebene häufig für Korroboris, doch Ladjipiri merkte beim Näherkommen, dass diese große Zusammenkunft kein alltägliches Ereignis war. Er spürte die Spannung und die unterdrückte Erregung, als er sich einen Weg durch Gruppen von Männern und Frauen bahnte, die allesamt zu sehr in ihre Tätigkeiten vertieft waren, um ihn eines Blickes zu würdigen. Diese Beschäftigungen machten sein Herz beklommen. Er sah viele Handwerker bei der Arbeit: Hersteller von langen Speeren und kürzeren Pfeilen; Künstler, die große Bumerangs anfertigten, so scharf und präzise, dass sie im Bogen über den Himmel ziehen und auf ein Riesenkänguru herabstoßen konnten. Er sah Frauen, die große Kriegerschilde und Kriegskeulen verzierten, er sah geschickte Hände, die Speerspitzen an Feuersteinen schärften, und ihm fiel auf, dass nur wenige Kinder umherliefen. Das ließ nichts Gutes ahnen.

Dann aber sah er am Ufer inmitten einer Menge von jungen Leuten Banggu. Er stand stolz bei mehreren anderen Kriegern und Frauen trugen die ockerfarbene Kriegsbemalung auf seinen Körper auf. Seine Haare waren zu einem Knoten zusammengefasst, sein bereits bemaltes Gesicht war kaum zu erkennen und er trug das mit Kakadufedern geschmückte traditionelle Stirnband des gefürchteten Kalkadoon-Stammes. Das musste einiges gekostet haben, überlegte sein Vater. Die Kalkadoon duldeten nicht ohne weiteres Fremde in ihrer Mitte, und als er vorsichtig näher an die Gruppe heranging, konnte er die frischen Initiationsnarben an Banggus Oberkörper erkennen.

»Ach«, murmelte er verbittert, »mein Sohn hat sich das Recht verdient, getötet zu werden.«

Es war jetzt zu spät für Banggu, davon Abstand zu nehmen, selbst wenn Ladjipiri ihn dazu überreden könnte. Die Stammesgesetze sahen harte Strafen für Abtrünnige vor.

Ladjipiri machte sich Vorwürfe, weil er seinen Sohn nicht früher gefunden hatte, aber dies war ein unendlich großes Land, von tausenden Menschen bewohnt. Er würde seiner Frau erklären müssen, dass er von Glück sagen konnte, ihn überhaupt gefunden zu haben. Er betrachtete die Frau neben Banggu, eine kräftige, wohlgestalte Frau, und er sah die Liebe der beiden. Sie würden prächtige Kinder haben; wie stolz würde dies Banggus Mutter machen, die ihren anderen Sohn durch die weißen Männer verloren hatte.

Plötzlich erkannte Banggu ihn, sein Mund blieb offen stehen vor Staunen und Jubel, und er hob trotzig die Faust. Wie im Traum ging Ladjipiri auf, dass Banggu wusste, was den drei jungen Männern, darunter sein Bruder, geschehen war und er sich als Vergeltung dem Kampf gegen die weißen Männer angeschlossen hatte. Sein Schicksal lag nun in den Händen der großen Geister.

Traurig wartete Ladjipiri, bis einer der Ältesten eine kurze Zeremonie zum Schutz der gerüsteten Krieger beendet hatte, dann trat er auf seinen Sohn zu.

Banggu löste sich aus den Reihen, fasste die Frau und

rannte zu ihm. Er begrüßte seinen Vater mit ausgebreiteten Armen und wenig Rücksicht auf seinen Putz; seine Frau trat solange mit glückstrahlenden Augen zurück.

»Das ist Wiradji«, sagte Banggu, »meine Frau.«

Und zu ihr über die Schulter: »Mein Vater! Das ist mein Vater. Der berühmte Trader! Ladjipiri!« Und wieder zu ihm: »Aber was machst du hier? Es ist hier draußen jetzt zu gefährlich. Sie würden dich mit einem Streich töten und in einen Bach werfen. Einen Einheimischen allein. Ich habe es mit eigenen Augen gesehen.«

Ladjipiri hob die Hand. »Wir mussten wissen, wo du bist. Deine Mutter findet keine Ruhe, solange sie nicht weiß, ob du am Leben bist oder tot.«

»Dieser hier ist sehr lebendig«, sagte Banggu hitzig.

Sie hatten wenig Zeit zum Erzählen, da die mit Speeren und Bumerangs bewaffneten Krieger nun die versammelten Gruppen verließen und, wie Ladjipiri feststellte, gen Süden strebten.

»Sieht er nicht prachtvoll aus?«, flüsterte Wiradji, die ihrem scheidenen Ehemann mit den Blicken folgte.

Ladjipiri lächelte. »Er ist größer und robuster geworden. Und tapferer, da er eine so schöne Frau zu verteidigen hat. Ich bedaure, dass ich kein Geschenk für dich habe. Ich werde mich umsehen müssen. Es gehört sich nicht für einen Schwiegervater, so nachlässig zu sein.«

»Lass gut sein, mein Mann hat ein Geschenk für mich.« Sie lächelte. »Er hat mir versprochen, wenn die Unruhen hier vorüber sind, wird er mich auf dem großen Handelsweg mitnehmen und mir das wunderbare Meer zeigen. Er sagte mir, dort werde ich dich und seine Mutter und seine Schwestern sehen, aber nun bist du schon hier! Komm, ich bringe dich zu meiner Familie. Ihr Lagerfeuer ist da drüben bei den Eukalyptusbäumen.«

Plötzlich scheu, brach sie ab. »Das heißt, wenn du sie kennenlernen möchtest.«

»Es ist mir eine Ehre, Wiradji; denn ich werde nicht lange bleiben. Ich habe einen langen, beschwerlichen Weg hinter mir und muss wieder zu Hause sein, ehe der Küstenregen die

Flüsse und Wälder unpassierbar macht. Meine Frau«, fügte er hinzu, »wartet ungeduldig auf Neuigkeiten.«

* * *

Inspektor Beresford überließ es Krill, seine Truppen für den Aufbruch von Longreach startbereit zu machen, und begab sich auf die Suche nach seinen Freunden. Er kam rechtzeitig, um Harrys Wagen hinter der verminderten Herde losfahren zu sehen und staunte über den Zuwachs der Begleitung.

»Sind die verrückt geworden, dass sie die Horde von Schwarzen mitziehen lassen?«, fragte er Duke, während sie zusahen, wie die Wagen der Merrimans Longreach verließen.

»Wieso? Wir hatten Trader als Führer; warum sollen sie nicht ein paar Schwarze mitnehmen, die ihnen zur Hand gehen?«

»Weil man denen nicht trauen kann. Harry wird eines Morgens tot aufwachen.«

»Ach komm, Marcus. Du siehst Gespenster. Harry hat seine Treiber, die ihn unterstützen. Er ist kein Dummkopf, er wird es ruhig angehen. Er hat dieselben Landkarten wie wir, und er hat vor, seine Rinder von einem markierten Stück Land zum nächsten zu bringen. Jeder Siedler kann ihm den Weg zum nächsten registrierten Gelände weisen, bis er auf unbesetztes Gebiet stößt.«

Doch Marcus hörte nicht zu. »Was ist eigentlich aus dem schwarzen Kerl geworden, den du Trader nennst?«

»Das weiß ich nicht. Er war nur dazu da, uns nach Longreach zu bringen. Ich weiß nicht, wohin er von da aus gegangen ist. Vermutlich nach Hause gewandert.«

»Da liegst du falsch. Meine Leute sagen, er ist nach Nordwesten gegangen. Warum wohl? Warum ist er nicht bei Harry geblieben, wenn sie doch in dieselbe Richtung wollen? Ich sage, er ist ein Spion; die Schwarzen haben überall Spione, und ein Kerl, der Englisch spricht, würde ihnen verdammt gelegen kommen. Ich sage dir, Duke, wenn ich dem begegne, jage ich ihm eine Kugel in den Bauch.«

»Du darfst Trader nicht erschießen! Er ist kein Spion!«

»Ein Schwarzer weniger, vor dem man sich in acht nehmen muss«, murmelte Marcus.

Duke gab vor, ihn nicht zu hören. Die Schießwütigkeit seines Freundes verdross ihn. Doch er war im Moment zu beschäftigt, um sich seinetwegen Sorgen zu machen. Er hatte vor dem Aufbruch eine Menge zu tun. Seine Rinder hatte er für sage und schreibe vier Pfund pro Kopf verkauft und einen großen Batzen Geld auf die Bank gebracht. Dann hatte er Ned nach einigem Hin und Her überreden können, sich ihm anzuschließen… Zu einem wilden Ritt an den Rand der Zivilisation, um ihr Land abzustecken und dann schleunigst zu verschwinden.

Harry hatte Ned zugeredet. »Was hast du davon, wenn du mit uns ziehst? Tottie und ich stecken die Grenzpfähle, zusammen mit zwei Treibern. Sie bleiben bei uns, sie haben kein Interesse an eigenen Rinderherden. Ginger und die anderen Jungs auch nicht. Sie sind Treiber, sie tun ihre Arbeit gern. Sie werden ihren Lohn nehmen und sich auf den Heimweg machen. Vermutlich werden sie unterwegs Arbeit annehmen.« Er zündete seine Pfeife an. »Das trifft auf alle zu, nur nicht auf dich, Ned. Ich weiß, du bist nur losgezogen, weil du dir die Landschaft ansehen wolltest, aber du hast viele hundert Meilen zurückgelegt und hart gearbeitet. Dafür musst du doch etwas vorweisen, Mann!«

»Du willst dich nicht etwa hier draußen ansiedeln?«, fragte Duke Ned.

»Lieber Gott, nein! Ich ziehe meinen Hut vor Harry und Tottie für ihren Entschluss, aber ich bin kein Pionier.«

Duke grinste. »Ich auch nicht, wie sich gezeigt hat. Aber ich will auf jeden Fall ein Stück von dem Kuchen abhaben, wo ich schon hier bin. Hör zu, wir besorgen uns die besten schnellen Pferde, die wir finden können, und reiten wie die Teufel! Die Schwarzen werden uns nicht behelligen, sie sind zu sehr damit beschäftigt, den Wagen und den Herden zu drohen, die in ihre Gebiete eindringen. Ich schätze, wir können in höchstens zehn Tagen hin und zurück sein. Dann lassen wir hier unser

Land registrieren, ruhen uns aus und reiten gemächlich mit Packpferden nach Hause.«

»Das Brandroden unserer Grenzen dürfte mehr als zehn Tage in Anspruch nehmen«, warnte Ned. »In der Zeit sind wir leichte Beute für Überfälle.«

»Wir sind gut bewaffnet. Und außerdem werden wir eine von unseren Grenzen gemeinsam haben. Das erspart uns Zeit.«

Angesichts ihrer kleinen Streitigkeiten auf dem Treck hierher war Ned überrascht gewesen, dass Duke ihn als Partner bei diesem Unternehmen haben wollte, aber, vermutete er, lieber einen Spatz in der Hand ... Am meisten aber erstaunte ihn Dukes Begeisterung für diesen Ritt. Und seine Weigerung zu erkennen, dass sie in Gefahr geraten könnten.

»Duke hat anscheinend vergessen, dass sein Vater bei einem ähnlichen Unternehmen umgekommen ist. Von Schwarzen getötet«, sagte er zu Harry. »Und ich scheue mich, es zu erwähnen.«

»Das wird er bestimmt nicht vergessen haben«, erwiderte Harry. »Dies ist kein so schwieriges Unternehmen wie das, worauf sein Vater sich eingelassen hat. Er und sein Freund sind auf der Suche nach einem bestimmten Tal in ein sehr gefährliches Gebiet geritten. Dank dem Forscher Leichhardt wussten sie schon, dass es erstklassiges Land war. Es gab dort weit und breit keine Nachbarn, keine Siedler. Sie waren allein. Dieser Treck ist anders. Es sind schon Siedler da draußen. Wir springen einfach von einem registrierten Land zum anderen. Manchmal denke ich, Tottie macht sich unnötig viel Sorgen wegen dieser Etappe unserer Reise ...«

Ned war froh, dass Harry eine Ahnung von Totties Sorgen hatte.

»Dann behalte sie so viel wie möglich bei dir«, sagte er. »Das braucht eine Frau zur Beruhigung.«

»Ich denke, du hast recht. Wir werden dich vermissen, Ned. In ein paar Jahren, wenn wir uns hier eingelebt haben, sitzen wir die Regenzeit an der Küste aus wie alle großen Siedler. Deswegen behalte ich mein kleines Grundstück in Rockhampton. So weißt du immer, wo du uns finden kannst.«

»Und du willst ganz sicher mit Duke ziehen?«, fragte Tottie ihn.

»Oh ja, warum nicht. Er ist ein verwegener Bursche, aber er hat ein gutes Herz. Außerdem fühle ich mich irgendwie für ihn verantwortlich.«

»Warum das denn, um Himmels willen? Er ist groß genug, um selbst auf sich aufzupassen.«

»Ach, Familienangelegenheiten und so.« Ned wurde verlegen. Hätte er das nur nicht gesagt. Doch er hatte plötzlich das Bild von Dukes Mutter vor Augen gehabt, dieser leidenschaftlichen Irin, wie sie da stand, die Hände in die Hüften gestemmt, und ihn herausforderte. »Wir waren immerhin Nachbarn«, fügte er lahm hinzu.

Ned und Duke waren zur Stelle, um sie zu verabschieden. Tottie weinte und lächelte und versprach zu schreiben. Harry gab ihr einen langen, leidenschaftlichen Kuss, der bei den Umstehenden Bravos und Pfiffe hervorrief, und half ihr in den Wagen, dann ging er auf die andere Seite und ergriff die Zügel. Ihre Aborigine-Freunde gingen zu Fuß nebenher und riefen anderen Stammesangehörigen, an denen sie vorbeikamen, fröhlich Abschiedsworte zu. Ned hatte den Eindruck, dass sich die Anzahl der Aborigines erheblich erhöht hatte, doch das schien Harry und Tottie nicht zu stören.

Ihre Abreise bedrückte Ned. Dennoch war er froh, dass er beschlossen hatte, sich mit Duke zusammenzutun, anstatt weiterhin wie ein pickeliger Schulknabe nach einer glücklich verheirateten Frau zu schmachten.

»Du musst dich jetzt zusammennehmen«, sagte er sich. »Die kommende Reise wird nicht so ein Zuckerschlecken, wie Duke es sich vorstellt.«

Dann nahm er sich die Zeit, seinen Eltern zu schreiben, und besaß den Anstand, seinen Vater für sein unverantwortliches Benehmen um Verzeihung zu bitten. Er hatte auf diesem langen Treck, auf dem er mit Treibern lebte und arbeitete, eine Menge gelernt: vor allem, dass er aufmerksam sein musste und nicht nur sich und seine Probleme sehen durfte. Zeitweise war er dermaßen erschöpft gewesen, nicht nur für ein paar Stunden, sondern tagelang, dass er erwogen hatte, im nächsten Dorf aufzugeben und umzukehren. Glücklicherweise aber hatte er bemerkt, dass die anderen Männer im Sattel genauso ermattet waren wie er. Umso mehr, als sie auch noch Nutzlasten trugen.

Er sah sie ins Lager kommen, sich hinhocken und schweigend essen, beinahe zu erschöpft, um zu schlucken. Er sah sie alle möglichen Verletzungen erdulden, wenn sie mit ihrer Fracht durch den Busch vorstießen, und sich gegenseitig zusammenflicken, so gut es ging. Eukalyptus war anscheinend das Allheilmittel für Beschwerden wie Rückenleiden, Husten und gebrochene Finger, Buschhonig war gut für Entzündungen und Rum für alle sonstigen Wehwehchen.

Jetzt, am Ende der Reise, empfand er eine starke Zuneigung für die Männer, die er anfangs für ziemlich zugeknöpft gehalten hatte und hoffte, dass sie gut von ihm dachten. Am Ende war jeder zu ihm gekommen, um ihm zum Abschied die Hand zu drücken oder ihn am Ohr zu zupfen und zu sagen, er sei »in Ordnung«, und das machte Ned ungemein stolz.

»Dich stelle ich jederzeit ein!«, hatte Ginger Magee gesagt.

Jetzt war Ned auf der Hauptstraße und suchte in einem Stapel Lederwaren nach Satteltaschen – denn seine waren inzwischen abgenutzt –, als Duke wieder zu ihm stieß.

»Ich habe eben Matt Doolan getroffen«, sagte er.

»Wen?«

»Matt. Den vermissten Treiber.«

»Oh. Wo ist er gewesen?«

»Er jammert, weil er sich einer anderen Treibermannschaft angeschlossen und der Boss ihn verprügelt hat, weil er während der Wache eingeschlafen ist. Er wollte Harry und seinen Leuten tatsächlich nachreiten und fragen, ob Harry ihn wieder nimmt, aber ich habe ihm gesagt, er soll verschwinden.«

Ned lachte; er musste daran denken, dass Duke und Matt nicht eben Harrys Lieblingstreiber waren.

»Wohin gehst du jetzt?«, fragte er.

»Ich muss einen Brief aufgeben.«

»Fein. Nimmst du meinen mit? Danach treffen wir uns in der Kneipe. Ich will mir die Landkarten noch einmal ansehen.«

»Ist gut.« Duke drehte Neds Brief herum. »So ein braver Junge. Schreibt seinen Eltern. Hast du deinem alten Herrn erzählt, dass wir morgen zur großen Landnahme aufbrechen? Das wird ihm imponieren.«

»Nein. Für den Fall, dass wir es nicht schaffen.«

»Verdammt, Ned! Nun mach aber mal halblang! Natürlich schaffen wir das! Bis nachher.«

Duke hatte Lucy Mae geschrieben, er werde sich auf den Heimweg machen, sobald sein abgestecktes Land registriert sei und er hoffe, sie in wenigen Monaten zu sehen. Er fügte sogar an, dass er sie sehr vermisse.

Als er an die Theke des Ladengeschäfts trat, das auch als Postamt diente, rief die Frau des Inhabers: »Ein Brief für Sie, Duke! Und einer für Ihren Freund, den englischen Herrn, Mr. Heselwood.«

Duke nahm die zwei Briefe entgegen, kaufte dann Marken für seinen Brief an Lucy Mae und Neds Brief an seine Eltern, und gab sie auf.

Er war der festen Überzeugung, dass der Brief an ihn, der nach Mango Hill adressiert war und den Paul ihm nachgeschickt hatte, von Lucy Mae war. In seiner Aufregung stopfte er Neds Brief in die Gesäßtasche seiner Arbeitshose und zog sich in eine ruhige Ecke zurück, um Lucy Maes Antwort auf seinen Heiratsantrag ungestört lesen zu können.

Aber der Brief war von Milly. Enttäuscht murmelte er: »Verdammter Mist! Was will sie?«

Ein Mann, der in der Nähe stand, grinste. »Die Missus, wie?«

»Ja.« Duke zuckte mit den Achseln und wandte sich ab, um sich auf Millys krakelige Schrift zu konzentrieren.

»Allmächtiger!«, stieß er überrascht hervor und stürmte aus dem überfüllten Laden, um Millys Anweisungen – denn darum handelte es sich – noch einmal zu lesen. Lucy Mae erwarte ein Kind von ihm und er habe sich unverzüglich nach Hause zu begeben, um sie zu heiraten!

»Schön, wird gemacht«, sagte er zu den Briefbögen. »Habe ich sie denn nicht schon gefragt?«

Er überlegte, ob es falsch von ihm gewesen war, an Lucy Mae

zu schreiben. Ihr einen Heiratsantrag zu machen, statt vielleicht zuvor mit ihren Eltern zu sprechen. Aber Lucy Maes Vater war schon vor Jahren gestorben.

Glaubte Milly nun, er hätte sich an sie wenden müssen?

»Bestimmt«, murmelte er ärgerlich. »Das sieht ihr ähnlich, dem alten Drachen.« Er zuckte mit den Achseln. »Spielt keine Rolle. Ich habe jetzt Erlaubnis zum Handeln. Aber Lucy Mae hätte mir wenigstens selbst schreiben sollen. Das hätte mich gefreut. Es ist wirklich enttäuschend, nur von ihrer Mutter zu hören.«

Duke trat noch einmal an die Theke. »Ist wirklich nicht noch mehr Post für mich da? Ich erwarte einen weiteren Brief.«

Die Frau wühlte noch einmal in dem staubigen Poststapel. »Nein, Duke. Bedaure. Das war alles für diesen Monat.«

Untröstlich verließ er den Laden, besann sich, dass er laut Milly Vater wurde, aber das kam ihm in keinster Weise wirklich vor. Nichts von alledem erschien ihm real, nicht einmal die Tatsache, dass er Lucy Mae heiraten würde. Diese Aussicht müsste ihn eigentlich wahnsinnig glücklich machen. Stattdessen bangte ihm vor dem großen Ritt, den er vor sich hatte. Dies war nicht die rechte Zeit, niedergeschlagen zu sein.

Als Ladjipiri es für geboten hielt, aufzubrechen, bat Banggu ihn, noch ein paar Tage zu bleiben.

»Wir brauchen Zeit für uns, um zu reden. Vater und Sohn.«

Die Bitte rührte Ladjipiri. Diesem Sohn war die Zeit beschieden gewesen, die seinem Bruder verwehrt worden war, um sich zu einem starken, selbstsicheren Mann zu entwickeln, und doch legte er Wert auf das Urteil seines Vaters. Ladjipiri sah sich nach einem passenden Ort für dieses wichtige Familiengespräch um und entschied sich für eine hohe Böschung an einem Waldrand, von wo aus man einen Blick auf das stille Wasser hatte. Hier konnte er sich vorstellen, wie die Fluten im Sommer herantosten und das ausgedörrte Land wieder grün werden ließen. Das wäre gewiss ein gewaltiger Anblick, doch zu jener Jahreszeit würde er weit fort sein.

Als sein Sohn zu ihm kam, sprachen sie über dieses große Wassergeschenk, das der Norden schicke. Sie sprachen von der Familie daheim und Banggu gestand, dass er die Seinen schmerzlich vermisste. Danach sprachen sie zum ersten Mal über die Tragödie, die bei der Schlucht ihren Anfang genommen hatte.

»Die haben wir selbst herbeigeführt«, sagte Banggu. Er hob die Hand, um Ladjipiris Einwand zu unterbinden. »Nein, lass mich sprechen. Wir haben die Soldaten mit Steinen beworfen …«

»Nicht Soldaten, Polizisten.«

»Das ist ein und dasselbe. Wir fanden es spaßig. Wir waren dumm – stolz darauf, dass wir einen von ihnen getötet hatten. Wir waren zu dumm, um zu sehen, dass wir in ein Wespennest gestochen hatten und die Vergeltung furchtbar sein würde. So kam es dann auch, Vater«, fuhr er fort. »Und für diese Dummheit, die im Tod meines Bruders und unserer Freunde endete, bitte ich um Vergebung.«

Ladjipiri wollte die Entschuldigung als überflüssig abtun, doch Banggu blieb beharrlich.

»Ich möchte, dass du nun die Worte sprichst, mit denen du mir verzeihst; denn es lastet schwer auf mir. Ich bitte dich, mir dies zu gewähren, bevor ich andere wichtige Angelegenheiten mit dir besprechen kann.«

Ladjipiri ergriff die starken Arme seines Sohnes und hielt sie ganz fest, während er seine Vergebung erteilte, Balsam für die Trauer, die sie beide trugen.

»Nun«, sagte Banggu, »möchte ich, dass du noch etwas für mich tust.«

»Du brauchst nur zu bitten.«

»Das weiß ich. Du bist lange genug in diesem Land, um zu wissen, dass es sehr gefährlich geworden ist. Ich habe Wiradji versprochen, ihr eines Tages das Meer zu zeigen. Das ist jetzt umso dringlicher, als es dort sicherer ist als hier. Ich habe keine Angst mehr, dass die Polizei mich festnimmt. Ich werde mein Aussehen und meinen Namen ändern und Wiradji soll bei unserem Volk leben.«

Ladjipiri wurde leicht ums Herz. War es möglich, dass sein Sohn nach Hause kam?

»Aber ich kann hier nicht fort, bevor der Kampf vorbei ist, deswegen möchte ich, dass du Wiradji mit dir nimmst.«

Enttäuschung zeigte sich auf dem Gesicht seines Vaters, doch Banggu sprach weiter. »Hier ist für keinen von uns ein sicherer Ort, Vater. Es wird Krieg geben …«

»Aber gewiss …«

»Nein. Ich spreche nicht von Überfällen und kleinen Anschlägen; ich meine einen regelrechten Krieg, um das Kalkadoon-Gebiet von den Weißen zu befreien, und ich muss meine Pflicht tun.«

»Aber das ist doch nicht möglich!«

»Das weißt du nicht«, sagte Banggu ruhig und bestimmt.

»Du auch nicht!«

»Ich will über diese Angelegenheit nicht streiten. Ich bin jetzt ein Krieger. Aber meine Frau ist es nicht, und kein Gesetz verbietet, sie wegzuschicken. Ich werde bei ihr sein, sobald ich hier meine Pflicht erfüllt habe.«

Ladjipiri konnte nicht mehr an sich halten. »Lass uns alle gehen«, entfuhr es ihm. »Dieser Kampf ist nicht der deine.«

»Diese Leute haben mir Zuflucht gewährt. Jetzt werde ich gebraucht!«

»Ach, mein Sohn, ich bitte dich, komm mit mir!«

»Du weißt, ich kann nicht. Du hast ein Pferd. Ich besorge noch eins für Wiradji und ihr müsst, so schnell ihr könnt, von hier nach Norden reiten.«

»Und wenn sie nicht fort will ohne dich?«

»Sie muss. Sie erwartet ein Kind. Sie darf mein Kind nicht gefährden. Du wirst beide in Sicherheit bringen.« Seine Stimme wurde sanft. »Ich hoffe, der Anblick ihres Enkelkindes wird meiner Mutter ein Trost sein und sie für ihre Traurigkeit entschädigen.«

»Aber Banggu! Ein Krieg?«

»Vielleicht ist es ja nur ein wildes Gerücht. Wer weiß?«

Ladjipiri war nicht beruhigt.

Kapitel 17

Sie waren seit zwei Tagen unterwegs, ritten zügig durch baumlose Ebenen, hin zu felsigen roten Bergen, und hatten die letzten Siedlerpioniere auf dieser Wegstrecke schon hinter sich gelassen. Duke war zuversichtlich, dass sie gut vorankamen.

Ned war vergnügt. Auch wenn sie sich einig waren, die Pferde zu Beginn zu schonen, schlugen sie alle Vorsicht in den Wind und preschten in das wilde, unwegsame Land.

Wieder einmal staunte Ned über die weiten Ausblicke, die sich vor ihnen auftaten. Der Horizont wirkte wie abgesenkt, um die Unendlichkeit des einmalig blauen Himmels aufzunehmen, den nicht das winzigste Wölkchen trübte. Aus der Ferne sahen sie gelegentlich eine Gruppe Aborigines über das offene Land ziehen, meistens einzeln hintereinander, was Ned gebannt beobachtete. Wo sie eine große Schar bunter Papageien über Bäumen kreisen sahen, vermuteten sie ein in diesem Waldstück verborgenes Wasserloch.

Ohne viel nachzudenken, abgesehen davon, dass sie ihre Wassersäcke füllen mussten, schlugen sie diese Richtung ein und ritten geradewegs in den Wald – was ungeschickt war, stellte Ned fest, da sie in ein Aborigine-Lager hineinplatzten.

Eine Frau rannte kreischend davon, Hunde kläfften, Männer und Frauen gingen ihnen rasch aus dem Weg, als wollten sie den Reitern gestatten, zu dem Wasserloch vorzudringen, das silbern durch das schattige Tal schimmerte, doch die zwei

Männer saßen rasch ab und entschuldigten sich durch Handzeichen für ihr Eindringen.

Die Mienen der dunklen Gesichter ringsum waren sichtlich verängstigt, die Blicke mehr auf die neben den Sätteln baumelnden Gewehre gerichtet als auf die Fremden.

Ned sah kleine Kinder, die sie aus dem Schutz der Bäume beäugten, und um sie sich gewogen zu machen, entnahm er einer Satteltasche eine Dose goldgelben Zuckersirup. Sie hatten beide eine Vorliebe für diesen Sirup. Er schmeckte wie kräftige Melasse und war im Busch sehr beliebt, weil man damit Tee süßen und das fadeste Essen etwas schmackhafter machen konnte.

Er öffnete die Dose, nahm mit dem Finger etwas Sirup und leckte ihn ab, wobei er den Kindern zuliebe übertrieben vor Behagen seufzte. Dann ging er auf sie zu und hielt ihnen die offene Dose hin.

Ein mutiger kleiner Junge von ungefähr zehn Jahren lief herbei, um das Wunderzeug zu kosten, doch eine Frau, offensichtlich seine Mutter, riss ihn am Arm zurück und griff selbst nach der Dose. Alle sahen zu, wie sie mit misstrauischer Miene vorsichtig probierte, und Ned erinnerte sich, dass er früher von Schafzüchtern gehört hatte, die ganze Aborigine-Familien vergifteten, um ihr Land von ihnen zu befreien.

Doch jetzt lächelte die Frau. Sie tauchte die Finger in die Dose, um noch einmal zu kosten, und die Kinder umringten sie, weil sie auch etwas abhaben wollten.

Danach gestattete man Ned und Duke, ihre Pferde zu dem Wasserloch zu führen, um ihren Durst zu stillen an diesem heißen Tag. Als sie aber ihre Wassersäcke herunternahmen, kam ein älterer Mann zu ihnen gelaufen und fuchtelte abwehrend mit den Händen.

»Was ist?«, fragte Ned.

»Tu die Wassersäcke weg«, rief Duke ihm zu. »Ich glaube, es ist tabu, Wasser von hier zu nehmen.«

Er wandte sich an den alten Mann: »Trinken ja? Säcke nein?«

Der alte Mann nickte erfreut.

»Wir gehen jetzt«, fuhr Duke fort. Er lächelte und plauderte drauflos, als könne der Schwarze alles verstehen, was er sagte. »Es war nett, dich kennenzulernen. Dann nehmen wir unsere Wassersäcke eben leer wieder mit. Wir haben unser letztes Wasser in euren Tümpel geschüttet, um sie mit frischem zu füllen. Habt nun vielen Dank.«

Er gab dem alten Mann die Hand und bedeutete Ned, es ihm gleichzutun.

Still bestiegen sie ihre Pferde und winkten zum Abschied allen zu. »Jetzt haben wir überhaupt kein Wasser«, sagte Duke murrend zu Ned. »Wer hatte die Idee, dort haltzumachen?«

»Wenigstens sind die Pferde ausgiebig getränkt. Sie müssen sich heute ihren Unterhalt verdienen.«

Einige Stunden später nahte der Sonnenuntergang, und die Reiter suchten vergeblich nach einer auf der Karte verzeichneten Lagune. Sie mussten die Nacht über ohne Wasser kampieren. Rum und trockenes Brot ergaben eine sonderbare Mahlzeit.

»Morgen müssen wir durch die Berge, nicht?«, fragte Duke.

»Ja. Nachdem wir die Lagune gefunden haben.«

»Wenn, dann werden wir viel Gesellschaft haben. Sieh mal, da oben.«

Die Berge direkt über ihnen waren mit Lagerfeuern gesprenkelt.

»Ich glaube nicht, dass es in dieser Gegend so viele Weiße gibt«, meinte Duke. »Wir werden uns wohl neu orientieren müssen.«

Ned wollte ihr Lagerfeuer mit Erde ersticken, doch Duke hielt ihn zurück. »Tu das nicht. Wir werden in dieser Kälte erfrieren. Sie wissen, dass wir hier sind. Sieht ganz danach aus, dass wir wachbleiben müssen, also lade dein Gewehr.«

In dieser Nacht wurden sie nicht von den Schwarzen gestört, aber sie waren schon vor Tagesanbruch wieder unterwegs, blieben in der Ebene, bis sie in einem schlammigen Bach Wasser fanden. Dann nahmen sie einen anderen Weg durch die Berge, in erheblicher Entfernung von der ursprünglich geplanten Route.

Von der höchsten Stelle aus bot sich ein Blick auf ein weites Gebiet, das mit graugrünen Bäumen dünn bewaldet war und ansonsten nicht viel aufzuweisen hatte als hier und da die üblichen Felsnasen, doch als sie, ihre Pferde führend, die steilen Hänge hinabstiegen, sahen sie zwischen den Bäumen Rauch aufsteigen und konnten bald so etwas wie Wohngebäude ausmachen.

»Zeit, den Nachbarn einen Besuch abzustatten«, meinte Duke. »Ich weiß nicht genau, wo wir sind, wenn ich ehrlich sein soll.«

Die Häuser entpuppten sich als eine Holzhütte mit Schindeldach und diverse Nebengebäude, die auf einer großen Lichtung standen. Das Domizil der Schafzüchter Claude und Martha Gubbins mit ihrem zwanzig Jahre alten Sohn Bert. Sie stammten aus Yorkshire in England, und wie Martha den willkommenen Gästen erklärte, hatten sie sich noch nicht an das Dasein auf der Gubbins-Station gewöhnt.

»Wir können uns rühmen, Herren über annähernd achttausend Hektar zu sein, alles unser eigenes Land«, sagte sie. »Aber es ist unnatürlich, keine Nachbarn zu haben. Richtige Nachbarn. Nicht diese Schwarzen.«

»Hatten Sie Ärger mit ihnen?«

Bert lachte. »Gestern habe ich einen erwischt, splitterfasernackt, der wollte sich mit einem Sack Mehl davonmachen. Ich habe ihm eine Ladung Schrot ins Hinterteil gejagt, da hat er das Mehl fallen gelassen und ist getürmt.«

»Ja, ja, sie schnüffeln herum«, warf sein Vater dazwischen. »Aber sie wissen, dass wir Gewehre haben und halten sich meistens fern.«

Claude vertiefte sich in ihre Landkarte und erklärte ihnen, dass Inspektor Beresford und seine schwarzen Polizisten erst vor wenigen Tagen hier entlanggekommen waren, auf dem Weg nach Pelican Waters, das ungefähr siebzig Meilen weiter draußen lag. Mit Neds Bleistift zeichnete er eine Route ein. »Sie gehen in dieses Tal hinunter, dann wieder nach Nordwesten zum Blackwater Creek, eine von Goldsuchern und ihren Zugpferden häufig benutzte Durchquerung. Bleiben Sie möglichst im Flachland, auch wenn es den einen oder anderen Umweg erfordert. Sie können den Ort mühelos bis morgen Nachmittag erreichen. Es gibt nicht viel, was Sie ablenken könnte. Ab da müsste es Ihnen möglich sein, gutes Weideland zu finden.«

Typisch, könnte direkt aus dem Handbuch für Siedler stammen, kam es Ned in den Sinn, als Martha darauf bestand, dass sie eine Mahlzeit mit ihnen einnahmen. Sie genossen das Essen, wollten aber unbedingt weiter, und gegen Mittag ritten sie mit vollen Wassersäcken und dank Claudes selbstgebrautem Bier wiederhergestellter guter Stimmung gen Westen.

Als sie den Wald hinter sich hatten, ritten sie ein breites Tal entlang, das mit hohem, von der Sonne gebleichtem Gras bewachsen war.

»Ich glaube, wir werden verfolgt«, sagte Duke. »Immer wenn ich mich umdrehe, sehe ich, wie sich hinter uns im Gras etwas bewegt.«

»Könnte das nicht nur der Wind sein?«

»Der Wind trägt keine langen Speere bei sich.«

»Dann sollten wir schleunigst hier verschwinden.«

»Nichts wie weg!«, rief Duke, gab seinem Pferd die Sporen, und als die zwei Pferde vorwärts stürmten, wurden ihnen Speere nachgeworfen. Ned drehte sich um, und da sah er ein halbes Dutzend Schwarze die Jagd eröffnen, doch die zwei frisch ausgeruhten Pferde gerieten in Panik und stürmten über das flache Land, als sei es eine Rennbahn.

Bald hatten sie die Verfolger weit hinter sich gelassen, und als sie aus dem Tal herauskamen, ließen sie die Pferde im leichten Galopp laufen, bis sie auf ein Schild trafen, das an einen Baum genagelt war und verkündete: *Blackwater Creek.*

Sie starrten es verdutzt an.

»Das ist das erste Schild, das wir hier draußen sehen.« Duke lachte. »Wir sind hunderte Meilen geritten, ohne einen einzigen Wegweiser zu sehen, und dann finden wir einen hier draußen mitten in der Wildnis. Schön, Blackwater Creek wird uns nützlich sein. Wir können ihn hier durchwaten und auf der anderen Seite kampieren.«

»Lass uns den Pferden hier eine halbe Stunde Rast gönnen und dann nach Pelican Waters weiterreiten.«

»Gute Idee. Mir ist so heiß, ich glaube, ich setze mich in den Blackwater Creek. Jetzt ist angeblich Winter. Meinst du, es wird nachts auch mal kalt?«

Ned grinste. »Sieht ganz so aus.«

Als sie in das einsame Dorf ritten, in einer Ebene gelegen, die so flach war, dass Ned blinzeln musste, um den fernen Horizont zu erkennen, war alles ruhig.

Weder das Wasserloch noch die Pelikane waren auf Anhieb zu sehen, doch Pelican Waters wartete mit einer Herberge, einem gut ausgestatteten Lagerhaus und siedend heißen artesischen Brunnen auf, die angesichts der Tagestemperaturen weder Ned noch Duke reizten.

Sie erfuhren enttäuscht, dass Beresford und seine einheimischen Polizisten vor wenigen Tagen durch das Dorf gekommen waren, um sich geradewegs nach Cloncurry zu begeben, das schätzungsweise hundertfünfzig Meilen weiter draußen lag.

»Immer noch weiter draußen«, stöhnte Ned, und er fragte sich, warum er sich zu diesem mörderischen Abenteuer hatte überreden lassen.

Nach ein paar Bieren, dem schärfsten Currygericht, das sie je verzehrt hatten, und Komplimenten an den afghanischen Koch, einen ehemaligen Kameltreiber, kippten sie mit dem Wirt noch mehrere kühle Biere. Er riet ihnen, eine Weile auszuruhen und sich einer Gruppe von zwanzig Viehhütern anzuschließen, die nach Einbruch der Dunkelheit nach Cloncurry reiten und sich die derzeitigen klaren, mondhellen Nächte und natürlich die erheblich kühleren Temperaturen zunutze machen wollten.

Von da an war die Reise einfacher. Ihre Weggefährten kannten das Land, halfen ihnen, schwimmend mit den Pferden etliche Flüsse zu durchqueren, führten sie durch die Berge und gaben ihnen reichlich Auskunft über die Besitzungen, durch die sie zogen – über die Größe des markierten Gebietes und der Herden, häufig Schafe und Rinder, sowie die Bewohner, insbesondere die Frauen. Sie wussten außerdem unheimliche Geschichten über die Zusammenstöße zwischen schwarzen und weißen Männern zu erzählen, eine Mahnung an die Neuankömmlinge, wachsam zu bleiben.

Die erste Pflicht von Inspektor Beresford bestand darin, die Arbeiten auf seiner zukünftigen Polizeistation in Cloncurry zu beaufsichtigen. Er stellte fest, dass das Dorf, am Fluss Cloncurry gelegen und von den unglücklichen Forschern Burke und Wills benannt, sowohl ein Mekka für Goldsucher als auch ein Zentrum für Schaf- und Rinderfarmen war. Bevor er von Longreach aufgebrochen war, hatten ihn Anweisungen des Polizeikommissars erreicht, hart gegen Gesetzesbrecher vorzugehen, da es in der Gegend reiche Kupfervorkommen gab und schon mehrere Minen in Betrieb waren. *Die Kolonie*, hatte er geschrieben, *ist dringend auf die Einkünfte angewiesen, die der Abbau in diesem Gebiet erzielen könnte, und der Premierminister wünscht nicht, dass Investoren durch Gerüchte über Gesetzlosigkeit abgeschreckt werden.*

Gerüchte? Marcus war wütend. Binnen weniger Tage hatte er herausgefunden, dass Recht und Gesetz selbst nur Gerüchte waren. Bei den vielen Schwarzen und Buschräubern, Schießereien, Streitereien über Minenanteile und was dergleichen mehr war, bräuchte er eine Armee, um in dieser wüsten Grenzstadt, tausend Meilen von dem behaglichen Regierungssitz in Brisbane entfernt, für Recht und Ordnung zu sorgen.

Er hatte von Cloncurry aus geantwortet, er wolle sein Bestes tun, auch wenn er viel zu wenig Leute habe, und werde den Bewohnern von Cloncurry versichern, dass die Regierung bei nächster Gelegenheit Berufspolizisten als Verstärkung schicken werde.

»Damit«, sagte er selbstgefällig, »sind Sie am Ball, Sir.«

Er war froh, dass er die Voraussicht gehabt hatte, Zimmerleute mitzunehmen. Sie waren bereits dabei, die Maße des Grundstücks abzuschreiten, während einheimische Polizisten zu Holzfällerdiensten im nahen Wald herangezogen wurden.

Marcus merkte mit Genugtuung, dass sein Ruf als ein Polizist, der aufsässigen Schwarzen kein Pardon gewährte, ihm vorausgeeilt war. Einem Wirt erklärte er: »Die einzige Möglichkeit, die Schwarzen unter Kontrolle zu halten ist, ihnen eine Heidenangst einzujagen. Und das ist nur zu schaffen, wenn man als erster zuschlägt. Was ich zu tun gedenke, damit diese Gegend gedeihen kann.«

Der Wirt, ein ehemaliger Kaufmann aus Liverpool, England, stimmte ihm aus vollem Herzen zu. Es verwirrte ihn jedoch, von großen Besitztümern umgeben zu sein, die alle Station genannt wurden.

»Ich meine, Inspektor«, nörgelte er, »wir haben hier Polizeistationen und Bahnstationen. Warum nennen die Leute auch noch ihre Farmen Stationen?«

»Weil die ersten Siedler in diesem Land Soldaten waren… Offiziere, die mit ihren Leuten in diversen Bezirken stationiert waren. Sie sagten auch dann noch, sie seien stationiert. Auf Land, das ihnen überlassen worden war. Daher der Name Station für eine Farm.«

»Wer hätte das gedacht? Wie lange werden Sie hierbleiben?«

»Eine ganze Weile. Ein Unterinspektor und weitere Polizisten kommen bald zur Verstärkung und am Ende werden wir das gesamte Gebiet unter Kontrolle haben.«

»Nicht so bald, Sir. Nicht so bald. Viele Schafzüchter sind sehr nervös geworden und drohen, den Bezirk zu verlassen.«

»Sie sind ab jetzt in Sicherheit. In wenigen Tagen gehe ich mit meinen Leuten los, um in der unmittelbaren Umgebung gründlich aufzuräumen, und nach und nach werden wir den Umkreis erweitern, bis wir Patrouillen dorthin schicken können, wo es nötig ist.«

Mit Krill erkundete er das Gebiet rings um die Stadt, als stünden sie am Beginn einer militärischen Operation; sie notierten Grenzzeichen und Farmgrenzen wie auch die Lager der allgegenwärtigen Goldsucher. Bei ihrer Rückkehr mussten sie sich die Klagen der Zimmerleute anhören, dass die einheimischen Polizisten, die als Holzfäller arbeiteten, alles hingeschmissen hätten.

»Kaum hatten Sie ihnen den Rücken gekehrt, haben sie die Arbeit niedergelegt und sind zum Fluss gelaufen«, sagte der Meister verärgert. »Wenn wir hingehen und unser Holz selbst fällen müssen, dauert es doppelt so lange, Ihr Polizeigebäude zu errichten!«

»He, Inspektor«, rief ein Zimmermann ihm am Nachmittag desselben Tages zu, »Sie haben Besuch!«

»Wer ist es?«, rief er zurück, verärgert über die Störung.

»Deine neuesten Einwohner, seine Lordschaft Duke MacNamara und der Ehrenwerte Ned Heselwood persönlich«, dröhnte eine bekannte Stimme.

»Guter Gott, du bist es, Duke!« Marcus lachte. »Du hast es wahrhaftig geschafft.«

»Heil und gesund«, bestätigte sein Freund.

Marcus war aufrichtig erfreut, sie zu sehen, und ging mit ihnen in ein stilleres Gasthaus zum Essen.

»Wenn ihr heute Nacht ein Dach über dem Kopf braucht, dieses Gasthaus ist das beste von lauter schlechten. Ihr tätet gut daran, euch hier ein Zimmer zu schnappen, bevor die Minenarbeiter kommen und die Stadt auf den Kopf stellen.«

»Das ist ja eine famose Empfehlung«, sagte Ned und seufzte. »Haben die Betten wenigstens Matratzen? Das ist für mich das Wichtigste, und je eher ich darin liege, umso besser.«

»Manche. Aus Rosshaar, wenn du Glück hast. Ansonsten liegt man auf Stroh oder Segeltuch. Aber ich kann nicht länger mit euch plaudern, Freunde. Ich habe gehört, dass ein gewisser Dinny Dwyer, ein Buschräuber, flussaufwärts in einer Hütte lebt, und ich hoffe, ihn heute Abend zu schnappen. Die Buschräuber fallen seit Monaten über die Minenarbeiter da draußen her. Wenn ich den Burschen erwische, wird mir das zugute kommen, und die Minenarbeiter sind dann vielleicht eher zur Zusammenarbeit bereit.«

Er leerte sein Whiskyglas und machte sich zum Aufbruch bereit. »Wir sprechen morgen über eure Pläne. Vielleicht kann ich euch behilflich sein, den Anfang zu machen.«

»Wann gehst du auf die Jagd nach diesem Sträfling?«, fragte Duke.

»Bei Sonnenuntergang. Warum?«

»Kann ich mitkommen? Hört sich nach einer interessanten Betätigung an.«

»Wenn du möchtest. Ich nehme Sergeant Krill und ein halbes Dutzend schwarzer Polizisten mit. Möchtest du auch mitkommen, Ned?«

»Bloß nicht. Ich habe die Nase voll von nächtlichen Ritten. Ich will nur schlafen.«

»Na gut. Komm bei Sonnenuntergang in mein Lager, Duke. Ich gebe dir ein frisches Pferd.«

Duke konnte den Sonnenuntergang kaum erwarten, und um die Zeit totzuschlagen, schnallte er sein Bündel auf und nahm seine andere Arbeitshose heraus. Sie war steif von Staub, aber ein bisschen ansehnlicher als die ramponierte Hose, die er trug, seit sie von Longreach aufgebrochen waren. Als er die Hose anzog, fühlte er etwas in der kleinen Gesäßtasche.

»Oh Gott!«, murmelte er und nahm Neds Brief heraus, der jetzt zerknittert und braun von Schweiß war. Er hatte ihn ganz vergessen. »Er wird furchtbar wütend sein!«

Sein erster Impuls war, Ned, der nur wenige Schritte von ihm entfernt schlief, schleunigst zu wecken. In dieser Herberge gab es keine richtigen Zimmer, nur eine lange Veranda mit Betten, die mit dünnen Rosshaarmatratzen ausgestattet waren. Ned war binnen Minuten eingeschlafen.

Duke betrachtete ihn. Er war vollkommen weggetreten, nur mit seiner Kordhose bekleidet. Seine übrigen Habseligkeiten hatte er unters Bett geworfen.

Ich gebe ihn ihm später, entschied Duke. Er dürfte nicht gerade bester Laune sein, wenn ich ihn so bald wecke.

Es ging Duke durch den Kopf, es sei vielleicht klüger, den Brief zu verbrennen. Ihn einfach zu vergessen. Aber er brachte es nicht über sich. Er traute sich nicht, ihn wieder in die Tasche zu stecken, deswegen rollte er ihn in sein Bündel, das er auf sein Bett legte, um später daran erinnert zu werden. Dann brachte er ein bisschen Zeit damit zu, sein Gewehr zu reinigen, ehe er seine Schaffelljacke anzog, eine Schachtel

Munition in die Tasche steckte und sich auf den Weg zur Polizeiwache machte, obwohl die Sonne noch golden im Westen funkelte.

Marcus beschwerte sich in einem fort über die Bauarbeiter, doch Duke beneidete ihn um das große, behagliche Zelt, das eine saubere Pritsche mit einem Stapel warmer Decken, Klapptisch und -stuhl und sogar einen kleinen Teppich enthielt. Der Neid verstärkte sich, als Marcus einen Picknickkorb öffnete, der mit Besteck und Gläsern gefüllt war, und Duke einlud, mit ihm ein paar Gläser guten Whisky zu leeren, um sich für die bevorstehende Aufgabe zu wappnen.

* * *

Als die sinkende Sonne die tiefrote Erde des Buschpfades verdunkelte, ritt die von Inspektor Beresford angeführte Polizeikolonne leise aus der Ortschaft Cloncurry hinaus.

Duke ritt mit Krill, acht einheimische Polizisten bildeten die Nachhut.

»Ich dachte, wir wollten zum Fluss«, sagte Duke.

Krill schüttelte den Kopf. »Wir wollen nicht, dass Dwyer gewarnt wird. Er ist gerissen; wenn er in dieser Gegend ist, hat das einen Grund. Der Inspektor meint, er könnte vorhaben, die Rosslyn-Station zu überfallen, deswegen gehen wir zuerst dorthin. Es sind nur etwa sieben Meilen von hier.«

»Dieser Dwyer, würde er allein ein Anwesen angreifen?«

»Nein, er würde ein paar Kumpel mitnehmen. Wir schauen nur bei den Leuten auf der Station vorbei, ob alles ruhig ist, dann schwenken wir hinüber zu dem Gebüsch, das den Fluss begrenzt, und sehen zu, ob wir sein Versteck ausfindig machen können.«

Das Wohnhaus der Rosslyn-Station war ein Sandsteinbau mit hohen, schmalen Fenstern und dunklen Läden. Sehr feudal, fand Duke, für diese abgelegene Gegend, und ein deutlicher Hinweis, dass der Besitzer, ein gewisser Jack Tully, sich hier auf Dauer niederzulassen gedachte.

Tully hatte nicht gehört, dass Dinny Dwyer in der Nähe war,

und wusste es sehr zu schätzen, dass der Inspektor sich die Mühe machte, die Warnung persönlich zu überbringen. Offenbar hatte ein anderer Buschräuber, der sich als Bediensteter ausgab, der Familie Tully an dem Tag, als sie in dieses Haus gezogen war, einen großen Geldbetrag gestohlen, weswegen sie natürlich wegen dieser räuberischen Buschmänner ziemlich nervös waren.

Marcus machte Duke mit Tully bekannt, und sie wurden eingeladen, sich den jamaikanischen Rum des Schafzüchters schmecken zu lassen, während Krill und die Polizisten die Nebengebäude und ihre Umgebung durchsuchten.

»Mr. MacNamara ist eben erst angekommen, gemeinsam mit seinem Freund, dem Ehrenwerten Edward Heselwood«, sagte Marcus verbindlich. »Der Sohn von Lord Heselwood, dem Rinderbaron. Kennen Sie ihn?«

»Ich habe von ihm gehört!«, sagte Tully.

»Sie sind auf der Suche nach Land, um hier draußen zwei beträchtliche Herden unterzubringen«, erklärte Marcus. »Haben Sie eine Empfehlung, wo sie sich nach gutem Weideland umsehen können?«

»Da sind Sie genau am richtigen Ort, Mr. MacNamara«, sagte Tully. »Es wäre uns eine Ehre, wenn Sie und Ihr Freund sich in unserem bescheidenen Gebiet niederlassen würden. Wollen Sie nicht morgen mit ihm herkommen, damit wir besprechen können, was verfügbar ist?«

»Danke«, sagte Duke. »Wir wären äußerst dankbar für Ihren Rat.«

Als sie wieder aufsaßen, fragte er Marcus leise: »Glaubst du wirklich, Dwyer will dieses Anwesen ausrauben?«

»Nein. Es schien mir nur ein einfacher Weg, euch sozusagen einzuweisen.«

»Einweisen, inwiefern?«

»In den Unterschied, ob man große Landstriche besetzt, die mehr Ärger bringen, als sie wert sind, oder ob man es gleich beim ersten Mal richtig macht. Wie du siehst, sehen Männer wie Tully sich auch nach den richtigen Nachbarn um.« Er grinste. »Man muss die falschen fernhalten, wie man so sagt.

Dagegen ist nichts einzuwenden«, meinte er achselzuckend, »und für euch zwei ist es verdammt praktisch.«

»Ich hatte mich schon gewundert, warum du da reingestiefelt bist wie ein Fatzke im Zylinder. Ich denke, du hast ihnen schon klargemacht, dass du ein Mordskerl bist, genau wie Ned.«

Marcus lachte. »Allerdings.«

Sie suchten stundenlang nach Dwyers Hütte. Das dichte Gestrüpp am Ufer des Flusses machte den Pferden schwer zu schaffen, deswegen ließ man sie in der Obhut eines Polizisten zurück, und sie setzten ihren Weg zu Fuß fort.

Sie beabsichtigten, sich still zu Dwyers Hütte vorzuarbeiten und ihn zu überrumpeln, doch nachdem sie mehr als eine Meile flussaufwärts gesucht hatten, schlugen mehrere Polizisten lärmend auf das Gestrüpp ein, als handele es sich bei der Beute um aufzuscheuchende Füchse.

»Dwyer muss uns doch hören«, sagte Duke zu Krill, der vor ihm ging und mit einer Axt verschlungene Ranken durchhieb.

»Das spielt jetzt keine Rolle. Wenn er türmt, kriegen wir ihn.«

»Wie wollt ihr ihn in diesem Labyrinth aufspüren, wenn ihr nicht mal seine Hütte finden könnt?«

»Es gibt Mittel und Wege«, sagte Krill überheblich.

»Ach ja?« Duke fragte sich, was für geheimnisvolle Mittel das sein mochten. Wie er so hinter dem Sergeant herstapfte, wünschte er, er hätte sich diesem Trupp nicht angeschlossen. Er hatte sich so etwas wie eine wilde Jagd über die Ebene vorgestellt, keine Stolperei in einem finsteren Labyrinth, wo man kaum die Hand vor Augen sehen konnte. Er hätte wetten mögen, dass Dwyer, sofern er sich überhaupt in der Gegend aufgehalten hatte, inzwischen längst auf und davon war. Sogar die Vögel beschwerten sich lauthals über die Störung.

Dann ertönte ein Schrei. Duke folgte Krill über eine ziemlich weite Strecke, bis sie auf zwei aufgeregte Polizisten stießen. Diese wiesen sie auf einen trüben Lampenschein hin, der aus einer zwischen den Bäumen verborgenen Hütte fiel. Krill schickte einen Polizisten, den Inspektor zu holen, und wandte sich dann an den anderen. »Bezieh im Hintergrund Stellung, und wenn jemand rauskommt, schießen!«

»Sind Sie sicher, dass es Dwyer ist?«, fragte Duke nervös.

»Wer denn sonst.«

Krill schlich weiter, um die Hütte unter Beobachtung zu halten, das Gewehr auf die Tür gerichtet. Duke war nicht darauf erpicht, auf den ersten Menschen zu schießen, der aus der Hütte kam, deswegen hielt er Abstand von dem Sergeant und dessen geladenem Gewehr, und beobachtete den Rauch, der sich aus dem Schornstein in die eisige Nacht kräuselte.

»Ist er da drin?«, zischelte der Inspektor hinter ihm.

»Das nehme ich nicht an«, flüsterte Duke.

»Aber jemand ist in der Hütte«, sagte Krill. »Sieht man am Rauch.«

»Dann mal los!« Marcus befahl den anderen Polizisten, rund um die Hütte Stellung beziehen, dann rief er: »Hier spricht die Polizei. Legt die Waffen nieder und kommt raus. Ihr seid umzingelt. Rauskommen, Hände hoch.«

Es blieb still. Unheimlich still. Duke fragte sich, warum er vergessen hatte zu fragen, ob Dwyer gefährlich war. Er war ein Räuber, aber hatte er jemandem etwas zuleide getan? Jemanden erschossen?

Krill gab einen Schuss auf die Hütte ab. »Das wird sie aufwecken«, sagte er.

Keine Reaktion.

Die dunkle Gestalt eines Vogels flatterte über sie hinweg, und in der Ferne waren die Schreie eines weiteren zu hören.

»Ich zähle bis zehn, so lange habt ihr Zeit, um herauszukommen«, rief der Inspektor. »Wir haben nicht vor, die ganze Nacht hier zu stehen.«

Er fing an zu zählen, ohne Erfolg.

»Also dann, Krill, gehen Sie rein. Nehmen Sie zwei von den Jungs mit. Seien Sie vorsichtig.«

Der Vortrupp hielt sich in Deckung, soweit es möglich war, und stürmte dann die Holztür. Sie stießen sie auf und Duke hörte Schreie und Rufe. Marcus rannte mit einem Revolver in der Hand zu der Hütte, und dann kam Krill heraus und Marcus begann zu schreien.

»Was?«, brüllte er Krill an. »Was für ein Kanu? Wo?«

Die Antwort war offenbar nicht befriedigend, denn Marcus stieß Krill zur Seite und stürmte in die Hütte. Duke hörte die laute Stimme des Inspektors und das Schluchzen einer Frau.

»Was geht hier vor?«, fragte er einen Polizisten, der auf ihn zukam.

»Ich gehe die Pferde holen, Boss.«

»Nein. Da drinnen. Ist Dwyer drin?«

»Nein.« Der Polizist klang aufgebracht. »Kein Bösewicht. Bloß Frau und Kind.«

Soweit es Duke betraf, war wohl das Schlimmste vorüber, und er konnte nur noch abwarten, bis man ihn rief. Er lehnte sein Gewehr an einen Baum und zündete sich einen Stumpen an, eine Gewohnheit, die er sich bei Ned abgeschaut hatte, der Pfeifen nicht mochte, und weitere Polizisten versammelten sich einer nach dem anderen vor der Hütte.

Marcus hatte offenbar vergessen, dass Duke da war. Er trat ins Freie, erteilte Krill Anweisungen und ging mit einem Polizisten um die Hütte herum Richtung Fluss.

Ein paar Minuten später hörte Duke die Frau einen entsetzlichen Angst- und Schmerzensschrei ausstoßen, und ein Kind fing zu kreischen an. Ein paar Sekunden lang war er wie gelähmt. Dann rannte er zu der Hütte und im Laufen rief er: »Was geht da drin vor?«

Das Schreien brach abrupt ab.

Krill stellte sich ihm in den Weg. »Der Inspektor ist Dwyers Kanu suchen gegangen. Da unten.« Er zeigte hin. »Hinten herum.«

Duke schob sich an ihm vorbei. Weitere Polizisten kamen aus der Hütte. Sie machten keine Anstalten, ihn aufzuhalten, als er hineinstürmte.

Als Erstes erblickte er eine alte Sturmlaterne auf einem Blechbord an der gegenüberliegenden Wand. Sie gab nur ein trübes Licht, aber es genügte, ihn eine Aborigine-Frau in einem Kattunhemd erkennen zu lassen, die an einem kleinen

Tisch saß, vornübergesackt, als sei sie eingeschlafen, vielleicht beim Essen.

Doch der bekannte Geruch sagte ihm, dass sie tot war. Von ihrem Kopf tropfte Blut. Er drehte sich rasch nach dem niedrigen Bett um und sah nach dem Kind.

Ein kleiner Junge, etwa sechs Jahre alt, lag bäuchlings auf einer Decke. Der schwarze Flecken, der sich unter ihm ausgebreitet hatte, war Blut, dennoch fühlte Duke nach dem Puls, in der Hoffnung, ein Lebenszeichen zu finden. Doch er kam zu spät. Er zog die restliche Decke über das Kind, als ob es fröre, und wandte sich dann der Frau zu, für die er auch nichts mehr tun konnte.

Die zwei draußen gebliebenen Polizisten drehten sich um und starrten hinterher, als er Krill nachrannte.

»Sie sind tot!«, rief er. »Sie wurden umgebracht. Wer hat das getan?«

»Sie haben sich gewehrt wie die Tiger«, sagte Krill. »Wären sie brav gewesen, wäre ihnen nichts geschehen.«

»Verdammter Lügner!« Duke packte Krill und schüttelte ihn. »Sie wurden ermordet.«

Er wandte sich an die Polizisten. »Wer hat das getan? Antwortet mir, ihr Mistkerle. Eine junge Frau und ein kleiner Junge. Euer eigenes Volk! Sagt mir, wer das getan hat!«

Sie hoben nur die Schultern. Ohne Reue. Ohne Mitleid.

»Sie verschwinden besser. Dies ist Sache der Polizei.«

»Darauf können Sie Gift nehmen. Ich werde das nicht auf sich beruhen lassen.«

Die Stimme hinter ihm war fest, beherrscht. »Du kommst am besten mit mir, Duke.«

»Wohin?«

Marcus erwiderte: »In die Stadt. Dwyer ist in einem Kanu entkommen. Auf die andere Seite des Flusses.«

»Dwyer kann mich mal! Da drinnen wurden eine Frau und ein Kind ermordet.«

»Sie war seine Frau.«

»Was?« Duke war fassungslos. Er rief sich die fortwährende Abneigung seines Bruders gegen die Existenz der Berittenen

Einheimischenpolizei in Erinnerung. Paul behauptete stets, die Männer würden zu nichts anderem ausgebildet als zur Auslöschung der Aborigines. Er hatte sogar laut protestiert, als sie in Rockhampton auftauchten, aber da ihr verantwortlicher Inspektor ein Freund war, hatte Duke sich aus dem Streit herausgehalten.

Jetzt war er bis ins Mark erschüttert. Darüber, dass Marcus so gefühllos sein konnte.

»Na und? Sie war nicht gefährlich. Und das Kind? Bist du verrückt geworden?«

Marcus drehte sich um und nickte Krill zu, und Duke dachte, sie würden ihn bedrohen. Er griff nach seinem Gewehr und richtete es auf Marcus.

»Du wirst dich dafür verantworten müssen!«

Doch da erfolgte ein Hitzestoß und die Hütte stand in Flammen.

»Ihr Schweine!«, schrie Duke. Alle traten ungerührt zurück von dem Scheiterhaufen, zu dem die kleine Hütte geworden war. Das hieß, alle bis auf Beresford, der bereits zu den Pferden schritt, auf einen schrillen Pfiff des Mannes hin, der sie hütete.

Duke blieb nichts anderes übrig, als sich dem Polizeitrupp anzuschließen, der wieder nach Cloncurry ritt. Er wusste, wenn er die Morde meldete, würde niemand etwas unternehmen, selbst wenn man ihm glaubte.

Zwei Menschen hätten ihm geglaubt. Zwei Kalkadoon-Männer, die die Polizisten hatten kommen sehen, aber auch nicht mehr dagegen tun konnten als der weiße Mann, der dem großen Polizeiboss seinen Protest entgegengeschrien hatte. Der Boss trug eine schwarze Uniform mit Silberknöpfen und hieß Beresford. Sein Name war ihnen durchaus geläufig. Ihr Freund Dinny hatte sie vor ihm und seinen bösen schwarzen Polizisten gewarnt.

Am nächsten Morgen kamen Stammesangehörige, um in der Asche nach den Überresten ihrer Verwandten und ihres Sohnes zu suchen, um ihnen eine anständige Bestattung ermöglichen zu können. Sie wurden von vier Kalkadoon-Kriegern in voller Trauerbemalung bewacht, die geduldig warteten, während die Frauen Klagelieder sangen und weiße Blumen über den schwärzlichen Flecken in dem einst makellosen Busch streuten.

Banggu war der Anführer der Kalkadoon-Gruppe. Sie wollten sofortige Vergeltung und bestanden darauf, dass sie noch heute Abend die Rosslyn-Station überfielen. Sie niederbrannten!

»Nein«, sagte Banggu. »Ihre Zeit kommt, wenn der Krieg beginnt. Wir wissen, wer der Anführer dieser Bande war, und wir wissen, wo er wohnt.«

»Aber er wird von vielen Gewehren beschützt.«

»Das große Haus auf der Rosslyn-Station auch. Wir müssen zuerst den Ältesten sagen, dass es Beresford und seine Polizisten waren, die dies getan haben. Er ist ein großer Mann unter den Weißen. Es liegt nicht an uns zu entscheiden, was mit ihm geschehen soll.«

Sie verließen das Gebiet umgehend und begaben sich rasch nach Südwesten zu dem Sammelplatz. Dabei bemerkten sie immer mehr Spuren von Fuhrwerken und Planwagen, die von Pelican Waters gekommen waren, von dem Banggu wusste, dass es jetzt einen anderen Namen hatte: Winton.

Ned war steif, als er am Morgen aus dem schmalen Bett stieg. Er streckte sich und dehnte seine Muskeln, dann sah er, dass die anderen drei Betten, Dukes eingeschlossen, unbenutzt waren. Offenbar waren sie die einzigen Gäste in dieser Luxusherberge im Busch.

Er ging die Treppe hinunter in den Hof, um sich nach Handtüchern und einem Waschraum umzusehen, und da saß Duke unter einem Mastixbaum auf einer Bank.

»Was machst du da?«, rief er. »Du siehst verheerend aus. Hast du ganze Nacht getrunken?«

»Nein. Ich konnte nicht schlafen. Mir ist übel. Verdammt übel.«

»Was hast du gegessen?«

»Nichts, wenn ich es recht überlege. Nein, mir ist einfach

schlecht im Magen. Die Schweine haben heute Nacht eine Frau und ein Kind ermordet.«

»Wer? Die Buschräuber?«

»Oh nein, unsere gesetzestreuen Polizisten. Sie haben Dwyers Frau und einen kleinen Jungen ermordet. Kaltblütig. Ich habe die Leichen gesehen! Ich hätte mich fast auf der Stelle übergeben.«

»Hast du es Marcus gesagt?«

»Es Marcus gesagt, du bist gut! Er hat es gewusst! Es hat ihn nicht gekümmert. Er hat die Leichen in Dwyers Hütte gelassen und seine Leute angewiesen, sie in Brand zu stecken.«

»Das kann nicht sein.«

»So ist es recht«, sagte Duke zornig. »Du glaubst mir nicht.«

»Doch, doch. Aber Marcus… Er muss seine Gründe haben. Hast du ihm Gelegenheit gegeben, es zu erklären?«

»Verstehst du denn nicht! Da gibt es nichts zu erklären. Was war ich nur für ein Dummkopf. Als ich mit ihm unterwegs war, habe ich auf den Farmen gewartet, während er auf Patrouille ging – nach Unruheherden sehen, haben sie es genannt. Wenn er zurückkam, und auch wenn wir weiterzogen, hat er nie über das gesprochen, was sie getan haben, außer sie hätten ein paar aufsässige Schwarze ihres Weges geschickt oder welche von einem Besitz vertrieben.«

»Und?«

»Ich hörte ein paar Bemerkungen, die ich nicht weiter beachtete, weil ich darauf vertraute, dass Marcus ein Gentleman ist, aber jetzt glaube ich, auf den Patrouillen ist mehr passiert. Ich glaube, dass sie Gewalt angewendet, dass sie die Farmen von Aborigines ›gesäubert‹ haben.«

»Weil die Schwarzen sich gewehrt haben?«

»Wie die Frau heute Nacht? Und das Kind? Umzingelt von furchterregenden Männern mit Gewehren und Jagdmessern?«

»Ich weiß nicht, Duke. Lass uns etwas essen. Dann geht es dir bestimmt besser. Und wir können dabei noch einmal darüber sprechen.«

Die Unterhaltung führte zu nichts. Dann erinnerte Duke sich

daran, dass sie heute mit einem Siedler namens Tully eine Verabredung hatten, um sich verfügbares Land zeigen zu lassen.

»Das ist ja großartig. Wie hast du das gedeichselt?«

»Das hat Marcus eingefädelt. Eben ist mir eingefallen, was er gestern Abend als Letztes zu mir gesagt hat, nämlich dass er uns am Morgen abholen und zur Rosslyn-Station bringen will. Als ob nichts gewesen wäre.«

»Hört sich nicht nach einem an, der sich schuldig fühlt.«

Duke schlug auf den Tisch. »Hör endlich auf, ihn zu verteidigen! Er *hat* sich schuldig gemacht, verdammt noch mal. Er hat zwei Morde geschehen lassen und gutgeheißen!«

Vom Gastraum der Herberge sah man auf die Straße hinaus. Er enthielt eine Bar, die bereits für zwei stämmige Kerle geöffnet war, sowie ein paar Tische und Stühle an den Fenstern, wo ihnen ihr aus Steak und Eiern bestehendes Frühstück serviert wurde.

Ned sah aus dem Fenster. »Er hat es nicht vergessen. Da kommt er. Der Teufel persönlich.«

Er erhob sich höflich, als Marcus hereinkam, doch Duke blieb entschlossen sitzen.

»Können wir los?«, fragte Marcus. »Ich habe doch gesagt, ich will euch heute Morgen zur Rosslyn-Station bringen.«

»Ich wüsste gern, was du zu heute Nacht zu sagen hast«, knurrte Duke.

»Ach ja, heute Nacht.« Marcus nickte den Zechern an der Bar zu. »Dwyer ist uns durch die Lappen gegangen. Aber wir kriegen ihn. Ist nur eine Frage der Zeit.«

»Ich meinte die Frau in der Hütte. Und den Jungen.«

»Die hat leider das Feuer erwischt.«

»Von wegen!«

Marcus stellte einen blankgeputzten Stiefel auf die unterste Sprosse eines Stuhles und beugte sich zu Duke vor. »Ich würde es begrüßen, wenn du dich um deine eigenen Angelegenheiten kümmern und dich nicht in meine einmischen würdest.«

»Das würde dir so passen. Aber so haben wir nicht gewettet. Ich werde dich anzeigen, wenn wir wieder in Longreach sind.«

Der Inspektor seufzte. »Tu, was du nicht lassen kannst. Ich

hatte keine Ahnung, dass du so naiv bist. Aber wie auch immer, es sieht ganz so aus, als hättet ihr gut gefrühstückt. Können wir jetzt los?«

»Nein. Ich würde nicht mal mit dir über die Straße gehen, du Mistkerl!«

»Was ist mit dir, Ned? Tully freut sich schon, dich kennenzulernen.«

Ned sah unsicher von einem zum anderen, dann sagte er: »Ich muss zuerst mit Duke sprechen.«

»Ihr verpasst eine einmalige Gelegenheit.«

»Abwarten.«

Marcus zuckte unbewegt mit den Achseln. »Auch gut. Ich habe heute ohnehin viel zu tun. Wir sehen uns später.«

Ned sah ihm nach. »Was nun?«, fragte er Duke.

»Ich weiß nicht. Ich habe die Nase voll von der ganzen Geschichte.«

»Das geht nicht. Wir sind Partner. Du kannst dich nicht allem verweigern, weil er dich erzürnt hat. Wir haben viel Arbeit vor uns.«

Duke schenkte kalten Tee aus der Kanne und starrte darauf. »Ich glaube, ich möchte lieber einen Whisky.«

»Ich hole dir einen. Auch zwei, wenn du nur aufwachst und in Gang kommst!«

»Ist gut, aber warte … mir ist gerade etwas eingefallen. Bin gleich wieder da.«

Das Etwas war Neds Brief. Duke war klar, dass der richtige Zeitpunkt nie kommen würde, da konnte er ihn ihm ebensogut jetzt geben.

Als er zurückkam, trank er das Whiskyglas halb leer, um sich zu wappnen, und hielt eine kleine Ansprache. »Ned, es tut mir leid. Ich habe etwas, das dir gehört. Ich hatte es vergessen. Ich kann nur sagen, dass ich es aufrichtig bedaure. Und es tut mir leid, dass er ein bisschen ramponiert ist«, fügte er hinzu, als er den Brief übergab.

»Was ist das?«

»Er ist an dich. Man hat ihn mir in Longreach gegeben und ich habe ihn in die Tasche gesteckt und …«

»Woher wusste irgendwer, dass ich in Longreach war?«, fragte Ned und schlitzte den Umschlag mit einem Tischmesser auf. »Er ist von deinem Bruder Paul. Was er wohl …«

»Von Paul? Wieso schreibt er dir?«

Unversehens sprang Ned auf und starrte entgeistert auf den Brief. Dann stieß er seinen Stuhl beiseite und rannte nach draußen.

Duke trank seinen Whisky aus und folgte Ned. Er fand ihn im Hinterhof der Herberge. Er stand vor dem Mastixbaum, wo ihr Tag begonnen hatte.

»Was ist?«, fragte er. Und als Ned nicht antwortete: »Ist es etwas Schlimmes? Ich wollte dir deinen Brief nicht vorenthalten, Ned. Er war die ganze Zeit in meiner Tasche.«

Da merkte er, dass Ned weinte. Weil er nicht wusste, was er seinem Freund sagen sollte, entfernte er sich, zündete sich einen Stumpen an und setzte sich abwartend auf die Hintertreppe. Kurz darauf sah er, wie Ned den Brief noch einmal las und unbeholfen auf die Bank unter dem Baum sank, als hätten seine Beine nachgegeben. So saß er lange Zeit, den Kopf in die Hand gestützt.

Duke rauchte zu Ende. Er fragte sich, ob er Ned etwas anbieten sollte. Oder ihm einen Whisky holen. Er hoffte, dass ihn keine Schuld an Neds Jammer traf. Am Ende tat er nichts. Er wollte sich nicht aufdrängen.

»Mein Vater ist tot.« Neds Stimme war schmerzerfüllt. »Er wurde getötet. Bei einem Sturz vom Pferd.«

»Oh nein!«, rief Duke. »Oh nein. Es tut mir so leid.« Schuldgefühle wallten in ihm auf. Er hatte die schreckliche Nachricht über eine Woche lang mit sich herumgetragen. Es schien ihm wie ein Jahr. Er schalt sich, weil er so ein Esel gewesen war. Überlegte sich, was er tun könnte, um Ned beizustehen.

»Soll ich dir einen Schnaps holen, mein Freund?«

»Ja, vielleicht … ja bitte, Duke.«

Eine Weile später fragte Duke ihn, was er nun tun wolle.

»Möchtest du umkehren? Jetzt gleich? Mir wäre es recht.

Wir reiten zusammen nach Rockhampton. Von dort kannst du ein Schiff nach Sydney nehmen. Zu deiner Mutter.«

Ned war immer noch so erschüttert, dass er kaum sprechen konnte. »Ja, das wird das Beste sein«, murmelte er. »Aber ich fühle mich nicht wohl. Hast du etwas dagegen, wenn ich mich für eine Weile hinlege?«

Duke konnte sich nur vage vorstellen, was der arme Ned durchmachte, da er ausgerechnet jetzt so weit von seiner Mutter entfernt war. Ohne jeden Kontakt. Wäre er in England gewesen, hätte man ihm telegrafieren können. Aber hier draußen gab es das nicht. Und dann der Brief. Hätte er ihn Ned gleich gegeben, wäre er wohl auf der Stelle umgekehrt. Er würde nicht hier draußen festsitzen, außerstande, mit irgendwem Verbindung aufzunehmen. Duke fühlte sich für Neds jetzige Lage verantwortlich und war entschlossen, es wiedergutzumachen. Sie könnten noch heute den Heimweg antreten.

Im Waschraum brauste er sich ab und wusch seine ramponierte Hose, indem er auf ihr herumstampfte. Anschließend kümmerte er sich um die Pferde, spritzte sie ab, striegelte sie mit einem geborgten Striegel, bürstete Mähnen und Schweife, bis sie glänzten. Dies war eine beruhigende Beschäftigung, um die bangen Stunden auszufüllen, bis Ned wieder in Erscheinung treten würde.

Als er schließlich leise auf die Veranda schlich, lag Ned hellwach auf seinem Bett. »Ich habe nachgedacht«, sagte er. »Wir müssen das Werk zu Ende führen.«

»Welches Werk?«

»Das, wegen dem wir hierhergekommen sind. Uns Land sichern, das unentgeltlich zu haben ist.« Er setzte sich auf. »Wenn ich jetzt von hier fortginge, würde mein Vater, wäre er noch am Leben, mich einen verdammten Dummkopf schimpfen. Und Pace MacNamara würde es wohl mit dir genauso machen. Nirgendwo sonst auf der Welt könnte man so einen günstigen Griff tun, es sei denn, man stieße auf Gold.«

»Entschuldige, wenn ich das sage, aber die Heselwoods sind

nicht gerade arm. Und du bist sowieso nur wegen des Abenteuers mitgekommen.«

»Das ist wahr, weil ich nicht recht wusste, was ich mit mir anfangen sollte. Aber wenn ich über Gold stolperte, würde ich es dann einfach liegen lassen? Würdest du? Und warum lässt du dein Land im Tal der Lagunen nicht einfach sausen?«

»Weil das eines Tages eine einzigartige Rinderfarm sein wird.«

»Ich gebe mich geschlagen ...«

Duke setzte sich aufs Bett. »Das mit deinem Vater tut mir sehr leid. Geht's denn wieder? Du hast einen schweren Schlag erlitten.«

»Einigermaßen. Es ist schwer vorstellbar, dass er tot ist; er schien mir immer unbesiegbar zu sein. Es schmerzt mich, dass wir nicht auf gutem Fuß miteinander standen, als er starb.«

»Er hätte noch etwas warten sollen«, meinte Duke. »Du wärst nach Hause gekommen und hättest ihm einen dicken Batzen Cloncurry-Land präsentiert, um es seiner Sammlung einzuverleiben. Das hätte die Dinge sicherlich bereinigt.«

Ned lächelte. »Eben ist mir in den Sinn gekommen, vielleicht war ja schon alles gut. Ich habe ihn in meinem letzten Brief um Verzeihung gebeten. Hoffentlich hat er ihn erhalten.«

»Deine Mutter dürfte ihn haben. Das wird ihr ein Trost sein.«

»Ich will es hoffen. Doch wie fühlst du dich nach deinem Ausflug mit den Polizisten? Auch du hast eine schwere Erschütterung erlitten.«

Duke nickte. »So etwas will ich nicht noch einmal sehen. Es wird eine Zeit lang dauern, um dieses Bild aus dem Kopf zu bekommen. Und ich werde es auf alle Fälle melden. Aber ich denke, du hast recht: Wir sollten als Erstes Mr. Tully aufsuchen.«

Ned war einverstanden. »Mir ist noch ein Gedanke gekommen«, sagte er. »Wollen wir nicht ein einziges großes Grundstück abstecken? Das erspart uns Tage. Parzellieren können wir es später.«

»Gute Idee. Wie wollen wir es nennen?«

»Das können wir auf dem Heimweg besprechen.«

In der Nacht hielten die zwei Männer eine einsame Totenwache für Jasin Heselwood und unterhielten sich über vielerlei Dinge. Duke zeigte Ned sogar den Brief, den er von Milly Forrest bekommen hatte.

»Deine Freundin erwartet ein Kind von dir?« Ned war verblüfft. »Und du bist nicht bei ihr, um ihre Hand zu halten? Das arme Mädchen tut mir leid«, murmelte er. »Du wirst ihr den dicksten Diamantring der Welt kaufen müssen, um es wieder gutzumachen, alter Knabe. Ich glaube, ich muss jetzt schlafen gehen«, sagte er noch, dann rutschte er unter den Tisch.

Der Wirt kam herüber. »Ihr Freund ist sturzbesoffen. Brauchen Sie Hilfe?«

Duke nickte. »Ja. Wir bringen ihn am besten ins Bett.«

Marcus fand bald heraus, dass Ned und Duke nördlich von Rosslyn arbeiteten und durch Brandroden Grenzen für eine neue Farm markierten, wobei sie von Tully und etlichen seiner Viehhüter kundig unterstützt wurden. Die Frauen der Stadt sprachen sogar davon, dass der junge Lord Heselwood und sein Freund im Herrenhaus auf Rosslyn wohnten.

»Der junge Lord«, höhnte er. »Woher haben sie das? Er ist kein Lord. Sein Vater ist einer.«

»Das ist doch nahe dran«, meinte ein junges Mädchen kichernd. »Wir gehen morgen mit einem Picknickkorb zu ihnen hinaus.«

»Dann komme ich vielleicht mit«, scherzte der Inspektor.

»Je mehr, desto lustiger«, erwiderte die Mutter des jungen Mädchens.

Ich könnte es tatsächlich tun, überlegte Marcus. Duke muss erwachsen werden, wenn er hier leben will. Aber ich denke, er wird seinen Groll mittlerweile überwunden haben. Er hat Ned in eine schwierige Lage gebracht, indem er ihn nötigte, sich zwischen uns zu entscheiden. Ja, sagte er sich. Es sollte mir möglich sein, mich morgen dorthin zu begeben.

Doch es sollte nicht sein. Ein Mann kam von einer Farm am

Fuße des McKinley-Gebirgszuges zur Polizeiwache geritten und meldete, dass Angehörige vom Stamm der Kalkadoon einen Mann namens Britcher getötet hatten. Marcus wusste von den zunehmenden Angriffen von Kalkadoon-Männern auf Bergarbeiter und Viehzüchter, deshalb schritt er unverzüglich zur Tat.

»Ich werde die Kerle persönlich verfolgen, bevor sie verschwinden«, sagte er zu Krill. »Lassen Sie mein Pferd satteln. Ich will vier Polizisten mitnehmen. Sorgen Sie dafür, dass ein Spurenleser dabei ist. Geben Sie ihnen gute, schnelle Pferde und sehen Sie zu, dass sie gut bewaffnet sind und Packtaschen mit Notverpflegung mitnehmen, damit ich keine Zeit mit Nahrungssuche verschwenden muss. Sie sollen binnen einer halben Stunde fertig zum Aufbruch sein.«

Er begab sich eilends in sein Zelt, zog eine saubere Uniform an, überprüfte Gewehr und Revolver und nahm einen Schluck Whisky aus seinem silbernen Flachmann, ehe er ihn wieder füllte. Dann trug er seine geplante Maßnahme in sein Tagebuch ein, setzte seine Mütze auf und ging nach draußen auf das gerodete Gelände. Er sah mit Freuden, dass der Bau Gestalt annahm. Viele Leute aus der Umgebung klagten darüber, dass der Kalkadoon-Stamm über die Stränge schlage, und eine gut ausgestattete Polizeistation würde dazu beitragen, das Vertrauen wiederherzustellen.

Bevor er aufbrach, erteilte er weitere Anweisungen. »Ich bin in ein paar Tagen zurück. Ich kriege die Schweine, tot oder lebendig. Lassen Sie unterdessen dieses Gelände rund um die Uhr bewachen und stellen Sie für die Außenbezirke der Stadt ständige Patrouillen ab.«

Zwei Tage, nachdem der Inspektor losgeritten war, wurde ein Wächter mit einem Speer getötet, und die meisten Polizeipferde wurden gestohlen. Man sagte, Dwyer habe sich mit mehreren Eingeborenen zusammengeschlossen, und die Pferde befänden sich jetzt in den Händen von Buschräubern.

Zu Beginn fürchtete Banggus Frau Wiradji sich vor den Pferden. Da aber ihr Mann und sein Vater darauf bestanden, dass sie das Tier ritt, das Banggu für sie ausgesucht hatte, unterdrückte sie ihre Angst und berührte vorsichtig den mächtigen Kopf.

Das Pferd nickte fromm und dies verstand sie als Einwilligung, seinen Hals zu streicheln. Pferde, befand sie, waren Tieren wie Rindern weitaus überlegen, vielleicht sogar Kamelen. Sie würde darüber nachdenken müssen.

Plötzlich hob Banggu sie hoch und setzte sie auf das Pferd. Sie schrie auf, dachte, das Tier würde sie abwerfen, doch es schien ihm nichts auszumachen.

»Steck die Füße in diese Eisen«, sagte Ladjipiri. »Sie geben dir Halt. Und mit den Zügeln hier sagst du ihm, wohin es gehen soll.«

Tagelang führte ihr Schwiegervater das Pferd, während sie darauf saß und dabei ihren gaffenden Freundinnen zuwinkte, doch dann ließ er das Pferd schneller gehen, sodass sie auf seinem Rücken hin und her rutschte, und sie musste selbst zusehen, wie sie das Reiten bewältigte. Und auf einmal hatte sie den Rhythmus erfasst und war begeistert! Reiten machte ihr Spaß! Als aber Wiradji Familie und Freunde herbeirief, um ihren Triumph zu bestaunen – zu sehen, wie sie diese Aufgabe meisterte, indem sie bis zu den großen Ameisenhügeln und zurück über die Ebene galoppierte, mit fliegenden Haaren, während die Pferdehufe über den Boden flogen –, da kam das Leben, das sie bislang gekannt hatte, zum Stillstand.

Als sie das Pferd zum Stehen brachte und unverletzt absaß, ließen alle sie enthusiastisch hochleben. Manche baten sogar, auf einen Ritt mitgenommen zu werden, doch das konnte Banggu nicht zulassen. Vielmehr brachte er Wiradji eilends zu einem Wäldchen, wo ihre Eltern und Ladjipiri warteten.

»Meine Frau ist bereit«, sagte er ruhig. »Sie brechen morgen auf.«

Wiradji war entsetzt. »Nein!«, rief sie. »Noch nicht. Ich will nicht! Sag es ihnen, Mutter! Ihr könnt mich noch nicht fortschicken.«

Ihr Flehen half nichts, der Entschluss war unabänderlich.

»Du musst deinem Mann gehorchen«, sagte ihr Vater. »Es

bekümmert uns, dich zu verlieren, aber wenn er wünscht, dass du bei seinen Angehörigen lebst, dann soll es so sein.«

»Aber er kommt nicht mit«, wandte sie ein. »So soll es nicht sein. Ich will nicht fort. Ich möchte bei meinem Mann bleiben.«

»Du musst gehen. So will es das Gesetz.«

Ihre Mutter schloss sie in die Arme. »Dein Mann ist klug. Er denkt nur an deine Sicherheit und dafür werde ich ewig dankbar sein.«

Sie klammerte sich die Nacht über an Banggu, flehte ihn an, bei ihm bleiben zu dürfen, doch er war unerbittlich. Die Trennung war für beide eine furchtbare Qual.

Wiradji hoffte, Banggu könnte wenigstens einen Teil der Wegstrecke mit ihnen ziehen, doch als Ladjipiri mit den Pferden zum Lager kam, sah sie ein, dass dies unmöglich war. Menschen zu Fuß konnten nicht mit Pferden mithalten.

Da sie sich den Wünschen ihres Mannes und ihrer Eltern nicht länger widersetzen konnte, nahm Wiradji die Reise aus diesem von Unruhen heimgesuchten Land als persönliche Herausforderung an.

Sie zog fügsam dieselbe Kleidung der Weißen an, die Ladjipiri jetzt trug, hielt sich stolz, wie es sich für eine Kalkadoon gehörte, und sagte: »Ich werde deinen Vater heil und gesund nach Hause bringen, das verspreche ich, mein lieber Mann.«

Banggu reagierte nicht mit Erstaunen oder Belustigung auf diese Aussage, sondern nickte ernst und küsste seine Frau zum Abschied.

Kapitel 18

Die zwei jungen Herren, die am Cloncurry River vierundsiebzig Quadratmeilen Land abgesteckt hatten, wurden von der Familie Tully fürstlich verabschiedet. Die Tullys versprachen ihnen, bei ihrer Rückkehr ein Rennen zu veranstalten.

Die zwei, nun unbedingt darauf bedacht, den Heimweg anzutreten, ritten in die Stadt, um sich mit Vorräten zu versorgen. Zuvor aber wollte Ned Marcus aufsuchen.

»Ich nicht«, sagte Duke. »Du weißt, ich beabsichtige, ihn anzuzeigen. Ihm heute die Hand geben und ihn morgen anschwärzen, das kann ich nicht. Aber geh du nur, wenn du es für richtig hältst.«

Ned überließ Duke das Erledigen der Besorgungen und ritt zur Polizeistation. Erstaunt sah er die Zimmerleute bereits am Dachstuhl arbeiten.

Sergeant Krill trat ihm entgegen. »Der Inspektor ist nicht da, Ned. Eine Bande Schwarzer hat eine Farm in der Nähe der McKinley-Berge überfallen, ein Weißer wurde getötet. Der Inspektor ist hinter den beteiligten Wilden her. Die können was erleben, wenn sie ihm in die Hände fallen.«

»Ja, das kann ich mir denken«, murmelte Ned. »Wir brechen jetzt nach Osten auf. Wir haben unser Land am Fluss abgesteckt. Würden Sie ihm mein Bedauern ausrichten, weil wir ihn verpasst haben, und ihm von uns alles Gute wünschen?«

»Wird gemacht. Können Sie wirklich nicht noch bleiben? Er dürfte in ein, zwei Tagen zurück sein.«

»Nein, bedaure, das geht nicht. Ich muss wegen einer dringenden Angelegenheit nach Hause.«

»Na dann«, sagte der Sergeant. »Ich richte es ihm aus. Und sehen Sie zu, dass Sie da draußen Ihre Gewehre zur Hand haben. Wenn ich ein paar Männer entbehren könnte, würde ich Ihnen eine Eskorte bis Winton mitgeben, aber wir warten immer noch auf Verstärkung.«

Als sie Cloncurry hinter sich ließen, überholten sie mehrere schwerbeladene Ochsenkarren, die sicherheitshalber zusammen fuhren. Das Angebot der Fuhrmänner, sich ihnen anzuschließen, lehnten sie dankend ab. Sie hielten entschlossen an ihrem Vorhaben fest, in Windeseile nach Rockhampton zu reiten, was in Winton und Longreach jeweils einen Pferdewechsel erfordern würde.

Sie durchquerten den Blackwater Creek und ritten in das langgestreckte Tal. Duke dachte daran, dass die kriegerischen Schwarzen mit ihren Speeren sie hier überrascht hatten, aber jetzt war alles still. Sie hatten das Tal fast schon hinter sich, als ungefähr eine halbe Meile vor ihnen eine Gruppe Schwarzer auftauchte und sich ihnen trotzig in den Weg stellte. Sie drohten mit den Speeren und schrien, als wollten sie ihnen den Durchgang verwehren.

Die zwei Männer schwenkten auf der Stelle herum und preschten in den Schutz der Berge.

»Ich weiß nicht, ob das eine gute Idee ist«, rief Ned Duke zu, als sie an den felsigen Hängen entlangritten. »Weißt du noch, die vielen Lagerfeuer, die wir auf dem Hinweg in diesen Bergen gesehen haben?«

»Das war auf der anderen Talseite.«

»Was nicht heißt, dass sie nicht auch auf dieser Seite leben. Ich habe das Gefühl, die da unten haben uns in eine Falle geschickt.«

Duke zügelte sein Pferd. »Möchtest du umkehren?«

»Nein. Jedenfalls nicht gleich. Wenn wir einen Weg hier durch finden, können wir zu Claudes Farm galoppieren.«

»Keine schlechte Idee.« Duke lud sein Gewehr und gab zwei Schüsse in die Luft ab, die durch das ganze Tal widerhallten.

»Wozu soll das gut sein?«

»Um sie zu verwirren. Sie werden sich fragen, auf wen wir schießen. Außerdem zeigt es ihnen, was sie erwartet, wenn sie uns zu nahe kommen. Wir haben genug Munition; wir werden in Abständen hier und da ein paar Schüsse abgeben.«

Ned lud ebenfalls sein Gewehr, obwohl er ein unbehagliches Gefühl dabei hatte; musste er doch sein Pferd auf den immer steiler werdenden Pfaden lenken und zugleich vermeiden, auf sich selbst zu schießen.

»Wir dürfen nicht zu hoch hinauf«, warnte Duke. »Die Gipfel in diesem Land sind vollkommen kahl. Sie bieten keine Deckung.«

Ned stieg vom Pferd. »Dann sollten wir die Pferde führen, bis wir einen Weg finden, der hindurchgeht.«

»Schau mal, da unten.« Duke deutete hinunter in das Tal.

Ned keuchte. »Gott bewahre, beinahe wären wir da hineingeritten.« Er blickte auf ein großes Aborigine-Lager hinunter, das sich ans Ende des Tales schmiegte. Das Licht verblasste und überall flammten Lagerfeuer auf. »Vielleicht wollten sie uns nur warnen, damit wir wegbleiben. Sie haben Frauen und Kinder da unten. Und eine Menge Hütten. Könnte eine Versammlungsstätte sein.«

»Umso mehr Grund für uns, hier zu verschwinden. Die Pfade sehen abgetreten aus; wir müssen es versuchen.«

So ritten sie auf dem steinigen Pfad, der abwärts führte. Sie stießen einen Seufzer der Erleichterung aus, als sie bewaldetes Flachland erreichten.

»Wohin jetzt?«, fragte Ned.

»Nach Südosten, würde ich sagen, und nach Rindern Ausschau halten, damit wir wissen, ob wir auf jemandes Land sind.«

Während er dies sagte, bohrte sich ein Speer, der aus dem Nichts zu kommen schien, in einen Baum.

»Nichts wie weg!«, schrie Duke.

Sein Pferd, ein Hütepferd, stürmte angstvoll davon, sich geschickt zwischen den Bäumen hindurch windend. Als Duke sich umdrehte, sah er Neds Pferd steigen. Ned versuchte zwei

Stammesangehörigen zu entkommen, die ihn herunterziehen wollten. Duke wendete und preschte zurück, was einen der Schwarzen bewog, von Ned abzulassen und mit erhobenem Speer auf Duke zuzulaufen, doch Duke hatte ihn bereits im Visier.

Er schoss. Der Speer fiel zu Boden. Der Mann schrie auf vor Schmerzen, fasste sich an die blutige bloße Brust, doch zu Dukes Verwunderung wankte er nicht. Er stellte sich Dukes Pferd mutig in den Weg und zwang es auszuweichen, ehe er zusammenbrach und auf die Erde sank. Duke sah, dass Ned sich noch auf seinem panisch steigenden Pferd halten konnte, während er mit seinem Angreifer um den Besitz einer gefährlich aussehenden Axt rang.

Dieses Mal schoss Duke in die Luft, und der Mann ließ die Waffe los, um hinter den Hinterbeinen des Pferdes in Deckung zu gehen, wobei er Leib und Leben riskierte, bevor er Hilfe rufend in den Wald hechtete. Ned sprang vom Pferd und hob das Gewehr auf, das ihm bei dem Kampf heruntergefallen war, ehe er die Chance hatte, es zu benutzen, während Duke sein Pferd beruhigte, und dann galoppierten sie eilends davon.

Sie flogen dahin, bis sie offenes Land erreichten und aufatmen konnten.

»Alles in Ordnung mit dir?« Duke betrachtete das Blut auf Neds Hemd. »Deins oder seins?«

»Meins, verdammt noch mal! Der Kerl ist mit seiner verfluchten Axt von hinten auf mich losgegangen! Wäre das Pferd nicht so panisch im Kreis gesprungen, hätte er mir den Arm abgeschlagen.«

Duke bestand darauf, die Verletzung an Neds Oberarm zu untersuchen. »Bloß eine leichte Schramme. Du hast verdammt Glück gehabt.«

»Ich habe großes Glück gehabt. Danke, dass du wegen mir umgekehrt bist.«

Duke lachte. »Ich bin nicht wegen dir umgekehrt, sondern wegen des Pferdes.« Er sagte nichts davon, dass ihm übel war. Er hatte noch nie einen Menschen erschossen. Er sah die edlen, markanten Gesichtszüge des jungen Mannes noch vor sich, der sich ihm, mit nichts als schierer Entschlossenheit bewaffnet, entgegengestellt hatte, ehe er zusammenbrach.

Dukes Herz quoll über von Mitgefühl. Und Bewunderung.

Die sinkende Sonne im Rücken, folgten sie einem ausgetrockneten Wasserlauf, der schließlich in eine Reihe flacher Tümpel abfiel, die darauf warteten, dass die Güsse der Regenzeit ihnen wieder zu ihrem Flussdasein verhalfen.

Die umgepflügten Ränder der Tümpel waren eindeutig Wasserlöcher für Rinder, weswegen sie einem Viehweg folgten, selbst als die Dunkelheit hereinbrach, und hofften, dass die Richtung stimmte. Bald trafen sie auf ein paar Kühe, die sich an dem einen oder anderen Baum für die Nacht niedergelegt hatten, und wenig später sahen sie vor sich eine große Herde.

»Wer ist da?«, verlangte eine Stimme aus dem Schatten zu wissen.

»MacNamara aus Cloncurry!«, rief Duke.

»Teufel noch eins, was treibt ihr zwei denn hier draußen?«, erwiderte die Stimme und dann kam Ginger Magee auf sie zugeritten.

Während Ginger sie zum Wohnhaus begleitete, erzählte er ihnen die Geschichte: »Das hier ist unsere Herde. Wir kamen gut voran, bis wir von einer großen Horde Schwarzer angegriffen wurden. Sie haben den Küchenwagen in Brand gesteckt und die Herde in die Flucht gejagt, und eine Weile ging es uns miserabel. Harry wurde von einem Speer ins Bein getroffen …«

»Großer Gott! Geht es ihm gut?«, fragte Ned. »Und Tottie? Was ist mit ihr?«

»Ihr geht es gut. Harry auch. Der arme Paddy Flint hat schlimme Brandwunden erlitten, als der Küchenwagen in Flammen aufging; er wird im Wohnhaus gepflegt.«

»In welchem Wohnhaus?«, fragte Duke.

»Wisst ihr das nicht? Ihr seid auf der Gubbins-Farm. Claude sagte, ihr habt sie auf eurem Weg nach Westen besucht.«

»Stimmt! Wir haben versucht, den Ort zu finden.«

»Schön, ihr habt es geschafft. Wir haben hier Schutz gesucht, während wir die Rinder zusammentrieben. Das da hinten ist unsere Herde. Da drüben, rechts von euch, könnt ihr die Lichter vom Haus sehen. Ich muss weiter Wache halten, die Rinder sind noch unruhig. Geht doch einfach rein.« Ginger lachte. »Das wird eine Überraschung.«

Der Küchenwagen war vollkommen abgebrannt, und mit ihm die Vorräte und, zu Totties Verdruss, das gesamte sorgfältig für das Leben unterwegs zusammengetragene Gerät und Besteck. Es dauerte eine ganze Weile, bis sie sich ihrer Lage ganz bewusst geworden waren.

Harry hütete im Wagen noch das Bett, als sie herausplatzte: »Wir haben nichts zu essen. Was machen wir jetzt?«

»Keine Sorge, Ginger hat schon Männer auf die Jagd nach Wild geschickt. Heute Abend werden wir wohl Truthahn oder Kängurufleisch essen.« Und um sie zu necken, fügte er hinzu: »Ohne Salz.«

»Tee haben wir auch nicht«, sagte sie. Wo Harry seinen heißen schwarzen Tee mit viel Zucker doch so sehr liebte.

»Das ist eine Katastrophe! Aber wenn meine Berechnungen stimmen, durchqueren wir eine Farm, die Leuten namens Gubbins gehört. Dort müssten wir Vorräte kaufen können.«

»Das will ich hoffen«, sagte Tottie grimmig.

Später kam Ginger mit der guten Nachricht zu ihnen, dass sie tatsächlich die Gubbins-Farm erreicht hatten und das Wohnhaus nur wenige Meilen entfernt war. Tottie war sehr erleichtert, und sie bat einen Viehhüter, den Wagen zu fahren, in dem ihr Mann und Paddy Flint befördert wurden, damit sie den Rest der Strecke reiten konnte. Sie musste allein sein, um zu Atem zu kommen und sich von dem Schrecken des Überfalls zu erholen. Der Angriff war in einer milden, sternenklaren Nacht erfolgt. Alles war in wenigen Minuten vorbei gewesen, doch inmitten des Geschreis und der Gewehrschüsse, wobei ihr Herz hämmerte wie eine große Trommel, war es ihr wie Stunden vorgekommen.

Noch jetzt, da sie imstande war, ruhig zu reiten und sich umzuschauen, wie sie es gern tat, den Vögeln zu lauschen, die verschiedenen Gerüche des Busches in sich aufzunehmen, die sie nach und nach zu unterscheiden lernte, noch jetzt war ihr Herz bereit, bei dem leisesten Hauch von Unruhe wieder in das entsetzliche Hämmern zu verfallen.

Sie brauchte diese Zeit, um sich zu beruhigen.

Es war so schnell gegangen. Zuerst hatten sie gedacht, der Küchenwagen, der nur wenige hundert Schritte von ihrem Planwagen entfernt war, hätte Feuer gefangen, und als Harry hinrannte, wurde er von einem Speer getroffen. Tottie war unmittelbar hinter ihm gewesen und hatte ihn unter ihren Planwagen gezogen; sie hatte zu viel Angst gehabt, um hinaufzuklettern und die Gewehre zu holen. Dann hatte die Schießerei angefangen und sie konnte im Feuerschein schwarze Gestalten erkennen! Über ihnen waren Männer auf dem Wagen und Tottie schrie vor Angst. Es waren aber ihre eigenen Männer und sie schossen auf die Schwarzen.

Zur gleichen Zeit hatten die Angreifer Feuerstöcke auf die Rinder geworfen, was diese rasend machte und panisch die Flucht ergreifen ließ. Die Männer waren immer noch dabei, umherirrende Tiere zusammenzutreiben.

»Es ist vorüber!«, tadelte sich Tottie. »Komm nicht andauernd darauf zurück! Es ist fast zwei Tage her. Beruhige dich. Denk nicht mehr daran. Du bist jetzt auf einer Rinderfarm, hier sind Menschen von deiner Art!«

Tottie bekam die Gubbins-Station zum ersten Mal zu sehen, als sie an einer glatten Felswand aus farbig geädertem Stein vorüberritt und auf einer Anhöhe oberhalb einer Steppe auskam. In der Ferne schimmerte ein Fluss.

Sie rief Ginger zu, der vorausritt: »Was ist das für ein Fluss?«

»Meiner Karte zufolge ist das der Blessington Creek. Scheint richtig groß zu sein.« Er wies nach unten. »Der Weg zum Wohnhaus führt da hinunter durch das hohe Gras.«

»Wo ist die Herde?«

»Die Treiber nehmen einen Umweg um die Anhöhen. Ich reite hinunter, um den Besitzer der Farm aufzusuchen. Möchten Sie mitkommen?«

»Ja, gern.«

Sie drehte sich um. Der Wagen folgte in gleichmäßigem Tempo.

Zu ihrer Verblüffung trafen sie die Besitzer der Station dabei an, wie sie ihre Habe auf ein großes Fuhrwerk luden.

»Diese Wilden«, weinte Martha Gubbins, »sie haben unseren lieben Sohn Bert getötet. Und alles wegen eines Sacks Mehl.«

»Es war kein Überfall?«, fragte Tottie verwundert.

»Nein. Unsere Viehhüter haben ihn tot hinter dem Stall gefunden, mit einem Mehlsack über dem Kopf.«

»Es hat für uns keinen Sinn mehr hierzubleiben«, sagte Claude Gubbins. »Nicht ohne unseren Sohn. Es sollte Berts Land sein und er sollte es seinen Kindern vermachen. Und diese ihren Kindern.« Der arme Mann weinte ebenfalls. »Aber der Traum ist ausgeträumt. Meine Martha will wieder dahin, wo sie Nachbarn hat, und das ist das Wenigste, was ich für sie tun kann.«

»Es tut mir so leid«, sagte Tottie. »So furchtbar leid. Können wir irgendwie helfen?«

»Nur ein Gebet für ihn sprechen, Missus, das ist alles. Sie und Ihr Mann, schließen Sie ihn heute Abend in Ihre Gebete ein.«

»Oh! Dies ist nicht mein Mann. Ginger ist unser erster Viehtreiber. Mein Mann ist da hinten im Wagen. Er ist verletzt. Wir haben noch einen weiteren Patienten …«

»Was ist ihnen zugestoßen?«, fragte Martha.

Tottie sah Ginger an. Sie dachte, die Erwähnung des Überfalls könnte diese bedauernswerten Leute noch mehr erbittern, doch Ginger schilderte den Angriff, und schon nahm Martha die Sache in die Hand. Sie säuberte und nähte Harrys Wunde, behandelte Paddys Brandwunden und zerriss ein gutes Bettlaken, damit er einen Vorrat an frischen Verbänden hatte. Als sie danach alle am Küchentisch saßen, sah sie Tottie stirnrunzelnd an.

»Wenn Sie vernünftig sind, dann kehren Sie um, Missus. Dies ist nicht der rechte Ort für eine Frau.«

Tottie errötete. Martha hatte ihren eigenen Ängsten Ausdruck verliehen.

»Sie wollen fortgehen von diesem Besitz, einfach so?«, fragte Harry Claude.

»Ja, Sir. Wir wären nicht die Ersten. Viele Leute hier draußen gehen wieder weg. Sie haben keinen Erfolg oder fürchten sich zu sehr vor den Schwarzen. Sie haben eine Familie von Schwarzen bei sich. Wo waren sie, als Sie überfallen wurden?«

»Sie haben sich gefürchtet. Haben sich im Busch versteckt.«

»Sie haben nicht gekämpft?« Claude war neuerdings misstrauisch gegen alle Schwarzen, und das mit gutem Grund, gestand Harry ihm zu.

»Sie haben keine Waffen«, sagte er. »Sie konnten nichts tun, konnten uns aber immerhin sagen, dass die Angreifer einem bekannten kriegerischen Stamm namens Kalkadoon angehörten.«

»Kriegerisch sind sie alle«, grollte Claude. »Hören Sie, Sie können so lange bleiben, wie Sie wollen. Wir brechen morgen auf.«

»Was wird aus Ihren Rindern?«

»Wir treiben sie nach Longreach. Wir werden einen guten Preis für sie erzielen, wohlgenährt, wie sie sind.«

»Ja, das habe ich auf dem Weg hierher gesehen. Es ist gutes Land, Claude.«

Harry unterhielt sich leise mit Claude über dieses gewaltige Besitztum.

»Was verlangen Sie dafür?«

»Verlangen? Gar nichts. Ich könnte es nicht auf der Stelle weggeben.«

»Ich würde es übernehmen.«

»Dann gehört es Ihnen, wenn Sie so verrückt sind, es zu wollen. Aber dann müssen Sie den ganzen Papierkram erledigen. Bert hatte das tun wollen, aber er fand nie die Zeit, die Formulare fertig auszufüllen. Die sind nämlich knifflig, kann ich Ihnen sagen.«

Nach etlichem weiterem Hin und Her kamen sie zu einer Einigung. Claude hatte ein gut gefülltes Vorratslager, und er war froh, Harry seine Rinder verkaufen zu können, statt sich dem anstrengenden Trieb nach Longreach auszusetzen, doch für das Land wollte er nicht einmal eine geringe Bezahlung annehmen.

»Ich nehme keine Almosen, Mr. Merriman. Und es ist doch offensichtlich, dass Sie nicht in Geld schwimmen, sonst wären Sie nicht hier. Ich habe nur eine Bitte. Werden Sie den Namen Gubbins-Station beibehalten, in Erinnerung an Bert?«

»Es wäre uns eine Ehre, Mr. Gubbins.«

Harry sprach kurz mit Ginger, dann kam der Moment, seiner Frau mitzuteilen, was er getan hatte.

»Es war keine Zeit, mich mit dir zu beraten«, entschuldigte er sich. »Ich musste mich schnell entscheiden. Aber es ist ein schönes Anwesen, Tottie.«

Sie saß ihm mit verkniffenem Mund gegenüber. »Verstehe.«

»Nein, tust du nicht. Ich habe beschlossen, dass wir noch einmal in die Stadt zurückkehren. Ich schlage dir einen Kompromiss vor. Ich habe mit Ginger gesprochen. Ihm gefällt es hier. Er möchte als Vormann bei uns bleiben, aber er ist sich im Klaren, dass sich Ärger mit den Schwarzen zusammenbraut.«

»Woher weiß er das?«

»Von unseren Pitta-Pitta-Leuten. Sie sagen, die Angreifer waren Kalkadoon-Krieger, und sie bereiten einen Krieg vor. Darum …« Er stieß einen Seufzer aus. »Du und ich gehen für eine Weile wieder nach Osten.«

»Nein!«

»Wie bitte?«

»Harry, ich bin nicht den weiten Weg hierhergekommen, um jetzt umzukehren und mich die ganze Strecke wieder zurückzuschleppen. Du hast recht, dies ist herrliches Land. Denk nur, wir sind hier. Daheim! Ich glaube, das ist noch gar nicht richtig in dein Bewusstsein gedrungen, sonst hättest du nicht erwogen, noch einmal fortzugehen. Ich bin richtig aufgeregt und ich verstehe nicht, warum du es nicht bist!«

Er blinzelte. »Ich denke, weil es allzu plötzlich gegangen ist. Aber ich mache mir noch Sorgen um dich. Würdest du es dir überlegen, für eine Weile nach Longreach zurückzukehren?«

»Abwarten. Wir werden mit Ginger darüber sprechen.«

Es war ein trübseliger Abschied von den trauernden Eltern des jungen Mannes, der in dem mit Wildblumen übersäten, mit bunten Steinen eingefriedeten Gärtchen beigesetzt war. Sie hielten am Grab eine Abschiedszeremonie ab und machten sich dann auf den Weg, begleitet von ihren zwei Viehtreibern, und ließen die neuen Besitzer einsam und bedrückt zurück.

Um die düstere Stimmung zu vertreiben, beschloss Harry, mit Tottie zum Fluss hinunterzureiten.

»Das geht nicht!«, rief Tottie. »Du bist noch nicht wieder auf dem Damm und ich habe zu viel zu tun.«

»Es geht sehr wohl, Tottie. Ich kann reiten und für die Arbeit in Haus und Hof haben wir ein ganzes Leben Zeit. Lass uns hinunterreiten, wir setzen uns an den Fluss, unseren Fluss, nur wir zwei, und sprechen zu Gott.«

»Worüber?«

»Ich möchte ihm danken, dafür, dass er uns zu unserem neuen Heim geführt hat, und dass er mir so eine liebe Frau geschenkt hat. Möchtest du etwas hinzufügen?«

»Ja. Ich möchte ihm sagen, wie glücklich ich bin und wie sehr ich meinen Mann liebe, der fast immer recht hat.«

»Fast?«

»Ja, außer wenn es um den Namen unseres Besitzes geht. Ich kann nicht behaupten, dass ich begeistert bin, dass es bei Gubbins-Station bleiben soll.«

Harry lächelte. »Ja. Verzeih. Ich habe es nicht über mich gebracht, es ihm abzuschlagen.«

Sie küsste ihn. »Es sei dir verziehen. Möchtest du wirklich ausreiten?«

Harry rückte ein Stück, um ihr Platz im Bett zu machen. »Wenn ich es mir recht überlege, vielleicht morgen.«

An diesem Abend wurden zwei Reiter, die sich den Nebengebäuden näherten, von Viehtreibern abgefangen. Sie erkannten sie und geleiteten sie freudig zum Wohngebäude, wo sie beim Boss an die Tür klopften. Einen Moment lang war Tottie erschrocken, doch dann trat sie überrascht zurück und ließ Ned und Duke eintreten.

Es gab viel zu erzählen. Alle hatten sich gute Neuigkeiten mitzuteilen, die einen über die eben erworbene Gubbins-Station, die anderen über ihren Erfolg als frischgebackene Partner, die unweit von Cloncurry ihr Land abgesteckt hatten.

»Das ist ja großartig!« sagte Tottie. »Ihr habt es geschafft! Wie wollt ihr das Anwesen nennen?«

Duke zuckte die Achseln. »Wir können uns noch nicht entscheiden. Wir werden es uns überlegen, wenn wir nach Longreach kommen.«

»Ich hoffe, ihr bleibt eine Weile bei uns«, sagte Harry. »Dann können wir diesen Besitz gemeinsam erkunden.«

»Oh ja«, sagte Tottie. »Es hat jetzt keine Eile. Wir haben alle Zeit der Welt. Es wäre uns ein Vergnügen, euch hier zu haben. Wir machen ein Freudenfeuer und feiern ein großes Fest…«

Duke schüttelte den Kopf. »Es ist wirklich schade, aber wir können nicht bleiben, wir müssen morgen weiter.«

Harry war enttäuscht. »Muss das wirklich sein? Ihr könnt euch hier ausruhen, solange ihr wollt, ihr seid herzlich eingeladen.«

»Wir müssen fort«, sagte Duke traurig. »Neds Vater ist gestorben. Er hat es eben erst erfahren. Er muss zurück…«

»Ja«, fügte Ned hinzu. »Meine Mutter… sie braucht mich jetzt. Ich muss so schnell wie möglich nach Sydney.«

So sehr sie danach auch bestrebt waren, heiter zu bleiben – der Abend war von der betrüblichen Erkenntnis überschattet, dass ihre Wege sich hier unweigerlich trennten.

Beim Aufbruch versuchte Duke, die Stimmung aufzuhellen.

»He, Ned«, rief er, »wir haben mehrere Quellen auf unserem Land da draußen. Warum nennen wir den Besitz nicht Tottie Springs?«

»Gute Idee. Aber wollen wir der Dame nicht die Ehre antun und ihn Antonia Springs nennen?«

Tottie war begeistert. »Das ist so nett von euch, Ned und

Duke. Ich fühle mich wirklich geehrt. Dann stehe ich auf einer Stufe mit Alice Springs und Julia Creek. Wie aufregend.«

Harry zwinkerte Duke zu. »Danke, mein Freund«, sagte er leise.

Als sie an diesem Nachmittag zum Fluss hinunter ritten, sagte Tottie zu Harry: »Traurig, das mit Neds Vater, nicht?«

»Ja. Es war ein schwerer Schlag für ihn. Ist er der einzige Sohn?«

»Ich glaube, ja. Er hat nie von Brüdern oder Schwestern gesprochen. Aber ich dachte eben… Der Tod klopft dreimal an. Zuerst Bert Gubbins, nun Mr. Heselwood. Wer ist der Nächste?«

»Ach Tottie, das ist Altweibergeschwätz. Unter uns gesagt, ich glaube, Bert hat sich den Ärger selbst eingehandelt, als er wegen eines Sacks Mehl auf den Burschen schoss.«

»Aber er wollte ihn nicht richtig verletzen, ihm nur eine Lektion erteilen. Für ihn war es vermutlich ein Scherz, jemandem eine Ladung Schrot ins nackte Hinterteil zu jagen.«

»Ein gefährlicher Scherz«, brummte Harry. »Niemandem gefällt es, wenn auf ihn geschossen wird, am allerwenigsten den Eingeborenen. Ihre Rache war ebenfalls ein grimmiger Scherz, könnte man sagen. Hier haben wir ein Problem, dem ich schleunigst beikommen muss.«

»Wie wäre es, wenn wir heute Abend in der Nähe von Berts Grab einen Sack Mehl ablegen? Als Friedensangebot sozusagen.«

»Ausgezeichnete Idee, ist einen Versuch wert. Damit wäre zumindest ein Anfang gemacht.«

Am Morgen danach ging Tottie hinaus und stellte zu ihrer Freude fest, dass der Mehlsack verschwunden war und an seiner Stelle eine Halskette aus Muscheln lag. Sie freute sich so, dass sie wieder und wieder ein »Danke schön« zu den Buschleuten hinausrief und entzückt mit der Halskette winkte. Niemand zeigte sich, doch sie wusste, dass man sie gehört hatte.

Später suchte Harry den Ältesten ihrer Aborigine-Freunde auf, die von Longreach aus mit ihnen gezogen waren. Sein

Name war Mungga, er hatte dichte drahtige Haare, doch über einem Ohr war eine narbige kahle Stelle, was ihn irgendwie schief aussehen ließ.

»Das Mehl ist fort«, sagte Harry zu Mungga, »dann sind die Leute, die den Mann getötet haben, also noch hier? Kennst du sie?«

Mungga nickte.

»Wer sind sie?«

Der alte Mann wirkte erstaunt. »Das Pitta-Pitta.«

»Werden sie uns etwas anhaben?«

»Eure Männer nicht mehr schießen auf sie?«

»Nein. Das hier sind alles gute Leute. Schwarze Leute. Weiße Leute.«

»Dann ist gut.«

»Bringst du sie beim nächsten Vollmond mit zu unserem Korrobori? Ich möchte ihre Oberhäupter kennenlernen. Frieden schließen.«

Mungga lachte gackernd. »Weißer Mann Korrobori?«

»Ja.« Harry lachte mit ihm. »Wir feiern ein schönes Vollmondfest, zuerst Sitzpalaver, dann viel essen. Gut, wie?«

Der alte Mann leckte sich die Lippen und nickte.

Bei seinen Gesprächen mit den Oberhäuptern der Pitta-Pitta erfuhr Harry, dass die farbig geäderten Felsen, die den Eingang zu seinem Besitz kennzeichneten, zugleich die nördliche Begrenzung ihres Stammesgebietes waren. Das war insofern von Interesse, als sie den Kalkadoon den Eintritt verwehren konnten, wenn sie es für richtig hielten. Er unternahm lange, ermüdende Wanderungen mit ihnen, markierte Gebiete, die diesem Volk heilig waren, und lernte dabei so viel er konnte über ihre Lebensweise, um ja nichts zu tun, was sie kränken könnte.

Er war gebannt von allem, was sie ihm erzählten, und berichtete es abends Tottie, damit sie es in ihr Tagebuch eintragen konnte, zusammen mit Skizzen und mit Wörtern der Pitta-Pitta-Sprache, die sie von den Frauen lernte.

Als Harrys Herde wuchs und er mehr Leute einstellte,

führte er Regeln ein, die ebenso streng waren wie die, die Langley Palliser für Cameo Downs erlassen hatte. Es galt, die Aborigines auf dieser Station mit Respekt zu behandeln, und ihre Frauen waren tabu.

Sergeant Hannah kam eines Tages mit der Meldung vorbei, dass dieses Gebiet nun für friedlich erklärt worden sei.

»Es gibt noch immer zahlreiche Überfälle, aber die sind derzeit weiter entfernt«, sagte er. »Mehr in dem Gebiet um Cloncurry. Wie kommen Sie hier zurecht?«

»Ausgezeichnet«, erwiderte Harry. »Ich bilde einige schwarze Burschen zu Viehtreibern aus.«

»Da tun Sie gut daran.« Damit entnahm der Sergeant seiner Packtasche einen braunen Umschlag. »Im Landkontor haben sie mich gebeten, Ihnen diese Papiere zu übergeben. Es sind die Besitzurkunden für Ihre Farm. Sie bedauern, dass es so lange gedauert hat, soll ich Ihnen ausrichten.« Er sah sich anerkennend um. »Gratuliere! Sieht wirklich gut aus, Ihr Anwesen, Harry.«

»*Unser* Anwesen.« Harry winkte Tottie heran. »Sieh mal, was der Sergeant uns mitgebracht hat! Wir müssen ihn überreden, über Nacht zu bleiben, wir haben schließlich etwas zu feiern.«

»Da sage ich nicht nein.« Der Sergeant grinste. »Und ich habe zufällig eine Flasche vom besten Apfelmost meiner Frau für Sie mitgebracht, Mrs. Merriman, zur Feier des Tages.«

Kapitel 19

Nach einer Woche mit sintflutartigen Regenfällen trug der Brisbane River auf dem Weg ins Meer Palmen und Äste von Bäumen mit sich, die törichterweise an seinen niedrigen Böschungen Wurzeln geschlagen hatten. Die Stadtmenschen stießen einen Seufzer der Erleichterung aus. Am bleiernen Himmel zeigte sich ein Sonnenschimmer und ließ hoffen, dass die Stadt von einer Überschwemmung verschont werden würde.

Milly stand auf dem zur Flussseite hinausgehenden Balkon ihres Hauses und sah auf die untere Stufe ihres Terrassengartens hinunter, die unter Wasser stand.

»Noch so ein Tag und wir hätten eine Überschwemmung gehabt«, sagte sie zu Lucy Mae. »So einen Regen habe ich noch nie erlebt. Und sieh mal! Ach du lieber Himmel! Das Bootshaus nebenan ist verschwunden! Ganz und gar weggeschwemmt! Das muss in der Nacht passiert sein. Ich sage dir, Lucy Mae, ich sollte das Haus verkaufen und in eine höhere Lage ziehen.«

Sie sah ihre Tochter an, die still in einem Korbsessel saß, eine leichte Decke auf den Knien.

»Hörst du mir überhaupt zu?«

»Ja, Mutter.«

»Wir müssen verrückt gewesen sein, als wir das Haus gekauft haben. Man braucht sich doch nur die hohen Böschungen anzusehen, um zu wissen, wie hoch der Fluss früher gestiegen sein muss. Aber wir fanden das Haus so hübsch, mit der Aussicht und den schönen großen Räumen, dass wir überhaupt nicht an mögliche Überschwemmungen gedacht haben.«

Sie drehte sich ganz zu Lucy Mae um. »Weinst du?«

»Nein.« Lucy Mae wandte den Kopf ab.

»Doch, du weinst! Also das muss aufhören. Du bist nicht die einzige Frau, die einen Abgang hatte; ich kenne sogar Frauen, die hatten mehrere. Die sitzen nicht herum und bemitleiden sich. Du brauchst eine Aufmunterung. Du bist nicht krank. Morgen dürften wir klares Wetter haben. Ich schlage vor, wir machen einen Ausflug zu diesem Sternendings, wie heißt das noch mal?«

»Planetarium.«

»Ja. Der Kutscher wird wissen, wie man hinkommt.«

»Ich mag nicht.«

Milly runzelte die Stirn. »Wie bitte?«

»Ich sagte, ich mag nicht.«

»Ach wirklich? Du bist nicht die einzige, die sich in andere Umstände gebracht hat. Ohne Rücksicht auf den Skandal! Ich bin diejenige, die sich um dich sorgen musste und mitten in der Nacht nach dem Doktor geschickt hat. Ich bin diejenige, die eine Krankenschwester ins Haus geholt hat, um dich zu pflegen, und jetzt sitzt du da und stellst dich krank, wo ich gern ein wenig Aufheiterung in mein Leben brächte.«

»Mutter, ich habe das Kind gewollt!«, schluchzte Lucy Mae. »Ich wollte es unbedingt.«

»Dann hadere mit Gott, nicht mit mir. Wenn wir morgen schönes Wetter haben, machen wir einen Ausflug. Also steh am Vormittag auf, kämm dich und sei um elf Uhr fertig!«

Vielleicht hatte ihre Mutter ja recht, dachte Lucy Mae. Sie benahm sich selbstsüchtig. Doch sie hatte so sehr davon geträumt, ein Kind zu haben, das sie liebte und umsorgte; diese Träume hatten über das Säuglingsalter hinausgereicht in eine schöne Zukunft für das geliebte Kind, und es fiel so schwer, sie aufzugeben und nicht mehr um den Verlust zu weinen.

Sie weinte noch einmal, als sie es Rosa erzählte, die mit ihr trauerte. Danach fühlte sie sich viel besser.

Dies war der denkbar schlechteste Zeitpunkt zu verkünden, dass sie ein Kind erwartete, sagte Rosa sich, als sie zu Besuch kam und Lucy Mae ihr schluchzend von ihrem schlimmen Geschick berichtete. Rosa tat alles, um ihre Freundin zu trösten und Millys Einstellung, dass es so das Beste sei, zu ignorieren.

Dann nahm sie ihre eigene Lage zum Anlass, das Thema zu wechseln.

»Das Bild da, von der *Emma Jane*«, sagte sie zu Milly. »Waren Georgina und Jasin Heselwood auch an Bord?«

»Allerdings«, sagte Milly. »Es war eine recht erlesene Gruppe von Passagieren, wenn man auf die Reise zurückblickt. Georgina war ungemein reizend, aber Jasin, Gott sei seiner Seele gnädig, der war immer äußerst wählerisch.«

»Und haben Dolour und Pace MacNamara sich da kennengelernt?«

»Oh nein. Meine Güte, nein. Pace ist allein gereist. Er hat Dolour erst geraume Zeit nach der Landung kennengelernt.«

»Dann waren Sie nur zu fünft?«

»Nein, wir waren sieben.«

»Und die Sträflinge!«, ergänzte Lucy Mae.

»Mit den Leuten im Unterdeck hatten wir nichts zu schaffen«, erklärte ihre Mutter kalt.

»Wer waren die anderen zwei?«, wollte Rosa wissen.

»Dr. und Mrs. Brooks«, sagte Milly beiläufig und sah ihre Tochter stirnrunzelnd an.

Da war er, der Name, den Lark aus einem gehässigen Grund hatte fallen lassen. Aber warum hatte Jasin gesagt, er habe ihre Mutter auf diesem Schiff kennengelernt? Delia stand nicht auf der Passagierliste! Wie hatte er sich so irren können? Und warum hatte Georgina ihre Frage ignoriert?

Wenigstens bekam sie jetzt von Milly einige Informationen.

»So ein Glück, dass Sie einen Arzt an Bord hatten«, bemerkte sie in dem Bestreben, das Gespräch auszuweiten.

»Aber ist er nicht gestorben?«, fragte Lucy Mae.

»Wer?«, fuhr ihre Mutter sie an.

»Dr. Brooks.«

»Oh ja! Aber das war später. Viel später.« Milly schnippte

ihren Fächer zu Lucy Mae hinüber, als wollte sie ihr den Mund verbieten, und Rosa sah ihre Freundin erröten. Es war fast so, als hätte Milly Lucy Mae unter dem Tisch einen Tritt versetzt.

»Es ist so feucht«, klagte Milly. »Man sollte meinen, der Regen würde das Haus kühlen, stattdessen bringt er uns diese drückende Hitze. Was gäbe ich nicht für einen frischen Wind. Läute nach Tee, Lucy Mae. Du bleibst doch, Rosa?«

»Gern.«

Später überschüttete sie ihre Freundin mit weiteren Fragen. »Um noch einmal auf Dr. und Mrs. Brooks zurückzukommen … Ich bin neugierig. Was ist nach seinem Tod aus ihr geworden? Warum wollte deine Mutter nicht über sie sprechen?«

Lucy Mae schüttelte den Kopf. »Das weiß ich nicht.«

»Du weißt es wohl. Komm, erzähl schon.«

»Warum machst du so ein Aufhebens um sie? Mutter sagte einmal, als Dr. Brooks starb, hatte Adelaide Brooks es sehr schwer. Vermutlich ist da der Kontakt abgebrochen.«

Rosa war plötzlich zaghaft, da ihr Larks Zorn einfiel. Adelaide Brooks? Genannt Dell?

»Warum wird dann so ein Geheimnis daraus gemacht?«, fragte sie. »So etwas kommt doch nicht selten vor.«

»Rosa, ich habe keine Ahnung. Ich kann mir nur denken, dass es Mutter nicht gepasst hat, wie dein Vater Mrs. Brooks in ihrer schwierigen Lage geholfen hat.«

»Das hat mein Vater getan?«

»Ich glaube, ja.«

»Das ist wohl kaum ein Verbrechen!« Rosa rümpfte die Nase.

»Natürlich nicht. Mr. Rivadavia steht in dem Ruf, überaus großzügig zu sein.«

Die feuchte Witterung hielt sich, die Sturzbäche wurden von Nieselregen abgelöst, weswegen der Kutscher Rosa in die Kutsche setzte und die Lederklappen an den Fenstern schloss.

»Wir sind bald zu Hause, Missus«, rief er, aber sie hatte es sich anders überlegt.

»Danke, aber ich möchte vorher zu meinem Vater.«

Lachend setzte sie sich zurück. Adelaide Brooks – Dell – war

Witwe. Juan war ein wohlhabender junger Mann. Und von gutem Aussehen. Und sie war seine Geliebte. Na und? Wer war Lark, dass sie sich anmaßte, mit Gehässigkeiten um sich zu werfen, um Himmels willen?

Sie fand ihn in seinem Arbeitszimmer und wie immer war er entzückt, sie zu sehen. Er sprang auf und umarmte sie. »Wie lieb von dir, mich zu besuchen. Ich habe dich eine Ewigkeit nicht gesehen.«

»Sechs Tage.« Sie lachte. Dann sah sie die neuen Bilder an der Wand. »Sind das die Fohlen? Wie schön sie sind. Aber sie sind ja noch so klein. Ist es nicht ein bisschen früh für...«

»Ich sehe sie mir nur gern an.« Er lächelte. »Ich werde die Bilder ersetzen, wenn sie wachsen.«

»Wie heißen sie?«

»Das hier ist Beau und das da ist Belle. Ich werde bald ihren Stammbaum studieren. Lass uns jetzt Kaffee trinken, dabei kannst du mir erzählen, was du getrieben hast. Überflüssig zu fragen, wie es dir geht; du siehst heute blendend aus.«

Beim Kaffee sprachen Vater und Tochter über dies und das, bis Rosa den rechten Zeitpunkt für gekommen hielt.

»Darf ich dir eine Frage stellen?«

»Natürlich. Was möchtest du wissen?«

»Ich habe von einer Dame namens Adelaide Brooks gehört«, sagte sie mit einem Kichern. »War sie deine Geliebte, als du jung warst?«

Angesichts ihres Vaters wohlbekannter Beziehung zu Lark, war sie von seiner Antwort überrascht.

»Dann weißt du von Dell?«, sagte er betrübt. »Mit wem hast du gesprochen? Milly Forrest?«

»Oh nein, nicht direkt. Ich habe mich mit ihr nur über die Leute unterhalten, die mit ihr und ihrem Mann auf demselben Schiff waren, etwa Pace MacNamara und die Heselwoods. Was für ein Zusammentreffen!«

»Und sie hat dir erzählt, dass Dell meine Geliebte war?«

»Oh nein, Papa! Bitte. Das darfst du nicht von Milly denken. Sie hat nichts dergleichen gesagt. Es war Lark. Sie war ausgesprochen gehässig. Es tut mir aufrichtig leid, wenn ich dich in Verlegenheit gebracht habe. Lass es uns einfach vergessen, ja?«

»Hm«, meinte er bedächtig, »ich denke nicht, dass wir es einfach vergessen sollen, nachdem du mich gefragt hast. Ich habe Dell in Sydney kennengelernt. Eine wunderschöne Frau, verwitwet, und wir hatten eine Affäre. Als ich dann die Chelmsford-Station kaufte, habe ich sie überredet, mit mir zu kommen. Dell war meine Geliebte, so könnte man es vermutlich sagen, aber sie sah es nicht so. Sie war eine echte Dame und es war ihr peinlich, mit mir zusammenzuleben.«

»In Sünde zu leben?«

»Ja. Es hat sie bekümmert, aber ich habe sie geliebt. Ich wollte nicht, dass sie mich verließ. Ich wollte sie heiraten, doch sie gebrauchte ständig Ausflüchte, etwa, dass sie älter war als ich und so weiter…«

Das erinnerte Rosa an Lucy Maes Ausflüchte, um Duke nicht zu heiraten.

»Hat sie dich nicht geliebt?«

»Oh doch, sonst wäre sie nicht mit mir aus Sydney fortgegangen.«

»Zwei Menschen, die sich liebten, und ihr konntet keine Lösung finden?«

»Doch, auf unsere Art schon. Sie gab gern vor, dass wir verheiratet waren, und ließ es dabei bewenden. Zumal, als sie ein Kind erwartete. Sie konnte sich einfach nicht vorstellen, in anderen Umständen vor den Traualtar zu treten.« Er seufzte. »So, das war alles über Dell.«

»Nein, noch nicht, Papa«, sagte Rosa leise. »Was ist aus ihr geworden?«

Er trat an einen Schrank, zog eine Schublade auf und entnahm ihr eine cremefarbene Pergamentmappe.

»Das ist jetzt sehr schwer für mich, Rosa. Ich hoffe, du hast Nachsicht mit mir.«

Die Mappe enthielt eine sorgsam in Seidenpapier eingeschlagene Fotografie, die er Rosa reichte. Sie entfernte das Papier. »Ist das Dell?«

Juan nickte.

»Oh, sie ist schön!« Sie bewunderte die feinen Züge der liebreizenden Frau. »So elegant! Und was für ein hübsches Kleid sie anhat!«

Er ließ sich auf das Ledersofa neben dem Schrank fallen. »Ich war sehr jung. Erst zweiundzwanzig. Ich habe mir Vorwürfe gemacht, als sie starb. Bei der Geburt.« »Merkwürdig«, fuhr er abwesend, fast unhörbar fort, »Pace MacNamara war zu der Zeit da. Er war gekommen, um sie zu besuchen.« Er seufzte. »Ich konnte es nicht glauben, dass sie tot war. Es hat mich tief getroffen. Ich war Pace bis dahin nie begegnet, aber er nahm die Sache in die Hand. Er hat alles erledigt. Verstehst du, Rosa, Dell war deine Mutter …«

»Was? Das kann nicht sein! Delia war meine Mutter!«

»Nein. Delia kam mich geraume Zeit später mit ihrem Onkel Lord Forster besuchen. Es war fast so etwas wie eine arrangierte Heirat. Ich brauchte eine Frau und eine Mutter für mein Kind, und Forster wollte Delia gut verheiratet sehen, sozusagen. Eine Geldheirat, das war damals wohl damit gemeint.«

Rosa hörte kaum noch zu. Sie starrte fortwährend auf die Fotografie. Suchte nach sich selbst.

»Warum hast du mich all die Jahre getäuscht?«, fragte sie bitter.

»Delia bestand darauf, dass du als ihr Kind angesehen wurdest. Später erkannte ich, dass du ihr sehr gelegen kamst, weil sie nie eigene Kinder wollte.«

»Aber als sie starb? Da hättest du es mir sagen können. Wir haben ihr Grab besucht. Warum nicht dann?«

Er breitete die Hände aus. »Warum dann? Wir haben einer Frau die letzte Ehre erwiesen, die dich immer als ihre Tochter behandelt hat. Sie war recht oberflächlich, aber sie war auf ihre Art gut zu dir, und sie hat niemals verlauten lassen, dass du nicht ihr Kind warst. Kannst du das verstehen?«

»Mehr oder weniger. Aber wann gedachtest du mir das alles zu erzählen?«

»Ich dachte, da du nun selbst ein Kind erwartest, sei dies ein geeigneter Zeitpunkt, doch ich hatte Angst vor der möglichen Reaktion deines Mannes.«

Rosa schwirrte der Kopf. Charlie war berechenbar. Er würde kein Verständnis haben. Er würde finden, man hätte ihn viel früher aufklären sollen. Während sie hierüber nachdachte, wurde ihr erst richtig bewusst, dass sie nicht die Tochter der Ehrenwerten Delia war, sondern die Tochter von Adelaide Brooks. Und Jasin Heselwood hatte es gewusst.

Ich habe Ihre Mutter gekannt! Wir sind mit demselben Schiff gekommen.

Dann wusste Georgina es auch. Und Milly Forrest, ohne Zweifel.

»Bist du sehr aufgebracht?«, fragte Juan. »Es tut mir leid, Liebes, wenn ich dir weh getan habe. Du weißt, das würde ich nicht wollen, nicht um alles in der Welt. Aber deine vielen Fragen zu dem Schiff! *Emma Jane.* Da spürte ich im Herzen, dass du deiner Mutter näherkamst. Dass sie die Hand nach dir ausstreckte.«

»Vielleicht«, sagte Rosa traurig. »Ja, Papa, ich glaube, das hat sie getan. Aber ich bin eigentlich nicht aufgebracht. Nur verwirrt. Da gibt es jetzt viel zu überdenken. Kann ich an einem anderen Tag wiederkommen, damit wir darüber reden können?«

»Sehr gern. Auch wenn das niederschmetternd für dich ist, fühle ich eine unendliche Erleichterung. Komm zum Essen, so bald du kannst. Wir haben viel zu besprechen.«

»Hast du noch mehr Fotografien?«

»Nein. Ich konnte nur diese eine retten.«

Rosa lächelte. »Überflüssig zu sagen: Delia hat sie vernichtet.«

»Leider ja.«

Man könnte sagen, dachte Rosa, dass auch Delia berechenbar war.

Während Charlie sich an diesem Abend beim Essen bewundernd über die Entdeckung ausgedehnter Goldadern unweit von Rockhampton ausließ, betrachtete Rosa ihn und beschloss, alles beim Alten zu belassen. Sie hatte sich schon halbwegs damit abgefunden, dass Delia nicht ihre Mutter war, und empfand eine neue Hochachtung für die Frau, die sie an Kindes statt angenommen hatte. Sie sah keinen Sinn darin, es Charlie zu sagen. Dies war ihre ganz persönliche Angelegenheit.

Was nun ihr Kind anging, das kleine Wesen, das sie in sich trug, das war eine andere Geschichte. Wie der Vater, so die Tochter, könnte man sagen, dachte sie bei sich. Nur dass diese Tochter ein kleines bisschen gerissener war. Kein Mensch würde jemals erfahren, dass Jasin der Vater war. Nicht einmal Juan Rivadavia, der ihr sicher nichts vorwerfen, sondern eine solche Mitteilung womöglich gar amüsant finden würde, weil er noch verärgert war wegen Charlies Brüskierung.

»Meine Stiefbrüder, die MacNamaras, haben Besitztümer in der Gegend von Rockhampton«, sagte sie munter. »Vermutlich halten sie schon Goldklumpen in der Hand, während wir uns hier unterhalten.«

„Ja. Schreibe ihnen doch und erkundige dich, ob es lohnend ist, dort in Minen zu investieren.«

Sie seufzte. »Ich halte es für besser, wenn du ihnen schreibst.«

Charlie griff nach der Abendzeitung. »Ja, natürlich. Durchaus.«

Einer von den besagten MacNamaras ritt mit seinem Partner Ned Heselwood nach Longreach. Er hatte keine Ahnung, dass Ironstone Mountain, unweit seiner ehemaligen Farm Mango Hill und nur fünfundzwanzig Meilen von Rockhampton entfernt gelegen, im Begriff war, Berühmtheit zu erlangen.

Die zwei Männer waren ermattet, doch sie tränkten ihre Pferde und erfrischten sich in einem Wirtshaus so lange, wie es dauerte, um zwei Bier hinunterzukippen; danach begaben sie sich zum Landkontor. Dort machten sie ihren Anspruch auf Weideland mit dem Namen Antonia Springs geltend, mithilfe eines Amtsverwalters, der sich über ihre Berechnungen bezüglich des Flusses, ihrer brandgerodeten Grenzen und diverser Grenzsteine sorgsam Notizen machte. Diese Einzelheiten trug er sodann in die aktuelle Landkarte jenes Gebietes ein und erteilte die Genehmigung, diese Siedler als Eigentümer zu registrieren: Männer, die sich auf dem Land ansiedelten und es in Besitz nahmen, bis die Regierung Landvermesser ausschickte, um offizielle Landkarten der betreffenden Gebiete zu verfertigen. Dieser Vorgang nahm mitunter Jahre in Anspruch.

Sowie Antonia Springs registriert war, legten sie die Papiere und Karten vor, die erforderlich waren, um den Anspruch auf die Gubbins-Station durch die Unterzeichneten Harold und Antonia Merriman geltend zu machen. Die Namen stifteten ein wenig Verwirrung, doch der geduldige Amtsverwalter erfasste die Situation und machte sich, trotz MacNamaras sichtlicher Ungeduld, gewissenhaft ausführliche Notizen.

»Das dauert ja Stunden«, flüsterte Duke Ned zu. »Kannst du ihn nicht antreiben, dass er sich beeilt?«

»Es muss alles seine Richtigkeit haben«, meinte Ned achselzuckend. »Geh du doch solange ins Wirtshaus, ich komme nach, sobald ich hier fertig bin.«

»Nichts lieber als das!« Und im Nu war Duke verschwunden.

Im Wirtshaus sah er den hiesigen Polizeisergeant an der Bar, und ihm fiel ein, dass er diesem Herrn – Sergeant Hannah, wenn er sich recht erinnerte –, Beresfords Verbrechen melden musste, bevor er Longreach verließ. Aber es wäre wohl angemessener, auf der Polizeiwache offiziell Anzeige zu erstatten.

Was er tun würde, nahm er sich fest vor, ganz bestimmt!

Doch da kam Hannah zu ihm. »MacNamara, nicht wahr? Sie und Ned, Freunde von Inspektor Beresford?«

»Wie man's nimmt«, sagte Duke. »Das trifft sich gut, ich wollte sowieso mit Ihnen über ihn sprechen. Wir sind gerade aus Cloncurry gekommen.«

»Ah, dann haben Sie es gehört?« Der Sergeant sah zur Tür. »Da kommt Ned. Sie haben also von dem Inspektor gehört?«, sagte er, diesmal zu Ned.

»Gehört, was?«

Hannah schob seinen breiten Hut verwundert auf den Hinterkopf. »Nein? Also ...«

Zu ihrem Erstaunen nahm er den Hut ab. Als Zeichen der

Achtung, so schien es. »Ein Viehtreiber kam heute Morgen mit der Nachricht. Beresford ist getötet worden. Die Schwarzen haben ihn erwischt. Kalkadoon. Sie haben ihn aus dem Hinterhalt überfallen und ihn und drei von seinen schwarzen Polizisten getötet.«

»Wo war das?«, fragte Ned.

»Irgendwo in den McKinley-Bergen. Ein Polizist wurde verletzt, konnte aber zu einer Farm entkommen und Alarm schlagen. Ich weiß, dass Sie mit ihm befreundet waren. Es tut mir leid.«

Duke war sprachlos. Ned brachte es immerhin fertig zu fragen, ob man den Leichnam gefunden habe.

»Noch nicht, soviel ich weiß. Aber die Leute von der Farm könnten ihn inzwischen gefunden haben. Ein paar von meinen Männern sind hingeritten, um zu ermitteln. Damit bleibt in Cloncurry nur eine schwache Besetzung unter Sergeant Krill. Wir brauchen unbedingt Verstärkung. Die Lage ist außer Kontrolle geraten. Ich muss los, Männer. Tut mir leid …«

»Aber es steht fest, dass er getötet wurde?«, fragte Ned.

»Leider ja. Der Polizist sagt, die Schwarzen wussten, wer er war. Sie haben seinen Namen genannt. Haben ihn verhöhnt, die Mistkerle.«

Als Hannah gegangen war, schluckte Duke. Sprach kein Wort. Ausnahmsweise, überlegte er, halte ich mich lieber zurück und überlasse anderen das Reden.

Ned bestellte etwas zu trinken, dann sagte er zu Duke: »Er war kein schlechter Kerl. Er hat lediglich geglaubt, dass es richtig war, was er tat. Wie seltsam, dass so viele durchschnittliche Engländer und Europäer sich plötzlich nichts dabei denken, Menschen von anderer Hautfarbe um ihres Landbesitzes willen oder zum Zeitvertreib zu töten. Ich meine, Marcus war ein Gentleman …«

Duke zuckte die Achseln. Unverbindlich.

»Hoffentlich hat er nicht gelitten«, meinte Ned betrübt.

Da hoffst du wohl vergebens, dachte Duke bei sich.

»Weißt du«, sagte Ned nachdenklich, »diese plötzlichen Tode machen mir zu schaffen. Das ist so ungerecht. Ich war eine große Enttäuschung für meinen Vater. Es ist schrecklich, dass ich nie die Möglichkeit hatte, mich zu bewähren.«

»Aber die hast du jetzt«, sagte Duke. »Dein Vater hatte Rinderfarmen überall in Neusüdwales und Queensland. Du wirst alle Hände voll damit zu tun haben, sie beisammenzuhalten, aber du bist ja kein Neuling mehr. Du bist auf dem Treck bei Harry in die Lehre gegangen. Du wirst es bestimmt gut machen, Ned. Und…«, er lachte, »wenn du mal Hilfe brauchst, kannst du dich immer an mich wenden.«

»Nett von dir… was wirst du anfangen?«

»Ich habe beschlossen, mich aufs Fangen von Wildpferden zu verlegen, wenn ich nach Hause komme. Die streifen zu Tausenden durchs Land. Du hast sie ja selbst gesehen. Das sind wahre Schönheiten. Leicht verdientes Geld. Ich werde sie selbst bändigen, die Spreu vom Weizen trennen und sie auf Auktionen verkaufen.«

»Und Lucy Mae?«

»Lucy Mae? Ich hole sie und das Kind nach Rockhampton.«

»Hast du nicht etwas vergessen?«

»Was denn?«

»Eine Hochzeit.«

»Das ist Frauensache.«

Ned nahm die Mappe mit den wertvollen Papieren zur Hand, in denen ihr Anspruch auf Antonia Springs festgehalten war. »Da fällt mir etwas ein. Wir sind auf dem Weg zurück in die Zivilisation. Hier könnte Post auf uns warten!«

Diesmal hatten sie kein Glück. Kein Brief, für keinen von ihnen. Als sie dann auf die belebte Straße hinaustraten, fasste Duke Ned am Arm. »Hör mal, mein Freund, ich wollte bloß sagen, wegen Marcus. Es tut mir leid. Das hätte ich niemandem gewünscht.«

Ned lud sich seine Packtasche auf die Schulter. »Ja, ich weiß. Es ist schrecklich, wenn so etwas geschieht. Und sein Tod wird nur noch mehr Gewalt auslösen.«

»Ja. Umso mehr Grund für uns, hier zu verschwinden.«

Sein Partner schüttelte den Kopf. »Bei Gott, MacNamara, du hast wirklich ein sonniges Gemüt!«

Kapitel 20

Schon weit vor der Stadt Rockhampton sahen sie zu ihrer Verwunderung, dass die Straße nach Osten viel belebter war als sonst.

»Was hat das zu bedeuten?«, erkundigte sich Ned und erntete einen erstaunten Blick.

»Wo sind Sie gewesen, Mister? Auf dem Mond?«

»Wieso?«

»Dort ist eine Goldader. In Rockhampton.«

Duke, der das mit anhörte, war skeptisch. Er fragte einen Viehtreiber: »Wie kann es in Rockhampton eine Goldader geben? Wo in Rockhampton?«

»Nicht direkt in der Stadt«, erhielt er zur Antwort. »Etwas weiter draußen. Kennen Sie den Ironstone Mountain?«

»Allerdings.« Er lachte. »Ich habe einen Besitz im Schatten von dem gewaltigen alten Klotz.«

»Hattest«, erinnerte ihn Ned.

»Ach, ist doch dasselbe. Familienbesitz. Ist die Goldader dort irgendwo in der Nähe?«, fragte er den Viehtreiber.

»Nicht in der Nähe, Freund. Direkt dort. Der alte Klotz, wie Sie ihn nennen, ist ein Goldberg.«

»Oh, tatsachlich?« Lachend wandte Duke sich an Ned. »Hast du das gehört? Die Kerle hier hat wohl das Goldfieber gepackt. Die sind ja verrückt.«

Ned wusste nicht recht, was er davon halten sollte. »Wo wollen die denn alle hin, wenn es kein Gold gibt?«

»Man braucht bloß das Wort auszusprechen und schon geht die Jagd los«, erklärte Duke. »Es hat dort hier und da kleinere Adern gegeben, sogar ein paar Kupfervorkommen, heißt es, und immer mal wieder kommt jemand in die Stadt und ruft, man hat am Ironstone Gold gefunden, doch dann stellt es sich als Schutt heraus, meistens ist es gelber Eisenkies.«

Der Verkehr auf der Straße wurde dichter, und je näher sie der Stadt kamen, desto mehr war von einem Goldberg die Rede. Am Ende wurde Duke unsicher, er war beinahe überzeugt, dass es stimmte. Er bestand darauf, in aller Eile nach Rockhampton zu gelangen.

»Wozu?«

»Frag nicht so viel! Komm, wir reiten querfeldein.«

Er stürmte los und Ned hatte Mühe, ihn im Blick zu behalten. Dies war keine freie Ebene wie das Land im Westen; der Küstenstreifen bestand aus üppigem Weideland mit Palmen und schattigen Baumriesen, häufig auch aus einem Dschungelgewirr, das Duke bei seinem wilden Ritt in die Stadt zu umgehen wusste.

Bald ritten sie am Fitzroy River entlang und um die belebten Straßen herum, bis Duke sein Pferd zum Stehen brachte, Ned die Zügel zuwarf und in einem Gebäude verschwand, das sich mit dem Titel »Vermessungsamt« schmückte.

Ein Schreiber erkannte ihn. »He, Duke! Habe Sie seit einer Ewigkeit nicht gesehen. Wo haben Sie gesteckt?«

Duke eilte zu ihm und nahm ihn beiseite. »Eine Frage, Casey. Was ist das für eine Geschichte vom Ironstone Mountain? Stimmt das mit dem Goldfund?«

»Aber sicher, Duke.«

»Und ist er groß?«

»Es heißt, ja. Fred Morgan ist dort fündig geworden und jetzt erheben er und seine Brüder Anspruch auf den ganzen Berg!«

»Würde es sich lohnen, sich Schürfrechte auf Mango Hill zu sichern?«

»Und wie, aber Sie müssen sich beeilen, bevor jemand anders zugreift. Gehen Sie zur Minenverwaltung. Schleichen Sie sich durch den Hintereingang; an den Massen vorne kommen Sie nicht vorbei. Mein Bruder Syd arbeitet jetzt dort; nicken Sie ihm zu, dann nimmt er sich Ihrer an.«

Ned wartete auf der Straße vor dem Vermessungsamt bei den Pferden. Leute kamen und gingen, aber von Duke war nichts zu sehen.

Endlich kam er aus der anderen Richtung stolziert. Er schwenkte die Schürfrechte für Mango Hill.

»Was wird dein Bruder dazu sagen?«

»Keine Ahnung. Ich muss zur Bank. Sieh du nach, ob Post da ist, wir treffen uns dann im *Hotel Criterion.*«

Duke ging jetzt vorsichtig zu Werke. Er musste etliche Berechnungen anstellen. Er hatte von dem Verkauf von Mango Hill noch Geld auf der Bank. Geld, das für die Rückzahlung des Darlehens zu verwenden er »vergessen« hatte. Und in seinem Geldgürtel verwahrte er ein Vermögen von dem Verkauf seiner Rinder.

Er eilte in die *Commercial Bank*, um mit Sam Pattison zu reden. Der begaffte die staubige Gestalt an seiner Tür.

»Du meine Güte, Sie sind's, MacNamara! Ich habe Sie nicht erkannt. Ich dachte, Sie sind ein bärtiger Buschmann geworden. Sind Sie eben angekommen?«

»Ja.«

»Es dürfte Sie interessieren, dass Ihr Bruder vor einer Weile hier war und gedroht hat, mich zu erdrosseln.«

»Sie meinen Paul?«

»Natürlich Paul.«

»Seien Sie seinetwegen unbesorgt, ihm geht es gut.«

»Sie haben ihm Mango Hill verkauft, Sie Gauner, aber Ihr Darlehen nicht zurückgezahlt! Sie hatten das Geld; Herrgott, warum haben Sie das getan?«

»Ich wollte nach Westen, da musste ich natürlich ein bisschen Geld in der Tasche haben. Wie ist es ausgegangen? Hat er es zurückgezahlt?«

»Was blieb ihm anderes übrig?«

»Dann ist die Schuld beglichen?«

»Ja. Aber nicht dank Ihnen.«

»Das ist gut. Ich wusste, dass er das Geld hatte. Er ist ja so ein Geizkragen. Sagen Sie, wie viel schulde ich ihm genau?«

Pattison kramte eine Akte hervor. »Zweihundertundzwei Pfund. Und ich würde zahlen, bevor er Sie zu Gesicht bekommt, kleiner Bruder, oder in Deckung gehen. Wie war es denn auf dem Viehtrieb?«

»Großartig. Merriman hat sich angesiedelt. Er hat ein großes Gelände bei Winton übernommen und Ned Heselwood und ich haben jetzt einen großen Besitz am Cloncurry River.«

»Klingt interessant.«

»Und ich habe meine Rinder verkauft, annähernd fünfhundert Stück, für einen ansehnlichen Preis. Na, was sagen Sie jetzt zu dem kleinen Bruder, mein Freund?«

Pattison stieß einen anerkennenden Pfiff aus, dann griff er nach seinem Hut. »Wollen wir nach nebenan gehen, einen trinken? Dann können Sie mir alles über den wilden Westen erzählen.«

»Das geht nicht, ich habe jetzt keine Zeit. Ich berichte Ihnen bald. In der Zwischenzeit können Sie mein Konto wiedereröffnen.« Er warf ein Bündel Banknoten auf Pattisons Schreibtisch.

»Soll ich Ihren Bruder mit diesem Geld auszahlen?«, fragte der Bankdirektor.

»Nein! Zahlen Sie es auf mein Konto ein. Das Geld von dem Verkauf habe ich anderswo gehortet.«

»Ich weiß. Bei der *Bank of Australia.*«

»Na und? Geben Sie mir einen Stift, Sam. Wie hoch war der Betrag noch gleich?«

»Zweihundertundzwei Pfund.«

Duke schrieb den Betrag auf einen Zettel. »Ich überweise das Geld sofort auf Pauls Konto, dann kann er mich nicht anschreien.«

»Darauf würde ich nicht zählen. Aber Ihr anderer Bruder, John Pace, scheint mir gesitteter zu sein. Er hat Ihnen halbjährlich einen Scheck über dreihundert Pfund für Ihren Anteil an der Kooramin-Station geschickt.«

»Du meine Güte! Dreihundert Pfund! Das ist ja fabelhaft.«

»Fürs Nichtstun allerdings! Hier ist der Auszug. Aber Paul hat den Scheck in Verwahrung«, sagte er schmunzelnd, »weil John Pace Ihre Adresse nicht hatte.«

Duke las den Auszug und lachte. »Halbjährlich! Ist das zu fassen! So, wie eins zum anderen kommt, werde ich eines Tages ein reicher Mann sein, mein Lieber, darum verlange ich Respekt.«

»Schön, Sie dürfen das erste Glas spendieren. Übrigens, haben Sie das von Marcus Beresford gehört?«

»Ja.«

»Muss grausam zugehen, da draußen, wie?«

Duke nickte. »Wenn man Streit sucht, ja.«

* * *

Duke MacNamara kam sich äußerst tugendhaft vor, als er pflichtgetreu den exakten geschuldeten Betrag auf das Konto seines Bruders einzahlte. Mit federnden Schritten ging er hinaus und tippte vor zwei jungen Damen, die ihm entgegenkamen, an seinen Hut. Er war verblüfft, als sie die Nasen in die Luft steckten und die Röcke rafften, um rasch weiterzueilen.

Er traf Ned in der Bar des *Criterion*, wo Personal und Gäste das Äußere eines Mannes nicht weiter beachteten.

»So«, sagte er, »alles erledigt. Wir können nach Mango Hill gehen und Paul und Laura Bericht erstatten. Wir können bei ihnen unterkommen.«

»Wenn es dir nichts ausmacht, Duke, ich möchte das nicht. Ich habe einen Brief von meiner Mutter erhalten …«

»Ja? War für mich auch Post da?«

»Nein, bedaure. Ich habe ihr telegrafiert, dass ich mit dem nächsten verfügbaren Schiff nach Sydney komme. Das ist zufällig die *Jindalee*, ein neuer Küstendampfer. Da haben wir Glück. Das Schiff legt in drei Tagen von Rockhampton ab und macht unterwegs in Brisbane halt. Deswegen habe ich auch für dich eine Kabine gebucht. Ist dir das recht?«

»Na klar. Ich telegrafiere Lucy Mae, dass wir wieder in der Zivilisation sind.«

»Nun«, sagte Ned und seufzte matt, »dann gehe ich mal. Ich muss in meine Bude bei den Stallungen. Da ist es sauber und ruhig.«

»Warum wohnst du nicht hier im *Criterion*? Wenn du nicht genug Geld hast, kann ich es dir vorstrecken. Wir sind schließlich Partner.«

»Danke, Duke, aber meine Mutter hat eine telegrafische Geldanweisung an die Bank geschickt.« Er lächelte freudlos. »Ich bin rehabilitiert. Meinem Vater würde das nicht passen, oder?«

»Ich denke nicht, dass es ihm jetzt noch etwas ausmacht«, sagte Duke unverblümt. »Wie geht es deiner Mutter?«

»Sie kommt zurecht, wie mir scheint. Offenbar hat dein Stiefvater Jasins Leichnam von Brisbane nach Sydney begleitet, was ihr eine große Hilfe war…«

Duke furchte die Stirn. »Mein Stiefvater? Ach ja, Rivadavia! Das hat er getan? Es geschehen noch Zeichen und Wunder!«

»Ja, ich fand das merkwürdig. Ich werde sicher alles darüber erfahren, wenn ich erst zu Hause bin.«

»Willst du wirklich nicht mitkommen nach Mango Hill?«

»Danke, nein. Jedenfalls vorerst nicht. Ich möchte einfach nur schlafen. Ich glaube, ich werde den vielen Schlaf nie nachholen, den ich versäumt habe, seit ich wieder in diesem Land bin.«

Ned hatte jetzt nur noch eins im Sinn: sich zu waschen, zu rasieren und sämtlicher ramponierter Kleidungsstücke zu entledigen, die er monatelang getragen hatte, und sie freudig durch eine wohlriechende neue Ausstattung zu ersetzen. Nicht so Duke. Er gedachte die Rolle des unerschrockenen Kundschafters und erfolgreichen Siedlers voll auszuspielen.

»Die denken, ich wüsste nicht, was Dolour im Schilde führte, als sie Papas Erbe fortgegeben hat«, überlegte er, während sein Pferd brav auf der mit Goldsuchern überfüllten Straße trabte. »Paul und Pace denken, ich bin zu dämlich, um dahinterzukommen«, murmelte er vor sich hin. »Aber es ist mir egal, was sie denken. Die Hauptsache ist jetzt, dass ich

Mama überlistet habe. Ich habe dazu beigetragen, Papas Traum Wirklichkeit werden zu lassen. Mit Kooramin, Mango Hill, Antonia Springs und dem Tal der Lagunen besitzen seine Söhne jetzt mehr Land als Pace, und das ist erst der Anfang. Es würde mich auch nicht wundern, wenn Paul die Oberon-Station noch besäße. Es steckt im Blut, an seinem Land festzuhalten.«

Er hatte recht. Paul hatte Oberon nicht verkauft, sondern die Farm nur verpachtet.

Dies wurde Duke mitgeteilt, nachdem Paul ihn angeschrien, ihn des Wohnhauses auf Mango Hill verwiesen, den Bankbeleg über die vollständige Bezahlung von Dukes Schuld ungläubig entgegengenommen und zu wissen verlangt hatte, um wie viel er seine Freunde unterwegs angepumpt habe.

»Wann kann ich damit rechnen, dass der Gerichtsvollzieher anklopft?«, fragte er verstimmt.

Laura stellte unzählige Fragen über den Viehtrieb, während sie in der blitzblanken Küche, die mit einem neuen Herd, Spitzengardinen und einem glänzenden Fußboden aufwartete, das Essen zubereitete. Doch es war die Außenansicht, die Duke verblüfft hatte, als er an den Mangobäumen vorübergeritten war. Er war sogar ein bisschen neidisch, dachte, dass es ein Fehler gewesen war, Mango Hill zu verkaufen; denn nachdem das Haus weiß getüncht und auf drei Seiten von einer Veranda umgeben worden war, sah es ausgesprochen herrschaftlich aus.

Jemand hatte Duke einmal empfohlen, eine Veranda an das nüchterne, ungetünchte Haus anzubauen, aber er hatte das für unnötig befunden. Für Duke war eine Veranda schlicht und einfach nichts weiter als das: ein Anbau an ein Haus. Diese hier verbreiterte sich an den Ecken, um die Eintönigkeit zu unterbrechen; Geländer, Pfosten und Gitterwerk waren ebenfalls weiß gestrichen, und die Geländerbretter waren polierte Buche, wie er bemerkte, als er die Schieferstufen hinaufging.

»Donnerwetter!«, murmelte er bewundernd vor sich hin.

Auch das Innere hatte keine Ähnlichkeit mehr mit seinem ehemaligen Wohnhaus.

»Na, wie findest du es?«, hatte Laura gefragt.

»Ganz hübsch«, räumte er ein, erstaunt über die Verwandlung.

»Was versteht er denn schon davon«, knurrte Paul.

Duke ließ kein Wort über Antonia Springs verlauten, weil er wusste, Paul brannte darauf zu fragen, ob es ihm gelungen war, sich Land zu sichern. Brannte darauf zu hören, dass er gescheitert war.

»Habt ihr das von Marcus Beresford gehört?«, fragte Duke, als sie sich an den Esstisch setzten.

»Ja. Geschah ihm ganz recht«, blaffte Paul. »War ein Freund von dir, nicht?«

»Ja.«

»Wo ist Edward Heselwood?«

»Er ist mit mir gekommen. Er ist in der Stadt.«

»Der hat sich aber Zeit gelassen mit dem Zurückkommen!«

»Wir haben die Nachricht erst erhalten, als wir wieder in Longreach waren«, sagte Duke. Lieber verbog er die Wahrheit etwas, als eine Erklärung zu liefern.

»Warum hast du ihn nicht mitgebracht?«, fragte Laura.

»Er ist noch so erschüttert über den Tod seines Vaters. Er bereitet seine Reise nach Hause vor.«

»Und wo ist dein Zuhause, wenn ich fragen darf?«, erkundigte sich sein Bruder.

»Ich habe mich noch nicht entschieden.«

»Obwohl ein Kind unterwegs ist?«

»Das ist meine Sache!«

»Ach ja? Milly Forrest hat es auch zu meiner Sache gemacht.«

Duke grinste. »Das konnte ich mir denken, dass du den Brief gelesen hast, ehe du ihn an mich weiterschicktest.« Er sah Laura erröten. »Mach dir nichts draus, Schwägerin, ich hätte es genauso gemacht.«

»Hast du von Lucy Mae gehört?«, fragte sie.

»Meine Liebe, wir waren so weit draußen, da haben wir von niemandem gehört. Man kann nicht telegrafieren und Post gibt es einmal im Monat, wenn man Glück hat. Die kommt nach Winton … wir waren noch weiter weg.«

»Wo ist Merriman jetzt?«, fragte Paul.

»Er hat die Herde zu einem Anwesen diesseits von Winton gebracht; er und seine Frau Tottie haben entschieden, das sei weit genug. Sie haben dreißig Quadratmeilen übernommen.«

»Großer Gott«, meinte Laura, »das ist aber eine Menge Land.«

»Manche Familien haben noch mehr. Ein Mann hat hundert Quadratmeilen markiert, dann sah er ein, dass es zuviel war, um es zu bewirtschaften, und ist fortgegangen.«

»Verrückt!«, brummte Paul.

»Dein Freund Langley Palliser hat es nicht übel getroffen. Er erweitert seinen Besitz ständig um Außenstationen.«

»Und was ist aus deinen Rindern geworden? Hast du sie irgendwo verloren?«

»Nein. Aber mehreren Farmbesitzern da draußen ist es so ergangen. Sie haben eine Menge Rinder bei Überschwemmungen verloren und ich habe ihnen meine Herde verkauft. Und zwar zu einem verdammt guten Preis.«

»Und nach der ganzen weiten Reise kommst du mit so viel Geld nach Hause, wie du verdient haben könntest, wenn du drei Monate gearbeitet hättest. Na großartig!«

Laura hatte die Sticheleien satt. »Paul, können wir uns nicht höflich unterhalten? Duke ist in einer Gegend gewesen, die wenige Menschen gesehen haben; wenn es dich nicht interessiert, mich schon.«

»Ich bin höflich. Man muss es ihm ja förmlich aus der Nase ziehen, wenn man wissen will, was schließlich dabei herausgekommen ist. Hast du dir überhaupt Land gesichert oder hast du bloß deine Rinder verkauft und Urlaub gemacht?«

»Das war kein Urlaub«, sagte Duke. »Ned und ich sind zwei Mal von Schwarzen angegriffen worden …«

»Nein!«, rief Laura aus. »Wie war das?«

»Wir haben sie abgewehrt. Und sind um unser Leben geritten, so war das!«, sagte Duke, munter übertreibend. »Aber da du fragst, Paul, Ned und ich haben am Cloncurry River ein Gebiet markiert und registrieren lassen, das wir Antonia Springs nennen.«

»Wer ist Antonia?«, fragte Laura.

»Harrys Frau.«

»Wie groß?«, fragte Paul.

»Seine Frau?«

»Nein, Idiot. Euer Grund.«

»So um die siebzig Quadratmeilen, würde ich sagen. Wir wollten uns da nicht länger aufhalten, es wurde langsam unheimlich …«

Da war Paul schon aufgesprungen und kam mit einer Karte der Kolonie Queensland zurück; die aufregende Neuigkeit hatte seine Gereiztheit gemildert.

»Siebzig Quadratmeilen!« Er war ungemein beeindruckt. »Das ist kolossal viel!« Er schob Teller und Besteck zur Seite. »Zeig mir, wo das ist.«

»Schön«, sagte Duke. »Dies ist ein Ort namens Pelican Waters …«

Paul machte große Augen. »Allmächtiger, wie seid ihr bloß so verdammt weit rausgekommen?«

»Auf die harte Tour«, sagte sein Bruder selbstzufrieden. »Auf grobknochigen Hütepferden.«

Milly Forrest las das an Lucy Mae adressierte Telegramm, weil ihre Tochter ausgegangen war, um Besorgungen zu machen, ein Telegramm jedoch immer eine dringende Angelegenheit war, die keinen Aufschub duldete: *Liebe Lucy Mae, ankomme mit Heselwood in wenigen Tagen auf* Jindalee *in Brisbane, hoffe, du bist wohlauf, freue mich auf dich – stop – Duke.*

»Woher kommt es?«, fragte sie den Telegrammboten.

»Rockhampton, Missus.«

Milly machte ein erstauntes Gesicht, eilte ins Haus und schlug die Tür zu. »Mein Gott!«, flüsterte sie. »Heselwood! Es gibt nur einen Heselwood … Edward. Grundgütiger Himmel, Edward ist bei ihm! Lord Heselwood!«

Sie rief: »Lucy Mae, komm sofort her!«

Alice, das Hausmädchen, sah vom Staubwischen auf. »Sie ist ausgegangen, Mrs. Forrest.«

»Ach ja, das hatte ich ganz vergessen. Sie ist aber auch nie da, wenn ich sie brauche. Ach du meine Güte. Der junge Lord Heselwood! Ich werde darauf bestehen, dass sie hier übernachten. Das ist das Mindeste, was ich tun kann. Lady Georgina würde es von mir erwarten. Wie ist es nur dazu gekommen, dass Duke in Edwards Gesellschaft ist? Einerlei. Alice, die zwei Gästezimmer müssen gelüftet und mit dem besten Leinzeug bezogen werden. Sofort!«

Als Alice davonhastete, beklagte Milly den Umstand, dass Edward von Duke begleitet wurde. So etwas Lästiges aber auch, dachte sie stirnrunzelnd. Es ist kein Kind unterwegs. Lucy Mae hat Dukes Heiratsantrag nicht angenommen. Sie ist frei, ihre eigenen Interessen zu verfolgen. Milly schüttelte den Kopf. Es war zu spät, Duke mitzuteilen, es sei nicht mehr nötig, nach Brisbane zu kommen. Verflixt!

Gereizt ging sie im Salon auf und ab, bis Lucy Mae endlich nach Hause kam, mit Schachteln voller Kleider beladen, die Milly zu begutachten gedachte, bevor sie in den Kleiderschrank ihrer Tochter wanderten. Es war unerlässlich, dass sie sich schön machte für den Gast. Die Gäste.

»Ich möchte, dass du zum Telegrafenamt gehst und auf dieses Telegramm von Duke antwortest, und beeile dich, sie schließen bald!«

»Was für ein Telegramm?«

Milly ging über ihre gereizte Erwiderung hinweg. »Schreib, du bestehst darauf, dass sie bei uns übernachten.«

»Ich denke nicht daran. Ich will nicht, dass Duke hier wohnt. Ich muss allein mit ihm sprechen.«

»Um Himmels willen, es geht hier nicht um Duke. Verstehst du nicht, Edward Heselwood ist bei ihm. Er ist jetzt Lord Heselwood. Ist das nicht großartig?«

»Großartig? Inwiefern? Du hast immer gesagt, er ist ziemlich unerträglich.«

»Als junger Bursche, aber jetzt nicht mehr. Er ist erwachsen geworden. Gib ihm eine Chance, Lucy Mae. Er ist die beste

Partie im Land, Himmel noch mal. Geh und gib das Telegramm an Duke auf, sonst muss ich Alice schicken.«

»Sie wird es nicht rechtzeitig schaffen. Ich kümmere mich morgen darum.«

»Kümmern? Was soll das heißen, kümmern?«

»Ach komm, Mutter. Du hast Duke geschrieben, dass ich ein Kind erwarte. Hast du die erschreckende Nachricht je richtiggestellt? Ihm von meiner Fehlgeburt berichtet? Natürlich nicht! Und jetzt kommt der Ärmste hierher … Wirklich, Mutter, du bist unmöglich, jetzt versuchst du auch noch, mich mit Dukes Freund zu verkuppeln.«

»Ich weiß nicht, wie sie Freunde geworden sind«, begann Milly, doch Lucy Mae war aus dem Zimmer geflüchtet. Bedrückt.

Während Milly die Mädchen einen Frühjahrsputz machen und die Köchin die Speisekammer mit Gerichten füllen ließ, die den Gaumen von einem oder zwei jungen Gentlemen erfreuen würden, fuhr Lucy Mae im Gig in die Stadt.

Ihr erster Besuch galt dem Schifffahrtskontor, wo sie in Erfahrung brachte, dass die *Jindalee* voraussichtlich am Mittwoch in Rockhampton auslaufen und Samstagmorgen um acht Uhr im Hafen von Brisbane vor Anker gehen würde. Danach begab sie sich eilends in das elegante *Regency Hotel*, wo sie für Samstag ein Zimmer für Mr. Duke MacNamara reservierte.

Da heute Montag war, würde ein Telegramm ihn rechtzeitig erreichen, weshalb sie es an die Mango Hill-Station, via Rockhampton, schickte.

Lucy Mae hatte in der vergangenen Nacht Stunden mit dem Versuch verbracht, ein dieser Lage angemessenes Telegramm zu formulieren, doch das gestaltete sich als äußerst schwierig, da die Lage selbst so verworren war. Erst als sie das Telegrammformular vor sich hatte, fasste sie endlich einen Entschluss – das Ergebnis erfreute sie keineswegs, war jedoch das beste, das sie unter den gegebenen Umständen zu bieten hatte: *Unterkunft für dich reserviert im* Regency Hotel *– stop – LucyMae.* Sie behauptete, der Name werde in einem Wort geschrieben und müsse als solches berechnet werden, und

»nein«, sagte sie entschlossen zu dem Beamten, »eine Rückantwort ist nicht nötig.«

Da sie es nicht eilig hatte, nach Hause zu kommen, schlenderte sie in das Café Linden in der Queen Street, in dem es zu ihrem Verdruss keinen freien Tisch gab, doch dann rief jemand nach ihr.

Es war Rosa, die einen Tisch am Fenster hatte.

»Wie schön, dich zu sehen«, sagte Lucy Mae, als sie zu ihrer Freundin trat. »Erwartest du jemanden?«

»Nein, ich vertreibe mir nur die Zeit. Charlie geht um elf mit mir die neue Abteilung vom Museum besichtigen.«

»Was gibt es dort?«

»Ich weiß nicht, Zehennägel von Dinosauriern oder so etwas. Er ist im Vorstand und muss eine Einführung geben. Was machst du gerade?«

»Ach, alles passiert auf einmal! Duke hat ein Telegramm geschickt, dass er aus Rockhampton kommt. Er trifft am Samstag ein. Was soll ich nur tun?«

»Sag ihm einfach, du willst ihn nicht heiraten. Nichts leichter als das.«

»Aber Rosa, er denkt, ich erwarte ein Kind.«

»Dann schenke ihm reinen Wein ein und sag ihm, dass kein Kind unterwegs ist.«

»Natürlich sage ich das. Aber es wird ihn vermutlich aufregen. Er tut mir wirklich leid. Aber ich kann ihm doch nicht direkt sagen, dass er nicht kommen soll, nicht wahr?«

Rosa bestellte noch Kaffee, dann sah sie Lucy Mae offen an. »Was höre ich da heraus? Hast du Hintergedanken? Willst du ihn am Ende doch heiraten?«

»Himmel, nein. Immerhin könnte er es sich anders überlegt haben. Wie soll ich das nach der langen Zeit wissen? Und schlimmer noch, Edward Heselwood ist bei ihm!«

»Edward!« Rosa war verblüfft.

»Ja, sie treffen beide am Samstag ein. Mutter ist natürlich völlig aus dem Häuschen! Edward ist jetzt Lord Heselwood und sie geht auf Wolken. Sie hat Duke bereits abgeschrieben und ist ganz versessen auf die ideale Partie: Edward und ihre

Tochter. Sie will ihn auf Biegen und Brechen ins Haus holen! Ihr müsst auch kommen, du und Charlie. Ihr könnt mich retten. Als Puffer …«

Plötzlich nahm Rosa ihre Handschuhe vom Tisch und schob ihren Stuhl zurück, obwohl die Kellnerin soeben mit dem Kaffee kam.

»Entschuldige«, rief Rosa. »Ich habe gerade gemerkt, dass ich mich verspäte. Ich muss mich wirklich sputen. Verzeih mir, Lucy Mae.«

Sie wühlte in ihrer Handtasche nach Kleingeld, da ergriff Lucy Mae ihren Arm. »Lass nur. Ich bezahle. Aber was fehlt dir, Rosa? Du siehst gar nicht gut aus.«

»Es ist nichts, wirklich. Aber ich muss gehen. Danke, Lucy Mae, es war schön, dich zu sehen. Entschuldige …«

Sie lief hastig zur Tür und war binnen Sekunden verschwunden.

Lucy Mae sah ihr nach und die Kellnerin stellte das Tablett ab. »Möchten Sie trotzdem ein Kännchen Kaffee, Madam?«

»Oh ja, gern«, sagte Lucy Mae abwesend, noch ganz bestürzt über Rosas plötzlichen Aufbruch.

»Ihre Freundin wird schon wieder«, meinte die Kellnerin. »Kommt häufig vor.«

»Was?«

»Manche Damen erleiden hier drinnen an heißen Tagen einen Anfall von Morgenübelkeit.«

»Morgenübelkeit?«, wiederholte Lucy.

»Oh ja, ist doch offenkundig.«

»Wirklich? Oh! Meine Güte!«

Darauf fühlte Lucy Mae sich etwas besser. Sie hatte sich schon Sorgen gemacht, dass sie Rosa irgendwie gekränkt haben könnte. Jetzt aber lächelte sie. Rosa erwartete ein Kind! Wie wunderbar für sie!

Sie wischte die aufsteigenden Tränen fort. Sie wollte nicht länger bei ihrem großen Kummer verweilen.

»Freue dich einfach für jemand anders und der Kummer vergeht«, flüsterte ihr eine innere Stimme zu.

Der Kaffee schmeckte köstlich.

Paul war wieder einmal wütend. »Wo ist Duke? Man kann ihm auch nicht eine Minute den Rücken zukehren!«

Seine Frau blickte von ihrem Tisch im Speisesaal des *Criterion* zu ihm hoch. »Würdest du bitte die Stimme dämpfen. Er wird gleich hier sein. Was hat er denn diesmal angestellt?«

»Er hat sich Schürfrechte auf Mango Hill gesichert!«

»Wo auf Mango Hill?«

»Was glaubst du wohl? An den Ausläufern hinter dem Sumpfgebiet!«

»Am Fuß des Ironstone Mountain? Gut gemacht! Wieso ist uns das nicht eingefallen?«

»Weil es da kein Gold gibt, verdammt noch mal!«

Laura lachte. »Das hat man vom Ironstone auch gesagt.«

»Darum geht es nicht! Es ist unser Besitz, nicht seiner …«

»Liebling«, sagte sie lächelnd, »soweit ich gehört habe, gehört uns gemäß Bergbaugesetz der Untergrund nicht. Wenn jemand dort schürfen will, dann darf er das.«

»Das weiß ich, aber er hätte sich vorher mit mir beraten sollen. Mir wenigstens Bescheid sagen, was er vorhat. Aber das ist typisch für ihn, nicht? Verdammt typisch! Er geht hin und tut, was ihm passt, einerlei, ob er anderen damit schadet. Wo ist er überhaupt?«

»Er wird zum Mittagessen hier sein. Er musste zu Harry Merrimans Besitz, nach dem Rechten sehen. Das hat er Harry versprochen.«

»Na schön, aber er soll bloß bald erscheinen, sonst bekommen wir nichts zu essen. Ich habe es hier noch nie so voll gesehen.«

»Die ganze Stadt ist voll. Ein regelrechtes Chaos!« Sie erspähte einen großgewachsenen, gutgekleideten jungen Herrn, der sich einen Weg durch die Menschen bahnte, und flüsterte ihrem Mann zu: »Ist das nicht Edward Heselwood?«

Paul drehte sich um, merkte, dass Edward auf ihren Tisch zuging, und erhob sich rasch.

»Hoffentlich habe ich Sie nicht warten lassen, Mr. und Mrs. MacNamara«, sagte der junge Mann, »aber ich musste mich zuvor mit Duke treffen und habe ihn offensichtlich verpasst.«

Paul, der erkannte, dass Duke seinen Freund eingeladen hatte, mit ihnen zu Mittag zu essen, ohne daran zu denken, es ihnen zu sagen, brachte ein Lachen zustande.

»Geht uns genauso. Aber nehmen Sie doch Platz, Edward. Wir haben uns auf Sie gefreut. Dies ist Laura, meine Frau.«

»Sehr erfreut«, sagte Edward mit einer leichten Verbeugung, und Paul stellte erstaunt fest, wie sehr er seinem Vater ähnelte, da er nun die Viehtreiberkluft abgelegt hatte und nach der neuesten Mode gekleidet war, ganz in der Manier von Jasin Heselwood.

»Edward«, sagte Paul, »es freut mich, dass Sie uns Gesellschaft leisten können. Laura und ich möchten Ihnen unser aufrichtiges Beileid zum plötzlichen Verlust Ihres lieben Vaters aussprechen.«

»Danke. Es war ein schwerer Schlag und es muss eine schlimme Zeit für meine Mutter gewesen sein. Ich hoffe, es an ihr wiedergutmachen zu können.«

Eine Weile plauderten er und Paul über ihre Jugendzeit auf benachbarten Rinderfarmen, was Laura amüsierte, dann aber brachte sie die Rede auf Edwards jüngste Unternehmungen.

»Mir scheint, Sie und Duke haben unterwegs so einige Abenteuer erlebt.«

»Oh ja, Mrs. MacNamara. Es war ein sehr, sehr langer Treck, viel beschwerlicher, als ich es mir vorgestellt hatte. Ich hatte keine Ahnung, dass die Siedlung so ungeheuer groß war.«

»Entschuldigung, dass ich unterbreche«, sagte Paul, »aber sollten wir nicht lieber bestellen? Die Mittagsküche schließt um zwei Uhr.«

»Dann sollten wir das tun«, sagte Laura.

»Oh ja, sicher.« Edward grinste. »Ihr Bruder kann sich mitunter ein wenig verspäten.«

Das gemeinsame Mittagessen war Dukes Idee gewesen, und er hatte fest vorgehabt, pünktlich zu sein, doch die Umstände hatten ihn aufgehalten.

Er war mit einem Arbeiter auf Harrys und Totties Grund gewesen, hatte das Wohnhaus inspiziert und gefunden, dass alles in bester Ordnung war, dann hatte er dem Mann Anweisungen erteilt, den großen Garten zu jäten und zu pflegen. Als er jedoch aufbrechen und den Gärtner seiner Arbeit überlassen wollte, sah er seinen Bekannten Chester Newitt zum Nachbarhaus reiten.

Er stieß einen Pfiff aus und stapfte zum Zaun.

»Was machen Sie denn hier, Sie alter Schurke?«, rief er.

Chester zügelte sein Pferd und saß ab. »Verdammt und zugenäht, wenn das nicht Duke ist! Ich dachte, Sie wären im Westen, wo Sie bei Harry den obersten Treiber spielen. Seit wann sind Sie zurück?«

»Seit gestern.«

»Hatten Sie viel Scherereien mit den Rindern?«

»Nein, wir haben sie ans Ziel gebracht. Bis weit hinter Longreach.«

»Da haben Sie ja hübsch viele Meilen hinter sich. Was war denn mit den Schwarzen? Ich glaube, die sind feindlich gesinnt da draußen.«

»Wohl wahr. Aus gutem Grund, finde ich.«

Chester schob seinen Hut auf den Hinterkopf und sah ihn erstaunt an. »Mensch! Ich hätte nie gedacht, dass Sie mal für die eintreten. Sind Sie krank oder was?«

Duke lachte. »Nein, nur älter geworden. Ich denke, ich bin auf dem vermaledeiten Treck um zehn Jahre gealtert. Es ist schön, wieder daheim zu sein.«

»Dann kommen Sie mit, ich gebe Ihnen einen aus und Sie können mir das Neueste erzählen.«

»Das geht nicht, ich bin mit meinem Bruder verabredet. Aber was tun Sie hier?«

Chester wies auf ein Schild mit der Aufschrift »Zu verkaufen« hin. »Wussten Sie das nicht? Die alte Miss Delaney ist gestorben.«

»Nein, das wusste ich nicht. Tut mir leid, das zu hören. Verkaufen Sie das Haus für die Familie?«

»So ist es. Jack Delaney ist ihr Bruder, wie Sie wissen. Er will fünfunddreißig Pfund dafür. Zuviel verlangt, finde ich, aber er kann es sich leisten abzuwarten.«

»Ich nehme es«, sagte Duke. »Das Haus gefällt mir, sie hat es mir vor ein paar Monaten gezeigt.«

»Wozu möchten Sie es?«

»Ich muss irgendwo wohnen. Paul hat Mango Hill gekauft.«

»Ach ja, stimmt. Schön, holen Sie Ihr Pferd, wir gehen in mein Büro und schließen den Handel ab, ehe Sie es sich anders überlegen. Man muss das Eisen schmieden, solange es heiß ist, mein Freund.«

Als Duke ins *Criterion* kam, war das Mittagessen vorbei, doch die drei plauderten angeregt in dem fast leeren Speisesaal. Er entschuldigte sich, erklärte, es habe länger gedauert als erwartet, um jemanden zu finden, der Harrys und Totties Garten in Ordnung brachte, erwähnte aber nichts von seiner neuesten Erwerbung.

Zu Dukes Überraschung schien es Paul nichts auszumachen, dass er die Verabredung nicht eingehalten hatte. Paul war tatsächlich recht umgänglich, fragte sogar den Restaurantchef, ob der Koch für seinen Bruder ein Gericht aus kaltem Fleisch und Resten zaubern könne. Duke wusste ja nicht, dass Paul, als sie fertig gegessen hatten und sein Bruder immer noch nicht erschien, so verärgert gewesen war, dass er sich bei Edward für ihn entschuldigt hatte.

»Das ist typisch für ihn«, hatte er geklagt. »Er ist verdammt unzuverlässig. War er schon immer!«

»Da kann ich Ihnen nicht beipflichten«, hatte Edward ruhig entgegnet. »Er ist zuverlässig, wenn es hart auf hart kommt. Ich bin überzeugt, dass Duke es nicht erwähnen wird, deswegen sage ich es Ihnen. Einmal wurden er und ich von Aborigines überfallen. Ich konnte sie nicht abschütteln, und um ehrlich zu sein, ich hatte panische Angst. Duke war weit voraus. Er war außer Gefahr, dachte vermutlich, ich sei dicht hinter ihm, aber als er merkte, dass ich nicht da war, ist er zu mir zurückgeritten.«

Edward sah Paul ins Gesicht. »Er ritt zurück ins Kampfgetümmel, schoss mit seinem Gewehr, packte die Zügel meines Pferdes und zog mich heraus. Er hätte nicht zu mir zurückkommen müssen und er hat meinen Dank und den Vorfall abgetan, als sei es nicht der Rede wert, doch ich werde es ihm nie vergessen.«

Dukes Essen wurde aufgetragen und er rückte ihm mit großem Appetit zuleibe.

»Wann geht unser Schiff morgen Vormittag?«, fragte er Edward.

»Um Punkt zehn Uhr.«

»Wollen wir nicht hierbleiben und sie verabschieden?«, schlug Laura ihrem Mann vor.

»Gute Idee«, sagte Paul, worauf Duke blinzelte.

»Prima, wenn ihr das wollt. Aber jetzt müsst ihr uns entschuldigen, Ned und ich haben noch Einkäufe zu erledigen.«

»Ach ja? Seit wann denn?«, fragte Ned.

»Seit ich hier hereingekommen bin und euch so elegant angezogen gesehen habe. Ich brauche Stadtkleidung. Und noch ein paar Kleinigkeiten. Du kannst sie für mich aussuchen.« Damit verabschiedeten sie sich.

Paul war ausgesprochen milde gestimmt. »Ich habe mich bei dem Essen sehr wohlgefühlt, Laura. Es war nett von Edward, uns die Geschichte mit Duke zu erzählen. Das hat mich stolz gemacht, ich muss schon sagen.«

»Ja. Das musst du John Pace schreiben.«

»Das mache ich. Weißt du was, ich glaube, Dukes Blatt hat sich gewendet. Hat er mit dir über Lucy Mae gesprochen? Und das Kind?«

»Nein, nur als er das Telegramm von ihr bekam wegen seiner Unterbringung in Brisbane. Da hat er genickt und ›gut‹ gesagt. Als wäre es selbstverständlich.«

»Von einer Unterbringung für Edward stand nichts darin?«

»Ich nehme an, er wird auf dem Schiff übernachten. Er fährt nach Sydney weiter, zu seiner Mutter. Die ganze Zeit, als wir uns mit ihm unterhalten haben, wollte ich ihm von dem Pferd erzählen, aber ich dachte, es wäre ihm vielleicht unangenehm.«

»Er wird es früh genug erfahren. Chester Newitt sagt, Jasins Leute haben es zur Montone-Station gebracht. Meine einzige Sorge gilt Lucy Mae. Ich hoffe, Duke macht es richtig, was sie betrifft.«

»Davon bin ich überzeugt. Es wird aufregend werden. Ich liebe Hochzeiten.«

Sie sagte nichts von ihrer Hoffnung, das Hochzeitsfest möge in Brisbane stattfinden, damit sie einmal herauskäme und es richtig genießen könnte. Und sie wollte dafür sorgen, dass sie nicht in demselben Hotel abstiegen wie die anderen MacNamaras. Sie mochte John Pace gut leiden, aber seine Frau konnte sie nicht ausstehen.

Den Weißen waren diese Berge als Great Dividing Range bekannt, das große australische Scheidegebirge, aber für die Schwarzen waren sie der Grat, der dem östlichen Küstenstrich bis hinauf zur Nordspitze Halt gab.

Es war auf der Reise durch diese dicht bewaldeten Berge, als Wiradji ihren Schwiegervater wissen ließ, dass ihre Zeit gekommen war.

»Wie kann ich dir helfen?«, rief er.

»Kalkadoon-Frauen haben bei der Geburt nur Verwandte bei sich«, sagte sie lächelnd, »und niemals männliche. Du kannst die Pferde nehmen und irgendwo ein paar Tage ausruhen. Das wird dir gut tun, Vater. Hier in der kleinen Höhle ist es geschützt, aber ich hätte gern die Pferdedecken zum Wärmen.«

Ladjipiri befolgte ihre Anweisungen; vor Aufregung schwoll ihm das Herz. Ab hier, im Darambal-Land, waren sie in Sicherheit. Bald würden sie die letzte Etappe ihrer Reise antreten, und seine geliebte Frau würde entzückt aufschreien, wenn sie ihr Banggus Kind brachten. Ein Geschenk zur Heimkunft, zusammen mit Banggus Frau und der Botschaft, dass er nach Erfüllung seiner Verpflichtungen bei Wiradjis Volk zu seiner Familie zurückkehren werde.

Ladjipiri nahm die Pferde, die sie so lange durch das weite Land getragen hatten, und machte sich an den Abstieg an der Ostseite des Gebirges, bis sein scharfer Blick auf ein kleines grünes Tal fiel. Er wusste, dort gab es gutes Futter für die treuen Tiere und reichlich pflanzliche Nahrung für einen alten Mann.

Die Sonne stand hoch am Himmel. Er ließ die Pferde frei, darauf vertrauend, dass diese in seiner Obhut niemals grausame Fußfesseln benötigen würden. Er legte die abgeschabten Sättel und das abgegriffene Zaumzeug unter einen Baum und suchte im Wald nach Nüssen und Beeren, die er in Hülle und Fülle fand. Er sah auch einen Bach, der ihn später mit Fischen versorgen würde, aber jetzt wollte er sich nur in der warmen Sonne ausstrecken und eine Weile schlafen.

Wohl war ihm warm am Körper, doch seine Träume waren kalt und beängstigend. Er sah einen wild bewegten Himmel, staubgeschwängerte Wüstenwinde, die über das Land stürmten, gehetzte Tiere, die schreiend flohen. Und er selbst rannte auch, doch etwas hielt ihn zurück. Er stellte fest, dass seine Füße gefesselt waren, und als er stürzte, sah er einen Krieger von den Felsen springen, mit erhobenem Speer, bereit zur Flucht. Der Krieger, der mit seinem mit Federn und weißer Farbe gefleckten Gesicht und dem Körper in voller weiß-ockergelber Kriegsbemalung einen furchterregenden Anblick bot, schien an dem tiefblauen Himmel zu schweben.

Er sah zu seinem Vater hinunter, als sei er überrascht, ihn zu sehen. Doch er stürzte nicht. Er blieb dort, bis der Himmel ihn umhüllte und Ladjipiri weinend erwachte.

Wie konnte er der jungen Frau, die gerade ein Kind zur Welt brachte, sagen, dass Banggu in die Traumwelt eingegangen war?

Ein Chor aus Vögeln aller Art stimmte seine Lieder an, als sie den Knaben hinausbrachte, damit er seinen ersten Morgen dämmern sah, und inmitten des fröhlichen Lärms stand Wiradji und hielt staunend den Atem an.

Zuerst war der Horizont ein schmaler Lichtbogen, der durch keine Berge unterbrochen wurde. Das war an sich schon ein magischer Anblick, dann aber flammte das Feuer am ganzen Horizont, und sie drückte das Kind angstvoll an ihr Herz. Etwas so Gewaltiges hatte sie noch nie gesehen! Doch bald löschte der anbrechende Morgen die Flammen und die

Sonne ging auf, eine goldene Sonne, die Lichtstrahlen über das flachste Land schickte, das Wiradji je erblickt hatte.

Sie hielt den Knaben hoch, damit er die Sonne sehe, und sie sah zu, wie Himmel und Erde in bunten Farben funkelnd in Sicht kamen. Doch das flache Land am fernen Horizont war jetzt blau!

Wiradji rieb sich die Augen. Wie konnte das sein?

Plötzlich wusste sie die Antwort. Das musste das Meer sein! Vater hatte gesagt, es sei meistens blau, könne aber bei Sturm grau werden. Sie war so entzückt von dieser Entdeckung, dass sie sich nicht abwenden konnte. Sie setzte sich auf einen hohen Felsvorsprung, um ihren Sohn zu stillen, und dichtete dabei Lieder auf diesen bedeutenden Sonnenaufgang und auf ihren ersten Anblick des Meeres.

Zwei Tage später wurde Ladjipiri von ihrem Ruf, einem zweitönigen Pfiff, der dem eines Wippflöters glich und über weite Entfernungen trug, aus seinem Trübsinn geweckt.

Sie war bereit weiterzuziehen.

Und sie hatte ein Enkelkind für ihn. Das beschleunigte seine Schritte. Er nahm die Zügel, eilte über die Weide, pfiff den Pferden. Während sie zu ihm trotteten, kamen zwei Reiter aus dem Wald.

Sie blieben stehen, blinzelten ihn im frühen Sonnenlicht an, galoppierten dann zu ihm. Der erste Reiter streckte ihn mit einem Peitschenhieb nieder.

Beide Männer saßen ab.

»Wessen Pferde sind das?«, wurde er gefragt.

Im Laufe der Jahre war Trader ein wahrer Meister im Umgang mit schikanösen weißen Männern geworden und er hatte seine Antworten für den Fall einer Begegnung wie dieser parat. Schwarze durften keine Pferde besitzen.

Er gab sich unterwürfig. »Die Burschen sind Mr. Merry seine.«

»Wo ist er?«

»Lagert längs am nächsten Tal.«

»Was machst du mit ihnen?«

»Sind ausgerissen. Hab Spur gefunden, bringe allesamt Mr. Merry.«

»Der hat sie gestohlen, will mir eher scheinen«, knurrte der jüngere der zwei Männer.

»Das werden wir gleich haben«, sagte er andere. Er zog Ladjipiri auf die Füße. »Wie heißen sie, Opa? Wenn du sie für Mr. Merry einfängst, musst du ihre Namen kennen.«

Ladjipiri war erleichtert. Er sah einen Ausweg aus diesem Schlamassel.

Er drehte sich zu den Pferden hin. »Der da, das Yarriman. Dieser hier, dem sein Name General.«

Der ältere Mann furchte die Stirn. Er rief »He, Yarriman!«, und siehe da, Traders Pferd hob den Kopf.

Ladjipiri grinste. »Sehen, Mr. Merrys Pferde.«

»Hältst dich wohl für verdammt schlau, wie?«, fuhr der Jüngere ihn an, zog ohne Vorwarnung seine Pistole und schoss Ladjipiri ins Bein.

Ladjipiri spürte, wie der Knochen splitterte, und sank stöhnend zu Boden.

»Das hättest du nicht tun sollen«, sagte der andere Mann. »Geräusche tragen weit hier in den Bergen. Nimm die Pferde und lass uns hier verschwinden.«

Die vier davongaloppierenden Pferde hörten sich für ihn wie Donner an. Er lag auf der Erde, wagte nicht, sich zu rühren, als aber alles wieder still war, stieß er den Wippflöterruf mehrmals hintereinander aus, um Wiradji aufmerksam zu machen, und danach in bestimmten Abständen, um die junge Frau so in das Tal zu lenken.

Als sie ihn am späten Nachmittag fand, verschlug es ihr vor Schrecken beinahe die Sprache.

Sachte legte sie ihm seinen Enkelsohn in die Arme, um sein Bein zu untersuchen, dann nahm sie das Kind und wickelte es in eine Pferdedecke. Die andere benutzte sie als Kissen für den Mann, den sie Vater nannte.

Schusswunden waren ihr nicht fremd, diesmal aber hatte die Kugel das Knie durchschlagen. Die Verletzung war zu kompliziert. Ein neues, gefährliches Problem. Sie lief den ganzen Weg zum Fluss hinunter und holte ihm Wasser für seinen ausgedörrten Mund. Dann versuchte sie auf Vaters Anweisungen hin, sein Bein einzurichten. Sie schnitt Lederstreifen von den Sätteln, die noch unter dem Baum lagen, und benutzte sie als Schienen.

»Ich brauche nur ein paar Tage Ruhe«, sagte er, »dann werde ich mit Hilfe eines stabilen Stockes gehen können. Also sei unbesorgt. Es ist sowieso ganz gut, wenn wir eine kurze Pause einlegen, damit der Kleine sich an die Welt gewöhnt. Er ist wahrlich ein schöner Knabe.«

Sie nannte ihn Pintyamu, zu Ehren der Sonne, die aus dem Meer aufsteigt, und gemeinsam bestaunten sie die Kraft in seinen Händchen.

Doch Ladjipiri kam nicht genug zu Kräften, um länger als ein paar Minuten ohne Wiradjis Hilfe aufrecht zu stehen, weswegen sie ihn auf den Rücken nahm und näher an den Fluss trug, wo sie das Lager aufschlug. Sie war eine tüchtige Jägerin und versorgte sie gut mit Nahrung, und sie brachte auch einen bestimmten Lehm mit, den sie an Stelle der Lederstreifen rund um das Knie legte.

»Mit dem Gewicht am Bein werde ich nicht laufen können«, klagte er.

»Das sollst du auch nicht. Es dient dazu, dein Bein ruhig zu halten, damit die Knochen heilen können. In vielleicht fünf und wieder fünf Tagen kannst du dann laufen.«

Er befürchtete, dass sein Knie lange brauchen würde, um zu heilen, wenn überhaupt. Dennoch hoffte er, irgendwie zum Gehen imstande sein zu können. Sie konnten sich nicht zu lange hier in den Bergen aufhalten.

Dies war gefährliches Land für eine schwarze Frau ohne den Schutz ihrer Familie.

Auch *mit* Familie, verbesserte er sich. Weiße Bewaffnete hatten kein Mitleid mit wehrlosen Frauen und Kindern.

»Du musst ohne mich weitergehen«, erklärte er. »Ich sage dir, wie du an einen sicheren Ort gelangst.«

Wiradji lachte. »Wie kannst du das? Das Meer ist so weit weg. Es hat keine Eile. Wir ziehen ohnehin bald weiter.«

Ladjipiri hatte keinen Zweifel, dass die Angreifer Buschräuber waren, was bedeutete, diese Wege waren solchen Männern bekannt, die einen leichten Zugang durch die Berge suchten. Wenn sie hier herumsaßen, anstatt sich in Bewegung zu setzen, war Wiradji in Gefahr. Früher oder später würde jemand den Rauch ihres Lagerfeuers erspähen und sie aufspüren.

Er konnte sie nicht beschützen. Im Falle einer solchen Gefahr gab es nur zwei Möglichkeiten. Anständige Weiße würden ihnen zu Hilfe kommen oder schlimmstenfalls über sie hinwegsehen. Und die anderen? Er schüttelte den Kopf.

Die Frau weigerte sich, zu gehen. Sie war eisern entschlossen, bei ihm zu bleiben.

»Ich bin eine Kalkadoon! Ich kann kämpfen! Ich will bei dir bleiben und dich pflegen, bis es dir besser geht. Was wird Banggu sagen, wenn er hört, dass ich seinen Vater im Stich gelassen habe, um meine Haut zu retten?«

Der Streit tobte tagelang, und am Ende hätte Ladjipiri ihr in seiner Verzweiflung beinahe gesagt, dass sein Sohn im Kampf gefallen war. Doch obwohl er es mit eigenen Augen gesehen hatte, würde es unter diesen Umständen sehr schwierig sein, sie zu überzeugen.

Wenn sie fort war, rief er die Geister herbei, suchte ihren Rat, versetzte sich mit der Kraft seines Willens zurück in jene Höhle, eine Stätte des Wissens, wo er sich unbeholfen an den Eingang setzte, unter den uralten Vogel mit dem langen Schnabel.

Es überraschte ihn nicht, dort zu sein und von dem Felsvorsprung wieder über die herrliche Hügellandschaft zu blicken. Er sah Wolken am unendlichen Himmel dahinjagen, hörte die Schreie der Rabenkakadus, bevor sie mit aufblitzendem rotem Gefieder über ihn hinweg wogten, und roch den Rauch eines Buschfeuers, das irgendwo in der Nähe brannte.

Ein Mann trat aus der Höhle und sie sprachen eine Weile.

Als Wiradji, den Säugling in einer Schlinge auf dem Rücken, mit einem Netz voller Schwalbenwurzeln und anderer Köstlichkeiten zum Lager zurückkehrte, sah sie zu ihrer Überraschung, dass sie Besuch hatten.

Es war ein Freund von Vater. Aber viel älter. Er behauptete, Pintyamu sei das hübscheste Neugeborene, das er je zu Gesicht bekommen habe.

»Du brauchst nicht länger auszuharren«, teilte Ladjipiri ihr mit. »Mein Freund bleibt bei mir, bis mein Bein wieder gesund ist. Es ist deine Pflicht, den Knaben zu beschützen. Du musst ihn zum Volk seines Vaters bringen. Du wirst morgen aufbrechen.«

Wiradji fürchtete sich vor der langen, einsamen Wanderung durch fremdes Land, aber sie durfte sich ihre Angst nicht eingestehen; diesen zwei Männern zufolge blieb ihr keine Wahl. Hätte sie sich doch nur geweigert, Banggu zu verlassen! Sie bereute, auf ihn gehört zu haben. Sie vermisste ihn so sehr, und ebenso vermisste sie die große Freude, bei ihrem eigenen stolzen Volk zu leben.

Am ersten Tag ihrer Wanderung durch die Berge suchte sie Trost im Grollen; sie schwelgte darin, erzählte dem Kind, wie dumm es von ihr gewesen war, sich in diese Wildnis schicken zu lassen, und was sie Banggu sagen würde, wenn er ihr später folgte. Sie war so verstimmt, sie schritt über die steinigen Hänge so sicher und flink wie die kleinen Felskängurus, die um sie herumtänzelten, und scherte sich nicht um die Gefahr zu stürzen. Sie schritt voran, bis Nebel ihren Weg einhüllte und sie gezwungen war, im hohlen Stamm eines mächtigen alten Baumes Schutz zu suchen, wo sie dem Heulen der Dingos lauschte.

Die gedämpften Laute der Tiere draußen in der Dunkelheit ängstigten sie; sie hielt das Kind an sich gedrückt und fürchtete sich vor dem Einschlafen.

Dennoch schlummerte sie, tauchte hinab in Alpträume von Ungeheuern, die ihr Kind töten, es ihr entreißen wollten. Schreiend wehrte sie sie ab, wieder und wieder, bis sie sie zurückstießen und sie stürzte. Dann aber kam das Morgenlicht und eine Hand streckte sich nach ihr aus…

Banggu war da. Er hatte sie eingeholt. Mit dem Kind in den

Armen trat sie hinaus ins warme Sonnenlicht und lächelte ihren Mann an. Er war so schön, so groß und männlich, dass es ihr fast den Atem nahm.

Sie sah das weite blaue Meer nicht mehr, aber sie traten ihre Wanderung nach Osten an durch den seltsamsten Wald, den sie je erblickt hatte… so üppig und grün und voller Leben. Winzig kleine Vögel schwirrten durch das flutende Sonnenlicht und sie hob ihnen das Kind entgegen, geborgen in der Wärme dieses Waldes, der ihre kleine Familie in seinen Schoß nahm.

Lucy Mae war im Foyer des *Regency Hotel,* als Duke hereinkam. Sie dankte ihren Sternen dafür, dass er nicht in Begleitung von Edward Heselwood war.

Als er sie erblickte, stieß er überrascht hervor: »Lucy Mae!«, hastete durch das Foyer, hob sie hoch und umarmte sie stürmisch. »Sieh mal an!«, rief er aus. »Du bist hübscher denn je! Gewiss die Schönste in der Stadt.«

Lucy Mae war rot geworden. »Lass mich hinunter. Die Leute schauen schon.«

Er lachte. »Natürlich schauen sie. So etwas Entzückendes wie dich bekommen sie nicht alle Tage zu sehen. Aber sag, wie geht es dir? Wie fühlst du dich?«

Weil sie Abgeschiedenheit brauchen würde, und nicht die eines Schlafzimmers, hatte Lucy Mae beim Hereinkommen das Erdgeschoss des Hotels erkundet. Jetzt führte sie Duke in eine stille Ecke des Hotelgartens, wo er sie augenblicklich küssen wollte.

»Nein«, wehrte sie ab. »Bitte. Wir müssen miteinander reden.«

»Reden können wir später«, murmelte er.

»Nein«, sagte sie entschlossen. »Setz dich zu mir, Duke.«

»Das Kind«, sagte er im Flüsterton, obwohl niemand in Hörweite war. »Geht es dir gut damit? Ich meine, wir können heiraten…«

Sie seufzte. »Duke, hör mir zu. Es tut mir wirklich leid. Mehr als leid. Ich habe das Kind verloren. Ich hatte eine Fehlgeburt.«

»Oh, ist das wahr? Wie schade. Du wärst eine wunderbare Mutter gewesen.«

Er setzte sich zu ihr, wirkte ratlos. Verlegen. Drückte seinen schicken Panamastrohhut an sich, der ihres Erachtens einem so großen Mann nicht gut zu Gesicht stand.

Endlich fand er Worte: »Das war doch sicher sehr schwer für dich, Lucy Mae?«

»Ja.«

»Es ist wirklich bedauerlich, dass du das Kind verloren hast. Geht es dir denn jetzt besser?«

»Ja, danke.« Sie zuckte mit den Achseln. »Siehst du, jetzt musst du mich nicht heiraten.«

Er blinzelte. Seine blauen Augen, die ihr viel dunkler erschienen als in ihrer Erinnerung, waren umrahmt von den unglaublich langen dunklen Wimpern, um die sie ihn beneidet hatte.

»Hatte ich dich nicht gefragt, ob du mich heiraten willst, bevor von einem Kind die Rede war? Ich wollte dich heiraten, Lucy Mae, mit oder ohne Kind. Wusstest du das nicht?«

»Nicht so recht. Ein Brief, das sind bloß Worte; du könntest dich einsam gefühlt haben, bevor du in den Busch gingst. Wir sind nicht gerade im besten Einvernehmen auseinandergegangen, war es doch offensichtlich, dass du unsere kleine Affäre geheim halten wolltest…«

»Nein, das wollte ich nicht.«

»Duke, es hat keinen Sinn, das alles noch einmal aufzurollen. Einerlei, was du gefühlt hast, ich fühlte mich gedemütigt. Es war entsetzlich! Danke für deinen Heiratsantrag, ich bin geschmeichelt, aber ich kann ihn nicht annehmen.«

Nachdem es ausgesprochen war, stand sie auf. Sie musste sich jetzt von ihm lösen. Es gab nichts mehr zu sagen.

Duke erhob sich ebenfalls. »Wäre es hilfreich, wenn ich dir sage, dass ich dich liebe? Das sind keine trockenen Worte auf Papier, Lucy Mae. Das ist echt.«

Lucy Maes Blick verschleierte sich. Sie hatte den Verlauf dieses Gesprächs so sorgsam geprobt und jetzt machte er alles zunichte. Sie schüttelte den Kopf.

»Auch nicht, wenn ich dich bitte, mir zu verzeihen, dass ich so ein Dummkopf war?«

Sie betrachtete das Gras zu ihren Füßen. Büffelgras wurde es genannt. Gut für Rasen geeignet. Sie schüttelte wieder den Kopf.

»Schön, dann können wir wenigstens miteinander reden«, sagte er. »Wir haben uns viel zu erzählen. Möchtest du nicht von meinen Reisen hören? Und hast du gewusst, dass ich Mango Hill an Paul verkauft habe?«

Sie zuckte mit den Achseln. »Ich muss gehen.«

»Na schön. Ich begleite dich hinaus. Bist du mit dem Gig da?«

»Nicht nötig, mich zum Wagen zu begleiten. Ich muss zuerst Besorgungen machen.«

»Dann sehen wir uns später.«

»Wie bitte?«

»Beim Essen! Bei dir zu Hause!«

»Was?«

»Deine Mutter hat Ned und mir eine Einladung aufs Schiff geschickt, zum Essen heute Abend bei euch.« Er lachte. »Du frischst am besten deine Klavierkünste auf.«

»Sollte ich wohl«, gab sie zurück. »Meine Mutter findet, er ist eine bessere Partie als du, Duke MacNamara!«

»Da hat sie recht. Aber ich verlasse mich auf mein Glück.«

Lucy Mae entfernte sich, doch dann kam ihr ein Gedanke. Sie drehte sich zu ihm um. »Ned?«

»Sehr richtig!«

Sie bog um die Ecke und brach in Lachen aus. Sie hatte lange nicht mehr gelacht.

Als die zwei gutgekleideten jungen Herren mit den sonnengebräunten Gesichtern zur Tür hereinkamen, hatte Milly ihre Aufregung unter Kontrolle.

Diese Abendeinladung war zu bedeutsam, um auch nur den kleinsten Patzer zu riskieren. Sie hatte mit dem Gedanken gespielt, mehrere wichtige Brisbaner Persönlichkeiten einzuladen, damit sie Zeugen ihres geselligen Bravourstücks wurden, sich aber dann dagegen entschieden. Es war keine Zeit zu verlieren.

»Sobald sie da sind«, wies sie Lucy Mae an, »nimmst du Duke beiseite und erzählst ihm von der Fehlgeburt.«

»Das weiß er schon. Ich habe ihn in der Stadt getroffen. Das Schiff war überpünktlich.«

»Oh gut, Gott sei Dank. Und hast du ihm gesagt, dass eine Heirat nicht infrage kommt?«

»Ja.«

»Oh. Ausgezeichnet! Das ist ein Glück.« Sie sah Lucy Mae misstrauisch an. »Oder steckte ein Komplott von dir dahinter? Einerlei. Es ist vollbracht.«

Edward, der sie erschreckt hatte mit seiner Aufforderung, ihn Ned zu nennen, hatte ihr als kleine Aufmerksamkeit eine außergewöhnliche Teekanne aus Porzellan mitgebracht. Von Duke hatte sie nichts bekommen, was, dachte sie naserümpfend, auch nicht anders zu erwarten war.

Sie und Lucy Mae sprachen Edward ihr Beileid zu dem betrüblichen Verlust seines Vaters aus, und er dankte ihnen. Sie war froh, als dieser Teil vorüber war und sie im Salon plaudern konnten, wo sie Edward voller Stolz Bilder von der Forrest-Station bei den Darling Downs zeigte.

Duke bat Lucy Mae, Klavier zu spielen. Sie konnte es kaum abschlagen und sie spielte gottlob gut.

Es war alles in allem ein sehr erfreulicher Abend. Milly hatte Lucy Mae Edward gegenüber ins beste Licht gesetzt, und sie hatten viel zu erzählen; seine Bobachtungen von Land und Leuten im fernen Westen waren hochinteressant. Duke trug seinen Teil bei, etwa dass er Mango Hill an Paul verkauft und in Rockhampton ein Haus erworben hatte, was jedoch für niemanden von Interesse war.

Edward war sehr beeindruckt von Ausstattung und Komfort der Aufenthaltsräume auf dem neuen Dampfschiff und lud Lucy Mae ein, sie am folgenden Tag zu besichtigen. Ihre Tochter nahm diese Einladung an. Sie schien es aus einem unerfindlichen Grund amüsant zu finden.

Aber wenigstens geht sie hin, dachte Milly aufseufzend, als

sie sich erhoben, um auf der Veranda den Kaffee einzunehmen.

»Das Essen war vorzüglich, Mrs. Forrest«, sagte ihr aristokratischer Gast. »Mein Kompliment.«

»Zumal wir uns monatelang von Rindfleisch und Kartoffeln ernährt haben«, meinte Duke hinzufügen zu müssen, was sie für absolut überflüssig hielt.

Als die Herren aufgebrochen waren, ließ Milly sich in ihren Lieblingssessel fallen. »Lucy Mae, ich brauche einen Brandy! Ich bin vollkommen ermattet!«

Millys Begeisterung über Edwards Einladung war so offensichtlich, dass Lucy Mae erst gar nicht versuchte zu erklären, dass es sich um einen Schabernack handelte. Ohne jeden Zweifel war dies eine von Duke eingefädelte List, und tatsächlich wurde die gemietete offene Kutsche, mit der Edward sie abholte, von Duke gelenkt.

»Was tut er denn da?«, fragte Milly, die durchs Fenster spähte, verärgert.

»Kutschieren, nehme ich an«, sagte Lucy Mae und öffnete Edward die Tür.

Während er ihr in die Kutsche half, fragte sie ihn lächelnd: »Wer hat ihn eingeladen?«

»Meine Liebe, ich konnte keinen anderen Kutscher finden.« Edward grinste übers ganze Gesicht. »Es ist heutzutage schwierig, Personal zu bekommen.«

Er klopfte Duke auf die Schulter. »Zum Kai, mein Bester. Ich dachte, wir nehmen den Morgentee auf dem Schiff, wenn es Ihnen recht ist, Lucy Mae. Mein Kutscher hätte gern ein Wörtchen mit Ihnen gesprochen. Darf ich ihm sagen, er kann uns Gesellschaft leisten?«

»Wenn es sein muss, aber« – sie seufzte und tupfte sich mit dem Taschentuch nicht vorhandene Tränen ab – »ich bin schrecklich enttäuscht, Edward. Ich fühle mich verraten.«

»Ich bitte Sie um Verzeihung, werte Dame, und ich verspreche, es wiedergutzumachen, wenn Sie demnächst nach Sydney kommen.«

Sie lehnten sich zurück, als Duke zum Tor hinaus fuhr. »Sagen Sie«, bat sie in normalem, heiterem Ton, »was ist das für ein Haus, das er in Rockhampton gekauft hat?«

»Das weiß ich nicht. Er neigt ja sehr zur Geheimnistuerei. Was für ein Haus hast du in Rockhampton gekauft, Kutscher?«

»Das weiße neben Harrys Grundstück«, lautete die Antwort.

»Oh, ich muss schon sagen! Sehr hübsch.«

»Wirklich?«, fragte Lucy Mae.

»Eine Augenweide«, sagte Ned. »Ich war nicht drinnen, aber es sieht sehr groß und vornehm aus.«

»Mit Aussicht?«

»Natürlich mit Aussicht«, erwiderte er grinsend.

»Was will er mit einem Haus in Rockhampton?«

»Darin wohnen vermutlich. Eine Art Hauptquartier für seine geschäftlichen Angelegenheiten.«

Sie lachte. »Was für geschäftliche Angelegenheiten?«

Sie neckten den Kutscher auf dem ganzen Weg zum Schiff, und kaum waren alle drei an Bord, kam der Kapitän, um sie zu begrüßen und Lord Heselwood wissen zu lassen, der Tee werde sogleich unter einem Sonnensegel auf dem Achterdeck serviert.

»Es zahlt sich aus, einflussreiche Freunde zu haben«, meinte Duke grinsend, als sie zu dem elegant gedeckten Tisch geführt wurden.

»Es ist nur für zwei gedeckt«, bemerkte Lucy Mae. »Wie bedauerlich, dann musst du gehen, Duke.«

Edward hob die Hand. »Aber nicht doch. Es tut mir sehr leid, Lucy Mae, mir ist eben eingefallen, dass ich Briefe schreiben muss. Aber mein Kutscher wird sich Ihrer annehmen.«

Damit eilte er davon. Duke stand da und sah sie an. »Blau steht dir gut, Lucy Mae. Darf ich mich setzen?«

»Warum nicht.«

»Danke. Ich wollte dir nur eins sagen: Ich würde alles tun aus Liebe zu dir, Lucy Mae, wirklich. Ich hoffe von ganzem Herzen, dass du mir verzeihst. Könntest du mir wohl noch eine Chance geben?«

»Vielleicht.« Wie konnte sie jetzt gestehen, dass sie die ganze

Nacht wachgelegen und an ihn gedacht hatte? Die gestrige Begegnung mit ihm hatte sie unerwartet schwer erschüttert; er war weitaus attraktiver als in ihrer Erinnerung. Ihr Liebesakt hatte sich wieder in ihr Fühlen gedrängt…

»Hast du vielleicht gesagt?«, rief er aus. »Ich höre doch keine Gespenster?«

»Nein. Ich schenke besser ein, sonst wird der Tee kalt.«

Sie unterhielten sich offen und ehrlich über alle möglichen Kleinigkeiten und aßen alle belegten Brote und Törtchen auf der silbernen Etagere. Sie plauderten immer noch, als Edward erschien.

»Keine Handgreiflichkeiten?«

»Nein«, sagte Duke stolz. »Ich bin mir nicht ganz sicher, aber ich glaube, wenn ich Glück habe, könnte die schöne Dame geneigt sein, mich zu heiraten.«

Edward küsste sie auf die Wange. »Wenn, dann ist das ein großes Glück. Er ist ein prima Kerl, wenn man ihn erst richtig kennt, Lucy Mae. Sie müssen ihn nur fest an die Kandare nehmen.«

Auf dem Nachhauseweg, diesmal nur sie beide mit einem richtigen Kutscher, schlug Duke vor durchzubrennen, und Lucy Mae zog es ein paar Minuten lang ernsthaft in Erwägung.

»Das kann ich nicht machen, Duke, so gern ich es möchte, um dem Wirbel aus dem Weg zu gehen. Meine Mutter liebt Hochzeiten und wird alles organisieren wollen. Das darf ich ihr nicht nehmen. Ich bin alles, was sie hat. Sie wäre sehr enttäuscht, wenn sie übergangen würde. Überdies hatte ich noch gar keine Zeit zum Nachdenken. Eine Heirat ist zu wichtig, um beim Morgentee darüber zu entscheiden. Lass es uns einfach für ein Weilchen beiseite schieben.«

Duke rutschte das Herz in die Hose, doch er hatte Neds Rat bedacht, und als sie in Rockhampton waren, hatten sie einen Mineralogen aufgesucht, den sie in Longreach kennengelernt hatten, um im Hinblick auf den Erwerb von Geschenken für Lucy Mae und für Lady Heselwood seine Musterkollektion an Edelsteinen zu betrachten.

Jetzt zog er ein Schächtelchen hervor, das einen Ring enthielt.

»Für dich, Lucy Mae«, sagte er schüchtern, eine Zurückweisung befürchtend.

»Ist das ein Verlobungsring, Duke?«

»Ich hoffe. Er ist eine Erinnerung an das Land im fernen Westen.«

Sie betrachtete den in Platin gefassten rosa Stein. »Er ist wunderschön, Duke. Danke. Ich werde ihn in Ehren halten.«

Milly sah an diesem Nachmittag, wie Duke MacNamara ihre Tochter an der Haustür küsste, und sie zuckte enttäuscht mit den Achseln.

»Das hätte ich mir denken können.«

Der Ring trug wenig zur Besserung ihrer Stimmung bei. »Was ist das?«, fragte sie.

»Ein Diamant. Von sehr klarer Farbe.«

»Von rosa Diamanten habe ich noch nie gehört. Sieht für mich wie eine Glasscherbe aus!«

Duke saß missmutig in seinem Hotelzimmer und versuchte, aus dem entmutigenden Stillstand mit Lucy Mae schlau zu werden. Er hatte Entscheidungen stets auf die Schnelle getroffen; es war ihm zuwider zu warten, bis Lucy Mae zu einem Entschluss kam. Ihrer beider Leben musste weitergehen. Er hatte zu tun. Ihm war endgültig klar geworden, dass er lieber in der Stadt leben wollte als auf einer Farm, und er war sich sicher, dass es Lucy Mae genauso erging. Von da aus konnte er seine diversen Interessen verfolgen … mit dem Einfangen und Zurichten der Wildpferde, die zu Tausenden den Busch durchstreiften, ließ sich ein Vermögen verdienen. Dazu sein Recht, auf Mango Hill Gold zu schürfen. Seine aufregende Schatzsuche. Seine eigene Goldmine!

Überdies musste er weiterverfolgen, was in seinem kurzen Gespräch mit Chester Newitt angeklungen war, dem der Sinn danach stand, sich mit einem Partner zusammenzutun. Sein Geschäft als Auktionator und Vieh- und Farmvermittler gedieh blendend, und Duke meinte, es sollte auf den Verkauf von Wohngrundstücken erweitert werden, der in Rockhampton einen Aufschwung versprach.

Duke nickte vor sich hin. Der Gedanke, Geschäftsmann mit einem Büro in der Stadt zu sein, behagte ihm. Er stellte sich träumerisch vor, wie er nach der Arbeit heimkam zu seiner hübschen Frau in dem hübschen weißen Haus, als ihm einfiel, dass Chester mit Leichtigkeit einen anderen Partner finden konnte, wenn er nicht bald nach Rockhampton zurückkehrte.

Aber er konnte Lucy Mae in dieser kritischen Zeit auch nicht allein lassen.

Vielleicht ließ sie sich überreden, mitzukommen?

Unmöglich!

Er wälzte das Problem hin und her, erinnerte sich plötzlich an die Familiengeschichte seiner Eltern, die einmal an einem kritischen Punkt einen furchtbaren Streit gehabt hatten. Seiner Mutter zufolge musste Pace gesagt haben, er würde alles tun aus Liebe zu ihr.

Dieser Gedanke ließ Duke leicht erröten. Die Worte seines Vaters waren ihm plötzlich in den Sinn gekommen, als er dort im Garten um Lucy Mae warb, und er hatte sie zitiert.

»Ich würde alles tun aus Liebe zu dir«, hatte Pace gesagt.

Dolour hatte ihn herausgefordert, es zu beweisen. »Was würdest du aus Liebe zu mir tun?«

Sie hatte immer Heimweh nach Irland gehabt und war von seiner Antwort überwältigt gewesen: »Ich würde mit dir zurückgehen. Wir können in Irland leben.«

Und dies von einem, der während der Unruhen auf der Flucht vor den Engländern in die Kolonien gekommen war und in seiner Heimat immer noch auf der Fahndungsliste stand.

Seine Antwort hatte die Lage gerettet. Dolour verzieh ihm, was immer der Anlass für ihren Ärger gewesen war. Und sie waren in Australien geblieben.

»Damit kann ich nicht mithalten.« Duke zuckte mit den Achseln. »Ich habe keine Ahnung, was ich für sie tun könnte, außer von einer Klippe zu springen, aber das ist nicht meine Art.«

Der Morgen brachte dann Erleichterung. Eine Idee, die ihn aufrüttelte. Er musste die Papiere zum Regierungsgebäude in der George Street bringen. Er musste sich resolut zeigen, als er am Schalter stand und den Angestellten instruierte. Musste sechs Shilling bezahlen, was er unverschämt fand. Er zuckte zusammen, als das Pergament ordnungsgemäß unterzeichnet und abgestempelt wurde.

Es war vollbracht. Unumkehrbar. Er ließ das Papier einrahmen, wählte einen hübschen vergoldeten Rahmen, der sehr edel aussah. Dann ließ er es einwickeln.

Die freudige Überraschung in Lucy Maes Gesicht, als sie ihm die Tür öffnete, entging ihm nicht.

»Störe ich?«, fragte er.

»Überhaupt nicht.« Sie lächelte. »Komm herein.«

»Hier, für dich, Lucy Mae«, sagte er hastig, damit er es sich ja nicht anders überlegte.

»Was ist das?«

»Mach es auf.«

Lucy Mae las das akkurat beschriftete Blatt mehrmals durch. »Schürfrechte? Was bedeutet das? Sie lauten auf meinen Namen.«

Er grinste. »Genau, was da steht. Du besitzt die Schürfrechte für einen Bereich auf Mango Hill in Richtung Ironstone, wo es Gold im Überfluss gibt.«

»Aber was kann ich damit anfangen?«

»Fang zu schürfen an!« Er lachte. »Nein, du kannst Goldgräber einstellen. Oder mich!«

»Glaubst du denn, es gibt Gold auf Mango Hill?«

»Könnte sein. Wer weiß?«

»Oh, Duke«, sagte sie. »Das kann ich nicht annehmen. Es ist zu viel.«

»Oder zu wenig, Lucy Mae. Es gehört dir, und es wird ein ungeheures Vergnügen sein herauszufinden, was deine Minen bergen.«

»Das wird es bestimmt. So ein wunderbares Geschenk! Aber du hättest es auf deinen Namen eintragen lassen sollen. Ich muss das ändern lassen.«

Er erschrak. »Auf wen?«

»Auf beide Namen. Mrs. Lucy Mae und Mr. Duke MacNamara. Wie hört sich das an?«

Als Milly in den Salon kam, küssten sie sich schon wieder.

An diesem Morgen zeigte der Hafen von Sydney sich von seiner prachtvollsten Seite. Blauer Himmel und blaues Meer empfingen die *Jindalee*, die, ihres Platzes an der Sonne sicher, stolz zwischen grünen Gestaden und einsamen Buchten in den Hafen einlief.

Edward war auf dieser Reise für sich geblieben. Er musste allein sein, um sich auf die bevorstehende aufwühlende Zeit vorzubereiten. Als er aber an der Reling stand, brachte die vertraute Szenerie wehmütige Erinnerungen zurück und mit ihnen heiße Tränen, die es vor Blicken zu verbergen galt. Er ging taumelnd in seine Kabine. Nun kam er endlich nach Hause, aber zu spät. Er weinte wegen der Verfehlungen in seiner Jugend, die ihn so viele Jahre von der Heimat ferngehalten hatten, und um seinen Vater, der nicht mehr hier war und nie erfahren würde, wie stolz sein Sohn auf ihn war und wie maßlos er es bedauerte, dass er Jasin Heselwoods Erwartungen nicht entsprochen hatte.

Als das Schiff sich dem Circular Quay näherte, spritzte er sich gegen die unmännlich geröteten Augen Wasser ins Gesicht und blickte durchs Bullauge, bis der Kai ganz nahe war. Er sah seine Mutter, eine elegante Gestalt in Schwarz, still hinter einer kleinen Gruppe von Leuten stehen, die ungeduldig warteten, dass das Schiff festmachte.

Edward überprüfte im Spiegel seinen schwarzen Anzug, den steifen Kragen und die schwarze Krawatte, atmete tief durch, nahm seinen Zylinderhut und begab sich aufs Oberdeck.

Beim Verlassen des Landungsstegs winkte er und eilte zu seiner Mutter. Da konnte Georgina nicht mehr an sich halten. Sie lief zu ihm und warf sich unter einem Tränenstrom in seine Arme.

»Es tut mir so leid, Mutter«, sagte er und musste ebenfalls wieder weinen; dennoch brachte er ein Lächeln zustande.

»Oh Edward, mein Liebling, du bist zu Hause. Du bist zu Hause! Es tut so gut, dich zu sehen.«

Sie war etwa neunzehn Jahre alt, eine magere, sehnige Frau mit drahtigem, schwarzem Haar, das aus dem kantigen Gesicht zurückgebunden war, und sie hatte einen Säugling auf dem Rücken. Sie trug ein zerlumptes Hemd, eine staubige Latzhose und einen Fransenschal, jedoch keine Stiefel – das übliche bunte Sammelsurium einer Ureinwohnerin, die es in die Welt der Weißen verschlagen hatte.

Ungeachtet ihres eigentümlichen Aufzugs, näherte sie sich den drei Reitern mit einem Selbstvertrauen, das diese erschreckte, auch wenn ihre Stimme freundlich war.

»Du Boss hier, ja?«, wandte sie sich an Paul.

Er blickte zu ihr hinunter, erstaunt über den Gleichmut in ihren dunklen Augen. Ihm war, als wäre ihm plötzlich eine gütige Macht begegnet.

»Was willst du?«, stammelte er.

»Onkel hier finden!« Sie wies in die Richtung des Schwarzenlagers, das unweit der westlichen Grenze der Mango Hill-Station lag. »Alter Mann, Guringja sein Name.«

»He, Boss! Schauen Sie mal«, rief Sam und griff nach seinem Gewehr, »da drüben!«

»Ach du lieber Himmel!«, stieß Noah, der andere Viehhüter, hervor.

Auf einer erhöhten Felskante, kaum einen Steinwurf von ihnen entfernt, stand ein hünenhafter Aborigine-Krieger in vollem Ornat. Sein Haar war aufgetürmt und mit Kakadufedern geschmückt. Auf sein rabenschwarzes Gesicht, in dessen Nase ein Knochen steckte, waren weiße Striche gemalt und von seinen Kinnbacken standen schwarze Haarbüschel ab. Wie um seinen Knochenbau hervorzuheben, war sein athletischer Körper ebenfalls weiß bemalt und er trug Schmuck aus weißen Federn um die Knöchel.

»Nur die Ruhe«, murmelte Paul, und blickte argwöhnisch auf den langen Speer, den der Schwarze herausfordernd in den Boden gerammt hatte. Er wandte sich an die Frau: »Wer ist das?«

»Das mein Mann«, erklärte sie mit stolz glänzenden Augen. »Hat mich gebracht. Wegen sicher.«

Paul furchte die Stirn. Keiner der Schwarzen auf seinem Besitz gebärdete sich feindselig, und in einem Aufzug wie dieser Bursche marschierten sie schon gar nicht herum. Diese Zeiten waren längst vorbei.

»Geh!«, befahl er. »Ich kann euch hier nicht brauchen. Ihr gehört nicht zu unseren Leuten. Geh zu deinem eigenen Volk zurück und nimm ihn mit.« Er nickte mit dem Kopf in Richtung des Ehemanns.

Die Frau malte mit dem Zeh einen Bogen in den Staub und musterte ihn einige Minuten, als überlege sie, was sie als nächstes tun solle.

Sam streichelte sein Gewehr. »Boss, wollen Sie, dass ich dem großen Burschen Beine mache?«

Die Frau sah zu Paul. »Mein Mann nun gehen. Mich langen Weg bringen.«

»Gut. Und du begleitest ihn. Hier kannst du nicht bleiben.«

Sie schien ihn nicht gehört zu haben. Sie hievte das Kind ein Stückchen höher und schickte sich an, den Weg zum Gut hochzulaufen.

Paul starrte unsicher zu dem Ehemann, der sie beobachtete, und dann wieder zu der Frau.

»Moment!«, rief er. »Komm zurück! Ich hab's dir doch gesagt. Du gehörst hier nicht her. Von welchem Volk stammst du?«

»Kalkadoon!«, erwiderte sie hoch erhobenen Hauptes.

»Nie gehört.«

»Doch, haben Sie«, erinnerte ihn Noah. »Das ist der Stamm, von dem Paul gesprochen hat. Sie kommen aus dem Hinterland. Und sorgen für jede Menge Ärger. Glauben Sie, die kommen jetzt hier entlang?«

»Bitte? Eine zweiköpfige Armee? Nun mal halb lang!« Paul rief der Frau hinterher: »Du kommst jetzt zurück! Du und dein Mann, ihr verschwindet! Hörst du?«

Sie wandte sich um und blickte ihn an. Über ihre schmutzigen Wangen liefen Tränen. »Er fort, Boss.«

Ihre Traurigkeit verwirrte Paul. Plötzlich bäumte sich sein Pferd auf und erschreckte die anderen Pferde, sodass diese zurückwichen und zusammenstießen. Während er sein Tier wieder unter Kontrolle zu bringen versuchte, sah er, wie der alte Guringja mithilfe eines kräftigen Stocks und seinen beiden Frauen unsicher den Pfad hinunterkam.

»Der große Kerl hat sich verzogen.« Sam zügelte sein Pferd. »Ich sehe mal lieber zu, dass ich ihn wieder einfange.«

»Er fort«, beharrte die Frau. Sie rannte zu Guringja und redete in ihrer eigenen Sprache auf ihn ein.

»Was sagt sie da, Sadie?«, fragte Paul eine von Guringjas Frauen.

Sadie zuckte die Achseln. »Kenn diese Sprache nicht.«

Schließlich erklärte Guringja: »Sie Kalkadoon. Heißt Wiradji. Meine Mama Kalkadoon, deshalb sie verwandt mit mir. Große Schwierigkeiten da, von wo sie kommt, darum sie hier mit Baby.«

»Und was ist mit ihrem Mann?«, wollte Paul wissen. »Der hat hier nichts verloren.«

Guringjas Blick wurde ausdruckslos. »Kein Mann, Boss.«

»Jetzt lass den Unsinn. Er lauert irgendwo da drüben. Sie weiß, dass er hier ist.«

»Ah! Das niemand, Boss. Niemand.«

»Sie hat gesagt, er ist ihr Ehemann«, knurrte Sam ihn an. »Ich habe es selbst gehört.«

Paul wandte sich an Sadie. »Du hast ihn doch gesehen, als ihr hierher gelaufen seid, oder? Du musst ihn doch …«

Sie schüttelte den Kopf und stapfte zu der Frau hinüber. »Wo ist dein Mann?«

»Er weggegangen«, erwiderte Wiradji traurig.

»Wohin?«, wollte Paul wissen, aber Guringja packte Sadie am Arm. Er flüsterte ihr etwas zu und sie erbleichte.

»Mr. Paul«, sagte sie leise. »Besser, wir nehmen sie zum Lager, ja?«

»Erst wenn ich weiß, wohin ihr Mann verschwunden ist! Ich will nicht, dass er hier herumlungert!«

Sadie seufzte und ging zu Paul hinüber. Sie tätschelte sanft sein Pferd und sprach so leise, dass er sich zu ihr hinunterbeugen musste, um sie zu verstehen.

»Kein Ehemann hier. Er gekämpft in großem Krieg. Wurde getötet. Für sie schwierige Zeit.«

»Bitte? Was für ein Blödsinn! Er war hier! Wir haben ihn gesehen!«

Sadie senkte den Blick und rieb sich den Nacken, offensichtlich darauf erpicht, das Thema fallen zu lassen.

Automatisch kratzte Paul sich ebenfalls am Nacken, womöglich aus demselben Grund. Die Haare dort piekten wie Nadeln und er erschauerte. Einen Augenblick lang war er völlig ratlos.

Noah rutschte nervös auf seinem Sattel herum. »Versuchen die uns weiszumachen, der schwarze Bursche wäre gar nicht da gewesen?«

»Nein«, entgegnete Paul. »Das ist nur ihr übliches doppelzüngiges Gerede.«

»Wo ist er überhaupt hin?«

»Was weiß ich!«, erwiderte Paul gereizt. »Plötzlich war er weg. Sagt mir Bescheid, wenn er sich noch mal blicken lässt.«

Er nickte in Richtung der kleinen Gruppe von Aborigines. »Na dann! Bringt sie nach oben in euer Lager. Sie sieht aus, als bräuchte sie dringend was in den Magen.«

Die drei Männer ritten davon und Sam lachte. »Wenn Noah diesen Ehemann je wieder zu Gesicht kriegt, gibt er garantiert Fersengeld!«

»Und was ist mit dir?«, fragte Paul.

Sam zuckte mit den Schultern. »Mit mir? Ich habe niemanden gesehen.«

Am Nachmittag desselben Tages kamen Guringja und die fremde schwarze Frau auf der Suche nach dem Boss zum Stall.

»Was wollt ihr denn jetzt noch«, fragte Paul.

»Die Frau hier«, sagte der alte Mann, »die will Hilfe. Ich, sage ich ihr, ich zu alt, aber der große Boss hier, der helfen.«

»Helfen, wobei?«

Guringja gab Paul mit einem Kopfnicken zu verstehen, dass

ein Gespräch unter vier Augen vonnöten war, worauf Paul zu ihm trat. »Ich habe gesagt, sie kann bleiben. Was will sie noch?«

Der alte Mann deutete mit seinem schwieligen Finger auf sie. »Ihr Ehemann, er Sohn von Ladjipiri!«

»Was? Der Krieger, der hier war?«

»Sohn von Ladjipiri«, wiederholte Guringja.

Verblüfft sah Paul die Frau an. »Was? Banggu? Sie ist Banggus Frau?«

Die Frau zog sich ihren Schal über den Kopf und verbarg das Gesicht, während der alte Mann Paul kopfschüttelnd auf die Schulter klopfte und die Finger an den Mund legte. »Nicht Name sagen, Boss. Nicht Name sagen. Bringt Unglück.«

Paul schwirrte der Kopf, als er versuchte, sich über die Lage klar zu werden. Zudem blendete ihn die Sonne. Er zog sich den Hut tief über die Augen. Er hatte den Mann gesehen! Drei von ihnen hatten ihn gesehen. War das Banggu? Unter der Kriegsbemalung war er nicht zu erkennen gewesen.

Man war allgemein zu der Ansicht gelangt, dass Banggu auf der Flucht vor der Polizei in den fernen Westen gegangen war, weil er das Land zuvor mit seinem Vater besucht hatte. Es war daher möglich, dass er dort diese Kalkadoon-Frau geheiratet hatte. Und jetzt hatte er sie und das Kind heimgebracht zu seinem Stamm.

Doch dass der Name nicht ausgesprochen werden durfte, bedeutete, dass er tot war.

»Herrje!«

»Sie möchte, wir helfen Banggus Papa«, flüsterte Guringja.

»Jetzt heißt es wir. Sie möchte, dass *du* ihm hilfst.«

»Boss, ihr Papa von Heirat, er Ladjipiri, ist Freund von Ihnen. Sie sagt, Ladjipiri bald sterben.«

Paul ging zu ihr. »Ladjipiri krank?«

Sie nickte. Deutete auf ihr Bein. »Gebrochen.«

»Wo ist er?«

Sie zeigte nach Westen. »Große Berge. Du ihn holen gehen, ja?«

Er brachte die zwei in die Küche. Laura gab ihnen Tee, während er sich mühte, sich von dieser Frau, der Bleistift und Papier unheimlich waren, zeigen zu lassen, wo Trader war.

»Böser Mann Yarramin genommen«, erklärte sie.

»Das war Ladjipiris Pferd«, rief Laura. »Hattet ihr Pferde, du und Ladjipiri?«

Nach und nach stellte sich heraus, dass sie in Richtung Küste geritten waren, als man auf Trader geschossen und ihre Pferde gestohlen hatte.

»Das ist die Lösung unseres Problems«, sagte Laura zu Paul. »Sie kann reiten. Gib ihr ein Pferd und lass dich zu ihm führen.«

»Sie weiß«, sagte Guringja, sichtlich erleichtert, dass ihm diese Last nun von seinen alten Schultern genommen wurde.

Tags darauf machten Paul und Sam sich mit der Kalkadoon-Frau, die darauf bestand, ihren Säugling mitzunehmen, und einem zusätzlichen Pferd auf den Weg. Sie spürten Ladjipiri schließlich auf, nach einem dreitägigen Ritt, der beschwerlich war, zumal die Frau nicht recht zu wissen schien, wo sie ihren Schwiegervater zurückgelassen hatte. Aber sie fand ihn und die Heimkehr war für alle Beteiligten ein Triumphzug.

In der Aborigine-Gemeinde verbreitete sich die Kunde, dass Ladjipiri, seine Schwiegertochter, eine Kalkadoon, und sein Enkelsohn auf der Mango Hill-Station einquartiert waren, wo Ladjipiri sich von seinen Verletzungen erholte. Bald strömten Verwandte und Freunde nach Mango Hill, um den Mann zu besuchen, der der Familiensage viele neue Geschichten anzufügen wusste. Manche behaupteten, sie hätten Banggu an dem Abend, als man seinen Vater herbrachte, bei Sonnenuntergang am Berghang Wache stehen sehen, und so ging er ein in die Traumzeit als ein Kriegergeist, der an diesem Ort zur Ruhe gekommen war.

Zu guter Letzt

Brisbane Courier, 13. Juli 1882
Im Gebiet des Mt. Morgan (Ironstone Mountain) wurde Gold gefunden und ein Claim abgesteckt.

Vier Jahre später wurde mit der Ausgabe von einer Million Anteilen zu je 1 £ die *Mount Morgan Gold Mining Company* gegründet. 1889 zahlte die Mine Dividenden von monatlich 100.000 £.

Brisbane Courier, 24. Januar 1883
Aborigines überfielen und ermordeten Marcus de la Poer Beresford, den verantwortlichen Inspektor der Einheimischenpolizei in Cloncurry, sowie vier seiner Polizisten.

Die Kämpfe zwischen Europäern und Aborigines dauerten länger als ein Jahr an. Am Ende ließen zweihundert Kalkadoon-Stammesangehörige an weiße Polizei, Viehzüchter und Bergleute die Herausforderung ergehen, in die Berge zu kommen und zu kämpfen.

Brisbane Courier, September 1884
Am Prospector's Creek nordwestlich von Cloncurry führte eine Truppe aus Polizisten und Einheimischenpolizei unter dem Kommando von

Unterinspektor F.C. Urquahart eine Strafaktion in Form eines Angriffs gegen die Kalkadoon-Aborigines durch. Die meisten der Kalkadoon wurden getötet.

Das Gebiet ist seither als Battle Mountain (Schlachtberg) bekannt, wo Steinzeitwaffen es mit Gewehren aufnahmen.

Der letzte bekannte Überlebende der Kalkadoon starb 1930 in Cloncurry.